高等学校应用型特色规划教材　经管系列

组织行为学概论

主　编　赵应文

副主编　汪　成　胡乐炜

清华大学出版社

北　京

内 容 简 介

本书综合了国内外有关组织行为学研究的各种学术理论，全面反映了当前组织行为学理论发展的最新成果，阐述了许多新观点和新见解，具有较高的学术价值。

全书共分十三章，具体包括：绪论、组织行为学的历史发展、个体行为、人性假设、群体行为、组织行为、领导行为、决策行为、激励行为、沟通行为和控制行为。

本书内容丰富生动，涉及范围广泛，深入浅出，实用性强，对相关理论与实务问题进行了有益的探讨；书中的每一章都编写了相关案例，并附有案例分析思考题。

本书可作为高等院校经济管理、行政管理类专业及其他专业的管理类课程的教材，也适合从事管理工作的人员学习和参考。

图书在版编目(CIP)数据

组织行为学概论/赵应文主编. 汪成，胡乐炜副主编. —北京：清华大学出版社，2011.4
(高等学校应用型特色规划教材 经管系列)
ISBN 978-7-302-25133-0

Ⅰ. ①组… Ⅱ. ①赵… ②汪… ③胡… Ⅲ. ①组织行为学—高等学校—教材 Ⅳ. ①C936

中国版本图书馆 CIP 数据核字(2011)第 047004 号

责任编辑：温 洁
封面设计：杨玉兰
版式设计：北京东方人华科技有限公司
责任校对：周剑云
责任印制：何 芊
出版发行：清华大学出版社　　**地　　址**：北京清华大学学研大厦 A 座
http://www.tup.com.cn　　**邮　　编**：100084
社 总 机：010-62770175　　**邮　　购**：010-62786544
投稿与读者服务：010-62776969，c-service@tup.tsinghua.edu.cn
质 量 反 馈：010-62772015，zhiliang@tup.tsinghua.edu.cn
印 刷 者：北京市人民文学印刷厂
装 订 者：三河市李旗庄少明装订厂
经　　销：全国新华书店
开　　本：185×230　**印　张**：25.75　**字　数**：556 千字
版　　次：2011 年 4 月第 1 版　　**印　　次**：2011 年 4 月第1 次印刷
印　　数：1～4000
定　　价：39.00 元

产品编号：040961-01

出版说明

应用型人才是指能够将专业知识和技能应用于所从事的专业岗位的一种专门人才。应用型人才的本质特征是具有专业基本知识和基本技能，即具有明确的职业性、实用性、实践性和高层次性。加强应用型人才的培养，是“十一五”时期我国教育发展与改革的重要目标，也是协调高等教育规模速度与市场人才需求关系的重要途径。

教育部要求今后需要有相当数量的高校致力于培养应用型人才，以满足市场对应用型人才需求量的不断增加。为了培养高素质应用型人才，必须建立完善的教学计划和高水平的课程体系。在教育部有关精神的指导下，我们组织全国高校的专家教授，努力探求更为合理有效的应用型人才培养方案，并结合我国当前的实际情况，编写了这套《高等学校应用型特色规划教材　经管系列》丛书。

为使教材的编写真正切合应用型人才的培养目标，我社编辑在全国范围内走访了大量高等学校，拜访了众多院校主管教学的领导，以及教学一线的系主任和教师，掌握了各地区各学校所设专业的培养目标和办学特色，并广泛、深入地与用人单位进行交流，明确了用人单位的真正需求。这些工作为本套丛书的准确定位、合理选材、突出特色奠定了坚实的基础。

✧ 教材定位

- 以就业为导向。在应用型人才培养过程中，充分考虑市场需求，因此本套丛书充分体现“就业导向”的基本思路。
- 符合本学科的课程设置要求。以高等教育的培养目标为依据，注重教材的科学性、实用性和通用性。
- 定位明确。准确定位教材在人才培养过程中的地位和作用，正确处理教材的读者层次关系，面向就业，突出应用。
- 合理选材、编排得当。妥善处理传统内容与现代内容的关系，大力补充新知识、新技术、新工艺和新成果。根据本学科的教学基本要求和教学大纲的要求，制定编写大纲(编写原则、编写特色、编写内容、编写体例等)，突出重点、难点。
- 建设“立体化”的精品教材体系。提倡教材与电子教案、学习指导、习题解答、课程设计、毕业设计等辅助教学资料配套出版。

◆ 丛书特色

- 围绕应用讲理论，突出实践教学环节及特点，包含丰富的案例，并对案例作详细解析，强调实用性和可操作性。
- 涉及最新的理论成果和实务案例，充分反映岗位要求，真正体现以就业为导向的培养目标。
- 国际化与中国特色相结合，符合高等教育日趋国际化的发展趋势，部分教材采用双语形式。
- 在结构的布局、内容重点的选取、案例习题的设计等方面符合教改目标和教学大纲的要求，把教师的备课、授课、辅导答疑等教学环节有机地结合起来。

◆ 读者定位

本系列教材主要面向普通高等院校和高等职业技术院校，适合应用型人才培养的高等院校的教学需要。

◆ 关于作者

丛书编委特聘请执教多年且有较高学术造诣和实践经验的教授参与各册教材的编写，其中有相当一部分的教材主要执笔者是精品课程的负责人，本丛书凝聚了他们多年的教学经验和心血。

◆ 互动交流

本丛书的编写及出版过程，贯穿了清华大学出版社一贯严谨、务实、科学的作风。伴随我国教育改革的不断深入，要编写出满足新形势下教学需求的教材，还需要我们不断地努力、探索和实践。我们真诚希望使用本丛书的教师、学生和其他读者提出宝贵的意见和建议，使之更臻成熟。

清华大学出版社

前　言

在全社会以人为中心的时代，各级管理者做好人的管理，调动人的积极性、主动性和创造性是最重要的事情，也是提高工作效率的根本途径。组织行为学研究的是管理中人的行为问题，其宗旨就是通过探讨组织中人的行为规律，掌握引导人的行为的原则、方法和策略，提高管理的能力和水平，促进组织和员工的和谐发展，从而提高管理绩效。

作为管理学的基础学科和重要分支，组织行为学是在管理学发展的基础上，综合了心理学、人类学、社会学等学科的实践和理论，逐渐发展完善的。组织行为学是一门边缘交叉学科，内容丰富生动，涉及范围广泛，实证特色突出。本书综合了国内外有关组织行为学研究的各种学术理论，以个体行为、群体行为、组织行为、领导行为、决策行为、激励行为、沟通行为和控制行为等管理中必须涉及的行为为基本结构框架，力求比较全面地反映当前组织行为学理论的最新成果。

本书坚持理论和实际相结合的基本原则，在书中的每一章都编写了相关案例，并附有案例分析思考题。本书可作为高等院校经济管理、行政管理类专业及其他专业的管理类课程的教材，也适合从事管理工作的人员学习和参考。

本书由赵应文任主编，汪成和胡乐炜任副主编。参加本书编写的有武汉工业学院、武汉工业学院工商学院相关课程的教师。全书由赵应文提出编写大纲并统稿。具体编写分工如下：第一章：赵应文；第二章：汪成；第三、四章：赵应文；第五章：李振伟；第六、七、八、九、十、十一章：赵应文；第十二章：孙丽丽；第十三章：胡乐炜。

另外，本书还配有电子课件，以适应多媒体教学的需求。下载地址：www.tup.tsinghua.edu.cn。

在本书写作过程中，我们参考和借鉴了一些国内外组织行为学方面的有关成果，在此对有关专家、学者表示感谢。我们还要对武汉工业学院、武汉工业学院工商学院等高等院校的大力支持表示衷心的谢忱。

由于编者理论水平有限和时间仓促，书中不足之处在所难免，真诚恭候各位读者、专家及各界人士的指正。

编　者

目　录

第一章

绪　　论

学习目标

通过本章的学习，理解组织行为学的学科性质、理论体系、研究对象、研究内容、研究原则、研究方法和意义；把握组织行为及其特征、层次；掌握社会组织的含义，组织的构成要素、种类和作用。

关键概念

组织(Organization)　行为(Behavior)　组织行为(Organizational Behavior)　个体行为(Individual Behavior)　群体行为(Group Behavior)　组织结构(Organizational Structure)　组织行为学(Organizational Behavior)　观察法(Observation Approach)　实验法(Experiment Approach)　调查法(Investigating Approach)　测验法(Exam Approach)

人的各种活动，包括经济活动、政治活动、社会活动、生产活动、营销活动等，都会以组织的形式出现。人的活动离不开组织，没有人参与的组织也不成其为组织。组织对我们的事业和生活有着广泛的影响。

组织也是一切管理的载体。无论是公共行政管理，还是企业、事业管理，都同组织联系在一起。只要有管理的地方，肯定有组织，绝不可能存在着离开组织的管理；同样，只要有组织，肯定需要管理，也不可能存在着没有管理的组织。

组织行为学是研究各种组织中人的心理和行为规律性的一门学科，是现代管理科学理论体系中重要的基础和分支。要学习组织行为学，首先必须了解组织行为。

第一节　组 织 行 为

组织行为是在社会组织中产生的。在了解组织行为之前，要知道什么是组织。

一、组织的含义与构成

1. 组织的含义

组织也叫社会组织，它是人们为达到共同的目标，有序地形成的一个动态的、系统的社会共同体。我们可以从以下几方面理解组织的含义。

1) 组织是由互动的个人组成的人群集合体，是社会单元或社会实体

组合是社会组织的存在形式，而其实质则是人们之间的分工与合作。由于这种组合规模较大，且要高效率地完成既定目的，因此人们之间的分工、合作常常需要严格的、较为正式的规则来协调。这样看来，社会组织又是按着正式规则运行的分工、合作体系。

2) 组织具有明确的共同目标

组织的主要特征是为了达成某一特定的目标，在分工协作的基础上，各自有着明确的任务，在不同的权力配合下，扮演不同的角色。因此，可以说，组织就是对各种不同角色的组合工作。

3) 组织通过一定的职权关系和规章制度形成了较稳定的内部结构和层次

组织是通过群体努力完成特定目标的社会创造物，它既要求人和物的和谐，更要求人和人的和谐。因此，人是组织的核心，人赋予组织意义。例如，如果一个企业的全部员工都离开企业而又没有人接替，那么，这个企业也不成其为组织了。

4) 组织既有着明确的边界，又是对外开放的，组织与周围社会环境发生相互作用

一方面，组织适应于外在目标的需要。如企业组织的存在是为顾客生产产品或提供服务，教育机构的存在是为人们提供教育，医院的存在是为病人提供健康服务等。另一方面，组织和外在环境之间进行着人、财、物、信息的交流，以保证组织的正常运转。

2. 组织的构成

1) 一定数量的成员

这是组织存在和发展的先决条件。但每个组织对其成员都有一定的资格要求，并非任何人只要愿意都可以成为其成员。一个人要成为某个组织的成员，首先要具备这个组织所需要的条件，然后还要履行一定的手续，才能进入组织内部，成为正式的组织成员，在其中获得某个角色地位。因此，现代社会组织都具有明确的边界。一个社会组织的成员数量到底有多少，并无限定，小到两人小组，大到千万人的政党组织。这些不同性质的社会组织，对成员的要求也相距甚远。有的对资格要求十分严格，有的则较为宽松；有的加入手续十分烦琐，有的则比较简单。

2) 特定的活动目标

目标是社会组织最重要的构成要素，它决定着组织的性质、发展方向和规模。组织成员参与组织的动机可能有很大差别，但他们最终都要统一到共同的组织目标之下。同时，组织目标要能够集中体现他们的共同愿望与利益。特定的组织目标是社会组织存在的依据，指示着组织活动的方向。

3) 明确的行为规范

不以规矩，不成方圆。规范是社会组织内成员互动的基础，它指导个人和团体在面临各种情况时如何思考和行动。社会组织由于其特有的目标，以及内部精细的社会分工，要

把各自独立的行动有机地结合起来，就必须制定严格、明确的社会规范，包括本组织的性质、目标、任务、组织原则、组织成员的地位与角色、权利与义务以及组织活动的规则等。

4) 地位分层体系

任何组织内都有一套地位分层体系，地位是指人们在社会关系中所处的位置。社会组织为了有效地实现其特定目标，就必须对其成员进行合理配置，在纵向上形成由决策者、管理者和执行者构成的一种支配——服从的层级体系。

5) 物资设备

一定的物资设备是一个组织开展活动所必需的物资基础，包括资金、技术、机器、厂房、办公场所等。不同的社会组织需要不同的物资设备，但不管怎样，一个组织要正常运转，就必须要有相关的物资设备来支持。

二、组织的分类与作用

1.组织的分类

社会组织的种类是多种多样的，依据不同的标准可以将社会组织划分为不同的类型。

1) 根据组织的目标和功能的分类

根据组织的目标和功能可将社会组织划分为以下四类：

(1) 经济生产组织。这种组织的功能是进行生产、制造产品，为社会提供物质财富，最典型的就是实业公司，它不仅限于物质生产，同时也发挥着服务性、福利性等功能，工厂、商店等都属于经济生产组织。

(2) 政治目标组织。这种组织的功能是保证社会实现其目标并实施社会的权利配置，最大限度地发挥社会的能力，主要包括政府机关、政党等。

(3) 整和组织。其功能是调整社会体系各部分的关系，维持社会正常秩序，涉及调解冲突和指导动机，使社会各部分彼此配合，形成和谐的环境。如法院、公安局、司法部门等属于整和组织。

(4) 模式维持组织。其是指具有“文化”、“教育”、“揭示”功能，以维持现存社会体系的运转的组织，如教会、学校等。模式维持组织的目标取向是对社会文化模式的“维护”。

2) 根据组织目标与受益者之间的关系分类

根据组织目标与受益者的关系可将社会组织划分为以下四种类型：

(1) 互利组织。这类组织的目标是使组织所有参与者都受益，这种组织的成员是由于兴趣而结合在一起的，如各种党派、俱乐部、群众团体等。

(2) 服务性组织。这种组织的目标是使与该组织接触的顾客受益。如医院使病人受益、学校使学生受益、律师事务所使委托人受益等。

(3) 赢利性组织。这类组织的目标是纯粹获取经济效益，组织经营者和所有者的利益依靠与其他组织竞争、提高工作效率获得，如企业等。

(4) 公益性组织。公益性组织的目标是使公众都受益，不仅限于与该组织直接接触者，如军队、警察、税务局和科研机构等。

3) 根据组织对其成员的控制方式分类

根据组织对其成员的控制方式可将社会组织划分为以下三种类型：

(1) 强制性组织。这种组织以暴力为手段，用强迫的方法控制其成员，如监狱、集中营、精神病院等。

(2) 规范性组织。这种组织对成员的控制以内化的规范为主，即成员自动地遵守规范，如宗教组织。规范性组织也可包括自愿性组织。

(3) 功利性组织。这种组织以报酬作为控制其成员的手段，如工业组织、商业公司。

另外，还可以根据组织人数的多少将组织分为小型、中型、大型、巨型组织等类型。

我国一般根据社会组织的性质和职能，将社会组织划分为政治组织、经济组织、文化组织、宗教组织和群众组织等类型。

2. 组织的作用

1) 组织能满足人的生产和生活需求

组织之所以得以产生、存在和发展，最重要的原因是组织能满足人的生产和生活需求。首先，组织的形成强化了分工和协作，使人类的生产效率得到提高，推动了生产力的发展。其次，在生产发展的基础上，满足了人类的各种生活需要。

2) 组织能满足人的心理需求

个人加入一个组织，除了能满足自己的生产和生活需求外，同时也是为了满足其心理上的种种需求。人的心理倾向具有趋同性。个人为避免恐惧、孤独和失望，进入一个组织，可以获得某种安全感，以得到心理上的平衡。如果一个人经常与组织中的其他成员进行争论、交换意见，可以增强自信心。人在组织中也可以达到与人联系交往的目的，获得友谊和支持帮助。如果一个人在组织工作中取得成功，可受到奖励，获得鼓励，受到所在组织及成员的尊重和认可，从而可以获得满足感、自豪感，可以促进他们健康个性的形成。

3) 组织能满足个人价值实现的需求

随着科技的发展，生产社会化程度越来越高，专业化越来越强，人对组织的依赖性也越来越强。不管工作性质是单独性的，还是合作性的，都离不开组织的支撑。一个人可能通过自己的奋斗取得某一项成果，但作为终身的事业发展，最终还是要汇入组织的总体目标之中的。

个人价值要通过组织的经济价值和社会价值来实现。一个工程师开发出很有价值的科研产品，如果投向市场，需要大批的人力和财力，而他个人是无法承担的。但是组织可以帮助其进行科学论证，通过金融系统融资，组织科技人员进行产品进一步开发，组织营销人员调查和开拓市场。当产品占领了市场，赢得了顾客，公司取得了经济效益的同时，也实现了社会价值。这时，这个工程师才算真正实现了个人的价值。

三、组织行为

组织对我们的工作、生活具有广泛的影响，大多数人会作为组织的一员而度过工作、生活的大部分时间。同时，人们在组织中极少完全单独工作，如果要完成目标，组织成员就必须在工作中合作并协调他们之间的活动，人们在一起工作的形式还是小组、部门、委员会这些组织形式。因此，一方面，组织作为社会的创造物或发明物，影响其成员的思想、感情和行为；另一方面，组织的各个成员的行为方式及其绩效又会影响组织的绩效。组织在我们的生活中有着重要的作用。

组织行为是组织内部要素的相互作用以及组织与外部环境相互作用过程中形成的行动和作为。

1. 组织行为的特征

1)　目标性

组织行为都具有明确而又具体的目标性。一切社会组织都有自己特定的目标，组织的所有行为都是围绕着这一目标展开的。如工厂的目标是生产社会所需要的产品，工厂组织的行为就是围绕着产品而展开的产、供、销一系列行为；学校的目标是培养社会所需要的人才，学校组织的行为就是围绕着学生而展开的一系列教育行为。

从这一意义上讲，组织行为就是目标行为。组织目标是组织奋斗的目的，是组织一切行为的总导向，是组织存在的价值体现，是衡量组织有效性的基本依据之一。组织目标确定之后，在外部条件具备的情况下，组织成员的努力就成了组织目标实现的关键。组织目标的实现靠组织成员的努力。组织成员对组织目标的影响主要是通过他们对组织目标的认同、完成组织目标的技能、敬业和努力来实现的。组织要使组织成员对组织战略目标认同，必须进行目标教育。组织战略目标既是对员工的利益吸引，也是对成员的行为导向。一个组织就是一个利益共同体，组织成员首先有对共同利益的认同，才有进一步对组织目标的认同。而组织的目标教育是实现目标的保障。组织确立了目标，还要让员工了解目标是什么。了解了目标，还要有实现目标的技能，否则，对组织的贡献、获得社会利益也是一句空话。要实现组织目标，归根结底是靠组织中每个人的共同努力，充分发挥每个人的潜能，调动每个组织成员的积极性，提高每个人的自信心，增强每个人的责任感。

2)　秩序性

任何组织都有其特定的秩序。这种秩序是围绕某一特定目标加以精心设计的。因此，组织行为具有显著的秩序特征。

首先，组织有一个复杂而正式的结构。社会组织一般都具有一定规模。为了高效有序地完成目标，就要有一个正式的结构，以保证组织内部分工有序、职责分明，各成员、各部门得以协调一致地行动。

其次，在一定的组织结构基础上，社会组织内部通常被划分为不同的层次和部门。如一个企业内，上设经理室，下设采购部、生产部、销售部等，各部门各司其职，这样，整个组织行为才能快速高效运作。

再次，为了保证组织秩序行为的形成和正常持续，组织必须制定一系列的规章制度、行为规范。

而组织形成秩序的中心是有一个权力核心。组织权力核心用以指挥组织成员的行为，以促进组织目标的实现，这些权力核心还要不时地考核组织的绩效，必要时调整组织秩序以增加效率。

3)　高效率性

社会组织不同于初级社会群体，它实际上是人类为了追求高效率而创造出来的一种工具。因此，社会组织的行为从根本上说是理性的，具有高效率性。

首先，在社会组织中，一切以组织整体功能的合理高效为基础，组织成员间的行为多以对事不对人的原则进行。这种状况使组织的活动中，奉行事本主义，非人格化的特征比较严重。

其次，不像初级社会群体中成员不可代替，组织成员是可以代替的。社会组织是由无个性的职位构成的，而不是由有个性的人组成的。当一个职位由于某种原因空缺时，很容易就能找到相应的人员来补足。因此，组织管理中可以实行成员的淘汰，对不胜任的成员通过轮训、降职、撤职的方式加以更换。

社会组织行为相对于初级社会群体行为最大的两个特点就是高效率和非人格化。这两个特点使人们一方面感觉到社会组织的存在是生产和生活发展的需要；另一方面又感觉社会组织不需要成员全部个性以及感情的投入，并把人看成物的非人格性。

但是，随着管理实践的不断发展，社会组织行为有朝着本性和人本性统一发展的倾向，既强调高效率行为又注重以人为本。

2. 组织行为的层次

组织是由个人和群体组成的，因此，组织行为有以下三个不同的层次：

(1)　个体行为是单个人的行为，是个人在内在心理和外在环境驱使下形成的行动和作为。个体行为是构成组织行为的最基本单位，是组织行为学研究的起点。个体行为包括不同个体心理因素下的行为、不同环境刺激下的个体行为、不同类型的个体行为等。

(2)　群体行为以群体中的个体行为为基础，但是群体行为并不是个体行为的简单叠加，而是一种群体人际行为和工作行为的综合表现。群体行为包括不同类型群体的行为、群体决策行为、群体冲突行为、群体一致行为以及非正式群体行为等。

(3) 组织行为是在个体行为和群体行为的基础上产生的，但是组织行为并不等于个体行为和群体行为的简单相加。组织行为包括组织目标行为、组织架构行为、组织运行机制、工作设计行为、组织发展以及组织变革等内容。

第二节 组织行为学的界定

组织行为学是研究社会组织中人的行为表现及其规律，提高管理者预测、引导和控制组织中人的行为的能力，以实现组织目标的科学。

一、组织行为学的根据与理论基础

研究组织行为学的目的在于提高组织及其成员的行为效能，以达到组织目标。可以说，组织行为学是管理学理论体系中的一个基础学科，而组织行为学使抽象的管理理论具体化和实用化了。

1. 组织行为学的根据

任何一门学科都有一个产生与发展的历史过程。组织行为学作为一门边缘交叉性学科，它伴随着管理理论的发展和心理学、社会学、人类学等原理在管理中的具体应用而产生。

管理，是人类社会的永恒主题，是人类社会有序发展的推动力。虽然管理活动自古就有，但形成一门独立的管理学，还是近代的事情。西方管理理论大致经历了古典管理、行为科学和现代管理三个阶段。

古典管理理论发端于 17 世纪，成熟于 19 世纪末 20 世纪初。在 19 世纪末，随着生产的发展和科学技术的进步，自由竞争资本主义逐步向垄断资本主义过渡，企业规模不断扩大，市场也迅速发展，生产关系发生较大变化，劳资矛盾日益尖锐，生产技术更加复杂。这些都迫切需要改进企业管理，提高企业的管理水平。适应这种需要所形成的管理理论是“古典管理理论”。古典管理理论在美国表现为泰罗创建的科学管理理论，在法国表现为法约尔创建的一般管理理论，在德国表现为韦伯创建的行政管理理论。在这些管理学创始人的实践和理论中，已经自觉不自觉地开始了组织行为学的探索，组织行为学开始萌芽。

组织行为学产生的另一渊源是心理学，尤其是工业心理学。工业心理学是心理学在工业生产上的应用，包括工程心理学、人事心理学、工业社会心理学、消费心理学和组织心理学等。工程心理学由实验心理学的研究发展而来，它重视如何设计适合于每一个人的工作程序与工作环境(包括物质环境的设备、工具、机械设计等)，以减少工作者的厌烦和疲劳，防止发生意外的工伤事故。人事心理学着重对人的个别差异进行研究，其目的是为选择及培训合适的人员、担负组织内的特定工作。工业社会心理学研究工厂内群体的关系。

消费心理学研究生产者和消费者的关系。组织心理学研究组织结构对人与人关系的影响，等等。工业心理学研究的这些内容已开始涉及管理心理学的理论问题，而管理心理学正是组织行为学的萌芽阶段或前身。

20 世纪最初的 30 年是人类现代化进程亦即工业化发展明显加快的时期。这种加速发展主要体现在两个方面：一是工业生产的规模日趋扩大，在无数个小工厂因激烈竞争分化的基础上产生出一个个大型企业；二是随着自由竞争向垄断过渡，政府对工业和市场的宏观调控职能得到进一步强化。这种现代化进程的两方面表现带来了两个结果：一是在大型企业组织中，劳资冲突加剧，市场竞争激烈，管理杂乱无章，生产效率低下；二是国家在社会生活中的作用明显加强，国家的行政职能得到强化，官僚制的政府机关表现出较高的效率。这种工业组织与行政组织的现状引起了一批在企业与行政机关担任管理工作的专家、学者的注意，他们开始有意或无意地涉及组织问题。虽然不同的研究者所处的环境和所关注的对象不同，他们在对组织进行研究时所选取的角度也各异，但是他们都开始了组织行为的探讨。

这时，工业心理学研究的内容虽然已开始涉及管理心理学的理论问题，但由于是以个体作为研究对象，侧重于对工作中个体差异的测定，如探讨灯光照明、室内温度以及物质报酬等因素对工作效率的影响，而没有注意到工作的社会环境、人际关系以及组织机构本身所具有的社会性。一直到霍桑试验，才进一步把心理学、社会学、人类学等各门学科结合起来，对生产中人们的心理与行为，进行综合探索、试验和解释，提出了人群关系论，也从而促进工业心理学、管理心理学向组织行为考察和研究靠拢。

第二次世界大战后，科学技术迅速发展，工人的文化素质、技术素质得到较大提高。在企业里，知识性劳动和知识性劳动者所占比重越来越大。工人们也有了更多方面的需要。这必然会给企业管理工作提出新的要求。于是，促使各学科的学者聚集在一起共同探讨人的行为产生的因果关系。1949 年，在美国芝加哥大学召开的一次跨学科的讨论会上有人提议把这种综合各学科知识系统研究人的行为的科学叫做“行为科学”。1953 年，美国福特基金会邀请了一批著名学者，经慎重讨论后，才正式把研究人的行为的学科定名为“行为科学”。从那时起，在企业管理中，行为科学就取代了人群关系论。在管理中对人的各种行为的考察、研究、引导和控制，已经成为管理学的主流。

20 世纪 50 年代，建立在人群关系理论基础上的社会心理学的研究真正起步，人们清楚地看到，作为以群体特别是小群体为研究对象的社会心理学，对职工工作绩效的影响作用变得越来越大。因此，美国斯坦福大学的莱维特教授于 1958 年开始正式用“管理心理学”代替原来沿用的“工业心理学”的名称，显示出管理过程中对人的行为和心理问题研究的强调和重视。

随着管理实践的深入，20 世纪 60 年代中期以后，行为科学的一个重要动向是开展组织行为的研究，即在管理中是既注意人的因素，又注意组织的因素。而管理心理学这一学科也发生了从个体到群体的研究，再到组织的研究的演变。在 1964 年，莱维特等人在一篇名为《心理学年鉴》所写的综述标题中采用了“组织心理学”这个名词。同时，加之政治学、经济学、历史学、生物学和生理学等学科的影响，组织行为学于 20 世纪 60 年代末正式成为一门成熟而独立的学科。

2. 组织行为学的理论基础

组织行为学形成的直接原因是管理科学的发展。但它的产生还有更广泛的理论准备和知识积累。从图 1-1 中我们可以清楚地认识到，组织行为学的理论基础是相当宽厚的。其中，比较重要的有以下几点。

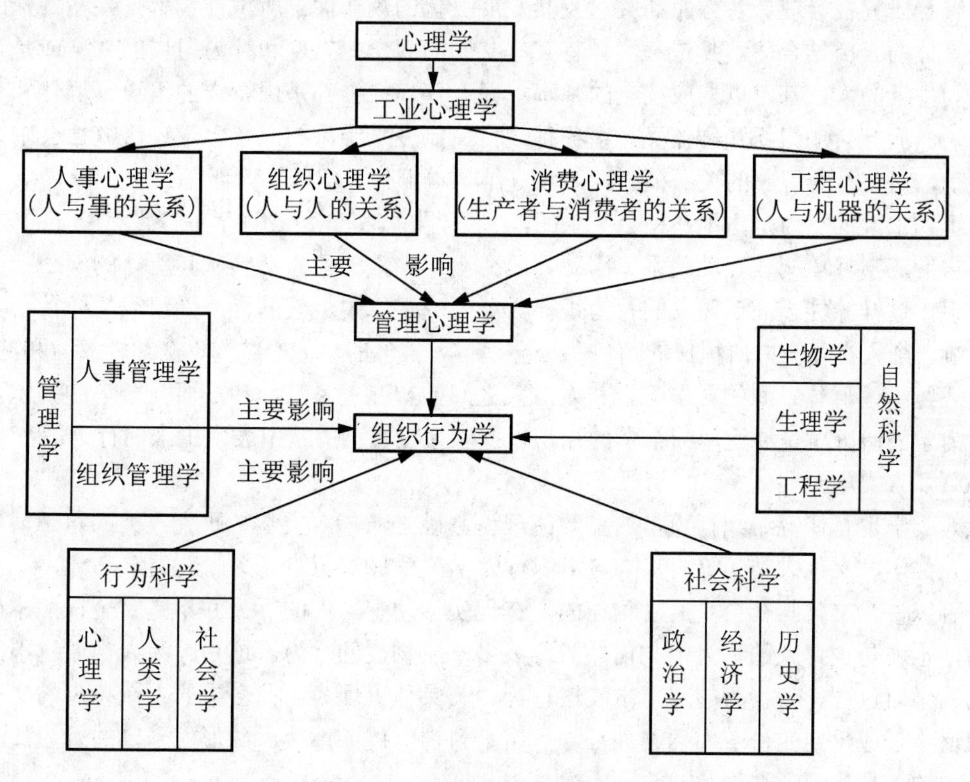

图 1-1　组织行为学的理论基础

1)　心理学

心理学是研究人类心理现象规律的科学。心理现象的规律性包括心理活动的规律和心理特征的规律两部分。一般认为，心理活动是内在的，行为是外显的。要研究组织中人的外显行为的规律性，必须以心理学作为理论基础，因为心理活动和心理特征是人们产生行为的重要原因和内在动力。

心理学又分为个体心理学与社会心理学。个体心理学集中于个人的心理活动和特征的分析，这是一切心理学研究的基础，所以也可称为理论心理学。社会心理学是把个人作为社会的人来研究其心理过程的学科。现实中，任何人都绝不能离开社会而生存，他的心理及行为必然是与群体、组织和整个社会生活相联系而不可分开的。组织行为学是以个体的一般心理过程规律为基础，进而研究群体的行为，以及个人与群体之间的相互关系的学科。

因此，要研究组织行为学，必先研究普通心理学的实验资料及关于基本的心理活动和心理特征的基础知识，研究社会对于个人的影响及相互关系。

2) 社会学

社会学是研究社会及其关系的科学。它是一门综合性较强的学科，把社会作为一个整体，综合研究社会现象各方面的关系及其发展变化的规律性。所谓社会就是某些特殊的和比较具体的人类结合体。凡是一群具有某些共同的观念、态度和行为习惯的人，或是在一块共同生活的人，都可以构成社会的基本单元。任何社会都是由特定的组织、群体和个人组成的。而社会的组织和群体又是由各种规范、制度来维系的。社会学还研究社会中人们的互动，研究社会现象的关系模式，如家庭结构、群体、组织、阶级等。

组织中人的行为是离不开社会关系的，组织、群体和个人之间存在着彼此依存的关系，同时它们还与环境构成互动关系。因此，研究组织中人的行为必须从其所处的整个社会关系着手，这样才能全面认识人的行为规律。如研究组织中个人的行为受组织内外社会环境的影响，个人在社会中所担任的角色和社会地位，群体的动力、结构、交往、权力和冲突，非正式组织、群体之间的合作配合和人与人之间的相互关系等，都需要社会学的知识。组织行为学的研究就是要运用社会学的知识来探索人在社会关系中表现出来的行为。

3) 人类学

人类学也是研究组织行为学的重要的理论基础之一。人类学是研究人类的科学，包括体质人类学、文化人类学等，其中与组织行为学关系最密切的是文化人类学。

可以说，文化与社会是紧密相连的。在现实活动中，人的行为并不是完全按照本能产生的，也就是说，人的行为中文化性的行为多于生物性的行为。这是因为人类通过不断社会化的学习过程，使行为超越了本能性行为。其具体表现为，社会中的人在特定的文化环境中逐步形成一定的价值观念、规范、风俗、习惯、民族性等，并形成一定的行为。生活社会中的人是离不开文化影响的。

而由于文化背景的差异，其所熏陶出来的价值观念、规范、风俗、习惯、民族性格也不同，即使在一个组织中，其成员的教育程度、家庭背景、社会环境也有差异性，这些都会影响他们的态度与行为。因此，任何组织的管理者和领导者都必须根据不同的文化背景和现实环境，选择相适应的、有效的组织形式和领导方式。

由此可见，组织行为学要透彻地研究人的行为，必须借助于人类学的知识和方法。人类学特别是文化人类学对组织行为学的贡献，主要是组织中人的行为与人类社会起源的理论、人类和文化的关系等知识。

4) 其他学科

政治学、伦理学、生物学、生理学等学科的知识和研究方法，也是研究组织行为的理论基础。

政治学中的权力与冲突问题，伦理学中的道德规范，都会影响组织中个人和群体的行为，还会影响管理行为的方式、方法以及领导行为的作风等。

人首先还是一个生物有机体，有着自己的生物节奏规律性，有体力、智力、情绪的低潮与高涨，这些都会影响个人的行为及群体、组织的行为。早在19世纪末，管理领域中的工业心理学就开始研究劳动者的疲劳现象，希望通过减少疲劳，来提高劳动效率。而到了20世纪80年代，组织行为学又借助于生物学、生理学等学科的知识和研究方法，研究工作压力对个体、群体、组织的行为和工作绩效的影响，主要分析当人们承受工作压力时，身体所做出的生理反应，以及引起的身体生物结构的变化和如何防治等。

二、组织行为学的研究内容和学科性质

1. 组织行为学的研究对象

组织行为学的研究对象是人的心理和行为的规律性。它既研究人的心理活动的规律性，又研究人的行为活动的规律性，而且是把这两者作为一个统一体来进行研究的。

组织行为学的研究范围是在一定组织中的人的心理与行为规律，并不是研究一切人类的心理和行为规律。这些组织包括企业、学校、军政府等。所研究的这些一定组织中人的心理和行为规律，不仅是单个人的心理与行为规律，而且还包括聚集在一定群体中人的心理和行为规律。组织行为学的研究范围具体如下。

1) 组织行为学研究的对象是人

任何组织都有人、财、物、信息、技术等资源。管理从任何一个资源着手都可以找到提高组织效能的途径。管理学就是通过计划、组织、领导、控制等活动对企业资源进行协调以提高企业效能的一门学科。它的研究对象既包括人，也包括资金、物资、技术等。

2) 组织行为学具体研究的是人的行为

人的行为从不同的角度可分为个体行为和群体行为，还可分为主动行为和被动行为，等等。管理者为了提高管理效果，对被管理者的管理也就分为两类，一种是通过强制手段，逼迫员工劳动，另一种是通过关心人、调动人的积极性来提高人的劳动效能。组织行为学研究的是如何通过调动积极性，让员工自觉、主动地劳动，以达到提高劳动生产率的目的。

3) 组织行为学是从研究人的心理及行为规律入手，来探讨调动人的积极性的方法

这就需要全面、系统地研究人在各种状况下的心理和行为表现、特点和规律。要达到这一点，组织行为学在研究人的心理与行为时，要把人及组织放到更大的社会系统中去研

究。因此组织行为学的研究，不但涉及个人、群体、组织，而且还要研究社会，研究社会的政治、经济、文化、法律等对心理行为的影响；不但要研究这些因素的静态规律，还要研究这些因素的动态的发展。为此，组织行为学的研究要运用多种学科的知识和系统的方法来进行。

2. 组织行为学的研究内容

一般地说，组织行为学的研究内容主要包括以下几方面。

1) 个体行为的研究

个体是构成组织的最基本单位，是组织的细胞。对个体行为的研究是众多和深入的，包括对个体心理因素中的知觉和个性的认识，对个体行为的特征、个体行为的模式和个体行为引导与协调的探讨，对个体行为的激励与激励理论的研究等。

2) 群体行为的研究

组织中的个体，总是存在于各个群体之中。群体行为的研究主要包括群体的类型与结构、群体行为的特征、影响群体行为的主要因素、群体决策、影响群体之间行为的主要因素、群体冲突及其管理、群体一致及其管理等内容。

3) 组织行为的研究

组织行为学还从整体上研究组织行为。任何一个组织都包括不同的层次，有着不同的结构和不同的职能。组织行为学对组织行为的研究，主要是在研究个体行为、群体行为的基础上，对组织行为的组织架构、组织运行机制、工作设计、组织发展以及组织变革、非正式组织的管理等内容进行系统、全面的研究。

4) 领导行为的研究

在群体和组织中，都离不开领导。领导行为对一个群体或一个组织管理的好坏，有着决定性的影响，它直接影响着个体、群体、组织行为，从而影响个体、群体、组织的绩效和目标的实现。因此，领导行为是组织行为学的重要研究内容。对领导行为的研究主要包括领导者素质、领导能力、领导行为理论、决策行为、领导者的选拔与培训等方面。

组织行为学的研究还包括决策行为、激励行为、沟通行为、控制行为等内容。

组织行为学研究的具体内容如图 1-2 所示。

3. 组织行为学的学科性质

1) 综合性

组织行为学是一门多学科相互交叉、渗透与融合的边缘性及综合性学科。

组织行为学综合管理学、应用心理学、社会学、社会人类学、政治学、生物学、伦理学等学科的知识，在组织管理工作的实践中，来分析、研究和解释组织中人的行为。在上述诸学科交叉的边缘上融合成组织行为学。

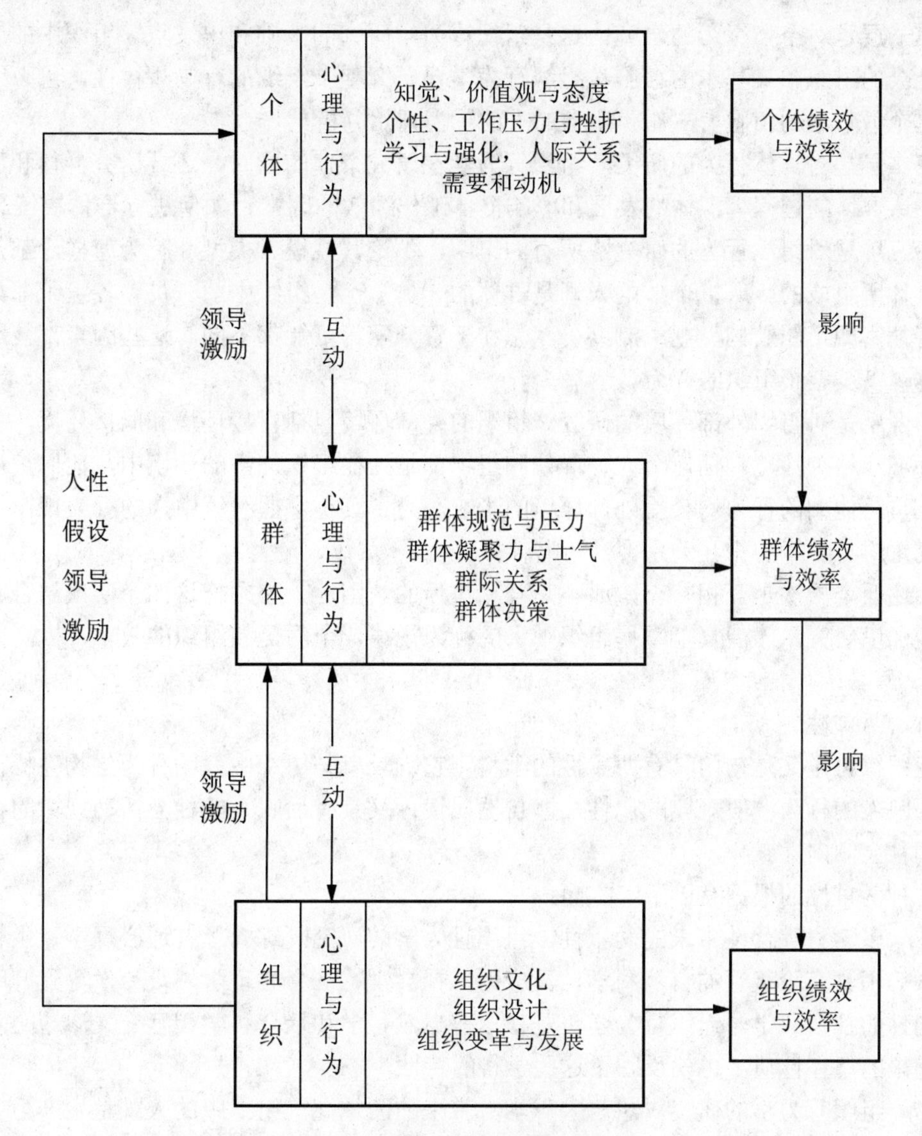

图 1-2　组织行为学的研究内容

组织行为学作为一个在多种原有学科的互相交叉重叠中成长起来的新兴学科，既有原有学科的多种特点，又有原有学科所不具备的新特点。

2)　层次性

组织行为学不仅具有多学科相互交叉的综合性，而且还具有多层次性。这种多层次性主要表现为：它是一门综合研究组织中个体、群体和整个组织的行为的发展规律，以及它们与社会环境的关系的知识体系。

第一层是对个体行为的研究。这是组织行为学研究的基础和出发点。组织中的个体行为是社会的组织中最基本的细胞。组织行为学要研究整个组织的行为规律性，也必须从组织中这个最基本的细胞——作为个体的人的行为开始分析。

第二层是对群体行为的研究。组织行为学在研究个体的同时，还要研究群体和群体结构、形成群体的过程、群体的发展和影响群体工作绩效的因素、如何进行群体决策等。

第三层是对组织行为的研究。所有的组织，不论其规模、类型和行为怎样，都是由个体与群体所组成的。所以个体的人既是群体的一员，也是组织中的一员。各组织都具有各自的特征，如组织结构、规章制度、奖惩和工资分配等可能都不同。这些因素都会影响个体和群体以及整个组织的行为。

第四层是对组织外部环境的研究。组织的外部环境包括直接环境和间接环境，也包括物质环境和精神环境。任何个人、群体和组织都是处在组织外部的环境中，他们是社会环境的成员。他们的行为均会受外部环境的影响。为了真正掌握组织中人的行为规律，还必须研究组织与环境的相互关系。

上述四个层次是互相补充，而不是互相排斥的。因此，必须把这四个层次结合起来，协调地加以研究，才能真正掌握组织中人的行为规律，全面提高组织的效率，提高组织的管理水平。

3) 两重性

组织行为学又是一门具有两重性的学科。它既具有与组织中人的行为生物性特征相联系的反映人的行为一般规律的属性，即自然属性；又具有反映人的社会活动规律的社会属性，即社会倾向性。

这种两重性的根据有以下三方面：

(1) 多学科综合性带来的两重性。组织行为学的研究既综合了普通心理学、生物学、生理学等不具有阶级性的自然科学，又应用了社会学、社会心理学、政治学等具有明显社会倾向性的社会科学。组织行为学正是在这些自然科学和社会科学相互交叉渗透的基础上发展起来的，在性质上也就反映了这些学科的特性。

(2) 组织行为学的研究对象“人”本身带来的两重性。组织中的人既是生产力要素之一，又是生产关系的主体。同时，组织中的人既是生物性的人，又是社会性的人，正如马克思所说：人是一切社会关系的总和。从生物性特征上看，组织行为学研究的人具有自然属性；而不同社会制度下生产关系的性质不同，致使组织行为学所研究的人又具有社会性(阶级性)的一面。

(3) 管理带来的两重性。在某种意义上说，组织行为学就是一种以人为中心的管理学。一方面，管理作为对人们共同劳动的协调和指挥，是属于管理的自然属性，反映了社会化大生产的共同规律，是人类生产实践中形成的共同文明成果。这种管理的属性不受社会制度的制约，不管资本主义社会，还是社会主义社会，都需要通过协调和指挥来管理社会化大生产活动。另一方面，管理又是一种监督劳动。这种监督劳动是一种社会属性的职能，它反映了一定社会生产方式下生产关系的要求，不同的社会制度中，管理的社会属性是不一样的。在阶级社会中，管理是统治阶级意志的反映，是具有明显的社会倾向性(阶级性)的。这种管理的两重性，也就决定了专门研究管理领域内人的行为规律的组织行为学也具有两重性。

根据上述对两重性的分析，我们清楚地看到，组织行为学除了不同社会制度下具有不同的社会倾向性(阶级性)这一个性外，还具有一切社会均有的共性方面，而后者也正是我们可以借鉴和吸收国外在组织行为学领域的研究成果的依据。

4) 实用性

组织行为学相对于心理学、社会学、社会人类学等学科来说，属于应用性科学；而心理学、社会学、社会人类学属于理论性科学，这些学科是组织行为学的理论基础。在研究和掌握了组织中人的规律性后，还要进一步研究评价和分析人的行为的方法，掌握保持积极行为、改变消极行为的技术。其目的是紧密联系组织管理者的工作实际，提高他们的工作能力，改善组织的工作绩效，所以说它是一门实用性的科学。

三、研究组织行为学的意义

在现代化生产和管理中，最重要的因素是人，因此，现代化的管理最主要的是对人的管理。组织行为学的主要任务和目的就是调动人的积极性和创造性，开发人力资源。学习、研究及应用组织行为学，对于推进管理水平的现代化水平，增强劳动者的工作热情，提高劳动生产效率，有着十分重要的理论和现实意义。

1. 有助于加强以人为中心的管理，增强劳动者的主动性、积极性和创造性

目前，我们已经进入知识社会，科学技术在高速发展，人的素质在不断提高。因此，进入劳动生产领域的劳动者的素质也在不断提高。同时，科学技术越进步，就越重视人的因素和提高人的素质，提高脑力劳动者的比重。据统计，体力劳动和脑力劳动的耗费比重，在机械化水平低下的情况下一般为 90∶10；在中等机械化水平下为 60∶40；在全盘自动化的情况下为 10∶90。特别是进入使用计算机、信息化管理时代，对脑力劳动的要求越来越高，在 20 世纪 70 年代美国新增加的近 2000 万就业人员中，就有 90%左右的人在高技术信息服务业工作。在这种状况下，现代管理认为，人是组织的主体，最重要的管理是对人的管理。

实践证明，越是高级的脑力劳动者，就越需要实行具有人性化的管理，充分发挥其主动性和自觉性，而不能主要靠监督。因此，目前要实现管理的目标，就要实行既有人性化、又有效率的管理，要建立以人为中心的而不是以工作任务为中心的管理制度。而这些都需要组织行为学的配合与协调。

2. 有助于知人善任，合理地使用人才

组织中的每个员工都有着各自的个性特征以及不同的气质、能力和兴趣等，而组织行为学的个体行为研究，通过对个性理论及其测定方法的分析，为组织管理中员工个体行为管理，如个人绩效的考核方法等方面提供了有针对性的指导，使组织领导者能够全面地了解每个人的性格特点和能力专长，从而安排与之相适应的工作岗位和职务，真正做到人尽其才、才尽其用，从而取得最佳的用人效益。

同时，组织行为学的行为研究也为当前深入进行的劳动人事制度的改革，为社会组织制定使用人和培养人等方面的人力资源政策和方法，提供了科学依据。

3. 有助于改善人际关系，增强群体的凝聚力和向心力

社会组织是以分工协作为基础的。组织中的员工不可能单独孤立地工作，而是在一定的工作群体中与他人协调配合，发生各种各样的关系，这必然出现群体行为。组织行为学对群体行为规律的研究，为改善人际关系，发挥群体的功能，提高群体绩效，提供了依据。如组织行为学认为，必须把组织中的正式群体和非正式群体的作用结合起来，满足人们感情、志趣、归属感和友谊的需要，这样容易增强群体的凝聚力和向心力。而在这样和谐的人际关系下，人们心情舒畅，有利于进一步提高群体绩效。

4. 有助于改善管理者和被管理者的关系

在不同的社会制度下，管理者与被管理者的关系，是具有不同的阶级性质的，所以不能混为一谈。但是，任何组织的管理者又是生产和工作任务的协调者和指挥员，他们与职工的关系，除了有一般意义上所说的生产关系一面，还有一般社会关系的一面。马克思多次把生产关系和社会关系区别开来，他从来不认为生产关系就等于社会关系。当然，社会关系的核心是生产关系，既然企业领导与群众的关系还具有一般社会关系的一面，所以西方组织行为学中关于一个有效的领导人应具备的素质、领导艺术和如何根据不同情况采用不同的领导方式等原理，对于提高我们的领导者水平，还是很有借鉴意义的。

5. 有助于提高现代化管理水平

随着我国对外开放的深入发展，作为现代管理理论的重要组成部分的行为科学——组织行为学也随之传入我国。组织行为学研究的管理和领导过程中心理与行为、激励的各种方式，可以提高领导水平、领导艺术和领导者的素质；组织行为学研究的人们心理变化的各种因素，可以预测人的行为，使思想政治工作富有预见性和针对性，促进人的行为的转变。总之，我们在管理工作中借鉴这个学科理论中的合理成分，对于促进我国社会组织管理的现代化与科学化将发挥积极的作用。

6. 有助于提高工作效率和劳动生产率

组织行为学是研究人的心理与行为产生的原因及其规律的学科，其目的在于调动人们工作的积极性和创造性。就现阶段来看，我国的物质生产水平还较低，劳动者的生活还不富裕，而要提高劳动者的生活水平，就需要极大地提高劳动生产效率。因此，在实际工作中，当我们掌握了在生产过程中的个人及处于群体、组织中的人和心理活动的规律之后，就可以制定出管理个体、群众、组织的科学管理方法。这些科学管理方法有利于提高工作效率和劳动生产率。所以，组织行为学当前的一项主要任务就是运用组织行为学的规律来促进劳动生产率的增长。

7. 有助于促进社会主义精神文明的建设

组织行为学研究人们的心理和行为特征，有助于组织成员培养良好的个性品质；组织行为学研究人的挫折理论，有助于人们的心理健康；组织行为学通过研究群体、组织内外之间的人际关系，可以使职工建立良好的人际关系，培养群体意识、增强团结，提高集体的士气，建立良好的集体风尚；组织行为学研究文化对行为的影响，能促进企业文化的建设和学习型组织的建立。这些对于促进职业道德、社会道德的进步，推动社会主义精神文明建设的开展，都有着重要的不可缺少的作用。

组织行为学的实践作用已经被越来越多的人所认识与接受。任何人都要依赖于一个组织，组织实际上应该是志同道合的一群人走到一起干大家共同想干的事的地方。而组织的竞争必然依赖于组织中的成员，组织的竞争力也就与其成员的总体素质直接相关。如果说个人的竞争力完全取决于个人的素质，而组织的竞争力并不仅仅取决于各个成员的个人素质，也不等于个人素质的简单相加，而是取决于作为一个整体的组织的素质。那么，怎样才能使个人素质发挥出整体效益，这就是组织行为学理论研究和应用的关键所在。

第三节 组织行为学的研究原则与方法

在组织行为学的研究中，研究方法是否科学，不仅会影响研究结果的准确性，还会影响学科发展的进程。

一、组织行为学研究的原则与过程

1. 组织行为学研究的原则

1) 客观性原则

客观性原则是一切科学研究所必须遵循的一项基本原则，也是组织行为学的研究应遵循的基本原则。在组织行为学研究中，必须研究人的行为和心理，而对人的行为和心理的研究必须结合客观的刺激、周围的环境来进行。同时，行为与心理现象非常复杂多变。但行为与心理终究是一种客观存在的现象，它有客观的、不以人的意志为转移的规律。因此，在研究过程中，必须将被试心理的主观报告同客观的刺激、周围的环境、被试的行为动作反应相互对照，反复地加以检验，才可得出科学的结论。探索人的行为和心理这种规律必须有严格科学的客观态度，绝不能凭主观办事，给它附加任何外来的成分。

2) 发展性原则

客观事物总是在不断发展和变化的，人的行为与心理也是不断发展和变化的。在现实中，任何行为表现的形成都是有其历史和现实原因的，而任何现有的行为特征又都不是一成不变的。这就要求我们在探讨人的行为和心理时，不要用孤立的、静止的观点来看问题，而必须考虑行为和心理的发展变化。这要求我们不仅要看到当前的行为现象，而且要寻找造成这种行为现象的历史原因，并根据组织行为学原理对其将来的发展作出预测。

3) 联系性原则

事物总是相互影响、相互制约的。人的行为与心理现象之间、行为及心理现象与外界客观事物之间同样是相互影响、相互制约的。同时，由于人生活在复杂多变的自然环境和社会环境之间，人的行为与心理活动自然会受到自然和社会许多因素的影响和制约。例如，春天花红柳绿，但是有人快乐，有人却忧愁。所以，我们在研究人的行为与心理现象时，要充分考虑人的行为与心理现象之间、行为及心理现象与外界条件之间的相互影响、相互制约。不仅要考虑引起行为与心理现象的原因、条件，也要考虑与其相联系的其他因素的影响，从它们的联系中探讨人的行为和心理的规律。

2. 组织行为学研究的过程

组织行为学的研究从系统的过程来看，可以分为 4 个步骤，如图 1-3 所示。

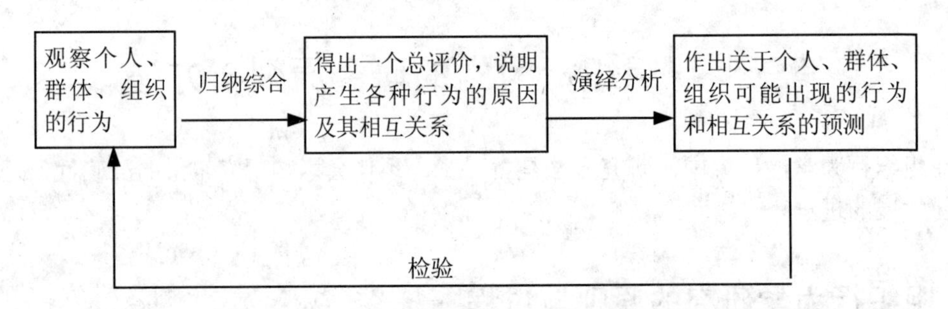

图 1-3 组织行为学研究的系统过程

组织行为学研究的系统过程中每一步骤的任务和作用如下。

1) 观察和实验阶段

这一阶段收集有关个人、群体、组织行为和环境的情况，如实地记录各种数据的资料。

2) 系统分析阶段

这一阶段分析说明个人群体、组织行为和环境情况产生的原因，以及相互关系。

3) 预测阶段

这一阶段做出关于个人、群体及组织行为及其相互关系的预测。

4) 检验阶段

这一阶段通过系统和控制性的研究来检验所做出结论的正确性。

二、组织行为学的研究方法

研究方法是揭示研究对象的手段。任何一门以某种客观规律性为研究对象的学科，都有与之相适应的科学的研究方法。没有科学的研究方法，就无法揭示这种客观规律性。组织行为学与其他学科一样，也具有作为揭示客观规律性手段的科学的研究方法。

组织行为学的研究方法与一般管理学的研究方法基本相同。组织行为学的研究方法可以按研究的性质、研究的深度和研究变量的可控程度三种情况进行分类。

1. 按研究的性质分类

1) 理论性研究

这种研究主要是为了积累组织行为学的学科知识，并不直接着眼于应用。例如，对人性的探索，对激励的心理规律的研究等。

2) 应用性研究

这种研究方法侧重于对观察结果的证明，以及如何把这种新发现的研究成果用于解决实际问题。

3) 服务性研究

这种研究主要是指咨询人员或顾问人员所作的研究。

4) 工作性研究

这种研究是指针对具体情况进行的研究性调查。通过调查分析，使人们认清问题并采取相应的解决问题的对策和措施。

2. 按研究的深度分类

1) 描述性研究

描述性研究主要是为了了解客观事物、行为的特点和出现的频率。这种研究一般只反映组织行为的现实，不涉及事物变量之间的关系，研究者也不施行干预措施。组织中经常采用的人员基本情况调查、职工态度调查、心理挫折的各种表现分析等都属于此类。

2) 预测性研究

预测性研究主要是管理人员提前考虑今后可能发生情况并提出应对方法的研究。比如，经理要对他所主管的人员的行为、工作成效及整个组织总目标的完成情况做出预测。这种预测性研究对有计划地控制人的行为和绩效具有重要的意义。

3) 因果性研究

因果性研究要求弄清楚行为中各个变量之间的相互关系及发展趋势。如研究工作绩效与满意感的关系。有观点认为绩效是因，满意感是果；有观点认为满意感是因，绩效是果；也有观点认为绩效和满意感互为因果。分析性的研究就是解决这类问题的。

3. 按研究变量的可控程度分类

下面主要介绍观察法、实验法、调查法、测验法、个案分析法和统计分析法六种类型。

1) 观察法

所谓观察法是指借助人的感官和各种测量仪器直接对研究对象进行观测，并将观察结果记录下来的方法。观察法的特点：有预定的研究目的，有系统的程序与设计，有系统的文字记录，一般不向被观察者暴露所要了解的问题。观察法可分为参与观察与非参与观察两种形式。

人们通过观察，要求准确地获取有关资料。因此，除了观察者要具有客观的态度、敏锐的注意力、快速的记录和较强的记忆力等条件外，还需要用其他的方法来查证记录结果的准确性。例如，采用录音机、录像机以补充文字记录的不足；采用各种观测仪器以减少观测中的误差；采用同时有两个或两组观察者共同观察某一目标的记录，或由助手协助主要观察者做记录，然后把两份记录相互对照、取长补短，使记录更为完整和准确。

观察法的优点是：简便易行，所获得的材料比较真实。其缺点是：花费的时间多；观察得来的材料也难以数量化，难以说明刺激条件与行为变化之间的精确关系；材料难以进行统计。

2) 实验法

实验法是严格控制条件，主动引起所要考察的心理现象和行为，然后对其结果做出数量分析的方法。运用实验法，使行为事件与外界刺激之间的关系明确化，并且具有重复性的特点，因而对一个实验结果可以反复地进行验证。

实验法可以分为以下三种形式：

(1) 实验室实验法。实验室实验这种方法比其他方法能更好地控制自变量和因变量的条件，使之能更明确地反映两种变量之间的因果关系。因此实验室实验法的主要特点是对控制有精确的要求。实验者操纵一些变项并且尽可能地控制其他的变项，这些通常只能在实验室中进行。如以光做刺激的实验，一般在暗室中进行；以声音做刺激的实验，一般在隔音室中进行。实验者控制经过精心选定的控制变量(如声、光等)，然后记录被试者的反应。综合大量被试者的结果，即可得出比较可靠的组织行为学结论。

(2) 现场实验法。现场实验法是实验者把现场当作实验室从事实验研究的方法。现场实验法就是把实验室的方法应用到不断发展变化着的现实生活中去，一般是在日常的生活情境中进行的，这比实验室实验更接近生活，但不如在实验室那样容易控制影响因变量和自变量的其他条件。因此在实验中，一般由实验者操纵自变项，尽可能地控制另外变项，观察计量因变项。自变项一般由有丰富经验的人或者是实验者本人充当。

(3) 自然实验法。自然实验法是在日常情境中观察两个以上对立情况对人的心理及行为的影响。因为自变项发生的先后次序清楚，何者为因、何者为果的现象较明显，因此有实验法的特点，只是自变项两个以上的对立情况并非是由实验者操纵的，而是自然发生的。例如，在研究不同的奖励制度、管理制度对人的不同作用时，可以选取两个相似的班组或科室，分别实行不同的制度，到期进行总结检查，以鉴别不同制度的不同效果。它具有观察法的自然性和实验法的主动性的优点，具有广泛的实践意义。

3) 调查法

调查法是就一些问题对某些人或群体进行访问并发给调查表要求被调查者回答，收集所需要的各种资料和数据，并以此来分析、推测其行为与心理趋向的研究方法。

调查法根据收集资料的方式不同主要分为以下两种：

(1) 问卷法。问卷法是研究者通过填写问卷(或调查表)来收集资料的一种方法，也是现代社会调查使用得最多的收集资料的方法之一。

问卷是用问答方式收集资料的卷子。它由一系列相互关联的具体问题组成。

问卷可分为封闭式和开放式两种。

封闭式问卷是把所要了解的问题和可能的答案全部列出的问卷形式，调查时只需调查对象从已给答案中选择某种答案即可；开放式问卷是只提出问题，不给出可选答案的问卷形式。

(2) 访谈法。访谈法是研究者通过面对面的谈话，以口头信息沟通的途径直接了解他人的心理状态和行为特征的方法。访谈法实际上是研究者或调查员同调查对象接触，通过有目的的谈话收集资料的方法。

根据访谈过程的结构模式的不同，可以把访谈法分为两大类，有结构的访谈和无结构的访谈。

在有结构的访谈中，研究者根据预先拟定的提纲提出问题，被研究者依次对问题进行回答。这种访谈结构严密、层次分明，具有固定的谈话模式。谈话问题一般涉及的范围较小，在整个谈话过程中被研究者犹如做了一份口头问卷。如招聘中的第一次谈话，了解年龄学历、工作经历等就属于有结构的谈话。

无结构的访谈结构松散、层次交错、气氛活跃，没有固定的模式。研究者提出的问题涉及范围很广，被研究者可以根据自己的想法主动地、无拘束地回答。通过这种谈话，双方不仅交换了意见，也交流了感情。

根据调查员同调查对象的接触方式，访谈法也可分为直接访谈和间接访谈。前者是面对面的访谈，后者则是通过通信工具进行的访谈。

无论是哪一种访谈，要想得到有效的访谈结果，必须遵循下列原则：

第一，有明确的目的。

第二，挑选能提供信息的对象。

第三，访谈过程中要建立合作和开诚布公气氛。

第四，访问者要具有启发引导、控制谈话进程和灵活应变的谈话技巧。

调查法在实施时虽然是以个人为对象，但其目的是借助于许多个人的反应来分析推测社会团体的整个行为与心理趋向。调查内容包括两部分：个人资料和心理状态。个人资料包括性别、年龄、教育程度、职业、宗教信仰、经济状况等；心理状态包括对所调查问题的意见、理解、期望、态度、信念等。

4) 测验法

测验法是指采用标准化的心理测验量表或精密的测量仪器测量被研究者的有关行为特征和心理品质的方法。

测验法是心理学研究中收集和分析资料的主要方法之一。而组织行为学在发展中引进了心理学的内容，测验法当然也就成为组织行为学研究中收集和分析资料的主要方法之一。科学的组织行为学的特征之一就是能对个体的行为进行量化的研究。

心理测量是使个体行为量化的主要工具。因此，测验法通常被用于确定被试者的某些行为特征和心理品质的存在水平。

根据需要了解人的行为和心理的不同方面，组织行为学中的测验可以分为智力测验、成就测验、人格测验、个性测验、手指灵巧度测验、机械能力测验等多种。例如，智力测验的主要目的是了解不同年龄的被试者的智力发展水平，成就测验的主要目的是了解被试者的某些特殊能力的现存水平，人格测验的主要目的是了解被试者的各种心理特征和行为特点的综合表现，等等。

测验法往往为组织中的人员选拔、安置和提升等提供依据。采用测验法研究行为问题有两种状况：第一，可以采用测验法来研究个体行为的某一层面的个别差异；第二，可以采用测验法来研究被试者两种或多种行为之间的关系。

采用标准化的测验工具，须特别注意检验其信度和效度。

5) 个案分析法

个案分析法是研究人员通过查阅各种原始记录或通过访问、发调查表和实地观察所收集到的有关某一个人或某个群体的情况，用文字如实地记录下来，并写出分析意见的方法。

这种研究方法往往对某一个体、某一群体或某一组织在较长时间内连续进行调查，从而研究其行为发展变化的全过程。例如，对某基层班组进行较长时间的调查研究，了解该班组的人员状况、生产状况、群体内人际关系、智力结构、集体风气、关键事件等主要因素，并在此基础上进行深入分析，整理出能反映该班组特点的详细材料。这样的一份材料就是个案，个案产生的全过程就是个案分析研究过程。

上述几种研究方法都是常用的方法，都有各自独特的优点，但也都有局限性。由于人的行为活动非常复杂，因此研究人的行为活动不能单独采用某一种方法，而必须根据研究课题的需要，在具体的研究工作中应几种方法兼而用之，使之能相互配合使用。

目前组织行为学的研究已开始由定性分析逐步深入到定量分析，更多的是采用了数学手段。通过建立数学模型、借助数学上的分析手段，有助于弥补定性研究的不足。

6) 统计分析法

统计分析法一般是针对研究结果而言的。在对组织行为问题进行研究的过程中，通过观察、调查、实验等方法收集了大量的数据和资料之后，还必须以计算机为工具，运用数理统计的方法，对数据资料进行统计分析，以便了解数据的特征和变量之间的关系，以至预测未来的发展趋势。数理统计学的内容十分丰富，是一门专门性学科，但受篇幅所限，本书只简要地介绍几种统计分析方法。

(1) 集中趋势分析。为了使人们对一组测量数据有一个概括的了解，需要用一个数来表示整组数据的集中情况。度量集中趋势最常用的指标有算术平均数和中位数两种。

① 算术平均数：算术平均数常用的符号是 X，它代表一组测量结果的平均值。它分为简单算术平均数和加权算术平均数两种。

简单算术平均数的计算公式为

$$\overline{X}=\frac{\sum_{i=1}^{n}X_i}{n}$$

式中：X_i代表每次测量所得值；n代表测量总次数。

加权算术平均数的计算公式为

$$\overline{X}=\frac{\sum_{i=1}^{n}jX_i}{n}$$

式中：j代表同一数值出现的次数。

② 中位数：中位数常用的代表符号为 M，它是指把全部测量数值按大小次序排列后，最中间的点的数值。实际计算时，常有两种情况：第一种 n 为奇数，第二种 n 为偶数。当 n 为奇数时，第 $\frac{n+1}{2}$ 项的数为中位数；当 n 为偶数时，须将数列最中间两项数字相加，以 2 除之，即为中位数。

(2) 离中趋势分析。为了要了解一组测量结果靠近算术平均数或中位数分布状况，需要分析它们的离中趋势。例如，两组观察结果虽然具有相同的平均数和观察总数，但却有不同的离中趋势。度量离中趋势的常用指标是标准差。标准差的计算公式为

$$d=\sqrt{\sum_{i=1}^{n}(X_i-\overline{X})}^{2}$$

式中：d代表标准差；$X_i-\overline{X}$ 代表每次测得值与平均数之差。

(3) 抉择分析。这种方法就是用数量指标对每种情况中是否存在的心理现象进行分析

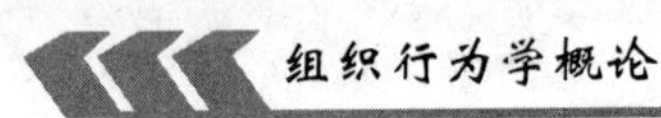

的方法。它主要包括结构关系指标和对比关系指标两种。结构关系指标是用百分比表示部分与整体之间的关系；对比关系指标是用百分比表示整体内部各部分之间的关系。

(4) 相关分析。这种方法是用于揭示两组变量或几组变量之间的关系的方法。一般用相关系数作为度量的具体指标。

相关系数的范围是从+1 经过 0 到-1。同样数值的正相关系数与负相关系数表示同样大小的相关，只是方向相反而已。相关系数的绝对值越大，说明变量之间的关系越密切。例如，其绝对值为 0 时，表示两组变量之间没有任何关系；其绝对值为 0.3 至 0.5，表示两组变量之间存在着中等关系；其绝对值为 0.5 至 0.7，表示存在着显著关系；其绝对值为 0.7 至 0.9，表示存在着密切关系；而其绝对值为 1，则表示存在着正比或反比关系。

计算相关系数时常用的方法有根据两组变量的具体数值计算法和根据两组变量的等级计算法两种。

(5) 因素分析。这是一种比较复杂的处理数据的方法；在进行因素分析前要有一系列的准备工作，包括确定影响某种心理现象的一系列因素，并以数量表示出来，还要计算出每个因素同该系统中所有其他因素的相关系数，并编拟出相关矩阵。这种相关矩阵也是因素分析的基本材料之一。

因素分析方法一般应用于分析受多种因素影响的现象。这类现象的量一般又表现为一系列因素的乘积，其中每一因素发生变化都会使总量发生变化。这种因素分析的目的是要确定受多变量影响的心理现象的总变动中，各个因素的影响方向和影响程度。正是因为要涉及大量的数据处理，所以一般都要借助于电子计算机处理。

在组织行为学的研究中要使用电子计算机，除了一般的统计数据处理程序外，还有由程序专家、统计学家和组织行为学专家共同研制的一些专门为组织行为学使用的软件。这些专业软件包，一般都具有处理各种实验研究和调查材料的能力。目前，国外已有一些用于社会科学的软件包，如 SPSS、OSIRIS、AIDA 等。用于组织行为学研究的软件包要根据组织行为学的原则来设计，采用人机对话形式，引导使用者给机器输入数据和材料，并询问使用者进行何种形式的运算。使用者只需给机器一个指令，计算机即可自行处理，把处理结果再提供给使用者。

三、组织行为学研究方法的应用

如上所述，组织行为学的研究方法有很多，各具自身的特点和范围。同时，组织中的各种行为复杂多样、变幻莫测。因此，为了使组织行为学的研究更有成效，必须科学地应用组织行为学的研究方法。

1. 坚持收集资料的客观性

坚持收集资料的客观性，是组织行为学研究方法应用中最基本的要求。客观性就是坚持实事求是，一切从实际出发，避免主观猜测，严格地按照事物的本来面目去认识事物，揭示事物的客观规律性。在收集资料的过程中，研究人员应尽量减少自己主观偏见的影响，客观、如实地收集和占有资料、数据，这样才能在分析中得出正确的结论。

2. 坚持研究程序和具体方法的公开性

要使组织行为学的研究结论可靠可信，就必须公开说明这种研究的程序和具体方法，以保证其他研究人员只要按照这种研究程序和具体方法去做，便能得到同样的结论，这样就能起到验证的作用。

3. 坚持观察和实验条件的可控性

组织行为学研究中的观察和实验必须控制在一定的条件之下，并在观察和实验之前预先确定。只有这样，才能使研究人员知道可能影响被研究者反应的各种因素。例如，我们研究班组的情绪对工人生产效率的影响，实验的条件就必须排除班组之间在生产技术要求、操作方法和劳动强度等方面的差异对生产效率的影响，而要使相比较的两个班组只在情绪方面有差异。这样才能在两个班组的对比中，分析出情绪对工人生产效率的影响程度。

4. 坚持分析方法的系统性

由于影响人的心理和行为的因素是多方面的，所以，一方面必须把每个因素都置于整个大系统中去研究分析，从中探讨人的心理和行为的规律性；另一方面新的知识又是在过去已有知识的基础上产生的，是整个知识的一部分，因此，还必须把组织行为学过去和现在的全部知识加以系统化、条理化。同时，组织行为学的研究方法是多种多样的，各种研究方法都有一定的应用价值，也存在着各自的局限性，在组织行为学的研究中，应根据研究任务的要求和所处的具体情境，各种方法配合使用，以互相取长补短、相得益彰。可见，分析方法的系统性也是组织行为学研究方法应用中的重要特征。

5. 坚持所得结论的再现性

一般来讲，组织行为学的研究中所采用的研究方法如果是符合客观事物发展规律的，那么只要在原先那种可控制的条件下，不断重复同样的实验，相同的结论就会不断重复地出现。

6. 坚持对未来的预见性

如果组织行为学的研究人员所采用的研究方法是科学的，那么，其所得出的结论就会符合客观规律。这种符合客观规律性的结论，就有预测人的未来心理和行为的可能性，从而就可以事先采取有效的措施来防止消极行为或引导积极行为的产生。

本章小结

组织是人们为达到共同的目标，有序地形成的一个动态的、系统的社会共同体。组织的种类是多种多样。组织的作用主要有以下几方面：组织能满足人的生产和生活需求、心理需求、个人价值实现的需求。

组织行为是组织内部要素的相互作用以及组织与外部环境相互作用过程中形成的行动和作为。组织行为具有目标性、秩序性和高效率性的特征。组织行为有不同的三个层次：个体行为、群体行为和组织行为。

组织行为学是研究社会组织中人的行为表现及其规律，提高管理者预测、引导和控制组织中人的行为的能力，以实现组织目标的学科。组织行为学的研究对象是人的心理和行为的规律性。组织行为学具有综合性、层次性、两重性和实用性。组织行为学的研究应遵循客观性、发展性和联系性的原则。

思考题

1. 什么是组织？什么是组织行为？
2. 组织行为学的研究对象、研究内容是什么？
3. 组织行为学的学科性质有哪些？
4. 简答组织行为学与其相关学科的关系。
5. 组织行为学的主要研究方法有哪些？
6. 管理者为什么要学习和研究组织行为学？

本章案例

深圳华为集团的员工行为管理

“认真负责和管理有效的员工是华为最大的财富。尊重知识、尊重个性、集体奋斗和不迁就有功的员工，是我们的事业可持续成长的内在要求。”这是深圳华为企业七大核心价值观中的第二条。华为的核心价值观出自《华为企业基本法》。华为人认为，一个企业长治久安的关键，是它的核心价值观被接班人确认、接班人又具有自我批判的能力。

机会、人才、技术和产品是企业成长的主要牵引力。这四种力量之间存在着相互作用。机会牵引人才，人才牵引技术，技术牵引产品，产品牵引更多更大的机会。员工在企业成长圈中处于重要的位置。要重视对人的研究，让他在集体奋斗的大环境中，去充分释放潜能，更有力、有序地推动企业前进。

华为坚持人力资本的增值大于财务资本的增值。他们尊重知识、尊重人才，但不迁就人才。不管你有多大功劳，绝不会迁就，华为构筑的这种企业文化，推动着员工教育。注重人的素质、潜能、品格、学历和经验。按照双向选择的原则，在人才使用、培养与发展上，提供客观且对等的承诺。

华为在报酬与待遇上，坚定不移地向优秀员工倾斜。

工资分配实行基于能力主义的职能工资制：奖金的分配与部门和个人的绩效改进挂钩；安全退休金等福利分配，依据工作态度的考评结果；医疗保险按贡献大小，对高级管理和资深专业人员与一般员工实行差别待遇，高级管理和资深专业人员除享受医疗保险外，还享受医疗保健等健康待遇。

华为不搞终身雇佣制，但这不等于不能终身在华为工作。华为主张自由雇佣制，但不脱离中国的实际。

企业在经济不景气时期，以及事业成长暂受挫折阶段，或根据事业发展需要，启用自动降薪制度，避免过度裁员与人才流失，确保企业渡过难关。其真实目的在于，不断地向员工太平意识宣战。

华为对中高级主管实行职务轮换政策。没有周边工作经验的人，不能担任部门主管。没有基层工作经验的人，不能担任科以上干部。华为对基层主管、专业人员和操作人员实行岗位相对固定的政策，提倡爱一行，干一行；干一行，专一行。爱一行的基础是要通得过录用考试，已上岗的员工继续爱一行的条件是要经受岗位考核的筛选。

每个员工通过努力工作，以及在工作中增长的才干，都可能获得职务或资格的晋升，与此相对应，保留职务上的公正竞争机制，坚决推行能上能下的干部制度。

企业遵循人才成长规律，依据客观公正的考评结果，建立对流程负责的责任体系，让最有责任心的明白人担负重要的责任。华为不拘泥于资历与级别，按企业组织目标与事业机会的要求，依据制度性甄别程序，对有突出才干和突出贡献者实行破格晋升。但是，华为提倡循序渐进。

(资料来源：作者根据相关材料整理而成)

案例分析思考题

1. 深圳华为集团的员工行为管理对你有哪些启示？

2. “行为一般是可以预测的。”你同意这种说法吗？为什么？

第二章

组织行为学的历史发展

学习目标

通过本章的学习，理解组织行为学的发展阶段；把握泰罗、法约尔、韦伯的理论观点，掌握人群关系论、组织系统论和组织权变论的理论观点；掌握霍桑试验、行为科学对组织行为学的影响。

关键概念

科学管理(Scientific Management) 组织理论(Organizational Theory) 霍桑试验(Hawthorne Studies or Hawthorne Experiment) 行为科学(Behavior Science) 组织权变论(Organizational Contingency Theory) 组织系统论(Organizational System Theory)

任何一门学科都有一个产生与发展的历史过程。组织行为学的理论是伴随着管理学实践、理论的发展和心理学、社会学、人类学等学科在管理中的具体应用而产生的。

管理的实践活动自古就有，在管理中对人的行为的驾驭也是不可避免的。在管理实践的发展基础上，人类的管理思想非常丰富；纵观这些管理思想，其中识人、用人的思想占有主要的位置，而观察、揣摩人的行为是这些思想的前提条件。可见，关于人的行为研究是管理得以进行的基础。

独立、系统、理论化的管理学理论体系的形成，是在近代出现和发展的。西方管理理论大致经历了古典管理、行为科学和现代管理三个阶段。这也就是组织行为学的发端、成熟和发展的时期。

第一节 组织行为学的萌芽时期

起源于17世纪的古典管理理论，成熟于19世纪末20世纪初。在19世纪末，随着生产的发展和科学技术的进步，企业规模不断扩大，生产技术更加复杂，市场也迅速地发展。而生产关系也发生较大变化，自由竞争资本主义逐步向垄断资本主义过渡，劳资矛盾日益尖锐。这些都迫切需要改进企业管理，提高企业的管理水平。

同时，在当时的各种管理领域，管理者开始有意或无意地涉及组织问题，如组织的结构、构成要素、组织原理等。虽然不同的研究者所处的环境和所关注的对象不一样，他们

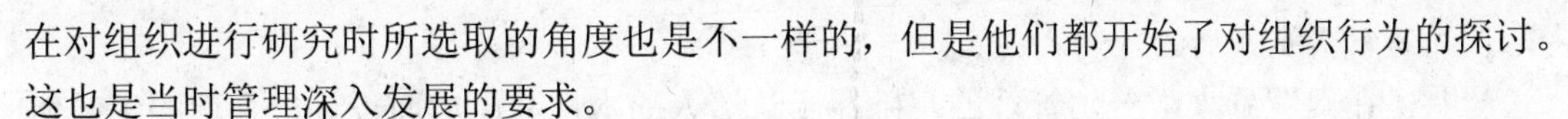

在对组织进行研究时所选取的角度也是不一样的，但是他们都开始了对组织行为的探讨。这也是当时管理深入发展的要求。

而以泰罗、法约尔和韦伯为代表的古典管理理论正好适应这种需要，也在自觉不自觉中开始了组织行为学的发端。

一、泰罗的研究

泰罗 1856 年出生于美国费城一个中产阶级家庭。他的父亲希望泰罗日后能像自己一样，成为一个有名的律师。泰罗年轻时学习刻苦，考上了著名学府哈佛大学，但后来因为患有眼疾和神经性头痛，只好辍学。1875 年，泰罗进入一家小的机械厂当学徒工。1878 年转入费城米德维尔钢铁公司当技工，不久就被提升为工长、总技师和总工程师。在泰罗担任工长时，他坚持在夜校攻读，取得了工程学位。1881 年，25 岁的泰罗吸取了当时的管理者们的成果，开始在米德维尔钢铁厂进行劳动时间和工作方法的研究。泰罗在推行科学管理原理的过程中，并不是非常顺利的。他本人曾遭受过工人和经理的强烈反对，并因此而被革职，但他从不灰心，仍一往无前。后来泰罗离开了这家钢铁公司，独立开业，从事工厂管理咨询工作。

1895 年，泰罗第一次以论文的形式在美国机械工程师协会的学报上发表了自己的关于管理的观点，论文的题目是《计件工资制》。

1898 年，他进入伯利恒钢铁公司继续从事管理方面研究，进行了著名的搬运铸铁和铲铁的试验，逐步形成了“科学管理”的管理制度和管理理论。

泰罗 1903 年写成《工场管理》一书。到 1911 年又进一步发展为《科学管理原理》。《科学管理原理》出版至今已有半个多世纪，但它一直是管理人员的必读著作。

1. 泰罗的动作和时间研究及科学管理

泰罗所处的时代是整个工业生产正好处在机械化普遍推行，并且部分工厂和企业中开始出现流水线生产的时期。为了提高生产效率，必须对工人的动作和劳动时间加以研究和控制。

泰罗在伯利恒钢铁公司，对工人进行了搬运铸铁和铲铁的试验。泰罗对动作和时间的研究，包括两部分：一是将工人的作业分解成基本动作，目的是要消除劳动过程中的慢动作、无用的动作和错误的动作。二是累计基本动作所需时间，寻找有效的作业方法、改进工具和机器。在此基础上，泰罗制定了“按件计酬”的原则和“差别计件比率”原则。运用这两个原则进行计算和支付工人每天的劳动所得。

泰罗着眼于通过科学调查来规定工人的任务。他通过动作和时间的研究，科学地规定工人一天的工作量。他认为，只要科学地规定了任务，工人为实现这个任务付出了努力并能获得奖励，资本家也不能任意加重工人的劳动量。由此，就能提高生产率，提高工人工资，从而缓解劳资矛盾。

同时，在泰罗看来，一切管理的基础在于认清人的本性并由此而设计出合理的生产体制。他认为，人天生就有厌恶工作的本性，工作对人来说是一件万不得已的事情。因此，人人具有“磨洋工”、“怠工”、“慢慢来”的习性。这种习性并不是后天形成的，而是一种天性与本能。正因为人的本性是害怕工作，而工作的唯一目的是为了追求物质利益，因此，人的最大的欲望就是获得金钱。只有金钱才能吸引和诱使工人勤快地工作。也正因为人天性是懒惰的，因而对人就不能过分地相信。管理就是要对付人的消极与被动，对他们要加以控制、惩罚、威胁。而当时的管理者并不懂得这一套，在已有的生产体制中，经理们对工人完成各项工作所需要的时间标准是无知的，从而给工人“磨洋工”大开了方便之门。

泰罗认为原因有两个：一是由于人们有一种贪图轻松的自然本能和倾向。二是由于不科学的管理体制和人事关系造成的，这种旧的管理体制不是运用科学的方法，而是依赖粗糙的经验；不是由专家对工人的操作和所需时间进行详尽的测定，结果，工人只是从其本能出发来劳动。

泰罗提出了四条科学的管理原则：

(1) 用对工人操作的科学研究来取代旧的单凭经验对工人管理的方式，以形成科学的劳动过程。泰罗认为，人们其实并不知道一个合理的日工作量究竟是由什么构成的。就一个工厂的领班来说，他总是不断地抱怨手下的人太少，活计干不了；就一个工人来说，他也从来没有弄清楚领导究竟要他干多少。要改变这种局面，就必须改善管理体制。而新的管理体制只有在运用科学的方法进行调查，从而形成科学的劳动过程的基础上才能建立起来。所谓的科学调查，就是要实地进行记录、列表，归纳出法则，找出规则，将这些规则、法则运用于对工人的日常管理，使每个工人有更多更好的产出，使每个工人得到更多的工资。

(2) 在对工人的选择与培训上按科学办事，以形成科学的选人与用人过程。泰罗认为，管理者的重要责任在于要认真地研究每一个工人的品质、性格和工作成绩，其目的是为了进一步地发现其发展的可能性；然后再认真地、系统地训练、帮助和培训他们，尽可能地给予这些人以提升的机会，最终使他们胜任工作。

(3) 对经过科学挑选和培训的工人进行科学管理，从而促使科学培训与科学的劳动过程相结合。泰罗认为，人们可以按自己的愿望发展科学，人们也可以按自己的愿望选择和培训工人。但是如果不将科学管理体制与工人的积极性结合起来，就有可能前功尽弃。这里就是要让管理人员从旧的管理体制转向科学管理的制度。他认为，工人为了获得高的报酬，是乐意与管理人员合作的。问题是在管理过程中，进行科学管理的真正障碍主要来自现存的管理体制，要实行科学管理，管理人员就必须来一场革命。

(4) 正确划分工人与管理人员的实际工作，从而形成管理者与工人的长期性合作。泰罗认为这是科学管理四条原则中最为困难的一条。这一原则要求管理者与工人之间在实际工作的职责方面有所划分。它由三部分构成：时间和动作研究、任务管理、职能化的组织原理。时间和动作研究主要包括为规定标准时间所进行的研究和为消除无用的动作、寻找有效的作业方法、改进工具和机器所进行的研究。任务管理的基本原理是，以“第一流工人”的高效率为标准来规定作业标准或工时定额，使作业人员行为标准化，实行高额的有差别的计件工资制。职能化的组织原理是将管理从劳动中分离出来，作为一种专门化职能，管理部门成为职能部门。

泰罗的动作和时间的研究应该是较早、较系统地对工人劳动行为的实验和研究。与泰罗同时期还有一些管理者在从事这样的个体劳动行为的研究。这些实际上是组织行为学萌芽的表现。但是，泰罗的动作和时间的研究及当时的同类研究，主要局限于对工人个体的生理行为的研究上。

当时，心理学在工业生产上已经开始了应用，并由此产生了工业心理学。这时的工业心理学主要是以个体作为研究对象，侧重于对工作中个体差异的测定，如探讨灯光照明、室内温度，以及物质报酬等因素对工作效率的影响。工业心理学还涉及工程心理学、人事心理学、工业社会心理学、消费心理学和组织心理学等范围。工业心理学研究的这些内容正是组织行为学的部分内容。

2. 泰罗组织原理

泰罗还研究了当时的组织管理行为，提出了职能化的组织设计和组织原理。

1)　职能化的组织设计

在组织理论上，可以说第一个提出了将任务管理与管理职能化相分离观点的就是泰罗。泰罗倡导的科学管理体制，是在组织内实行职能分离，各类管理人员承担计划职能，工人承担执行职能，从而使管理科学化。因此，管理人员必须承担以下任务：利用时间研究等管理技术来确定劳动过程中的科学法则；科学地选拔和培训工人；发展管理科学。而对工人来说，其任务是：按照管理人员确定的科学法则进行作业；通过向计划部报告来支持管理人员的管理职能。

泰罗将组织中的与作业相对应的职能专门化，即意味着管理成为一个专门的机构。所谓职能组织其实也就是管理组织。只有将管理变成一个同工人作业相对应的不可或缺的重要职能，才谈得上管理的科学化。

泰罗认为，职能组织具有较多的优点：一是职能组织中对管理人员培养所需时间要短；二是职能组织的管理人员的任务和职责明确；三是职能组织中管理人员的管理工作标准化。

泰罗当时所作的部门设置有：作业研究部门、工人培训部门、工作条件部门和计划指挥部门。

2)　职能化的组织原理

(1)　职能化组织原理。泰罗的职能化组织原理就是把管理从劳动中分离出来，作为一种专门化职能，管理部门成为职能部门。

职能化组织原理就是按照专业分工来划分各司其职的组织部门。泰罗指出职能组织对劳动的管理应当实行分割管理，所有的管理人员都应当尽可能地少分担管理职能，应当建立这样的组织：把各个管理人员的工作限定在执行单一的主要管理职能上，按照军队式的组织形式，每个工人只能接受一个管理人员的命令，从而坚持统一的原则。

(2) 组织例外原理。所谓例外原理，即当上级把权限集中在自己手中时，为了不被大量详细而庞杂的文件和报告弄得心烦意乱，要尽可能地把权限委让给下级管理者或助理人员，自己只保留例外事项的决定权或控制权。这样上级管理者就有足够的时间考虑基本政策，研究人事等重要事项。

例外原理的实行，要求在上级管理者之下设立新的管理阶层。泰罗的例外原理的实质是：高级管理者不要将所有的权限都抓在一个人手中，而是要尽可能地分散给下级管理者，作为高级管理人员，只需对例外事项具有决定权和控制权。泰罗的例外原理是现代分权理论的来源。

职能组织原理与例外原理必须衔接起来。当下级的权限发生矛盾、各下级部门出现了纠纷、管理中出现了新问题时，上级管理者就需要作为例外问题进行调整。

二、法约尔的研究

出身于富裕家庭的法约尔，大学毕业后成为一名采矿工程师。法约尔的整个职业生涯是在法国的德卡斯维尔采矿冶金联合公司度过的。在他才刚刚 30 岁出头时，就担任了矿冶公司总经理。当时这家公司正面临危机，法约尔运用新的组织与管理思想对该公司进行整顿，终于使该企业从处于破产的边缘走向兴盛。

在担任总经理期间，法约尔一直致力于管理上的改革，他注意从组织的上层进行研究。1916 年，他在矿业学会的公报发表了《工业管理与一般管理——预测、组织、命令、协调、控制》的研究报告。1925 年出版的《工业管理与一般管理》一书是法约尔的代表作。

法约尔是西方传统管理理论的重要代表，并且也是以后发展起来的组织理论中的管理过程学派的鼻祖。他既重视对组织加以研究，也重视对人加以考察。正如后来法国管理学家盖克所说的，法约尔的管理理论是“指挥的理论，是指挥人的理论”。这实际上就为后来组织行为理论中研究人际关系学派的发展提供了基础。

1. 法约尔对管理行为的研究

法约尔在泰罗理论的基础上，深入地对管理行为进行了研究，充实和明确了管理行为及管理概念。

1) 经营行为和管理行为

法约尔认为，企业的经营有六个不同方面的职能行为，管理只是其中一种行为。这六个方面是：第一，技术行为，是指生产、制造、加工；第二，商业行为，是指购买、销售、交换；第三，财务行为，是指资金的筹集和运用；第四，安全行为，是指维护设备与保护职工安全；第五，会计行为，包括存货盘点，资产负债表的制作、核算、统计等；第六，管理行为，包括计划、组织、指挥、协调和控制等。

法约尔的组织职能如图 2-1 所示。

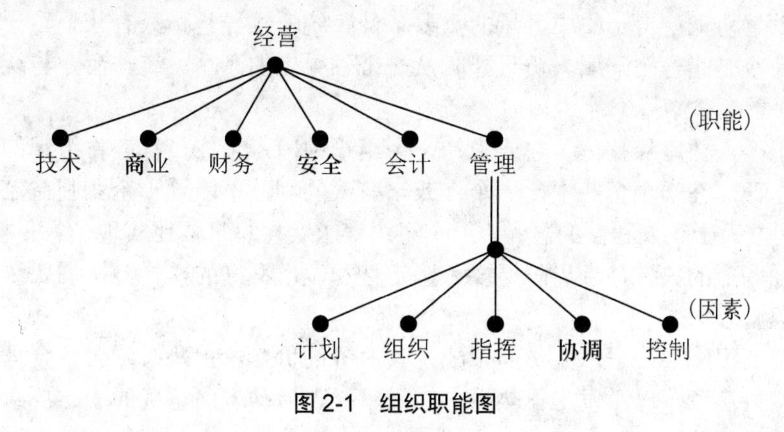

图 2-1 组织职能图

2) 管理的 14 项原则

在企业的经营活动中，法约尔认为管理处于核心地位。法约尔十分重视管理原则的系统化：他努力探求确立企业良好的工作秩序的管理原则，并根据自己长期的管理经验，提炼出 14 项原则：

(1) 分工。法约尔认为，劳动分工，即专业化。劳动专业化是各个机构和组织前进和发展的必要手段。由于减少了每个工人所需掌握的工作项目，故可以提高生产效率。劳动的专业化，使实行大规模生产和降低成本成为可能。同时，每个工人工作范围的缩小，也可使工人的培训费用大为减少。劳动分工不仅适用于技术工作，而且毫无例外地适用于所有涉及一批人或要求几种类型的能力的工作。但其结果是导致职能专业化和权力分散。因此，劳动分工应当具有一定的限度。

(2) 权力与责任。法约尔认为，权力是指挥和要求别人服从的。权力可区分为管理人员的职务权力和个人权力。职务权力是由职位产生的；个人权力是指由担任职务者的个性、经验、道德品质以及能使下属努力工作的其他个人特性而产生的权力。个人权力是职务权力不可缺少的条件。他特别强调权力与责任的统一。有责任必须有权力，有权力就必然产生责任。

(3) 纪律。法约尔认为，纪律的实质是遵守公司各方达成的协议。无论这些协定是否讨论过，是书面的还是默许的，是几方共同的愿望还是法律和惯例的结果。没有纪律，任何一个组织都不能兴旺发达。要维护纪律就应做到：①对协议进行详细说明，使协议明确而公正；②各级领导要称职；③在纪律遭到破坏时，要采取惩罚措施，但制裁要公正。

(4) 统一命令。法约尔认为，无论对哪一项工作来说，一个下属在任何活动中只能接受一个领导人的命令。这是一条普遍的、永远必要的准则。违背这个原则，就会使权力和纪律遭到严重破坏。

(5) 统一领导。这一点要求在某一组织的计划中，从事同一类活动的组织成员，只能有相同的目标。而为达到同一目的而进行的各种活动，应由一位首脑根据一项计划开展，这是统一行动、协调配合、集中力量的重要条件。统一领导是指只有一个领导者、一个计划；而统一命令是指一个下属人员只能听从一个领导者的命令。统一命令与统一领导是一致的。

(6) 员工个人要服从整体。它要求在一个组织中，每个成员都应将组织的总目标作为至高无上的东西。在一个企业中，一个人或一些人的利益不能置于企业利益之上。法约尔认为，整体利益大于个人利益的总和。一个组织谋求实现总目标比实现个人目标更为重要。协调这两方面利益的关键是领导阶层要有坚定性和做出良好的榜样。协调要尽可能公正，并经常进行监督。

(7) 人员的报酬要公平。人员的报酬是其服务的价格，报酬必须公平合理，尽可能使职工和公司双方满意，以激发工作热情。对贡献大、活动方向正确的职工要给予奖赏，并应当尽量奖励有效的努力。

(8) 集权。集权就是降低下级的作用。集权的程度应掌握在一定的程度范围内，视管理人员的个性、道德品质、下级人员的可靠性以及企业的规模、条件、环境等情况来确定。集权化像劳动分工一样是一种必然规律。

(9) 等级链。“等级链”即从最上级到最下级各层权力连成的等级结构、等级系列。它是一条权力线，用以贯彻执行统一的命令和保证信息传递的秩序。等级系列也是从最高权力机构到基层管理人员的领导系列。在等级系列中，中间等级是很重要的。要保证基层到最高领导的路线传输通畅，就需要有统一的指挥。尽管在组织上等级制度是必不可少的，但是，平级之间的沟通也是十分重要的。

(10) 秩序。在组织中，建立秩序是为了避免时间和物资的损失。无论物品秩序还是社会秩序都是非常重要的，只有在有秩序的条件中，时间才不会被浪费，对人的组织与对物的组织才能顺利进行。因此，秩序就是人和物必须各尽其能。要达到秩序，管理人员首先要了解每一工作岗位的性质和内容，使每个工作岗位都有称职的职工，每个职工都有适合的岗位。同时还要有条不紊地精心安排物资、设备的合适位置。

(11) 平等。即以亲切、友好、公正的态度严格执行规章制度。雇员们受到平等的对待后，会以忠诚和献身的精神去完成他们的任务。法约尔认为，平等是由善意和公道产生的。平等并不排斥刚毅，也并不排斥严格。做事平等要求有理智、有经验，并有善良的性格。它要求在对待组织成员时，应做到善意与公道相结合。

(12) 人员保持稳定。一个人要适应其新的职位，并能很好地工作，需要较长的时间。因此，要培养一名出色的管理人员非常不易。一般来说，一个繁荣的组织，其人员是稳定的，而运行不好的企业，其人员是经常变换的。因此，生意兴隆的公司通常应具有一支相

对稳定的经营管理人员队伍。因此，最高层管理人员应采取措施，鼓励职工尤其是管理人员长期为公司服务。

(13) 主动性。也就是首创精神。给员工以发挥主动性、首创精神的机会是一种有力的刺激和强大的推动力量。管理者必须大力提倡、鼓励雇员们认真思考问题和创新的精神，同时也应使员工的主动性受到等级链和纪律的限制。

(14) 集体精神。员工的融洽、团结可以使企业产生巨大的力量。管理者的真正才干就是协调组织内部的各种力量，激发组织成员的工作热情，发挥每个人的才能。而实现集体精神最有效的手段是统一命令。在安排工作、实行奖励时不要引起不必要的分歧，以避免破坏融洽的关系。此外，还应尽可能直接地交流意见等。

2. 组织理论

在法约尔那里，组织是与管理分不开的。正是因为这样，法约尔的管理理论从其本质来说，是关于社会组织的理论。

法约尔在组织理论中着重讨论了组织的构成因素。他认为组织设计有五个不可缺少的要素。

1)　外部形态

在法约尔的组织理论中，不管组织的种类如何，只要它们是处在同一发展阶段上，其组织形态都具有某种类似性。

法约尔认为组织的一般形态是由组织人员的数目决定的。最基层的组织以不超过 15 人为宜，设立一个管理者为直接领导。超过四个最基层组织，再设一个管理者为二级领导，共领导 60 人。超过四个二级组织，再设一个管理者为三级领导，共领导 240 人。依此类推，第四级领导管理 960 人。到第九级领导则管理 10 万人。这里也涉及了组织的跨度和层级问题。

2)　内在因素

法约尔认为，如果仅从组织的外部形态来看，各种组织似乎是一样的，但是，组织的效率取决于组织的内在因素。形式相同的组织并不等于有同样的内部构成。相同形式的两个社会组织，一个可能很好，一个则可能很不好，关键在于组成组织的人员特别是管理人员的素质，如思维方式、知识、创造性和实际能力等方面的因素，这是决定组织活动是否有效率的内在因素，并把这些作为组织人选的要求。

法约尔并没有真正重视职工的人际关系、感情以及各种需要等方面的因素，但他开始提出“人的因素”问题，并将这种因素看成是同“机械式”因素相对立的东西。

3)　统一命令

从法约尔关于组织的外部结构分析中可以看出，他比较多地强调应当将命令的统一、指挥的统一和层级分布作为组织管理的基本原理。

法约尔认为，统一命令是组织顺利运行的保证。一个组织没有统一命令便实现不了组织目标。统一命令是最基本的组织原则。如同一个士兵不能同时接受两个上级军官的指挥一样。统一命令也是组织的基本行为规范。

4) 参谋机构

法约尔认为，一个组织的最高领导人的个人能力显然是有限的，而随着组织规模的扩大和管理层次的增加，管理职能所占的比重越来越大，组织所面临的事务和变化是众多、复杂的。没有一个组织的领导能够解决组织运行过程中提出的所有问题，也没有任何一个领导具有完成组织中各种协调、控制和决策等职责所需要的精力与时间。因此，为了领导好一个组织，就有必要设立参谋部门来协助组织的最高领导人。组织参谋论是法约尔组织理论的一个具有独创性的内容。

参谋部门由一组有精力、有时间并具有各方面知识和专长的人员组成，这些人员被要求具有高层领导者所缺少的某些知识和能力。参谋部门的主要任务是调查研究、预测未来，协助最高领导者决策和计划。法约尔认为参谋人员有四种功能：①为领导的日常工作、通信、接待、案卷的准备与研究提供帮助；②同组织内部与外部取得经常性的联系并对组织的运行加以控制；③预测未来，制订与协调各种计划；④调查研究，研究改进工作的措施。

参谋部的成员不分等级，它只接受最高领导的命令。同时，他们无权让下级机关执行这些命令。为了使参谋人员能完全接受领导的安排，并且只对领导负责，参谋人员一般不参与下属部门的执行工作。参谋人员既可以在参谋部工作，也可以在其他时间为组织中另外的部门工作，甚至可以同时在几个不同的企业组织中做参谋工作。在不同的组织中，参谋人员的职位是不同的，可以是秘书、咨询专家，也可以是研究小组、实验室成员。

参谋机构也就是现代组织中的智囊团组织或决策咨询机构。

5) 跳板法则

对于大型的组织来说，命令和指挥权限一般都比较长，从而在处理问题时费时较多,而组织各种工作任务的发展恰恰又要求对各种事务尽可能地作出迅速的处理。为了解决这一矛盾，法约尔提出了“跳板”原则，如图 2-2 所示。

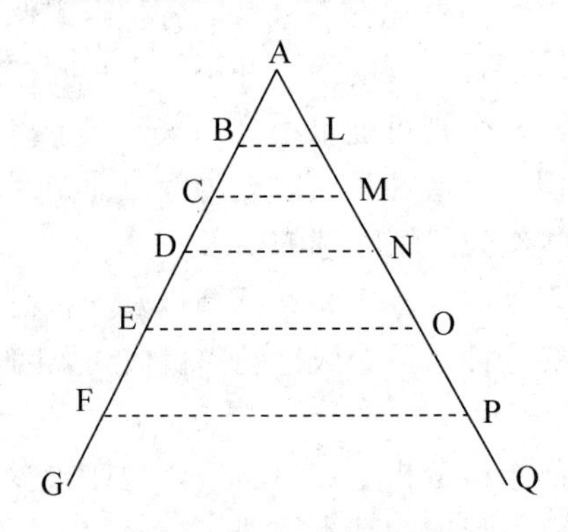

图 2-2 跳板原则

如图2-2中E这一职务与O这一职务有关，这就产生了E与O协调的问题。按照权限，E应当向D报告，逐层上升，一直到达A。然后A在自己的位置上指令L、M、N，然后再依次到达O，并从O再返回到A，由A再到E、O。这样做显然太烦琐了。如果能利用E、O这个"跳板"，E与O直接协商，处理问题就简单多了。如果利用"跳板"的直接协商不能解决问题，则应停止直接协商，并按照层级原则向上一个层级报告，由上级来仲裁。

法约尔认为，利用"跳板"原则处理问题非常简便、迅速和准确。E和O只要经过一次直接协商就解决了。按照层级原则，需要传递多次、起草大量文件，并经过几周乃至几个月的时间才能解决问题。一些管理机构之所以官僚主义盛行，究其原因，就在于许多人为了逃避责任，不采用"跳板"原则，而机械地运用层级原则。作为上级应当鼓励下级使用"跳板"原则。当然，在层级原则与"跳板"原则之间会存在矛盾。

法约尔的组织理论起着承上启下的作用。法约尔在组织研究方面继承和发展了泰罗的很多思想。如他提出的"跳板"原则，其实是对泰罗的"例外原则"的深化。

三、韦伯的研究

韦伯出生于德国图林根州的埃尔福特市，5岁时，全家迁至柏林。他青年时博览群书，能写出学术论文。18岁，韦伯进入海德堡大学学习法律。其间，他去施特拉斯堡军队服役。1894年，韦伯接受了弗莱堡大学经济学教授的职位，他全身心地投入到学术研究。1904年，他出版了《新教伦理与资本主义》一书。

韦伯终生从事学术研究，从社会学的角度，对宗教行为、经济行为和政治行为进行了研究，对犹太教、基督教和佛教都作过探讨。

韦伯作为德国著名的社会学家。在管理方面的贡献是提出了所谓理想的行政组织体系理论，并在论证中研究了行政组织的管理行为。这集中地体现在他的代表作《社会组织与经济组织理论》一书中。韦伯因其在组织理论研究上的成就而被称为"组织理论之父"。

1. 管理和统治权威行为

韦伯指出，任何组织都必须有某种形式的统治权威作为基础，才能实现目标。只有权威，管理才能组织行为变混乱为有秩序。统治是社会生活中的普遍现象，统治就是一个人以其意志左右他人能力的施用。

韦伯认为，自从有管理以来，存在三种纯粹形态的统治权威：

(1) 传统型权威，也就是神授的权威。这种权威是世袭得来而不是靠能力挑选的，其管理单纯是为了保存过去的传统，按照传统的习惯方式进行统治管理，常常是缺乏规则、职权模糊、任人唯亲、薪酬不定。这种统治权威的效率较差。典型的形式是世袭制和封建制。

(2) 魅力型权威，也就是感召的权威。这种权威过于带感情色彩，具有一定的吸引力。但是魅力型权威是非理性的，不是依据规章制度而建立，常常无组织机构、无职权范围，缺少稳定性，往往是过度性的产物，而且总是和有魅力影响的个别领袖人物相联系。一旦这些领袖人物去世，这种权威就会消失，或转向传统型权威，或转向法理型权威。

(3) 法理型权威，也就是理性—合法的权威。这种权威是现代社会的统治形式，在这种形式下人与人在法律面前一律平等，共同受法律制约。法理型权威统治的合法性和合理性是建立在法律关系上的，主张有法必依、依法而治、权源于法、法权公平。

韦伯认为，在以上三种纯粹形态的权威中，只有法理型权威才宜于作为理想组织体系的基础，才是最符合理性原则、高效率的一种组织结构形式。韦伯认为建立在法理型权威上的社会管理组织是一种官僚模型——现代行政组织制度。

2. 韦伯的行政组织理论

韦伯对管理理论和组织行为学的贡献，主要是提出了理性的行政管理体系，并在论证中研究了行政组织的行为。这些主要反映在他的代表作《社会组织与经济组织理论》一书中。

所谓理性的行政组织体系理论，是指通过职务或职位而不是通过个人或世袭地位来管理，是现代社会最有效和合理的组织形式。韦伯认为，理性的行政组织体系最符合理性原则，是达到目标、提高劳动生产率最有效的形式。在精确性、稳定性、纪律性和可靠性等方面都优于其他组织。所以，它适用于各种管理工作和各种大型组织，如教会、国家机构、军队和各种团体。

韦伯提出理想的行政组织及行为特点如下：

(1) 每一个组织各有其共同的目标，组织中每一个成员按其所规定的权利和义务进行工作。

(2) 按职权组织体系，构成从上到下的权力结构和指挥体系，下级必须受上级的监督和控制。

(3) 组织机构内的成员，应根据职务要求通过考试、教育和训练后任用，不得徇私，不得任人唯亲。在职人员受到法律保障，不得任意免职。

(4) 组织对内对外关系，以理性为准则，以法规为依据，不受个人情感的左右。

(5) 管理人员是属于职业性质的，有固定的工资待遇和晋升制度，晋升由上级决定。

(6) 各级管理人员须严格遵守法规和纪律，在规定的职权范围内进行工作，力求协调，避免矛盾和冲突。

同时韦伯还认为，从技术的观点考虑，独裁型的管理体制效率最高。与其他型比较，独裁型的管理最精确、最稳定、最有纪律，也最可靠，不论在行动上还是在效果上，都优于其他管理方式。可见，韦伯的组织理论，是提倡金字塔式的组织结构，主张集权，明确职责，严格管理，不考虑人的因素。

综上所述，古典管理理论的三个代表人物已经都在自己的管理实际和理论中，涉及了组织行为的问题。其中，泰罗所侧重研究的是低层工作人员的操作行为分析、工作控制行为和组织构造行为原则的研究。法约尔则与泰罗不同，法约尔把注意力放在高层领导行为研究上，对如企业的计划与预测行为、组织构造行为、控制和协调行为进行了全面的探讨。韦伯又与泰罗、法约尔不同，他主要研究行政组织的构造行为、控制和协调行为，而且还深入、抽象地研究了管理行为和权威的联系。

但是，在当时的状况下，泰罗、法约尔、韦伯等人倡导的古典管理理论，试图通过建立科学的管理制度、周密的计划和刚性的组织结构来解决当时组织特别是企业组织存在的问题，以达到提高劳动生产率的目的，因此非常轻视或忽视组织中人的因素，没有考虑到人是具有思想、感情和主观能动性的。从这个意义上讲，这一时期对组织行为的研究是不全面和肤浅的，还有待于在管理实践和理论的发展中逐渐成熟。

第二节　组织行为学的成熟时期

20 世纪初，古典管理理论开始受到社会的重视与承认，并日益广泛地参与到工业发展的大潮中，成为促进生产发展的一支不可忽视的力量。

同时，心理学在工业生产上的应用产生了工业心理学(包括工程心理学、人事心理学和工业社会心理学)，并在研究的内容上开始涉及组织行为学的实践和理论问题。这时的研究主要有：工程心理学重视如何设计适合于每一个人的工作程序与工作环境(包括物质环境的设备、工具、机械设计等)，使工作更加多样化、丰富化，以减少工作者的厌烦和疲劳，防止发生意外的工伤事故。人事心理学着重对人的个别差异进行研究，其目的是为选择及培训合适的人员、担负组织内的特定工作。如工业心理学的代表人物闵斯特伯格在 1912 年出版的《心理学与工业生产率》一书中，论述了用心理测验方法选拔合格工人等问题。人事心理学还研究用于测验人的能力、气质、性格、价值观等的工具，为人与事的恰当配合作出了贡献。

但是，这些实践和理论大多是以人的个体、生理行为作为研究对象，侧重于对工作中个体差异的测定，如探讨灯光照明、室内温度，以及物质报酬等因素对工作效率的影响，而没有注意到工作的社会环境、人际关系，以及组织行为本身所具有的社会性。一直到霍桑试验，才进一步把心理学、社会学、人类学等各门学科结合起来，对生产中人们的心理与行为，进行综合探索、试验和解释，提出了人群关系论，也从而促进工业心理学、管理心理学向组织行为考察和研究靠拢。

第二次世界大战后，科学技术迅速发展，工人的文化素质、技术素质得到较大提高。在企业组织里，知识性劳动和知识性劳动者所占比重越来越大。工人们也有了更多方面的需要。这必然给组织管理工作提出新的要求。于是，促使各学科的学者聚集在一起共同探讨人的行为产生的因果关系。1949 年，在美国芝加哥大学召开的一次跨学科的讨论会上有人提议把这种综合各学科知识系统研究人的行为的科学叫做“行为科学”。1953 年，美国福特基金会邀请了一批著名学者，经慎重讨论后，才正式把研究人的行为的学科定名为“行为科学”。

从这时起，在管理实践中行为科学就取代了人群关系论，对人的各种行为的考察、研究、引导和控制，已经成为管理学的主流。同时，加之政治学、经济学、历史学、生物学和生理学等学科的影响，组织行为学作为一门管理的分支学科逐渐地成熟起来。

一、霍桑试验对组织行为的研究

1. 霍桑试验的内容

霍桑试验是行为科学发展史中一个里程碑式的研究。1924 年至 1932 年间，美国国家研究委员会和美国西方电气公司合作，进行了有关工作条件与生产效率之间关系的试验。由于该项研究是在西方电气公司的霍桑工厂进行的，因此，后人称之为“霍桑试验”。

当时，霍桑工厂是美国电话电报公司的设备制造与供应部门，一个制造电话机和电器设备的、有 25000 名职工的大厂。霍桑工厂具有较完善的娱乐设施、医疗制度和养老金制度等，但工人们仍然愤愤不平，生产效率也很低。为了探究原因，1924 年 11 月，美国国家研究委员会组织了一个包括多方面专家在内的研究小组，对该厂工作条件和生产效率之间的相互关系，进行试验研究。这项试验研究活动可以分为两大阶段：第一阶段从 1924 年 11 月至 1927 年 5 月；第二阶段从 1927 年 6 月至 1932 年，该阶段主要是在美国哈佛大学教授乔治·埃尔顿·梅奥的主持下进行的。

霍桑试验包括照明试验、福利试验、谈话试验和群体试验四个方面。

1) 照明试验

试验首先从变换工作现场的照明强度着手。此项试验旨在证明工作环境与生产率之间有无直接的关系。研究人员将接受试验的工人分为两组：一组采用固定照明，称为控制组；另一组采用变化的照明，称为试验组。研究人员原以为试验组的产量会由于照明的变化而发生变化。但结果是，两组的产量都大为增加，而且增加数量几乎相等。由此得出结论，照明度与生产率之间并无直接关系，工厂照明灯光只是影响员工产量的因素之一。两组产量都得到提高的原因，是因为被测试人员对测试发生了兴趣。试验表明，照明度的一般改变，不是影响生产率的决定因素。

2) 福利试验

福利试验也叫继电器装配试验。这次试验是在电话继电器装配实验室分别按不同工作条件进行试验的。试验目的是试图发现各种工作条件变动对生产率的影响。研究人员将装配继电器的 6 名女工从原来的集体中分离出来，成立单独小组，同时改变原来的工资支付

办法，以小组为单位计酬；撤销工头监督；工作休息时间免费供应咖啡；缩短工作时间，实行每周 5 日工作制，等等。结果发现工人产量增加了。接着，又逐渐取消这些待遇，恢复原来的工作条件。但生产率并没有因此而下降，反而仍在上升。结果发现，不论工作条件如何变化，生产量都是增加的，而且工人的劳动热情还有所提高，缺勤率减少了 80%。后来又选择了工资支付方式作为试验内容，即将集体奖励制度改为个人奖励制度。试验结果又发现，工资支付办法的改变也不能明显影响工人的生产效率。那么，为什么试验过程中工人的产量会有上升呢？研究小组进行了大规模的谈话试验。

3)　谈话试验

在上述试验的基础上，梅奥及其助手前后用两年多的时间对公司 2 万多名员工进行了交谈，了解工人对工作和工作环境、监工和公司当局的看法及持有这种看法对生产有什么影响，取得了大量的材料。在谈话试验中，被访问者可以就自己感兴趣的问题，自由发表意见。工人们认为，前期试验中生产上升的原因，不仅是因为工人对试验的关心和兴趣。更重要的是由于没有工头的监督，工人可以自由地工作；试验中比较尊重工人，试验计划的制订、工作条件的变化事先都倾听过工人的意见，因而工人与研究小组的人员建立了良好的感情；工人之间由于增加了接触，也滋生了一种团结互助的感情。研究者由此得出结论：任何一位员工的工作成绩都要受到周围环境的影响，即不仅仅取决于个人自身，还取决于群体成员。

4)　群体试验

群体试验也叫观察试验。在试验过程中，研究小组的人员感到工人中似乎存在一种“非正式组织”。为搞清楚社会因素对激发工人积极性的影响，研究人员又选择了一个由 14 名工人组成的生产小组进行观察试验。这个组是根据集体产量计算工资的，根据组内人员的情况，完全有可能超过他们原来的实际产量。可是，进行了 5 个月的统计，小组产量总是维持在一定的水平上。经过观察，发现组内存在着一种默契：往往不到下班，大家已经歇手；当有人超过日产量时，旁人就会暗示他停止工作或放慢工作速度。大家都按照这个集体的平均标准进行工作，谁也不做超额生产的拔尖人物，谁也不偷懒，并不向上司告密等。他们当中，还存在着自然领袖人物。梅奥等人由此得出结论：在实际生产中，存在着一种“非正式组织”并决定着每个人的工作效率，而这个组织对工人的行为有着较强的约束力，这种约束力甚至超过经济上的刺激。

梅奥等人通过上述试验得出的结论是：人们的生产效率不仅受到物理的、生理的因素的影响，而且还受到社会环境、社会心理因素的影响。相对于科学管理只重视物质条件，忽视社会环境、心理因素对工人生产效率影响的观点来讲，这是一个很大的进步。

2. 霍桑试验及人群关系理论

在霍桑试验的基础上，梅奥 1933 年出版了《工业文明中人的问题》一书，对霍桑试验的结果进行了总结，提出了与古典管理理论不同的新观点、新思想。这就是著名的人群关系理论。人群关系理论也叫人际关系理论，人际关系学说主要包括以下内容。

1) 工人是“社会人”

古典管理理论把人看做是仅仅为了追求经济利益而进行活动的“经济人”。但是，霍桑试验证明，金钱刺激并不是激发工人工作热情的唯一动力。工人是具有复杂需要的“社会人”而不是“经济人”，影响工人生产积极性的因素，除了物质条件以外，还有社会、心理方面的因素，人与人之间的友情、安全感、归属感等社会的和心理的欲望的满足，也是影响工人生产积极性非常重要的因素。这一结论与古典管理理论的“经济人”假说形成对立，它开始把人们的注意力转向研究管理中的社会因素。

2) 职工“士气”是影响生产效率的关键因素

科学管理理论认为，生产效率主要取决于工作方法和工作条件，只要正确地确定工作任务，采取恰当的刺激制度，改善工作条件，就可以提高生产效率。而霍桑试验表明，生产效率与作业方法、工作条件两者之间并没有必然的直接的联系。生产效率的高低主要取决于职工的“士气”(所谓士气，就是指工作积极性、主动性、协作精神等结合成一体的精神状态)，而士气的高低则主要取决于职工的满意度，这种满意度首先体现为人际关系，如职工在企业中的地位，是否被上司、同事和社会所承认等；其次才是金钱的刺激。职工的满意度越高，士气也越高，生产效率也就越高。

3) 企业组织中存在着“非正式组织”或“非正式群体”

古典管理理论所注意的只是“正式组织”或“正式群体”问题，诸如组织结构、职权划分、规章制度等。而通过霍桑试验，梅奥等人认为，企业中除了“正式组织”或“正式群体”之外，还存在着“非正式组织”或“非正式群体”。企业的经营结构是由“技术组织”和“人的组织”所构成的。而“人的组织”又可分为“正式组织”和“非正式组织”两种。正式组织对个人具有强制性，这是古典组织理论所研究和强调的。梅奥认为，在共同的工作过程中，人们相互之间必然发生联系，产生共同的情感，自然形成一种行为准则或惯例，要求个人服从。这就构成了非正式组织。“非正式组织”与“正式组织”有重大的区别，在“正式组织”中以效率的逻辑为重要标准，而在“非正式组织”中则以情感的逻辑为重要标准。这种非正式组织、非正式群体对群体成员的行为影响很大，是影响生产效率的重要因素。

4) 新型的企业组织领导者应理解职工的合乎逻辑的行为和不合乎逻辑的行为，正确处理企业组织中的人际关系

梅奥主张新型的企业组织领导者应善于倾听职工的意见，了解他们的情绪，改善他们对企业的态度，使职工在正式群体中的经济需要和在非正式群体中的社会需要之间取得平衡，通过提高职工的满足度来达到提高劳动生产率的目的。

人群关系理论的出现，纠正了古典管理理论忽视人的因素的不足，开始了以人为中心的管理新领域，开始对人的心理和社会行为进行研究，加快了组织行为学的成熟，同时也为以后的行为科学的发展奠定了基础。

人群关系理论是行为科学学派的早期思想。继梅奥之后，研究企业组织内部人际关系

和职工的心理行为的学者大量涌现，使人群关系理论更加充实，并推动了行为科学理论和组织行为学的发展。

二、行为科学对组织行为的研究

行为科学的含义有广义和狭义两种。广义的行为科学是指包括类似运用自然科学的实验和观察方法，研究在自然和社会环境中人的行为的科学。已经公认的行为科学的学科有心理学、社会学、人类学等。狭义的行为科学是指有关对工作环境中个人和群体的行为的一门综合性学科。进入 20 世纪 60 年代，为了避免同广义的行为科学相混淆，出现了“组织行为学”这一名称，专指管理学中的行为科学。

行为科学学派对组织行为学的研究主要集中在以下理论中。

1. 需要行为理论

这一时期大量研究了人的需要问题。行为科学认为人的各种行为都是由一定的动机引起的，而动机又产生于人们本身存在的各种需要。人们为了满足自己的需要，就要确定自己行为的目标。人都是为了达到一定的目标而行动的。这种从一定的需要出发，为达到某一目标而采取行动，进而实现需要的满足，而后又为满足新的需要产生新的行为的过程，是一个不断激励的过程。只有尚未得到满足的需要，才能对行为起到激励作用。

在这些需要理论中，马斯洛的需要层次理论最为突出。马斯洛的基本论点是：人是有需要的动物，尚未满足的需要能够影响行为，已得到满足的需要不能起到激励作用；人的需要都有轻重层次，某一层次需要得到满足后，另一个需要才出现；只有排在前面的那些需要得到了满足，才能产生更高一级的需要；只有当前面的需要得到充分的满足后，后面的需要才显出其激励的作用。马斯洛将人的需要分为五个层次：即生理的需要，安全的需要，情感的需要，尊重的需要，自我实现的需要。

2. 激励行为理论

从 20 世纪 30 年代以来，国外理论学家提出了许多有意义的激励理论，构成组织行为学行为研究的核心部分。这些激励理论主要有以下三类：

(1) 内容型激励理论，研究的重点是何种需要激励人们努力工作，试图解释那些真实的激励员工努力工作的具体东西，这些理论研究识别了人们的需要，以及为了满足这些需要所追求的目标。主要理论有：马斯洛的需要层次理论、奥尔德菲的 ERG 理论、麦克利兰的后天需要理论、赫兹伯格的双因素理论等。

(2) 过程型激励理论，研究的重点是激励的真实过程，研究人们的行为如何被激发、引导和延续，试图识别激励的动态变量之间的关系。主要理论有：弗鲁姆的期望理论、亚当斯的公平理论、洛克的目标设置理论和斯金纳的强化理论等。

(3) 综合型激励理论在内容型激励理论和过程型激励理论研究的基础上，将各种理论整合并形成激励模型，综合说明各种理论的作用，充分反映出激励行为受多因素的影响，并产生复杂行为反应的过程。

3. 人性分析理论

人性分析理论是研究同管理有关的人的行为性质问题。

在这方面比较有影响的是美国麻省理工学院教授道格拉斯·麦格雷戈，他于 1957 年首次提出 X 理论和 Y 理论。其在 1960 年发表的“企业的人的方面”一文中，对两种理论进行了比较。麦格雷戈所指的 X 理论主要有以下观点：人的本性是坏的，一般人都有好逸恶劳、尽可能逃避工作的特性。因此对大多数人来说，必须进行强制、监督、指挥、惩罚并进行威胁，才能使他们付出足够的努力去完成给定的工作目标。但是，麦格雷戈是否定和批判 X 理论，主张相反的 Y 理论。麦格雷戈认为， Y 理论的主要观点是：人并不是懒惰，他们对工作的喜欢和憎恶决定于这工作对他是一种满足还是一种惩罚；在正常情况下人愿意承担责任；人们都热衷于发挥自己的才能和创造性。

在麦格雷戈提出 X 理论和 Y 理论之后，美国的乔伊·洛尔施和约翰·莫尔斯对此进行了试验。试验结果表明，采用 X 理论的单位和 Y 理论的单位都有效率高和效率低的。洛尔施等人认为，管理方式要由工作性质、成员素质等来决定，并据此提出了超 Y 理论。其主要观点是，工作的性质、员工的素质也影响到管理方式的选择，不同的人对管理方式的要求不同，不同的情况应采取不同的管理方式。

美国加州大学管理学院日裔美籍教授威廉·大内在研究分析了日本的企业管理经验之后，提出了他所设想的 Z 理论。Z 理论认为企业管理当局与职工的利益是一致的，两者的积极性可融为一体。按照 Z 理论，管理的主要内容是：企业对职工的雇佣应是长期的；上下结合制定决策，鼓励职工参与企业的管理工作；实行个人负责制；上下级之间关系要融洽；对职工要进行知识全面的培训，使职工有多方面工作的经验；准备评价与稳步提拔；控制机制要较为含蓄而不正规，但检测手段要正规；等等。

4. 群体行为理论

群体行为理论是研究组织中人与人、群体与群体之间关系的问题。其中，对组织行为学影响较大的理论有群体动力理论、社会测量学等。

群体动力理论的创始人是德国心理学家勒温。勒温的理论被称为“场”理论。“场”是借用物理学中“磁场”的概念。勒温认为人的心理、行为决定于内在需要和周围环境的相互作用。当人的需要未得到满足时，会产生内部力场的张力，而周围环境起着导火线的作用。人的行为动向取决于内部力场与情境力场(环境因素)的相互作用，而主要的决定因素是内部力场的张力。正是根据“场”理论，勒温提出了他的著名行为公式：D＝f (P，E)即人的行为是个人与环境相互作用的函数或结果。

勒温的“场”理论最初只用于研究个体行为。1933年他移居美国后，把“场”理论用于研究群体行为，提出了“群体动力”的概念。所谓“群体动力”就是指群体活动的动向，而研究“群体动力”就是要研究影响群体活动动向的诸因素，因为群体活动的动力同样取决于内部力场与情境力场的相互作用。

“群体动力”理论对组织行为学的形成和发展有很大影响，特别是对于研究群体行为作出了很大贡献。勒温的学生对于影响群体行为的诸因素(如群体规范、沟通、领导等)进行了详细的研究，这些研究构成了组织行为学有关群体行为问题的基本内容。

社会测量学的创始人是莫里诺。他原在维也纳的医院和研究所从事精神病治疗和研究工作，创造了所谓“心理剧”的治疗方法。1927年莫里诺迁居美国，从事社会心理学的研究，提出了社会测量学。从理论上看，社会测量学有许多值得讨论的问题，但它作为一门测量技术已得到广泛的运用。这种技术主要是通过填写问卷，让被调查者根据好感或反感对伙伴进行选择，并把这种选择用图表表示出来，从而使研究者可以根据图表对群体中的人际关系进行分析。由此可见，社会测量学为组织行为学研究群体行为提供了科学方法和技术手段。

5. 领导行为理论

领导行为理论是关于领导行为及其结构、组成要素和实际效果的理论。从20世纪40年代起，密执根大学的伦西斯、利克特就开始了对领导问题的研究。之后，对领导行为的研究逐渐发展起来。领导行为理论中较有代表性的理论主要有以下两个：

(1) 领导行为四分图理论。美国俄亥俄州立大学人事研究委员会以亨普希尔(J. K. Hemphill)为首的一批学者，从1945年开始研究领导行为，提出了领导行为四分图，他们经过调查列出了1790种刻画领导行为的因素，通过逐步概括，最后归纳为“抓组织”和“关心人”两大类。

(2) 领导权变理论。其中最具代表性的主要有：①菲德勒模型。弗雷德·菲德勒是权变理论的创始人,也是第一个把人格测量与情境分类联系起来研究领导效率的学者。从1951年起，经过十五年的大量调查研究，提出了菲德勒模型。他认为，任何领导行为都可能是有效的，也可能是无效的。关键要看它是否与环境相互适应。领导者必须是一位具有适应能力的人。②路径—目标理论。它是罗伯特·豪斯提出的一种领导权变模型。路径—目标理论是以期望水平模式以及对工作和对人关心的程度模式为依据的。该理论认为，领导者的效率是以他能激励下属达到组织目标，并在其工作中得到满足的能力来衡量的。领导者的基本职能在于制定合理的、人们所期望得到的报酬，并为下属实现目标扫清道路。豪斯认为，领导方式一般有四种：指导性方式、支持性方式、参与性方式和成就性方式。没有什么固定不变的领导方式，领导者应根据环境的变化来调整自己的领导方式。③领导生命周期理论。领导生命周期理论是由科曼于1966年首先提出，由赫西和布兰查德加以发展。该理论认为，有效的领导行为要把工作行为、关系行为和被领导者的成熟程度结合起来考虑，当被领导者渐趋成熟时，领导行为要做相应调整，才能取得有效的领导效果。④领导参与模型。领导参与模型是1973年由美国管理学家维克多·弗罗姆和菲利普·耶顿提出的。该模型将领导行为与下属参与决策联系在一起，认为有效的领导者应根据不同的情况让员工不同程度地参与决策，领导方式主要取决于下属参与决策的程度，领导方式分为三类，即独裁专制型、协商型、群体决策型。

有关这些理论的详细内容，将在后面的章节中进一步讨论。

总之，在组织行为学的成熟时期，其实践和理论得到了全面的提高，涉及管理中人的行为面越来越广，而且挖掘的内容越来越深。

第三节　组织行为学的发展时期

组织行为学的第三个时期，正是管理学实践和理论进入现代化水平的时期。生产规模不断扩大，高新技术大量应用，生产的社会化程度日益提高。为了把经验性的管理提高到科学化、数量化的水平，系统科学、运筹学、数学模型、计算机辅助软件等在管理和决策中开始应用，并取得较好的效果。在此基础上的现代管理理论学派众多，包括管理过程学派、经验学派、系统管理学派、决策理论学派、管理科学学派、权变理论学派等。这里就不详加介绍了。

20世纪60年代之后，行为科学进入组织行为的研究阶段，西方国家在组织行为学的研究队伍、研究范围、研究方向和研究方法等方面，都有较大进步。在研究队伍方面，除了以心理学家为主体之外，还有社会学家和人类学家的加入。在研究范围方面，已由工业组织扩大到政治团体、公共机构、政府机关、军队、医院等各类组织；在研究方向方面，逐渐趋于综合化，综合有关学科的观点来研究组织中人的心理和行为规律；在研究方法方面，逐步从单因素分析发展到多因素的综合分析，从传统的实验室实验方法发展到现场实验、参与观察以及大规模的问卷调查和统计分析。

20世纪90年代以后，科学技术飞速发展，世界经济一体化的进程加快，社会组织形态出现了扁平化、灵活化、多元化、网络化和全球化的特征。组织的这些发展与变革为组织行为学提出了新的课题，学习型组织、流程再造、虚拟企业等组织理论的出现，标志着组织行为学的研究已进入了一个新的阶段。

在这种状况下，管理者更经常化地把组织行为学理论应用于管理实践。美国企业家普遍重视运用组织行为学来提高自己的经营管理水平。据美国工业联合委员会的一项调查显示，公司管理人员中有90%的人读过有关行为科学的文章。有80%的公司对行为科学感兴趣，有75%以上的公司曾派人参加过有关行为科学的训练班。

组织行为学不仅在西方受到重视，在前苏联、日本等国家也有一定发展。前苏联有关心理技术学的研究早在十月革命以后就非常普遍，但1936年7月苏共中央发布了取缔心理

技术学的决议。一直到20世纪60年代才开始恢复工业心理学的研究，70年代才正式开展管理心理学研究。内务部科学院研究员季托夫于1979年出版了《管理心理学》一书，这是前苏联出版的第一本有关这方面的教科书。

我国对组织行为学的研究和应用，是在改革开放的进程中逐步发展起来的。1985年，我国著名科学家钱学森就指出：行为科学是从个人与社会互相作用的角度研究客观世界的，它已成为与自然科学、社会科学、数学科学、系统科学、思维科学、人体科学、军事科学、文艺理论八大门类相并列的独立的第九个科学门类。现代科学技术体系，在总的方面就分为这九大门类。1985年1月，中国行为科学学会在北京成立。著名经济学家马洪在会上作了《发展马克思主义行为科学》的报告。许多省市又相继成立了行为学会。截至2000年，各省、市、自治区已成立近20个学会组织，有近千个大中型企业作为团体会员参加了全国和省、市级的学会。同时，我国组织行为学形成了一支理论与实践相结合的研究队伍。组织行为学的研究队伍从一开始就主要由三部分人组成。第一部分人是心理学、社会学专业工作者，他们主要从事基础性理论研究和实验研究。第二部分人是企业中的实际工作者，他们的主要任务是把行为科学知识应用于实践，并总结本企业的经验，使之上升为理论。第三部分人是管理学专业工作者，他们可以在基础性专业工作者和实际工作者之间起桥梁作用，使行为科学理论与企业实际紧密结合起来。

这一时期组织行为学理论发展具有全方位和建构的特征，主要反映在组织系统论和组织权变论中。

一、组织系统论的研究

组织系统论是在系统科学的广泛应用影响下出现的，它改变了以往单向角度的特点，而综合性地研究组织的各种行为，同时将社会组织放在特定的环境中去研究其行为的状况。

1970年，卡斯特和罗森茨韦克两人合著的《组织与管理——系统方法与权变方法》一书出版，他们在书中对组织行为从全面系统的角度作了深入的分析。

组织系统论认为，组织是存在于环境这个超系统中的，它包含着目标与价值分系统、社会心理分系统、组织结构分系统、工艺技术分系统和组织管理分系统，各分系统之间存在着内在的相互联系，而由五个分系统构成的组织系统又同环境超系统之间发生相互作用，处于一种开放和动态的过程中。组织的各种行为就是在这种状况下产生和发展的。

1. 环境系统

任何社会组织都是处在一定的社会环境中的。不同的环境产生不同的组织行为。而环境系统包括以下两种：

(1) 间接环境。组织的间接环境是一般社会环境，包括自然资源、人力资源、教育状况、文化传统、政治气候、科技水平、法律关系、经济结构、社会制度等。

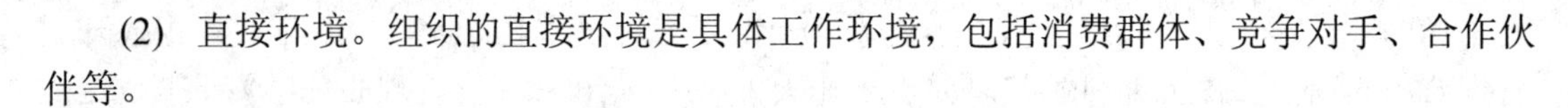

(2) 直接环境。组织的直接环境是具体工作环境，包括消费群体、竞争对手、合作伙伴等。

2. 目标与价值分系统

任何社会组织都有自己的目标与价值体系，从而形成特定的组织目标价值行为。组织的目标与价值系统包括如下内容：

(1) 环境目标。组织的环境目标同组织目标之间，可能相一致，也可能相冲突，因此产生的组织行为可能是多方向的。

(2) 组织目标。任何组织都有自己的、引导组织发展的、多层次的目标体系，并由此产生组织的目标行为。

(3) 个人目标。在一个组织中，每个员工都有自己的个人目标，这些个人目标同组织目标可能一致也可能有冲突，这样组织行为就呈现出复杂多样性，并且产生出多种管理行为。

组织管理者要以组织目标为中心，处理好目标与价值系统中各种目标的相互关系，防止目标冲突。

3. 社会心理分系统

任何社会组织都有自己的社会心理系统，包括个体心理、群体心理和组织心理，从多方面影响着组织行为。

(1) 个体心理与行为。组织成员个体根据其在组织中的地位和作用以及其他相关因素产生个体心理，而且影响个体行为的表现。

(2) 群体心理与行为。组织中的各种群体也会有不同的心理，并影响着群体行为。群体心理与行为是群体中个体间的相互作用自然形成的。

(3) 组织心理与行为。不同的组织管理者及组织目标引导的整体行为。在管理中，领导者应以权力作支撑，协调好组织社会心理系统的相互关系，使组织整体行为导向组织目标。

4. 组织结构分系统

任何组织都有自己的内部结构，一般涉及以下方面：

(1) 组织的正式结构与非正式结构、等级层次与职位的设立等。

(2) 组织的常态结构与非常态结构、管理幅度与组织规模等。

(3) 组织的职能分解与责权统一、组织稳定与组织的变革等。

正因为组织是多重结构相互整合的统一体，对组织行为的管理中，必须恰当处理这些结构和各种因素之间的相互关系。

5. 工艺技术分系统

组织要运行不能缺少工艺技术，组织的工艺技术系统包括以下内容：

(1) 特定的知识、技能及相关的设备，这些可能体现为各种统计、报表与设计的集合。

(2) 特定的人财物的有机组合及产供销的连贯流程，体现为完成组织任务的投入和产出的活动。这也需要合理安排，协调工艺技术系统中各因素的相互关系。

6. 组织管理分系统

组织管理系统是一个组织运行的指挥中心，包括众多的职能，其中决策、计划、控制三者是管理者的主要职能。决策是制定目标和方案，计划是按方案分段实施的前提，控制将组织行为引向目标不可缺少的环节。

管理者应通过各种方法特别是信息沟通的方法，协调好组织管理系统各职能的相互关系。即在获取外界信息基础上制定决策，通过指令信息组织计划，并收集反馈信息实施控制抵达目标。

二、组织权变论的研究

在组织系统论全面系统地探索组织行为的同时，权变论的思想也影响到组织行为的研究中，由此出现了组织权变论。

组织权变论在管理组织行为上的观点和方法具体体现为四个方面：第一，否认存在着一种普遍的适用于一切组织的管理方法。第二，组织管理中，要根据不断变化的形势要求不断地创造新方法。第三，用灵活变通的观点具体地分析和处理组织管理问题。第四，千篇一律的组织模式和绝对完美的方法是不存在的。

组织权变论认为，任何一个组织的模式类型和变异都会受内部目标和外部环境变化的影响，组织及组织行为模式的设计要依据权变的观点和方法突出针对性特征，不同模式有不同的控制方法。任何组织系统都处于动态革新之中，组织的发展过程一般会呈现出“适应—稳定—适应”周期性规律。

所谓适应，就是组织根据内部目标和外部环境变化对组织行为做出恰当的变革。而判断组织是否处于适应或变革阶段，有三个条件：组织的环境极不稳定；目标变化多样；技术复杂多变。这时对组织行为的管理控制方法，多用革新和探索的方法。

而判断组织是否处于稳定阶段，也有三个条件：组织的环境相对稳定；目标明确持久；技术基本统一。这时对组织行为的管理控制方法，多用命令和等级的方法。

在组织行为学的发展阶段，如果说组织系统论提供的是一种理解组织行为学的全方位的思想框架，那么组织权变论是权变方法在组织行为模式及其发展过程中的体现，所提供的则是一种理解组织行为学变化的辩证的认识方法。如果说组织系统论所推崇的整体性原理防止了认识的片面和单一，那么组织权变论所倡导的变通性原理则防止了研究行为方法上的教条和僵化。

综上所述，20 世纪后期的组织行为理论，借助系统方法和权变方法而不断发展，在理论形态上实现了早期萌芽阶段和中期成熟阶段各种理论的新的综合，克服了以往理论的片面性，从而达到比较系统的理论境界。当然，也正是这一百多年的综合努力，才使组织行为学具有了比较全面的理论体系。

本章小结

组织行为学经过了萌芽、成熟、发展三个阶段。

泰罗对个体劳动行为中的动作和时间进行了研究，还研究了当时的组织管理行为，提出了职能化的组织设计。法约尔在组织理论中着重讨论了组织的构成因素。韦伯对组织行为学的贡献，主要是分析了权威和管理行为，提出了理性的行政管理体系。

梅奥进行了“霍桑试验”，并由此提出了著名的人群关系理论，开始对人的心理和社会行为进行研究，加快了组织行为学的成熟，同时也为以后的行为科学的发展奠定了基础。行为科学学派对组织行为学的研究主要有：需要行为理论、激励行为理论、人性分析理论、群体行为理论和领导行为理论。

组织系统论认为，组织是存在于环境这个超系统中的，它包含着目标与价值分系统、社会心理分系统、组织结构分系统、工艺技术分系统和组织管理分系统。组织权变论认为：任何一个组织的模式类型和变异都会受内部目标和外部环境变化的影响，组织及组织行为模式的设计要依据权变的观点和方法突出针对性特征，不同模式有不同的控制方法。

思考题

1. 简答泰罗的职能化的组织设计和组织原理。
2. 简答法约尔的组织构成因素。
3. 韦伯认为统治权威的类型有哪些？
4. 简答韦伯提出的理想行政组织行为的特点。
5. 简答霍桑试验及人群关系理论的主要观点。
6. 行为科学学派对组织行为学的研究主要有哪些理论？
7. 简答组织系统论的主要观点。
8. 简答组织权变论的主要观点。

本章案例

三泽企业对人的管理

日本的企业家，尤其是那些创业者，都懂得“企业即人”的道理，因而高度重视人才

的选拔、培养和使用，并且都有与众不同的高招，三泽也是如此。

首先，三泽在每年招收新职工时，必定要同每一个报考者谈话，亲自进行“面试”，他不过分看重笔试分数的高低，而高度重视“入社动机”。他不喜欢听“因为三泽住宅公司是最大的住宅建筑公司”，“因为前辈推荐介绍”之类的答复，而希望考生说“因为三泽住宅公司是一个有个性的企业”等有新意的话。

在面试时，他还注意考生是否有绘画和制作之类的爱好。其用意是可想而知的。自幼喜欢动手、动脑的人在技术上可能有较大的发展前途。他的人才标准是：经理财会人员要认真细心，一丝不苟；营业行销人员须能吃苦耐劳，有饥饿精神；设计技术人员则应善于独立思考，有创造性。

日本企业要求和教育职工“爱社(公司)如家”，忠于公司，把自己的一生贡献给公司，不到退休年龄而中途离去者，大都被认为是忠诚心不强，对公司不满或因故被辞退的人。

企业，尤其是大企业，一般却不愿意录用这类“跳槽”人员(挖别人的墙脚，另当别论)日本住宅工业巨子三泽则与众不同。他不采取“纯血主义”，认为“杂交品种有更强大的优势”，因而乐于录用有较多经历的人；他称这些“中途入社者”是“公司之宝”。在全公司 1300 名正式职工中，大约 60%的人都有“跳槽”经历。在 25 名公司董事中，土生土长的只有 2 人。

三泽认为，从别的公司来的人，带有与本公司不同的色彩，这一点十分可贵。他们的到来会使原有的职工受到某种刺激，增强活力。此外，他们还会从外界带来许多有用的信息。来自银行的人会合诉你有关银行的知识，来自商社的人精通国内外贸易，从而增强同社会各界的交流。

三泽认为，在国际化、全球化时代，画地为牢，故步自封的观念是最危险的敌人。为此，他设立了“互换职工”和“社(公司)外留学”等制度。

互换职工的建议原是一家汽车制造公司的负责人向他提出来的，他觉得这是一个有趣的想法，于是欣然接受，进而提出互换职工的主张。他把这一制度作为让“土生土长”的职工拓宽视野，见世面，长知识，焕发活力的重大措施。

在日本的大公司里，部长年龄肯定比课长大，课长年龄也肯定比股长大，极少出现反常现象。这就是升级提薪论资排辈的制度。三泽认为这也需要改进，因为在信息化的时代，许多知识和经验可以借助于电子计算机。

三泽自己创立公司时，年仅 29 岁。公司股票在证券交易所上市时，他也只有 33 岁。为什么不能有年纪轻的部长呢？于是，他大胆地进行改革，根据年龄层建立设计部。如“二十代设计部”、“三十代设计部”……“二十代”即指 20～29 岁的人、二十代设计部由二十几岁的技术人员做部长，三十代设计部由三十几岁技术人员做部长……这不仅能调动设计人员的工作积极性，而且也有助于在住宅设计上发挥各自的个性和创造性。在讲究住宅的质量、感性、流行式样和独特风格的时代，三泽的这种做法无疑有其合理性和科学性。

日本的大企业，大约十之八九都实行了“周休二日制”。三泽着眼于这两天休息时间，于1985年设立了“星期六星期日职工”制度，运用自己的工作、兴趣和经验，仅在周末休息时间内到三泽住宅公司工作。

为此，三泽住宅公司设立“三泽住宅人才公司”，其中的一个部门——“星期六星期日公司”负责募集“星期六星期日职工”。这一制度颇受欢迎，不仅退休者，家庭主妇，而且三四十岁的在职者也踊跃应征。这些在职者来自建筑公司、贸易公司、银行等各行各业，登记人数已达数千人，成为三泽公司的人才库。这些人在这里可以发挥自己的专长和爱好，以从事不同的工作的方式使自己得到积极的休息，并又获得一定的报酬。

靠装配式住宅起家的三泽住宅公司，从1971年起，已连续20年在日本住宅工业界独占鳌头。

(资料来源：作者根据相关材料整理而成)

案例分析思考题

1. 如何理解“企业即人”的道理？

2. “由于行为一般是可以预测的，因此没有必要正式的研究组织行为。”为什么说这种说法是错误的？

第三章

个体行为(一)

学习目标

通过本章的学习，理解个体行为、心理、知觉、社会知觉、思维、情绪情感、意志、挫折的基本含义；把握心理的内容、知觉的特征、社会知觉的类型、思维对行为的影响、意志行为的特征、如何增强个人的挫折容忍力；掌握影响知觉的因素、社会知觉的误区、创造性思维、情绪情感的分类、挫折后的反应。

关键概念

个体行为(Individual Behavior)　环境(Environment)　心理(Mentality)　心理过程(Mental Processes)　个性(Personality)　知觉(Perception)　情感(Affective)　意志(Volition)

组织行为的管理要以个体行为为基础。同时，组织管理者为了有效地进行人员的选拔、录用、奖惩、晋升及安排相适应的工作，就必须对员工的个体行为有一个全面的了解。因此，研究个体行为，对合理地开发、利用人力资源，调动人的积极性，提高管理水平有着重要的意义。

第一节　个体行为概述

个体行为是个人在一定的外在环境刺激和内在心理支配下形成的行动和作为。

任何个体行为产生的根据离不开两个因素：即环境和心理。

一、环境刺激行为

环境的状况对个体行为起着刺激和引导的作用。

环境，是指存在于个人外部而且影响着个人或组织的各种力量和条件因素的总和。环境包括外部环境和组织内部环境两部分。

1. 外部环境

外部环境又可分为宏观环境因素和微观环境因素。

1) 宏观环境因素

宏观环境因素是指可能对个人的活动产生影响但其影响的相关性却不清楚的各种因素，一般包括经济、政治、文化、法律和科学技术等环境因素。这些环境因素对一个组织运转的影响尽管不那么直接，但各个组织中的管理者仍必须考虑这些因素。

(1) 经济环境是指一个组织所处的经济环境，通常包括其所在国家或地区的经济制度、经济结构、物质资源状况、经济发展水平、国民消费水平等方面。

(2) 政治环境包括组织所在国家或地区的政治制度、政治形势、方针政策和法令等，这些都会对一个组织产生重大影响。政治环境主要表现在地区的稳定性和政府对各类组织或活动的态度上。

(3) 社会环境主要是指组织所在国家或地区的人口、家庭文化教育水平、传统风俗习惯及人们的道德和价值观念等。

(4) 科学技术环境通常是指组织所在国家或地区的技术水平、技术政策、科研潜力和技术发展动向等。现代技术发展速度日新月异，技术更新周期大为缩短。电子计算机的广泛运用带来了劳动环境、生产方式、资源条件的巨大变化。

2) 微观环境因素

微观环境因素是指对某一个人目标的实现有直接影响的外部因素。一个组织的微观环境因素主要包括资源供应者、服务对象、竞争对手、社会特殊利益代表组织、政府管理部门等。对每一个组织而言，其微观环境是唯一的并随构成因素的变化而变化，会直接增加或减少组织的效益。

(1) 资源供应者。一个组织的资源供应者是指向该组织提供资源的人或单位。

(2) 服务对象。服务对象或顾客是指一个组织为其提供产品或劳务的人或单位，如企业的客户、商店的购物者、学校中的学生和毕业用人单位、医院的病人、图书馆的读者等，都可称其为相应组织的服务对象。

(3) 竞争对手。一个组织的竞争对手是指与其争夺资源、服务对象的人或组织。任何组织，都不可避免地会有一个或多个竞争对手。

(4) 社会特殊利益代表组织。社会特殊利益代表组织是指代表着社会上某一部分人的特殊利益的群众组织，如妇联、工会、消费者协会、环境保护组织等。

2. 组织内部环境

管理环境除了宏观环境和微观环境以外，还包括组织内部环境。

组织内部环境一般包括组织文化(组织内部气氛)和组织经营条件两大部分。

1) 组织文化

组织文化是处于一定经济社会文化背景下的组织在长期的发展过程中，逐步生成和发展起来的日趋稳定的、独特的价值观，以及以此为核心而形成的行为规范、道德准则、群体意识、风俗习惯等。

2) 组织经营条件

组织经营条件是指组织所拥有的各种资源的数量和质量情况，包括人员素质、资金实力、科研力量、信誉等。这些因素不仅与外部环境因素一样，影响一个组织目标的制定和实现，而且还将直接影响该组织管理者的管理行为。一般而言，各个组织不但有其独特的组织文化，而且经营条件也不同，这就要求管理者分析研究本组织的内部环境，根据本组织的实际情况，制定相应的组织目标和发展战略。

由上可见，任何组织都不是孤立的。组织把环境作为自己输入的来源和输出的接受者，组织也必须遵守当地的法律，并对竞争作出反应。正因为如此，资源供应者、服务对象、竞争对手、社会特殊利益代表组织等可以对某一个组织施加压力，而管理者也必须对这些环境因素的影响作出适当的反应。

综上所述，管理环境的构成如图 3-1 所示。

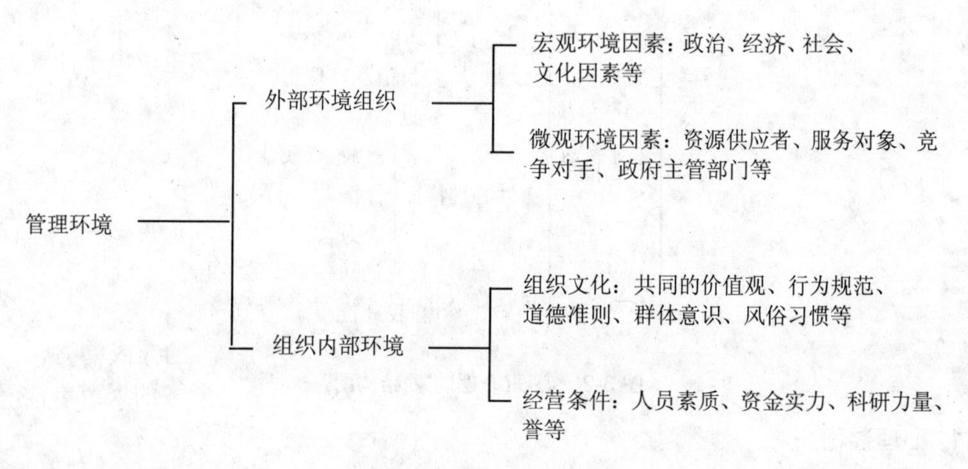

图 3-1 管理环境的构成

二、心理支配行为

心理又称心理活动或心理现象，是客观事物以及它们之间的联系在人脑中的反映，包括感觉、知觉、记忆、思维、情感、意志和气质、能力和性格等。心理是人们最熟悉、最常见、最普遍的精神现象，它从人的各种活动中表现出来，且能主动地指导、调节着人的各种行为活动。因此，从事管理活动，研究人的行为，必须研究心理现象。

人和动物的心理现象是在动物进化的一定阶段才出现的。它是以中枢神经系统和感觉器官为基础的，人和动物对周围环境变化的长期适应而产生的。人的心理和动物的心理有着本质的区别，人的心理是人类社会实践的产物，具有高度的能动性和自觉性。

人的心理现象是丰富多彩、瞬息万变、错综复杂的。但是，它的发生发展也是有规律的，是可以被认识和研究的。为了研究的方便，可以把人的心理划分为两大类：心理过程和个性心理(简称个性)，见图 3-2。

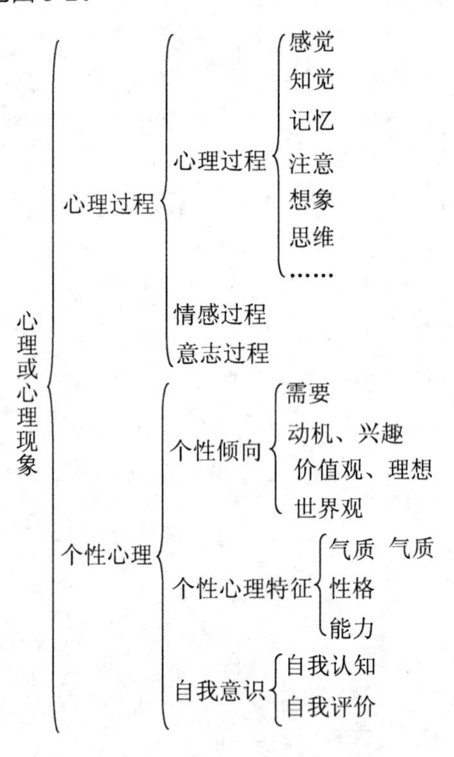

图 3-2　心理(心理现象)结构图

1. 心理过程

心理过程即心理活动的过程，是心理现象的不同形式对现实的动态反映。心理过程包括认识过程、情感过程与意志过程。人的心理过程的状况对人的行为有着十分重要的影响，研究人的行为必须要研究人的心理过程。

1)　认识过程

心理过程中最基本的是认识过程，分为感性认识和理性认识阶段。认识过程首先产生于感觉，由感觉再到知觉、表象，并伴随着记忆、注意、想象等，进而发展为理性认识。

感觉是人脑对直接作用于感觉器官的客观事物的个别属性的反映。在日常生活中，人时刻都接触外界的许多事物，这些事物直接作用于人的各种感觉器官，因而在人脑中就产生了各种各样的感觉。感觉是一切高级、复杂的心理活动的基础，是人类认识客观世界的开端及一切知识的源泉，是人的正常心理活动的必要条件。根据感觉反映事物的属性和特点，可以把感觉分为外部感觉和内部感觉两大类。外部感觉有视觉、听觉、嗅觉和触觉，内部感觉有运动觉、平衡觉和内脏觉。

知觉是人脑对直接作用于感觉器官的客观事物的整体反映。客观事物的各种属性并不是各自孤立地作用于人，而是总合成一个整体，同时或相继地作用于人的感官，于是在大脑中便产生了事物的整体映象。例如，当人们拿起一个苹果品尝时，苹果的颜色、气味、光滑的表面以及味道的属性，就分别作用于眼、鼻、手、舌等感官，在大脑中产生了相应的感觉的有机结合，就构成了完整的苹果的映象，也就是产生了对苹果的知觉。知觉反映了外界现象和内在因素的有机联系，是指人们对客观事物的综合和理解。知觉具有整体性、选择性、理解性和恒常性基本特征。知觉可以按不同标准进行划分。既可分为视知觉、听知觉、味知觉、肤知觉和运动知觉；又可以分为空间知觉和时间知觉、无益知觉和有益知觉、正确知觉和错误知觉。在错误的知觉中又可分为图形错觉、形重错觉、大小错觉和方位错觉等。

感觉和知觉的共同点在于都是直接作用于感官的客观事物在人脑中的反映，所产生的主观映像都是具体的感性的形象。感觉和知觉又有区别。感觉反映事物的个别属性，知觉反映事物的整体属性。感觉和知觉又有联系，感觉是知觉的成分，是知觉的基础，知觉是在感觉的基础上产生的。

记忆是一种比较复杂的认识过程。记忆是过去经验在人脑中的反映。记忆过程包括识记、保持、再认和回忆。记忆的种类有两种划分：记忆根据内容不同可划分为形象记忆、逻辑记忆、情绪记忆和运动记忆；记忆也可以根据保持时间及加工方式的不同，分为瞬间记忆、短时记忆和长时记忆三级信息加工模式。

想象是在人脑中对已有表象进行加工改造而创造新形象的过程。想象也是人脑对客观实际的反映。想象可根据有无目的意图分为有意想象和无意想象。

思维是人脑对事物的间接、概括的反映。通过思维活动，人能认识事物的本质和规律。思维具有间接性和概括性的特点。思维属于认识的高级阶段，它和语言密切联系着，是人所特有的认识活动。思维的基本形式是概念、判断和推理。

2) 情感过程

情感过程也叫情绪和情感过程。情绪和情感过程是人们在与客观事物接触时，根据人的需要所表现出来的主观心理体验过程。也就是说，人在认识客观事物时，总是会依据自己的需要表现出一定的态度或体验，如满意、喜欢、厌恶、愤怒等，这些主观的心理体验都属于情绪和情感过程。情绪和情感是人对客观事物与人的需要直接的关系的反映。而需要分为生理需要和社会需要。人的情绪和情感活动具有社会性。一般说来，情绪是指与生理需要相联系的体验，是人和动物都有的，但是两者有着本质的区别。情感是指与人的社会性需要相联系的体验，是人所特有的。人在体验情绪和情感时都会有外部表现，称之为表情。表情可以分为面部表情、身体表情和言语表情。

3) 意志过程

意志过程是人们为努力实现某种目标，自觉地确定目的，并根据目的来支配、调节自己的行为，克服各种困难，从而达到目的的心理过程。人在反映客观事物的过程中，不仅接受内外刺激的作用，产生认识和情绪情感。还要采取行动，反作用于客观事物。人们根据对客观事物的认识，先在头脑中确定行动的目的，然后根据这个目的来支配自己的行动，力求实现此目的，这样的心理活动就是意志。意志具有自觉性、果断性、坚韧性和自制性的特征。意志是人的心理的能动性的最突出的表现，也是人和动物在本质上相区别的特点之一。由意志支配的行动叫意志行动。

认识过程、情绪和情感过程、意志过程这三种心理过程，简称知、情、意。它们虽然彼此有所区别，但又是统一的心理活动的三个不同方面，这三者是密切联系着的。

2. 个性心理

个性心理也叫个性。个性是一个人的整个心理特征，即具有一定倾向性的各种心理特征的总和，个性是一个整体结构，包括个性倾向和个性心理特征。个性具有整体性、独特性、稳定性、倾向性、社会性和生物性的特征。

1) 个性倾向

个性倾向也可以称为个性倾向性，是指一个人对现实事物的态度和倾向。它是人进行活动的基本动力，是个性结构中最活跃的因素，它制约着所有的心理活动，表现出个性的积极性和消极性。

个性倾向主要包括需要、动机、兴趣、理想、信念、价值观和世界观。

需要是生理的和社会的要求在人脑中的反映。需要可以分为生理需要和社会需要、物质需要和精神需要。

动机是一个人发动和维持活动的心理倾向。动机具有引发功能、指引功能和激励功能。动机可以分为生理性动机和社会性动机、高尚动机和低级动机、长远的间接动机和暂时的直接动机、主导动机和辅助动机。

兴趣是人积极探究某种事物的认识倾向。兴趣可以分为物质兴趣和精神兴趣、直接兴趣和间接兴趣、短暂的兴趣和稳定的兴趣。

理想是人生奋斗的目标，是人们对未来的向往和追求。

信念是坚信某种观点的正确性，并支配自己行动的个性倾向。

世界观是信念的体系，是一个人对世界总的根本的看法和态度。

在这些个性倾向性中，需要是整个个性积极性的源泉，是个性倾向的基础；动机、兴趣、信念都是需要的表现形式；世界观居于最高层次，它制约着一个人的整个心理面貌，是人们言论和行动的总动力和总动机。

2) 个性心理特征

个性心理特征是指在一个人身上经常、稳定地表现出来的心理特征，它是个性结构中比较稳定的成分。

个性心理特征主要包括能力、气质和性格。

能力是直接影响活动效率、使活动顺利完成的个性心理特征。能力可以区分为认识能力和操作能力、再造性能力和创造性能力、一般能力和特殊能力，等等。

气质是不以人的活动目的和内容为转移的典型的、稳定的个性心理特征。

性格是个人在对现实的稳定态度和与之相适应的习惯化了的行为方式中表现出来的个性心理特征。性格是人的个性心理特征中最本质、最核心的部分，是区别一个人与其他人的最主要的差别所在。

3)　自我意识

自我意识是指主体对自己的存在、自己与他人和周围事物的关系以及自己的行为表现诸方面的领悟或理解。自我意识包括自我认知和自我评价。自我意识是通过个性与心理过程作用于行为的。

心理过程与个性也是密切联系、相互制约的。一方面，每个人的每种心理过程都是带有个性的；另一方面，所有人的个性都是表现在心理过程之中的。事实上，既没有不带个性的心理过程，也没有不表现在心理过程之中的个性。可见，心理过程与个性是完整统一的心理活动的两个不同方面。

在现实中，心理过程和个性是共同对人的行为有着直接的作用。但是我们可以从理论上有区别的深入分析它们各自对人的行为的具体影响。在本章中，具体分析知觉、思维、情感、意志对人的行为的具体影响。在下章中，具体分析个性对人的行为的具体影响。

第二节　知觉、社会知觉和行为

一、知觉及特征

知觉是直接作用于感觉器官的客观事物的整体属性在人脑中的反映。人对客观事物的知觉不是消极、被动的，而是一种积极、能动的认知过程。

知觉有如下特征：

1. 选择性

知觉具有选择性。人的知觉的能动性主要体现在选择性上。知觉是一个主动的心理过程。人们不是对作用于感官的一切刺激物都产生知觉。而只是对与其有意义的、感兴趣的并符合其需要的东西才产生知觉。也就是说人的知觉是有所选择的。即在同一时刻，许多客观事物同时作用于人的感觉器官，由于认知资源的限制，人不可能同时反映这些对象，只是对其中某一事物或某些事物有清晰的知觉，这就是知觉的选择性。被选择的事物成为知觉的对象，得到清晰的反映，而其他事物则成为知觉的背景。

知觉的选择性表现为人对事物的知觉总是根据事物之间的相对关系来进行反映：

(1)　知觉对象与背景的关系。知觉对象是清晰地反映在意识中的物体，背景是模糊地反映在意识中的物体。知觉对象和背景会产生动摇，随着时间和条件的变化，对象和背景会互换，如图 3-3 所示。

图 3-3　知觉图形

(2) 知觉的参照系统不同。对任何事物的知觉，都是参照一定标准进行判断的，如图 3-3 所示，以黑的为背景，白的为对象，参照系为高脚杯，若以白的为背景，黑的为对象，参照系就是人头，将理解为两个对脸的人头。现实生活中，两人对同一个人的认识和评价可能有着截然的不同，心理基础就在于此。

2. 整体性

人的知觉总是对事物整体的反映，不仅反映事物的各种属性，而且反映各种属性之间的关系，联系成一个有机整体，图 3-4 所示的是知觉总倾向为一个三角形压在三个圆上，而不是三个缺口的圆。

图 3-4　知觉图形

3. 理解性

知觉还具有理解性。知觉作为对事物的整体反映，是以对事物的理解为条件的，没有过去的经验，就不可能有真正的知觉。因此，经验越丰富，知觉就越深刻。也就是说，人的知觉已经不是纯粹意义上的感性认识了，它是人们在实践中总结出来的理性认识指导下完成的。

4. 恒常性

知觉的恒常性是指由于知识、经验的参与，人的知觉往往并不随知觉条件的变化而变化，而表现出一种相对的稳定性。例如，长方形桌面和圆脸盆在视网膜上的成像经常是平行四边形和椭圆形，但我们仍把它们知觉为长方形和圆形。

二、影响知觉的因素

人的知觉的形成要受很多因素的影响。总起来说，有两种因素：客观因素和主观因素。

1. 客观因素

知觉是对客观事物的反映，因此，知觉的特征首先取决于客观对象的特点。心理学的研究表明，知觉对象的以下特点对知觉有重要影响。

1)　客观因素刺激的强度

一般来讲，巨大的声响、鲜艳的色彩、突出的标志等都会引起人们的注意，使人清晰地感知这些事物。例如，在商店开张时，店铺门面装修得色彩鲜艳，门前设置巨幅广告牌或大幅标语，并播放响亮的音乐，能使人们强烈地感觉到它的存在。不仅刺激的绝对强度会影响到知觉的选择性，而且刺激的相对强度同样会对知觉产生重要影响，例如，夜深人静时，钟表的滴答声能使人清楚地知觉到。

2)　客观因素刺激的新颖性

在生活中，人们接触过许多事物，积累了很多知识和经验。这些熟悉的事物、知识和经验，会使人形成一种习惯性思维，即思维定式。而经验中没有接触过的新颖事物往往能引起人的好奇心，很快成为知觉的对象。另外，当熟悉的事物突然以反常的方式出现时，已形成的思维定式会被打破，从而引起人们的好奇，刺激新的知觉产生。

3)　客观目标和背景的对比

知觉过程是从背景中分离出对象的过程。在同一时刻，被人们清晰感知到的东西就是知觉的对象，而被人模糊感知到的东西就成为该对象的背景。人在知觉时，往往知觉客观对象好像有点前移，而背景则远离知觉者。图 3-5 戏剧化地再现了这一效果，这个图形也被称为两可图形，当我们观察这一图形时，会看到一个漂亮的少女，也可能看到一个丑陋的老太婆。

在知觉过程中，对象和背景之间的差异越大，人们越容易把对象从背景中分离出来；反之，对象与背景之间的差异越小，区分对象和背景就越困难。例如，高速公路上的清洁工穿的橘红色马甲，其颜色与背景色的对比非常强烈，很容易引起司机的注意；而士兵穿的迷彩服和旷野的颜色很相近，并且上面有很多不规则的斑点，很容易模糊与背景的界限，则不容易被敌人发现。

图 3-5　两可知觉图形

以上原理在工程心理学上得到了广泛的应用，例如，在车床上加工零件时，零件是知觉的对象，而整个车床则是背景，为了提高零件加工的质量，减少事故，应扩大零件与车床的颜色对比度。

4)　客观刺激对象的组合

知觉是对事物整体的反映，但事物整体不一定只是一个对象，有时，人们会把若干事物作为一个整体来反映。客观刺激的组织特性对知觉过程也有一定的影响。心理学的研究发现，知觉客观对象的组合有以下原则：

(1)　接近性原则。当客观对象在时间和空间上接近时，很容易让人把它们作为一个整体来进行知觉。例如，图 3-6 中有 8 条线，但人们很容易把彼此相邻的两条作为一组来进行知觉。

(2)　相似性原则。知觉对象在形状和性质上相似时，很容易被知觉为一个整体。在图 3-7 中有很多小圆点，使我们很容易看到一个三角形。

(3)　封闭性原则。当若干对象共同包围一个空间时，尽管客观上存在缺口，但人在知觉中会利用已有的经验把该缺口填充完整，从而把它作为一个整体进行知觉，即部分刺激作用于感官时，人脑中存储的信息能够补充该事物的其他部分刺激的信息，以产生一种完形，这是过去经验对当前知觉的再现。这种完形倾向就是封闭性原则。在图 3-8 中，由于 b 与 c、d 与 e、f 与 g 分别包围了一个空间，所以很容易让人把它们分别看成一个矩形，把 a 和 h 看成两条孤零零的线段。

(4)　连续性原则。人在知觉时，当几个知觉对象在空间上有连续性时，很容易被感知为一个整体。在图 3-9 中有很多小斑点，但人们很容易把它们分别看成一条直线和一条曲线。

上述原则在工程心理学中得到了广泛的应用，大型控制室中仪表排列、刻度设计等均要遵循以上原则，以使人更清晰地感知仪表，避免错误。

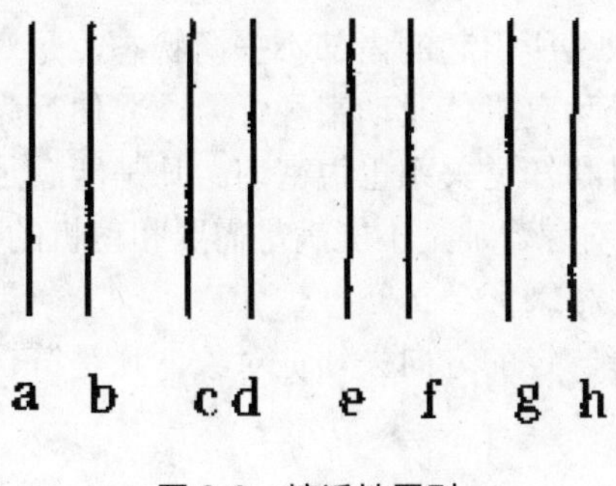

图 3-6　接近性原则

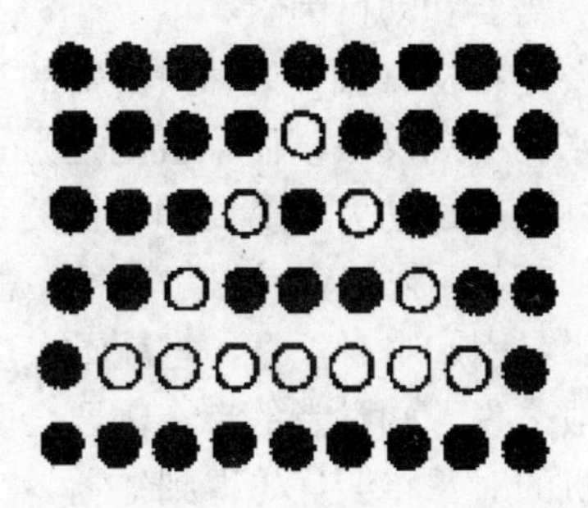

图 3-7　相似性原则

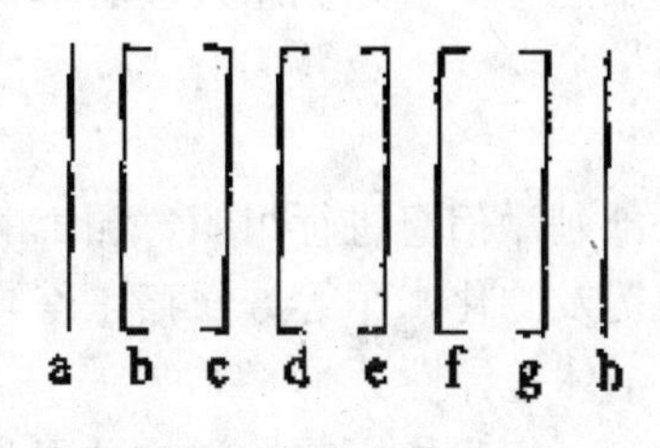

图 3-8　封闭性原则

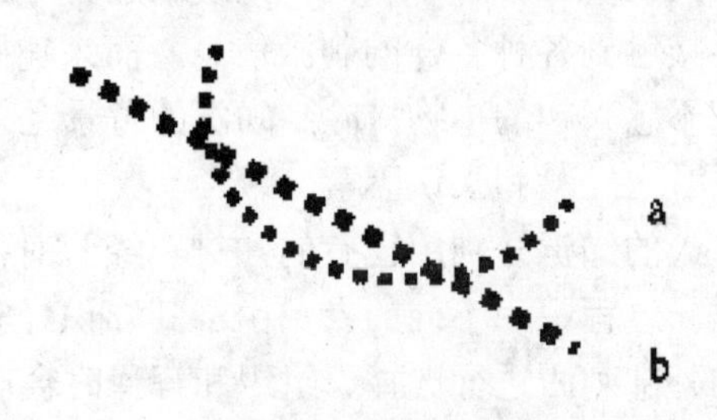

图 3-9　连续性原则

2. 主观因素

人的知觉不仅受客观因素的影响，也受人自身主观因素的影响，面对同样的客观刺激，不同的人往往会产生不同的知觉。对同一事件的看法之所以不同，在很大程度上是由于不同的人在态度、需要、动机、兴趣、经验、知识、个性心理特征方面的差异造成的。

1)　态度因素

态度在知觉过程中扮演着类似过滤器的角色，会使人产生所谓的选择性知觉。

首先，在知觉过程中，态度使人回避与自己态度不一致的信息，对与自己态度不一致的信息听而不闻、视而不见，造成选择性注意，即人们总是注意那些与自己固有的观念一致的或自己需要的、关心的信息。

其次，态度对接收到的信息进行歪曲，作出符合自己态度的解释，造成选择性理解，即对于同样的信息，不同的人会产生不同的理解，这与个人的知识经验有关、受自身原有的态度的制约。

再次，态度还可引起选择性记忆，即人们容易记忆自己感兴趣的事物，遗忘不感兴趣的内容。

由此可见，在态度的掺入下，选择性知觉与选择性注意、选择性理解、选择性记忆有着直接的联系。

2) 需要和动机因素

需要是维持有机体生存所必需的某种因素的缺乏所引起的内部不平衡状态，是对客观现实需求的主观反映，而动机则是为了满足需要推动有机体发动某种行为，并使行为指向一定目标的内部动力。需要和动机关系密切，同时和知觉关系也很密切。凡是能满足需要和动机的事物，往往容易引起自身注意，成为知觉对象。凡是不能满足需要和动机的事物，往往不容易引起自身注意，也就不太可能成为知觉对象。

一般来说，知觉者的潜在需要会驱使人们朝着一定的方向去知觉对象，凡是符合其需要和动机的对象将会优先得到知觉。

3) 兴趣因素

人们的兴趣各不相同，兴趣的差异是决定知觉选择性的重要因素。在知觉过程中，人们会接触到各种各样的刺激信息，而兴趣则会使人集中注意力去知觉感兴趣的事物，使他们把不感兴趣的事物排除到知觉的背景之外。

4) 经验和知识因素

人的知觉是利用已有的知识和经验对接收到的外部刺激信息进行组织、加工的过程。在这一过程中，不同的人，由于其知识经验、生活阅历及文化水平等方面存在差异，对同样的外部刺激进行选择、组织和解释时会产生极大的个体差异性。

经验和知识对知觉的影响主要体现在两个方面：第一，直接影响知觉的过程，个人有过经验和知识、熟悉的事物优先得到知觉；第二，影响知觉的结果，人们总是利用过去积累的知识和经验对当前刺激进行解释，然后再赋予它一定的意义。在这一过程中，人们的知识经验不同，所获得的知觉结果也各不相同。

5) 个性心理特征

人们的个性心理特征也影响着知觉的选择性。如不同气质的人知觉的广度与深度有明显差别，黏液质的人知觉速度慢、范围狭窄，但比较深入细致；多血质的人知觉速度快、范围广，但不细致。

从以上影响知觉的主观因素看，当面临同样的外部客观刺激时，由于不同的人在知识经验、需要和动机、兴趣、态度和个性方面存在差异，他们对同一对象的知觉结果是不同的。

三、社会知觉的概念与类型

1. 社会知觉的概念

知觉是对一切客观事物的反映，而社会知觉则是对社会现象的反映。

社会知觉就是指人与人的认识和了解，是人们在社会交往中通过获得对方的外部信息，从而给对方作出各种各样的判断和评价的过程。正确地认识他人(即社会知觉)是我们搞好

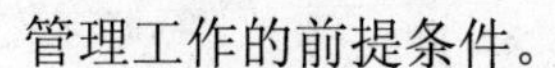

管理工作的前提条件。

社会知觉是主体的一种特殊的社会意识，它影响着主体的心理活动，调节着主体的社会行为。

2. 社会知觉的类型

社会知觉以人为对象，从不同侧面来知觉一个人，因此可以把社会知觉分为他人知觉、人际知觉、角色知觉和自我知觉。

1) 他人知觉

他人知觉是指对他人外部形态和行为特征的知觉。通过他人知觉，可以进而了解他人的动机、情感、意图等心理活动。一个人的这种特征包括面貌、仪表、风度、言谈和举止等，它们都是直接的知觉对象，通过大脑得到客观的映象以后，这种映象与当前有关的知觉相结合，从而了解对象的心理活动。

影响对他人知觉的因素包括两个方面：一是知觉者自身的态度和观点；二是知觉对象的仪表、风度、言谈和举止等。

管理者的一个重要职责，就是要做到知人善任，用人之长，人尽其才。这就要求管理者要正确地了解他人。因此，对于管理者来说，他人知觉是非常重要的。但是要做到这一点并不容易。对他人的知觉，往往受到知觉者认知结构的影响，受知觉者个人的观点、需要、动机和认知判断能力的制约。如果不能正确地知觉他人，就不能真正做到人尽其才、知人善任。对于管理者来说，必须尽可能客观地了解他人、认识他人。

2) 人际知觉

人际知觉是个体在人际交往过程中，对人与人之间相互关系的知觉，包括对自己与他人的关系知觉和他人与他人之间关系的知觉。人际知觉主要是在人际交往中发生的，以各种交际行为为知觉对象。交际行为是指人们在交往中相互接触和交换的言语、态度与动作，包括礼节、交谈、表情、援助、侵犯等。在感知这些行为的基础上，借助于思维的作用，使人们感知到自己与他人之间建立的某种关系：友好的、一般的或对立的，并有与此相对应的情感。

人际知觉的主要特点是有明显的情感因素参与知觉过程。人们不仅相互感知，而且彼此间还会形成一定的态度。在这种态度的基础之上还会形成各种各样的情感，如喜爱、同情和反感等。人际知觉过程中产生的情感取决于多种因素：人们彼此之间接近的程度、交往的多少、彼此的相似程度等。一般来说，人们之间越是彼此接近、交往频繁、有较多的相似之处，彼此之间就越容易产生积极的情感。

在组织行为管理中，管理人员应当与职工进行一定的人际交往，正确认识各种人际关系，通过良好的人际知觉，建立友好的关系和情感。这对于协调人际关系、提高员工士气、调动员工工作积极性、提高沟通效率、增强群体凝聚力、建立高效的工作团队具有十分重要的意义。

3) 角色知觉

角色知觉是指对人们所表现的角色行为的知觉。所谓角色，是指人们对在组织中占据一个职位的人所期望的一系列行为模式和规范总和。每个人在社会中都充当某些角色，如家庭关系中的角色、性别角色、职业角色、群体角色等。人们通过人际交往、社会活动和业务活动，不断产生对他人的各种角色知觉，并借助于思维的作用，掌握各种角色的行为标准，形成角色意识。角色意识是对一个人(包括自己)在某种环境中应该做出什么样的行为反应的认识。例如，一般人都认为，管理人员的角色行为是善于在工作中发挥计划、组织、指导、控制等作用，业务外交能力较强等。

任何一种角色行为，只有在角色知觉十分清晰的情况下才能得以实现，这是角色扮演的先决条件。对于组织中的每一个人，角色知觉的意义在于，只有具有正确的、清晰的角色知觉，才能以合乎身份的态度和行为行事，从而达到良好的社会适应。

角色知觉主要包括三个方面：对自我角色的知觉、对他人角色的知觉和对角色期待的知觉。自我角色知觉是指个人对自己在某种情况下应该做出什么样的适当行为的认识；他人角色知觉是指对于他人在一定情况下应该做出什么样的适当行为的认识；角色期待知觉则是指个人对他人对自己的期望和要求的认识。

在组织管理中，应通过工作分析，明确不同部门和岗位的职责，制定明确的工作说明书和岗位责任标准，强化员工的角色意识，以有关角色的行为标准要求和评价他人角色，同时也以有关的行为标准要求自己应当怎样行动才符合本人角色，从而更好地发挥每一角色的作用。管理人员还应当通过一定的方式，以身作则，使职工产生更多的角色知觉，加强角色意识，从而更好地发挥职工角色的作用，以确保工作效率和员工工作满意度的提高。

4) 自我知觉

自我知觉是一个人通过对自己行为的观察而对自己心理状态和行为状态的知觉，通过自我知觉发现和了解自己。人贵有自知之明。人只有正确认识了自己，才能不断地进行自我调节和自我完善。只要我们处于清醒状态，无论自己在想什么或做什么，我们都能感知到当前自己的存在，自己在活动中所担任的角色即自我角色知觉，自己与他人的关系即自我人际知觉，自己的行为表现等。正确地认识自己，对于与他人正常交往、协调人际关系、化解矛盾和冲突也具有十分重要的意义。

人不仅在知觉别人时需要通过其外部特征来认识其内部心理状态，在认识自己的行为动机和意图上也同样如此。自我知觉是在人际交往过程中，随着对他人的知觉而形成的。个体通过把对他人知觉的结果和自己加以对照比较，产生了对自己的印象；同时，在交往过程中，个体也通过把别人当作“镜子”来了解自己，进行自我知觉。

自我知觉是一种特殊的知觉，与自我意识密切相关。自我意识是指主体对自己的存在、自己与他人和周围事物的关系以及自己的行为表现诸方面的领悟或理解。这种意识是通过思维而起作用的一种领悟。人在出生后的七八个月内，是没有自我感觉的，更谈不上自我意识。他们不知道自己的存在，不了解自己，也分不清自己与周围事物的界限；随着婴儿认知、特别是自我知觉的发展，才逐步形成了自我意识。

自我知觉与他人知觉相比，有以下特殊之处：第一，在知觉他人时，自己是观察者，别人是被观察者，而在自我知觉时，自己既是观察者，又是被观察者；第二，人在观察自己时所掌握的信息比观察他人时更多；第三，观察自己和观察他人有熟悉和陌生的区别，个人对自己行为的知觉比对他人更熟悉，这是因为自己对自己的知识、经验和过去的经历要比知道他人的多得多。

在人的活动中，自我知觉和社会知觉的联系非常紧密。自我知觉往往是在社会知觉中进行的，而在社会知觉中必然发生自我知觉。如人们在对他人知觉中认识别人，同时也认识到别人如何对待自己。在工作中人们总是首先通过自我角色知觉，引起有关的思维活动，意识到自我的角色行为。因此，管理人员应当了解职工的自我意识和自我知觉，并帮助他们确立自我意识和自我知觉积极方面的优势，以保证自我意识和自我知觉的积极调节。

四、社会知觉的误区

做管理工作，特别要注意产生对人的片面认识。但是在现实生活中，由于受到客观条件的限制而不能全面地看问题，往往造成对人的认知的偏差，以致作出错误的推测、判断和评价，这些就是社会知觉的误区所导致的。社会知觉的误区主要表现在以下方面。

1. 首因效应

首因效应是指人们在交往中的最初的第一印象对他们以后认识的影响。一般来说，人们在与陌生人打交道时，首因效应影响作用较大。在初次见面时给人留下的第一印象会影响人们对他以后的一系列活动的评价。如果对某人第一印象好，那么就对这个人以后的行为表现都会觉得比较顺眼；反之亦然。

2. 近因效应

近因效应是指人们在社会交往中的最后印象对他们总体认知的影响。人们一般在与所熟悉的人交往时，近因效应的影响作用较大。由于近因效应，被认知的对象会变得更持久、更深刻。近因效应常常被人们利用。如有些电影和文艺演出会把最精彩的情节和节目安排在最后，使人们回味无穷、久久难忘。

3. 光环效应

光环效应，也称为晕轮效应。它是指根据对一个人的特征、个性而形成印象之后，人们根据此印象推断此人在其他方面的认知印象。这种知觉误区容易产生一好百好、一俊遮百丑、以偏赅全的认知偏差。

4. 刻板效应

刻板效应是由思维定式产生的对社会上各类人所持有的固定看法。例如：人们普遍认为知识分子一般都文质彬彬；商人大都精明强干；我国南方人一般都细腻、灵巧、精明，北方人一般都粗犷、豪放、热情。刻板效应就是将上述对某一类人的看法套在该类人中的某一个具体人身上，看见一个文质彬彬的人就认定他是知识分子，看见一个精明的人就认定他是南方人。

5. 投射效应

投射效应是一种以己度人的误区，以自己所具有的品质为依据去判断别人的品质，认为只要自己有的品质别人也一定有。

社会知觉的误区在管理行为工作中有其重要的意义。它要求我们，在管理活动中，管理者应善于从全面、深入、客观的角度去分析人，不能凭第一印象、个别品质或某种新异特性去看待人的行为。不能用固定不变的眼光去评价人的行为，要善于用辩证的、发展的眼光去评价人，充分调动每一个人的主动性、积极性和创造性。

同时，管理人员要善于利用积极的定型效应，排除消极的定型效应。例如，通过各种途径使公众及员工不断感知到有关组织积极方面的信息，形成积极的定型效应，以促进公众及员工对组织的爱护，从而树立良好的组织形象。

第三节　思维和行为

人的行为离不开思维的引导，离开思维的行为是盲目的行动。因此，研究个体行为必须考察思维及其对行为的影响。

一、什么是思维

思维是指人脑借助语言而实现的，以已有知识为中介的，对客观现实的对象概括的、间接的反映。思维反映事物的内在属性、一般本质，是认识过程中理性的高级阶段。

人的思维过程，一般包括分析与综合、抽象与概括等基本过程。思维的形式是概念、判断和推理。概念是反映客观事物的共同属性及其本质的一种思维形式；判断是对客观现实的对象之间的本质联系的一种思维形式；推理则是指从一个或数个已知判断推出新的判断的一种思维形式。

思维是人类认识世界的高级阶段。通过思维活动，人们可以探索原因，认识规律，判断未知，预见未来。在现实活动中，解决新问题的思维过程一般分为发现问题、分析问题、提出假设及解决问题的方案、在实践中执行方案并检验假设四个阶段。

二、思维对行为的影响

个人思维水平的高低，思维品质是其衡量的标尺。思维具有广阔性、深刻性、独立性、敏捷性、逻辑性等特征，正因为这些特征使得思维对人的行为有着全面的影响。

1. 思维的广阔性

思维的广阔性是指个体在思维中能够运用多方面知识，能够从多种角度去思考问题的特点。具有思维广阔性的人，善于调动起自己所掌握的各种不同性质和类别的知识，在知识重组中广泛涉猎交叉性、综合性的知识，并能用这些知识全面考察问题，不仅善于抓住整个问题的一般轮廓，抓住问题的主线，还能注意到问题的广阔范围，不遗漏问题的各个方面和环节。

2. 思维的深刻性

思维的深刻性是指个体在思维中能达到一定深度的特点。具有思维深刻性的人，善于透过现象深入问题的本质，揭露现象产生的原因，预见事物的发展和未来可能出现的结果。

3. 思维的独立性

思维的独立性是指个体在思维中能够不依赖别人，并且不受干扰地、独立地解决问题的特点。具有思维独立性的人，在自己的认识过程中，不是照搬别人对问题的理解，而是能产生对问题的性质、条件等全新的看法。在分析问题时，能独立运用自己的知识和经验，自觉地分解事实、寻求联系。在提出假设、进行验证时，能不唯上、不唯书、不唯权威、不依赖现成答案，实事求是地得出自己解决问题的途径和答案。

4. 思维的敏捷性

思维的敏捷性是指个体在思维中能迅速作出反应，推进思路的特点。具有思维敏捷性的人，能迅速理解各种信息，领悟问题的实质，迅速展开问题并解决问题。思维敏捷性不仅有速度方面的特性，还含有质量上的要求。迅速的思维活动，必须以事实为依据，以丰富的知识为基础，以深思熟虑为前提。

5. 思维的逻辑性

思维的逻辑性是指个体在思维中遵循严谨逻辑规则而不出现思维矛盾的特点。思维内容要服从逻辑，要明确因果关系，而思维过程的本身要有层次、有阶段，各层次、阶段之间有必然的联系，这是思维逻辑性的反映。具有思维逻辑性的人，在思考和行为时，能抓住事实，依据理论层层推进，前后一致，不紊乱。

三、创造性思维和行为

在现阶段，创新行为是各种工作中亟须的。而创新行为是以创造性思维为前提的。

1. 什么是创造性思维

创造性思维是一个至今众说纷纭、尚未获得公认定义的概念。有人认为，创造性思维是与创造性活动联系在一起的，具有社会价值的新颖而独特的思维活动；有人认为，创造性思维是在解决问题时，具有主动性和独特性的一种思维活动；有人认为，创造性思维是反映事物本质属性和内、外在联系，具有新颖的广义模式的一种可以物化的思想心理活动，等等。这说明，人们对创造性思维的认识仍处在一个探索的阶段，目前要对它作出一个科学的定义显然还有困难。

我们认为，创造性思维一般是指在创造性活动中所进行的思维过程，包括创造性地发现问题的思维和创造性地解决问题的思维。所谓创造性地发现问题，是指对一般人不觉得是问题的事物进行质询，发现矛盾，提出问题。如在太平盛世中看出危机迹象，在士气低落中看到希望。所谓创造性地解决问题，是指经过准备材料、酝酿假设、公开方案、验证结果等几个阶段，使一个以前没碰到过的问题得到新的合理解决，得出新的答案。如科学家提出新理论，技术专家发明新装置，艺术家创作出新作品，对管理者来说，就是在非常规性决策中提出新的方案。

总之，创造性思维是人类思维的高级形式。它不仅能揭示事物的本质，而且能够提供新的、具有社会价值的思维产物。

2. 创造性思维的特点

1) 独创性

创造性思维的主要特点就是独创性，它是在没有现成的答案、用传统方式不能解决问题时表现的思维过程。

创造性思维的独创性主要表现在三个方面：一是独立性，它具有个性的特点，自觉而独立地把握条件和问题，找出解决问题的关系、层次和交结点；二是发散性，它从某一给定的信息中，产生各种各样的为数众多的信息，即找出两个或两个以上可能的答案、结论、方案或假设，等等，可见它的活动方式和结构的复杂；三是新颖性，它的结果，不论是概念、假设、方案或结论，都包括新的因素，它是一种探新的思维活动。新颖程度是思维独创性最重要的指标。

2) 综合性

(1) 创造性思维是抽象思维和形象思维的综合统一。创造性思维和再现性思维是根据思维品质的一种划分，这种划分必然包含着抽象思维、形象思维和灵感思维的内容，也必然包含着分析思维和直觉思维的内容，等等。创造性思维寓于抽象思维和形象思维综合统一之中，在现实的创造性思维活动中，既使用概念、判断、推理等抽象思维形式，也使用想象、直觉、灵感等形象思维形式。

(2) 创造性思维是逻辑思维与非逻辑思维的综合统一。各种发现和发明的创造过程中既包含着逻辑思维的因素，又包含着非逻辑思维的因素，思维的创造性寓于逻辑思维与非逻辑思维的综合统一之中。这里所讲的非逻辑思维，是指在严格意义上的抽象逻辑思维之外的形象思维、灵感思维和直觉思维等，它主要包括想象、幻想、联想、直觉、灵感等非逻辑思维的形式。非逻辑思维与逻辑思维是互补的，它们在创造性思维的过程中都起着重要的作用。

(3) 创造性思维是发散思维和辐合思维的综合统一。在对创造性思维的理解上，人们最容易产生的一种误解，就是认为只有发散思维才是创造性思维，因而片面强调发散思维的训练而忽视了对辐合思维的培养。

相对于辐合思维而言，发散思维就是进行多角度的思考和联想，从而获得各种各样的答案或结论。发散思维确实表现出很大的创造性。发散思维具有多端性、灵活性、精细性和新颖性四个特点：①多端性是指对一个问题的思考能有多种开放的思路。②灵活性是指思考问题时能根据客观情况的变化，及时调整自己的思考路线或修改自己的思考方法。③精细性是指能全面细致地考虑问题。既考虑到问题的整体，也考虑到问题的细节；既考虑到问题本身，也考虑到与此相关的其他条件。④新颖性是指答案可以有个体差异，各不相同，新颖不俗。正因为如此，我们说发散思维是创造性思维的重要组成部分或基础。

但是，作为一个完整的思维过程，创造性思维离不开辐合思维。这是因为：①辐合思维是发散思维的基础。我们头脑中的每一个知识经验，可以说都是最终经过辐合思维才获得的。在我们遇到一个新问题时，如果离开了过去的这些知识经验，即离开了原先经过辐合思维所获得的每个正确答案，发散思维的灵活性便失去了出发点。②尽管利用发散思维可以获得各种各样的答案，但这些答案毕竟不全是最佳的，究竟哪一个最好，还必须经过对各种答案的分析、比较、综合，从中作出最终的抉择和判断，即利用辐合思维将各种假设变为解决问题的现实方案。

3. 创造性思维的内在方式

正因为创造性思维是人类思维的高级形式，所以支持创造性思维的具体方式应该是全部的思维方式。但是，对创造性思维影响最大的内在方式是发散思维、类比思维和直觉思维。

(1) 发散思维。凡是根据一定的知识或事实求得某一问题的各种答案的思维，称为发散思维。即面对一个问题，思维者以该问题为中心，思维向四周发散、扩展，找到的答案越多越好。发散思维的特点是开放的，其结果是不确定的，人们往往可以发现前所未有的答案。

(2) 类比思维。是指从两个对象之间的某些方面的相似关系中受到启发，产生问题答案的思维。思维者在解决某个问题时，自觉地反映另一类事物，分析另一类事物的运动规律和矛盾转化条件，再找出欲解决问题与另一类事物的共性，达到举一反三、触类旁通的作用。例如，人类的不少技术装备得益于生物的启发。

(3) 直觉思维。又称灵感，是思维过程中认识飞跃的心理现象。其特点为：一是注意力集中，大脑处于兴奋状态；二是对问题有长期思考，接近成熟机会时的突然领悟。可见，直觉思维是长期积累、艰苦探索的必然结果，是思维作用必然性在偶然机会中的体现。

4. 创造性思维的过程

关于对创造性思维过程的研究，国内外曾提出一些不同的见解。

美国心理学家华莱士于 1926 年提出了创造性思维过程的四个阶段：准备、酝酿、启发和检验的有名理论。

(1) 准备阶段。这是提出课题、搜集各种材料、进行思考的过程，也就是有意识地努力的时期。要想从事创造活动，首先要提出有价值的问题。创造性思维就是围绕这些问题展开的，而且，这些问题决定着思维的方向。因此，提出有意义、有价值的问题成为这个阶段的重要一环。 接着，思维者有意识地搜集资料、挑选信息，或同时进行一些初步的反复试验，认识课题的特点，通过反复思考和尝试来努力解决问题。

(2) 酝酿阶段。假如不能直接解决问题，酝酿阶段随即来临。酝酿在其性质和持续时间上变化很大，它可能只需要几分钟，也可能要几天、几星期、几个月，甚至几年。

(3) 启发阶段。这一阶段又称顿悟期或灵感期。这种“顿悟”，并不是本人有意识地努力得来的。

(4) 检验阶段。并非所有的问题解决都是正确的、完美的，所以，这种灵感的成果还必须经历一个仔细琢磨、具体加工和验证的过程。这是对整个创造过程的反思，以使创造成果建立在科学的理论基础之上，并物化为能被他人所理解和接受的形式。

5. 创造性思维的培育

1) 发现问题能力的培养

创造性思维是从问题开始的。从“问题解决”的角度看，创造性思维就是一个发现问题、明确问题、提出假设、验证假设的过程。所以，科学创造、文艺创作以及其他的创造活动，其思维过程都起始于问题。发现问题和提出问题是解决问题的前提，它的重要性如同爱因斯坦所说：“提出一个问题往往比解决一个问题更重要，因为解决问题也许仅是数学上的或实验上的技能而已，而提出新的问题、新的可能性，从新的角度去看旧问题，却需要创造性的想象力，而且标志着科学的真正的进步。”

2) 发散思维和辐合思维的培养

创造性思维是发散思维和辐合思维的辩证统一，发散思维是创造性思维的基础，而创

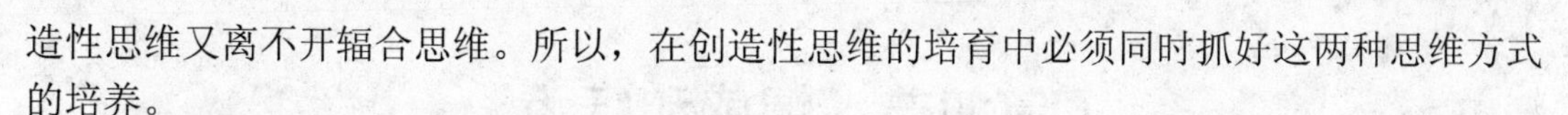

造性思维又离不开辐合思维。所以，在创造性思维的培育中必须同时抓好这两种思维方式的培养。

发散思维的培养，①主要是要学会多角度地思考问题，以求得多种设想、方案或结论。首先要吃透问题，把握问题的实质。②要善于通过联想、想象、猜想、推想以利于开拓思路。能否多角度思考，变思维的单向性为多向性，关键是看能否打破思维定式，敏捷而灵活地思考问题。③培养多角度思考的能力，要掌握多向思维的方法。这些方法主要有：第一，顺向思维。即循着问题的直接指向去思考。第二，逆向思维。即从与问题相反的角度对原意提出质疑。第三，纵向思维。即在原材料已知内容基础之上，对原材料作合理的推想和引申，从而得出新意。第四，横向思维，也称侧向思维。即通过联想把材料内的已知内容要素同材料外的其他内容要素联系起来思考。这两种内容要素之间的关系，常常是相似、相关或相反。这种联想可以由此及彼，也可以由彼及此。学会多向思维，就可以多角度、多方向、多方面看问题，使思维更加灵活而有广度，这样就会大大提高创造成功的机会。

辐合思维的培养，就是使人们能够对发散思维所得到的多种结果进行比较，从中选择一个正确的答案。这里所涉及的主要是分析、比较、综合、选择的能力。但在特殊的场合或条件下，直觉选择的能力起着重要的作用。

3) 直觉思维和灵感思维的培养

直觉、灵感和想象是创造性思维非常重要的三个因素。直觉思维和灵感思维的培养应注意：①要重视知识经验的积累。直觉和灵感的产生或出现是非常快速的、突然的，以致有不少人把它看成是天才的一种灵机。实际上，直觉和灵感与一个人的知识经验有着密切的关系，具体说，知识经验是直觉和灵感产生的基础和必要前提。②要多思善想。乍看起来，直觉和灵感都是发生在瞬息之间的事情，实际上它是平时刻苦研究过程在思维上的一种突破和飞跃。很难想象一个既缺乏知识经验而又平时懒于思考的人能在面临某一问题时突然产生什么直觉和灵感。当然，直觉和灵感都是在特定的情境和条件下产生的。直觉和灵感的产生往往有赖于某种偶然性的机遇。

人的思维不是一种单纯的智力操作，而是与一个人的个性品质密切相关的，这在创造性思维活动中表现得尤为明显。大凡在科学创造和文艺创作中取得惊人成就的人都具有鲜明的个性特征，而无论科学家还是文学家、艺术家，他们的个性特征又具有一定的群体共性。正因为创造性思维与个性品质有着密切的联系，所以个性问题成为创造心理学研究的一个重要问题。美国心理学家巴尔罗夫、达塔、麦金农、巴朗、罗杰斯等人都曾对拥有杰出创造成果的人的个性特征进行过比较研究，并试图以此断定创造性个性最重要的特征，如勇于献身的精神、富有童心、思维的灵活性、坚强的意志、幽默感、对事业的热忱、不寻常的价值观念等。

第四节　情感和行为

伴随着认识过程，人们还会产生喜、怒、哀、惧、爱、恶等心理体验，这就是情感和情绪，是个体心理过程的又一重要因素，它影响个人的态度和行为，在人与人、人与群体、人与组织的关系中起着不可忽视的作用。

一、情感的含义

情感是由客观事物是否符合并满足人的需要而产生的，是对事物的态度和体验，反映了客观事物与主体需要之间的关系。情感过程也叫情绪和情感过程。因此，情感与情绪是紧密相连的。一般来讲，能够满足人的需要的事物，会使人产生满意的情绪和情感；不能满足人的需要的事物，会使人产生否定的情绪和情感；与需要无关的事物，会使人产生无所谓的情绪和情感。

情感与情绪虽然紧密相连并互为转化，但是也有区别：①情绪是指与生理需要相联系的体验，是人和动物都有的。情感是指与人的社会性需要相联系的体验，是人所特有的。②从表现形式上看，情绪不稳定，容易变化，多外向，伴有一定的机体表现，如高兴、悲哀等；情感则比较稳定、内向，比较深刻地反映出个体意识或群体意识，如责任感、幸福感、荣誉感、羞耻感、道德感、理智感、美感等。③从产生的基础上看，情绪受欲求性、本能性制约，情感则侧重于认知方面，理智成分多，受社会性需要制约。④从发展水平和层次上看，情绪属低层次，侧重于无意识性、失控性，情感是与自我意识发展相联系，是高层次、高水平的心理机能，能自控、可节制。

二、情感、情绪的功能和特征

1. 情感与情绪的功能

情感与情绪的功能有：①调节功能。情感与情绪作为动力，有引起和维持行动，排除行为发展中障碍的作用。如人在惊恐时会避开引起惊恐的事物，愤怒时指向引起愤怒的对象而自卫等。由于情感与情绪的调节作用，人就能够消除过分紧张，并把行动引向合理轨道。②信号功能。这是通过表情实现的。表情是指伴随情感与情绪而产生的机体姿势动作、面部表情动作以及言语等，使人的思维和感情易于为别人所领会。

2. 情感与情绪的特征

1)　情感具有社会性

情感的社会性是指人的情绪和情感总是在社会生活条件下形成和发展的，因而具有社

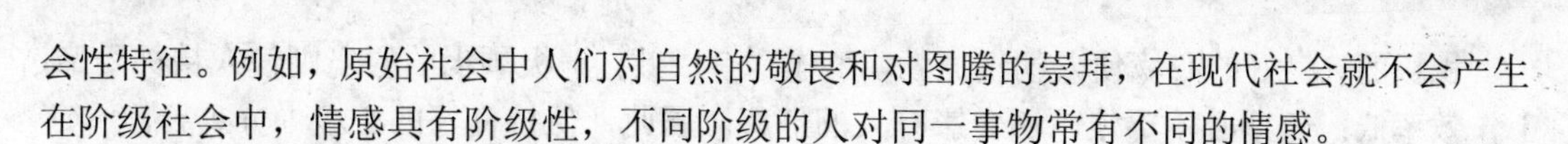

会性特征。例如，原始社会中人们对自然的敬畏和对图腾的崇拜，在现代社会就不会产生在阶级社会中，情感具有阶级性，不同阶级的人对同一事物常有不同的情感。

2)　情感具有内心体验性

情感的内心体验性是指情感产生时的主观上的感受，这种感受常表现为两极的对立性。如肯定性质的情感与否定性质的情感的对立：满意与失望，欢乐与悲伤，爱与恨，喜欢与厌恶等；又如增力情感与减力情感的对立：前者提高、增强人的活动能力，后者则会降低人的活动能力。一般说来，肯定性质的情感是增力情感，否定性质的情感是减力情感。情感的两极对立性有时会呈现出复杂的、统一的体验，如啼笑皆非、悲喜交加、乐极生悲等。

3)　情感具有外部反应性

一般说来，人在体验情绪和情感时都会有外部反应表现，称之为表情。表情可以分为面部表情、身体表情和言语表情。

面部表情，是指由面部肌肉和腺体的变化所表现的情绪状态，是人际交往的一种重要的辅助手段。在交往过程中，额、眉、眼、鼻、嘴和脸部肌肉的运动变化可以构成不同的表情模式。如，发怒时心跳加速、面红耳赤或面色苍白；悲伤时泪流满面，等等。

身体表情，是指通过身体各个部分表现情绪和情感，其中多以头部和手势为主来增强情绪情感的表达能力。如摇头晃脑表示高傲，点头表示同意，摇头表示反对，垂头表示丧气。

言语表情，是情绪在一个人的语言的音调、语气、音色、节奏等方面的表现。如悲哀时语调低沉，语速缓慢，高低差别不大；喜悦时语调高昂，语速较快，语音高低差别较大。古人说“言为心声”。同样一句话由于语调不同，能够表达不同的心情。如“这是怎么回事”这句话，既可以表示和颜悦色，也可以表示生气、指责、鄙视等。

总之，情绪情感产生时会具有外部反应性，这些反应通过人的身体可以观察到。

三、情绪情感的分类

1. 根据情绪情感发生的速度、强度、持续性分类

根据情绪情感发生的速度、强度、持续性分类，可分为心境、热情、激情和应激四种基本形态。

1)　心境

心境是一种比较持久地、微弱地影响着人的整个精神活动的情绪情感状态。其特点是具有弥漫性。由于心境使人对各种事物都蒙上了一层情绪情感色彩，所以容易成为人的心理状态的背景。

影响心境的因素很多，有近因或远因，有客观因素或主观因素。家庭的境遇、事业的成败、工作的顺逆、往事的回忆、未来的遐想、健康状况等，甚至自然景物、风土人情等都可引起人的某种心境。

积极的、良好的心境使人朝气蓬勃，工作富有成效；消极颓丧的心境则使人精神委靡，工作效率低；长期心境不佳，还会影响人的健康。因此，保持良好的心境十分重要。

2) 热情

热情是一种强烈、稳定而深刻的情绪情感状态。热情有积极和消极之分，判断标准主要看其施向对象的社会意义。如热情为社会公众做好事，工作干劲大，属于积极的热情；热衷于拉关系、搞帮派、为个人私利不惜铤而走险，就属于消极的热情。在组织活动中，领导者和管理者应努力激发自己和下属的积极热情，避免和防止消极热情。

3) 激情

激情是一种迅速、猛烈地爆发而又时间短暂的情绪情感状态，如狂喜、暴怒、恐惧、绝望等。激情的特征是理智减弱和意志失控。

激情也有积极和消极之分。例如，军队作战之前的动员，激起战士对敌人的满腔仇恨，使他们奋不顾身地杀敌立功，这种情感状态便是积极的激情；而有些管理者遇事急躁、乱发脾气等，不仅于事无补，反而加剧矛盾，是消极的激情。

每个人都要学会善于调动自己积极的激情，抑制消极的激情。史载林则徐在其住所悬“制怒”匾额，就是为了随时自我提醒，控制消极的激情。

4) 应激

应激是一种出于意料的情况而引起的情绪情感状态。如，面对自然灾害或歹徒的袭击等突发事件，有的人可能急中生智而化险为夷，有的人也有可能呆若木鸡而遭遇危险。在社会生活中，我们随时可能遇到各种意外应激情况，这就需要头脑清醒冷静、胆大心细、果断决策、镇定自若。许多职业的从业者，特别是管理者应锤炼自己的应激能力。

2. 根据情绪情感发生的表现形态分类

根据情绪情感发生的表现形态分类，可分为喜、怒、哀、恐四种基本形态。

1) 喜

喜是个体所希望的目的达到后，紧张解除时的一种情绪体验。喜的强度一般分愉快、高兴和狂喜，主要取决于达到目的的预期概率和预期时间。如果目的一般，追求一般，目的的达到又是必然的，引起的喜只是愉快而已；如果目的重要，努力追求，目的的达到又超出意料，引起的喜便是高兴；如果目的至关重要，是自己梦寐以求的，目的的达到既快速又出乎意料，引起的喜势必是狂喜。

2) 怒

怒是指个体遇到种种障碍，所希望的目的不能达到时的一种情绪体验。怒的强度有烦恼、生气和狂怒，取决于所遇到的障碍中人为因素的多寡。一般来说，一个人在遇到不合理的事或因人恶意而造成的不幸等情况下，最易发怒。人发怒时，强者搏向致怒对象，与之决一雌雄；弱者则牙齿打掉含血吞，强忍压下，而后或迁怒于他人、迁怒于物、迁怒于己。

3) 哀

哀是指个体失去热爱的事物时产生的一种情绪体验。哀的强度有忧郁、伤心和悲哀之分，取决于对失去事物的热爱程度。一般来说，对失去事物的热爱程度越高，哀的强度就越大。这时候个人的经历和知识教养，特别是人生观起着重要作用。同样的委屈，对有的人可能等闲处之，而对有的人则是难以忍受的。

4) 恐

恐是指个体由于缺乏应付可怕情境的能力又身处其境时产生的一种情绪体验。恐的强度有忧虑、焦虑和恐怖。一般来说，个体应付可怕情境的能力越弱，恐的强度便越强。

3. 根据情绪情感发生的主体状况不同分类

根据情绪情感发生的主体状况不同分类，可分为以下三种形态：

(1) 与感觉刺激相关的情绪情感，如疼痛、厌恶、轻快等。

(2) 与自我评价有关的情绪情感，如骄傲与羞耻、内疚与悔恨、成功与失败等。

(3) 与别的人和事有关的情绪情感，如爱与恨等。这类情绪比较复杂，变化也较大。

四、情绪、情感与管理

情绪、情感对人的行为有着重要的影响。因此，我们在管理实践中必须认真注意情绪、情感理论的学习与应用。

1. 认清不同性质的情绪、情感及影响

心理学家通过实验证明，人在不同的情境下可以产生两种不同性质的情绪，即正性情绪和负性情绪。通常我们把以愉快、欢乐、兴奋等为主的情绪体验称为正性情绪；而把以厌恶、愤怒、恐惧、悲伤、痛苦为主的情绪体验称为负性情绪。正性情绪和负性情绪二者对人们行为的交互作用产生两种不同性质的影响，即积极影响和消极影响。

1) 情绪和情感的积极作用

情绪和情感对人们行为产生的积极影响在于：

(1) 它有利于人类在进化过程中为了生存和种族延续更好地适应客观环境。情绪情感的外显行为是人类适应生存的产物和手段。达尔文在一百多年前就说过，情绪表情是人类进化适应性的痕迹，它既是进化的产物，又是适应的手段。

(2) 情绪情感具有放大器的作用，通过它把内驱力本身的信号放大，有利于人们形成满足需要的动机。在人类的高级目的行动和意志行为的动力中都包含了情绪情感因素。如兴趣和好奇属于基本的、单一的情绪；愿望和期望则是感情和认知的复杂结合。实现目的的愿望越强烈，它所激活的驱动力就越大。因为，单纯的目的不足以形成动机，只有当情绪和情感“加油”后才能实现。所以情绪是一种调节机制，它选择、制止或发动人的活动，

具有调动能量、影响人们正负两方面行为的能力。

(3) 情绪情感是人脑中的一个监测系统，具有调节其他心理过程的组织作用。如情绪情感可以调节认知加工的过程，可以影响知觉中对信息的选择，监视信息的流动，促进或阻止记忆、推理和判断。从某种意义上讲，情绪情感可以驾驭行为，支配机体同情境相协调，使机体对环境信息作出最佳处理。反之，认知加工对信息的评价，通过神经激活而诱导情绪情感的产生。

情绪情感对其他心理过程的这种调节作用又可以具体化为组织作用。一般来讲，正性情绪起着协调、组织的作用，有利于劳动者工作效率的提高。实验证明，中等愉快水平可使智力操作和实际工作达到更优效果，而过高的快乐或过低的情绪状态则达不到；兴趣和愉快的相互作用和相互补充为智力操作和实际工作提供最佳的情绪情感背景。

(4) 情绪情感具有交流沟通的作用，是人们社会生活的协调器。表情和出声言语一样，是人类在漫长的演化过程中形成的进行通信交往的重要手段，是人类社会化的媒介。如人们见面点头、微笑，挚友相会握手拥抱，都包含着相互感染和共鸣。

2) 情绪和情感对人们行为的消极影响

情绪和情感对人们行为的消极影响，主要是指负性情绪，如焦虑、消极心境、情绪障碍、挫折感等引起的破坏、瓦解或干扰作用。焦虑是一种没有明确对象的恐惧。实验证明，低焦虑和高焦虑的认知作业水平均下降，其操作效率呈现下降的趋势。悲哀、焦虑、愤怒或倦怠等消极心境，还常使人感到厌烦、消沉，凡事都觉得枯燥无味。而在生理激活过程中产生的情绪障碍对人的创造性思维也会产生一系列消极影响，如怕担风险、过分追求秩序等。它妨碍我们探求真理的自由，使我们无法流畅而灵活地思考，无法自由地交流思想。关于挫折问题将在本章第六节中论述。

2. 加强个体行为的情绪情感管理

既然人的行为必然伴随着情绪情感，而且个体行为情绪情感的好坏对工作效率具有重要的影响，因此管理者就必须重视和加强对组织员工的情绪情感管理。

(1) 根据情绪动力性原理，诱发它的积极作用，引起和推动组织员工的积极行为。如可以组织建立心理康复中心或心理发泄室，让受挫折后怀有消极心理的员工发泄一下，如大声喊叫、殴打沙袋或组织领导的橡胶像等，使其精神负担得到削弱和减轻，心理恢复平衡状态。再如，根据对焦虑的研究成果安排工作的节奏，焦虑的研究成果表明，让员工产生中等程度的焦虑，可以发挥出最高的工作水平；而在身心完全放松的状态和高度紧张的状态下，其操作水平均比较低。

(2) 利用情绪与情感加强员工队伍建设，提高劳动者的素质，包括个人的心理健康和与情绪有关的躯体健康。还可以培养人们高尚的情操，使人们产生先公后私、公而忘私、助人为乐的观念，树立良好的社会风尚。

(3) 根据情绪情感理论指导后进员工思想的转化工作。组织管理人员掌握了情绪变化

规律后，有助于想方设法克服员工的消极情绪，保持高涨的积极情绪：对后进的员工来讲，要调动他们的积极性，首先要促使他的思想转化。由于人的个体差异，转化的方法是多种多样的，但“动之以情、晓之以理”是必须遵守的一条普遍规律。前者是手段，后者是关键，促使转化是目的。要使人心悦诚服，就必须通情达理。

(4) 根据情绪情感理论进行“感情投资” 式的管理。所谓“感情投资”，就是领导通过关心、爱护、体贴员工，以换取员工的拥护，增强组织的凝聚力，提高员工的士气、积极性、主动性和创造性，最终取得良好的经济效益，以使个人与组织求得生存与发展。“感情投资”是“仁爱”的观念在现代社会中的一种表现形式，它要求领导人对员工关心备至。这一管理方式源于现代经济高度发达的日本，但很快就在整个亚洲乃至全球风行起来。它的具体做法很多，如在员工生日时馈赠礼品、请员工吃饭聚会、安排员工外出休假旅游等。总之，注重感情投资，是管理者寻求有效管理的一种方法和途径。

第五节 意志和行为

意志是个体心理过程的重要因素，是人的主观能动性的具体体现。意志是决定个人行为效果的基本因素，对个体潜能的充分发挥起着重要的作用。

一、意志的内涵

意志就是自觉地确定目的，并支配调节自己的行为，以克服各种困难，实现目的的心理过程。人们在实践活动中，不仅对一定的客观事物产生认识，形成某种情感体验，而且还能有意识地去实现对客观事物的改造，以适应自身的需要，这个对事物的改造过程，就是意志行为。意志过程是人心理过程的一个重要方面，表现出人改造客观世界和主观世界的能动作用。

意志是人的心理能动性的最突出表现，也是人和动物在本质上相区别的特点之一。

由意志支配的行为叫意志行为。意志行为有两个特征：第一，意志行为是自身有目的的行为，是受意识控制、符合目的的行为，它和一时冲动产生的行为完全不同；第二，意志行为是与克服困难相联系的行为，不需要克服困难的轻而易举的行为，不能算是意志行为。

意志行为受意志的支配和调节。这种调节表现为三方面：一是发动作用，即推动人们为达到某种目标而行动；二是坚持作用，行动发动以后，往往不是一帆风顺的，这时就需要动员意志的力量去坚持，否则便会在困难面前退却；三是克制作用，就是用意志的力量去阻止与预定目标相违背的行为。

二、意志行为的特征

一般把意志品质归纳为自觉性、果断性、坚韧性和自制性。

1. 意志行为的自觉性

意志行为的自觉性是指对自己的行为目的的重要性和正确性有充分的认识，并根据客观规律规划自己的行为，以实现预期目的。

与自觉性相反的是受暗示性和独断性。受暗示性表现为容易受别人的影响而轻易改变自己的决定。有自觉性的人也愿意接受别人的意见和听从别人的劝告，但这是以意见和劝告符合自己的观点，并相信其正确为前提的。而受暗示性则是轻信别人，不认真分析就轻易改变已作出的决定和行为。独断性表面上与受暗示性相反，即毫无理由地拒绝别人的忠告而独断专行。实际上独断性和受暗示性一样，都缺乏自觉性，是意志薄弱的表现。

自觉性是一种良好的意志品质。这种品质反映一个人坚定的立场和信仰，也是产生坚强意志的基础与源泉。意志自觉性的主要表现是原则性。

2. 意志行为的果断性

意志行为的果断性是指一个人能够适时地作出有根据和坚决的决定，并毫不犹豫地付诸行动，而在不需执行和情况改变时，能立即停止和改变已作出的决定。

在环境复杂多变、机遇与风险并存的情况下，决策者面对困难，勇于承担风险，敢于迎接挑战是果断的意志品质的集中体现，是管理者和领导者精神的重要方面。果断性是一种能够善于迅速地明辨是非，及时地做决定，坚决执行决定的一种良好意志品质。

与果断性相反的是优柔寡断。优柔寡断表现在应当立即作出决定时徘徊不前。“当断不断，必受其乱”说的就是缺乏果断必会贻误时机、带来不良后果。有果断品质的人，也可能经过长时间才作出决定，但这不是他不果断，而往往是因为他想尽快摆脱动机斗争所带来的苦恼。果断性也是一种能够善于迅速地明辨是非，及时地做决定，坚决执行决定的一种良好意志品质。

3. 意志行为的坚韧性

意志行为的坚韧性是指能顽强地克服行动中的困难，不屈不挠地执行决定的品质。

这种品质表现为善于抵制不符合行动目的的客观诱因的干扰，做到面临各种干扰，不为所动；也表现为善于长久地坚持已开始的符合目的的行动，做到锲而不舍、有始有终。在最困难的关头能不能坚持下来，是对一个人意志品质的严峻考验。

坚韧性与顽固执拗不同。坚韧性是以对活动意义的明确认识和对行动方法的科学分析为基础的，而顽固执拗则是明知错误还要固执己见，抱残守缺，实际上也是意志薄弱的表现。

4. 意志行为的自制性

意志行为的自制性是指在意志行为中善于控制自己的情绪，约束自己的言行举止。

这种品质表现为善于迫使自己去执行已作出的决定，战胜有碍执行决定的各种因素，如克服恐惧、犹豫、懒惰、羞怯等，同时也表现为善于抑制自己消极情绪的冲动，自觉地控制和调节自己的行为。

意志自制力强的人，在危急关头能够克服惊慌、恐惧而从容镇定、谈笑自若；在情绪震荡时善于控制、理智对待、宠辱不惊；“猝然临之而不惊，无故加之而不怒”是意志自制力很强的人的表现，“不管风吹浪打，胜似闲庭信步”更是意志自制力很强的人具有的风度。

意志薄弱的人缺乏自制力，他们不是意志的主人，而是情感的奴隶，常常管不住自己，以致产生各种错误行为。

三、意志过程的环节

意志过程，大体分为定向、决策和执行三个既互相联系又相互区别的环节。

1. 定向环节

定向环节的主要内容，是确定行动目的和开展动机选择，可以说是意志过程的启动阶段。

一般来说，动机越高尚，目的越有意义，意志行动就表现得越坚定。因此，要了解一个人意志行动的实质，就要了解其行动的真正目的，弄清其行动的真实动机。

2. 决策环节

动机和目的确定之后，便要周密考虑怎样行动、如何实现目的，即拟订计划，选择方法，做好决策。这是意志行动的中间阶段，可以说是将意志行为的动机和目的具体化、细节化、可执行化的环节。

3. 执行环节

执行是意志行为的实现或完成阶段。在这个阶段里，主要内容是使意志行为得以流畅地完成，在这一环节中，要克服困难与障碍，要根据实际情况灵活变通。总之，它是意志行为动机和目的的最后体现。当然，这一环节也是意志行为是否正确、是否需要完善修正的最终检验环节。

四、意志行为的管理

意志表现了人的意识、行为的能动性，是主观见之于客观的心理过程，是任何人的行为都不可缺少的心理根据之一。因此，我们在管理中必须引导和控制人的意志行为，从而提高行为的自觉性，提高工作效率。

1. 选人用人要考察意志品质

意志行为受人的立场、观点、信念的制约，在现实中充分地表现出为一个人行为的自觉性和果断性，表现出克服困难的坚持性和自制性。因此，各种组织在选人用人时，要考察个人的意志品质。

良好的意志品质是一个人心智健康发展、走向成功的必要条件。具有良好的意志品质的人勇于克服困难超越自我，愈挫愈奋磨炼自己，持之以恒不断积累实力，针对实际通达权变，克制自己宽以容人，最终取得优异成绩，振奋组织士气，提高群体相容性。

而意志薄弱的人往往三心二意、缺乏斗志，在困难面前畏缩不前，遇到挫折灰心丧气、怨天尤人，甚至半途而废，一事难成，影响群体情绪。这一点，古今中外，概莫能外。

2. 培养个体良好的意志品质

研究意志行为的目的就是培养个体良好的意志品质，包括组织中的管理者和一般员工。

当然，意志不是与生俱来的，而是在实践活动中，尤其是在克服困难的过程中形成的。所以，我们要利用各种活动培养组织成员良好的意志品质，以各方面的杰出人物为榜样，从小处着手，在困难面前有斗志，在失败面前不灰心，坚忍不拔，顽强不懈地对待生活、工作中的逆境和各种挫折。在家庭教育、学校教育、组织的人力资源开发工作中，要把意志品质的锻炼培养作为一项重要的内容，力争做到智力因素和非智力因素并重，努力提高人的综合素质。

3. 在管理中遵循意志行为的规律

在管理中，意志行为的规律有很多表现。例如，成功的管理，要求管理者具备自觉、果断、坚毅、自制的优秀意志品质。再如，在工作中，坚定不移地走向目标是对管理最基本者要求。现代的目标管理就要求，在制定目标、分解目标之后，必须坚定不移地而又机动灵活地执行目标，这是成功管理的关键。

当然，在意志行动过程中也有灵活性，这是指能够根据主客观条件的变化，及时认真地修正、调整或改变那些原来不太符合实际的行动计划、决策以至行动目的，灵活地采取和执行新的决定，促使自己的意志行动适应形势的发展需要。

纵观现实中一些陷入困境的企业，固然各有各的原因，但在管理中没有遵循意志行为

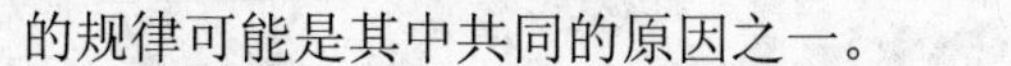

的规律可能是其中共同的原因之一。

归根结底，一个组织成功与失败，都牵连到管理者意志品质的优良与否。如果管理者不谙意志心理过程的知识和规律，不优化自己的意志品质，其管理行为和水平是值得怀疑的。

第六节　挫折和行为

挫折是一种主观心理感受，每个人在生活和工作中，都会遇到各种障碍，受到各种挫折。因此了解挫折产生的原因、挫折的表现以及应付挫折的方法，有助于做好个体行为的管理工作，从而调动其工作积极性。

一、挫折及其产生的原因

1. 挫折的含义

挫折，是指个体从事有目的的活动，遇到障碍或干扰，致使需要不能获得满足时的情绪状态。个体在运用一定的手段，实现某种目标的行为过程中，是否遭遇挫折，由以下条件来判断。其一，挫折的产生必须有挫折情境的存在。其二，个体对现实目标受到阻碍所产生的挫折，必须有所知觉时，才能构成挫折情境。否则，就不能构成挫折情境。其三，个体不仅有对挫折的知觉与体验，还进而产生了紧张状态与情绪反应时，才能构成挫折。

2. 挫折产生的原因

引起挫折的原因是纷繁复杂的，一个挫折也可能是由几个甚至几方面的原因所致。归纳起来有客观原因和主观原因两种。

(1) 客观原因。它包括自然条件的限制和社会原因。自然条件限制是个体无法克服的。比如，无法抗拒的天灾，以及时间、空间因素的限制等都可能使人陷入挫折情境中。社会原因如政治、经济、文化、法律、道德等也可能是个人在社会生活中遭受到人为限制而陷入挫折情境的因素。

(2) 主观原因。它包括两个方面：即个人条件的限制和动机的冲突。前者是说因个人体力、智力和容貌的条件所限，以及个人经验不足，思想意识不端正，思想方法片面等致使个人目标无法实现；后者是说因事实所迫，个人所追求的几个目标，只能在取舍抉择中保留一个，其余的目标不得不忍痛放弃。

在管理中，造成员工的挫折情境，除上述一般原因外，还有组织内的因素。如，组织内管理方式不佳、非民主化等会引起组织目标与个人动机冲突；组织内意见沟通不畅，从而造成人际关系紧张；工作性质不适合个人兴趣，形成一种心理负担等，都可造成挫折情境。

二、挫折容忍力及其影响因素

1. 挫折容忍力的含义

挫折容忍力是指个人遭受挫折时，能摆脱困扰而避免心理与行为失常的能力，亦称为挫折耐受力。

人们在日常生活中，遭遇挫折时的容忍力，是有个体差异的。有的人遭遇严重挫折，能自我克制，不灰心丧气；有的人遭遇轻微的挫折就意志消沉，不能自制；有的人在工作上遇到困难，能再接再厉，但若自尊心受到伤害时，就不能容忍。心理学研究表明，个体之间挫折容忍力的强弱是由其生理条件、思想认识水平、个性特征、社会经验及对挫折的知觉判断的不同来决定的。其中主要的是来自于：

(1) 受挫折程度的影响。一般情况下，轻度挫折引起的心理反应和行为反应较微弱，重度挫折引起的这种行为反应较强烈。

(2) 受人的挫折容忍力的影响。同样一个中等强度的挫折，对于挫折容忍力较强的人来说，消极影响很小，他仍然坚持不懈地去努力实现目标；但对于挫折容忍力较差的人，就可能从此一蹶不振。

2. 挫折容忍力的影响因素

心理学的研究表明挫折容忍力的高低，受四种因素的影响：

(1) 人的生理条件。在其他主客观条件相同的情况下，身强力壮的人比体弱多病的人具有较强的挫折容忍力。

(2) 过去的生活经历，特别是以往经受挫折的情况。挫折容忍力可以由学习获得。在以往的生活道路中，历经磨难的人比生活一帆风顺的人挫折容忍力强。如果很少遭受挫折，缺乏机会学习如何对待挫折，其容忍力必然很低。可见，过去所经受的挫折锻炼，是影响挫折容忍力的一个重要因素。

(3) 对挫折知觉判断。挫折作为一种情感或行为反应，直接受认知因素的影响。一个人依据自己的知识、经验和收集到的信息去判断挫折对自己所产生的不良影响或造成的后果的程度。同样一个挫折，由于个人的知觉判断不同，即使客观的情境相同，个人对此感受到的挫折也会不同，对个人构成的打击也有区别。

(4) 人的信念、理想的差异。影响挫折容忍力还有一个很重要的因素，就是人的理想、信念、世界观、人生观、远大的理想、坚定的信念、正确的世界观和人生观，能够大大增强一个人的挫折容忍力，降低挫折的消极影响。

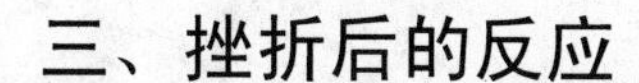

三、挫折后的反应

当一个人遭受挫折之后，在心理和生理方面，都将产生种种反应。心理是紧张不安的状态，产生悲哀、痛苦、忧伤、憎恨，甚至绝望等情绪，是对事物持否定态度的体现。与此同时，生理方面也可能发生血压升高、脉搏加速、心悸、脸色苍白等变化。受挫之后，可分为三类：情绪反应、防卫反应和虑后反应。

1. 情绪反应

一个人受到挫折后，情绪上可能产生下列几种反应：

(1) 攻击。攻击是挫折之后一种常见的反应，可分为直接攻击和转向攻击两种。

直接攻击是指个体受挫后，产生的攻击行为直接指向构成挫折的人或物。怒目相视，反唇相讥，还以拳头等。通常对自己的权力、才能及其他方面都有较大自信者，容易采取直接攻击的反应。转向攻击是指当攻击行为不能直接指向阻碍其达到目标的对象时，而转向其他代替物。转向攻击一般有三种情况：其一，“迁怒”；其二，无名烦恼；其三，责备自己。

(2) 冷漠。是指一个人遭受挫折后对挫折情境采取一种漠不关心、无动于衷的态度表现。然而事实上的冷漠并非不包含着愤怒情绪，它是一种压抑了愤怒的表现，是一种比攻击更为复杂的行为反应。

(3) 忧郁不安。在情绪上表现出对前途茫然不知所措，心事重重，愁眉苦脸，长吁短叹，情绪低落，坐立不安。情绪上的变化引起生理上的不平衡，出现头昏、出冷汗等反应。

(4) 倒退。是指一个人遭受挫折后表现出一种与自己的年龄、身份很不相称的幼稚行为。如在工作中表现为缺乏责任心，无理取闹；管理者受挫折，敏感性降低，做出一些错误的决策，等等。

(5) 固执。它指一个人受挫折后，被迫重复某种无效的动作。尽管情况已经变化，这种行为并无任何结果，但是刻板式的反应仍在继续进行。比如，惩罚可改变不良行为，但如果使用不当，容易使受挫者产生固执，不承认错误，坚持原来的行为。在这种情况下，就要把这件事情放一放，等双方都冷静下来再说。否则双方都坚持，形成以固执对固执的局面，是解决不了问题的。

除此以外，还有发泄、畸形等不良反应。

2. 防卫反应

防卫反应是个体为了减轻或避免挫折带来的身心痛苦所采取的适应挫折的方式，以保持个人的自尊。其主要有以下几种：

(1) 合理解释。这是一种自我安慰、自我开脱的方法，是指个体在遭受挫折时，找出各种理由给自己的失败辩解，借以原谅自己，感到心安理得。尽管这些理由并不合理，也不符合逻辑，但本人却以此说服自己。

(2) 逃避。逃避是指不敢面对将要发生的现实挫折。逃避有两种表现：一是逃向另一现实，回避自己面临的挫折情境。如逃向另一与此无关的娱乐、饮酒等现实，以排除心理焦虑。二是逃向幻想。即个体从挫折情境中撤退，逃向幻想的自由境界，想入非非。逃避虽能减轻当时的痛苦，但并不解决任何问题。

(3) 代替。代替是指人们所确立的目标与社会需求相违背或受条件限制，遇到障碍无法达到时，寻找另一个目标取代原有目标。“升华”是替代的较高表现形式，即将不为社会认可的动机和不良情绪转移到有益的活动中去，使其升华到有利于社会的高度境界中。

(4) 投射。投射是指人们把自身会引起内疚、不安和不良品质强加于别人身上。投射是一种无意识的反应。

(5) 反向。反向是指人们表现于外的行为情感，与他们内心的感受完全相反。一个人为了防止不良动机表现出来，而采取与动机相反方向的行动，借以掩盖其内心的憎恨和敌视的感情。本来讨厌这个人，却表现出过分的亲切。

(6) 表同。表同是指一个人在现实生活中无法得到成功，而把别人值得自己羡慕的品质加到自己身上。这往往表现为模仿别人的举止言行，以别人的姿态风度自居，借以减少挫折的做法。

应当指出，上述各种防卫方式，一方面具有暂时调和个体自我与环境相矛盾的功能，在某些情况下由于产生缓冲作用，使人有机会“退一步想”，和“从另一角度看”，而有可能解决自己情绪的困惑问题；但是在多数情况下，各种防卫方式只是消极地维护个体免受挫折困扰，并不能从根本上消除人的挫折情绪和应激状态。然而，如果我们把这种种防卫看成是人们受到挫折时的行为表现，则对我们了解受挫折者的心理状态和行为特点有一定意义。

3. 虑后反应

虑后反应，是指经过考虑以后做出的反应。这种反应表现在：

(1) 坚持。经过冷静理智的分析，认为自己的目标和行为是正确的，虽然遇到了挫折却毫不气馁，面对现实不屈不挠，充满革命英雄气概和乐观主义精神，具有战胜挫折的巨大力量，不断地追求。当然，如果行为和目标都是错误的，再坚持就不对了。

(2) 放弃。放弃是坚持的反面。遭受到挫折，经过认真的分析，原来的目标和行为都是错误的，应当吸取教训，放弃它们，重新设置正确的切合实际的目标，采取相应的行为，鼓起勇气继续追求。如果不经过认真的分析，遭受到挫折就灰心丧气，放弃正确的目标和行为，就不对了。

(3) 改变行为。受到挫折后，认识到目标是正确的，行为是错误的，坚持目标，改变

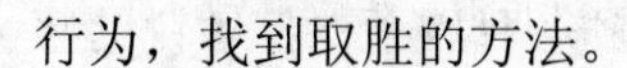

行为，找到取胜的方法。

(4) 调整目标。经过一再尝试，仍不能达到要求，说明目标定得过高，超过了本身的能力和条件，就应当调整向往水平，适当降低目标。人要有自知之明，善于提出合适的要求和期望。

人们对挫折所做出的反应是各不相同的。管理者应善于从职工的挫折反应中查找原因，并采取积极的诱导措施，以消除破坏性行为反应，促进他们的身心健康。挫折是无法避免的，我们在判断挫折时，要客观、冷静。正确地判断挫折，是正确地对待挫折、处理挫折的前提。

四、正确处理和应付挫折

在现实中，挫折经常出现。因此，每个人都会在一定程度上产生防范心理，这对于个体维持精神健康，使精神支柱不倾倒，起着积极的作用。那么，如何减轻或消除人们的挫折感，采取什么方法应付挫折，是管理研究的重要课题。

1. 正确对待挫折

人的生活和工作不可能是一帆风顺的，人生遇到各种挫折是不可避免的。因此，对于生活和工作中的困难和失败，领导者和管理者的任务是：为职工创造良好的转化条件，通过心理辅导和有针对性地解决实际问题，帮助职工尽快消除遭受挫折之后带来的消极心理和行为。正确的态度是：

(1) 教育职工正视挫折，提高对挫折的容忍力。古人言：“不如意事常八九，可与人言无二三。”就是说人在改造自然与社会的斗争中，如愿以偿的时候不多，多数情况下会碰到困难、障碍，处在逆境之中。所以当职工遇到挫折时，要引导他们保持冷静，主动克服烦恼情绪，同时帮助他们正视现实，改变对事物的看法，使其了解事态并不像他所想的那样严重，以树立克服困难的信心。

(2) 有针对性地解决职工的实际问题。职工的挫折往往是由于各种实际问题得不到及时解决而产生的。领导者或者管理者应该经常调查了解职工的困难和心理变化，予以关怀，发现问题及时解决。

(3) 自强。对于那些因个人自身的缺点或不足而带来的挫折者，应引导他们通过主观努力来克服和补偿。耐心的教育能使人从挫折中奋起。凡是能作出伟大成就的人，也都是经过多次挫折，但仍能奋斗不息的人。

2. 应付挫折的方法

遭受挫折对个人来说是不幸的，如果处理不好，会给组织管理带来不良的影响，那么采取哪些方法应付挫折呢？

(1) 消除形成挫折的根源。管理者应对可能给职工造成挫折的各种因素保持敏锐的感觉，尽量减轻挫折的程度。

(2) 对受挫折者要采取宽容态度。一般来说，面对受挫折者的攻击行为不应针锋相对地反击。管理者要以谅解和包容的态度相待，做到无微不至的关怀，不能以攻击对攻击，不能歧视。把受挫折者看成是一个需要帮助的人，这样才能形成一种解决问题的气氛。

(3) 改变情境。要创造一种情境，使受挫折者在困难时感到集体的温暖，不会受到集体的排斥和冷落。心理学家认为，如果创造适当的条件，甚至在罪犯身上也能唤起合作的忠诚的行为。如向职工提供有关的知识，给予工作上的有关资料，使其工作得以顺利进行，帮助职工解决在工作中遇到的具体困难等。

(4) 倾听受挫折者抱怨。与知心的管理者或朋友谈心，倾吐内心的苦恼和烦闷。通过朋友的安慰，劝导和帮助寻找挫折的原因，借以缓解挫折带来的紧张、激动情绪，恢复理智状态，使人心情舒畅，消除郁气和积怨。当人们遇到困难和挫折时，可以通过关心、帮助、批评和教育加以解决、疏导，让职工能心情愉快地工作和生活。

(5) 学会自我管理。个人对自己的思想和行为要学会管理和控制，谋取理性和感性的和谐，同时做到自我调节、自我反省，经常修正自己的思想过程，保证自己心理平衡，使个人能正确地管理和驾驭自己的行为。

总之，挫折是坏事，它使人失望、痛苦、消极、颓废。但挫折又是好事，那就不应被挫折吓倒，而应认真地总结经验教训。挫折会使人变得聪明起来，经受住挫折的锻炼，能使人更加成熟、坚强。

本章小结

个体行为是个人在一定的外在环境刺激和内在心理支配下形成的行动，个体行为产生的根据离不开两个因素：环境和心理。

人的心理划分为两大类：心理过程和个性心理。

社会知觉就是指人与人的认识和了解，是人们在社会交往中通过获得对方的外部信息，从而给对方作出各种各样的判断和评价的过程。

思维是指人脑借助语言而实现的，以已有知识为中介的，对客观现实的对象的概括的、间接的反映。

情感是由客观事物是否符合并满足人的需要而产生的，是对事物的态度和体验，反映了客观事物与主体需要之间的关系。

意志就是自觉地确定目的，并支配调节自己的行为，以克服各种困难，实现目的的心理过程。意志行为的特征有自觉性、果断性、坚韧性和自制性。

思 考 题

1. 什么是个体行为？个体行为产生的根据有哪些？
2. 简答心理现象的基本内容。
3. 如何理解知觉及其特性？
4. 简答社会知觉含义、特征及其误区。
5. 什么是思维、创造性思维？
6. 什么是情感与情绪？如何保持积极的心境？
7. 什么是意志？你的意志品质如何？
8. 认识、情感、意志与管理有何关系？能否举例剖析？
9. 什么是挫折？挫折后的反应有哪些？
10. 你认为如何增强个人的挫折容忍力？

本 章 案 例

王总经理的管理行为

××公司主要经营建筑材料，销售网点覆盖全国十多个省市。最初××公司是从经营地板材料起家的，很长一段时间内也都是以地板材料为主营业务的。后来逐渐扩大了经营范围，并把主要目标市场定位在东部沿海的中小城市。

××公司的经营原则是销售市场上质量最优的建材，为客户提供一流的服务。同时××公司非常注重绩效，整个企业采取了比较扁平的管理结构。最高管理层之下，建立了9支经理人员队伍负责各地的店铺销售。这样做是为了能确保提供给客户最优质的服务。公司要求每位经理人员都要将大量精力放到服务上，想客户之所想，尽可能让客户满意。每支经理队伍都要定期开会，研究有什么新产品、如何改进送货、客户还有什么潜在需要等。每支队伍的负责人由各位经理轮流担任。

公司这样的思路主要来源于王总经理，这位富有魅力的年轻企业家信守勤恳、正直、公平、适应环境的人生哲学，将员工视为公司内最重要的资源。公司经常性地为员工提供各种在职培训。公司很少从外部招聘管理人员，基本上都从公司内部提拔，而且所有的经理人员都要从最基层做起，使他们在走上管理岗位之前能充分了解公司的运作。

王总经理的哲学深深地影响了整个企业的文化。××公司的商品不会因为行情的变化剧烈波动，××公司的服务也总能让客户们满意。××公司在客户眼中的形象就是一家非常可信、负责的企业，享有很高的信誉。这一点让公司上下都引以为豪。

(资料来源：作者根据相材料整理而成)

案例分析思考题

1. 应用个体行为理论分析王总经理的行为。
2. 你能推断出的王总经理行为策略吗?
3. 观察、分析社会知觉误区的1～3种现象。
4. 回忆个人经历中的挫折及挫折后的反应，总结战胜挫折的经验。

应用型特色 TSINGHUA UNIVERSITY PRESS YINGYONG XING TESE

第四章

个体行为(二)

学习目标

通过本章的学习，理解个性、个性倾向性、个性心理特征、动机、态度、能力、气质、性格的基本含义；把握个性的基本特征、动机的分类、态度的特性、态度的改变、如何管理、能力、气质和性格；掌握影响能力发展的因素、气质类型划分、性格类型。

关键概念

个性(Personality)　个性倾向性(Personality Orientation)　需要(Needs)　动机(Motivation)　态度(Attitudes)　兴趣(Interest)　价值观(Values)　能力(Ability)　气质(Aptitude)　性格(Character)

组织行为学的一项基础性工作就是研究人的个性。管理者只有对工作人员的个性有一个客观、公正、全面的了解，才能在选拔、培养、分配工作人员时做到人尽其才。因此，研究个性与个体行为对合理开发、利用人力资源，调动人的积极性，提高管理水平有着重要的意义。

第一节　个 性 概 述

一、个性及特征

1. 什么是个性

人的心理现象包括心理过程和个性心理两个方面。心理过程是人类心理活动的一般过程，但是一般总是通过个别表现出来的，不同个性的心理活动在体现人类心理活动的一般过程中总是表现出自身的特点，并带有经常的、稳定的性质。这种在个性身上经常地、稳定地表现出来的特点，被称为个性心理特征。

所谓个性是指个体带有倾向性、本质的、稳定的心理特征的总和，是一个人的总体精神面貌。例如：人们常说，某人开朗、某人孤僻、某人聪明、某人愚笨等，这些实质上就是指的不同人的个性。

人的个性是在个体生理素质的基础上，在一定的社会历史条件下，在社会生活实践中逐步形成的，它受社会关系和生活环境的影响和制约，体现着不同的、具体的、活生生的人的各自不同的特点。当然，这些特点既然是在一定条件下形成的，也就必然会随着条件的改变而发生变化。

个性与人格在概念上很接近，但二者还是有差异的，个性侧重于人的心理特征方面的差异，而人格则侧重于个体行为的风格差异，人格同社会道德评价的联系更为密切。

2. 个性的特征

人的个性的基本特征主要有以下方面。

1) 独特性

个性的独特性是指每个人都与别人有所不同，每个人都具有自己独特的风格，人与人之间都存在着个别差异。正如自然界中找不到两片完全相同的树叶，世界上也不存在两个完全相同的人，即使是孪生兄弟姐妹其个性也存在着差异。这种差异性是各自在先天遗传生理素质的基础上，由于后天的不同生活经历而形成的。人的个性无论如何相似，在其构成个性的不同侧面的组合上总是存在一定的质与量的差别，人的个性都是独特的。

2) 整体性

个性的整体性是指人的个性是由各个不同的心理侧面构成的整个心理结构的综合体，它们互相影响，互相制约，共同构成统一的个性整体。即个性并不是人的某一方面的特点，而是由各种心理特征所构成的整体。如我们分析某个人的个性，就必须说出其一组心理特征。如某人热情、好动、爱和别人交往、乐观开朗、有理想等一些特征之后，就可以对此人的个性作出是外向性的整体判断。

3) 稳定性

个性的稳定性是指人在不同的境况和活动中经常表现出来的比较稳定的特点。个性的稳定性有两个方面的含义：一是经常性。例如：某人一贯稳重、谦虚，并不能因他一时冲动，大发脾气，就认为他爱冲动，脾气不好。二是它不因行为活动的内容和境况的改变而改变，具有固定性。例如：性急的人，在这件事上急，那件事上也急，吃饭快、说话快，也要求别人快。个性是人内在的比较稳定的心理特征，偶尔出现的某些心理现象，不能叫个性。当然个性的这种稳定性也不是一成不变的，随着社会生活经历的变化和主观努力程度的变化是可以得到改变的。

4) 倾向性

个性的倾向性是指人们在现实生活中对现实事物总是有一定的态度和倾向。个性是一个人所具有的一定的内在意识倾向性，它既体现为个人的需要、动机、信念、理想和价值观等，又体现了人与人之间在能力、气质、性格和兴趣等方面存在的个别差异。这种个别差异是由其内在的倾向性所致，而外露的各种行为特征则只能作为推断内在倾向性之用。个性的倾向性主要表现在心理活动的选择性，行为活动的积极性，以及对事物的态度和个

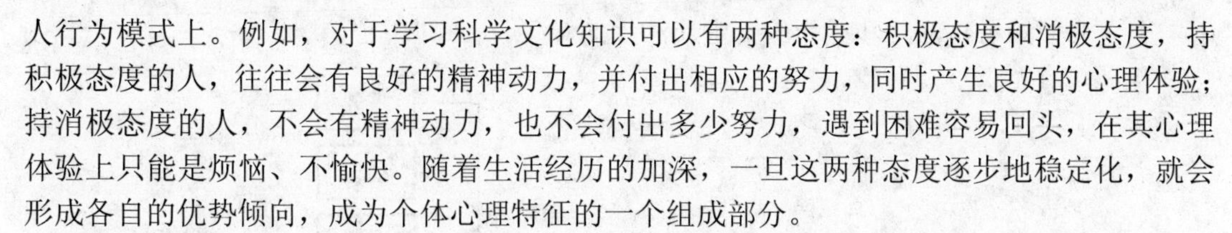

人行为模式上。例如，对于学习科学文化知识可以有两种态度：积极态度和消极态度，持积极态度的人，往往会有良好的精神动力，并付出相应的努力，同时产生良好的心理体验；持消极态度的人，不会有精神动力，也不会付出多少努力，遇到困难容易回头，在其心理体验上只能是烦恼、不愉快。随着生活经历的加深，一旦这两种态度逐步地稳定化，就会形成各自的优势倾向，成为个体心理特征的一个组成部分。

5)　社会性

社会性体现在人的个性的形成和发展中。人的个性的本质方面是由人的社会关系决定的。人与人通过社会关系联结，构成人类社会。社会关系的内容是人与人的关系，每个具体的社会关系都是参与其中的人以利益为核心构成的矛盾体。每个人都有多种社会关系：家庭关系、生产关系、政治关系等。在每个具体的社会关系中，个人与他人、集体或社会以责、权、利为内容相互协作、相互制约。同时，个性特征的形成也和一个人所处的社会生活环境及其所受的教育密切相关。正如马克思所说："人的本质，在其现实性上，是人的社会关系的总和。"个性具有社会性。

6)　生物性

人首先是一个有血有肉的生命体，其个性的形成离不开种种生物因素或遗传因素。这些生物因素或遗传因素给个性的发展提供了可能性，而社会因素则使这一可能性变成现实。也就是说，个体的遗传和生物特性是个性形成的自然基础，影响个性发展的道路和方式，也决定个性特点形成的难易。个性是先天自然素质和社会环境相互选择、相互渗透的积淀物，个性是社会性和生物性的统一。

二、个性的组成部分

个性的心理结构是复杂的、多层次的体系，包括需要、动机、态度、兴趣、理想、信念、世界观、气质、能力、性格等。具体包括两大组成部分：个性倾向性和个性心理特征。图 4-1 所示为个性的心理结构。

1. 个性倾向性

个性倾向性是决定一个人的态度的积极性和选择性的诱因系统。它主要包括需要、动机、态度、兴趣、理想、信念和世界观等。个性倾向性是个性结构中最活跃的因素。人与人之间个性的不同主要在于倾向性的不同，倾向性集中反映了个性的社会实质。个性倾向性中诸成分是互相联系、互相影响的，在一定时期，总有某一个成分占主导地位。占主导地位的倾向就会对其他成分起支配作用，进而影响所有的心理活动。

2. 个性心理特征

个性心理特征是一个人本质的、经常的心理活动特点，主要包括能力、气质和性格。个性心理特征在个性结构中是比较稳定的成分，不是偶然的、一时性的心理现象。它保证着一个人典型的心理活动和行为的一定质和量的水平。

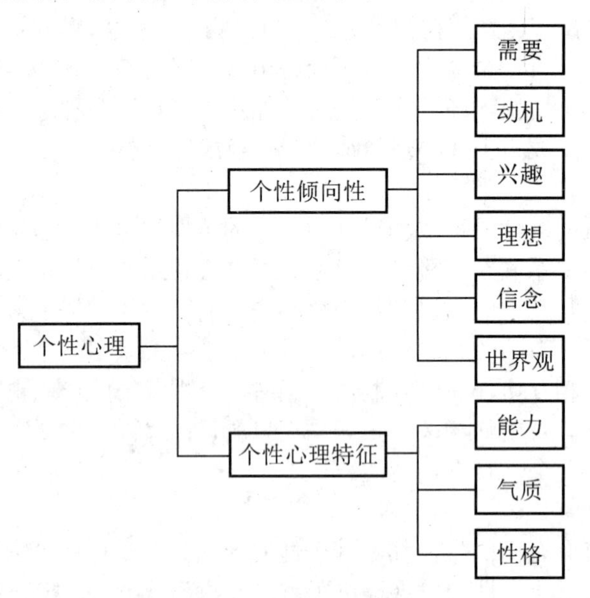

图 4-1　个性的心理结构

个性倾向性和个性心理特征是辩证统一关系。一方面，个性心理特征受个性倾向性的制约和调节；另一方面，个性倾向性也受个性心理特征的促进和影响。任何个人都有这样或那样的个性倾向性，也有这样或那样的个性心理特征。正是这两个方面错综复杂地交织于一个人身上，成为统一的整体，才构成了人们各不相同的个性。

三、个性的发展过程及影响因素

1. 个性的发展过程

个性是在生理素质的基础上，在社会实践中，经过长期的塑造而逐渐形成和发展的。

一个人个性的形成和发展，主要经历以下三大时期：

(1) 儿童时期。这一时期主要受父母、兄长及亲友的熏陶和影响，大人在孩子的个性发展上打下什么烙印，往往会影响他的一生。

(2) 学生时期。这一时期往往受师长和同学间的影响较深，使个性的发展按照一定的规范去实践。

(3) 走向社会时期。这一时期是个性发展最复杂的阶段，有许多因素影响个性的发展。如社会制度、人际关系、文化教育等，对个人的发展都有重要影响。

人最大的特点是有能动性，人在接受外界的影响时是积极主动的。因此，人在改造客观世界的同时也改造着自己的主观世界，改变着人的气质和性格，也改变着人的认识能力。

人的个性就是在社会的交往中逐步锻炼而形成的。

2. 影响个性的因素

个性的形成与发展受很多因素的影响，形成每个人个性的原因也不完全一样。研究结果表明，有些个性特征几乎纯粹是先天的，另一些个性特征几乎都是后天的。但是，大多数个性特征是在先天和后天这两种因素的共同影响下形成的，而且主要是在后天的社会环境影响下形成的。个性是由先天素质和后天环境两个方面的相互作用形成的。

1) 先天遗传因素与个性

国内一般认为：遗传是心理发展的自然前提，环境和教育则在心理发展中起决定性作用。科学研究证明，遗传素质是个性形成和发展的自然前提，为个性的形成与发展提供了前提与可能性。一般来讲，人的机体状况、大脑结构与机能等，被称为素质。素质好与不好，人和人是有差别的。素质是与生俱来的，具有相对的稳定性，它是人类世代遗传的产物。素质为个性的形成与发展提供了物质基础和可能性，对个性的形成与发展具有一定的制约作用。另外，人的遗传素质在出生后也有一个生长成熟的过程。如大脑的结构与机能，从新生儿到学龄期就经历着不断发展到成熟的过程。

遗传不能单独决定个性。人的个性发展的方向与水平是由后天环境，特别是社会生活条件和教育所决定，是在长期的社会实践中，在教育的主导下，逐渐形成和发展的。当然人在接受环境影响时，并不是被动消极的，而是积极主动的。人在改造客观世界的同时也在改造主观世界，改变着人的个性。所以人的个性是在与社会关系的相互影响中，是在人与人的交往中逐步塑造而成的。

2) 后天社会环境因素与个性

后天环境因素主要包括家庭影响、文化传统因素影响和社会阶级、阶层影响等。家庭影响是个性形成的最初根源，文化传统则从多方面影响着个性的形成，而社会阶级、阶层的影响又会给人的个性打上深刻的烙印。离开社会环境，人的个性就不可能得到发展。

后天社会环境因素对个性形成的影响作用主要表现为：第一，社会生活条件是个性形成与发展的决定性因素；第二，教育在个性形成中起着主导作用；第三，社会实践是个性形成与发展的主要途径。

四、个性与管理

1. 组织管理理论

在组织管理中，根据个性理论，了解职工的不同个性，并根据这些不同个性安排每个职工的工作岗位，安排合理的领导结构和采取不同的管理方式方法，就能最充分地调动每个职工的积极性、主动性和创造性，不断提高我们的管理水平和社会经济效益。

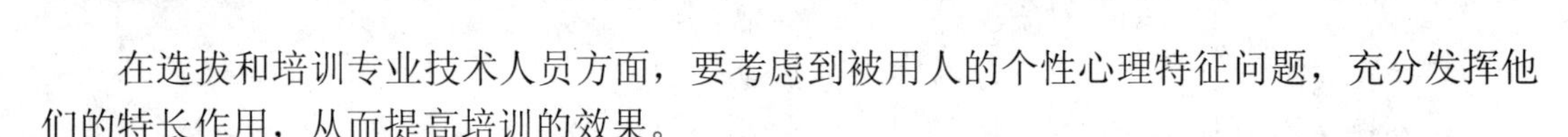

在选拔和培训专业技术人员方面，要考虑到被用人的个性心理特征问题，充分发挥他们的特长作用，从而提高培训的效果。

各级管理者在安排工作时，应当考虑到被用人的个性心理特征问题，合理配置各类工作人员。不同的工作对个性心理特征有不同的要求，越是高级的职业，对这方面的要求就越高。例如对于总工程师，在性格上要求具有理智、外倾、独立的特征；善于思考问题和与人相处，决策果断，同时对集体事业抱积极负责的态度；在气质上能控制不良的情绪，精力饱满，沉着而不呆板，外倾性明显；在能力上不仅具备独立解决专业问题的能力，而且有一定的管理能力，善于领导所属工程师进行有效的工作。

管理人员要引导、控制人的行为，就要预测职工的行为，这也必须依据有关行为的个性理论。

2. 正确区分个性类型，优化群体结构

一个组织应该是由具有不同个性特点的人组成，依据个性类型最优匹配方案才能达到最佳的群体结构效能。特别是在领导班子的配备方面，个性研究更为重要。一个能打胜仗的领导集体，应该既有统领三军的统帅，又有运筹帷幄的参谋，要有能现场指挥的良将，还应有众多冲锋陷阵的勇士。总之，一个组织必须是由不同个性倾向和心理特征的人，有机组合成个性相容、刚柔并济、动静相宜、和谐互补的人员结构，达到个性互补、心理包容的最佳状态。

3. 发展积极的个性，培养和造就更多的有用之才

个性的形成既有遗传因素的作用，又有后天社会环境因素的作用。组织管理工作者既要用人，又肩负着人力与人才开发的重任。因此，对管理工作者来说，一个很重要的任务就是要创造良好的人才成长环境和用人机制的心理氛围，通过催化作用促使人们形成与发展社会所需要的个性特征，抑制和消除使个性向消极的方面转化的因素，为社会造就更多的有用之才。

培养和造就人，就是要善于引导职工的个性心理特征朝着积极和协调的方向发展，使其个性发展达到更高的水平，这就需要掌握和应用个性理论。例如，对年轻人的培养，就要考虑到对其个性发展的因势利导。一般来说，人的各种各样的需要是个性积极性的源泉。一个朝气蓬勃的年轻人刚刚走上工作岗位，他积极向上，勤奋工作，充满青春活力。如果在合适的时候把他提到重要的工作岗位，那么他的个性会保持并不断继续发展，成为一个有用之才。如果他得不到适时的任用，一旦过了最佳年龄，他的个性便会向相反的方向转化，先是发牢骚，继而闹情绪，意志消沉，作为减少。

4. 针对个性特点做好思想政治工作，协调和消除矛盾

通过对个性的了解，有助于创造和谐的人际关系，有利于做好思想政治工作。管理部门在很大程度上掌握着职工的选拔录用、奖惩、晋升等，因其工作正误能较大地影响职工

的心理状态，因此，管理工作者不仅要了解自己的个性，加强个性修养，还要善于分析他人的个性，当工作中出现问题和矛盾时，要针对不同的个性，采取不同的方法做思想工作。

5. 运用个性理论提高健康水平

好的个性与身体健康有密切的关系。一个人的个性应该是开朗乐观，对生活充满希望，沉着，善于摆脱烦恼和忧虑。这已被认为是保持身体健康、抗拒衰老的有效办法。美国约翰霍普金斯医院研究所的贝兹和托马斯在 1948 年做过这样一个实验：他们将 45 名学生按不同的性格分为三组：第一组学生的性格为谨慎、含蓄、安静、知足；第二组学生的性格为自觉、积极、开朗；第三组学生的性格为情绪易波动、急躁、易怒、不太知足或不想知足。30 年后(1978 年)他们对这 45 名学生的健康状况进行了检查，发现第三组学生中患癌症、高血压、心脏病和精神混乱症的占 73%；而第一组中仅占 25%；第二组中也只为 26.77%。由此可见，组织管理者应运用个性理论，引导组织员工保持开朗乐观、积极向上的个性，提高健康水平。

总之，为了搞好组织中人的行为管理工作，管理人员应当很好地掌握每个职工的个性倾向和个性心理特征。

第二节 需要、动机和行为

行为总是和各种需要、动机相联系的。因此，研究个体行为必须首先研究需要、动机和行为。

一、人的需要行为

1. 需要及特点

需要是指人对某种目标的渴求和欲望。它是人作为有机体缺乏某种东西时产生的一种主观状态，是有机体对客观事物需求的反映。这种需求可能是来自于原始的生理需要，也可能是来自于后天的教育和培养，如：衣、食、住、行、工作、社会交往、文化娱乐等需要，不管何种需要都能促使人以一定的方式进行一定的行为，并且，需要越感到强烈、推动人进行行为的力量也就越大，因此，需要作为人对客观需求的反映，是推动人的行为的原动力。

人的需要有以下几个特点：

(1) 任何需要都具有自己的对象。需要总是表现为对某种东西、某种状态、某种结果的需求，它既可以表现为追求某一事物或开始某一活动的意念，也可以表现为想要回避某一事物或停止某一活动的意念。但不管怎样，都有具体的对象，无对象的抽象的需要是不存在的。

(2) 需要具有重复性。人的某种需要获得满足以后，这种需要并不会就此完全消失，它还会重复出现。一般的物质需要，不仅具有重复性，而且还表现出明显的周期性特点。如，对吃、穿、用、休息、睡眠等日常生活中常见的需要就具有周期性；较为复杂的需要，如社会交往以及其他精神需要，虽然没有周期性，但只要具备一定的条件，它们也会重复出现。

(3) 需要随着历史的发展而发展。在早期人类社会，人们的需要比较简单，大都是为了追求生理和安全的需要而活动。随着社会历史的发展，物质文化生活水平的提高，需要变得复杂多样，不仅满足需要的对象范围不断扩大，而且满足需要的方式也不断变化。在今天，无论是在物质需要还是在精神需要方面，其复杂多样的程度是早期社会的人类所无法想象的。

(4) 需要的共同性。这也是人的需要的一个非常重要的特点，也是我们影响人的行为和控制人的行为的重要前提。尽管个体之间存在某些生理和心理上的差异，但也还有许多方面是一致的。首先是由于人们感受内外刺激和形成观念的生理器官、结构和机制是相同的。这是多数人产生共同需要的生理基础。其次在于人有相同的心理结构，人们的心理活动的规律就必然存在共同之处。所以需要在一切正常人身上，就必然有许多共同特征。

2. 需要的种类

人类的需要是复杂的、多样的，根据各种需要的不同性质，按需要的起源、需要的对象等可以对需要进行不同的分类。

1) 自然性需要与社会性需要

这是按需要的起源进行的分类。自然性需要是指人为了维持生命和种族的延续所必需的需要，是人的本能的、与生俱来的需要，也是最基本的需要。包括：为了有机体的生存，所必需的食物、水分、空气、休息、睡眠等；自然性需要反映为人的生理需要，为人和动物所共有，但是人的自然性需要和动物的自然性需要在需要的对象和满足的方式上有着本质的区别。动物只能以大自然环境中现存的天然物质为对象来满足需要，而人则能在社会生产劳动中，通过创造性的劳动，生产出满足自己需要的对象；在满足需要的方式上，也有本质的差异，动物满足物质需要的方式只能依靠本能，而人则能依靠本能之外的其他手段和工具来满足需要。

人的社会需要，是个体在成长过程中，在自然需要的基础上通过后天经验的积累所获得的一种人类所特有的需要，是人的一种高级需要。如：对知识、文艺、审美感、道德、创造、自我设计等的需要都是社会需要。社会需要的特性，是在维持人们的社会生活，进行社会生产和社会交往过程中形成的。不同的民族、阶级在不同的历史时期、不同的文化条件、不同的政治制度的背景以及不同的风俗习惯、社会规范的影响下，会形成各具特色的社会需要，而且由于社会的发展、人类的进步，人们的物质文化生活水平的不断提高，人们的社会需要的内容、方式会越来越复杂、越来越多样化。

2)　物质需要和精神需要

这是按需要的对象进行的分类。物质需要指对物质对象的需要，既包含人们对自然界的天然物质的需要，又包含人们对积淀着社会文化的物质用品的需要，即既有天然需要、又有社会需要。随着科技和社会生产力的不断发展，人们的物质需要日益广泛地发展。人的精神需要是对观念对象的需要，是人们对智力、道德、审美、自我评价等方面需求的反映。从人类的精神需要的起源上来看，它是在劳动和社会交往中产生的，随着社会进步和人类文明的发展，人的精神需要也在不断增添着新的内容。

3)　不同层次的需要

人的需要是多种多样的，按照人的需要的发生、发展的先后顺序，人的需要可以划分为不同的层次。一些行为学家根据各自的认识实践形成了自己的需要层次理论，目前影响较大的是马斯洛的需要层次理论。马斯洛认为人的基本需要可以划分为五个层次，即生理需要、安全需要、社交需要、尊重需要、自我实现需要。其具体内容是：

(1)　生理需要。凡是为了满足个体生存所必需的一切物质需要都是生理需要，它是人类最原始的，也是最基本的需要。如：吃饭、穿衣、居住、疾病的治疗等，这些需要如果得不到满足，人类的生存就成了问题，所以生理需要是最强烈、最基本的需要。生理需要从本源上来说，它受人的生理规律的支配，但是在满足需要的选择过程中，它又受到一个人的文化观念、理想、世界观的影响。因此，在需要的选择上存在着个体差异。

(2)　安全需要。当生理需要得到满足后，另一类与安全有关的需要就相继出现。包括得到保护、稳定、依赖、秩序、保障、避免灾难等。安全需要是一种自我生存的需要，它不仅涉及当前，还考虑到未来的需要能否得到满足。安全需要人皆有之，没有安全感，人就处于精神紧张的状态，长期下去甚至会导致人格异常。

(3)　社交需要。社交需要又称为归属感与友爱的需要。当前两项需要基本得到满足后，社交需要就成为强烈的动机。人们希望伙伴、同事之间关系融洽或保持友谊、忠诚，还有寻求爱情，这是对信息调节的需要。首先是友爱的需要，人作为社会性的人，不希望离群索居，希望了解别人，也希望被人了解，这是一种普遍的需要；其次就是所谓归属感，人作为社会性的人都有一种要求归属于一定集团或群体的感情，希望成为其中的一员并得到相互关心和照顾。同生理需要、安全需要相比，社交需要更难以捉摸和觉察，几乎无法直接测量，但它还是强烈地存在于我们每一个正常的人身上。

(4)　尊重需要。尊重需要包括对人的价值的尊重和对地位的需要两方面，这是人们普遍存在的一种愿望和需要。首先人人都有自尊心、自豪感，都有一种表现自己的能力、知识、作用的欲望，都希望别人了解自己的长处，希望得到别人的承认、尊敬，获得好的评价。同时在现实社会中一定的地位又往往与声誉、角色以及影响别人的能力等联系在一起，这些都影响着别人对自己的评价和自我评价，因此，尊重需要也表现为对地位的需要。

(5)　自我实现需要。自我实现需要是指人们希望充分发挥自己的能力，实现自己的理想抱负和人生价值的需要，这是人的需要层次结构里最高层次的需要。即使其他几个层次的需要都能得到相对满足，但人还是会出现心理紧张的感觉，还会有不满足感，这时就出现追求充分发挥自己潜能，希望成为自己期望的人物的愿望。但是，必须指出，自我实现绝不能脱离社会历史条件，也不可能每个人都能成为伟大人物，只要充分发挥了自己的禀赋，在不同的社会岗位上作出了自己应有的成绩，就可以说是一个自我实现的人。

马斯洛认为五种需要层次之间的相互关系表现为：

(1) 五种需要层次是由低级向高级逐级展开的。一般来说，只有下一级的需要获得相对满足以后，追求上一级的需要才会成为驱动行为的动力；但是，如果满足了高级需要，却没有满足低级需要时，就可能牺牲高级需要，去谋取低级需要。如：一个连基本的衣食都没有满足的人，可能会放弃安全而去冒险；一个在群体遭到危险的人，可能会牺牲归属感，避开人群以确保安全。

(2) 一个层次的需要获得相对满足后，就会向高一层次发展。对人的需要的五种层次由低向高的排列顺序，不能理解为只有某一层次的需要完全满足后，下一层次的需要才会成为最主要的需要。事实上，社会成员的一般心理状态都表现为：当某一层次需要获得部分、相对的满足后，就会产生另一层次的需要。任何需要的满足都处于部分满足与不满足之间，不可能绝对地得到满足。在不同层次的需要中，相对而言，生理需要和安全需要比较容易获得满足，而社交需要、尊重需要、自我实现需要则难以获得满足，层次越高、困难越大。

(3) 同一时期内会存在几种不同的需要，但总有一种需要占支配地位。任何一种需要并不会因为下一个高层次需要的发展而消失，各层次的需要是同时存在、相互重叠的，高层次的需要发展后，低层次的需要仍然存在，只是对人们的行动的影响力减弱。某一时期占统治地位的需要称为优势需要，人的行为和心理状态主要受到满足当时的优势需要的影响和支配，通俗地讲，不同时期，为满足优势需要而进行的活动便构成人们不同时期的生活重心。

除马斯洛的需要层次理论以外，西方学者还提出了一些其他的理论，其中另一种较有影响的是美国哈佛大学科学家麦克利兰提出的“成就需要理论”。他认为，人的基本需要有三种：即成就需要、权力需要和情谊需要。具有强烈的成就需要的人，把个人的成就看得比金钱更为重要。如果在工作上取得了成功或者克服了难关、解决了问题，那么，从中得到的乐趣和激励会超过物质的鼓励。报酬仅仅只是衡量自己进步和成就大小的一种工具或标尺，但绝不是生活追求的目的本身。具有高度成就需要的人无论对于企业还是国家都有重要的作用。一个企业拥有的这种人越多，它的发展就越快；一个国家拥有的这种人越多，就越是能兴旺发达，愈能迅速进入世界先进行列。

二、动机引起行为

社会生活是非常复杂的，人的活动动机也是非常复杂的，人们在学习、生活、工作行为中经常会受到各种动机的支配。

1. 动机及产生来源

动机就是推动人们去从事某项活动，达到某种目的的内在原因，即推动人们去行动的内动力。

动机是促使个人产生行为的原因，而动机的来源有两个，一是需要，二是刺激。具体表现为：

(1) 需要是动机产生的内在条件。作为动机产生内在条件的需要包含两个方面：一是感到缺乏，二是期待满足，它们共同构成一种心理现象，叫做欲望，即既感到缺乏某种东西，又期待得到满足的心理状态。这种心理状态可能是由于有机体维护生理机能的物质需要而产生，如：食物、空气、水、衣服等；也可能是由于社会心理的需要而产生，如：自尊、友谊、信任、社会地位等。

(2) 刺激是动机产生的外在条件。作为动机产生的外在条件的刺激也包含两个方面：一是内在刺激，这是有机体的内部缺乏某种的不足感而产生的。如：因饥饿感而产生进食的欲望，这里饥饿就是内在刺激；二是外在刺激，它是由外部诱因引起的，使不足感得以满足的身外刺激。如：看到色、香、味俱全的食物，刺激了人们的食欲，即使人们并不饥饿，也禁不住要品尝一番，这里色香味俱全的食物就是外在刺激。

也就是说，动机是在内在条件与外在条件的相互作用下产生的，人的动机行为并不是机械性的反应，它不仅与个体的身心状态有关，而且还会因时、因地、因情而表现出不同的反应。

对人的动机具有决定性影响的因素，除了需要和刺激以外，还有兴趣、价值观、抱负水准、过去的成败经验、第三者的影响、要求与希望(如父母、老师、朋友、领导的希望、期待)等。

2. 人的行为产生过程

动机的产生是内在刺激与外在刺激交互影响产生需要的结果。人的行为产生过程就是指由需要诱发动机，再由行为到达成目标的循环过程。人的行为产生过程的基本模式如图 4-2 所示。

人的行为产生过程中，其基本组成部分是需要——动机——行为——目标，这个目标又有得到满足和受到挫折两种结果。得到满足的个体会产生新的需要，从而引起另一个行为过程。受到挫折后的个体既可能产生新的动机，采取另一个积极行为向目标前进，也可能暂时放弃该需要，寻求另一个目标。

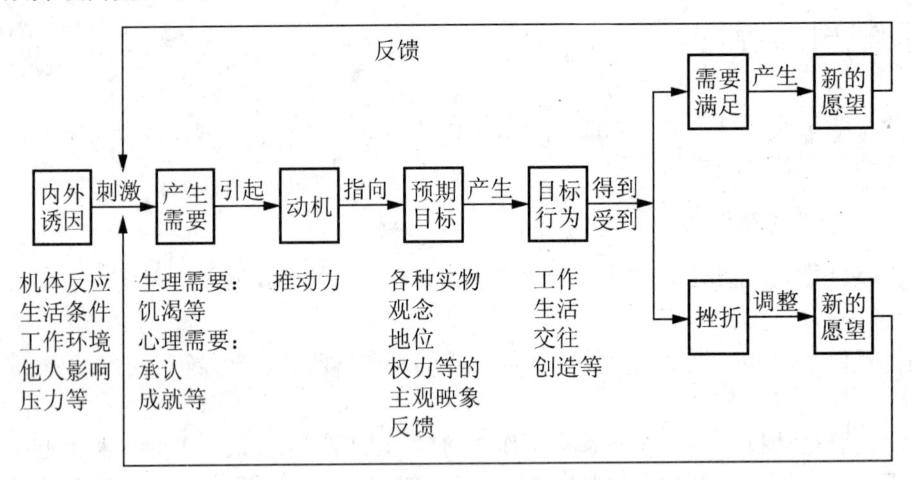

图 4-2　行为产生过程的基本模式

在人的行为产生过程中，动机、需要、行为、目标之间是相互联系的。需要决定动机，动机引起行为，行为指向目标。

动机和行为结果也有密切的联系。一般地说，动机是行为的原因，其作用在于引发和维持人的某一行为动作，使人的行为导向特定的目标。同时还由于动机强度的不同，而造成不同的行为结果。我们在工作中经常可以看到这种情况：甲乙两人的工作能力差不多，但是工作成绩却相差很大；甚至甲的能力比乙差，但工作却比乙干得好，这是由于工作的动机强度不同造成的。行为学家认为，人的动机有很大的潜力，动机的强度在很大程度上处于被激励的程度。通常情况下，人们只发挥了自己能力的 20%～30%；若是动机处于被激励状态，人们的能力则可能发挥到 80%～90%，工作效率相差 3～4 倍。可见人的动机强度和工作结果具有密切的联系，激励过程实质上就是持续激发动机的过程。作为管理者要提高职工的工作效率，必须激发职工的工作动机。

3. 动机的分类

可以从不同的角度对动机作如下分类：

(1) 根据动机的起源可分为原生性动机和衍生性动机。原生性动机又称为生理性动机，它起源于身体内部的生理平衡状态的变化，由身体的有机性需要而产生，如：饥、渴、温、冷等。衍生性动机又称心理性动机，它起源于心理和社会因素，是经过后天学习而产生的，因人不同可能会有很大差异，如：荣誉、友爱、成就、赞许等。

(2) 根据动机的社会意义，可以分为正确的动机和错误的动机。在社会里，人的动机具有鲜明的倾向性。

(3) 根据动机在活动中的作用，可以分为主导动机和辅助动机。在一个人身上各种不

同的动机所占的地位和所起的作用是不同的，有的动机是在最强烈的需要基础上产生的，在动机体系中处于主导和支配地位，这种动机称之为主导动机；有的动机是在较为次要的需要基础上产生的，在动机体系中处于辅助和被支配地位，这种动机称之为辅助动机。主导动机和辅助动机的划分，并不是固定不变的，它会因时、因地、因情发生变化。

(4) 根据动机维持时间的长短，可以分为短暂的动机和长远的动机。一般来说，为了达到暂时的目标而产生的动机，持续的时间较短，容易为偶然因素所左右，不具有稳定性。相反为了达到长远的目标而产生的动机，持续的时间很长，不容易为偶然的因素所左右，具有很大的稳定性。短暂的动机也可以和长远的动机有机地结合起来，互为表里，互为动力，长远的动机为短暂的动机提供方向，短暂的动机为实现长远目标铺平道路。

正因为需要、动机和行为之间的密切关系，在管理中，管理者应观察和研究组织成员的各种需要和动机及其变化，应用组织行为学的需要和动机理论来加以引导，以促进组织中各种行为的健康发展。

第三节　态度与行为

态度实质上反映的是客观事物与一个人的需要、动机之间的关系，而且态度与人的兴趣、理想、价值观、信念和世界观也有着内在的、不可分割的联系。所以，考察个体行为，一定要研究态度问题。

一、态度及心理结构

态度是指个人对某一客体所持有的一种评价与心理倾向。换而言之，就是个人对环境中某一对象的看法是喜欢还是厌恶，是亲近还是疏远，并由此而产生的一种特有的反应倾向。

态度的心理结构主要包括以下三个因素：

(1) 认知因素。指个人对态度对象的带有肯定或否定意义的评价。这种评价包括个人对态度对象的认识、理解、相信、怀疑以及赞成或反对等。

(2) 情感因素。指个人对态度对象的情感反应。包括对态度对象是喜欢还是厌恶，是尊敬还是蔑视，是同情还是冷漠等。

(3) 意向因素。指个人对态度对象的反应倾向，即行为准备状态。即个体准备对态度对象作出何种反应。

态度与行为有着直接联系。态度既是一种内在的心理结构，又是一种行为倾向，对行为起到准备作用，可以根据一个人的态度来推测其行为。但是，态度并不等于行为，行为的发生也并不单单是由态度决定的，除态度以外，行为还取决于其他因素，如：社会道德、传统习惯、当时的情境、对行为结果的预期等。

态度与人的需要、兴趣、理想、价值观、信念和世界观也有着内在的、不可分割的联系。价值观代表一个人对周围事物的看法和评价，从性质上说，是态度的核心。同时，因为一个人的态度总是取决于态度对象对他个人的社会意义，也就是态度对象所具有的价值，而事物的价值大小，往往又取决于个人的需要、兴趣、理想、信念和世界观。因此，人的需要、兴趣、理想、价值观、信念和世界观不同，所产生的态度也不同。

二、态度的特性与功能

1. 态度的特性

态度的性质不同于其他心理活动，它具有如下特性：

(1) 社会性。态度不同于本能，它不是天生的，而是通过后天的学习获得的。它是在长期的社会生活中，个体通过与他人的相互作用以及周围环境的不断影响而逐渐形成的。已经形成的态度也会反过来影响人对外界的反应，这样经过不断地循环和修正，人的态度体系便逐步形成并日益完善。

(2) 针对性。态度对象可能是具体的，也可能是抽象的。如：王小姐讨厌吃零食，张小姐讨厌吃瓜子，前者是抽象的，后者是具体的。但不管怎样，态度必须具有特定的态度对象，它离不开一定的客体，总是针对着某一事物，不存在孤立的、抽象无物的态度。

(3) 协调性。态度是由认知、情感和意向三种心理成分组成的，这三种心理成分是相互协调一致的，而不会自相矛盾。

(4) 稳定性。人们对客观事物的某种态度一旦形成，就具有相当的一贯性、持续性和稳定性，它不会轻易改变，从而成为个体性格特征的一个组成部分，在个体的行为模式上反映出特有的规律性。

(5) 潜在性。态度主要是个体的一种内在心理体验，它虽然具有外在的行为倾向，却并不一定表现出来，因而态度不能直接观察，只能从人们的言语、表情及行为举止中进行间接地分析和推测。

2. 态度的功能

态度的功能表现在它对人的行为有很重要的影响，它不仅会影响一个人的知觉与判断，还会影响一个人的工作和学习的速度与效率，同时还会影响人的职业选择、生活信念等。这种影响主要表现在如下四个方面：

(1) 对社会性判断的影响。由于态度的稳定性，因此，它一旦形成，便成为个体的一种带有习惯性的反应，形成其性格特征的组成部分，并使人们对于某些特定的事物往往持有一套固定的看法，这种看法往往会在某种程度上成为个体正确辨别群体中的个别差异的阻碍，影响正确的社会判断。如：一般习惯上，人们认为北方人朴实厚道、南方人精明灵

活，因而在市场经济的竞争中多数人佩服南方人，而小瞧北方人。一般人容易根据现存的社会态度去判断别人。

(2) 对耐受力的影响。耐受力指个体受到挫折时，能摆脱其困扰而免于心理与行为失常的能力，即人体对挫折的忍受能力。实践证明，耐受力与个体对引起挫折的事物的态度密切相关。如：人们往往对自己和亲朋好友所引起的挫折和失败能够较为容忍和克制，面对与自己关系一般尤其是所憎恨的人所造成的挫折却无法容忍。

(3) 对学习记忆的影响。态度对学习记忆的影响是指学习记忆的材料与个体的态度不一致时，这种态度会成为个体学习记忆的阻碍。研究表明，与个体的现有态度一致的材料容易被吸收、同化、记忆，而同个体的信念、态度相违背的材料，则容易被阻碍和歪曲。

(4) 对工作效率的影响。人们通常认为，若职工对工作持积极态度必然会产生高的工作效率。人际关系学派曾经以霍桑试验为依据，提出高度的工作满意感导致高生产率的假设。但是，后来人们通过全面和深入的研究发现，工作态度与生产效率之间，并不是一对一的简单关系，生产效率还会受到许多中间变量的影响。通过测试调查和比较分析，发现对工作感到满意的职工，工作效率不一定很高，而对工作不满意的职工，工作效率也不一定低。这是因为：

第一，对一般职工来说，生产效率并非是最主要的目标，而只是他们借以达到其他目标的手段。即使对生产持消极态度，但为了达到心中的目标，还必须以高生产率为手段。

第二，人的需要不仅有物质生活的需要，还有许多社会性需要，如希望获得朋友和同事的好感、希望归属于一定的群体等。若工作效率过高可能会被同事指责“出风头”，因而即使对工作满意的职工，也有降低工作效率以谋求与大家保持一致性的可能性；反之，对工作不满意的职工，为了不至于在别人面前显得“无能”，也会有加紧工作，提高工作效率的可能性。因此，态度与工作效率之间有联系，但这种联系并不像通常人们所想象的那样简单，作为管理者也不能简单地以工作效率的高低来判断职工的工作态度，或者反过来单纯地以对职工工作态度的了解来预测工作效率的高低。

三、态度的形成与改变

1. 态度的形成

1) 影响态度形成的因素

态度的形成与一个人的社会化过程是一致的，每个人从小开始，就会受到社会环境的影响，父母、兄弟姐妹、亲朋好友、老师同学、同事领导以及社会上的风俗习惯、社会风气等都会影响一个人的态度。因此，态度不是与生俱来的，而是在后天的生活环境中，通过自身的社会化过程(学习、模仿、体验……)逐渐形成的。在这个过程中，影响态度形成的因素主要有以下几个方面：

(1) 欲望。态度的形成往往与个人的欲望有着密切的联系。凡是能满足个人欲望的对象，或能帮助个人达到目标的对象，都能使人产生满意的态度。反之，那些阻碍目标或使欲望受到挫折的对象，会使人产生厌恶的态度。人们的各种欲望总是时而处于满足状态，时而处于不满足状态，这种现象造成了态度形成中的交替学习过程。研究表明，态度中的情感和意向成分与欲望的满足有着密切的关系。

(2) 知识。态度中的认知因素与一个人的知识密切相关。个人的某些对象态度的形成，受他关于该对象的知识的影响。但是，这种态度的形成并不是单纯的受外来知识的影响，而是将新的知识与原来的态度协调作用的结果。例如：人们看了有关的历史书籍就会产生某种新的社会态度。即态度的形成要受知识的影响，新的知识同原来的态度一起协调的结果产生了新的态度。

(3) 群体意识。个体的许多态度，往往受其群体的影响，这是因为群体的其他成员会相互影响，形成类似的态度；个体对群体的认同感和群体对个体的无形压力会使个体接受群体的规范，从而形成某种态度。

(4) 个性特征。群体意识虽然会使群体成员具有某种相似的态度，但由于人的个性不同，在态度的形成中仍然会存在个别差异。如：某人有些不拘小节，若是一个心胸开阔的人，对此可能持宽容态度；若是一个心胸狭窄的人，则可能持厌恶态度。

(5) 个体的经验。个体的经验往往与其态度的形成有密切的联系，很多态度都是由经验的积累而慢慢形成的。如：四川人喜欢吃辣椒，山西人喜欢食醋，就是由长期的经验而形成的一种习惯性态度。有的时候一次体验深刻的经验就可以产生某种态度，“一朝被蛇咬，十年怕井绳”就是如此。

2) 态度形成的阶段

态度的形成不仅要受多种因素的影响，而且还要经过一段相当时间的孕育过程。这是一个复杂的、动态运动的形成过程，新的态度的不断形成总是与原来的态度的转化、改变交织在一起。

态度的形成主要经过以下三个阶段：

(1) 服从。又称顺从，指一个人表面上转变了自己的观点，这种转变并非出于自愿，而是受到某种外来的压力或者利诱所致，但其内心深处的观点并无改变。

(2) 同化。同化与服从不同，它不是被迫的，而是自愿地接受他人的观点，使自己的态度与他人的态度相接近。

(3) 内化。指一个人从内心深处相信和接受某种新的观点而转变自己原来的态度，形成新的态度，即将某种新的观点内化为自己态度体系的一个有机组成部分。

2. 态度的改变

态度的改变主要包括两个方面：一是态度的方向的改变；二是态度的强度的改变。如果以一种新的态度代替原来的态度，就是方向的改变；如果只是改变原来态度的强度而方向不变，就是强度的改变。态度是经过后天的学习而形成的，一旦形成便具有较大的稳定性，要改变起来，并不是一件容易的事。

1) 影响态度改变的因素

影响态度改变的因素很多，主要可分为三个方面：

(1) 态度本身的特性。态度自身的特性会影响态度改变的难易程度：①多年养成的习惯态度不易改变；②极端性的态度不易改变；③态度中的价值意义越大，越不易改变；④复杂的态度或协调一致的态度不易改变。

(2) 个体特征。个体特征主要包括：①个体能力的差异。它会影响个体态度的转变的可能性以及转变的过程特性。一般来说，智力较高、独立性较强的人，其态度是否转变是建立在自己的分析和判断的基础上，态度的改变是主动的；智力较低的人，容易被说服，往往被动地改变自己的态度。②性格差异。一般来说，独立性比较强的人，不容易改变自己的态度；顺从型的人，依赖性强，态度的改变较为容易。在男女性别上，女性比男性更容易改变态度。③自我意识。自我意识较强的人，喜欢站在自己的角度考虑问题，不容易接受他人的意见，不容易改变自己的态度。

(3) 个人的群体观念。个人的态度与其所属的群体有密切的联系，无论在态度的形成还是改变中，群体观念都起着重要的作用。一般来说，当个人对其所属的群体具有认同感时，很难采取与群体规范不一致的态度；若对自己所属的群体缺乏认同感，群体规范的影响则大为降低，其态度容易受其他因素的影响而改变。

人们态度的改变，虽然主要取决于内在原因，但是外在因素的作用也是不可忽视的。

2) 态度改变的方法

在管理中，改变人们态度的方法，主要有以下几种：

(1) 积极参加实践活动，通过参与改变态度。积极地参加实践活动，能较好地推动一个人态度的转变。因为，在实践中人们身处某种特定的环境，其环境气氛能够使人受到感染，群体的行为能形成一种无形的压力，使人的态度得到改变。

参与改变理论是著名行为学家勒温提出来的。他认为个体在群体中所从事的活动性质，对其态度的形成与改变起着决定性的作用。他把人分为主动型和被动型两大类。主动型的人是主动参与群体活动，如政策、规范的制定，权力的执行等，因此，他们对群体中的制度、规范等就自觉遵守。而被动型的人，参与群体活动是被动的，他们对权威、制度、政策等规范要求也能遵守。勒温通过实验证明，主动型的人由于采取的是主动参与，共同讨论，共同决策，因此态度改变很显著，速度也很快，执行也自觉。相反，被动型的人由于在群体活动中其行为是被动接受他人的告知，因此态度改变就很缓慢。

这一理论对我们组织管理中的民主管理，无疑是一个有力的根据。在民主管理过程中，管理者一方面要针对不同的对象做好其思想工作，另一方面还要调动劳动者参与管理的积极性。群体参与制定的规章制度、任务指标等，要求群体中的每个成员以自觉的态度遵守与完成，这样通过多种途径，促使人的态度得以改变。

(2) 劝导和说服，通过群体的情感与压力改变态度。劝导与说服是常用的改变态度的方法，它包括议论、辩论、教育和训练等形式。通常是将两种不同的观点摆出来，让人们各自阐述赞成与不赞成的依据与态度。辩论探讨的结果是为改变一方的态度，达到一致性，或双方的态度都有所改变，形成新的态度上的一致。态度转变是以行为的改变作为证据的，通常态度转变的目的也是转变人的行为。在管理训练中经常使用的角色扮演技术，就是使一个人在所扮演的角色中对自己的态度进行转变。即让人们处在不同的位置上，设身处地地理解对方在这一角色上的心情和困难，从而改变自己原有的态度和认识。

同时，可以通过群体的情感与压力促使态度改变。个人总是生活在群体中，因此，群体会影响个人态度的改变。在个人与群体关系上，决定个体态度改变的因素主要是：第一，对群体成员身份的重视程度。越看重这种身份标志者，越不能接受批评或反对该群体规范的言论。第二，在群体中的地位。一个人在群体中的地位越高，越容易接受该群体的全部规范。第三，对群体规范的看法。当一个人认为群体的种种规范都是合理合法的，他就更容易接受这些规范。

(3) 组织规定，通过行政手段改变态度。一般地说，某种制度化的规范可以有效地改变人们的态度。单纯的说服教育，对人们形成的压力是有限的，但若上升为某种有约束力的规范，通过行政手段改变态度时，能使人产生服从感。服从是态度改变的最初阶段，是态度改变的开始。若能将组织规定与其他宣传说服教育工作结合起来，将会有效地促成人们态度的改变。

(4) 逐步提出要求的改变方式。在改变态度的过程中，如果要求转变的态度与原来的态度之间差距较小，则态度的改变比较容易；反之，若差距太大，则比较困难。这种情况下，绝不能急于求成，只能逐步提出要求，不断缩小差距，最终达到彻底转变态度的目的。

简而言之，人的态度的转变是一件复杂而困难的事，它既受到个体自身条件的影响，又受到外界因素的制约。要转变一个人的态度必须根据不同的对象、不同的环境采取适当的方法，才可能收到较好的效果。

第四节　能力及行为

在人的行为中，处处都少不了能力的表现。研究人的行为，必须考察能力。

一、能力及种类

1. 什么是能力

能力是人们成功地完成某种活动所必需的个性心理特征。是人们成功地完成某种活动的必要条件。

能力与人的活动有着密切联系，并直接影响活动的效果。并不是所有的个性心理特征

都能被称为能力，只有那些直接影响活动的效果，成为完成某种活动的基本条件的心理特征，才能被称作能力。

要成功地完成一项活动，仅靠某一方面的能力是不够的，必须具有多种综合能力才能获得成功。例如，为了完成学习任务，不能仅仅依靠记忆力，或仅仅依靠对课文的分析、理解，而必须同时具有观察力、记忆力、概括力、分析力、理解力等，才能出色地完成学习任务。各种能力的最完备的结合，叫做才能。如果一个人在某一方面或某些方面有杰出的才能，就被称为天才。

2. 能力的种类

人的能力是多样的、复杂的。按照通常的分类可以分为一般能力和特殊能力、优势能力和非优势能力。

1)　一般能力和特殊能力

一般能力是指从事活动都必须具备的基本能力，如：观察力、记忆力、想象力、抽象概括能力等。

特殊能力是指从事某些专业活动必须具备的能力，如：从事某些活动所需的数学计算能力、音乐绘画能力、空间想象能力等。

一般能力与特殊能力是辩证统一的关系。一方面，人们长期从事某项专业活动可以使某种一般能力得到特别发展，从而成为特殊能力。如：观察能力属于一般能力，但是某位警察在长期的反扒生涯中训练了十分敏锐的观察力，这种敏锐的观察力又是从事反扒工作所必须具备的特殊能力。另一方面，在特殊能力发展的同时，也发展了一般能力。因为警察在长期的反扒生涯中训练出的敏锐的观察力，可能迁移到其他活动领域，表现出他细心观察的个人心理特征。总之，一般能力是在个体活动的基础上发展起来的，而特殊能力则是一般能力获得充分发展的结果。

2)　优势能力和非优势能力

人们往往具有多种能力，各种能力的发展又是不平衡的，其中某些能力强些，另外一些能力弱些。那些较强能力就被称为优势能力，较弱的能力就被称为非优势能力。例如我国著名数学家陈景润在数学方面表现出卓越的才能，但他的社会交往能力则平平。德国实验物理学家伦琴发现了X射线，是诺贝尔物理奖第一个获得者，但他的语言表达能力较差，是个平庸的教师。

优势能力在一个人的工作实践中，占有重要的地位，所谓人尽其才，才尽其用，实质上就是发挥人的优势能力，扬长避短。

二、能力的差异及影响因素

1. 能力的个别差异

无论社会怎样发展，科学技术怎样进步，人的能力的差异都是存在的。人的能力有大有小，智力水平有高有低，这是客观存在。它们的差别，主要表现在四个方面：

(1) 认识能力的差异。在观察力、记忆力、思维能力、理解力、想象力和语言表达力等方面，人与人之间是有差别的。有的人观察力强些，有的人理解力强些。单就记忆力来说，有的人记得快，忘得也快，有的人记得慢，忘得也慢。

(2) 能力类型方面的差异。有的人观察能力强，记忆印象鲜明，想象力丰富，人称艺术型；有的人概括能力强，善于思考，人称思维型。

(3) 能力发展水平上的差异。多数人具有一般能力，能够顺利地完成活动，并能取得一定成绩。少数人具有特殊才能，能创造性地进行活动，并取得良好的成绩。才华出众者，是极少数。能力低下者，也是极少数，主要是先天不足或后天生活失调所造成。

(4) 能力发展的年龄差异。人的能力的发展，是有早有晚之分的。有的人的能力发展早，如我国唐朝文学家李贺，7 岁能作诗。也有的人是大器晚成，如画家齐白石，青年时做木匠，30 岁才学画，40 岁显露才能。

2. 影响能力发展的因素

影响能力发展的因素很多，其中以遗传素质、知识和技能、教育、社会实践、勤奋对能力的影响最为显著。

1) 遗传素质对能力发展的影响

遗传素质是人天生具有的某些生理解剖特征，包括感觉器官、运动器官、神经系统。它是能力发展的自然前提，离开这个物质基础，人的能力发展就无从谈起。遗传素质的差异是客观存在的，它对人的能力发展方向和水平有一定的影响。例如：一个生来聋哑的人难以发展音乐能力，双目失明的人当然不可能成为画家，大脑发育不全的人绝不可能发展成为高智力水平的人。

当然，遗传素质只是能力发展的自然基础但并不是能力本身。遗传素质只是提供了能力发展的一般可能性，这种可能性变成现实的能力，是在生活实践中逐步发展起来的。

2) 知识和技能对能力发展的影响

知识是人脑中的经验系统，它以思想内容的形式为人所掌握；技能是具体动作的操作技术，它以行为方式的形式为人所掌握。人的能力的发展和知识、技能的掌握是相互联系，又相互制约的关系。一方面知识和技能的掌握会导致人的能力的形成和发展，知识是能力形成和发展的理论基础、技能是能力形成和发展的实践基础，人的能力的形成和发展是在掌握和运用知识和技能的过程中实现的。另一方面人们已经形成的能力又制约着掌握新知识和技能的快慢、深浅、难易和巩固程度，在一定程度上制约着对新知识和技能的掌握上可能取得的成就。当然由于生活实践的多样性、复杂性，能力的发展与知识和技能的掌握并不是完全一致的。

3) 教育对能力发展的影响

教育是人们掌握知识和技能的良好途径，它不仅在人的智力发展中起着主要作用，而

且对能力的发展也起着主导作用。因为教育并不仅仅是传播知识和技能，同时也是一个促进心理能力发展的过程。例如：老师运用分析概括的方法传播知识时。学生不仅掌握了具体知识，同时也掌握了抽象思维的方法，是思维方法上的提高。上体育课时，一方面是身体素质的锻炼，协调功能的增强；另一方面则是动作记忆能力的提高。现代社会对人的能力的要求越来越高，这实质上也是对教育的内容、方式以及教育的途径等提出了越来越高的要求。

4)　社会实践对能力发展的影响

这里所说的社会实践主要指人脱离学校教育后在社会生活中从事的工作实践活动。社会实践对于人的能力的形成和发展起着重要作用，尤其是各种特殊能力的发展，主要是在工作实践中获得的。如：机修工细心的观察力，侦察员灵敏的反应力，企业家全面的组织管理能力等都是在工作实践中获得的。当然，不同的实践活动也影响和制约着人们能力的发展方向和水平，从而使很多人带有“职业特色”。

5)　勤奋对能力发展的影响

勤奋是人在行为过程中一种优良的个性品质表现。勤奋是人的能力发展的主观因素。遗传素质和外部环境对能力的发展固然有所影响，但个人的主观努力才是能力获得较快、较大发展的决定性因素。行为学家的研究表明，具有比较稳定的特殊兴趣、优良的个性品质，能够推动人们去从事并坚持某种活动，从而促进能力的发展。当然，人的勤奋与意志性格的坚定也是分不开的，没有坚强的毅力，没有勤学苦练的勤奋精神，能力就难以发展。世界上许多伟大的政治家、科学家、发明家、艺术家他们所作出的伟大成就，所表现出的卓越才能，都是经过长期努力，坚持不懈，百折不挠奋斗的结果。没有主观的勤奋努力，能力的发展便无从谈起。

三、能力的管理运用

社会实践活动是复杂多样的，不同的工作对人的体力、智力会有不同的要求，人的能力在发展水平和表现方向上也是有差异的，如果一个人的现有能力系统适合从事某项工作，那他就能很好地完成该项工作，否则即使主观上付出很大努力，也不可能产生理想的效果。这就要求管理者尽可能的因材施用、“各尽所能”。

1. 对管理者的能力要求

作为一个管理者，不管是处在哪一个部门、哪一个级别，都应当具备相应的能力才能胜任工作。美国著名管理学家凯兹认为：组织管理者除了具备相应的决策能力之外，还应当具备技术能力、人文能力和观念能力。

所谓技术能力是指通过学习和训练所获得的知识、方法、技能去完成特定工作的能力。这种能力具有明显的专业性。

所谓人文能力就是处理人事关系的能力。也就是管理者是否善于与人共事、对部属实行有效领导的能力，这种能力是通过管理学、行为科学和心理学的学习，并在管理实践中逐步发展起来的。

所谓观念能力，就是了解整个组织以及自己在组织中的地位和作用的能力。这种能力能使管理者从全局出发，按组织的总体目标行事，而不只是从自身的部门出发。管理人员的层次越高，对这种能力的要求也就越高。

此外，管理心理学还认为，不同层次的管理人员对技术能力、人文能力、观念能力的要求也是不同的。一般地讲，人文能力对各层次的管理者都很重要；低层管理者由于需要经常处理生产和工作中的实际问题，对技术能力要求较高；高层管理者需要把握全局，对观念能力要求较高。

2. 组织管理中的能力问题

从某种意义上讲，管理工作就是做人的工作。组织管理中的核心问题实质上就是如何管好人、用好人的问题。而人的能力是多方面的，既有强弱之分，又有方向之分。因此，管理者应该提高如何管理人的能力的水平，科学、合理地管理和使用好组织成员的各种能力。其要做到以下几个方面：

(1) 对组织成员能力进行合理的安排。首先，在组织管理中，管理者应当首先了解部属能力上的差异。对组织中员工有什么个性能力，应该放在什么岗位上；有哪方面的能力，应该做哪方面的工作等情况做到心中有数。其次，在工作安排、职工选拔、确定岗位上尽可能考虑到个人的特长，用人所长，避人所短，尽可能使工作安排符合职工的实际能力，使人适其职，职得其人，位得其才，达到人事的和谐统一。应该认识到，如果一个人的能力低于实际工作的要求水平，即使他很努力也可能无法胜任工作；反之，如果一个人的能力过于高出实际工作的要求水平，不仅是大材小用，造成人才浪费，而且本人也不会安心于现实工作，工作效果也不会很好。总之，在做人的工作时，管理者既要考虑到金无足赤，人无完人，关键是用人所长；同时还要考虑到实际工作与人的能力相符，小材大用，大材小用都不利于提高工作效率。

(2) 使组织成员能力得到互补。协调互补的能力是群体优化组合的重要基础。例如，对于一个领导班子来说，善于决策和富于组织能力、勇于开拓和不怕困难的管理者是帅才，是群体中的核心；另一些具有战术指挥和营运管理能力，具有坚强求实，勇于带头，泼辣大胆，勤于实干特点的是日常工作的中坚力量，是将才；还有那些具备严密逻辑思维能力和洞察预见能力，善于捕捉和收集信息，善于发现问题，长于研究分析，尤其是有预测前瞻性思维的，是群体中足智多谋的谋士。将这三种能力组合在一起，就是一个完整的、能力均衡的领导群体。而组织成员的能力发展各有所长、有先有后，管理者应善于教育、培养、综合、协调组织成员的各种能力，使他们各尽所能，提高效益。这既有利于个人需要的满足和自我价值的顺利实现，也有利于事业的成功和社会的发展。

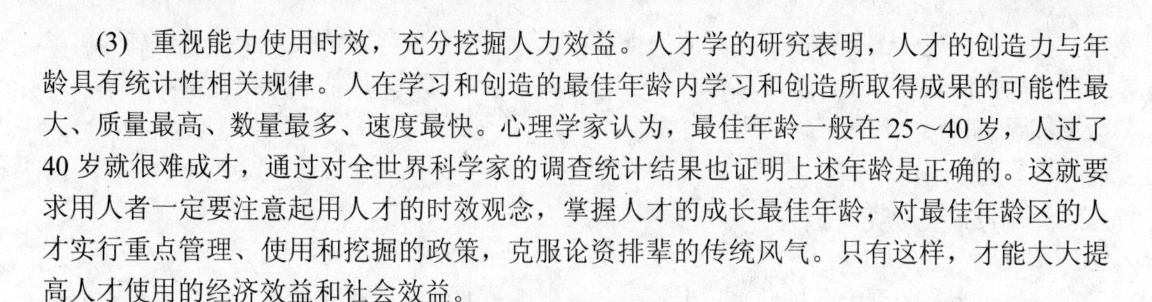

(3) 重视能力使用时效，充分挖掘人力效益。人才学的研究表明，人才的创造力与年龄具有统计性相关规律。人在学习和创造的最佳年龄内学习和创造所取得成果的可能性最大、质量最高、数量最多、速度最快。心理学家认为，最佳年龄一般在25～40岁，人过了40岁就很难成才，通过对全世界科学家的调查统计结果也证明上述年龄是正确的。这就要求用人者一定要注意起用人才的时效观念，掌握人才的成长最佳年龄，对最佳年龄区的人才实行重点管理、使用和挖掘的政策，克服论资排辈的传统风气。只有这样，才能大大提高人才使用的经济效益和社会效益。

第五节　气质及行为

人的行为是丰富多样的，其中重要的原因是人的气质不同而使之。要深入了解人的行为，就要研究气质。

一、气质的内涵

气质是个人具有的、典型的表现于心理活动中的速度和稳定性、强度和指向性等动力方面的特点。气质也就是一般人俗称的“脾气”或“禀性”。

人在进行心理活动或是在行为活动时，有发生的速度、强度、稳定性、灵活性、指向性等动态性质方面的特征区别。如速度主要包括感、知觉的速度，语言思维的快慢；强度主要包括情绪体验的强弱、意志努力的程度、耐受力的大小；稳定性主要包括注意集中时间的长短、情绪的稳定程度；灵活性主要包括兴奋与抑制转变的快慢，注意转移的难易；指向性主要包括倾向于体察外部事物，还是倾向于内心活动等。而气质就是指这些人的心理活动的动力特点。

在现实生活中对待同一件事情，不同的人会有不同的表达方式。如有的人脾气暴躁、易动感情，特别是当他的自尊心受到挫伤时，更容易发火。有的人则冷静沉着，情绪发生得缓慢，不动声色，即使遭到困难，也可以冷静地思考，虽然内心不快，也不立刻爆发。有的人在行动上表现得伶俐、敏捷、活泼好动。有的人反应比较迟钝，行动缓慢稳重。这些特征都是气质特征中的个性的表现。

一般地说，气质在一个人出生时就具有了，是人生来就有的自然属性。具有某种气质类型的人，常常在内容极不相同的活动中，显示出同样性质的动力特点。例如，一个具有安静、迟缓气质特征的学生，不论是参加考试、当众演说，还是参加体育比赛，各种活动都会表现出安静、迟缓的气质特点。这说明气质特征不以活动内容为转移。

气质虽然是由人的生理物质结构所决定的，具有极大的稳定性，但是在实践中和环境的长期影响下，后天的因素对一个人的气质也会产生重大影响。随着一个人文化水平的提高、生活的变迁、工作的改变、时间的推移，气质会发生变化。另外，个体意识对气质也会产生暂时的调节作用。而且人的文化程度越高，社会经验越丰富，地位与责任感越重要，改变和调节自己气质的能力越强。

二、气质的分类

每个人都有多种不同的气质特点，但这些特点并非偶然地彼此结合，而是有规则地互相联系着，从而构成代表一定组织结构的气质类型。古今中外的学者对气质类型进行了不同的划分，其中最有影响的是古希腊医生希波克拉底提出的体液分类。

1. 希波克拉底的分类

希波克拉底认为，人体内有四种液体——血液、黏液、黄胆汁和黑胆汁。由于每个人身上四种液体的比例不同，就使得人们有不同的心理和行为表现。据此，他把人的气质分为以下四种类型：

(1) 胆汁质。胆汁质的特点是：智慧敏捷，缺乏准确性；热情，但急躁易冲动；刚强，但易粗暴。它的特征：心理过程具有迅速而突发的色彩。他们的思维非常灵活，但理解问题有粗枝大叶、不求甚解的倾向。在情绪方面，无论是高兴或忧愁都体现得非常强烈，并且很急，如暴风雨似的凶猛，但能很快地平息下来。在行动上总是生机勃勃，工作表现得顽强有力。具有外向性。

(2) 多血质。多血质的特点是：高度的灵活性，有朝气，善于适应变化的生活环境，情绪体验不深。它的特征：思维灵活，反应迅速，但对问题的理解往往是肤浅的。情绪容易表露于外，也容易变化，变化无常的心理状态时时刻刻地从他们的眼神和面部表情中显露出来。遇有不顺心的事很易哭泣，但稍加安慰，又可以破涕为笑。敏捷好动，喜欢参加各种活动，表现得匆匆忙忙，显得毛躁。具有外向性。

(3) 黏液质。黏液质的特点是：注意稳定，但不易转移；稳重踏实，但有些死板；忍耐沉着，但有些生气不足。它的特征：思维的灵活性较低，但考虑问题细致。能够沉着而坚定地执行已采取的决定，但不容易改变旧习而适应新的环境。情绪兴奋性比较微弱，经常心平气和，很难出现波动的情绪状态，面部表情较平淡，姿态举止缓慢而镇定。具有内向性。

(4) 抑郁质。抑郁质的特点是：情感生活比较单调，但他们对生活中遇到的波折容易产生强烈体验，并经久不息。对事物的反应有较高的敏感性，通常容易觉察和深刻体验一般人觉察不出来的事件。他们在任何活动中很少表现自己，尽量摆脱出头露面的工作，但做起工作却很认真细致，如果没有做好工作，会感到很痛苦。不喜欢交际，显得孤僻。具有内向性。

以上几种分类详见表 4-1。

表 4-1　四种气质类型与心理特征

心理特征＼类型	多血质	胆汁质	黏液质	抑郁质
感受性	低	低	低	高
耐受性	较高	较高	高	低
速度与灵活性	快、灵活	快、不灵活	慢、不灵活	慢、不灵活
可塑与稳定性	有可塑性	可塑性小	稳定	刻板性
不随意反应性	强	强	弱	弱
内向与外向	外向	外向	内向	内向
情绪兴奋性	高	高	低	体验深
情绪和行为特征	愉快机敏 不稳定	容易激怒	冷漠	悲观

2. 巴甫洛夫的分类

俄国生理学家巴甫洛夫用高级神经活动类型来解释气质。他认为，高级神经活动的基本过程就是兴奋过程和抑制过程。兴奋过程和抑制过程有三个基本特征：神经过程的强度、神经过程的平衡性和神经过程的灵活性。神经过程三个基本特征的独特结合就形成高级神经活动类型。

高级神经活动的四种主要类型是：

(1)　强而不平衡的类型(兴奋型)。有机体兴奋过程强于抑制过程，是一种容易兴奋、不受约束的类型。

(2)　强而平衡、灵活的类型(活泼型)。有机体的兴奋过程和抑制过程都较强，并且二者容易转化。以反应灵敏、活泼，能很快适应变化着的外部环境为特征。

(3)　强而平衡、不灵活的类型(安静型)。有机体的兴奋过程和抑制过程都较强，但二者不易转化。以较易形成条件反射，但不易改造、坚忍而行动迟缓为特征。

(4)　弱型(抑制型)。有机体的兴奋过程和抑制过程都很弱，条件反射形成很慢。以在困难工作面前正常的高级神经活动容易受破坏而产生神经症为特征。

巴甫洛夫认为，兴奋型相当于胆汁质，活泼型相当于多血质，安静型相当于黏液质，抑制型相当于抑郁质。

高级神经活动类型与气质类型对照表见表 4-2。

表 4-2　高级神经活动类型与气质类型对照表

高级神经活动类型				气质类型
强型	不平衡		兴奋型	胆汁质
	平衡	灵活	活泼型	多血质
		不灵活	安静型	黏液质
弱型			抑制型	抑郁质

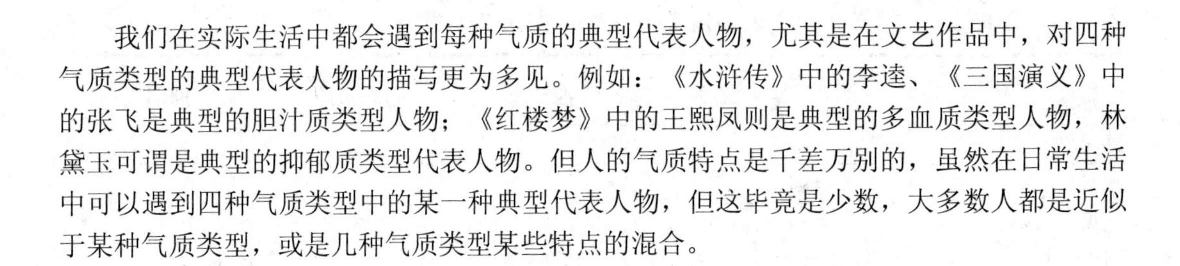

我们在实际生活中都会遇到每种气质的典型代表人物，尤其是在文艺作品中，对四种气质类型的典型代表人物的描写更为多见。例如：《水浒传》中的李逵、《三国演义》中的张飞是典型的胆汁质类型人物；《红楼梦》中的王熙凤则是典型的多血质类型人物，林黛玉可谓是典型的抑郁质类型代表人物。但人的气质特点是千差万别的，虽然在日常生活中可以遇到四种气质类型中的某一种典型代表人物，但这毕竟是少数，大多数人都是近似于某种气质类型，或是几种气质类型某些特点的混合。

三、气质的管理运用

气质对人的行为有一定影响。管理者应了解职工的气质，这对于选拔人才，搞好管理，充分发挥人的潜能等都有重要意义。

1. 如何理解气质与行为

1)　气质类型无好坏之分

任何一种气质都有其积极的方面和消极的方面，也就是说各类气质都有它的优点和缺点。社会的各个行业对人的气质提出的要求也是不同的。对体育活动来说，胆汁质、多血质、黏液质的人都可以从事，但适应的项目则不同。胆汁质的人容易兴奋，比较适合从事跳高、跳远、中短跑、拳击等要求爆发力强的项目。多血质的人适应性强，可塑性大，对艺术的感受较深、较快，所以除了上述的项目外，还可以从事击剑、武术、体操、跳水、花样滑冰等运动项目。黏液质的人，比较适宜于从事登山、长距离跑、棋类等对耐性要求高的项目。

2)　气质不影响人的成就价值

任何一种气质的人都可能在自己的活动领域做出成绩，气质并不决定一个人活动的社会价值和成就的高低。普希金有明显的胆汁质特征，赫尔岑是多血质，克雷洛夫为黏液质，果戈理是抑郁质。俄罗斯文学史上四大文豪不同的气质类型并不影响他们在自己的活动范围中取得杰出的成就。

3)　气质影响人的活动效率

气质虽然在人的实践活动中不起决定性作用，但是它可能影响人们实践活动的效率。例如，要求持久、细致的工作，对黏液质、抑郁质的人来说较为合适，而多血质、胆汁质的人较难适应。反之，要求作出迅速、灵活反应的工作，对于多血质和胆汁质的人较为适合，而对黏液质和抑郁质的人则难适应。

4)　气质影响人的情感和行动

气质对于形成和改造人的某种情感与行动特点，或个性特征等方面，都具有很大的影响，做管理工作和思想政治工作的都需要重视它。

2. 气质理论在管理中的应用

气质是一种比较稳定的心理特征，表现了人的心理活动动力方面的特点。管理实践表明，气质类型虽然不能决定一个人的社会活动的内容和方向，但是却能影响一个人的活动效率，往往同一种工作由不同类型气质的人来担任，其工作效率差异明显。所以，作为管理者，在组织生产、安置工作、选拔人才等方面，应该充分考虑到每个人的气质特点。

1)　普通职业对职工的气质要求

普通职业主要是指教师、医生、工程师、会计、售货员、车工、钳工、纺织工和服务行业的工作等。虽然在普通职业中气质对工作效率的影响不如特殊职业明显，但是这种影响也是存在的。有时候，职工的文化水平、身体素质、敬业精神几乎差不多，但其工作的适应性和工作结果却大不一样。例如：让一个黏液质的人去担任会计工作，他会轻松愉快，应付自如；若换上一个多血质的人去承担，他可能会为处理烦琐的日常事务忙得团团转，更可能由于粗心大意尽出差错。相反，若让一个黏液质的人来担任推销员，他将会遇到许多困难：为了与人打交道，他要培养自己的交际能力，语言表达能力，克服自己内向、冷淡的缺点，与多血质的人相比，他要经过更多的磨炼，付出更多的努力，才能胜任工作。所以，单凭工作热情不一定能产生好的工作效果，只有当人们的气质特点符合于某项工作时，才能加快工作的适应性，产生较好的工作效果。

在普通职业中，气质虽然能影响人们工作的适应性和工作效果，但其并不是关键性的因素，决定工作成败的关键是工作态度、技术熟练程度等因素。此外，气质不同的补偿作用，也会弥补某些缺陷，使人能较好地适应工作。例如：纺织挡车工，既需要稳定的注意力，发现细纱的断头，又需要注意力能迅速转移，以便同时照看多台纺织机。一个属于时液质的工人，他的注意力稳定，而注意力的转移却不够灵活，但可以通过注意力的稳定性补偿注意力转移不够灵活的缺陷；一个属于多血质的工人，他的注意力不够稳定，而注意力转移迅速、动作敏捷的优点补偿了注意力稳定性的缺陷。这样，不管他是黏液质还是多血质的气质类型，只要有敬业精神，都能很好地适应工作。

2)　特殊职业对职工的气质要求

特殊职业主要是指那些与紧张、冒险、动作变化迅速、责任重大相联系的职业，如：大型动力系统的调度员、高空带电作业的工作人员、飞机驾驶员、消防队员、矿坑救护员、特种部队的战士等。从事这类职业需要具备冷静、理智、胆大心细、临危不惧的心理素质，在气质上要求他们具备极其灵敏的反应，并在较长时间内能维持自己的身心紧张状态，这种情况下，气质特征决定着一个人是否适合从事这类职业。例如：一幢高层建筑失火，消防队员赶赴现场灭火，同时还要救护在高层楼上的人员，这时他不仅需要敏捷的身手爬上高层，同时也需要快速的反应能力应付随时可能发生的意外，需要勇敢胆大、处事果断的心理素质而不至在困难面前畏缩不前、犹豫不决。显然，具有抑郁质气质的人反应慢、行动迟缓、优柔寡断，是不可能胜任这类工作的。因此，在选择这类职业的工作人员时，首

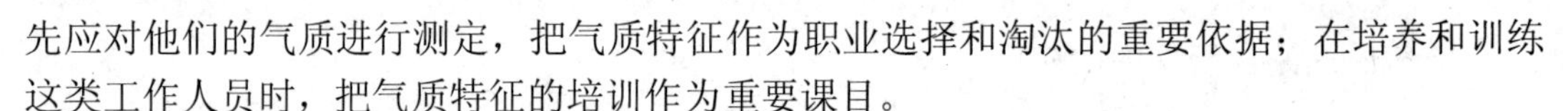

先应对他们的气质进行测定，把气质特征作为职业选择和淘汰的重要依据；在培养和训练这类工作人员时，把气质特征的培训作为重要课目。

3) 气质特征与思想工作

管理就是做人的工作，思想工作是管理工作的重要内容。为了做好这项工作，应当根据人们的不同气质特点，采取不同的工作方法。例如：对职工进行批评教育时就应考虑到不同对象的气质特征。一般来说，严厉的批评会促成胆汁质、多血质的人改正错误，而抑郁质的人由于心理承受能力差，严厉的批评只会加重他们的思想包袱，进而产生抵触情绪。相反，若采用细致的说服教育，则会产生较好的效果。所以做人的思想工作，必须根据各人的气质特点有的放矢、不能一刀切。

总之，人们应充分认识自己和他人的气质类型，在实际生活和工作中，发挥每类气质的积极的一面，有意识地抑制消极的一面，促使我们的心理健康地向高水平方面发展。

第六节　性格及行为

性格是人的个性中最重要、最显著的心理特征，在个性中起着核心作用，是一个人区别于其他人的集中表现。性格反映一个人最基本的精神面貌。

一、性格及特征

1. 什么是性格

性格是指人对现实的一种稳定的态度体系和习惯化了的行为方式，它是个性心理特征最主要的方面。在人的个性中，能力标志活动的水平，气质影响活动的方式，而性格则决定活动的方向。人与人之间的差别，首先就表现在性格上。例如：有的人开朗、活泼，有的人内向、冷静；有的人刚强果敢，有的人怯弱寡断等，这些都是不同性格的表现。

性格是具有核心意义的个性心理特征，它最能表现一个人的个性差异。在日常生活中所讲的个性，主要是指一个人的性格。

性格的形成不是一朝一夕的事情，遗传对性格有重要的影响，但是性格最主要还是在主客体的相互作用中，伴随着世界观的确立而形成的。人从幼儿时期起，家庭、学校和社会就不断对其施加各种影响，这些影响逐渐内化为个体的意识，并通过个体的认知、情感和意志等心理活动作出相应的、特定的行为反应。个体的反应系统逐渐在其心理结构中保留并巩固下来，就构成了个体一定的态度体系，这种态度体系又调整着个体的行为方式，构成个体待人、接物、处世的独特的心理面貌，这便是性格。性格是个体在较长时间的塑造中形成的，一旦形成就比较稳定，难以改变。

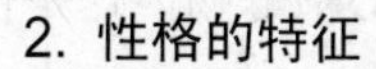

2. 性格的特征

性格是一种十分复杂的心理特征，它有着多个侧面，包含有多种多样的特征表现，其中主要可分为性格的态度特征、性格的意志特征、性格的情绪特征、性格的理智特征等。

1)　性格的态度特征

性格的态度特征是根据人们对现实事物的不同态度所作的划分，主要可分为：

(1)　对待社会、集体和他人的态度所构成的性格特征。如：是热情、正直、善良、同情，还是冷淡、虚伪、狡诈、无情等。

(2)　对待劳动、工作、学习的态度所构成的性格特征。如：是勤劳、认真、责任心强，还是懒惰、马虎、不负责任等。

(3)　对待物品的态度所构成的性格特征。如：是勤劳、节约、有条不紊，还是挥霍浪费、杂乱无章等。

(4)　对待自己的态度所构成的性格特征。如：是自尊、自信、谦虚，还是自卑、自弃、狂妄等。

2)　性格的意志特征

性格的意志特征主要表现为：

(1)　是否有明确的行动目标。如：是目标明确，还是一时冲动；是有独立见解，还是受人暗示等。

(2)　是否有很好的自我控制能力。如：是积极主动，还是消极破坏；是理智自制，还是情绪冲动等。

(3)　是否能在紧张和困难状态下镇定自如，不屈不挠。如：是勇敢大胆，还是畏缩胆怯；是沉着冷静，还是惊慌失措；是机智果断，还是优柔寡断等。

(4)　是否能坚持长期性的工作。如：是持之以恒，还是半途而废；是坚定不移，还是摇摆不定等。

3)　性格的情绪特征

性格的情绪特征可分为：

(1)　强度特征。表现为一个人受情绪的感染和支配的程度以及情绪受意志控制的程度。如有的人情绪强烈、稍加刺激便难以控制；有的人则情绪微弱，即使较大的刺激也难以产生情绪反应。

(2)　稳定特征。表现为一个人的情绪的起伏和波动的程度。如：有的人喜怒哀乐变化无常，情绪波动大；有的人则情绪深沉、稳定，情绪波动小。

(3)　持久性特征。表现为情绪对人的身心和生活活动所影响的持久程度。如：有的人情绪活动持续的时间长，早上生了气，晚上还拉着脸；有的人情绪活动时间短，刚才还在生气，一会儿就变得谈笑风生。

(4)　主导心境特征。表现为不同的主导心境在一个人身上的稳定程度。由于情绪活动的持续影响，常常使人们形成某种心境。如：有的人整天精神饱满、心情舒畅，这是快乐的心境；有的人整天心烦意乱、忧郁不安，这是忧伤的心境。

4) 性格的理智特征

性格的理智特征主要指人们在感知、记忆、想象、思维等方面表现出来的行为模式和态度特点。

(1) 感知方面。有的人主动观察，仔细、精确、独立判断；有的人被动感知，粗糙、模糊，易受人暗示等。

(2) 记忆方面。有的人善于形象记忆，有的人善于抽象记忆等。

(3) 想象方面。有现实的想象，有脱离现实的想象；有主动的想象，有被动的想象；有广阔的想象，有狭窄的想象等。

(4) 思维方面。有的全面，有的片面；有的灵活，有的呆板；有的独立思考，有的随声附和等。

二、性格的类型

性格的类型，是指在某一类人身上所存在的共有的性格特征。这是心理学家分析形形色色的性格并加以概括、归类的结果。关于性格类型的理论有许多，具体有以下几种。

1. 向性说

这是一种按照个体心理活动的倾向来划分性格类型的学说，最早由瑞士心理学家荣格提出。它把人的性格划分为内向和外向两种类型。性格内向的人，深沉、寡语、好幻想，内心活动丰富，为人处世小心谨慎，考虑问题冷静多思、反应慢，缺乏决断力，性情孤僻、不好交际，喜欢自我分析，有自我批评精神。性格外向的人，对外部事物容易产生兴趣、活泼、开朗，情感容易流露，处事果断、独立性强、不拘小节，喜欢交际，但比较轻率多变，缺乏自我分析和自我批评精神。

2. 独立说和顺从说

这是一种按照个体的独立性程度来划分性格类型的学说，最早由奥地利心理学家阿德勒提出。他根据个体具有竞争性的特点，把性格分为优越型和自卑型。在此基础上，一些心理学家根据个体的独立性程度提出了独立说和顺从说。独立型的人，个人信念坚定，习惯于独立思考并做出决断，不易被外界所干扰，喜欢把自己的意志强加给别人，紧急困难情况下沉着镇定、临阵不慌，敢于面对现实；顺从型的人，缺乏独立思考并做出决断的能力，易受暗示、轻信他人、屈从权势，紧急困难的情况下容易惊慌失措、逃避现实。

3. 机能类型说

这是一种以心理机能来确定性格类型的学说，最初由英国心理学家培因和法国心理学家里波提出。这种学说根据理智、情绪和意志三者在性格结构中所占的优势不同来确定性格类型。可划分为以下几种：

(1) 理智型。性格结构中理智占据优势。这种人遇事冷静，用理智衡量一切并支配行动。

(2) 情绪型。性格结构中情绪占据优势。这种人情绪体验深刻，行为主要受情绪影响。

(3) 意志型。性格结构中意志占据优势。这种人在活动中总是有明确的目标，意志坚强，行为主动。

此外，还有介于三者之间的中间型，如情绪—理智型，理智—意志型等。

以上是三种比较具有代表性的性格类型学说，此外还有特性分析说、血型说、体型说等。其中特性分析说按照性格的多种特性的不同组合，把人的性格分为不同的类型。由于这种理论把人的性格分为十几种性格特性，过于繁杂、不便于掌握，因而在管理实践中基本上不具备可操作性；另外，血型说、体型说主要是从人的生理特点上进行性格分类，没有考虑到性格产生的社会因素，缺乏足够的科学性。

三、性格与气质的比较

性格与气质是个性中既有区别又有联系的两个方面。在日常生活中，人们常常把这两种心理特征视为相同的概念，不加区分，这是不科学的。性格与气质的区别主要有：

(1) 气质比较多地受生物学制约，由遗传素质决定，变化较难、较慢；而性格是后天形成的，由生活实践决定，虽然具有稳定性特点，但比起气质来变化较易、较快。

(2) 由于气质基本上由一个人的生理特点所决定，所以不能给予好坏的评价，只有当气质的表现涉及人的社会关系时，才能评定这种品质是可行的或不可行的、有价值的还是没有价值的。人的性格既然是个人受社会制约的总体，便始终从社会方面获得某种道德评价的意义。

(3) 气质的某些品质和某些性格特征不是单方面的联系。相同气质类型的人可以形成互不相同的性格特征，不同气质类型的人又可以形成不同或相同的性格。

气质与性格又是有联系的。与其他心理现象一样，性格也是大脑的机能，其生理基础离不开高级神经类型。气质的生理基础与性格的生理基础之间密切地联系着，气质势必对性格产生影响。首先，某种气质可以有力地促使某些性格特征的发展。如胆汁质与多血质者比黏液质者容易形成果断、勇敢等性格特征，黏液质者比多血质者容易形成谨慎态度和坚忍精神。当然，这仅是指就一般情况而言，这一类联系也可能有例外的情况。其次，在性格的表现上带有各自的气质特点。比如，同具有勤劳性格品质，胆汁质者常常是情绪饱满，急切利索地去完成任务；多血质者往往兴高采烈，充满热情；黏液质者则可能是不动声色，从容不迫地工作；抑郁质者则经常表现出善于体察事物的细小变化，认真地、默默

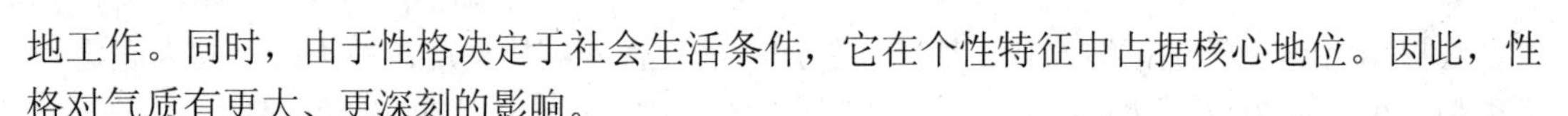

地工作。同时，由于性格决定于社会生活条件，它在个性特征中占据核心地位。因此，性格对气质有更大、更深刻的影响。

性格对气质也产生一定影响。性格可以在一定程度上掩盖或改造气质，使之符合社会实践的要求。例如，从事精细操作的外科医生应该具有冷静沉着的性格特征，在职业训练过程中有可能掩盖或改造容易冲动和不可遏止的胆汁质的气质特征。

四、性格的管理

1. 性格的表现与测定

一个人的性格总是通过一定的方式表现出来，一个人的性格表现，主要体现在：

(1) 外部活动。主要指人们的工作、学习、休闲娱乐活动。生活中人们活动方式、爱好往往有很大区别。如：有的人喜欢群体活动，有的人喜欢单独行动；有的人喜欢指挥别人，有的人则愿意接受指挥等，这些都可以反映人的性格。

(2) 言谈举止。指人们说话的风格、方式、态度以及说话的多少等。如：说话时，有的人夸张，有的人朴实；有的人高声喧哗，有的人轻言细语；有的人坦率，有的人委婉等。

(3) 外貌特征。指人的面部、动作表情、衣着、服饰的风格特征。如：有的人喜怒哀乐于形，面部表情丰富，有的人则感情深沉，不易外露；有的人服装鲜艳、与众不同，有的人则格调淡雅，着装平淡等。

由于人们的性格是复杂的，有时为了适应社会人们能够有意识地控制某些行为表现，使性格带有文饰性，这就使性格的测定和判断较为困难。为了选拔职工，分配工作，常常需要对职工进行性格评定。通常情况下人们往往根据自己经验去鉴定和推断一个人的性格，由于鉴定者本人的某些局限和偏见，错误很难避免，这就需要借助于科学的办法。性格鉴定的方法很多，如观察法、谈话法、调查法、作品分析法、个案追踪法、综合研究法等。

2. 性格在管理中的实践意义

性格反映着人的生活，同时又影响着人的行为方式，因此，了解人的性格，把握其变化规律，并预测其行为，在管理活动中有利于管理者做好管理工作，提高工作效率。主要表现在：

(1) 有利于处理管理者与被管理者的关系。管理者和被管理者相互了解性格，摸透对方的为人处世的方式，不仅有利于管理者因人制宜、因事制宜地做好组织的管理工作，而且有利于人们克服消极的性格品质，培养良好的性格，促进人才的健康发展。

(2) 有利于安排和分配任务。不同性格的人，就会有不同的态度和不同的行为方式。如果我们了解每位职工的性格，并尽量安排适合其性格特点的工作，这就有助于合理地安排和分配工作任务；会调动职工的工作积极性，有助于提高工作效率。同时，对员工性格

的预测还有助于在工作中采取必要的预防性措施，使工作得以顺利进行，免于遭受损失。

(3) 有利于群体成员的配置。管理者在考虑组织中职工的人才结构、年龄结构、专业结构、性别结构等时，同时注意职工中存在的性格差异，尽量做到最佳的性格结构组合，把不同性格的人才有机组合成心理包容、性格叠合、刚柔并济、动静相宜的软结构，使之产生互补叠加效能，也有助于提高工作效率。

(4) 有利于人员的选拔和录用。由于具有不同性格的人的行为方式不同，他们所适宜从事的工作也不一样，从事同一工作所获得的效益也有很大差别。一般来说，意志坚强、有坚定的信念、积极向上、活泼外向、善于独立思考和解决问题的人，适合于从事管理岗位，独立地负责一个部门的工作，或从事外事接待、公共关系方面的业务；而性格内向、做事深思熟虑、办事谨慎、自我控制能力强的人适合当参谋人员，或从事研究、产品开发、内部管理工作；至于独立性差、易受暗示、遇事无主见的顺从型人员适合于从事一般的具体工作。

(5) 有利于思想教育的开展。人的性格不同，接受别人意见的方式也不同，在做思想工作时，要根据不同的性格，采取不同的方式，对症下药。对理智型的对象，向他们提供大量事实真相的东西，设法使他们在工作中看到自身的缺点和不足，而不能采取不留情面的激烈批评。对于内倾型性格的人则要注意批评的时间、地点、方式，尽量采用启发、暗示的方式，批评的同时指出他们的优点，采取间接方式达到使他们转变思想的目的。

(6) 有利于个人不断陶冶、完善自我。一个具有坚强果断性格的人，能果断地处理自己工作和生活中的各种问题，能自觉地克服困难，达到既定的目标。一个具有良好性格的人，不但有助于工作、学习，而且有助于心理健康；反之则会影响工作和学习，甚至有害于身心健康。一个人了解了自己性格中的各种品质，就能自觉地陶冶自己的性格，促使性格向良好、健康的方向发展。

(7) 有利于人际关系的协调和社会的稳定。在群体或组织中，常常由于性格的影响，使集体不够和谐，家庭不够和睦，甚至经常发生矛盾和冲突，造成社会的不安定。因此，一个人应该培养明快、开朗、朝气蓬勃的性格，促进工作顺利地进行，促使家庭生活、集体生活的幸福与和谐。

本章小结

个性是指个体带有倾向性、本质的、稳定的心理特征的总和，是一个人的总体精神面貌。

需要是指人对某种目标的渴求和欲望。它是人作为有机体缺乏某种东西时产生的一种主观状态，是有机体对客观事物需求的反映。

动机就是推动人们去从事某项活动，达到某种目的的内在原因，即推动人们去行动的内动力。

人的行为产生过程就是指由需要诱发动机，再由行为到达到目标的循环过程。

态度是指个人对某一客体所持有的一种评价与心理倾向。

能力是人们成功地完成某种活动所必需的个性心理特征。

气质是个人具有的、典型的表现于心理活动中的速度和稳定性、强度和指向性等动力方面的特点。

性格是指人对现实的一种稳定的态度体系和习惯化了的行为方式，它是个性心理特征最主要的方面。

思 考 题

1. 什么是个性？它有哪些特点？
2. 影响个性形成和发展的因素有哪些？
3. 如何理解个性的发展过程。
4. 影响个性形成和发展的因素有哪些？
5. 联系实际，论述如何运用个性理论提高行为管理水平。
6. 简答需要的特点和类型。
7. 简答动机的来源和类型。
8. 简答态度的特性和形成过程。
9. 联系实际，论述态度的改变。
10. 简答能力及其分类。
11. 简答气质的特征及分类。
12. 简答性格及其分类。

本 章 案 例

先表扬，后批评，再表扬

元旦后的一天下午，刘主任来到A经理的办公室。进屋后刘主任径直走到A经理的办公桌前，把一本漂亮的小册子放在了A经理的面前，如释重负地说："A经理，你上次交代给我的重要任务完成了。我已经发下去了。机关每个办公室一本，基层每个单位10本，大家看后反映还不错。"

原来，A经理让刘主任把停办很长时间的内部月刊——《生活简报》重新办了起来，它内容丰富，积极上进，并且专门设"表扬专栏"，用来表扬爱岗敬业、成绩突出的员工，并刊登被表扬者的照片。在这期的《生活简报》中，就有一篇关于"财务科陈英华孝敬老人更爱岗位”的报道，在公司中引起了良好的反响。

看了新印刷的《生活简报》后，A 经理很高兴，他真诚地对刘主任说：“效率还是蛮高的嘛。真的要谢谢你。我来公司这半个月里，真够你忙的，事情一件接着一件，可把你累坏了，你要注意身体呀！”

“谢谢经理的关心。这些还不都是我应该做的。”刘主任谦虚地说。

同时，A 经理还提醒刘主任，《生活简报》要尽量多报道一些员工的名字，要让《生活简报》真正达到“表扬先进、提供信息、增长知识、激发干劲”的效果。

A 经理有一套自称为“先表扬，后批评，再表扬”的工作方法。“绝不可只批评，不表扬”和“绝不可当着别人的面惩罚员工”，是A经理严格遵循的两个原则。有一次，在工会组织的全公司员工文体大赛上，尽管办公室的小王在组织比赛的过程中出了不少差错，当时 A 经理仍鼓励他说：“你总体上做得还是不错的。”事后，即使当小王向 A 经理谈起，“我许多地方出了差错……”A 经理仍然对他讲：“让我们先来谈谈你哪些地方做得不错！”在表扬了小王的优点后，才提出一些批评性意见，之后又对他表扬一番。

(资料来源：作者根据相关材料整理而成)

案例分析思考题

1. 结合个性理论谈谈刘主任工作方法的特点。
2. 观察、分析身边人的气质、性格中的 1～3 种现象。
3. 回忆个人经历中的能力发展过程，总结提高能力的经验。

第五章

人 性 假 设

学习目标

通过本章的学习，理解“经济人”、“社会人”、“自我实现人”、“复杂人”假设的主要内容；把握“经济人”、“社会人”、“自我实现人”、“复杂人”假设基础上提出的管理措施；掌握“Z 理论”的主要观点和管理措施。

关键概念

人性(Humanism)　人性分析(Humanism Analysis)　人性假设(Human Nature Assumption)　经济人(Rational-economic Man)　社会人(Social Man)　自我实现人(Self-actualizing Man)　复杂人(Complex Man)　Z 理论(Theory Z)

“人性”是指人的本质属性。它是哲学、人类学、社会学、心理学、文学等许多学科研究的对象。组织行为学要研究人的行为规律，必然也要研究人性。人性研究在组织行为学的产生及发展中居于基础研究的地位。人性研究的结论，一方面受研究目的的影响，更重要的是它受生产技术发展水平和社会环境的影响，特别是受研究人员所持立场及世界观、研究方法的影响，因而会提出不同的观点。而当人的认识每前进一步、每提出一个新的观点，都会使组织行为学得出新的结论并向前发展。探讨人性，是我们学习组织行为学的出发点。

在如何看待人性的问题上，管理科学中曾提出过各种不同的与管理有关的人性假设，如西方人性分析中的“经济人”、“社会人”、“自我实现人”和“复杂人”等假设；在东方人性分析中的 Z 理论和我国的人性理论等。这些人性分析理论的内在变化都反映了管理领域对人性认识的发展过程。

第一节　“经济人”的假设及管理

“经济人”的英文是 Rational-economic Man，原意为“理性经济人”，也可称为“实利人”。

一、主要内容

从整个管理实践和理论的发展来看，关于“经济人”的假设比较早地就蕴涵在管理过程中。这也就是古典管理理论对人的基本看法，即认为人是一种经济动物，人的一切行为都是为了最大限度地满足自己的私利，人们工作的目的只是为了获得经济报酬。

从理论上看，“经济人”的假设起源于享乐主义和对交换理论的片面理解。英国早期的经济学家亚当·斯密曾认为：人的本性是堕落的，必须加以鞭策；人的行为动机起源于经济诱因，必须加以控制、计划、组织和激发，建立相应的管理制度；并且要以金钱和权力两者一起来维持工人对管理的服从和生产的效力。

后来，美国的麦格雷戈于1960年在他的《企业中的人性方面》一书中，对“经济人”的假设作了理论上的总结。麦格雷戈提出了两种对立的管理理论，即著名的X理论和Y理论。麦格雷戈本人主张Y理论，反对X理论，认为X理论就是对“经济人”假设的理论概括。麦格雷戈指出X理论的人性假设(“经济人”的人性假设)包括以下几个方面：

(1) 多数人天生是懒惰的，他们都尽可能地逃避工作。

(2) 多数人都没有雄心大志，不愿负任何责任而心甘情愿地受别人的指导。

(3) 多数人的个人目标都是与组织的目标相矛盾的，必须用强制、惩罚的方法，才能迫使他们为达到组织的目标而工作。

(4) 多数人干工作都是为了满足基本的生理需要和安全需要，因此，只有金钱和地位才能鼓励他们努力工作。

(5) 人大致可以分为两类，多数人都是符合于以上设想的人，另一类人是能够自己鼓励自己，能够克制感情冲动的人，而这些人就应担负起管理的责任。

二、管理措施

麦格雷戈还认为，X理论在管理实践中已经深深地影响了各种管理策略。但他又有保留地提出，X理论多少是有些道理的，如果没有一点实际证据的话，这种理论早就不存在了。

根据“经济人”的人性假设，在实际的管理工作中必然会采取一些管理的策略。总结管理发展过程中的实践经验，以“经济人”的人性假设为基础的管理措施有以下三方面的内容：

(1) 管理工作的重点在于提高生产效率，完成生产任务；对于人的情感和道义上应负的责任，则是无关紧要的。从这种观点出发，管理只重视是否能完成工作任务，而不需要考虑人的情感、需要、动机和人际交往等社会心理因素。由此可见，在这种思想指导下的管理方式只能是任务管理，管理就是计划、组织、指导和监督。

(2) 管理工作只是少数人的事情，与众多劳动群众无关。众多劳动者的主要任务就是听从管理者的指挥，完成工作任务。

(3) 在奖惩制度方面，采取“胡萝卜加大棒”的策略。一方面用金钱来刺激工人生产的积极性，另一方面对消极怠工的工人采取严厉的制度惩罚措施。

泰勒制就是以“经济人”人性假设为基础的管理制度的典型代表。

首先，泰勒进行严格控制、科学管理的出发点就是考虑如何提高生产效率。但是，泰勒在想方设法地提高生产效率的同时，对工人的思想情感漠不关心。泰勒甚至对于人不像牛那样愚蠢感到遗憾，他认为如果人像牛那样愚蠢，就可以让他们顺从地按照所设计的标准动作进行劳动，这样就能使生产效率更高。

其次，泰勒反对工人参加管理，他主张把管理者和生产工人严格分开。泰勒认为在大多数情况下，需要一部分人先去制订计划，另一类完全不同的人则只是去实施计划。

再次，泰勒所提倡的“计件工资制”则完全是依靠金钱来调动工人的生产积极性的。同时，泰勒提出对工人进行严格的管理，例如泰勒发现工人中有联合起来对付管理当局的倾向，就在其公司里明文规定，除了特殊批准之外，不得有四名以上的工人在一起工作，以减少工人对管理者的反抗。

对于“经济人”的人性假设及其相应的X理论，我们应该加以客观的、科学的评价。既要看到其合理性的一面，又要看到其局限性的一面。X理论曾经在20世纪初的欧美企业管理界风行一时，这种理论改变了当时放任自流的管理状况，加强了社会上对消除浪费和提高效率的关心，促进了科学管理体制、科学管理理论的建立。

但是，“经济人”的人性假设和X理论也有很大的局限性。正如以上所分析的，X理论把人看成是非理性的、天生懒惰而不喜欢工作的。在这种对人的基本估计上，“经济人”假设及X理论的管理是以金钱为主的机械的管理模式，这种管理从根本上否定了人的自觉性、主动性、创造性与责任心，只是片面地用强迫、控制、奖励与惩罚等措施，来达到组织目标。X理论及其管理模式的这些局限性在实践中极大地削弱了劳动者的生产积极性，是不能持久地提高劳动生产率的。

第二节 “社会人”的假设及管理

“社会人”的英文是Social Man，有时也被译为“社交人”。

一、主要内容

“社会人”的假设认为，人们在工作中得到的物质利益，对于调动人们的生产积极性只有次要意义，人们最重视的是在工作中与周围的人友好相处，良好的人际关系是调动人的生产积极性的决定性因素。

从理论上看，“社会人”的假设来源于由梅奥主持的霍桑试验。也可以说，“社会人”的假设引出了人际关系学说。当然，人际关系学说后来又被一些研究所证明。如，英国塔维斯托克人际关系研究所对煤矿的研究发现，在煤矿采用机械化长壁开采的先进技术后，本应提高劳动效率，但由于破坏了原来的工人之间的社会组合，使工人们难以保持有效的沟通和良好的工作关系，生产反而下降了。这些研究成果的共同结论是，人在工作中除了追求物质利益以外，还有强烈的社会需要。

二、管理措施

从“社会人”的假设出发，管理者在管理实践中所采用的管理措施与“经济人”假设条件下的管理措施有着很大的区别。主要表现为以下五个方面：

(1) 管理人员不应只注意完成生产任务，而应把注意的重点放在关心人和满足人的需要上。

(2) 管理人员不能只注意指挥、监督、计划、控制和组织等工作，而更应重视职工之间的关系，培养和形成职工对于组织的归属感和整体感。

(3) 在进行实际奖励时，提倡集体的奖励制度，而不主张个人奖励制度。

(4) 管理人员的职能也应该有所改变，他们不应该只局限于制订计划、组织工序、检验产品，而应该在职工与上级之间起到联络人的作用。在管理中，管理人员一方面要倾听职工的意见和了解职工的思想感情，另一方面要向上级反映职工的各种意见和要求。

(5) 提出了“参与管理”的新型管理方式。这种新型的管理方式就是让组织成员不同程度地参加组织决策的研究和讨论。后来，管理心理学的一些实验也证明了“参与管理”比传统的任务管理更有成效。例如，美国的斯凯伦计划就是参与管理的典型。斯凯伦原是帕帕因梯钢铁公司的工会工作人员。20 世纪 30 年代，美国发生经济危机，该公司几乎破产。这时，斯凯伦提出了他的改革方案，使公司得以扭亏增盈。斯凯伦计划的主要内容是成立劳资双方联合委员会，共同商讨企业中降低成本、提高产量和质量等重大问题，并发动全企业职工提出合理化建议；此外，还施行集体分红制度，对于超产部分按一定的比例作为职工的奖励。实行斯凯伦计划不仅增加了企业的竞争能力，提高了生产效率，使工人们增加了收入；更重要的是使工人们感到自己成为组织的不可缺少的一部分，整个企业的人都是为了共同的目的而工作的，从而形成了归属感，减少了工人与企业主的对立情绪。之后，美国的许多企业效仿施行了斯凯伦计划，也都在提高生产效率上收到了较好的效果。事实证明，参与管理是一种比传统的任务管理更有效的管理方式。

从“经济人”的假设到“社会人”的假设，从以工作任务为中心的任务管理到以人为中心的参与管理，这在管理思想和管理方法的发展上前进了一大步。这种管理是人性观改变的根本原因，在于社会生产力的迅速发展，以及企业之间竞争的加剧和劳资关系的紧张，使得管理者不得不重新开始认识管理中的“人性”问题。“社会人”的假设试图通过改善组织内部的人际关系，满足工人的各种需求，来促进劳动生产率的提高。在这方面，有许多组织的管理发生了变化，并收到了显著的效果。例如，日本的丰田公司就采用了参与管理的方法，组织了工人俱乐部，鼓励工人提合理化建议，即使公司不采用这些建议，也对提建议的工人给予象征性的奖励。还有许多企业在管理中，注重和职工们进行感情的交流，以满足工人的各种心理需求。如每逢职工生日时，公司就给职工送一份生日礼物；管理人员和工人们一起搞社交活动，以便与工人建立融洽的人际关系，等等。这些都较好地缓解了管理者和被管理者之间的一些矛盾，促进了劳动生产率的提高。

在我国的组织管理中，本来就有深厚的民主参与管理传统。随着改革开放和现代化建设的不断深入，参与管理的方法也发挥了更大的作用，并且在新的管理实践中不断地丰富、发展和完善，从而密切管理者和劳动者的关系，充分调动人们的劳动积极性，使劳动生产率迅速提高。

“社会人”的假设认为人与人之间的关系能够激发人的动机，促进人的积极行为，提高劳动效率，比单纯地使用物质奖励更为重要，这一理论对于我们在改革开放不断深入的状况下，进一步完善奖励制度有着重要的借鉴意义。

当然，我们也应该看到，“社会人”的假设理论还存在着一些缺陷，例如它对人的积极主动性及其动机研究还缺乏深度；并且它过于偏重非正式组织的作用，对正式组织的作用缺乏深入的探讨，等等。

第三节　“自我实现人”的假设及管理

“自我实现人”的英文是 Self-actualizing Man，也叫“自动人”。

一、主要内容

“自我实现人”这一概念首先是马斯洛提出来的。马斯洛认为：人类需要的最高层次就是自我实现。所谓自我实现，就是指人都需要发挥自己的潜力，表现自己的才能，只有人的潜力充分发挥出来，人才会感到最大的满足。而具有这种强烈自我实现需要的人，就叫做“自我实现人”。

“自我实现人”的假设是 20 世纪 50 年代由马斯洛、阿吉里斯、麦格雷戈等人提出来的。这种假设认为，人并无好逸恶劳的天性，人的潜力要充分挖掘，才能得以发挥，人才能感受到最大的满足。

马斯洛提出最理想的人就是“自我实现人”。他通过对社会知名人士和一些大学生的调查，认为“自我实现人”应具有15种特征，包括敏锐的观察力，有创造性，思想高度集中，不受环境偶然因素的影响，只跟少数志趣相投的人来往，喜欢独居，等等。但是，马斯洛也承认，在现实中这种人只是少数人，而多数人不能达到“自我实现人”的水平，其原因是受到社会环境的束缚，没有为人的自我实现创造适当的条件。

阿吉里斯则提出了人的个性从不成熟到成熟的理论。阿吉里斯在1957年连续发表的几篇论文里都提出了被称之为“不成熟→成熟”的个性理论。该理论认为，在人的个性发展方面，如同婴儿成长为成人一样，也有一个从不成熟到成熟的连续发展的过程，最后发展成为健康的个性。在这个发展过程中，人的个性从不成熟到成熟要发生7种变化。并指出，一个人在从不成熟到成熟的发展过程中所处的位置就体现了他“自我实现”的程度。这7个方面的变化是：①从被动到主动；②从依赖到自立；③从少量的行为到能产生多种行为；④从兴趣浅薄到兴趣深刻；⑤从目光短浅到远见卓识；⑥从服从地位到平等或优越地位；⑦从缺乏自我意识到具有自我意识。实际上，阿吉里斯的“不成熟→成熟”理论与马斯洛的“自我实现”理论有同样的含义，人的成熟过程就是自我实现的过程。同时，阿吉里斯也认为只有少数人才能达到完全的成熟。人之所以不能达到完全成熟，不能充分自我实现，都是由于受到了环境条件的限制。

麦格雷戈总结了马斯洛、阿吉里斯以及其他人的观点，结合管理问题，提出了Y理论。从其产生的线索来看，Y理论实际上是“自我实现人”假设的概括。

Y理论的基本内容主要是：

(1) 厌恶工作并不是普通人的本性，一般人都是勤奋的，如果环境条件有利，则工作会如同游戏和休息一样自然。

(2) 外来的控制和惩罚的威胁不是促使人们实现组织目标的唯一方法，人们在执行任务中能够自我指导和自我控制，从而完成工作任务。

(3) 在实现工作目标中，报酬起着作用，而报酬是各种各样的，其中最大的报酬是通过实现组织目标而获得个人自我满足、自我实现的需求。

(4) 一般的人在适当的条件下，不仅学会了接受职责，而且还学会了谋求职责。逃避职责、缺乏抱负以及强调安全感，通常是经验的结果，而不是人的本性。

(5) 大多数人在解决组织的困难问题时，都能发挥比较高的想象力、创造性和聪明才智。但是，在现代工业化的社会条件下，一般人的智能潜力只能得到部分的发挥。

以上所述，清楚地表明Y理论和X理论是根本对立的。

二、管理措施

根据“自我实现人”的假设和Y理论，在管理中管理的措施、管理的方法等都发生了相应的变化，其主要表现为以下四个方面：

(1) 管理重点的改变。“经济人”的假设只重视物质因素，重视工作任务，轻视人的作用和人际关系。“社会人”的假设则正好相反，重视人的作用和人际关系，而把物质因素放在次要位置上。“自我实现人”的假设又把注意的重点从人的身上转移到工作环境上，这里重视环境因素与“经济人”假设中重视工作任务不同，重点不是放在计划、组织、指导、监督、控制上，而是放在创造一种适宜的工作环境、工作条件上，从而使人们能在这种条件下充分挖掘自己的潜力，充分发挥自己的才能，也就是说，能够充分地自我实现。

(2) 管理人员职能的改变。从“自我实现人”的假设出发，管理者的主要职能既不是生产的指导者，也不是人际关系的调节者，而只是一个采访者。他们的主要任务在于如何为发挥人的才智创造适宜的条件，减少和消除职工自我实现过程中所遇到的障碍。

(3) 奖励方式的改变。“经济人”的假设依靠物质刺激来调动职工的积极性，“社会人”的假设依靠搞好人际关系来调动职工的积极性，这都是从外部来满足人的需要，而且主要是满足人的生理、安全和归属(交往)的需要。麦格雷戈等人认为，对人的奖励可以分为两大类，一类是外在奖励，如工资、提升、良好的人际关系等；另一类是内在奖励，内在奖励是指人们在工作中能获得知识，增长才干，充分发挥自己的潜力等。只有内在奖励才能满足人的自尊和自我实现的需要，从而极大地调动职工的积极性。因此，“自我实现人”的假设主张依靠内在奖励来调动职工的积极性；而管理的任务就是创造一种能使职工从工作中得到内在奖励的环境。

(4) 管理方式的改变。“自我实现人”的假设还要求管理方式和管理制度也作相应的改变。一般来说，“自我实现人”的假设要求管理方式和管理制度应该保证职工能充分地展示自己的才能，达到自己所希望的成就。这就要求管理者实行民主参与管理的方式和制度，给予职工一定的自主权，使职工参与一定的决策和实施，充分发挥职工的聪明才智和创造性。阿吉里斯曾在工厂里进行过自主管理的管理方式和管理制度的改革试验，结果证明，这样做既能满足工人们自我实现的愿望，又能提高生产效率。

总的来看，“自我实现人”的假设是社会生产力高度发展的产物，它是在社会生产发展到高度机械化的条件下提出的。随着社会生产的发展，各种工作日益专业化，特别是传送带工艺的普遍运用，把工人束缚在狭窄的工作范围内，工人只是重复简单而单调的动作，看不到自己的工作与整个组织任务的联系，工作的“士气”很低，影响着产量和质量的提高。正是在这种情况下，才提出了“自我实现人”的假设，提出了 Y 理论，并采取了相应的管理措施，使工人们的工作丰富化、扩大化，以此来调动工人的劳动积极性。

在“自我实现人”假设和 Y 理论之中，有一些值得我们借鉴的地方，如把奖励划分为外在奖励和内在奖励，可以促使我们进一步研究和发展管理中的各种奖励形式；再如要相信工人的创造性、独立性，为职工创造比较适当的客观环境和条件，以利于发挥个人的才能，等等。

但是，从理论上看，“自我实现人”和 Y 理论的人生观也是不全面的。首先不能绝对地把人看成是天生懒惰或者是天生勤奋的。同时，也不能把人的发展看成是一个自然成熟的过程，更不能把人无法充分自我实现的原因仅仅归咎于环境的束缚和限制。实际上，人的本性(本质)和人的发展主要是受社会影响的结果，特别是各种社会关系影响的结果。

第四节　“复杂人”的假设及管理

“复杂人”(Complex Man)的假设是 20 世纪 60 年代末至 70 年代初由沙因提出的。

在长期的管理实践和研究中，人们开始注意到，无论是“经济人”的假设、“社会人”的假设，还是“自我实现人”的假设，虽然各有其合理性的一面，但是并不适应于一切人。因为，人是非常复杂的，不仅人与人之间是不同的，而且每个人本身在不同的年龄、不同的时间和不同的地点也会有不同的表现；人的需要、潜力等，也是随着年龄的增长、知识的增加、地位的改变，以及人与人关系的变化而各不相同的。由此提出了“复杂人”的假设。

一、主要内容

“复杂人”假设的主要含义包括以下五个方面的内容：

(1) 人的需要是多种多样的，而且这些需要是随着人的发展和生活条件的变化而发生改变的。每个人的需要都各不相同，需要的层次也因人而异。

(2) 人在同一时间内有各种需要和动机，它们会发生相互作用并结合为统一的整体，形成错综复杂的动机模式。例如，两个人都想得到高额奖金，但是他们的动机可能不相同：其中一个人可能是想要改善家庭的生活条件，另一个人可能把高额奖金看成是达到技术熟练的标志。

(3) 人在组织中的工作和生活条件是不断变化的，因此会不断产生新的需要和动机。也就是说，在人生活的某一特定时期，动机模式的形成是内部需要和外界环境相互作用的结果。

(4) 一个人在不同单位或同一单位的不同部门工作，会产生不同的需要。例如，一个人在工作单位可能表现一般，但是在业余活动或非正式群体中却表现出众，使其社会交往的需要得到满足。

(5) 由于人的需要不同，能力各异，因此对于不同的管理方式就会有不同的反应，就不可能有一套适合于任何时代、任何组织和任何个人的普遍行之有效的管理方法。

根据“复杂人”的假设，人们提出了一种新的管理理论，即权变管理理论。所谓“权变”，是指管理者应根据具体情况，相应地采取适当的管理措施。由于权变管理理论既不同于X理论，也不同于Y理论，人们通常把它称为超Y理论。超Y理论具有权变理论的性质，是由摩尔斯等人分别对X理论、Y理论的真实性进行实验研究后提出来的。他们认为，X理论并非一无用处，Y理论也不是普遍适用的；而应该在管理实际中针对不同的情况，选择和交替使用X理论和Y理论，这就是超Y理论。

超Y理论的实质是，要求在管理中将工作、组织和个人三者作最佳的配合。其基本观点是：第一，人是怀着不同的需要和动机加入工作组织的，但是，最主要的需要是实现其胜任感。第二，胜任感人人都有，它可能被不同的人用不同的方法去满足。第三，当工作性质和组织形态能够适当配合时，胜任感最能得到满足，即工作、组织和人员间达到最好配合时就能引发个人强烈的胜任动机。第四，当一个目标达成时，胜任感可以继续被激励起来，目标已达到，新的更高的目标就又会产生。

二、管理措施

在管理实践中，从“复杂人”假设出发提出的权变管理理论，并不是要求管理人员采取完全不同于“经济人”、“社会人”、“自我实现人”这三种假设的新措施，而是要求根据具体人的不同情况，灵活地采取不同的管理措施。

也就是说，管理要因人而异，因事而异，不能千篇一律。具体可从以下三个方面分析：

(1) 可以采用不同的组织形式和结构来提高管理效率。组织性质不同，职工工作的固定性也会不同，因此，有的企业需要采用比较固定的组织形式，有的企业则需要采用比较灵活的组织结构。

(2) 应根据组织情况的不同，采取弹性、权变的领导方式，以提高管理的效率。在组织任务不明确、工作混乱的情况下，需要采取比较严格的管理措施，才能使生产秩序走上正规。反之，如果组织的任务清楚、分工明确，则可以更多地采取授权的形式，使下级可以充分发挥自己的能动性。

(3) 应依据客观观察，发现职工们在需要、动机、能力、个性之间的个别差异，从而根据具体情况，采取灵活多样的管理方法和奖惩方式，等等。

与“经济人”、“社会人”、“自我实现人”的假设及其理论相比较，“复杂人”的假设和权变管理理论或超Y理论含有较多的辩证法因素，它强调在管理中应根据不同的具体情况，针对不同的人采取灵活机动的管理措施。这是“复杂人”假设及其理论的精华之处，它对于我们当前的管理工作具有重要的启发意义。

但是，“复杂人”的假设及其理论也有着十分明显的局限性。例如，“复杂人”的假设及其理论过分强调个别差异，在某种程度上忽视了共性，其结果往往过于强调管理措施的应变性、灵活性，而不利于管理组织和制度的相对稳定；这种倾向也会导致否认管理规律的一般性特征，从总的来说不利于管理科学的发展。

综上所述，我们可以清晰地看出：在西方人性分析、人性假设以及相应的管理理论的提出中，有着一个逐渐发展的过程，这就是从“经济人”的假设，提出了X理论；从“社会人”的假设，提出了“人群关系”理论；从“自我实现人”的假设，提出了Y理论；从“复杂人”的假设，提出了超Y理论或权变管理理论。另外，西蒙等人还提出过决策人假设的理论。

这些人性假设和理论虽然都有各自的适用范围，有各自的局限性，但是，它们的产生和演化过程，都是适应社会生产力发展的需求并伴随着历史的发展而先后出现的，它们各自都在劳动组织的生产和管理发展中起过积极的作用。

当然，我们也应该看到，由于社会管理和人类本身的复杂性，历史上的任何关于管理和人性的理论都只能具有相对的合理性，因此，以上这些假设和理论的产生和存在，只是反映了一定历史条件下社会生产发展的客观要求。我们应该对这些假设和理论进行有批判的借鉴，以便更好地完善和发展有中国特色的组织行为学和管理学的研究和实践。

第五节　东方的人性分析

由于所处的地域文化背景不同，西方人和东方人的行为习惯有很大的不同。再加上经济发展的阶段有先有后，因此在东方组织管理中，人们对人性的分析有着其自身的特点。日本和我国同属于东方文化，以下主要介绍Z理论和我国的人性分析理论。

一、Z理论和文化人

Z理论是由美国日裔学者威廉·大内在1981年出版的《Z理论》一书中提出来的，其研究的内容为人与企业、人与工作的关系。在Z理论的研究过程中，大内选择了日、美两国的一些典型企业进行研究。这些企业都在本国及对方国家中设有子公司或工厂，采取不同类型的管理方式。

大内的研究表明，日本企业的经营管理方式一般较美国的效率更高，这与20世纪70年代后期起日本经济咄咄逼人的气势是相吻合的。大内因此提出，美国的企业应该结合本国的特点，向日本企业的管理方式学习，形成自己的管理方式。他把这种管理方式归结为Z型管理方式，并对这种方式进行了理论上的概括，称为“Z理论”。该书在出版后立即得到了广泛重视，成为80年代初研究管理问题的名著之一。

Z理论认为，一切企业的成功都离不开信任、敏感与亲密，因此主张以坦白、开放、沟通作为基本原则来实行“民主管理”。

大内把由领导者个人决策、员工处于被动服从地位的企业称为A型组织，他认为当时研究的大部分美国机构都是A型组织。A型组织的特点有：①短期雇用；②迅速的评价和升级，即绩效考核期短，员工得到回报快；③专业化的经历道路，造成员工过分局限于自己的专业，而对整个企业了解并不很多；④明确的控制；⑤个人决策过程，不利于诱发员工的聪明才智和创造精神；⑥个人负责，任何事情都有明确的负责人；⑦局部关系。

相反，他认为日本企业具有不同的特点：①实行长期或终身雇佣制度，使员工与企业同甘苦、共命运；②对员工实行长期考核和逐步提升制度；③ 非专业化的经历道路，培养适应各种工作环境的多专多能人才；④管理过程既要运用统计报表和数字信息等清晰鲜明的控制手段，又注重对人的经验和潜能进行细致而积极的启发诱导；⑤采取集体研究的决策过程；⑥对一件工作集体负责；⑦人们树立牢固的整体观念，员工之间平等相待，每个人对事物均可作出判断，并能独立工作，以自我指挥代替等级指挥。他把这种组织称为 J 型组织。

同时，威廉·大内对以美国为代表的西方和以日本为代表的东方这两种不同文化背景进行了比较研究。他认为每种文化都赋予其人民以不同的特殊环境，从而形成不同的行为模式。而社会组织发展的关键是创造出一种组织环境或气氛，使得具有高生产率的团体得以产生和发展。大内认为，应以美国的文化为背景、吸收日本式企业组织的长处，形成一种既能有高生产率，又能有高度职工满足的企业组织，他把这种新型的组织命名为 Z 型组织。

威廉·大内认为美国公司借鉴日本经验就要向 Z 型组织转化，Z 型组织符合美国文化，又可学习日本管理方式的长处，比如“在 Z 型公司里，决策可能是集体做出的，但是最终要由一个人对这个决定负责”。而这与典型的日本公司(即 J 型组织)做法是不同的，“在日本没有一个单独的个人对某种特殊事情担负责任，而是一组雇员对一组任务负有共同责任”。他认为“与市场和官僚机构相比，Z 型组织与氏族更为相似”，并详细剖析了 Z 型组织的特点。

考虑到由 A 型组织到 Z 型组织转化的困难，大内给出了 13 个明确的步骤，认为这个变革过程一般应如此进行：①参与变革的人员学习领会 Z 理论的基本原理，挖掘每个人正直的品质，发挥每个人良好的作用；②分析企业原有的管理指导思想和经营方针，关注企业宗旨；③企业的领导者和各级管理人员共同研讨制定新的管理战略，明确大家所期望的管理宗旨；④能过创立高效合作、协调的组织结构和激励措施，来贯彻企业宗旨；⑤培养管理人员掌握弹性的人际关系技巧；⑥检查每个人对将要执行的 Z 型管理思想是否完全理解；⑦把工会包含在计划之内，取得工会的参与和支持；⑧确立稳定的雇佣制度；⑨制定一种合理的长期考核和提升的制度；⑩经常轮换工作，以培养人的多种才能，扩大雇员的职业发展道路；⑪认真做好基层一线雇员的发动工作，使变革在基层顺利进行；⑫找出可以让基层雇员参与的领域，实行参与管理；⑬建立员工个人和组织的全面整体关系。

显然，威廉·大内的这一研究把人性和激励理论的研究推向了一个新的高度。

与此同时，在托马斯·J·彼得斯与小罗伯特·H·沃特曼合著的《成功之路——美国最佳管理企业的经验》(1982 年出版)一书中提出了“企业文化”。他们认为，企业文化在

管理要素结构中处于核心地位，它关系到企业的兴衰成败。他们所强调的企业文化是他们在美国的成功企业和日本的成功企业中发现的相同之处，处于这种企业中的人又可以称为“文化人”，即具有典型的文化模式的人。

二、我国的人性分析

我国对人性的探讨虽然古已有之，但受传统思想文化影响，大多谈论的无非是有关“忠、孝、节、义”等伦理问题，至于有关管理方面，虽有所涉及，但也与上述伦理思想息息相关。

1. 古代的人性理论

荀况在《荀子·性恶》中指出：“人之性恶，其善者伪也。”“今人之性，饥而欲饱、寒而欲暖、劳而欲休，此人之情性也。”他认为人的本性是恶的，而性善则是人为的。人的本性就是饿了想吃饱，冷了想穿暖，累了想休息，这些是人的性情。荀子的这种性恶论类似西方行为科学中的X理论。荀子还进一步指出：“若夫目好色、耳好声、口好味、心好利、骨体肤理好愉佚，是皆生于人之情性者也。”其大意是，眼睛爱看可爱的颜色，耳朵爱听悦耳的声音，嘴巴喜欢吃可口的食物，心里想着财利，身体喜欢舒适安逸，这些都是产生于人的性情。

孟轲在《孟子·告子上》中指出：“人之善也，如水之下也。”后人编的《三字经》认为：“人之初，性本善，性相近，习相远，苟不教，性乃迁。”孟子的这种性善论则类似于Y理论。孟母三迁的典故则说明环境对人性是有影响的。

在汉代，有人认为人性的善恶是混杂的，有点类似Z理论。而到了清代，王夫之又提出了人性“日生日成”的学说，即人的本性不是天生而成的，是随着时间的推移而发展的。他根据影响人的本性的理论，认为要教育、改造人的思想和行为，必须从改造现实环境入手，做好“适其性”的工作。

2. 现阶段的人性分析

新中国成立后，尽管政府采用各种手段以树立社会主义和共产主义人生观和人性思想，但总或多或少地在人们日常生产、生活中保留着传统的人性思想。

改革开放以来，随着经济的发展和向国际惯例的靠拢，国人的人性观念也在不断地变化，关于人性的讨论也越来越热烈。人们普遍感受到的是中国人在变，变得和20世纪50年代不一样了。对于中国人性的变化，要用科学的理论做指导来分析人性变化的原因和趋势。

现阶段的中国人性，其实质仍然是市场经济范畴属性的反映。人们的价值观、思想和行为免不了被打上市场经济的烙印。因为，市场经济就是以承认不同经济利益主体的存在为前提的，所以在社会主义市场经济条件下，人的利益首先是经济利益。因此，正确认识中国现阶段的人性，必须从个人的独立经济利益角度出发，才能深入下去。

市场经济的最根本特性是存在着商品生产者的特殊利益，这是商品经济发展的本质内因。所谓特殊利益，就是区别于他人的利益，或者确切地说，就是高于他人的利益。市场经济中的行为主体则努力依靠先进技术和科学管理使生产经营活动投入少、产出多。通过这一利益机制的作用，将导致商品经济的发展和社会生产力的发展。市场经济中的个人则更关注自身利益，追求自己的特殊利益。

这种利益观与20世纪五六十年代的利益观不同。在20世纪五六十年代，虽然承认个人利益，但是不存在个人特殊利益，而且强调个人利益寓于国家利益之中，管理者对职工的价值观也做了整齐划一的处理，这种利益观是当时物质生产方式与生活方式的反映。现在，国家的经济体制、生产方式变化了，人们的利益观、行为的基本动机和人性也必然相应地发生变化。人们开始调整与周围的人际关系、与社会的关系，开始了在个人利益驱动下的合理选择。对个人行为的约束则主要来自国家为保障国家整体利益和社会公众利益所制定的法律和政策。

认识中国现阶段的人性问题，必须结合中国的社会经济制度来考虑。现阶段除了个人的利益关系之外，我国的经济制度是以公有制为主导的多种所有制经济成分并存的制度，其本质上决定了现阶段存在着国家、集体、个人之间的相互关系。然而，市场经济是以承认不同经济利益主体的存在为前提的，就必然存在利益冲突。如何解决个人利益与公共利益的冲突，一般有这样几种解决方式：①两者兼顾，既保证社会公共利益，又获得个人特殊利益，这是协调的利益关系。②以不损害他人利益和社会利益为前提获得个人利益，这种利益关系基本上是协调的。③牺牲个人利益，保障社会公共利益，这种利益关系的解决倾向是大公无私、利他主义的，是社会所提倡的崇高的行为。④损公肥私，损人利己，为了个人利益而牺牲他人和社会的利益，这种利益关系的解决倾向是反社会，并为多数人所唾弃的。

以上四种解决个人利益与公共利益的冲突的方式，就是四种人性的具体反映。这四种人性在现实生活中可能会同时存在。我们的管理，包括思想政治工作、法律和政策、社会舆论等，其导向都应当是颂扬为公，反对和制止损公肥私、损人利己，同时也要承认和允许前两种选择的存在。这样才符合在中国现阶段经济基础上的人性要求。任何超越或滞后的人性认识都会塑造不合理的生产关系，反过来会影响生产力的健康发展。

本 章 小 结

以“经济人”的人性假设为基础的管理措施有：①管理工作的重点在于提高生产效率，完成生产任务。②管理工作只是少数人的事情，与众多劳动群众无关。③在奖惩制度方面，采取“胡萝卜加大棒”的策略。

以“社会人”的假设为基础的管理措施有：①管理人员应把注意的重点放在关心人和满足人的需要上。②管理人员更应重视职工之间的关系，培养和形成职工对于组织的归属感和整体感。③在进行实际奖励时，提倡集体的奖励制度。④管理人员一方面要倾听职工的意见和了解职工的思想感情，另一方面要向上级反映职工的各种意见和要求。⑤提出了“参与管理”的新型管理方式。

以“自我实现人”的假设为基础的管理措施有：①创造一种适宜的工作环境、工作条件，从而使人们充分挖掘自己的潜力，充分发挥自己的才能。②管理者的主要任务在于如何为发挥人的才智创造适宜的条件。③主张依靠内在奖励来调动职工的积极性。④实行民主参与管理的方式和制度。

以“复杂人”的假设为基础的管理措施有：①可以采用不同的组织形式和结构来提高管理效率。②应根据组织情况的不同，采取弹性、权变的领导方式，以提高管理的效率。③采取灵活多样的管理方法和奖惩方式。

东方的人性分析有：Z 理论和文化人、中国的人性分析。

思 考 题

1. “经济人”假设主要内容和管理措施有哪些？
2. “社会人”假设主要内容和管理措施有哪些？
3. “自我实现人”假设主要内容和管理措施有哪些？
4. “复杂人”假设主要内容和管理措施有哪些？
5. “Z 理论”的主要观点和管理措施有哪些？
6. 论述各种人性假设理论的思想渊源、时代背景以及对管理的启示。

本章案例(一)

××商厦的“无情”管理与有情“家庭”

坐落于天津市最繁华地带的天津××商厦，是集购物、娱乐、休闲、观光于一体的现代化多功能商业大厦。商厦自开业以来，倡导“视顾客如亲人、员工与企业共命运”的企业精神，秉承“以人为本、以客为尊”的服务原则，创造出了令人瞩目的经营业绩。1993年至2001年商厦累计完成销售额85.6788亿元、实现利润3.752亿元，在全国百家大型零售企业中名列前茅。

经过十几年商海锤炼的天津××商厦，已经焕发出成熟的风采。回首××商厦发展的历程，商厦总经理认为，他们之所以能取得骄人的业绩，关键是紧紧抓住了“领导”这个“牛鼻子”：一是有一个素质过硬、廉洁自律的领导群体。他们高度的责任感和良好的敬业精神，以及办事公道、清正廉明的品格，塑造了××商厦领导的良好形象。二是领导说话算数。各级领导都能严格贯彻规章制度，形成了优良的工作作风。三是融洽的人际关系。通过创造富于激励的工作环境，关心员工的疾苦，为领导作用的有效发挥奠定了坚实的群众基础。

一、以身作则

“创业之举在于勇，为政之本在于廉”。××商厦的决策者们深深懂得，廉洁问题历来是管理道德中最重要的规范，是领导者建立领导权威的基础，更是员工判别一个领导优劣的第一标准。因此，××商厦于1994年就规定了中层以上领导的“五不原则”，即不贪权、不贪钱、不贪杯、不贪色、不贪舞，并建立健全了一整套监督约束制度。商厦曾经两次发表了“致联营厂家的一封公开信”，向他们公布商厦的廉政规定，自觉接受联营厂家的监督。此外，商厦在各商场设立了廉政登记簿，制定了严格的登记制度，并规定：凡是领导干部参加各种会议而得到的礼物或厂家因在商场经营效益好而送来的答谢现金或物品，均要如数上交并登记在册。正是由于有了严明的纪律和规范的制度，近年来，中层以上的领导干部每年拒吃请、拒收礼品、礼金，折合人民币达几十万元。公生明，廉生威，商厦人正是凭借着“清廉从政，淡泊名利”的崇高思想境界，创造出一个又一个奇迹，同时涌现出一批廉洁自律的好领导。

原针棉商场张经理素有“黑包公”的绰号。针棉商场联营企业最多，个别不符合进场规定的厂家为了挤进这寸土寸金的大商场或为达到某种目的，总要想方设法通过张经理这一关。但无论是厂家业务员借过节之名送的螃蟹，还是有人深夜悄悄放到门口的日本原装录像机等大大小小、各式各样的礼品均被他一一退回。更难能可贵的是，滨江的领导不论走到哪里，都能做到严格自律。一次，张经理只身前往南方联系业务，当地的厂家要出资为张经理订高级宾馆，并派专人陪同时，这一切均被张经理婉言谢绝了。厂家觉得过意不去，提出陪他到附近的旅游景点玩玩，也被他以“工作忙，急于返津”推辞了。临行时，厂家为他准备了一些土特产品，也被他悄悄地留了下来。张经理的行为使厂家深受感动，他们致信商厦领导和上级主管部门，盛赞滨江的领导在市场经济条件下的这种廉洁自律精神。

施政于人，必先律己。这是××商厦高层领导达成的共识。正是由于他们处处以身作则，率先垂范，才使得廉洁从商在商厦蔚然成风。“一身正气做买卖，两袖清风创效益”已成为商厦领导者的座右铭和自觉的行动。

二、“无情”的管理

没有规矩，不成方圆。商厦为规范内部管理，制定了70多项总计达4万多字的规章制度。可是再完善的规章制度，如果不能严格地执行，也等同于虚设。特别是面对错综复杂

的人际关系、重重难破的人情网，规章制度的执行更是人们关注的焦点。有位管理人员自恃背后有靠山，对商厦的规定置若罔闻，经常与联营单位业务员在一起吃喝，视领导多次批评如耳边风。商厦总经理顶住各种压力将其除名，狠狠地“霸道”了一回。在开业两年多的时间里，就有 6 名不称职的中层领导受到解聘或留职察看的处理，30 多名员工因违纪受到离岗待业 1～3 个月的处罚，50 多名严重违纪的员工被责令限期调离、辞退或除名。

服装商场王经理也是一个极不“通情达理”的人，他着手制定的“百分管理处罚条例”将管理者和售货人员无情地“禁锢”在 3 章 18 款上，从进货、销售、服务到服装的穿着、标志的佩戴，稍有“走板”，无论是负责人还是普通售货员都会当场当众受到处罚。例如，有关部门在一次例行检查时发现，服装商场在管理上存在一些问题。王经理当众公布：根据条例，扣发自己奖金，所有部主任集体下岗学习半个月。年轻的部主任们感到十分委屈，心中愤愤不平：“因为这么一点小事要下岗，王经理也太不近人情了。”听说服装部主任都被责令下岗，就连检查工作的同志也坐不住了，找到王经理讲情：“实际上，我们发现的不算什么大问题，你抓一下就可以了。”对此，王经理却无动于衷，仍坚持自己的决定。他认真地说：“管理条例早就制定出来了，可问题仍然存在，如果我不严格处理部主任，就不可能管理好商场，那又怎么取信于消费者?”就这样，王经理陪着部主任们学条例、找差距、定改进方法，一直坚持了十几天，等大家思想通了，才又集体恢复了工作。

“霸道”的管理、无情的约束，规范了领导和员工的言行，培育出良好的职业道德，为消费者营造了一种温馨友情的氛围，也得到了社会丰厚的回报。自 1993 年以来，在全市范围内，××商厦的消费者投诉一直保持最低。

三、有情的“家庭”

××商厦的领导执行制度是冷酷无情的，但是，他们在处理人际关系时却处处体现着有情。在商厦高层管理工作纪要上，记录着这样一段话：“当员工把自己与企业紧紧拴在一起、默默地做着贡献的时候，领导需要把员工的冷暖放在心上。”

人都是有感情的，而建立感情的基础是相互间的沟通。几乎每个商场的经理办公桌里，都有一本员工情况簿，上面记满了每个员工的生日、家庭情况、上班路途的远近、家中是否有病人等情况。每逢员工生日，商场都要送上一盒精美的蛋糕；家中遇到什么难题，商场经理、部主任准会出现，千方百计地解除员工的后顾之忧。

商厦车缝商场青年员工侯凤林不足 1 岁的女儿因患脑积水高烧住院，而他爱人所在单位又不景气，面对高额的住院治疗费，小伙子愁得吃不好睡不好。此事被来商场检查工作的一位副总经理知道了，他当即掏出身上仅带的 50 元钱塞进小侯的手中，后又向总经理汇报了此事。10 分钟后，总经理召开了一次特殊的中层领导会，动情地对大家说：“企业如同一个家庭，员工就像家庭中的兄弟姐妹，现在员工有了难处，大家先把手头的工作放放，救孩子要紧。”说着，他带头拿出 100 元钱。就这样，从总经理、各部门经理到柜台内的售货员，凡是听到消息的人都慷慨解囊，很快 7000 多元的捐款就被送到侯凤林的手中。小伙子无声地哭了，他不知说什么好，他万没想到，一个普通职工的困难，会牵动商厦所有人的心。他在擦泪水的时候，心中暗暗发誓：今后将加倍努力干好自己的工作，将商厦人给予自己的那份情和爱，传递给每一位来商厦的消费者。

(资料来源：作者根据相关材料整理而成)

案例分析思考题

1. 分析××商厦的管理制度在企业发展中的作用。
2. ××商厦严格管理、温情关怀的做法印证了哪些人性分析理论？

本章案例(二)

杨总裁的管理风格

旭日公司总裁杨创认为，作为现代企业的领导，对待员工应该采取两种态度，那就是：仁慈与严明。他认为，仁慈的意思是仁爱、慈悲，也就是爱心及同情心，即任人唯贤，使人唯能，待人如亲，满足员工生存与事业发展上的需要；严明是严格与明确，对于企业的宗旨、信条是清清楚楚的，并且在平常的工作中，处理事情与人的个案时，始终根据同一标准、同一宗旨、同一信条，即要使大家明白确实要这样做。

杨创认为，只有条例而不执行，不叫严明；而如果管理者把仁慈用在不努力、作风差、工作吊儿郎当的人身上，公司就会出现混乱局面，工作也就无法开展。

杨创在实际管理工作中就是把仁慈与严明紧紧结合在一起，严而有度、仁而带情，使员工心服口服。

例如：一个 50 岁的职员，工作能力差，但在公司工作已经 10 年了，对公司有非常深厚的感情，而且由于年龄偏大，要离开公司另找一份称心的工作很难。最近一段时间，他屡屡被投诉，说其办事不力，对自己工作中的失误老是找借口。杨创认为，其虽然办事不力，但无破坏行为，可以通过再三教育，甚至警告，并指派专人帮助他提高业务水平，不作辞退处理。而另一个 38 岁的经理，工龄 10 年，曾为公司立下一些功劳，但现在却完全不负责任，常常不在岗位，屡被投诉，屡次谈话无效。杨创认为，公司不能无纪律，该经理谋生能力强，辞退对他是一种深刻的教育，可能这一教训会让他受益终生。

再如：一个部门经理，曾在公司工作 8 年，心地善良，工作负责，但头脑不够清醒，离开公司另外谋生，不如意后要求再回公司工作。杨创接受了。而另一分公司经理，工作满口怨言，喜欢评论上司缺点，工作讨价还价，当初要离开公司时，由于还没有找到接替他的人手，公司曾派人找其谈话，希望他能留任一段时间，但他还是跳槽走了，离开公司后，由于在新的单位工作不顺心，希望重新返回公司工作。杨创则没有接受。

杨创的看法是：对己要严，对人要宽；对近身要严，对远身可宽；对上要严，对下可

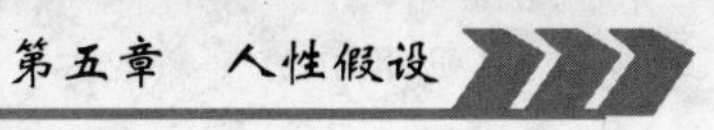

宽；对不善的人要严，对善者要宽；对搞小动作的人要严，对无心犯错者要宽；对自私自利的人要严，对大公无私者要宽；对搞派别的人要严，对无派别者要宽；对突出个人英雄者要严，对集体主义者要宽；对斤斤计较者要严，对通情达理者要宽；对不合情理的事要严，对合情理的事要宽；对搞形式主义者要严，对注重实效者要宽。

(资料来源：作者根据相关材料整理而成)

案例分析思考题

谈谈杨总裁的管理风格对你的启示。

第六章

群 体 行 为

学习目标

通过本章的学习，理解群体、群体规范、群体压力、群体凝聚力、群体士气、群体人际关系、群体冲突的含义；把握群体特征、群体形成的阶段、群体的类型、影响群体凝聚力的因素、群体冲突的类型；掌握群体作用、群体规范的影响因素、从众行为、对人际关系进行有效管理的方法。

关键概念

群体(Group) 活动(Activity) 相互作用(Reciprocity) 交往(Affiliate With)) 群体意识(Group Consciousness) 正式群体(Formal Group) 非正式群体(Informal Group) 初级群体(Primary Group) 次级群体(Subordinate Group) 群体规模(Group Scale) 群体结构(Group Structure) 群体动力(Group Power) 群体士气(Group Morale) 群体规范(Group Norms) 群体压力(Group Stress) 群体凝聚力(Group Cohesiveness)

群体是一种社会现象，任何个人都离不开社会和群体而孤立地生活，他总是生活在一定的社会组织中，隶属于一定的群体。个体构成群体，群体构成组织。因此，在研究了个体行为之后，还必须对群体行为加以研究。只有针对群体的各种心理现象，处理好群体内的矛盾和冲突，搞好群体内的沟通，改善协调好群体内的人际关系，才能建立起高效的工作群体，提高工作效率。

第一节 群体形成及类型

个体、群体和组织是不可分割的统一体。群体对于个体行为的形成和发展，对于组织行为都具有重大的影响。研究群体行为，首先应从群体的含义、作用、特征和类型入手。

一、群体的特征及作用

社会生活本质上是群体生活，社会群体是个人与社会联系的桥梁。人是社会的个体，

总是生活在一定的群体中。群体是人们在社会互动过程中形成的，家庭、社区、学校、单位、团体、朋友圈等都是群体。人在群体中，通过依靠他人来满足自身的物质需要和大部分的心理需要。因而群体在人们的生活中有着举足轻重的作用，人们无时无刻不生活在群体中，人们所属的群体塑造了其个性和行为，人们一生中的大部分日常活动是在群体中与他人一起度过的。

1. 群体的含义

群体是指两个以上的人组成有共同目的、相互依存、相互作用的集合体。一般说来，小至两个人以上组成的家庭，大至一个民族，都可以称为群体。

群体是人们通过相互交往形成的，由某种相互关系联结在一起的社会共同体。在这里，我们所指的群体，往往是那些比较具体，对人们的生活、工作有直接影响的群体，即小群体。

群体是一定成员的人群集合体，但并不是任意集中在一起的人群都可以被称作群体。公共汽车上的乘客，影剧院里的观众，商场、超市里的顾客，只是一般意义的聚集体，他们之间的关系只是临时性的，目的地一到或演出一结束，就各奔东西，所以不能称之为群体。

2. 群体的特征

群体具有不同于一般人群的特征，具体如下：

(1) 群体有明确的成员关系。群体中的成员关系是稳定而具体的，如家庭中的父子、母子关系等。特定社会群体有区别于其他群体的标志，他们自己称他们为该群体中的成员，并且，其他人也承认这一点，如某社区的住户，某公司的员工。

(2) 群体成员间有持续的相互交往。群体成员间的交往不是临时的，而是保持比较长久的、持续的、反复的社会交往。这种持续交往可以是面对面的直接交往，也可以是间接的交往。

(3) 群体有共同的群体意识和规范。群体成员在交往过程中，通过心理和行为的相互影响，会产生或遵守一些共同的观念、信仰和价值。群体成员间根据共同的兴趣或利害关系，会遵循一些模糊的或者明确规定的行为规范。群体在面临外部压力或内部冲突时，群体意识会表现地更加突出，会一致对外。

(4) 群体有共同活动和一致行动的能力。一个群体应该有固定的共同活动的场所，这样才能有一致行动的能力。如同一个单位人员在同一辆车上时，他们有共同活动的能力，就是群体。而公共汽车上的乘客、街上的人流，虽有共同活动的场所，但他们是临时集聚起来的，各怀目的，并不能一致行动，就不是群体。

3. 群体的作用

群体的作用可分为两大方面。

1) 完成组织交给的基本任务

一个较大的组织要有效地达到其目标，必须分工合作，把工作任务分配给较小的单位去进行。群体的作用就在于承担这些任务并合力完成。群体不是个体的简单相加，群体能将个体的力量整合成新的力量，起着放大的作用。完成组织交给的任务是工作群体的基本职能。

2) 满足个人的心理需求

个人有多种需要，有的可以通过工作来满足，有的则通过群体的组成来满足。概括地说，群体可满足个人的下列需求：

(1) 获得安全感。个体只有属于群体时，才能免于孤独的恐惧，获得心理上的安全感。

(2) 满足亲和的需求(或友爱与归属需要)。群体中的个体可以与别人保持联系，获得关心、认同与支持等。

(3) 满足自我确认的需求。个人参加到群体之中，不但可以体会到自己是社会的一分子，而且能够确认自己在社会中的地位。

(4) 满足自尊的需求。个体在群体中的地位，无论是职位上的地位或是心理上的地位(如受人欢迎、受人敬重)皆可满足其自尊的需求。

(5) 增加自信。在群体中，经过大家交换意见，得出一致的结论，可以使个体对社会情境中某些不明确、无把握的看法获得支持，增加自信。

(6) 增加力量感。在对付社会的敌人以及自然的敌人威胁时，群体可增加个人的安全感和力量感。

组织行为学家认为，任何一个群体作用大小，都可从两个方面加以衡量，即群体的生产性(创造成就的多少)和该群体对其成员心理需求的满足程度。实际上，这二者是相互制约、相互促进缺一不可的。

二、群体的形成

1. 群体形成的原因

群体是人类社会的一种普遍现象，自人类社会产生以来，人们就在相互交往中形成了众多的群体。而群体活动并非人类所特有的，其他动物也有这种生活特征。群体活动是整个动物界的一个较为普遍的现象。但是人类的群体与一般动物的群体有所不同，动物群体生活是遗传的结果；而人类群体生活主要是社会交往的结果，更具有社会性。从一定的意义上讲，人们通过一定的社会交往结成了固定的社会关系，而具有社会关系的人们进行共同活动的社会共同体就是群体。

任何一个群体的形成，都存在着相互联系的三个要素：活动、相互作用、感情。①活动。一个群体能够持续存在，必然会有各种各样的活动。群体只有通过一定的活动才能表明自己现实的存在。②相互作用。群体成员在活动中，彼此交往，通过语言和非语言相互之间的信息沟通，使彼此的行为发生相互影响、相互作用。③感情。在相互作用的过程中，群体内的成员之间以及成员与群体之间，会形成一定的思想情绪和情感反应，而且这种情绪和情感又会反过来影响群体的活动和群体成员之间的相互作用。形成群体的三个要素，它们之间是相互依赖、相互制约的。如图 6-1 所示。

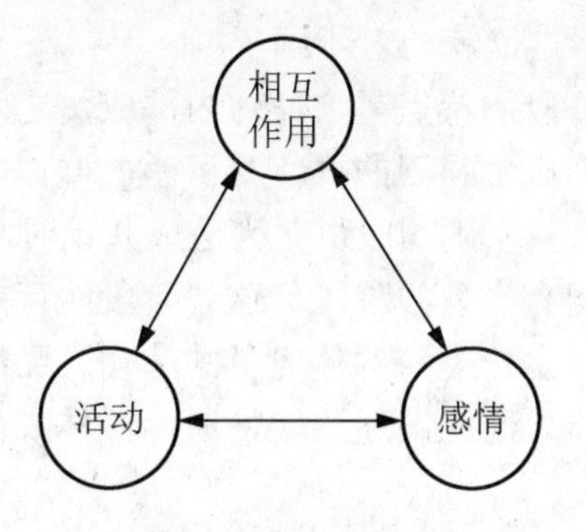

图 6-1 群体的组成要素

群体之所以形成，并得以存在的原因是：

(1) 群体是每个人进行社会化和生存的必要条件。换句话说，个体只有在群体中进行相互作用，才能形成社会化的人。个体在很小的时候，社会就期望他参与群体，学习群体规范；等到个体产生了明确的自主意识，他就开始自觉地参与社会群体。个体在社会文化的影响下所产生的对群体生活的倾向是群体形成的原因之一。

(2) 群体能够满足人类的众多需要。群体能使人们完成一件单个人所难以完成的事情。群体比个人能更有效地实现某种目的。此外，人是一种有丰富感情的特殊动物，他们需要得到情感上的满足，这种情感上的满足与互慰也只有在群体中才能得以实现。出于这种原因，群体才得以产生。

由此看来，群体是人们为了需要的满足而形成并得以存在的。

2. 群体形成的阶段

从 20 世纪 60 年代中期起，人们大都认为群体的形成发展要经过 5 个阶段，这 5 个阶段依次是：形成阶段、震荡阶段、规范化阶段、执行任务阶段、中止阶段。如图 6-2 所示，

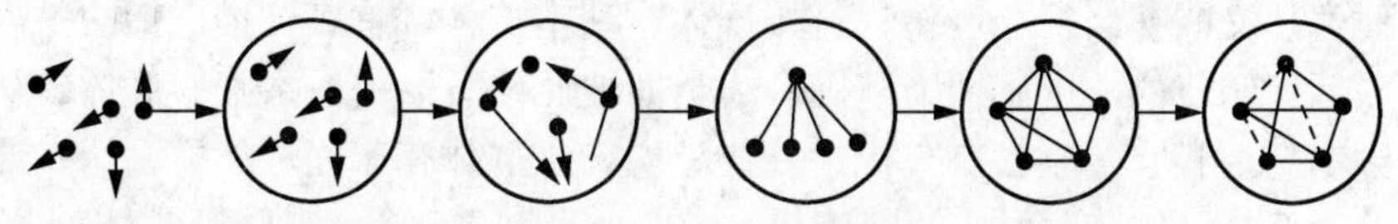

图 6-2 群体发展的五阶段

群体每一阶段的特点是：

(1) 形成阶段，其特点是，群体的目的、结构、领导都不确定，群体成员各自摸索群体可以接受的行为规范。当群体成员开始把自己看做是群体的一员时，这个阶段就结束了。

(2) 震荡阶段，其特点是，群体成员接受了群体的存在，但对群体加给他们的约束，仍然予以抵制，处于群体内部冲突阶段；而且，对于谁可以控制这个群体，还存在争论。这个阶段结束时，群体的领导层次就相对明确了。

(3) 规范化阶段，这个阶段的特点是，群体内部成员之间开始形成亲密的关系，群体表现出一定的凝聚力；这时会产生强烈的群体身份感，群体成员之间的友谊增强；当群体结构稳定下来，群体对于什么是正确的成员行为达成共识时，这个阶段就结束了。

(4) 执行任务阶段，也叫有作为的阶段。这一阶段的特点是，群体结构已经开始充分地发挥作用，已被群体成员完全接受；群体成员的注意力已经从试图相互认识和理解转移到完成手头的任务；群体成员之间的沟通比较畅通，群体成员共同参与决策，共同完成目标任务，追求好的绩效。

(5) 中止阶段，对于长期性的工作群体而言，执行任务阶段是最后一个发展阶段，而对暂时性的委员会、团队、任务小组等工作群体而言，因为这类群体要完成的任务是有限的，因此，还有一个中止阶段。在这个阶段中，群体开始准备解散，高绩效不再是压倒一切的首要任务，注意力放到了群体的收尾工作上。这个阶段，群体成员的反应差异很大，有的很乐观，沉浸于群体的成就中，有的则很悲观，惋惜在共同的工作群体中建立起的友谊关系不能再像以前那样继续下去了。

三、群体的类型

现实生活中，群体的类型是多种多样的，根据不同的分类标准可以将群体划分为许多不同的类型。由于人们对群体含义的理解不同，以及研究的角度不同，因而对群体进行分类的方法也各不相同。常见的群体分类方法有以下几种。

1. 初级群体与次级群体

根据群体成员间关系的亲密程度，可把群体分为初级群体和次级群体两种。

初级群体，又叫初级社会群体、直接群体、基本群体或首属群体，指的是人们通过直接的社会联系而结成的，以感情为基础，成员间彼此熟悉，关系亲密的群体。初级群体其成员交往频率高，相互关系具有直接性。典型的初级群体有家庭、邻里、朋友群等。社会中以共同的爱好、兴趣自发形成的团体，如兴趣小组、读书会、球队等就是属于初级群体，正式组织中的友谊型群体，如部队里的战友群、公司里的朋友群等也属于初级群体。

次级群体，又叫间接群体或次属群体，指的是人们通过间接的社会联系而结成的，为了某种特定的目标集合在一起，通过明确的规章制度结成正规关系的群体。在这类群体中，

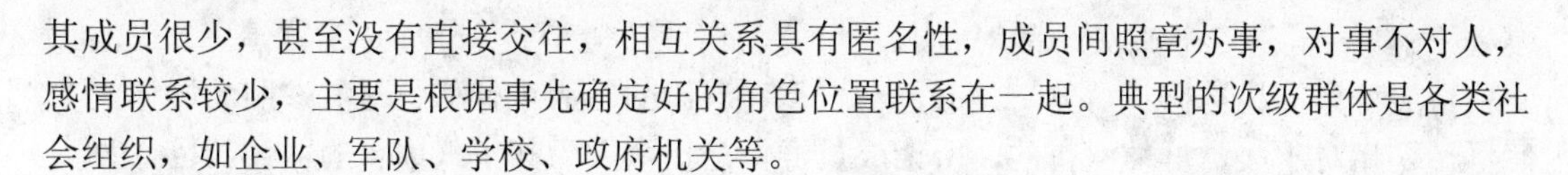

其成员很少，甚至没有直接交往，相互关系具有匿名性，成员间照章办事，对事不对人，感情联系较少，主要是根据事先确定好的角色位置联系在一起。典型的次级群体是各类社会组织，如企业、军队、学校、政府机关等。

2. 正式群体与非正式群体

根据群体中社会关系的规范化程度及其成员的互动方式，可把群体分为正式群体和非正式群体。

正式群体是指人们对成员的地位和角色、权利和义务都有明确并多是明文规定，有相对固定的成员及规模的、为实现某一特定任务而有目的地组织起来的群体。如学校、公司、工厂中的车间和科室等都是正式群体。一般来说，正式群体是组织结构确定、职务分配很明确的群体，成员间的互动采取制度化、规范化的方式，成员间的权利义务及彼此间的关系都很明确，通常有书面形式的规定。

非正式群体是指那些靠爱好或兴趣自然联系起来、自发产生的，无正式规定的，成员的地位与角色、权利和义务都不明确的群体。非正式群体没有正式结构，只是由于个人间的喜好、志趣，为了满足社会交往的需要而自然形成的，其规范化程度低，成员间的交往方式随意、自由，成员间的权利义务及彼此间的关系并没有明确的成文规定。如老乡群、同学群、同事群等都是非正式群体。在正式组织中的正式关系之外组成的关系较亲密的小群体一般也是非正式群体。

在正式群体中，非正式群体的存在是明显的。非正式群体之所以出现和存在，在于它能满足人们的某些需要。一般来说，当非正式群体的组织结构与正式群体一致时，或者当非正式群体的目标与正式群体的目标一致时，它就会促进正式群体的存在和发展。反之，则会引起两种群体间的冲突，一旦非正式群体拥有足够的力量，它会明显地阻碍正式群体的正常活动。

3. 内群体、外群体和参照群体

根据成员对群体的心理归属，可把群体分为内群体、外群体和参照群体。

内群体,也叫所属群体、我群体，是某些人们所属的群体，是成员自觉认同并归属其中的群体。在内群体中，人们有着密切的利害关系和较强的同类意识，成员间容易认识和了解，能够相互爱护和关心，生活其中感觉自由自在，人们在群体中获得自己的利益和情感。人的日常生活一般以内群体为中心。

外群体，也叫他群体，是人们所不属的群体，即内群体之外的一切其他“别人”的群体。人往往认为其他任何外群体都不及自己的内群体，所以外群体对于人来说，没有与他们相关的密切的利害关系，因此，人们对这些群体往往抱以冷淡、怀疑、蔑视甚至敌视的态度。当面临外界的压力和竞争时，这种心理情绪会变得更加明显。如当本单位和其他单位比赛时，本单位成员会极力维护本单位的荣誉，以本单位荣誉为荣，即使有再要好的朋友处于外群中，也会暂时处于敌对状态。

参照群体，也称假设群体，是人们对自己和自己的行为进行估价时所参照的群体。参照群体是相对于成员群体而言的，所谓成员群体是指个人为其正式成员的群体，也称为实际群体或实属群体。参照群体不一定是成员所属的群体，但是通常被人们用来作为某种参照对象，并会对人们的态度、认识产生重大影响。因此，参照群体实质上是个人自觉接受其规范准则并以此来指导自己行为的群体。如某人进入部队当了兵，但他一直喜欢搞文学创作，常常与一些作家交往，久而久之，他便把当作家作为自己的目标，并仿效作家的行为方式。作家群体便是此人的参照群体。由于人们的需要、兴趣、爱好、环境各不相同，因而对于不同的人会形成不同的参照群体。

4. 血缘群体、地缘群体、业缘群体、趣缘群体、志缘群体

以上的分类法都是从个人出发来对群体进行分类的。而从社会的角度对群体进行分类，依据群体形成及群体中成员间发生人际关系的原因和性质可以把群体分为血缘群体、地缘群体、业缘群体、趣缘群体、志缘群体。

血缘群体是基于婚姻和生育关系而结成的群体。这是一种成员间因血统或生理联系而形成的群体，基本形式包括家庭、家族、氏族、亲属群体等。从历史发展过程看，血缘群体历史最为悠久，家庭是最早出现的人类群体形式，人类最早出现的群体活动就是在血缘群体特别是家庭中进行的。

地缘群体是基于成员间空间或地理位置关系而形成的群体。这是一种成员间因长期相邻居住而结成的群体，基本形式是邻里、乡邻、村落。从历史发展过程看，地缘群体的出现比血缘群体要晚，人类采取定居形式后才出现地缘群体。因此，地缘群体是第一次社会大分工的产物，由于农业与畜牧业的分工带来了农业的发展，而农业的发展又以土地为基础，这样，人们为了谋得生活资料就必须以土地为纽带而结成共同群体。

业缘群体是基于成员劳动与职业间的联系而形成的群体，这是一种成员间因劳动的分工协作而结成的群体，基本形式包括各式各样的经济组织、政治组织等，是社会分工的产物，是现代社会中居于主体地位的社会群体。

趣缘群体是基于成员间的兴趣相同而结成的群体，这是一种成员间因兴趣、爱好等因素而结成的群体。它是社会发展的产物，随着社会生产力的发展和社会物质财富的增多，人们在基本满足物质生活需要的基础上产生了对精神生活的需求，为此人们结成了各式各样的群体，如人们下棋、养花、养鸟、打牌等的娱乐群体。这种群体的特点是其结构较松散，活动的时间也较分散，一般活动在节假日、星期天及其他闲暇时间进行。

志缘群体是基于成员间的志向或信仰相同而结成的群体，这是一种成员间因追求某种理想而结成的群体，基本形式有社团、党派等组织。如中国共产党正是为了追求共同的志向，向往共产主义并努力去实现这种目标而组成的，广大党员为了实现这种共同的美好志向而团结奋斗。

关于群体的分类还有其他许多标准，如根据群体容量可以分为小群体、中群体、大群体；根据群体持续性可以分为暂时的群体、持续的群体、永久的群体；根据群体内容可以分为单功能群体、多功能群体、超功能群体等。

第二节　群体动力与群体行为

一、群体动力论的基本思路

群体动力理论是研究群体行为的理论。关于群体动力的研究，最早起源于德国心理学家勒温。

勒温认为，人的心理与人的行为决定于内在需要和周围环境的相互作用。当人的需要未得到满足时，会产生内部力场的张力，而周围环境因素起着导火线的作用。人的行为动向取决于内部力场与情景力场(环境因素)的相互作用，而主要的决定因素是内部力场的张力。“场”是借用物理学中“磁场”的概念。根据“场”理论，勒温提出了他著名的行为公式即：人的行为是个人与环境相互作用的函数或结果。用公式表示则为：$B=f(P \cdot E)$。其中 B 是人的行为，P 是个人，E 是环境，f 是函数。

勒温关于“场”理论的研究最初只限用于个体行为的研究。他移居美国后，把“场”理论应用于研究群体行为，提出了“群体动力”概念。所谓群体动力是指群体活动的动向。研究“群体动力”就是要研究影响群体活动动向的诸因素。勒温在他的著作《群体动力学的新领域》、《群体决策和社会变革》中，用“场”理论和力学的概念，说明群体成员之间各种力量相互依存和相互作用的关系，认为群体行为正是在这些关系中形成的。群体对个体能产生巨大的影响，个人在群体中会产生不同于处在单独环境中的行为反应。

勒温认为，人们结成的各种群体，不是静止不变的，而是处于各种因素不断相互作用和相互适应的过程中，因此，群体的行为并不等于群体中各个成员个人行为的简单的算术之和，而会呈现出一个新的行为状态。通过协作活动所产生的力量，会超过单个人单独活动的力量总和，这就是群体的作用，它有将个体力量聚合成新的力量的功能。

勒温首创的群体动力理论，是从动态和系统的观点，分析了群体中人和环境两方面的许多因素，诸如群体规范、群体压力、群体凝聚力、群体士气、群体冲突、人际关系、群体规模、群体决策和群体沟通等。群体动力既是上述各方面的相互作用，也包括群体成员之间关系的变化和协调过程。

群体动力理论不仅对于组织行为学的形成和发展有很大影响，并且对于研究群体行为作出了直接的贡献。在群体动力论发表之后，勒温和他的学生建立了“群体动力研究中心”，对于影响群体行为诸因素进行了详细地研究，构成了组织行为学有关群体心理与管理的基本内容。

因此，本节主要从群体规范、群体压力、群体凝聚力、群体士气等方面分析群体行为。而在后面的几节中从群体人际关系和群体冲突等方面分析群体行为。

二、群体规范与群体行为

1. 群体规范的含义

所谓群体现范是由群体成员们所确立的标准化观念和行为准则,它对群体成员的行动有着重大的影响，起着约束成员行为的作用。

群体的规范可能是正式的、明文规定的，例如职业道德手册、岗位规范、标准的操作规程等。但大部分群体规范是非正式的、约定俗成的。例如在轮班制的车间里，前一班在下班前十多分钟就停止工作，对现场进行整理，为下一班工人的工作创造必要的条件。如果没有这样的规范，必然会引起前后两班工人之间的矛盾和冲突。

群体规范一经形成，都会有效地发挥其作用：规范指导成员的行为朝向群体的目标。作为群体的一员，都被期望着遵循大家提出的规范，任何违背规范的行为都将受到排斥或口头攻击。任何群体都有规范，否则，群体将难以存在下去。管理人员应该注意群体的规范是否与组织目标一致。

群体规范通常是逐渐形成和改变的。随着群体成员认识到某些行为将影响完成群体目标后，他们就会为这些行为确定一个期望的标准。在一般群体中，有些规范是很快就能被确定的，例如一个委员会群体可以立即规定每一个成员都得准时到会，不得无故缺席。

群体规范特别是非正式群体的规范的形成，受模仿、暗示、顺从等心理因素的制约，是在暗示、模仿、顺从的基础上形成的。群体存在的重要条件之一是它的一致性，这表现为群体成员的行为、情绪和态度的统一。在群体成员相互作用的条件下，会发生一种类比过程，即彼此接近、趋同的过程。这是由于相互模仿、受到暗示、表现出顺从造成的。在模仿、暗示、顺从的基础上会形成群体的规范。

群体规范所规定的人们行为变化的范围各不相同。一般来说，群体舆论认为越是重要的规范，对于违反规范的容忍程度也就越小。例如，如果企业中一个质量管理小组召开会议，小组成员迟到几分钟是可以容忍的；而如果职工不按时上班，则是不能容忍的。

群体中对于违反规范给予制裁的严格程序也可能是各不相同的。例如，如果是工作中的新手违反规范，可能只给予较轻的制裁或不给予制裁，但对“明知故犯”者则要给予较严厉的制裁。

2. 群体规范的影响因素

群体规范的建立和发展受其他的因素影响。具体如下：

(1) 个体的特征。群体成员智力越高，他们就越不愿意建立和遵循规范。例如，比起工厂里流水线作业的班组，一个科研小组更不容易形成行为的规范，因为后者往往更倾向于有自己独特的价值观、人格和动机等。

(2) 群体的构成。同质群体比异质群体更容易确认规范。

(3) 群体的任务。如果任务较常规、清楚，那么规范容易形成。

(4) 地理环境。如果成员们工作地点距离近，相互作用机会多，则容易形成规范。

(5) 组织规范。多数群体规范与组织规范是一致的，但如果群体成员不赞成组织的规范，他们就会发展与组织相对抗的规范。

(6) 群体的绩效。一个成功的群体将维持现有的规范并发展与其一致的新规范。而一个失败的群体将不得不改变有关的规范，而重建一些可能导致好结果的规范。

3. 群体规范的功能

一般来说，群体规范具有多方面的功能：

(1) 评价判断功能。群体规范是群体成员的行动准则，因此，群体成员要以群体规范来评价自己和其他成员的行为。由于各个群体有不同于其他群体的规范，所以对同一种行为，不同的群体将做出不同的评价。偷盗为一般群体所不齿，但在盗窃群体中，却被视为"正当"之举。

(2) 行为导向功能。群体规范引导群体成员为满足需要所采取的方式和相应的行为目标，从而规定了群体成员日常生活的方式，并限定了群体成员活动的范围。这就是说，群体规范使群体中的个人了解到，为满足个人的某项需要，应该做什么和不应该做什么。

(3) 群体支柱的功能。群体规范是一切社会群体得以维持、巩固和发展的支柱。群体规范越能被群体成员所一致接受，群体成员之间的关系就越密切，群体也就越团结，在言论和行动上就能保持相当的一致性，互相交流和传递信息、经验和情感就能畅通无阻。这将使群体的活动正常进行。

(4) 对群体成员的约束功能。群体规范的约束作用主要表现在群体舆论中。这种群体舆论是大多数成员对某种行为的共同评论意见。当某些成员的行为举止与群体规范相矛盾时，多数成员会根据群体规范对这种行为作出一致的判断或结论。这种带有情绪色彩的共同意见，对个人行为具有约束作用，使其不至于违反群体规范。

(5) 行为矫正功能。群体成员如果违反了规范，就会受到群体舆论的压力，迫使他改变行为，与群体成员保持一致，因而群体规范具有行为矫正的功能。

4. 群体规范的管理

作为管理者，应强化那些符合组织目标的群体规范，而削弱那些不符合组织目标的群体规范。

如果要强化群体规范，可以遵循如下原则：①向群体成员解释群体的规范和他们的愿望基本一致；②奖励那些遵循群体规范的成员；③帮助成员了解他们是怎样为完成群体目标作贡献的；④在建立规范时，给所有成员发言的机会，因为只有自己建立的规范，自己才更愿意遵守；⑤让成员知道，不遵守群体的规范将受到驱逐，但也原谅悔过的成员。

如果要削弱群体的规范，可以采用如下手段：①找出志同道合的成员，与他们联合起来反对群体规范；②与志同道合的成员讨论你的观点和计划，与他们建立联合阵线；③防止内部分歧；④坦言你的所作所为，不怕压力；⑤宣传与你合作的好处与回报。

三、群体压力与群体从众行为

1. 群体压力的含义

群体压力是指群体对生活、工作在其中的成员的特有的约束力。群体对其成员的影响，主要通过群体的规范、风俗习惯、舆论等对个体的行为产生一种压力。当个体在群体中与多数人发生某种分歧或出现某种不一致时，他就会感到这种群体压力。

群体压力虽然不像权威和命令那样，由上而下地强制性地改变个体的行为，但却能使个体在心理上难以违抗，从而顺从大多数人的意志，产生从众行为。

2. 从众行为的心理基础和分类

所谓从众行为，是指个体与群体中多数成员意见和行动不一致时，常不自觉地感受到群体的影响与压力，而在知觉、判断和行为上表现出与多数成员相一致的现象。

1)　从众行为的心理基础

从众行为具有一定的心理基础。其中主要有：①掌握的信息的多少。一般来说，对某个方面的信息掌握得比较多，那么在这个领域就不容易发生从众行为。反之，则容易发生从众行为。②对群体规范的认知度和遵守习惯。个人认为群体规范是正确的，应当遵守的，并逐渐地把群体规范内化为自己的行为准则和本能遵守的习惯，其从众度就高。③对群体的信任度。个体越相信、越依赖群体，自己的信心和独立性就越弱，也就越有可能从众。

2)　从众行为的分类

从众行为的分类比较复杂，这是因为从众行为有表面和内心两种层面：表面的行为可分为从众或不从众，而内心的反应可分为接纳与拒绝。因此对同一个人来说，内外的反应并不都是一致的。从众行为的分类主要有以下四种：

(1)　表面从众，内心接纳。即口服心服，表里一致。这是当群体与个体的期待趋于一致或个体愿继续成为该群体的一员时出现的情况，是群体与个体之间最理想的状态。个体处于这种状态时，心理没有任何冲突。

(2)　表面从众，内心拒绝。即口服心不服。这实际上是假从众，心理学上称之为“权宜从众”。这是当个体不赞成群体，但由于某些原因又无法脱离该群体或由于不愿标新立异，担心对自己造成不利的后果时出现的情况。若个人处于这种状态时，心理上不协调，内心会形成紧张、冲突。

(3) 表面不从众，内心接纳。这是个体由于某些原因在公开的场合不同意群体的要求或行为，但内心却赞同时出现的情况。这种情况在个体的地位、身份较特殊时有思想顾虑，不便于表现真正的内心状态时容易出现。

(4) 表面不从众，内心拒绝。这是一种表里一致，真正不向群体妥协的状态。造成这种状态的原因或是个体另有其内心关联的群体，因此即使遭到此群体的隔离也不感到孤立；或是个体确信真理在自己手里并自信能改变大多数人的意见。

3. 群体从众行为的管理

在群体中，从众心理和从众行为存在是普遍、客观和大量的，我们要对这种行为有一个正确的认识。

1) 从众行为的作用

群体从众行为的作用有两面性，具体表述如下：

(1) 积极作用，包括：①从众行为在一定程度上可以帮助管理者实现预定的目标，从众行为的实质是通过群体来影响和改变个人的观念和行为，增加群体行为的相似性和一致性，从而提高了群体的凝聚力和工作效率，更有利于管理目标的实现。②从众行为能够使个体达到心理平衡，在组织中，当个人意识到与大多数人不一样时，往往会产生一种焦虑、紧张的情绪，而从众行为能在一定程度上缓解或消除这种不安的情绪，满足个人的安全和交往需要。③从众行为有助于领导意图的贯彻和执行，有助于组织规范、秩序的形成，有助于维护权威和制度，使组织内秩序稳定，维持正常运转。

(2) 消极作用，包括：①从众行为容易给个体利群体带来惰性，抑制创造性，从众行为倾向于“舆论一致”，这种压力容易窒息成员的创造性。②组织内多数成员的从众容易使决策或决定出现偏差，在作决策时，人们往往由于受到某种压力而不愿发表不同意见，以致出现表现一致的强行通过或仓促作出不正确的结论。③组织内的个体如被迫的从众行为过多，可能会成为重大的事故隐患，给组织造成严重的损失，同时还可能导致组织风气变坏等。

2) 群体从众行为的管理方法

群体从众行为同时具有积极性和消极性，引导和运用从众行为趋利避害成为管理者的研究课题和应该掌握的艺术。正式组织的从众行为可能给组织造成一定的损失，而从众行为在非正式组织中的消极作用会对组织产生重大的影响。如果能够发挥非正式组织中从众行为的积极作用，将对组织成功发挥重要的作用。所以，作为现代企业的管理者，应该在正确认识从众行为的基础上，正确地管理群体中的从众行为。

(1) 引导从众行为的方法包括以下内容：①形成一种积极向上、健康活泼、开拓进取的舆论气氛，给予员工适当的压力。在这种群体氛围中所产生的从众心理是积极的，这种气氛往往使人精神向上，群体成员的集体荣誉感强，不成文的规范力强，会增强个体的从众倾向。②需要群体对某个问题认同，形成合力，向心协力为目标奋斗时，可以让权威人物先发言表态，这样个体可能产生从众行为。让个人屈从于群体规范产生从众行为。③有意暗示他人讲出领导意图，然后加以肯定。特别是在一些紧急情况或者某些硬性指标规定的问题上，这样会使其他人的从众倾向显著增强。④树立典型的榜样人物。领导者根据需要树立榜样和典型人物，并且大力宣传，这种方法在从众倾向强的组织中应用具有非常显著的效果。

(2) 避免和消除从众行为的技巧包括以下内容：①创造一种宽松的气氛，淡化群体规范的作用。这样能使大家感到无拘无束，消除防卫心理，尤其是在作决策时更要集思广益，否则会作出错误的决定。②提高个体认知能力，增强自信心。研究表明，个体认知能力和自信心与从众行为成反比。从众倾向强的个体往往是由于某方面知识比较匮乏、自信心不足导致盲目从众。③尽量避免大规模的群体集会。社会心理学认为，群体规模与从众率成正比。在大规模的群体集会中，出于情绪互相感染、暗示和模仿，个体往往会作出失去理智的行为。④领导者在舆论一边倒时要敢于挺身而出。众人意见的一致性会增加成员的从众率。但若有一人在众人意见一致的情况下能坚持不同意见，就会减少群体的盲目从众，这就要求领导者在不良情绪泛滥时要坚持自己的意见，减少不良心理的从众率。⑤与群众利益关系密切的问题上，应尽量避免从众。领导者不能先表态，也不能把领导者的意图暗示给别人，不能流露出倾向性意见，只能客观地提供事实。同时也不要让受尊敬、受爱戴的人先发言表态，否则会给人们造成一种无形的压力。⑥建立明确的规章制度。在组织正常运行中，如果没有明确的规章制度，人们便缺乏参考框架，往往会盲目从众。所以领导者在组织形成的时候就要建立规章制度，使人们的行为有章可循，减少从众的可能性。⑦控制“自然领袖人物”的影响，适当的时候给以适度制裁。非正式群体的“自然领袖人物”有很强的号召力，大规模的盲目从众行为往往也离不开他们的鼓动和指挥，领导者要对他们的行为予以足够的重视。

四、群体凝聚力与群体行为

1. 群体凝聚力及表现

群体凝聚力又称群体内聚力。它是指对群体成员产生各种影响，使之在群体内积极活动和拒绝离开群体的全部力量的总和，是群体对其成员的吸引力。

一个工作群体取得高绩效的前提之一，是这个群体内部有良好的团结状态。群体凝聚力是研究促进群体行为合理化及提高工作绩效所必须涉及的问题。

群体凝聚力表明群体对于成员的一种内聚作用，是表现在群体成员身上的向心力。具体来说，群体凝聚力是指群体对成员的吸引力和成员之间的相互吸引力。它含有“向力心”和“内部团结”的双重意思。凝聚力大的群体，其成员的“归属感”强，不愿离开自己的群体，群体内部人际关系和谐，气氛融洽，从而群体能显示出旺盛的生命力与战斗力。

一个群体的凝聚力表现在如下方面：

(1) 作为该群体成员的尊严感。例如一个集团的工人，如果他都很乐意让别人知道他是某集团的，便说明该群体的成员有尊严感。相反，某单位的成员，一开口就说："我们那单位，谈不得!"也就说明此群体没有凝聚力。

(2) 成员对其他成员的喜欢。一个成员在一个群体内，如鱼得水，情同手足，这个群体的凝聚力便强。相反，人与人之间格格不入，互相嫌厌，则没有凝聚力可言。

(3) 群体对个人的理想与目标实现的助动力。如果一个群体能帮助其成员实现其个人的理想或目标，则凝聚力强。相反，成员对群体对他的要求只是应付，当做负担，却自己另寻实现目标的途径，此群体的凝聚力便小。

凝聚力高的群体比起凝聚力低的群体而言，表现出如下一些特点：第一，凝聚力高的群体，其成员间的沟通与交往，比凝聚力低的群体更为频繁；第二，凝聚力高的群体成员较多正面的、友善的言语及非言语的沟通；第三，凝聚力高的群体使群体成员产生较强的归属感，所以成员参加群体活动的缺席率低；第四，凝聚力高的群体使群体成员较愿意承担更多推动群体发展的责任和义务。

群体凝聚力是一个综合指数，是多种因素的综合作用，也是群体各方面工作情况的反应，据美国社会心理学家沙赫特的研究，群体凝聚力的存在还要与正确的群体倾向结合才有正面的效果。因此，如果群体倾向于努力工作，那么，高凝聚力的群体的工作效率就更高，生产任务就会更快更好地完成。相反，假使群体的目标是倾向于限制工作，少生产，则群体的高凝聚力就会促使群体的工作效率更低，生产任务就完成得更慢。

2. 影响群体凝聚力的因素

一个群体的凝聚力的高低主要与以下几个方面因素有关。具体如下：

(1) 群体的领导方式。群体领袖不同的领导方式对群体凝聚力有不同的影响。心理学家勒温等人曾做过实验，比较了在"民主"、"专制"和"放任"三种领导方式下的各实验小组的效率和群体气氛，发现"民主"型领导方式比其他组成员之间更友爱、群体的思想更活跃，工作主动性强，个体满足感较高，工作效率也高，因此群体内的凝聚力更强。在"专制"型领导方式下则不同，个体只是服从领导者，以群体为中心的行动和有组织的行动少，对领导满腹牢骚，而且攻击性言行显著，成员间彼此推卸责任或进行人身攻击。至于在"放任"型领导方式下，有组织的行动和以群体为中心的行动也少，对领导也无好感。说明实行"民主"型领导方式有助于提高群体凝聚力。

(2) 群体的目标。凡目标明确，并广泛被群体成员自愿接受，这样的群体的凝聚力就有可能高。同时，自愿目标比外在目标、非自愿目标更能产生群体的凝聚力。群体成员知道为什么工作，而且自愿去工作，就自然凝聚在一起。也就是说，群体成员把群体目标化为自己的自觉行动，去分担群体的目标。成员分担群体目标的程度越高，群体凝聚力就越强。反之，若一个群体的目标不明确、不现实，甚至对于群体成员来说不自愿，则群体难有较高的凝聚力。

(3) 群体成员的社会属性与心理特征相似性程度。社会属性与心理特征相似性，主要是指在民族、阶级、文化、教育、价值观念、态度、兴趣、爱好、性格、年龄、职业等方面特征的相似。这些对人们的交往和吸引有着重要的影响作用。在某个方面的相似，容易使人感到彼此接近，从而产生好感。越是相似，就越容易产生好感和喜爱，彼此也就越容易投入更多的感情，产生良好的人际关系，也就越容易增强群体的凝聚力。

(4) 群体的领导者与成员的关系。领导者在群体中起着中枢的作用，他的所作所为，直接影响着成员对其信任的程度，也就影响着群体凝聚力的高低。若领导者与群体成员同心同德，关心成员的疾苦，与群体成员保持良好的关系，再加上领导有方，能做出正确和有利于群体的决策，使群体的工作任务顺利完成，那么，这样的领导者就能够赢得成员们的拥护和爱戴，从而围绕他形成一个核心。造成很高的群体士气，表现较高的凝聚力。反之，则会降低群体的凝聚力。在现实社会中，一个领导作风较好的群体，往往其群体成员的工作效率也较高。

(5) 群体成员间的思想与情感沟通程度。一个群体成员间愈是经常互动、相互交往，成员间愈是易沟通思想与情感，愈是有利于群体成员间目标的一致和感情的接近，因而也就愈是有助于提高群体的凝聚力。反之，若成员间很少相互交往，则感情就易疏远，思想的距离就会拉大，最终导致降低群体的凝聚力。因此，一个工作群体在完成正式工作时使成员间相互交往以外，还应更多地组织非正式活动和娱乐活动来加强成员间的交往。

(6) 群体间竞争程度。社会只有在竞争中才能求得生存与发展，群体也是这样。工作群体经常为自己的声誉、各自的经济利益等进行竞争，这是一种普遍现象，尤其是企业性群体。在群体竞争中，更需要群体成员彼此紧密团结，协作奋斗，方能使工作群体立于不败之地。也就是我们常说的“患难结知己”、“同舟共济”。因此，一个工作群体与其他群体的竞争越激烈，则群体凝聚力就越高。反之，群体凝聚力就低。竞争会促进社会的发展，激发工作群体的活力。

(7) 群体规模的大小程度。就一般而言，群体规模愈小，成员愈少，群体成员间交往的频率就愈高，成员间的思想与情感也就较易沟通，群体凝聚力就愈大。相反，群体规模愈大，成员愈多，群体成员间交往的频率也就相应地降低，成员间的思想和情感也就较难沟通。

(8) 个体需要满足程度。群体成员都有作为个体的需要。这些需要基本要在群体内得到实现。一般来说，越能满足成员需要的群体，其所产生的凝聚力越高。应该指出，这里所说的满足成员的需要，并不仅指能多得奖金这样的经济和物质上的满足。成员生活在群体中，一方面希望得到群体的承认，得到其他成员的尊重和帮助；另一方面也希望自己所在的群体是成功的，有成就的，得到别的群体以至组织和社会的承认。这样，群体成员才乐于生活在群体之内，才感觉到事业的吸引。这样的心理需要是明显存在的。调查表明，生活在一个不团结、不稳定的群体中的群体成员，更容易对自己的工作不感兴趣，积极性不高。这样的群体，不会有很高的凝聚力。因此，一个群体内部人际关系的协调、融洽，以及这个群体的成就，都有助于群体凝聚力的提高。

(9) 群体的社会地位。各群体在社会中的地位是不同的，影响其地位的因素很多，其中主要是由群体对社会所作贡献的大小决定的。群体对社会作出了贡献，被授予荣誉称号，就会增加成员的荣誉感、自豪感。因此，一个群体其成就越大，声望就越高，群体成员的归属感和自豪感也就越强烈，群体的凝聚力就越大。

组织行为学家研究的结果表明：群体凝聚力与生产效率之间存在两种相反的关系，即凝聚力高，可能提高生产效率，也可能降低生产效率。关键在于群体的规范水平，即群体共同制定的生产指标。如果这个群体的目标与组织不一致，它的生产指标水准规范偏低，则凝聚力与生产率之间成负相关；反之，群体与组织目标一致，其生产指标水准规范偏高，则两者成正相关。前者凝聚力越高，生产或工作效率就越低；后者凝聚力越高，则其生产或工作效率越高。

一般来讲，凝聚力高的群体，其成员就更加遵循群体的规范和目标。因此，如果群体倾向于努力生产，争取高产，那么高凝聚力的群体生产率就会更高。但是，对群体的教育和引导是十分关键的一环，管理者必须在提高凝聚力的同时，提高群体生产指标的规范水平，加强对群体成员的教育和指导，克服群体可能出现的消极因素，使群体的凝聚力真正成为促进生产力发展的动力。

五、群体士气与群体行为

群体士气和群体行为有着直接的关系。现实中，我们经常看到，一个群体有了高昂的士气，就可以迸发出巨大的力量。一旦士气低落或士气全无，也便会涣散如散沙，丧失战斗力。

1. 群体士气的内涵

群体士气主要指群体的工作精神或服务精神。士气原义是指军队在战场上作战时的集体精神。组织行为学家把士气解释为对某一群体或组织感到满足，乐意成为这一群体的成员，并协助达成群体目标的态度。因此，群体士气不仅代表个人需要满足的状态，而且也表明了群体成员对所在群体的认同感和归属感。

一个士气高涨的群体应具有下列特征：

(1) 群体的团结来自内部的凝聚力，而非起源于外部的压力。

(2) 群体内的成员没有分裂为互相敌对的小群体的倾向。

(3) 群体本身具有适应外部变化的能力，以及处理内部冲突的能力。

(4) 群体成员之间具有强烈的认同感与归属感。

(5) 每一群体成员都明确地掌握群体的目标。

(6) 群体成员对群体的目标及领导者，持肯定支持的态度。

(7) 群体成员承认群体存在的价值，并且有维护群体继续存在的意向。

2. 影响群体士气的因素

要提高群体士气，并使之保持稳定高涨，就要弄清楚都有哪些因素能影响群体的士气。影响群体士气的主要因素有以下几个方面。

1) 个人、群体、组织三者目标的一致性

群体士气是群体成员对群体满意，并愿意为实现群体目标而努力的态度。这种态度的产生，在于群体成员对群体目标的明确认识和内心赞成。群体士气所形成的群体行为方向是极为重要的。因此，成员所赞同的群体目标，应与组织目标的方向一致。

所谓个人、群体、组织的目标一致，并不排除三者可能发生冲突的情况。一般来说，组织目标是代表了长远和根本利益的，当群体目标及个人目标与之发生矛盾的时候，群体及个人应自觉地调整自己的目标，使其能够与组织目标一致起来，仍然是可以保证激发出高昂士气的。但是，要做到达一点，需要群体及成员具有较高的认识水平和有高层次的群体意识。

2) 合理的经济报酬

合理的经济报酬是对人们付出劳动的补偿和肯定。取得合理的经济报酬，从一般人来说，既是生存的条件，又是正当的需要。物质待遇虽然不是人们追求的唯一目标，但在市场经济条件下，金钱对人们仍起着不可忽视的刺激与激励作用。同时，合理的经济报酬是对群体成员工作的肯定，使其达到心理上的满足和平衡。

合理的经济报酬，不仅对于激发群体士气十分重要，对于保持群体士气的稳定高涨也很重要，邓小平同志曾经指出，不讲物质利益，不实行按劳分配，对少数积极分子可以，对广大群众不行；短时间内可以，时间长了不行。要保持稳定高涨的群体士气，就必须使群体及其成员能直接见到群体士气带来的结果。

在一定物质奖励的同时，实行一些精神奖励措施，也同样会有助于职工士气的提高。

3) 群体内部要有团结合谐的关系

有较高士气的群体，一般有较强的凝聚力，内部团结良好，沟通渠道畅通并能合理调节。

实践证明，凡是内部团结合谐的群体，都会使群体成员增强对群体的认同感和归属感，心情舒畅，乐于发表建设性意见，主动为集体做事。因此，增强群体凝聚力，搞好群体内部团结，疏通渠道及合理解决冲突，对于提高士气是非常重要的。群体的领导与成员之间、成员与成员之间，能互相关心、互相体贴、互相帮助，建立同志式的深厚友谊，对提高群体士气大有帮助。

4)　办事公道和管理民主

在现实中，若群体的领导处理事情不公道，就会使成员产生消极态度，表现为对自己所在的群体不关心，不感兴趣，好坏都无所谓。这样的事情多了，整个群体的士气便会低落。因此，领导对群体成员的管理要从公道与民主的角度出发，秉公办事、通情达理、耐心周到。

5)　满足成员心理的需要

建立良好的工作心理环境，使员工的心情舒畅，减少他们的焦虑不安和心理挫折，使之充满自信与自尊，愉快的工作，这样有利于提高群体士气。

另外，员工对工作的满足感的增长也有利于提高群体士气。如果员工所从事的工作合乎他的兴趣、爱好，符合他的能力，对他具有挑战性，能施展他的才能，实现他的抱负，士气必然高昂。因此，在安排工作任务时，要尽量考虑员工的兴趣爱好，能力大小等，因才适用，以便激发他们的积极性，提高员工的士气。

可见，群体的士气反映了一个群体的精神状态，这些也是决定群体取得绩效大小的基础。因此，士气是群体存在和发展的重要动力之一，也是提高群体生产效率的重要因素。

第三节　群体人际关系行为

在群体中，人与人之间总会建立各式各样的关系，这些关系都属于人际关系。处理好这些人际关系，将有利于群体行为的管理，有利于提高群体工作效率。因此，组织行为学在研究群体行为时，必须考察人际关系行为的问题。

一、什么是群体人际关系

人际关系表现为一个人对其他人吸引或排斥的心理倾向及其相应的行为，反映了在社会生活中个人或团体寻求满足需要的心理状态。

人际关系是在社会实践过程中形成的一种微观社会关系。人际关系的发展与变化取决于交往双方需要的满足程度，如果双方在交往过程中各自获得需要的满足，就会发展并保持接近的心理关系，反之，就会使双方关系疏远、中止甚至发生敌对的关系。

人际关系是在社会生活实践过程中，人们在共同活动中，彼此为寻求满足各种需要而建立起来的相互间的心理关系。主要表现在人们心理上的距离远近、个人对他人的心理倾向及相应行为等。也就是说，人际关系是以一定的情感为基础而建立起来的，并且以一定的情感为纽带予以保持的，人际关系带有明显的情绪体验性质。

人际关系是在人际交往的基础上产生并通过人的活动这个中介实现的。人在活动中不仅同自己的活动对象发生关系，而且也同别人发生一定的关系。正是在人们这种共同的活动中，人们之间开始了相互交往，有了语言和情感的交流，这使他们之间发生了联系，结成了一定的关系。即在个人之间、个人与群体之间结成了复杂的人际关系。

群体人际关系则是指，在群体活动中群体成员之间相互联系、相互影响、相互制约的关系。群体人际关系主要包括：由于组织结构关系所形成的上下级关系，由于业缘关系所形成的师徒关系和同事关系等。一般来说，群体人际关系是群体成员间的一种独特联系，是群体社会关系、生产关系、经济关系的具体体现。具体地讲，群体人际关系的形成，取决于个体在群体中所扮演的角色，以及所承担的职能和所处的相对位置。

群体人际关系的良好发展取决于群体成员之间的不断来往。只有不断交往，才能增进彼此的了解和理解，有更多的共同经验与感受，就会促进双方之间的心理相容，使双方的关系更加密切。同时，人际关系的性质，亲密程度，也只有在交往过程中才会表现出来。没有交往，也就不会有人际关系的形成。因此，和其他社会关系一样，群体人际关系同样体现为人们之间的交往和联系。

人际关系的状况如何，对一个人的工作、学习和生活，对群体、组织和社会，都有着深刻的影响。人际关系的作用主要表现在：①对组织和群体来说，良好的人际关系可以产生合力；②良好的人际关系可以提高人们的工作情绪、劳动效率；③良好的人际关系有助于人的身心健康；④良好的人际关系是精神文明建设的重要内容。

二、群体人际关系行为的分类

在正常的情况下，人际关系的行为都具有一定的模式。从不同的角度，可以作不同的分类：

1. 按人际关系行为的基本倾向划分

根据人际关系行为的基本倾向不同，可划分为：积极意义人际关系行为和消极意义人际关系行为。

在具有人际关系的双方，其中一人的正确行为会引起另外一人的积极行为反应；其中一人的错误行为会引起另一人的消极行为反应。

具有良好人际关系的各方，一般都能够表现出有积极意义的行为。如互相支持、互相帮助等；而具有不良人际关系的各方，一般都只能表现出具有消极意义的行为，如尔虞我诈、钩心斗角等。

2. 根据群体人际关系的行为模式的性质不同划分

根据群体人际关系的行为模式的性质不同划分，可以划分为以下八种：

(1) 由于管理、指挥、指导、劝告、教育等行为，导致尊敬和服从等行为反应。

(2) 由于帮助、支持、同情等行为，导致信任和接受等行为反应。

(3) 由于赞同、合作、友好等行为，导致协助和亲善等行为反应。

(4) 由于尊敬、赞扬、求助等行为，导致劝导和帮助等行为反应。

(5) 由于害羞、敏感、礼貌等行为，导致骄傲或控制等行为反应。

(6) 由于反抗、怀疑、厌倦等行为，导致惩罚或拒绝等行为反应。

(7) 由于攻击、处罚、责骂等行为，导致敌对和反抗等行为反应。

(8) 由于夸张、拒绝、炫耀等行为，导致不信任或自卑等行为反应。

3. 可以根据交往需要划分

可以根据交往需要中包容需要、控制需要、感情需要何者为主，以及满足需要的行为倾向，把人际关系行为反应倾向分为六种类型：

(1) 主动包容型。主动与他人交往，希望与他人建立并维持相互容纳的和睦关系，他们的人际行为特征是待人宽容、忍让，主动大胆地交往、沟通、参与等。

(2) 被动包容型。这种类型的人虽然希望与他人交往并保持和谐关系，但在行动上表现为只是被动地期待别人接纳自己，缺乏主动。

(3) 主动控制型。总想控制、支配别人，将自己摆在交际活动的中心或左右局势的位置。其人际行为特征是运用权力和权威，超越和领导别人。

(4) 被动控制型。这种类型的人易追随他人，愿意受人支配，与他人携手合作。

(5) 主动感情型。喜欢主动与别人建立感情，主动与人表示亲密、友好、热心、照顾，并乐于向别人表达自己的感情。

(6) 被动感情型。这种类型的人虽希望与别人建立情谊，但在行动上只是期待他人对自己表示亲密，却不能主动大胆地表露自己的感情。

4. 根据人际反应的方式划分

根据人际反应的方式可从两个方面来划分：

(1) 根据人际反应的外部表现，可分为外露型、内涵型、伪装型。

(2) 根据在交往中处理人际关系的不同，可分为合作型、竞争型、分离型。

但是，人的行为是非常复杂的。这就使得人际关系的行为在很多情况下，并没有一定的模式，而是非模式化和复杂多样的。如有些情况下，在具有人际关系的双方，其中一人的正确行为并不能引起另一人积极的行为反应；而其中一人的错误行为也不一定能够引起另一人消极的行为反应。从这个意义上讲，人际关系的行为是很难模式化的。因此在管理中，应该根据实际情况来对群体人际关系及其行为进行具体的分析。

三、群体人际关系行为的影响因素

在同一个群体中，往往出现人际关系有亲有疏的状况，即人与人的交往程度有较大的差别，其关系密切程度也有很大的区别。如有些人之间情同手足、形影不离，有些人之间

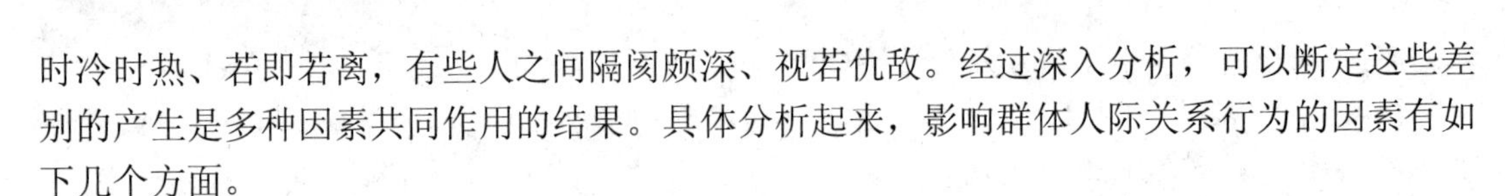

时冷时热、若即若离，有些人之间隔阂颇深、视若仇敌。经过深入分析，可以断定这些差别的产生是多种因素共同作用的结果。具体分析起来，影响群体人际关系行为的因素有如下几个方面。

1. 空间距离对群体人际关系的影响

空间距离在群体人际关系中起着基础性的作用，它直接影响着人与人之间的交往频率。一般来说，空间距离越近，人们交往的机会就越多，交往的频率就可能越高，就越容易形成密切的关系。空间距离越远，人们交往的机会也就越少，交往的频率就可能越低，人与人之间的关系也就可能越疏远。

但是我们应该注意以下几个方面：

(1) 空间距离并不是形成良好人际关系的决定因素，而只是首先起作用的基础因素。

(2) 空间距离对于人际关系的影响要通过交往这个中介起作用，没有交往，其空间距离再近也不会形成良好的人际关系。

(3) 空间距离对于人际关系的影响，会随着时间的推移而逐渐减小。这也就是说，时间越长，空间距离对人际关系的影响也就越小，在人际交往中所起的作用也就越小。

2. 交往对群体人际关系的影响

交往是人际关系建立的必备条件。在现实中，虽然经过交往并不一定都能够建立起良好的人际关系；但是，任何人际关系都必须建立在交往的基础之上，没有人与人之间彼此的交往，就没有人际关系。

而交往频率就是指人们相互接触次数的多少。在一般情况下，人与人之间由于空间位置的接近，或工作的需要，相互之间的交往频率就可能高。而交往的频率高，彼此增进了解的机会就多，这样也就容易产生共同经验、共同感受、共同语言等，从而容易形成密切和谐的人际关系。相反，人与人之间的交往频率如果不高，彼此相互了解的机会较少，形成良好人际关系的可能性就较小。特别是对于刚刚相识的人来说，交往频率的高低在形成良好人际关系时起着重要的作用。

管理者为了架构良好的人际关系，应遵守交往原则，大致有以下原则：

(1) 平等原则。在人际交往中，平等待人是建立良好的人际关系的前提。平等待人才能深交。在交往中，注意用对等、求同、交友和谈心等方法去寻求平等，建立良好的人际关系。

(2) 互利原则。交友是互利的，有物质互利、精神互利、物质——精神互利三种模式。交往中的互利是以不损公肥私为前提的。事实上，人人都有被人关心、被爱护的需要。那么，在和他人交往中，要想得到他人的关心和爱护，应考虑他人也需要关心、爱护。在交往中，可用互助法、竞争法、交换法等实施互利原则。

(3) 信誉原则。在交往中，信誉是一笔无形的财富。信誉就是要在交往中，言必信，行必果。即说真话，不说假话，守诺言，践诺言。这就要求在人际交往中：①要守信；②要信任友人。信任是守信的基础，也是取信于人的方法；③不轻许诺，不轻许诺是守信的重要保证，也是取信于人的方法；④要诚实，以诚诗人是获取信誉，取信于人的积极方法；⑤树立自信心。自信是成功的第一要诀。只有讲信誉，在交往中给人以稳重、可靠的形象，才不会让友人感到上当受骗，就能建立起良好的人际关系，取得事业的成功。

(4) 相容原则。在组织、群体、社会、交往中，贯彻相容原则，就能建立良好的人际关系。相容是与民主、平等、独立相关联的。相容是民主社会的产物。能相容他人的人是具有宽阔的胸怀，能宽容别人是自信心、坚定意志、远大目标和理想的表现。自信心越高的人，相容度越强。

在交际中应培养自己的相容品格。其方法有：①将心比心。孔子说："己所不欲，勿施于人。"要理解他人，体谅他人；②大事清楚，小事糊涂，要"难得糊涂"。③严于律己，宽以待人。多看别人的长处与优点，就能广交朋友，争取事业的成功。

3. 态度的相似性对群体人际关系的影响

态度的相似性是指人们对事情的看法的一致性。心理学的研究表明如果人与人之间有着共同的理想信念、人生观、价值观以及共同的爱好、兴趣等，在工作和生活中，就容易产生共同语言，易于情感的交流，相处也就比较融洽，良好的人际关系就能够形成。相反，如果人与人之间的态度不相似、不一致，彼此之间就没有共同语言，不利于情感的交流，相处就非常困难，当然也就谈不上良好的人际关系了。

由此可见态度的相似性直接决定着人际吸引或人际排斥的心理倾向，也决定着人们交往的频率，是在群体中建立良好人际关系的主要因素。

因此，管理者应把培养群体成员的态度相似性作为处理群体人际关系的基本工作，要随时注意群体成员的不同态度，加以引导，努力使人们取得相似的态度，达到和睦相处，共同为实现组织目标而奋斗。

4. 需要的互补性对群体人际关系的影响

需要和满足需要的期望是推动人们相互交往的根本原因，也是人际关系的动机和目的。如果人们没有需要和满足需要的期望，那么人们之间也就没有必要进行交往了。因此，在群体中，人们之间的相互满足是产生人际关系的前提条件，而良好人际关系的形成取决于交往双方彼此满足需要的方式和程度。

在一般情况下，如果交往双方的基本需要都能够从交往过程中得到满足，他们的人际关系就会密切、融洽；如果只有一方的需要能够从交往过程中得到满足，他们的人际关系就难以持久，也不会密切、融洽；如果双方的需要都不能在交往过程中得到满足，双方就会对交往失去兴趣，人际关系就难以维持；如果双方的需要在交往的过程中受到损坏，彼此之间就会产生排斥和对抗，人际关系就会紧张。

在现实群体生活中，我们可以看到许多这样的状况：不仅态度相似的人们之间可以形成良好的人际关系，而且在态度、性格等方面完全相反的人们之间也能形成良好的人际关系。造成这种状况的主要原因就是人们需要的互补性。由于人们的能力、水平、知识、态度、性格是各不相同的，因此，人们的需要和满足需要的期望与方式也各不相同，而这些人相处在一起，就能够比较和谐、融洽。

由此，管理者在对群体进行管理时，要注意将具有互补性需要的人安排在一起，这样既有利于建立良好的人际关系，又有利于群体目标的实现。

除了以上四个方面的因素之外，人的能力、职业、特长、经济收入、个性特征、政治地位、兴趣、爱好、仪表、年龄等，也都会不同程度地影响着人际关系的建立。对于这些，作为管理者在处理群体人际关系时，是不可忽视的。

四、群体人际关系行为的管理

群体人际关系行为的管理是组织工作中的一个重要问题。和谐的人际关系有助于组织管理目标的顺利实现，而对人际关系行为进行有效的管理，是实现人际关系和谐的有效途径。对人际关系行为进行有效管理的方法主要有以下几个方面。

1. 建立团结有力的领导班子

领导班子是一个组织或群体的核心，是组织或群体成员的带头人。一个团结有力的领导班子，不仅可以促进组织或群体人际关系的和谐发展，而且可以促进组织或群体目标的顺利实现。

要建立团结有力的领导班子，就必须做到：第一，注意领导班子成员的最佳结构组合，包括年龄、知识、能力、性格等方面的结构组合，使领导班子内部能够紧密配合，形成坚强有力的领导核心。第二，领导班子应具有较强的组织、计划、协调能力，并善于创造条件以促使群体成员之间的相互了解、相互沟通、相互谅解、相互支持，从而使群体人际关系得到健康、和谐的发展。第三，领导班子成员应具有良好的思想素质，如大公无私、联系群众、吃苦在前、享受在后等，这些是促进群体人际关系行为协调的重要因素。

2. 建立合理的组织机构

组织机构是否合理，对一个组织或群体的人际关系、工作效率会产生巨大的影响。这是因为，组织机构的合理设置，有助于分工协作，能使人人职责分明、各尽其能、各得其所，并能促进群体成员之间的团结互助，在组织内形成紧张而有序的工作秩序，从而对群体人际关系产生积极的影响。相反，如果组织机构设置不合理，就会造成机构重叠、职责不分、人浮于事、各自为政、互相扯皮，以至于出现分工不当、协作不力、办事效率低和混乱的局面，从而影响人们之间的团结，不利于建立的良好人际关系。

而建立合理的组织机构，必须要坚持精简、统一、高效等原则，要在改革中推进组织机构的合理建设。

3. 实行民主管理

实行民主管理就是让职工群众参与组织或群体的管理，增强群众的参与意识和主人翁责任感。实行民主管理既是现代管理的必然趋势，又是在组织或群体内建立新型人际关系行为的必然要求。

实行民主管理有许多形式，如组织有工人和管理人员代表参加的生产委员会、采取职工建议制度、召开职工代表大会等。这些民主管理的方法，都可以使管理者和被管理者之间的人际关系得到改善和加强，既可以满足职工群众的心理需要，减少职工群众对管理者的抱怨和不满情绪，激发他们的工作积极性，又可以协调领导与职工、职工与职工之间的工作，使管理者及时、深入地了解职工的各种状况，有利于科学的管理决策。

4. 加强思想教育，提供沟通条件

要对群体人际关系行为进行有效管理，加强思想教育是关键的一环。

1) 对群体成员进行集体意识的教育和培养

所谓集体意识，就是群体成员对集体的态度，对集体的共同利益、共同目标和共同荣誉的观念。群体成员一旦有了集体意识，就能够思想统一、感情融洽、关系和谐、行动协调，每个成员对集体的归属感、责任感、自豪感就会加强，这些正是促进群体人际关系和谐发展的基本前提。

2) 对群体成员进行人格教育和人格锻炼

人格就是人的品行道德。它有高尚和低下之分。高尚的人格总是表现为：对人以诚相待、自尊、自信、自立、自爱、谦虚、和蔼、礼貌、文明、热情、不苛求别人、无嫉妒之心、有集体责任感和荣誉感、关心他人等特征，具有这些特征的人一般总是容易与人相处，并建立良好的人际关系。相反，低下的人格，就不利于人与人之间的和谐相处，不利于人际关系的健康发展。高尚的人格特征是可以通过良好的教育和自我修养逐渐培养塑造的。所以，对群体人际关系进行有效的管理，必须加强人格教育和锻炼。

3) 对群体成员进行如何正确处理人际关系的教育和训练

这主要包括两个方面的内容：一是要教育群体成员学会自我认识的方法，努力做到有自知之明。只有真正认识了自我，才能摆正自己的位置，平衡自己的心理，调整自己的意识，控制自己的动机和情绪，规范自己的行为；才能与人和睦相处，建立良好的人际关系。二是要教育群体成员学会角色换位的思考方法，让人们能设身处地为别人着想，这样就能够有助于建立良好的人际关系。

同时，为了在群体成员中建立良好的人际关系行为，还必须提供一定的沟通条件。群体内畅通无阻的沟通，可能消除或缓解群体中的矛盾和冲突、隔阂和纠纷，可以加强群体

成员间的人际交往，增进团结和友谊，这些都直接促进了群体良好人际关系的建立。因此，对人际关系行为进行有效管理的重要方法就是为群体成员提供沟通条件，保证群体内沟通的通畅。当然，管理者可以利用各种具体的活动形式来为建立群体内良好的人际关系行为提供沟通条件。

第四节　群体冲突行为

在任何群体中，由于组成群体的个体之间的差异，由于工作任务、环境、条件的影响不同，由于管理制度、方式和方法的不同，以及其他各种原因，都会存在着各种矛盾和冲突。

一、什么是冲突

冲突就是两种目标的互不相容和互相排斥，在人的心理和行为上的表现。冲突既包括人们内心的冲突即人们内心的动机斗争和矛盾；也包括人们在行为上的冲突，即人们之间的争论、争吵等。

冲突现象是普遍、客观存在的。首先表现为个人的心理冲突。当一个人可能面临两种互不相容的目标时，感到左右为难，这就是在个体内发生的心理冲突。例如，需要之间的矛盾、思想上的斗争、动机上的对抗等，都是属于个人内心的心理冲突。

个人的心理冲突可以分为以下四种：

(1) 接近—接近型的冲突。这种心理冲突是指一个人同时要达到两个相反的目标，由于两个目标是背道而驰的，不可能同时达到，在这种情况下就会引起内心的冲突。要解决这样的内心冲突，必须放弃一个目标，或者同时放弃两个目标而去追求另一个折中的目标。

(2) 回避—回避型的冲突。这种心理冲突是指一个人面临两个同时要回避的目标，客观条件又不能使人摆脱这种处境时，而陷入内心心理冲突的状况。回避—回避型的冲突是一种“左右为难”、“进退维谷”式的冲突。

(3) 接近—回避型的冲突。这种心理冲突是指一个人一方面要接近一个目标，而同时又想回避这一目标时，所产生的内心冲突。如一个青年工人一方面想努力工作，成为先进工作者；另一方面又不愿意付出艰苦的劳动，这样就会在内心产生心理冲突。

(4) 双重接近—回避型的冲突，这种冲突是由两种接近—回避型的冲突混合而成的一种比较复杂的内心冲突。例如，某单位有两个负责人，一负责人重视产量而忽视质量，另一负责人重视质量而忽视产量，因此，他们会对工人们提出不同的要求。这时，当一个工人产量较高而质量较差时，就会受到一个负责人的表扬，同时又会受到另一个负责人的批评；当他提高了产品质量而产量下降时，则会出现完全相反的情况。这样，就会使该工人

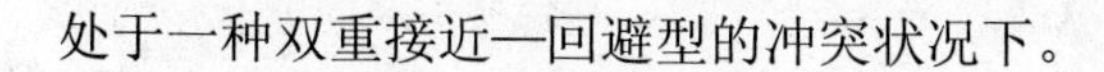

处于一种双重接近—回避型的冲突状况下。

二、群体冲突及分类

群体冲突是在群体中出现的个人之间、个人和群体之间、群体之间的互不相容和互相排斥的心理和行为表现。

群体冲突可以在不同的水平上发生，主要有以下几种类型。

1. 群体中个人之间的冲突

冲突可能在一个群体内不同的人之间发生。如果一个群体内，由于两个人对某一问题的认识不同，就会发生冲突。群体中人与人之间的冲突是形形色色的，冲突的内容也各不相同，造成冲突的原因更是多种多样。由于工作上的意见分歧造成的冲突属于正常的冲突，对于这种冲突如果处理得当，有助于群体目标的实现。而由于个人的恩怨造成的冲突属于不正常的冲突。

群体内人与人之间在工作过程中所发生的冲突，往往是由以下一些原因引起的：

(1) 信息不同引起的冲突。在工作中，由于人们信息沟通的渠道不同，如果彼此之间又不通气，这样就会引起冲突。

(2) 认识不同引起的冲突。由于人们的知识、经验、态度、观点等的不同，对于同一个事物也会有不同的认识，由此可能产生冲突。这种由于认识不同而引起的冲突在工作中相当普遍，如人们在采用新设备、处理新问题的方式、方法以及用人等各方面都会有不同的认识，从而引起冲突。

(3) 价值观不同引起的冲突。价值观是指人对是非、善恶、好坏的一般观点。由于个人的价值观有所不同，也会造成人们认识上的不同，导致冲突的出现。例如，有人认为提高产量是企业的首要任务，而也有人认为只有提高质量才是首要任务，这些都是由于价值观的分歧而造成的冲突。

另外，还有一些其他原因，如环境、条件、社会等方面的因素都可能引起群体内人与人之间的冲突。

2. 群体与群体之间的冲突

即使是在一个组织内，群体与群体之间也会发生冲突。群体之间之所以会出现冲突，其主要原因是由于竞争。美国心理学家谢里夫曾经研究过群体与群体之间在竞争条件下发生冲突的情况，他认为竞争对群体与群体之间关系的影响有几方面的表现：一是每一群体都更加把另一群体视为对立的一方，而不是中立的一方；二是每一群体都会产生偏见，只看到本群体的优点，看不到自己的弱点，而对于另一群体则只看到他的缺点，看不到他的优点；三是对另一群体的敌意逐渐增加，与对方的交往和沟通减少，结果使偏见难于纠正等。

当然，群体与群体之间也并不一定是因为竞争关系才发生冲突。由于目标的不同，利益的不同，群体间也可能发生冲突。

在一个组织内，群体与群体之间可能发生的冲突大致有三种：第一，权力、地位相同的群体之间的冲突。如在企业里，生产部门与销售部门之间为争取经费、设备或人员而发生的冲突。第二，权力、地位不同的群体之间的冲突，如管理者与工人、教师与学生因其立场的不同而发生的冲突。第三，附属群体对抗大群体的冲突等。

3. 性质不同的冲突

组织行为学对于冲突的研究有一个发展的过程。最初认为冲突只具有消极的意义。后来对冲突有了新的看法，认为从性质上看，既有破坏性的冲突，也有建设性的冲突。

1) 破坏性的冲突

凡是由于冲突双方目的不同而造成的冲突，就是破坏性冲突，这种冲突的性质往往属于对抗性冲突。

破坏性冲突的特点是：

(1) 双方对于自己观点的胜利非常关心。

(2) 不愿听取对方的观点和意见。

(3) 往往由问题的争论转入对人身的攻击。

(4) 冲突双方互相交换意见、情况等不断减少，以致最后完全停止。

2) 建设性的冲突

凡是由于冲突双方目的一致，而方法或解决途径不同所产生的冲突，大多是建设性冲突，这种冲突的性质往往具有积极意义。

建设性冲突的特点是：

(1) 冲突双方对实现共同的目标都十分关心。

(2) 双方彼此乐意了解对方的观点和意见。

(3) 大家都以争论问题为中心。

(4) 双方互相交换情况不断增加。

三、影响冲突的因素

影响冲突的因素有三个方面：沟通因素，结构因素和个体行为因素。

1. 沟通因素

管理中的大多数冲突是由于组织沟通不良而导致的。完善的沟通可以使接收者能把发讯者的信息理解得毫无差错。但这样的完善沟通几乎没有。由于这一缺憾，在沟通过程中有许多误解的时候。虽然，由不成功的沟通引起的冲突不同于本质上对立的冲突，但它仍然有着强大的影响力。

2. 结构因素

结构因素一般包括：

(1) 规模。一般来讲，组织规模越大冲突也越大。原因可能是规模越大，分工越多，层次越多，因此信息在传递过程中越易歪曲。

(2) 参与。从人际关系的角度来看，邀请下级参与可以满足尊重和友爱的需要，因此可以融洽人们之间的关系。由此看来，下级参与越多，冲突越少。但是，也有研究表明事实恰恰相反：当下级参与程度越高，冲突水平也越高。原因可能是参与越多，个体差异也越大。而且，仅仅参与决策并不等于所提建议必被采纳。如建议不被采纳，下级无权把自己的想法付诸实施。由于扩大参与所引起的冲突并非都是有害的，如果这种冲突可以增加群体的绩效，则应该鼓励存在。

(3) 直线机构和参谋机构。冲突的一个经常的来源是组织中直线机构和参谋机构之间的矛盾。直线机构的工作直接关系到组织的核心活动。在制造工厂，生产部门是直线机构；在商业单位，市场销售部门是直线机构。参谋机构的工作是辅助直线机构的，如研究开发部门、公共关系部门、人事部门等。

由于直线机构和参谋机构的职能不同、目标不同，成员的价值观和背景不同，因此它们之间常有冲突。直线机构更加关心经营，而参谋机构则不直接参与经营活动；直线机构的人员往往对组织很忠诚，而参谋机构则时时对组织的事务提出批评；直线机构的人员往往关心日常的和眼前的事情；参谋人员则更关心长远的问题。由于以上这些差异，不难理解直线机构和参谋机构之间会有一定程度的冲突存在。

(4) 奖酬制度。如果奖酬制度不公平、不合理，导致一方多得报酬，另一方少得报酬，就很容易引起冲突。这种冲突可以出现在个人之间、群体之间，也可以出现在组织之间。

(5) 资源相依性。在使用组织的资源上，群体之间往往发生冲突。如果有足够的奖金和其他资源(如空间、设备、材料)，冲突不会产生。但组织往往又不能有如此丰富的资源。因此，各群体之间为了资源的分配往往产生冲突，导致协作的不良。

(6) 权力。组织中权力的分布也是冲突的来源。如果一个群体感到自己的权力过小，而另一个群体权力过大，它可能会对现状提出挑战。

3. 个人行为因素

个人之间的差异也是冲突的来源。一些人的价值观或知觉方式可能导致与他人的冲突。如果管理者的价值观是“人为财死，鸟为食亡”，那么，他把这样的观念强加给别人必然引起冲突。同样，管理者如果喜欢以某种固定模式看待人(如认为留长发的都不是好青年)，那么他这种知觉方式也迟早会引起冲突。另外，也有些人喜欢无事生非，寻衅滋事。

研究表明，一些好冲突的个人具有一些特质。独断专行的人爱扩大事态以攻击别人，自信心弱的人容易感到别人的威胁而先发制人。无论独断专行的人还是自卑的人，都感到需要“自我防卫”而主动与他人发生冲突。

四、冲突与管理

一般来讲，建设性的冲突比较容易处理，破坏性的冲突则较难解决。但是这两类性质不同的冲突也是可以发生转化的，如果处理得当，破坏性的冲突可以转化为建设性的冲突；反之，建设性的冲突也会转化为破坏性的冲突。对于管理者来讲，一方面要提倡建设性的冲突，激发员工的积极性，活跃创造力，提高生产效率；另一方面，又要控制和减少破坏性冲突的产生。

1. 处理破坏性冲突的方法

处理破坏性冲突的基本点是在目标一致上解决问题。

1)　设置超级目标

通过设置超级目标，使对立的双方减弱冲突。因为这时，他们必须共同把精力集中到目标的达成，从而缓解互相之间的对立情绪。

2)　处理冲突时常用的方法

处理冲突时常用的方法有三种，具体方法如下：

(1) 协商解决的方法。当发生冲突时，应由双方或双方派代表通过协商来解决。协商时要求双方都要顾全大局，互相作出让步。这样才能使冲突得到解决。

(2) 仲裁解决的方法。当两个或两个以上的个人、群体发生冲突，经过协商还无法解决时，就需要有第三者或较高层次的领导人出面调解，进行仲裁，使冲突得到解决。但是，仲裁者必须具有一定的权威性，否则仲裁解决的方法可能无效。

(3) 权威解决的方法。当冲突的双方通过协商不能解决冲突，而且不服从调解者的仲裁时，可由上级主管部门作出裁决，按照“下级服从上级”的原则强迫冲突的双方执行命令，这就是权威解决的方法。权威解决的方法是采取强制的手段来解决问题的，因此往往不能最终消除引起冲突的真正原因。在一般情况下，不宜采取这种解决方法。但在特殊情况下，特别是需要当机立断时，使用权威解决的方法是不可避免的。

3)　处理冲突的策略

处理冲突的策略有五种典型方式：

(1) 竞争型方式。与对方激烈竞争，寸土不让，坚持己方利益要求。当处于紧急情况下，面临的问题需要采取果断行动，觉得己方完全正确或己方对对方有很大影响力时，这种策略常能奏效。

(2) 回避型方式。退出冲突处境，既不满足对方也不满足己方的利益。在问题为枝节细微性的，情况不大可能满足己方利益要求，冲突的解决很可能带来严重破坏或对方能把问题解决得较好时，可采取这种策略。

(3) 体谅型方式。愿意满足对方的利益而对己方利益则不甚坚持，忍让为怀，息事宁人。这种策略用于发现自己确有不对之处，冲突的问题对对方比对己方更重要，在和谐与稳定特别重要，己方输了又想尽量减少损失或是想让己方的人从错误中吸取有益教训时，可取此策略。它能使己方在今后又碰上问题时，在公众中有较好的名声。

(4) 合作型方式。强调建设性地把冲突问题解决掉，目的在于最大可能地满足双方的愿望。双方表现出的行为兼有坚持与合作两种成分。基本态度是认为有冲突和矛盾是很自然的，对对方表现出信任与诚恳，鼓励人人畅所欲言，把态度与感情都和盘托出。采用此策略的目的在于学习、利用多方面提供的信息和找到一种综合性的解决问题的方案。

(5) 妥协型方式。这是在坚持与合作之间的一种中庸之道，双方共享对方的观点，既不偏于坚持也不偏于合作的极端。此方式不能使任何一方得到最大限度的满足。只有在目标虽然重要，但却未重要到需要寸步不让、双方势均力敌，或情况紧迫、有时间压力要求速决时，才采取此策略。

2. 引起建设性冲突的策略

建设性冲突对于一个群体是非常必要的，它可以增强群体的活力。在管理中，如果发现人员流动率低，缺乏新思想，缺乏竞争意识，对改革进行阻挠等情况时，管理人员就需要挑起冲突。

引起冲突的具体的策略方法：

(1) 委任新的管理者。如在有些单位，反对意见往往被高度专制的管理者所压制，因此，选派开明的管理者可以在一定程度上克服这种现象。

(2) 鼓励竞争。如开展批评和自我批评；通过增加工资、奖金对个人或集体进行激励等方法，这样可以增进竞争，而适当的竞争则可以导致积极意义的冲突。

(3) 人员重新编组。如变换班组成员、调动人事及改变沟通路线都可以在群体中引起冲突。而且重新编组后，新成员的价值观和思维方式也可能对群体原来的陈规陋习形成挑战。

(4) 改组群体或组织文化。如引进新观念、制订新规范、执行新制度等。

本章小结

群体是指两个以上的人组成有共同目的、相互依存、相互作用的集合体。

群体的作用是完成组织交给的基本任务和满足个人的心理需求。

群体现范是由群体成员们所确立的标准化观念和行为准则,它对群体成员的行动有着重大的影响，起着约束成员行为的作用。

群体压力是群体对生活、工作在其中的成员的特有的约束力。

从众行为，是指个体与群体中多数成员意见和行动不一致时，常不自觉地感受到群体的影响与压力，而在知觉、判断和行为上表现出与多数成员相一致的现象。

群体凝聚力又称群体内聚力。它是指对群体成员施加各种影响，使之在群体内积极活动和拒绝离开群体的全部力量的总和，是群体对其成员的吸引力。

群体士气主要指群体的工作精神或服务精神。

群体人际关系则是指在群体活动中群体成员之间相互联系、相互影响、相互制约的关系。

群体冲突是在群体中出现的个人之间、个人和群体之间、群体之间的互不相容和互相排斥的心理和行为表现。

思 考 题

1. 简答群体特征及类型。
2. 简答群体现范及影响因素。
3. 简答群体压力和从众行为。
4. 简答群体凝聚力及影响因素。
5. 简答群体士气的特征和影响因素。
6. 简答群体人际关系及影响因素。
7. 联系实际，论述对人际关系进行有效管理的方法。
8. 简答群体冲突及类型。
9. 简答处理冲突的方法和策略。
10. 简答引起建设性冲突的策略

本 章 案 例

XX 公司的难题

××公司是位于中南部一个大城市的制造公司。一年前，该公司被一个大企业集团兼并。这个企业集团的主要业务在金融和房地产领域，对于制造业的情况并不十分熟悉。根据企业集团的惯例，他们派自己的人担任××公司的高层管理职务。这些人精通金融交易业务，懂得如何降低成本，他们的目标就是压缩成本，创造最高劳动生产率。集团公司对他们寄予了厚望。

然而，事情的发展并不像想象的那样好。在他们上任的前 8 个月里，销售成本率由原来的 72%上升到 80%。企业集团领导人非常纳闷，很想尽快找出其中的原因。

××公司过去的管理者认为，新管理者采取的消减开支的作法适得其反，因为这些作法影响了工人的情绪，工人中普遍存在不满情绪。××公司的工人都希望企业集团能撤换这些新管理者，让原来的公司管理者官复原职，按原来的方法管理企业。

另一方面，这些新管理者认为，他们是在非常时期到任的，他们采取的措施提高了劳动生产率，降低了成本。如果不是由于他们的努力，恐怕公司早就倒闭了。他们中有人这样辩解："你们怎么能认为我们是劳动生产率下降的祸首呢？我们疏通了销售渠道、改革了公司体系、为公司签订了长期优惠贷款协议，这些工作不是那么容易的。我真想知道，如果不是我们来了，如果我们没有采取这些措施，公司现在会是什么样子。"同时，他们还认为工人们之所以形成这样的看法，是因为他们自己对新管理者的到来不满意，新管理者的到来，取代了他们原来在公司中的管理地位，他们必然心怀不满。

××公司的总裁认为，新管理者夸大了他们的贡献，公司目前还存在的问题确实是由于他们而导致的。他认为，××公司的工人们担心企业集团正在利用这些财务管理专家来判断某些部门的人员的费用可以消减，因而害怕自己成为公司裁员的对象。这种担心导致了劳动生产率的下降。总裁所面临的问题怎样才能验证他自己的看法。他认为能够找出成本上升真实原因的唯一办法是聘请外部专家做调查，他特别想请组织行为学专家来调查××公司工人的满意度状况，确定工人的行为态度与成本上升的关系。如果能够做到这一点，而且能够证明新的管理者是产生以上问题的原因和责任者，总裁相信他能够说服企业集团领导撤换这些人，让原来的管理者按照原来的方法管理公司。如果调查结果表明问题是由原来的管理者所导致的，那么这些人可能被解雇，新的管理者将继续留任。总裁认为后一种情况发生的可能性很小。

××公司内部也有人不同意从外部聘请专家，他们认为这样的问题不需要专家来回答，公司完全可以自己解决。外部专家不了解公司的运作情况，未必能找到真正的原因。如果只做工人满意度调查，我们自己就可以完成，因为这是一项很简单的工作，不需要专家来做。满意度调查不就是出几个问题，让工人填写答案吗？

但总裁认为这是一项很复杂的工作，满意度调查并不像人们想象的那样简单。而且，请外部专家来调查，可以避免许多偏见和不必要的麻烦。

总而言之，总裁信心十足，正如那天他对助手说的："不管发生什么问题，我的根本目的就是找出问题的症结所在，只要能找到真正的原因，不管是什么问题，我都能解决。"

(资料来源：作者根据相关材料整理而成)

案例分析思考题

1. 面对这种情况，你认为应如何解决？为什么？
2. 你认为从外部请专家是否是解决这个问题的最终方法？为什么？
3. 结合自己的经验，体验和观察群体从众行为。
4. 试用具体方法引起群体的建设性冲突。

第七章

组织行为(一)

学习目标

通过本章的学习，理解组织结构的含义、组织结构设计的内容、组织结构设计对组织行为的影响、组织结构形式与组织行为；把握非正式组织的概念、形成原因、特点、分类、作用。掌握组织变革与组织发展的含义、征候，组织变革的步骤、过程和类型，组织变革、发展的动力和阻力；如何消除对变革、发展的抵制。

关键概念

组织结构(Organizational Structure) 集权化(Centralization) 分权化(Decentralization) 专门化(Specialization) 管理幅度(Span of Control) 职能结构(Functional Structure) 矩阵结构(Matrix Structure) “横向型”公司(The Horizontal Type of Organization) 虚拟组织(Virtual Organization) 组织变革(Organizational Change)

在管理过程中，组织行为的引导、协调和控制是大量的，也是组织管理中最主要的工作内容。因此，组织行为学在研究了个体行为和群体行为之后，必须对组织行为进行研究。而研究组织行为必然要涉及组织结构及行为、非正式组织行为和组织的变革、发展行为等问题。

第一节 组织结构及行为

组织是管理过程中不可或缺的重要手段。在组织目标确立之后，就必须考虑进行有效的组织设计，以形成合理的组织结构，来保证组织目标的实现。

所谓组织结构是指组织的基本架构，是对完成组织目标的人员、工作、技术和信息所作的制度性安排。科学合理的组织结构是组织成员为完成工作任务、实现组织目标，在职责、职权等方面形成的分工协作体系。组织结构是确保管理效率的基础，是企业实现短期经营目标和长期战略目标的制度平台。

组织结构可以通过管理者的能动设计表现出来。组织结构设计的任务就是要设计清晰的组织结构，规划组织中各部门的职能和职权，确定组织中职能职权、参谋职权、直线职权的活动范围并编制职务说明书。

一、组织结构设计的内容

1. 职能和部门设计

组织中的各种工作或职务必须通过某种标准加以分类，即职能、部门设计或部门化，因此组织结构首先表现为职能和部门设计。

组织首先需要将总的任务目标进行层层分解，分析并确定为完成组织任务究竟需要哪些基本的职能和职务，然后设计和确定组织内从事具体管理工作所需的各类职能部门以及各项管理职务的类别和数量，分析每位职务人应具备的资格条件、享有的权利范围和应负的职责。

因此，职能和部门设计的内容包括：职能分析、职能整理、职能分解、职务分析、职务设置、部门设置等。

组织职能和部门设计的影响因素包括：经营领域、产品结构、规模、技术特点等。

2. 管理幅度和层次设计

管理幅度是主管人员直接领导、指挥并监督其工作的下属数量。管理幅度是一个组织水平结构扩展的表现。

从最高的直接主管到最低的基层具体工作人员之间形成了一定的层次，这种层次称为管理层次。管理层次是一个组织纵向结构扩展的表现。

当一名主管人员的下属数量超过了他能够有效管辖的限度时，为了保证组织的正常运转与协调有序，他就会委托一些人来分担其工作，从而增加一个新的管理层次。可以说管理幅度是决定管理层次的一个基本因素。

决定管理幅度设计的因素有：①管理工作的性质、复杂性、变化性，以及下级工作的相似性。②人员素质和能力，特别是上级与下级的素质。③下级人员职权合理与明确的程度。④计划与控制的明确性及其难易程度。⑤信息沟通的效率与效果。⑥组织变革的速度。⑦空间分布的相似性。另外，还有管理层次、工作条件和组织环境、组织凝聚力的强弱等因素的影响。

组织的管理层次受到组织规模和管理幅度的影响，它与组织规模呈正比，组织规模越大，包括的人员越多，组织工作也越复杂，则层次也就越多；但是在组织规模已确定的条件下，组织管理层次与管理幅度呈反比，即上级直接领导的下级越多，组织管理层次就越少，反之则越多。

对于组织效率行为来讲，管理层次的多少、管理幅度的宽窄均有重要的影响。在早期组织理论中，管理幅度受到高度重视。随着信息技术的发展，组织结构总的演变趋势是向扁平化方向发展，但是管理幅度仍然是一个需要加以考虑的因素。

3. 信息沟通设计

组织是一个分工合作的系统，现代的组织首先是一个高度分工的系统，因为这种分工是高效率的必要前提，但是分工并不能自然而然地达到高效率。为了实现组织的整体目标，组织设计应该有助于部门和成员之间的沟通，特别是在多变环境中的组织，要求其成员处理更多的信息。组织要素之间的沟通和协调的程度，是信息沟通设计要加以解决的问题。

组织结构设计中也涉及信息沟通设计。组织结构信息沟通设计要解决纵向信息沟通和横向信息沟通两个方面。具体表述如下：

(1) 纵向信息沟通。纵向信息沟通是协调上下级的活动，包括：①命令链。下级无法解决的问题，提交上一级；问题解决后，答案再传回下一级。②规则和计划。对于反复出现的问题和决策，可以建立规则与程序，使成员在与上级无法沟通时作出反应。例如，有了计划预算，下级才可以在预算范围内独立开展工作。③增加管理岗位。当许多问题出现时，运用命令链和计划也难以应付，这时需要增加管理职位，例如，为管理者增加一个助手，或增加一个管理职位以减少管理的幅度。④纵向信息系统。包括给管理者的定期报告、书面信息或电子邮件等。

(2) 横向信息沟通。横向信息沟通是协调部门之间、成员之间的活动。横向信息沟通可以消除部门间的障碍，促进成员之间的合作，能够克服专业化与协作之间的矛盾。

横向信息沟通设计的基本方式包括：结构式方式、非结构式方式和人际关系方式。

二、组织结构设计对组织行为的影响

组织结构设计及实施直接使组织行为具有以下几种表现。

1. 规范化行为

规范化行为是指组织通过制定规章制度以及程序化、标准化的工作，规范性地引导员工行为的活动。

组织中各个职能部门、职务设计的内容既包括了以文字形式表述的规章制度、工作程序、各项指令，也包括了以非文字形式表达的组织文化、管理伦理以及行为准则等。

这样，组织结构越正式化，组织中的规章条例也就越多。一般来说，规模大的组织，需要较高的规范性；而在规模较小的家族企业中，可能就没有什么书面规章，因而是非规范化的。

2. 专业化行为

专业化行为是将组织的任务分解成单个工作岗位的活动。

专业化也称作劳动分工。有分工就有协作，劳动分工与有效协作是设计组织的职务、职位时首先要考虑的两个基本要素。专业化的普遍推广，是提高生产效率的有效方法，为众多的组织和许多类型的工作带来了经济效益。

组织职能部门化是组织劳动专业化的必然表现。如果专业化程度高，那么每个成员只需从事组织工作的很小一部分；如果专业化程度低，成员从事的工作范围就很广。

3. 标准化行为

标准化行为是将相类似的工作以统一的方式来执行的活动。

组织规范化行为为组织标准化行为奠定了基础。一般来说，高标准化的组织的工作内容被详细地描述，并且相似的工作在所有不同地区都以同样的方式来完成。

标准化行为在科学管理理论流行时期就已经是非常普遍的组织行为了。标准化行为与员工的职业化是密切相关的。职业化指员工培训与正规化程度。当员工需要较长时间的训练才能掌握工作时，该组织被认为具有较高的职业化特征。

4. 复杂性行为

复杂性行为是指每一个组织内部的专业化分工程度、管理层次、管理幅度以及人员之间、部门之间关系所存在着的巨大差别性。分工越细、管理层次越多、管理幅度越大，组织的复杂性就越高；组织的人员部门越多、分布越分散，人员与事物之间的协调也就越难，组织的复杂性也就越高。

组织的复杂性可以从三个方面衡量：横向、纵向、空间。横向的复杂性指横向跨越组织的工作部门的数量；纵向的复杂性指管理层次的数量；空间复杂性指地理位置等方面的数量。

5. 集权化行为

集权化行为是指组织在作决策时，正式权力在管理层级中分布与集中的活动。也即组织的决策是由高层做出，还是部分由下级参与做出的状况。

当组织的权力高度集中在上层，问题要由下至上反映，并且决策最终主要由高层做出时，组织就被集权化。这时，组织的集权化程度就较高。组织可能集权化的决策一般有：购买设备、确定目标、选择供应商、制定价格、人员聘用和决定市场范围等。

反之，当决策部分由较低的管理层做出时，就是分权化。一些组织授予下层人员更多决策权力时，组织的集权化程度就比较低。

三、组织结构设计的规范

正因为组织结构设计对组织行为的影响重大，所以在进行组织结构设计时，必须符合某些特定的要求，需要遵循一定的原则。

1. 明确性原则

组织中的每一个部门和每一位成员，尤其是每一位管理者，都必须清楚其所处的地位，

清楚应从什么地方取得其所需的信息，取得其所需的合作，取得其所需的决策，以及如何取得它们。但是明确并不意味简单，有的结构是简单的，但却不够明确；相反一些结构似乎很复杂，但却是明确的结构。

2. 经济性原则

经济性原则是指一个组织所需要监督、控制与引导其成员进行工作的职能费用开支应该最少。这需要组织成员尽可能以自律代替他律，组织结构要能够促成其成员自我控制和自我激励。有效的组织结构应该能够以最少的人力，特别是其“高绩效”的人力花费最少的精力和时间，来保持其组织的运转。

任何组织总需要花费时间和精力来“管理”和“控制”，以保持组织有效运作，但这部分成本应力求最小化；管理成本越小，组织越经济，组织的资源和投入就越可以转化为绩效。

3. 绩效导向原则

绩效导向原则是指组织结构必须能引导其成员的眼光和管理部门的眼光，使其投向于组织的绩效，而不是仅仅投向于“埋头努力”。

组织结构要避免将其成员的眼光引向错误的方向。高效的组织结构，能促使其成员关注于消费者的需求和价值，并以快速满足这种需求和价值的行为为组织赢得收益和声誉。

4. 整体性原则

有效的组织结构，首先能够促使其每一个成员，尤其每一位管理者和专业人员，了解其本身的任务：工作必须专业化，任何一项工作，都应该是具体而特定的。

5. 决策效率原则

决策效率原则是指有效的组织设计必须考虑到决策的效率，即必须考虑一种组织结构是降低了决策的效率还是提高了决策的效率等问题。

一种组织结构如果本身具有“决策上推”的力量，即总是将决策向上推移到组织的上层，而非将决策尽可能推移到组织的下层，那么这一组织结构就是阻碍决策的组织结构，也必然是无法处理关键性问题、易陷于事务陷阱的组织结构。这种集权倾向的根源在高层而非低层。

6. 稳定性与适应性原则

组织结构必须具有相当程度的稳定性，因为秩序和稳定性是效率的保证。即使当组织的环境已经发生了很大变化，组织本身仍能履行其职能。但是稳定并不意味着不变，相反，组织结构必须具有高度的适应性。过于刚性的结构，往往很脆弱，因为其适应性太低。组织结构必须能够随时调整自己，以适应新的环境、新的要求和条件，包括外部的和内部的变化。

四、组织结构形式与组织行为

就本质而言，组织结构是反映组织成员之间的分工协作关系。组织结构设计的目的是为了更有效、更合理地把组织成员组织起来，让他们有可能为实现组织的目标而协同努力。每个社会组织内部都有一套自身的组织结构，它们既是组织存在的形式，本身又是组织内部分工与合作关系的集中体现。由于组织内外部环境的不同，组织结构的类型也不相同，其组织行为也不尽相同。

1. 直线型结构下的组织行为

直线型组织结构是一种最早也是最简单的组织形式。其结构如图 7-1 所示。

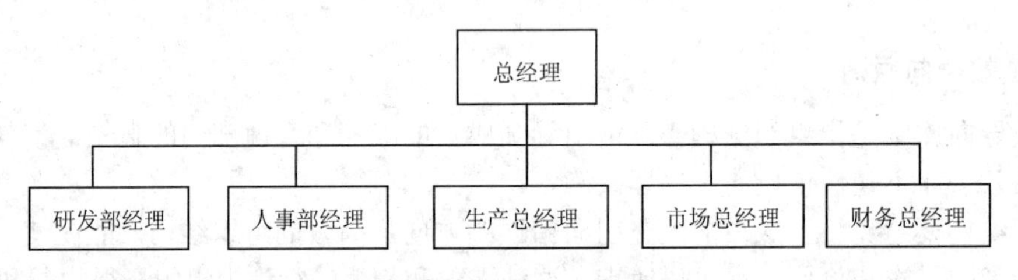

图 7-1　直线型组织结构

直线型组织结构的特点是：企业各级行政单位从上到下实行垂直领导，下属部门只接受一个上级的指令，各级主管负责人对所属单位的一切问题负责。厂部不另设职能机构(可设职能人员协助主管人)，一切管理职能基本上都由行政主管执行。

直线型组织结构的优点是：结构比较简单、责任分明、命令统一。缺点是：它要求行政负责人通晓多种知识和技能，亲自处理各种业务。这在业务比较复杂、企业规模比较大的情况下，把所有管理职能都集中到最高主管一个人身上，显然是难以胜任的。

因此，直线型组织结构只适用于规模较小、生产技术比较简单的企业，对生产技术和经营管理比较复杂的企业并不适用。

2. 职能型结构下的组织行为

职能型结构是一种以职能工作为中心进行组织分解的结构。组织从上至下按照相同的职能将各种活动组合起来。一般由采购、制造、销售、财务和行政管理等部门构成，如图 7-2 所示。

职能型组织结构的特点是：将技能相似的专业人员集合在各自专门的职能机构内，并在各自的业务范围内分工合作，组织任务集中明确、上行下达。

职能型组织结构的主要优点是：适应了大生产分工合作的要求，提高了专业化的管理水平，同时降低了设备和职能人员的重复性，减轻了高层管理者的责任压力，使其能专心致力于最主要的决策工作。其缺点是：各职能部门往往会片面追求本部门的利益，部门之间缺乏交流合作，且矛盾冲突会增多，这又会增加高层管理者协调、统领全局的难度和完成任务的压力。另外，由于受各职能部门狭窄的专业知识的限制，职能结构难以培养出“多面手”式的管理通才。

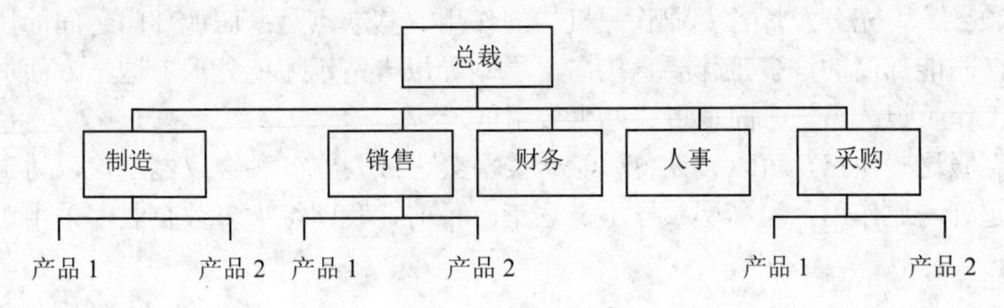

图 7-2 职能型组织结构

3. 直线—职能型结构下的组织行为

直线职能型结构，也叫生产区域型结构，或直线参谋型结构。它是在直线型结构和职能型结构的基础上，吸取这两种形式的优点而建立起来的。其结构如图 7-3 所示。

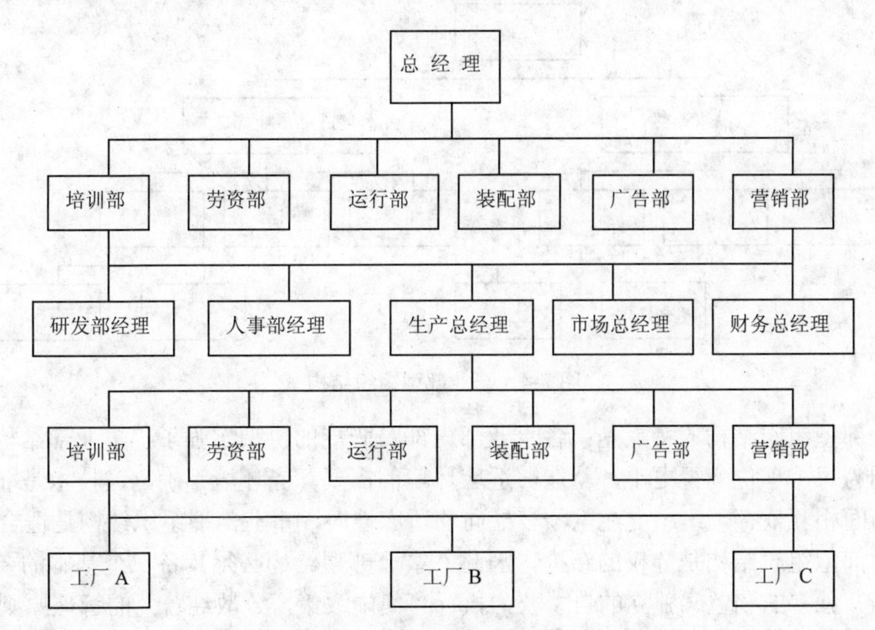

图 7-3 直线—职能型组织结构

直线—职能型组织结构的特点是：这种组织结构形式是把企业管理机构和人员分为两类，一类是直线领导机构和人员，按命令统一原则对各级组织行使指挥权；另一类是职能机构和人员，按专业化原则，从事组织的各项职能管理工作。直线领导机构和人员在自己的职责范围内有一定的决策权和对所属下级的指挥权，并对自己部门的工作负全部责任。职能机构和人员则是直线领导机构指挥人员的参谋，不能对部门直接发号施令，只能进行业务指导。

直线—职能型结构的优点是：既保证了企业管理体系的集中统一，又可以在各级行政负责人的领导下，充分发挥各专业管理机构的作用。其缺点是：职能部门之间的协作和配合性较差，职能部门的许多工作要直接向上层领导报告请示才能处理，这一方面加重了上层领导的工作负担；另一方面也造成办事效率低。

为了克服这些缺点，可以设立各种综合委员会，或建立各种会议制度，以协调各方面的工作，起到沟通作用，为高层领导出谋划策。目前，我国绝大多数企业都采用这种组织结构形式。

4. 事业部型结构下的组织行为

事业部型结构始创于 20 世纪 20 年代，也称为分部型结构。它是指组织面对不确定的环境，按照产品或类别、市场用户、地域以及流程等不同的业务单位分别成立若干事业部，并由这些事业部进行独立业务经营和分权管理的一种分权式结构类型。其结构如图 7-4 所示。

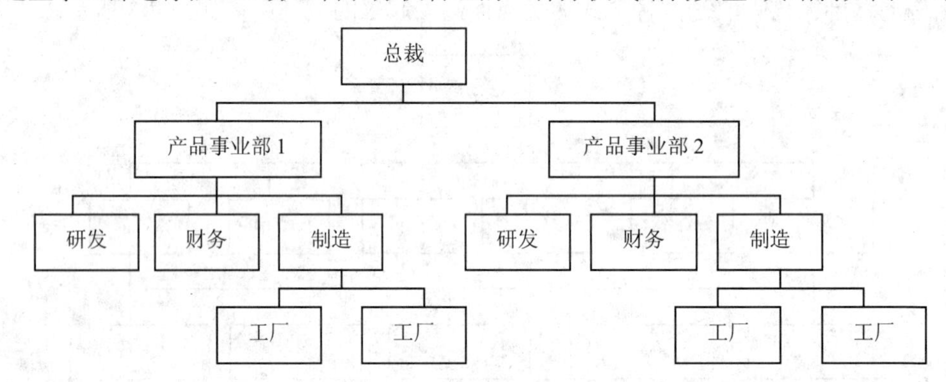

图 7-4　事业部型组织结构

事业部型组织结构的特点是：各事业部内部跨职能的协调增强了，事业部结构鼓励灵活性，因为每个单位变得更小，就能够适应环境的需要。当环境不确定，技术是非例行，需要部门间相互依存，组织更注重顾客导向和适应性时，事业部型组织结构是适合的。

事业部型组织结构是分权的结构。因此，事业部型结构必须具备三个基本的要素：独立的市场、独立的利益、独立的自主权，执行“集中政策，分散经营”的管理原则。

事业部型结构包括以下两种基本的组织形态：

第一，战略事业单位(SBU)。战略事业单位是一种独立的产品或业务经营单位。如同设在大企业中的小企业，SBU 需要全面负责产品的研发、生产、营销等一系列工作的组织、规划和实施。SBU 的标准是：要有自己的、能够与其他事业单位有所区别的任务使命和总体规划；要有明确的竞争对象；能够在关键的领域内安排好自己的资源；规模适度。

第二，独立事业单位(IBU)。独立事业单位是一种更为彻底分权型的分部式事业单位。这种类型的分部是作为母公司的一个具有独立法人地位的事业部形式存在的，它有着独立的经营机构和独立的经营自主权，不管其业务活动是否与母公司的战略性业务相关联，独立事业单位都必须对母公司承担利益责任。

事业部型结构的优点是：它使高层管理部门摆脱了日常繁杂的行政事务，可以使其专注于公司的战略决策事务。各事业部独立经营，拥有充分的自主权，既可以更好地以顾客为中心促进资源的有效整合，又可以提高对市场竞争环境的敏捷适应性，使公司较早适应未来的竞争与挑战。同时，这种结构有利于调动经营者的积极性，培养“多面手”级管理通才。

事业部型结构的缺点是：每个事业部都有完备的职能部门，由于机构重复，会造成管理人员增多和管理成本增高。另外，各事业部之间的相互支持与协调比较困难，限制了组织资源的共享，容易出现各自为政的部门主义倾向，这势必导致组织总体利益受损，并影响到组织长期目标的实现。

5. 矩阵型结构下的组织行为

矩阵型组织结构是由纵横两套管理系统组成的矩形组织结构，一套是纵向的职能管理系统，另一套是为完成某项任务而组成的横向项目系统，横向和纵向的职权具有平衡对等性。矩阵型结构打破了统一指挥的传统原则，它有多重指挥线。当组织面临较高的环境不确定性，组织目标需要同时反映技术和产品双重要求时，矩阵型结构应该是一种理想的组织形式。其结构如图 7-5 所示。

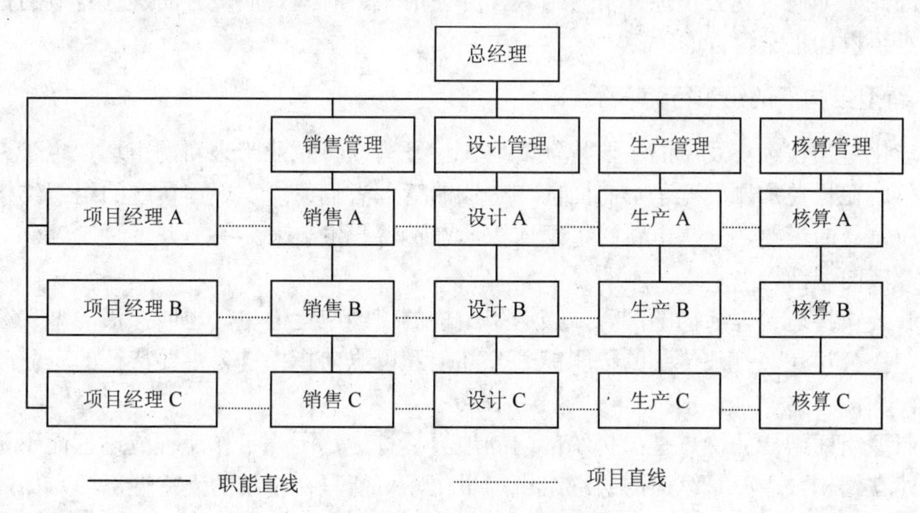

图 7-5 矩阵型组织结构

矩阵型组织结构的特点是：在这种结构中，成员并不专门设置，而是从职能组织中抽调或借用，因此其人员具有双重性。其一，他们仍然需要对其原属的职能部门负责，职能部门的主管仍然是他们的上级；其二，他们又必须对项目经理负责，项目经理对他们拥有项目职权。从图 7-5 中可见，在纵向上，行使的是职能组织的职责权限；在横向上，行使的则是项目职权。纵横两个方面的排列，即为矩阵型组织结构。其中，项目经理的任务是把他们在项目方面的所有观点和决策通过等级性的直线职能而在横向上协调起来，他们主要是关注其项目方面的问题，并确定在何时、由谁以及怎样去解决这些问题。而职能部门的管理者则不是着眼于个别的项目，而是要在其职权范围内对所有的项目负责，其权限在于对如何完成工作做出决策。

矩阵型组织结构的优点是：由不同背景、不同技能、不同专业知识项目人员所组成的为某个特定项目共同工作，一方面可以取得专业化分工的好处，另一方面可以跨越各职能部门获取他们所需要的各种支持活动，可以在不同产品之间灵活配置资源。通过加强不同部门之间的配合和信息交流，可以有效地克服职能部门之间相互脱节的弱点，同时易于发挥事业单位机构灵活的特点，增强职能人员直接参与项目管理的积极性，增强矩阵主管和项目人员共同组织项目实施的责任感和工作热情。

矩阵型组织结构的缺点是：组织中的信息和权力等资源一旦不能共享，项目经理与职能经理之间势必会为争夺有限的资源或权力不平衡而发生矛盾，这反而会产生适得其反的后果，协调处理这些矛盾必然要牵扯管理者更多的精力，并付出更多的组织成本。另外，一些项目成员需要接受双重领导，他们要具备较好的人际沟通能力和平衡协调矛盾的技能，成员之间还可能会存在任务分配不明确，权责不统一的问题，这同样会影响到组织效率的发挥。因此，如何客观公正地评价其绩效，并在成本、时间、质量方面进行有效的控制将是此类组织机构正常运行的关键。

6. 新型结构下的组织行为

全球化是当代经济发展的主要特征，这一特征为众多企业带来新的市场，也带来更激烈的竞争。在日益加剧的竞争形势面前，企业的管理者们纷纷发现，传统的组织结构已经不能适应发展的需要，一些更新的组织结构形态不断产生出来。

1) 横向型结构

随着公司再造管理活动的深入，横向型结构的组织应运而生，也叫“横向型”公司。“横向型”公司是在打破传统的按职能划分部门和以纵向指挥链为主要特征的企业改造中产生的。

横向型组织结构的特点是：传统部门的边界被打破，围绕工作流程或过程而不是部门职能来建立结构。主要是纵向的层级组织扁平化，可能只在传统的支持性部门，如财务和人力资源部门，存留少量高级管理者。管理的任务委托到更低的层级，多数员工在多职能、自我管理团队中工作，这些团队围绕诸如新产品开发之类的过程而组织。顾客驱动，横向型公司为了使横向设计奏效，流程必须以满足顾客需求为基础，这使得员工像和供应商联系一样与顾客进行直接的经常的联系。有时，这些外部组织的代表像训练有素的团队成员一样开展工作。

成功进行了横向型公司改造的企业，取得的成效是显著的。如美国柯达公司，撤销了主管诸如行政管理、生产和研发的副总裁，取而代之的是自我管理团队。公司拥有 100 多个这样的团队，为各种各样的流程或项目服务。但是，横向型结构的改造很可能是一个漫长而困难的过程，对员工和管理者的要求也是相当苛刻的。实际上，在实施公司再造的企业中，成功率不是很高。

2) 虚拟组织

虚拟组织也被称为动态网络结构。虚拟组织是一种以项目为中心，通过与其他组织建立研发、生产制造、营销等业务合同网，有效发挥核心业务专长的协作型组织形式。

虚拟组织形式的形成、发展应当归功于信息网络的发展。虚拟组织的组织结构像计算机一样，通过应用外部设备扩大自己的功能。同时，由于全球范围中无边界的商业活动的高速发展，使企业必须与其供应商、分销商，甚至竞争对手之间建立起合作的关系。因此 20 世纪 90 年代以来，出现了虚拟组织这种趋势，使一些企业决定只从事自身擅长的活动，而将其他的功能交由外部机构完成。特别是在服装业和电子行业，这种结构颇为盛行。这种关系网络使企业兼有机械结构和有机结构所具有的高效性和灵活性，被一些管理学家称为 21 世纪的组织模式。图 7-6 是一个典型的虚拟组织结构图。

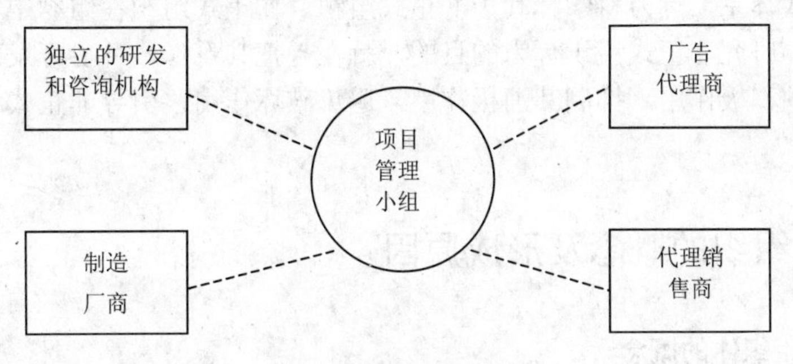

图 7-6 虚拟组织结构

虚拟组织以市场模式代替传统的纵向科层组织。公司通常保留关键活动如研发和营销，而将销售、会计、制造等进行外包，由一个较小的总部来协调或代理。如著名的运动鞋公司耐克公司，只从事设计和销售，制造全部外包。很明显，虚拟组织的生存平台就是供应链。

虚拟组织实际形式差异很大，有些组织仅与主要供应商发展关系，有些组织与零售商和分销商发展关系。在极端的情况下，企业的职能就像经纪人一样，独立地与产品设计者、制造商、供应商即市场打交道。

虚拟组织可以帮助企业迅速将产品投放市场，而不需要投入大量的启动资金。在一些不太景气的成熟行业，该结构可以推动企业发展。虚拟组织也有风险，例如，缺乏可控性，管理者往往需要调整自己以适应例外情况。另外，像产品质量、价格等，可能出现受制于人的情况。

动态网络型结构的优点是：组织结构具有更大的灵活性和柔性，以项目为中心的合作可以更好地结合市场需求来整合各项资源，而且容易操作，网络中的各个价值链部分也随时可以根据市场需求的变动情况增加、调整或撤并；另外，这种组织结构简单、精练，由于组织中的大多数活动都实现了外包，这些活动更多的是靠电子商务来协调处理的，所以组织结构可以进一步扁平化，效率也更高了。

动态网络型结构的缺点是：可控性较差。这种组织的有效行为是靠与独立的供应商广泛而密切的合作来实现的，由于存在着道德风险和逆向选择性，一旦组织所依存的外部资源出现问题，如质量问题、提价问题、及时交货问题等，组织将陷于非常被动的境地。另外，外部合作组织都是临时的，如果网络中的某一合作单位因故退出且不可替代，组织将面临解体的危险。同时，由于项目是临时的，员工随时都有被解雇的可能，因而，员工的组织忠诚度也比较低，网络组织还要求建立较高的组织文化以保持一定的凝聚力。

第二节　非正式组织行为

在各种组织中，客观存在着一种人们之间在共同的工作过程中，凭感情联系起来而自发形成的非正式体系，行为科学称其为非正式组织。非正式组织在组织中，客观上起到或好或坏的作用。研究非正式组织行为的目的，就在于把其看作一种可开发的人力资源，发挥非正式组织的积极作用，抑制其消极作用，避免破坏作用，引导非正式组织目标与组织目标一致。

一、非正式组织的概念及形成原因

1. 非正式组织体的概念

所谓非正式组织，是指那些无正式规定、自发产生的，成员的地位与角色、权利和义务都不明确，也无固定编制的群体。

相对于正式组织而言，非正式组织不是由组织正式组建，而是以好恶或兴趣自然联系起来的群体；由于情趣一致或爱好相仿、利益接近或观点相同，以及彼此需要等原因把人们联结在一起，并依靠心理、情感的力量来维系。

2. 非正式组织的形成原因

非正式组织的形成是自发的，形成原因比较复杂。主要有以下几个方面：

(1) 共同的兴趣爱好。有相同的兴趣爱好，有共同语言，很容易令人们相互接近，增加交往，并在此基础上形成非正式组织，也即趣缘群体。在日常生活中，很多非正式组织

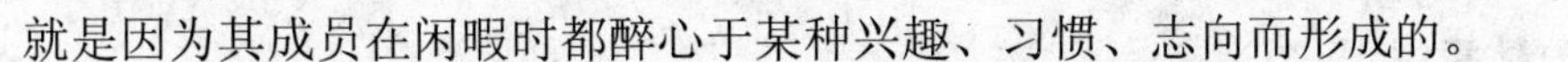

就是因为其成员在闲暇时都醉心于某种兴趣、习惯、志向而形成的。

(2) 价值观的相似。在某种利益或价值观上的一致性，使人们对人、对事、对物往往有共同的看法、共同的追求，所以他们产生“合得来”的感觉而聚合在一起的非正式组织，也即志缘群体。在价值观比较一致的基础上形成的非正式组织一般来说比较稳固，不易因偶然因素而解体。

(3) 有类似的经历和社会背景。社会背景和个人经历也是形成非正式组织的一个重要因素。具有类似社会背景或经历的人，如战友、同学、同事等，有着相同的经历或感受，容易互相同情，进而产生心理相容形成非正式组织。

(4) 性格一致。性格相同的人一般愿意在一起交往，但是气质不同的人也会由于心理上的“互补作用”而聚在一起。比如，脾气急躁的人往往喜欢和脾气温顺的人相处；独立性强的人往往愿意和依赖性强的人在一起。

二、非正式组织的特点

非正式组织具有以下几个特点。

1. 有较强的凝聚力

非正式组织是各成员为满足心理需要而自然形成的，情感是各成员之间相互联系的纽带。成员之间相互信任、相互支持、团结一致，呈现出一种“抱团”现象，这正是非正式组织有较强凝聚力的体现。

2. 独特的规范性

非正式组织一般都有自己的群体规范，这种规范是不成文的、无形的。它从非正式组织成员的共同利益、共同需要、共同情趣和爱好出发，规范非正式组织成员的行为，调节其群体内部的关系。非正式组织的规范往往比正式组织的规范有更大的约束力。

3. 自然形成的领导人物

非正式组织的“领袖”人物与正式组织的领导者的不同在于，他们不是由组织任命，而是由于他们的个人品质、业务能力或工作经验得到群体内其他成员的好感，而自然形成的。这样的“领袖”往往比正式组织的领导者有更大的权威性，对成员的影响也更大。

4. 信息沟通灵敏

非正式组织成员之间感情密切，利益一致，彼此之间的交往频繁。因此，其群体内部信息沟通渠道畅通、传递迅速。群体中的每一个成员对信息的反应都有很大的相似性，这样促进了信息的沟通。

5. 有强烈的群体意识

非正式组织成员具有强烈的群体意识，每个成员为作为群体的一员而自豪，而且可能出现排挤其他群体的倾向。这种非正式组织一旦形成，就会在群体成员的行为上，表现为整个群体行为往往趋向一致。

6. 群体效率高

非正式组织往往有一套见效快而又不成文的奖惩制度和手段，因此群体运行效率很高。

三、非正式组织的分类

1. 按形成的原因划分

(1) 利益型。因其成员利益上的一致而形成的群力，凝聚力最强，作用明显。

(2) 情感型。以互相了解、互相信任，有着共同的遭遇、共同的语言而建立起来的团体。

(3) 信仰型。因共同的理想而结合在一起的群体。维护群体关系的是相同的信仰、理想、观点。

(4) 亲朋型。因其成员有亲戚朋友关系而形成的群体，凝聚力强，内部相互帮助和对外自卫的作用明显。

(5) 目的型。因其成员都要达到一定的目的而形成的群体。这种目的和动机可能各不相同，但一旦达到目的，群体也就可能解体。

(6) 爱好型。因其成员有共同的兴趣、爱好而形成的群体。

2. 按非正式组织的性质和作用划分

(1) 积极型。这类非正式组织的目标与组织目标一致，其成员服从集体领导，在工作上有进取精神。

(2) 中间型。这类非正式组织的活动有时候与组织目标一致，有时不一致；或在一些问题上一致，在另一些问题上不一致。既有积极作用，又有消极作用。

(3) 消极型。这种非正式群体不关心组织目标的实现，只关心自己感兴趣的东西。一般其利益与组织目标无很大冲突，没有很大害处，但若其利益与组织目标发生冲突，就可能置组织利益于不顾。

(4) 破坏型。这是由一些具有破坏动机的人自发形成的群体。这类群体的活动与组织目标相背离，对组织的利益起着损害或瓦解的作用。

四、非正式组织的作用

非正式组织的存在是任何一个管理者都必须认真思考的问题。非正式组织的影响和作

用可能是积极的，也可能是消极的。当它的目标与组织目标一致时，就会起积极作用；当它的目标与组织目标相矛盾时，就会起到消极作用。作为一个管理者只有充分认识到非正式组织的影响和作用，才有可能调动一切积极因素，取得更大的效益。

1. 非正式组织的积极作用

(1) 能够满足个人的一些正常心理需要。人们都需要得到周围的人的理解、信任和支持，在非正式群体的感情交往中能够使人们的这种需要得到满足。如集邮协会、球队等，使成员的爱好与兴趣能够在这样的群体内得到满足。这既有利于人们的心理平衡和心身健康，又使成员以稳定的情绪和愉悦的态度来从事正式组织交给的工作。

(2) 有利于增强正式组织的凝聚力。非正式组织的特点之一是具有较高的凝聚力，经过积极引导，可以使其成为增强正式组织凝聚力的因素。

(3) 可以协助正式组织克服困难，解决难题。不少非正式组织有其独特的优点，同时，由于其内部关系一般比较融洽，凝聚力强，如果能正确调动和激发其积极性，可以使其成为重要的突击力量。

(4) 在做促进转化工作上有特殊功效。因非正式组织本身的特点，特别是其“领袖”人物的影响力，在做促进转化工作上，往往有正式组织达不到的功效。由于非正式组织内成员对其“领袖”都既尊重又信服，甚至有言必听，有令必行，所以，组织领导只要通过“领袖”人物而按组织的意图做工作，就能带动非正式组织内的落后分子，转变其思想作风，使其为组织目标而努力。

2. 非正式组织的消极作用

(1) 与正式组织利益或目标的冲突。当非正式组织的利益或目标与正式组织的利益或目标发生冲突时，非正式组织会对正式组织的利益和目标起破坏和干扰作用。

(2) 与组织规范的冲突。非正式组织的规范与正式组织的规范发生冲突时，会对正式组织的规范起削弱作用。譬如，正式组织的规范要求群体成员都要严格遵守组织制定的规章制度，非正式组织的规范却是主张“以友情为重”，在这种情况下，非正式组织的规范会对正式组织的规范起削弱作用。

(3) 与正式组织活动的冲突。非正式组织所要进行的具体活动与正式组织将要进行或正在进行的活动发生冲突时，非正式组织往往以自身利益为重，从而给正式组织的活动带来负面影响。

(4) 与组织领导的冲突。非正式组织的“领袖”人物与正式组织的领导发生冲突，这种冲突可能是个人的成见或摩擦，也可能是工作上的分歧。这时，正式组织难以使组织成员有凝聚力和团结一致，绩效也会下降。

五、对非正式组织的管理

1. 实事求是是正确对待非正式组织的前提

首先，要认识非正式组织存在的客观性。在各种组织和正式群体中，非正式组织的存在是一个客观事实。如果不承认这样的客观事实，当然也谈不上正确对待非正式组织及有针对性地开展工作。

同时，应把非正式组织与反组织的小团体严格区分开来。它们之间的不同在于，反组织的小团体是利用非正式组织的系统，有目的地进行反组织活动，其目的在于干扰和改变正确的组织目标和任务，从而达到利己的目的。

应该看到，一般情况下，完全背离组织原则和利益的非正式组织毕竟是少数，大多数非正式组织和正式组织之间并没有根本的利害冲突。根据现代管理理论，非正式组织的存在还是对正式组织的一个重要的有机补充，因此，管理者不能对非正式组织以偏赅全，应因势利导，发挥其积极的一面。

2. 正确分析是正确对待非正式组织的基础

正确分析，是做好非正式组织工作的基础。首先，要辨明是否是非正式组织。其次，要分析非正式组织的性质、作用、形成原因、成员构成、“领袖”人物、发展趋势等情况。以便对非正式组织作出准确的判断，找到如何引导或发挥其积极作用的方法。

3. 合理引导是正确对待非正式组织的关键

在实际管理中，支持有积极意义的非正式组织，可以增强组织成员间的团结，调动工作的积极性。合理引导的方法有许多，如在工作中发挥非正式组织的作用、扶持培育合作性的非正式组织、影响和控制非正式组织的群体规范、加强与非正式组织成员的沟通等。

但是，在对实际存在的非正式组织的情况进行的调查中发现，不少组织及正式群体的领导者，不重视对非正式组织的引导工作，其主要表现有：一是对有积极意义的非正式组织不注意引导、支持，甚至冷漠、压制。如对于群众性的有益于文体活动开展的各种非正式组织，对员工自己成立的兴趣小组等不引导、不支持，使其自生自灭甚至性质发生转化，大大地挫伤了员工们的积极性。二是对一些有不利影响的正式组织一味采取批评、处分、压制的办法，不做引导、转化工作。这些状况都不利于合理引导非正式组织的工作。

引导不是妥协、退让、迁就，也不是不能运用批评、处分等手段。引导的目的需要明确，就是把非正式组织引导到有利于组织目标、任务的实现及完成，有利于正式组织的建设的轨道上来。批评和处分所要达到的，也是这个目的。引导是要使非正式组织的积极因素得到发挥，使消极因素转化为积极因素。

4. 重视非正式组织的核心人物的作用

在对非正式组织进行引导时，应特别重视对非正式组织的核心人物的引导工作。非正式组织的核心人物，在非正式组织中起着举足轻重的作用，尤其是在内部组合方式居于明星型的那种非正式组织中，这种作用就更明显，因此，对非正式组织的引导要从其核心人物入手。实际上，对于一些确有水平和能力的核心人物，应该大胆任用。许多事实证明，有些非正式组织的核心人物在担任了正式组织的管理工作之后，能够使正式组织的工作有很大改进。

当然，具体情况需要具体分析。对于某些具有明显破坏作用的非正式组织，有时候仅靠引导可能不起作用，那就应该态度坚决地瓦解它。但瓦解工作也必须注意分清不同性质的矛盾，采取不同的方法。

第三节　组织变革及发展行为

现代社会的组织是个开放的社会技术系统。它与整个社会环境相互作用、相互影响，处在动态的环境与结构之中，组织的规模不断扩大，技术、设备、产品不断更新，市场不断开拓，组织之间以及组织内部的竞争机制不断加强。因此，现代社会组织必然地要进行变革和发展，否则将失去活力，难以适应不断变化的形势。

一、组织变革与组织发展的含义

组织变革，是指根据内外环境变化的要求，组织不断地进行调整与完善的过程。组织变革不仅指技术、结构方面的改革，而且包括组织成员思想上和心理上的变革。

组织发展，是指通过有计划、长期的努力来改进和更新组织，从而实现更协调、更有效管理职能的过程。换言之，组织发展是一个动态的概念，它是一个长期地进行组织变革和协调的过程。

组织发展实质上也是一种组织变革，只不过是一种动态的组织变革。组织发展需要通过组织变革来实现，组织变革是组织发展的重要手段。组织变革的目的是使组织得到完善与发展，更有效地行使组织各种管理职能。

与组织变革相比较，组织发展更重视两点：强调调整和改变组织成员的态度和行为活动，强调改变组织本身对成员行为活动的影响方式。这两点的共同着眼点，就是通过改变组织成员的行为活动来达到提高组织效益的目的。因此，组织发展的具体形式是以人为中心的发展、以组织为中心的发展和系统化的发展等。

二、组织变革与发展的征候

一般来讲，社会组织如果在出现下列四种行为征候时，可以进行组织变革，从而推动组织的发展。这四种行为征候是：

(1) 企业组织的主要功能显得无效率，或不能发挥其真正的作用。

(2) 企业组织的决策太缓慢、效率低或常常失误，以致经常发生错失良机的情况。

(3) 组织内部的意见沟通渠道被阻塞，存在不良意见的信息传递不灵或失真。

(4) 企业组织缺乏创新，组织的管理人员缺乏开拓进取精神。

三、组织变革的步骤和过程

1. 组织变革的步骤

对于组织变革的过程有多种认识，勒温认为变革是“解冻、改革、再解冻”；夏恩提出了“适应、循环”的方法；罗希认为变革的程序包括“知觉、分析、沟通、监视”等；凯利认为变革的过程包括“诊断、执行、评估”等观点。这里综合各专家学者的意见，提出组织变革过程的几个基本步骤：

(1) 分析研究组织的内外环境因素，找出需要变革的问题。

(2) 组织人员要认识变革的必要性、紧迫性和可能性。

(3) 通过企业诊断，确定企业目前状况能否应付外界环境的变化，并进一步明确企业中问题的关键。

(4) 提出解决问题的方案，经过讨论，从多种方案中作出最优选择。

(5) 根据选定的方案实施改革。

(6) 评定变革后的组织效果。通过反馈，了解变革的实际情况。如果是正反馈，则说明变革成功；如果是负反馈，则说明变革碰到问题，这时需要调整变革，诊断问题的所在，再次实施变革。

2. 组织变革的过程

组织变革过程包括打破平衡、进行变革和消除抵制三个阶段。

1) 打破平衡阶段

当组织中的某些人或某些小组认识到需要改变办事方式时，这一阶段便开始了。一般来讲，组织中经常出现问题便标志着有变革的必要，于是要求变革者之间会对这些问题进行讨论，并向专业管理咨询公司进行咨询，表示该组织进入了变革的第一个阶段：打破现有平衡。

在这个阶段中，一般要对解决问题所需进行的变革内容进行详细研究，如是否改变组织的活动方向、是否改变组织的结构形式、是否改变组织的决策过程、是否进行高级管理人员的变动等，总之，要改变那些已经成为常规的模式。

2)　进行变革阶段

当采取第一个变革行动时，变革阶段就开始了。在该阶段中，个人行为或组织过程会发生一般改变。例如，向下属授予更大的权力；对组织中的管理人员进行计算机操作培训，以便用计算机进行日常文件处理等。有时，在变革初期需要对某些变革内容进行试验，以确定这些变革内容是否会产生所需效果，必要时还需对某些变革内容进行调整，以便变革能朝计划的方向发展。

3)　消除抵制阶段

组织中的人员对变革会持不同态度，有些人愿意试试看，也有很多人会墨守成规，抵制变革。因此，当变革一经实施，便需着手消除人们对变革的抵制。对变革进行抵制的不仅有普通职工，还会有管理人员。对变革进行抵制的原因也多种多样，如果能了解这些原因，并采取适当措施，就能更有效地消除抵制行为。

四、组织变革的类型

按不同的划分标准，可以将组织变革划分为不同的类型。了解变革的类型，有助于我们采取适当的变革模式。

1. 局部性变革和根本性变革

局部性变革是指在组织现有的基本功能不变的基础上对组织状态进行的改变。它是通过经常的和系统的，在技术、人员和结构等方面朝着既定方向的改变，使组织的活动最终能达到新的更高的水平。由于在局部性变革过程中，每一次的改变幅度都不是很大，因此遇到的抵制较小，变革的组织也较为容易。但在许多情况下，环境的变化会使组织维持原有功能的机会成本大大加大，或者使组织原有的业务逐渐被市场淘汰，从而促使组织主动或者被迫进行根本性的变革。

根本性变革是指在一段时期内对组织的基本功能所进行的变革或者创新。由于根本性变革的幅度大、影响广，变革往往会遇到很强的抵制，有时甚至会造成对组织某一部分的极大伤害。因此，没有哪个组织能在短期内承受频繁的根本性变革。1993 年，我国的格兰仕公司通过大规模的产业结构调整，从一家以轻纺为主的企业转变为一家以微波炉家电为龙头的集团公司，该公司的这一变革就是一次根本性变革。

2. 主动性变革和被动性变革

主动性变革又称为有计划变革，是人们预见到环境变化的可能性而主动对组织进行的系统变革。主动性变革一般集中于工艺、人员及技术等方面，其对象可以是个人、工作小组、部门或整个组织。例如，改变企业内的授权范围，使下级得到更大的自主权；从劳动密集型工艺改变为完全机械化或机器人操作的生产工艺；将员工的报酬由个人计件工资改为小组计件工资等，都是主动性变革的例子。格兰仕公司在原来经营的羽绒、毛纺产品规模逐步扩大，并走向了多种经营、集团化发展道路的时候，发现国内的微波炉市场有着诱人的发展前景，于是便主动到上海，请来了全国著名的微波炉专家帮助创业。最终，格兰仕公司转变为一家家电公司，这也是一种主动性变革。

被动性变革又称为反应变革，是由于一些重大事件的出现使组织被迫进行的变革。例如，1987 年 10 月 19 日，道琼斯工业指数突然大幅下跌，西方很多大型股票交易所对其操作系统进行了重组，解雇了成千上万名职员，并改进了计算机买卖股票的程式，这就是被动性变革的一例。

3. 组织的任务、技术、人员和结构变革

按组织变革的内容划分，变革可以分为任务变革、技术变革、人员变革和结构变革四种类型，这四种变革是互相牵制的，某一种变革常常会诱发另一种变革。例如，技术的进步会要求人的素质的提高，而人的素质的提高又会反过来推动技术的进步、管理的改善、结构的优化和运行方式乃至运行方向和目标的改变。这四种变革的具体表述如下：

(1) 任务变革。组织的任务是指组织的运行方向和目标。任务变革是对组织的任务即组织的运行方向和目标等方面的改革。当组织对其运行方向和目标进行调整时，组织的结构往往要随之进行调整。在复杂的组织系统内，尚有许多亚层次任务存在，它们是为总任务服务的，这些亚层次任务实际上就是各个部门的具体工作方向和目标，这些具体任务的改变同样会引起各级部门机构设置等的调整。

(2) 技术变革。技术变革是与生产工艺有关的变革，其结果是生产效率的提高。这里提到的技术包括组织为生产产品或服务所必需的所有工具、设备、工艺、活动和有关知识等。技术变革就是对这些要素中的任何一个或几个的改变。例如，某企业由以人为主进行生产改为以机器人为主进行生产就是一种技术变革，这一变革不但要求改变生产设备，而且要对人员进行培训、对人员构成进行调整。

改变生产的组织方式会引起技术变革。例如，由装配线生产方式改为由一个工作小组完成完整产品的生产方式，就会引起技术上的改变。改变企业的产出也会引起技术变革。任何新产品的投产，或是对现有产品进行较大的发展，都会在工艺流程方面引起变动。技术变革和结构变革往往是同时发生的，例如，改变组织的工作方式属于技术变革，与此相应的改变工作单位组成及关系则是结构变革。

(3) 人员变革。人员变革是指在组织成员行为、态度、技巧、期望等方面的改变。人员变革一般可以通过对人员进行再培训、改变组织中的人员构成和组织发展等几种途径实现。

(4) 结构变革。结构变革包括对组织设计、权力分散层次、组织沟通渠道等方面进行的改变。如美国苹果公司曾因其 9 个分部的自主权太大，影响了公司的整体利益，因而进行过一次较大规模的结构变革，将分部结构形式改变为直线职能结构形式。

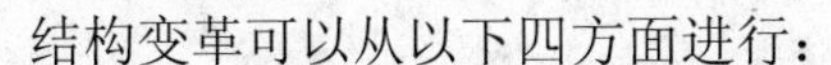

结构变革可以从以下四方面进行：

① 改变各组织机构之间的责权关系。即改变原有的直接领导关系。如将由某一副总裁直接领导几个工厂的形式，改变为将几个工厂分类后由几个副总裁分别领导的形式。通过这一变化，使每一个副总裁的管理幅度缩小，组织内的管理层次增加，各管理层上的决策范围及权力、责任都相应发生变化。

② 重新安排信息沟通渠道。信息沟通的目的是促使组织中有关部分能相互了解，培养合作精神。信息渠道的畅通，能将组织中独立的个人活动和群体活动、群体之间的活动沟通起来，成为一个整体。因此，在组织规模逐步扩大和实现多样化经营过程中，出现了内部横向信息障碍，各部门之间互不相关，毫不了解的局面时，组织负责人应尽量通过组织结构的重新安排，恢复组织内单位和个人的相互联系。矩阵式组织结构就属于有助于加强组织内部横向信息沟通的一种形式。

③ 改变工作流程。工作流程是完成企业各项工作任务的过程，体现着企业的工作方式。企业的经营领域和范围不一样，自然会有不同的工作流程，但企业作为经营性组织也存在一些共同的基本流程，我们把这些基本流程分为管理流程和业务流程两大类。工作流程在时间上有先后顺序。改变工作流程，就是指按工作的规律，撤除不必要的迂回或重复运动，从而提高工作效率。日本企业在改变工作流程方面做了大量的努力。过去，日本企业比较追求完整的生产流程体系，建立了具有特色的多层供应商——制造商——批发商——零售商的供产销体系。而在泡沫经济破灭后，企业纷纷缩短流程，以求降低成本，寻找再生之路。20 世纪 90 年代，在计算机技术和国际互联网的广泛应用以及全球化背景下，空前激烈的竞争压力的推动下，组织变革和发展中掀起了一股企业流程再造的热潮。

④ 改变责权不明和机构重叠现象。责权不明、机构重叠是大型组织普遍存在的弊病，几乎成为大企业的特征。传统的改变方式是把各种规章制度形成文件，详细规定每个人的工作、责权及与他人的关系。有些组织采取了按市场或按产品划分分部的方式，以分清各分部的责任和权力，同时实现分权管理。还有些组织采取目标管理方法来明确组织中个人及各部门的工作目标，以及相应的责任和权力。例如，世界第四大制药公司德国的郝希斯持公司，在 1995 年初将公司数十年执行的集中责任制度改变为分散责任制度，将公司的 15 个经营部门减少到 7 个，同时将这些经营部门的报酬与它们的工作绩效挂钩。这个改组还引起了公司内部气氛的彻底改变。近年来一些企业采取了裂变的方式，将原来的企业一分为几，裂变后的企业规模相对变小，特定市场比较明确，每个企业都成为利润中心，进行独立的决策，因而责权明确。

组织的变革是一项复杂的系统工程，有时可能主要是针对其中一个变量，有时是借助其中一个变量的变革来影响其他变量，还有的时候可能是对组织中的几个变量同时实施变革。这就要求不能孤立地、简单地、片面地看待组织的变革，而应该系统地开展这项工作。

五、组织变革、发展的动力和阻力

1. 组织变革、发展的动力

组织变革、发展的动力，主要来源于组织的外环境系统与内环境系统两个方面。

1) 组织外环境

组织变革与发展往往是由组织外环境中的某些因素变化所引起并推动的。具体包括：

(1) 社会政治经济因素。通常情况下，社会进步、政治民主、法制健全、社会风气、社会安定等，都会推动组织的变革与发展。

特别是社会的经济发展对组织变革的推动作用更为直接。社会生产力水平的提高、生产方式的变化，将推动组织的改革；经济结构的发展，会推动各种社会组织的改革与调整；经济的发展会影响人们思想观念的变化，从而对组织的变革与发展带来影响。

就目前来讲，世界经济一体化的趋势已经十分明显。各国合作生产已经成为新的全球模式，全球相互依赖的经济格局已经形成。组织的变革方式也相应地发生了变化：第一，引起组织发展战略的变化。伴随着国际化经营的进程，社会组织往往要修正甚至制定新的发展战略，这必然会导致组织变革。第二，世界经济一体化的事实使得远程协调控制工作变得越来越重要。如何将一个组织内相距遥远的员工很好地协调起来，使他们能够围绕着企业共同的目标展开工作，遵循企业共同的价值观，维持和强化企业文化，是社会组织工作所面临的新任务，这也需要组织变革来完成。

(2) 科学技术因素。知识经济给现代组织的活动带来了持续而深远的影响。计算机的应用、新技术的推广和使用、信息技术的发展，以及新的机器和生产过程的应用，使生产与办公更加自动化，人员素质要求更高，这些都要求组织不得不变革，以适应时代的需要。

21 世纪，信息知识取代资本成为社会发展的决定因素，价值增长将主要依靠增加知识来实现。知识生产力已经成为组织竞争力和成就力的关键，传统的以装备为基础的组织正转变为现代的以信息或知识技术为基础的组织。在这样的组织中，晋升制度、奖惩制度等都将发生变化，组织管理工作的重要任务是战略性地开发和利用知识资源。在这种情况下，权力高度集中、内部沟通缓慢、决策迟缓的组织结构将无法适应竞争的需要，甚至会成为组织生存的障碍。

同时，信息技术的普遍运用正在改变传统的组织管理模式。例如，计算机取代了组织中大量中层管理人员的工作，减少了组织层次。由于信息技术的进步，计算机网络越来越多地应用于组织的各类活动中，使组织的高层管理者可以随时随地了解内部各个部门的运作情况。

(3) 市场环境因素。市场环境的变化要求各类社会组织必须作出相应的反应与变革、

发展，否则将会使企业的效益遭受巨大的损失。

审视当今企业面临的市场环境，会发现一些明显的变化：第一，消费者及消费市场越来越多地制约和引导着生产者，甚至影响组织变革和发展的指导思想。第二，消费者需求越来越多样化，人们的消费观念发生了变化，强调突出个性的消费。购买行为和消费方式越来越多样化，这必然使生产组织按照市场的要求进行组织变革和发展。

2)　组织内环境

外部环境的变化必然影响到组织内部环境的变化。而组织的内环境的变化也是组织变革和发展的动力。

组织的内环境包含组织结构、管理体系、社会心理系统等因素。具体表述为：

(1)　组织结构的变化。组织结构内部部门的划分或联合、新的结构形式的创建、非正式组织的变化及其他结构的变化，都会使组织结构不断地调整与完善。

(2)　管理体系的变化。组织的领导者与管理者是组织变革的中心人物和最终决定变革的关键人物，如果领导风格、领导观念等发生了变化，必将导致组织结构的变革与发展。

(3)　社会心理系统的变化。组织内部的群体动力状态、人际关系、信息的交流与意见的沟通、团体的凝聚力与士气等，都会对组织的整个变革与发展带来重要的影响。缺乏必要的社会心理气氛，组织的任何改革都很难进行。

2. 组织变革、发展的阻力

阻碍组织变革发展的力量主要有以下三个方面。

1)　个人性的阻力

(1)　职业心向的障碍。职业心向是指经常性的工作和长期从事的职业，容易使职工形成心理上的定式。在改革过程中，新的工作、新的技术与方法、新的组织结构同职工原有的职业心向发生冲突，会产生心理压力和负担，进而导致抵触情绪，阻碍变革。

(2)　保守心理的障碍。保守心理是相对于创新改革来讲的，在长期不变的环境中，人们容易产生保守心理，而具有保守心理的人往往“迷恋”传统，并以此为借口去反对变革。

(3)　习惯心理的障碍。习惯是人们长期养成的心理和行为特性，人们通常按自己的习惯对外部环境的刺激作出反应。一旦打破常规，人们会在心理上感到不安，会出现抵制生活变化的行为。

(4)　嫉妒心理的障碍。嫉妒是一种心理上的病态。具有嫉妒心理的人对改革者取得的成绩心怀嫉妒；常用流言蜚语攻击改革者，中伤改革者。

(5)　求全责备心理的障碍。变革是一个新生事物，开始是不完善的。有的人常用机械主义的观点，对变革百般挑剔，横加指责。

(6)　人际关系变动的障碍。当组织变革时，组织的结构要作出适当的调整，人际关系要发生变化，使人的地位与权力也随着变动，会产生不安全的心理反应，阻碍变革。

(7) 经济原因的障碍。组织变革会触动某些人的利益，担心改革会影响自己的经济收入，出现抵制变革的现象。

2) 组织性的阻力

(1) 对权力和地位威胁的障碍。无论是人事或是技术上的变革，都涉及组织中人的权力和地位的变化。居于一定地位，享受一定权力的管理者或领导者，会因变革后可能降低他们的地位或权力，以各种形式抵制对其地位和权力有威胁的变革。

(2) 组织结构的障碍。组织结构的改变会对整个组织系统产生影响。因而来自组织结构方面的阻力对组织变革的影响也是很大的。任何一个新主意和对资源的新用法，都会触犯组织的某些权力，触犯某一层的利益，使更多的信息沟通渠道不畅。

(3) 资本限制的障碍。任何企业想维持现状或继续发展，都离不开一定的资本作基础，没有足够的资本，企业不可能生存，更谈不上发展。

(4) 组织气氛的障碍。组织气氛的优劣直接影响着组织的生存与发展。良好的组织气氛是组织赖以生存与发展的心理基础。如果没有良好的组织气氛，任何变革都将失去广大组织成员的理解和支持。

(5) 组织规范的障碍。组织规范约束着个人或组织的行为。如果组织规范的方向与变革的目标不一致，则直接影响组织变革的顺利进行。

3) 社会性的阻力

(1) 缺乏变革的社会环境的障碍。社会的政治环境与经济环境都影响着组织能否改革，影响着组织的改革方向和变革力度。良好的社会环境是企业改革的动力，不良的社会环境则阻碍企业的改革。

(2) 相关系统变革不同步或相抵触的障碍。组织的变革与发展不可能是封闭的，与组织相关的系统配套改革措施是否完善对组织的变革与发展有着直接的影响。

(3) 传统习惯性阻力。传统的习惯性阻力是指人们在一种模式下生活习惯以后，迷信传统，对变革有一种本能的顾虑倾向。所以，要想使人们对变革有认同感、支持变革，必须改变人们久已习惯的传统观念。

六、对变革、发展抵制行为的管理

组织变革、发展涉及组织中的所有人员，在变革、发展过程中，他们的利益或多或少会受到影响，因此，在组织管理中，要加强对变革、发展抵制行为的管理。

1. 抵制变革、发展的原因

组织成员对变革、发展不理解，有时是进行抵制是情有可原的。管理者首先要搞清楚抵制变革、发展的原因，以便对症下药。

组织成员常见的抵制变革、发展的原因有以下几个：

(1) 不确定感。对变革、发展进行抵制的最常见原因是组织成员无法预计变革、发展可能会对自己带来的影响。他们会担心自己的就业保障，担心自己能不能适应新的要求等。就像许多组织中的办公室人员一开始总是反对办公室计算机化，因为他们担心自己会被计算机所取代，他们不知道自己能不能使用那些复杂的机器。

(2) 缺乏理解和信任。有些人抵制变革、发展，是因为他们认识不到变革、发展的必要性，或是他们对变革、发展的真正目的有所怀疑。例如，当管理人员决定改变工作小组中某些人的任务分配时，便会遭到一些小组成员的抵制，他们会认为这是管理人员意图增加自己的工作量，或是暗示自己的工作不合格，或是管理人员在排除异己等。

(3) 害怕失去某些既得利益。这是管理人员对某些变革、发展进行抵制的主要原因。组织机构变革和技术变革会使人们产生这样的担心。

(4) 对变革、发展的认识不同。不同的人对变革、发展的评价及对变革、发展内容的选择会有不同的看法。参加变革、发展设计的人员如果在这些方面有不同看法，将会导致一些人对变革、发展持消极态度。

2. 消除抵制变革、发展行为的方法

虽然对变革、发展会产生这样或那样的抵制，但我们也没有必要就此失去信心。我们应认识到，变革的阻力是客观存在的，管理中的一个重要课题就是克服与消除变革的阻力，将其减少到最小限度。克服变革与发展的阻力，消除抵制变革、发展行为的具体方法有以下几种：

(1) 宣传教育。如果能在变革实施之前，让组织成员对变革、发展的目的、内容、过程、方式等有所了解，可以在很大程度上减少对变革、发展的抵制。例如，某公司在采取自主工作小组方式之前，用了 3 个月的时间对员工进行宣传教育，解释变革、发展的目的和实施步骤，以及不变革的危害。虽然该公司的这一变革彻底改变了组织结构和权力体系，但由于事先教育而使变革中遇到的抵制大大减少，变革进行的相当顺利。

(2) 增强心理适应。组织变革将在某些方面破坏人们已有的心理习惯，人们对新事物有个逐步认识、熟悉和习惯的适应过程。因此，变革需要时间和时机，不能操之过急。一旦人们对变革尚未建立新的心理适应，就会对组织变革产生抵制情绪。为了使变革成功，并使其得到巩固，领导者要恰当地安排变革的时间。

(3) 采取参与制。鼓励员工积极参与制订变革计划，执行变革计划。因为，当人们参与某项活动时，就会产生责任感，参与的程度越深，承担责任的压力也就越大，自然会把它当作自己分内的事去看待。这样可以减少变革的阻力，促进变革的实施。参与变革、发展，如果能让与变革、发展有关的人参加变革、发展的设计过程，使他们对变革、发展的必要性加深了解，也认识到自己从一开始就是变革、发展的一个主动部分，对变革、发展

将对自己生活及在组织中地位改变的担心便会减少。

(4) 委任有威信的领导。群众选举或经群众反复酝酿推荐而产生的领导，其领导行为易被群众接受。因此，由这种领导实行变革时，受到的抵制就较少。另外，个人威信高的领导，会增强组织的影响力。所以，借助领导者的威信，强化群众对组织的认同感、归属感、集体荣誉感，共同采取有效措施，建立新的行为规范，促进变革的顺利进行。

(5) 必要的妥协。通过与受变革、发展影响的人进行协商，可以减少他们的抵触情绪。特别是预计到组织中一些重要人物、工作小组或部门有可能会对变革进行强烈抵制时，不妨与这些人、小组或部门进行正式谈判，以取得他们对变革、发展的首肯，其中也不妨进行一定的妥协。例如，福特汽车公司就曾以“特别利润分享制”来换取自动线上工人对工艺及报酬方面变革的支持。

(6) 行政强制。当变革、发展势在必行，而上述方法又不奏效时，管理人员就不得不利用自己的权力，强迫实施变革，例如，改换工种、开除、改变薪金、不给予提升等都是强迫他人接受变革、发展的方式。由于行政强制方法会使变革、发展后的实施和稳定工作变得较为困难，因此，在采用前需慎重考虑。

(7) 高层管理部门的支持。组织中的大部分人都能认识到，组织的权力最终来自于高层管理部门，因此，会本能地服从高层管理部门的决定。如果高级经理人员对有计划变革、发展持明确的支持态度，对变革、发展的抵制便会少些。特别是当变革、发展将涉及组织中一个以上的部门时，高层管理部门的支持对于克服来自于各部门的阻力就显得尤为重要。

(8) 利用群体动力。第一，形成共同的认识。当群体成员迫切需要变革时，就会产生一种强大的要求变革的力量，这种力量产生于群体内部，它会成为推动变革的动力。第二，建立组织的归属感。这是缩小要求变革者和抵制变革的人之间心理距离的重要手段。管理者要通过各种形式在组织中形成一种“大家都是变革者”，“变革是我们大家的事”的归属感，这样，才会对变革产生共鸣。第三，重视群体规范。群体的规范能约束或改变个人的行为。因此，群体规范的行为方式与变革目标是否一致，将直接影响到变革能否顺利进行。一方面，尽可能地不要因为变革的措施，使一部分人的行为偏离群体规范而遭排斥，产生变革的阻力；另一方面，要调动各种手段，改变群体中陈旧的行为规范，使之形成适应变革措施的新规范。

本 章 小 结

组织结构是指组织的基本架构，是对完成组织目标的人员、工作、技术和信息所作的制度性安排。组织结构设计及实施直接使组织行为具有以下表现：规范化、专业化、标准化、复杂化、集权化。组织结构的类型不相同，其组织行为也不尽相同。

非正式组织，是指那些无正式规定的、自发产生的，成员的地位与角色、权利和义务都不明确，也无固定编制的群体。

组织变革，是指根据内外环境变化的要求，组织不断地进行调整与完善的过程。组织变革不仅指技术、结构方面的改革，而且包括组织成员思想上和心理上的变革。

组织发展，是指通过有计划、长期的努力来改进和更新组织，从而实现更协调、更有效管理职能的过程。换言之，组织发展是一个动态的概念，它是一个长期地进行组织变革和协调的过程。

思考题

1. 组织结构设计及实施对组织行为有哪些影响？
2. 如何理解事业部型结构下的组织行为？
3. 简答非正式群体的形成原因和分类。
4. 联系实际，论述对非正式群体的管理。
5. 如何理解组织变革、组织发展、组织文化的概念?
6. 组织变革的类型有哪些?
7. 组织变革、发展的动力和阻力有哪些?
8. 联系实际谈谈如何消除对变革、发展的抵制。

本章案例

××公司的组织变革

××公司在近10年的发展中，取得了引人注目的成就，但近年来，出现了指挥不灵、信息不畅、部门办事拖拉等亟待解决的问题。为此，公司开了专题会议。在这次会议之后，公司的高层人员，无论他们对公司的管理、发展原来是持何种观点，现在面对公司的处境，都有一个共识，那就是：必须对公司的成长历程进行反思，明确保证公司发展战略的管理模式。为此他们聘请了一所著名高校的管理专家，组成了包括总经理徐文在内的项目组，对公司的管理模式进行了论证。最后得出以下结论。

一、××公司目前存在的很多问题或现象均不同程度地与公司管理组织的不合理有关。具体分析如下：

1. 经营机制大部分是传统国有企业的模式，内部管理也有国营企业的通病。
2. 权力过多地集中在上层，前沿经营单位没有自主权，缺乏积极性和责任心。
3. 职能或工作任务不平衡，分配不公。

4. 现有管理组织对外部环境的反应明显迟钝、滞后。

5. “中央集权”的财务体制，实际上是总公司一级核算和财务权过于集中，明显不适应公司多元业务体系的发展需要。

二、根据前述分析，提出公司当前的管理主题和重心是进行组织变革。

三、经过多方论证，确定了公司组织变革的目标模式，即实现以“分散经营与协调控制”为方向的事业部制经营管理模式。

××公司初步设计了新的组织结构图，如图所示：

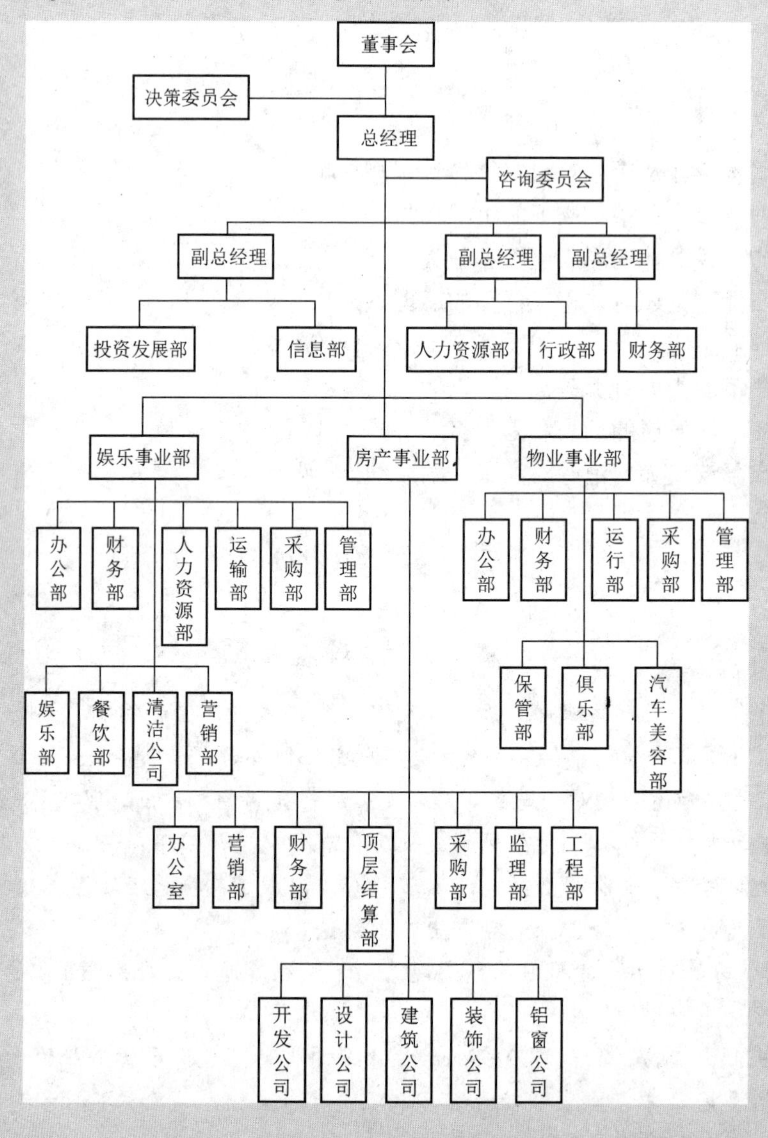

案例分析思考题

1. 你认为××公司目前面临的是战略问题还是组织问题?

2. 如果公司决定实行组织变革，在公司内部会有来自哪些方面的阻力和障碍，应怎样去克服它们?

3. ××公司选择目前的时机进行组织变革是否成熟?

4. 你认为事业部型组织形式是否适合××公司?

第八章

组织行为(二)

学习目标

通过本章的学习，理解组织文化的概念和基本特点、结构、基本要素、性质及对组织行为的影响、塑造组织文化的主要途径；把握学习型组织的含义、核心、特点，团队建设的构成要素，团队学习的作用和过程，学习型组织架构原则和特征，知识库的特征，建立学习型组织的基本工作和基本步骤；掌握学习型组织对管理实践的意义，学习型组织架构的运作，如何建立学习型组织。

关键概念

组织文化(Organizational Culture)　企业识别系统(Corporation Image System)　彼得·圣吉(Peter M. Senge)　学习型组织(Learning Organization)　问题解决团队(Problem-Solving Teams)　跨职能团队(Cross-Functional Teams)　自我管理团队(Self-Managed Teams)　工作团队的创建(Work Teams Creation)　愿景(Vision)　共享愿景(Shared Vision)

除了组织架构其发展变化对组织行为有着深刻的影响外，深层次的组织文化也对其有着深刻的影响。因此，我们研究组织行为必须研究组织文化和学习型组织方面的问题。

第一节　组织文化概述

组织具有自己的各种构成要素，把这些要素有机地整合起来除了要有一定的正式组织和非正式组织以及“硬性”的规章制度之外，还要有一种“软性”的协调力和凝合剂，它以无形的“软约束”力量构成组织有效运行的内在驱动力。这种力量就是被称为管理之魂的组织文化。

一、组织文化的概念和基本特点

一般而言，文化有广义和狭义两种理解，广义的文化是指人类在社会历史实践过程中所创造的物质财富和精神财富的总和；狭义的文化是指社会的精神现象总和。文化包括知

识、思想观念、社会心理、礼仪制度、风俗习惯，以及与之相适应的组织机构、行为方式等物化的精神。文化具有民族性、多样性、相对性、积淀性、延续性和整体性的特点。

对于任何一种组织来说，由于每个组织都有自己特殊的环境条件和历史传统，从而也就形成了自己独特的哲学信仰、意识形态、价值取向和行为方式，于是每种组织也都具有自己特定的组织文化。就组织特定的内涵而言，组织是按照一定的目的和形式而建构起来的社会群体。为了满足组织自身运作的要求，必须要有共同的目标、共同的理想、共同的追求、共同的行为准则以及与之相适应的机构和制度，否则组织就会是一盘散沙。而组织文化的任务就是努力创造这些共同的价值观念体系和共同的行为准则。

组织文化是指组织在长期的实践活动中所形成的并且为组织成员普遍认可和遵循的具有本组织特色的价值观念、团体意识、行为规范和思维模式的总和。

组织文化本质上属于“软文化”管理的范畴，是组织的自我意识所构成的精神文化体系。组织文化是整个社会文化的重要组成部分，既具有社会文化和民族文化的共同属性，也具有自己的不同特点。它的基本特点包括以下四个方面。

1. 独特性

每个组织都有其独特的组织文化，这是由不同的国家和民族、不同的地域、不同的时代背景以及不同的行业特点所形成的。如美国的组织文化强调能力主义、个人奋斗和不断进取；日本文化深受儒家文化的影响，强调团队合作、家族精神。

2. 相对稳定性

组织文化是组织在长期的发展中逐渐积累而形成的，具有较强的稳定性，不会因组织结构的改变、战略的转移或产品与服务的调整而改变。在一个组织中，精神文化比物质文化具有更多的稳定性。

3. 融合继承性

每一个组织都是在特定的文化背景之下形成的，必然会接受和继承这个国家和民族的文化传统和价值体系。但是，组织文化在发展过程中，也必须注意吸收其他组织的优秀文化，融合世界上最新的文明成果，不断地充实和发展自我。也正是这种融合继承性使得组织文化能够更加适应时代的要求，并且形成与历史性与时代性相统一的组织文化。

4. 发展性

组织文化是随着历史的积累、社会的进步、环境的变迁以及组织变革逐步演变和发展的。科学健康的组织文化有助于组织适应外部环境和变革，而不科学健康的文化则可能导致组织的不良发展。改革现有的组织文化，重新设计和塑造科学健康的组织文化的过程就是组织适应外部环境变化，改变员工价值观念的过程。

二、组织文化的结构及基本要素

1.组织文化的结构和表现形态

一般认为，组织文化有三个层次结构，即表层文化、中介文化、深层文化。具体表述为：

(1) 表层文化又称物质层，是指凝聚着组织文化抽象内容的物质体的外在显现，它包括了组织实体性的文化设备、设施等，如带有本组织色彩的工作环境、作业方式、图书馆、俱乐部等。表层文化是组织文化最直观的部分，也是人们最易于感知的部分。

(2) 中介文化是指体现某个具体组织的文化特色的各种规章制度、道德规范和员工行为准则的总和，也包括组织体内的分工协作关系的组织结构。它是组织文化核心层(内隐部分)与显现层的中间层，是由深层文化向表层文化转化的中介。

(3) 深层文化是潜层次的精神层，是组织文化中的核心和主体，包括组织精神、组织的价值观念、道德观念等。

组织文化的表现形态有：物化文化、制度文化、管理文化、生活文化、观念文化等。

2. 组织文化的基本要素

组织文化的构成要素有：组织精神、组织理念、组织价值观、组织道德、组织素质、组织行为、组织制度、组织形象等。

从最能体现组织文化特征的内涵的角度来看，组织文化的基本要素包括以下几个方面。

1) 组织精神

组织作为有机体也是有精神的。作为组织灵魂的组织精神，一般是指组织经过共同努力奋斗和长期培养所逐步形成的，认识和看待事物的共同心理趋势、价值取向和主导意识。组织精神是一个组织的精神支柱，是组织文化的核心，它反映了组织成员对本组织的地位、形象和风气的理解和认同，也蕴涵着对本组织的发展、命运和未来所抱有的理想和希望，折射出一个组织的整体素质和精神风格，成为凝聚组织成员的无形的共同理念和精神力量。组织精神一般是以高度概括的语言精练而成的。如美国国际商业机器公司的精神："IHM就是服务。"南京汽车集团公司的"四创精神"：创业、创新、创优、创名牌。南京商厦股份有限公司的"三自精神"：自豪之情、自知之明、自立之能。

2) 组织价值观

组织价值观是指组织内部管理层和全体员工对该组织的生产经营、服务等活动以及指导这些活动的一般看法或基本观点。它包括组织存在的意义和目的、组织中各项规章制度的必要性与作用、组织中各层级和各部门的各种不同岗位上的人们的行为与组织利益之间的关系等。

组织价值观一旦形成就会成为组织评判事物和指导行为的基本信念观点和选择方针。

每一个组织的价值观都会有不同的层次和内容。成功的组织总是会不断地创造和更新组织的信念，不断地追求新的、更高的目标。

组织价值观基本特征包括：

(1) 调节性。组织价值观以鲜明的感召力和强烈的凝聚力，有效地协调、组合、规范、影响和调整组织的各种实践活动。

(2) 评判性。组织价值观一旦成为固定的思维模式，就会对现实事物和社会生活作出好坏优劣的衡量和评判，或者肯定与否定的取舍选择。

(3) 驱动性。组织价值观可以持久地促使组织去追求某种价值目标，这种由强烈的欲望所形成的内在驱动力往往构成推动组织行为的动力机制和激励机制。

组织价值观具有不同的层次和类型，而优秀的组织总会追求崇高的目标、高尚的社会责任和卓越创新的信念。如美国百事可乐公司认为“顺利是最重要的”；日本三菱公司主张“顾客第一”。

3) 组织道德

组织道德是通过组织道德伦理规范表现出来的。它由组织向组织成员提出应当遵守的行为准则，通过组织群体舆论和群体压力规范人们的行为。组织文化内容结构中的伦理规范既体现了组织自下而上环境中社会文化的一般性要求，又体现着本组织各项管理的特殊需求，因此，如果高层主管不能设定并维持高标准的伦理规范，那么，正式的伦理准则和相关的培训计划将会流于形式。由此可见，以组织道德为内容与基础的员工伦理行为准则是传统的组织管理规章制度的补充、完善和发展。正是这种补充、完善和发展，使组织的价值观融入了新的文化力量。

4) 组织素养

组织素养包括组织中各层级员工的基本思想素养、科技和文化教育水平、工作能力、精力以及身体状况等。其中，基本思想素养的水平越高，组织中的组织精神、价值观念、道德修养的基础就越深厚，组织文化的内容也就越充实丰富。可以想象，当一个行为或一项选择不容易判定对与错时，基本思想素养水平较高的组织容易帮助管理者正确作出决策，组织文化必须包含组织成功运作所需的组织素养。

5) 组织形象

组织形象是指社会公众和组织成员对组织、组织行为与组织各种活动成果的总体印象和总体评价，反映的是社会公众对组织的承认程度，体现了组织的声誉和知名度。

组织形象包括人员素质、组织风格、人文环境、发展战略、文化氛围、服务设施、工作场合和组织外貌等内容，其中对组织形象影响较大的因素有以下五个方面：

(1) 服务(产品)形象。对于企业来说，社会公众主要是通过产品和服务来了解企业的，又是在使用产品和享受服务的过程中不断形成对企业的感性化和形象化的认识。因此，那些能够提供品质优良、造型美观的产品或优质服务的企业，总是能够赢得良好的社会形象。

(2) 环境形象。这主要指组织的工作场所、办公环境、组织外貌和社区环境等，它反映了整个组织的管理水平、经济实力和精神风貌。因为整洁、舒适的环境条件不仅能够保证组织工作效率的有效提高，而且也有助于强化组织的知名度和美誉度。

(3) 成员形象。这是指组织的成员在职业道德、价值观念、文化修养、精神风貌、举止言谈、装束仪表和服务态度等方面的综合表现，是组织形象人格化的体现。组织成员整洁美观的仪容、优雅良好的气质、热情服务的态度，再加上统一鲜明的服饰，既反映了个人的不俗风貌，也反映了组织的高雅素质，有利于在社会公众之中树立良好的组织形象。

(4) 组织领导者形象。组织领导者形象是指体现在组织领导人的领导管理、待人接物、决策规划、指导监督、人际交往行为乃至言谈举止之中的文化素质、敬业精神、战略眼光、指挥能力的综合体现。那些富有领导能力、公正可靠、气度恢弘、勇于创新、正直成熟、忠诚勤奋的组织领导者不仅能以无形的示范能力潜移默化地影响组织中的每个成员，而且也会在社会公众中争取对组织的信赖和支持，有利于不断扩大和巩固组织的知名度。

(5) 社会形象。社会形象是指组织对公众负责和对社会贡献的表现。组织要树立良好的社会形象，既有赖于与社会广泛的交往和沟通，实事求是地宣扬自己的社会形象，又要在力所能及的条件下积极参与社会公益活动。例如支持教育科研文体事业，支援受灾地区，开展社区文明共建等。这样，良好的社会形象就会使组织在社会公众的心目中更加完美，使之增加对组织的认同和理解。

组织文化的结构层次、表现形态和构成要素之间有着不可分割的内在联系，我们可以用组织文化复合网络图来表明。如图 8-1 所示。

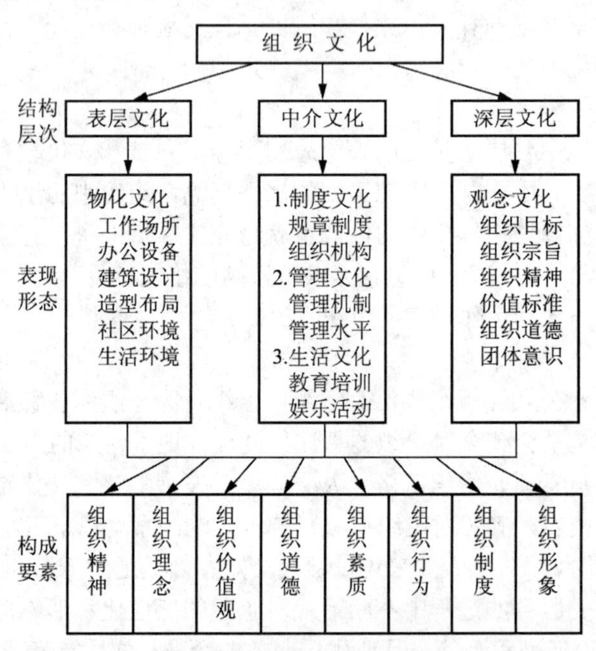

图 8-1 组织文化复合网络

三、组织文化的性质

组织文化具有以下一些性质。

1. 组织文化的核心是组织价值观

任何一个组织总是要把自己认为最有价值的对象作为本组织追求的最高目标、最高理想或最高宗旨，一旦这种最高目标和基本信念成为统一本组织成员行为的共同价值观，就会构成组织内部强烈的凝聚力和整合力，成为统领组织成员共同遵守的行动指南。

因此，组织价值观制约和支配着组织的宗旨、信念、行为规范和追求目的。在这个意义上来说，组织价值观是组织文化的核心。

2. 组织文化的中心是以人为主体的人本文化

人是整个组织中最宝贵的资源和财富，也是组织活动的中心，因此组织只有充分重视人的价值，最大限度地尊重人、关心人、依靠人、理解人、凝聚人、培养人和造就人，充分调动人的积极性，发挥人的主观能动性，努力提高组织全体成员的社会责任感和使命感，使组织和成员成为真正的命运共同体和利益共同体，这样才能不断增强组织的内在活力和实现组织的既定目标。

3. 组织文化的管理方式是以软性管理为主

组织文化是以一种文化的形式出现的现代管理方式，也就是说，它通过柔性的而非刚性的文化引导，建立起组织内部合作、友爱、奋进的文化心理环境，以及协调周围的人群氛围，自动地调节组织成员的心态和行动，并通过对这种文化氛围的心理认同，逐渐地内化为组织成员的主体文化，使组织的共同目标转化为成员的自觉行动，使群体产生最大的协同合力。事实证明，这种由软性管理所产生的协同力比组织的刚性管理制度有着更为强烈的控制力和持久力。

4. 组织文化的重要任务是增强群体凝聚力

组织中的成员来自五湖四海，不同的风俗习惯、文化传统、工作态度、行为方式、目的愿望等都会导致成员之间的摩擦、排斥、对立、冲突乃至对抗，这就往往不利于组织目标的顺利实现。而组织文化通过建立共同的价值观和寻找观念共同点，不断强化组织成员之间的合作、信任和团结，使之产生亲近感、信任感和归属感，实现文化的认同和融合，在达成共识的基础上，使组织具有一种巨大的向心力和凝聚力，这样才有利于组织共同行动的齐心协力和整齐划一。

四、组织文化对组织行为的影响

组织文化作为一种自组织系统，有许多独特的功能，从而形成了对组织行为的影响，其中突出的影响有以下几方面。

1. 整合凝聚

组织文化可以对组织行为进行整合凝聚。组织文化通过培育组织成员的认同感和归属感，建立起成员与组织之间的相互信任和依存关系，使个人的行为、思想、感情、信念、习惯以及沟通方式与整个组织有机地整合在一起，形成相对稳固的文化氛围，凝聚成一种无形的合力和整体趋向，以此激发组织成员的主观能动性，并为组织的共同目标而努力。正是组织文化这种自我凝聚、自我向心、自我激励的作用，才构成组织生存发展的基础和不断成功的动力。

2. 约束适应

组织文化对组织行为有约束适应的影响。组织文化能从根本上改变员工的旧有价值观念，建立起新的价值观念，使之适应组织正常实践活动的需要和外部环境的变化要求。一旦组织文化所提倡的价值观念和行为规范被成员接受和认同，成员就会自觉不自觉地作出适合组织要求的行为选择，倘若违反，则会感到内疚、不安或自责，从而自动修正自己的行为。尤其对于刚刚进入组织的员工来说，为了减少他们本身带有的在家庭、学校、社会所养成的心理习惯、思维方式、行为方式与整个组织的不和谐或者矛盾冲突，就必须接受组织文化的改造、教化的约束，使他们的行为趋向组织的和谐一致。在这个意义上说，组织文化具有一定程度上的强制性和改造性。这种约束适应功能就是帮助组织指导员工的日常活动，使其能快速地适应各种因素的变化。

3. 激励导向

组织文化对组织行为有激励导向的作用。组织文化作为团体共同价值观，并不对组织成员具有明文规定的具体硬性要求，与组织成员必须强行遵守的、以明文规定的制度规范不同。总体上来讲组织文化只是一种软性的理智约束，通过组织的共同价值观不断地向个人价值观渗透和内化，使组织自动生成一套自我调控机制，以一种适应性文化引导组织个体成员的行为和活动，以“看不见的手”协调组织的管理行为和实务活动。组织文化这种激励导向功能以尊重个人思想、感情为基础，形成一种无形的非正式控制，会使组织目标自动地转化为个体成员的自觉行动，达到个人目标与组织目标在较高层次上的统一。组织文化激励导向功能具有的这种软性约束和自我协调的控制机制，往往比正式的硬性激励规定有着更强的控制力、持久力和无法比拟的作用。

4. 自我完善

组织文化是组织行为自我完善的基石。组织文化的形成是一个复杂的过程，往往会受到政治、社会、人文和自然环境等诸多因素的影响。因此，它的形成需要经过长期的倡导和培育。正如任何文化都有历史继承性一样，组织文化一经形成，便会具有持续性、并不会因为组织战略或领导层的人事变动而立即消失。组织文化不断的深化和完善一旦形成良性循环，就会持续地推动组织行为的发展和完善，反过来，组织行为的进步和提高又会促进组织文化的丰富、完善和升华。

五、塑造组织文化的主要途径

组织文化的塑造是个长期的过程，同时也是组织发展过程中的一项艰巨的、细致的系统工程。一般来讲，组织文化的塑造需要经过以下几个过程。

1. 选择价值标准

由于组织价值观是整个组织文化的核心和灵魂，因此选择正确的组织价值观是塑造组织文化的首要战略问题。

选择组织价值观有两个前提：

(1) 要立足于本组织的具体特点。不同的组织有不同的目的、环境、习惯和组成方式，由此构成千差万别的组织类型，因此必须准确地把握本组织的特点，选择适合自身发展的组织文化模式，否则就不会得到广大员工和社会公众的认同与理解。

(2) 要把握住组织价值观与组织文化各要素之间的相互协调，因为各要素只有经过科学的组合与匹配才能实现系统整体优化。

在此基础上，选择正确的组织价值标准要抓住四点：①组织价值标准要正确、明晰、科学，具有鲜明特点。②组织价值观和组织文化要体现组织的宗旨、管理战略和发展方向。③要切实调查本组织员工的认可程度和接纳程度，使之与本组织员工的基本素质相和谐，过高或过低的标准都很难奏效。④选择组织价值观要坚持群众路线，充分发挥群众的创造精神，认真听取群众的各种意见，并经过自上而下和自下而上的多次反复，审慎地筛选出既符合本组织特点又反映员工心态的组织价值观和组织文化模式。

2. 强化员工认同

一旦选择和确立组织价值观和组织文化模式之后，就要把基本认可的方案通过一定的强化灌输方法使其深入人心，具体做法包括：

(1) 充分利用一切宣传工具和手段，大张旗鼓地宣传组织文化的内容和要求，使之家喻户晓，以创造浓厚的环境氛围。

(2) 树立典型榜样。典型榜样和英雄人物是组织精神和组织文化的人格化身与形象缩影，能够以其特有的感染力、影响力和号召力为组织成员提供可以仿效的具体榜样，而组织成员也正是从英雄人物和典型榜样的精神风貌、价值追求、工作态度和言行表现之中深刻理解到组织文化的实质和意义。尤其是在组织发展的关键时刻，组织成员总是以英雄人物的言行为尺度来决定自己的行为导向。

(3) 培训教育。有目的的培训与教育，能够使组织成员系统接受和强化认同组织所倡导的组织精神和组织文化。培训教育的形式可以多种多样。

3. 提炼定格

(1) 精心分析。在经过群众性的初步认同实践之后、应当将反馈回来的意见加以分析和评价。详细分析和深入比较实践结果和规划方案的差距。

(2) 全面归纳。在系统分析的基础上，进行综合的整理、归纳、总结和反思，采取去粗取精、去伪存真、由此及彼、由表及里的方法，去掉那些落后的、不为员工所认可的内容与形式，保留那些进步的、卓有成效的、为员工所接受的形式与内容。

(3) 精练定格。把经过科学论证的经过实践检验的组织精神、组织价值观、组织文化，予以条理化、完善化、格式化，再加以必要的理论加工和文字处理，用精练的语言表述出来。

4. 巩固落实

构建完善的组织文化还需要经过长时间的巩固落实。在巩固落实阶段要做以下两个方面的工作：

(1) 必要的制度保障。在组织文化演变为全体员工的习惯行为之前，要使每一位成员都能自觉主动地按照组织文化和组织精神的标准去行事，几乎是不可能的。即使在组织文化已经很成熟的组织中，个别成员背离组织宗旨的行为也是经常发生的。因此，建立某种奖优罚劣的规章制度还是有一定的必要性的。

(2) 领导的率先垂范。组织领导者在塑造组织文化的过程中起着决定性的作用，组织领导者本人的模范行为就是无声的号召和导向，对广大员工会产生强大的示范效应。所以任何一个组织如果没有组织领导者的以身作则，要想培育和巩固优秀的组织文化都是非常困难的。这就要求组织领导者更新观念、作风正派、率先垂范。

5. 丰富发展

任何一种组织文化都是特定历史的产物，当组织的内外环境条件发生变化时，应不失时机地调整、更新、丰富和发展组织文化的内容和形式。正是在这种组织文化不断地调整、更新、丰富和发展过程中，我们的组织管理才能达到更高的层次。

以上塑造组织文化的途径如图 8-2 所示。

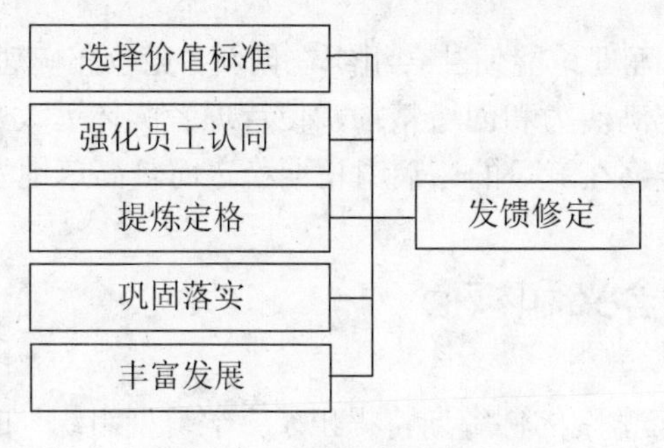

图 8-2　塑造组织文化的途径

六、组织文化与 CIS

许多组织致力于导入 CIS 系统，它已成为一种直观的、便于理解和操作的组织文化塑造方法。CIS 策划、组织形象塑造，已经引起越来越多的企业的重视，并且被看做是组织文化建设的重要内容，也成为企业竞争战略的重要组成部分。

企业识别系统(简称 CIS)包括三个层次：

(1) 视觉识别(VI)：基本部分包括企业名称、标志、标准字、标准色、精神标语、手册等，它的应用部分涉及产品及其包装、招牌与旗帜、办公用品、制服、建筑风格、厂容厂貌、纪念物、广告等。

(2) 行为识别(BI)：对内有组织管理、人员培训、企业礼仪和风尚、工作环境与气氛等；对外有市场调查、产品推广、服务态度和技巧、公共关系活动等。

(3) 理念识别(MI)：它包括企业目标、企业哲学、经营宗旨、企业精神、企业道德等。

显然这三个层次与组织文化的三个层次——表层文化、中介文化、深层文化是一一对应的，在内容上也是相互重叠和大体一致的。

由此可见，组织文化是组织形象的本源，组织形象是组织文化的外显，组织形象塑造是组织文化建设的重要组成部分。

在组织文化的三个层次中，观念层是最重要、最核心的部分。但仅从商业角度和短期效益来看，我们很容易把注意力放在视觉识别(VI)层次上，而不注意行为识别(BI)和理念识别(MI)两个层次的策划和培育，于是组织形象塑造便成为简单的广告策划，只有坚持由浅入深，由表及里，从 VI 及时地转向 BI、MI 的策划和培育，才能全方位地、持久地树立起良好的组织形象。

第二节　学习型组织

“学习型组织”是近年来风靡世界的新型企业管理理论，是 21 世纪全球企业组织和管

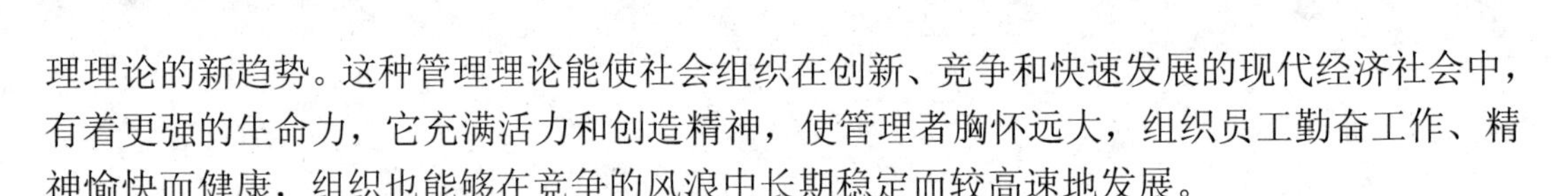

理理论的新趋势。这种管理理论能使社会组织在创新、竞争和快速发展的现代经济社会中，有着更强的生命力，它充满活力和创造精神，使管理者胸怀远大，组织员工勤奋工作、精神愉快而健康，组织也能够在竞争的风浪中长期稳定而较高速地发展。

一、学习型组织的含义和核心

1965 年美国麻省理工学院的佛睿斯特提出了“学习型组织”的最初构想。1990 年佛睿斯特的学生彼得·圣吉博士将他们的辅导与研究成果写成《第五项修炼——学习型组织的艺术与实务》一书，介绍如何创造“学习型组织”的五项修炼，通过一套修炼办法提供企业整体运作的“群体智力”，提高企业组织的竞争力，该书一出版即在西方产生极大的反响，掀起了组织学习和创建学习型组织的热潮。美国的 AT&T、福特汽车(Ford)、通用电气(General Electronic)、摩托罗拉(Motorola)、科宁(Corning)、联邦快递(Federal Express)，欧洲的赛恩斯钢铁、罗福(Rover)、ABB 等都正在积极创建学习型组织。彼得·圣吉也被誉为 20 世纪 90 年代新一代管理大师。目前，人们普遍认为未来最成功的企业将是“学习型组织”企业。

1. 什么是学习型组织

所谓学习型组织，是指通过培养弥漫于整个组织的学习气氛、充分发挥员工的创造性思维能力而建立起来的一种有机的、高度柔性的、扁平的、符合人性的、能持续发展的组织。这种组织具有持续学习的能力，具有高于个人绩效总和的综合绩效。

彼得·圣吉所希望建立的学习型组织是这样一个学习团体，它像个具有生命的有机体，无论前所未有的复杂、混沌、变化如何扑面而来，它总能灵活伸展，轮转向前。在这个团体中人们胸怀大志，心手相连，相互反省求真，脚踏实地，勇于挑战，不为眼前近利所诱，以远大的共同愿景为指导，充分发挥整体搭配及成员个人的潜力，大家得以不断地突破自己的能力上限，创造真心向往、超乎寻常的结果，培养全新、前瞻而开阔的思考方式，全力实现共同的抱负，并不断地共同学习，从而在真正的学习中体会工作真意，追求内心的成长与自我实现，并与周围世界产生一体感。

学习型组织是一个不同凡响的，更适合人性的组织模式，它有着崇高而正确的核心价值、信念与使命，具有很强的生命力与实现梦想的共同力量，不断创新，持续蜕变。它首先是一个学习团体，其次是一种更适合人性的组织模式，最后它有共同的价值观和共同愿景，并具有强大的生命力。

从学习型组织的这些定义中，我们可以归纳出学习型组织三个层次的内涵：

(1) 层次扁平化。在学习型组织中，已经不存在各种等级制度。员工之间由原来的彼此顺从关系转变为伙伴关系。所谓层次扁平化是指在学习型组织中，领导与员工之间的组织结构已经不再是以前的金字塔形式了，而是一种网状的、扁平的、富有弹性的组织结构，

领导与员工可以直接对话、直接交流，大大减少了组织中的交易成本。

(2) 组织咨询化。整个组织就像一个咨询公司，员工之间彼此询问、学习，相互之间的关系非常和谐、融洽，并且信息能够在组织中畅通无阻。

(3) 系统开放化。组织本身形成一个开放的系统，而这个系统又是社会系统的一部分，它能与社会有机地结合起来。

2. 学习型组织的核心

我们探讨学习型组织，就应该知道和了解彼得·圣吉的五项修炼，这也是学习型组织的核心。学习型组织有五项修炼：第一项修炼，自我超越；第二项修炼，改善心智模式；第三项修炼，建立共同愿景；第四项修炼，团体学习；第五项修炼，系统思考。具体表述如下：

(1) 自我超越的意义在于用创造的观点来面对生活与生命。无论是政府或个人，重要的是培养其能力，为自己的愿望服务。通过学习，使我们意识到高度自我超越的人应该永远不停止学习，还会敏锐地警觉自己的无知、力量不足和成长极限，但这却决不能动摇他们的自信。

(2) 心智模式是指人们在工作中表现出来的特有的思维方式、价值观念和行为习惯的总和。通过改善心智模式，有效地表达自己的想法，并以开放的心灵容纳别人的想法。

(3) 共同愿景是指建立在组织员工共同价值观基础之上的组织的共同愿望。同时这个共同愿望不仅仅是被要求这样做，而是大家要努力学习、追求卓越、衷心想要如此。

(4) 团队学习是指一个合作性的学习过程，组织不是整齐划一的相同而是整体的有效配合。通过学习意识到团体学习之所以非常重要，是因为在现在组织中，学习的基本单位是团体而不是个人，这样才能最终产生 1+1>2 的效果。

(5) 系统思考是学习型组织的基石，是以上四项修炼的归宿。通过以上四项修炼，就是要使组织及组织成员达到一种系统思考的境地，即形成心灵的转变。通过系统思考，组织及成员在分析和解决问题时，既能将自己与世界分开，又能将自己与世界联结。

二、学习型组织的特点

学习组织具有以下一些特点。

1. 组织成员拥有一个共同的愿景

组织的共同愿景，来源于员工个人的愿景而又高于个人的愿景。它是组织中所有员工共同愿景的景象，是他们的共同理想。它能使不同个性的人凝聚在一起，朝着组织共同的目标前进。

2. 组织由多个创造个体组成

在学习型组织中，团队是最基本的学习单位，团队本身应理解为彼此需要和配合。组织的所有目标都是直接或间接地通过团队的努力来达到的。

3. 善于不断学习

这是学习型组织的本质特征。所谓“善于不断学习”，主要有四点含义：

一是强调“终身学习”。即组织中的成员均应养成终身学习的习惯，这样才能在组织中形成浓厚的学习气氛，促使其成员在工作中不断学习。

二是强调“全员学习”。即企业组织的决策层、管理层、操作层都要全心投入学习，尤其是经营管理决策层，他们是决定企业发展方向和命运的重要阶层，因而更需要学习。

三是强调“全过程学习”。即学习必须贯穿于组织系统运行的整个过程之中。一个学习型组织不应该是先学习，然后进行准备、计划、推行，不要把学习与工作分割开，应强调边学习边准备、边学习边计划、边学习边推行。

四是强调“团体学习”。即不但重视个人学习和个人智力的开发，更强调组织成员的合作学习和群体智力(组织智力)的开发。

学习型组织就是通过保持学习的能力，即时铲除发展道路上的障碍，不断突破组织成长的极限，从而保持组织持续发展的态势。

4. “地方为主”的扁平式结构

传统的企业组织结构通常是金字塔式的，学习型组织的组织结构则是扁平的，即从最上面的决策层到最下面的操作层，中间间隔层次极少。它尽最大可能将决策权向组织结构的下层移动，让最下层单位拥有充分的自主权，并对产生的结构负责，从而形成以“地方为主”的扁平化组织结构。例如，美国通用电器公司目前的管理层次已由九层减少为四层。只有这样的体制，才能保证上下级的不断沟通，下层才能直接体会到上层的决策思想，上层才能亲自了解到下层的动态，掌握第一线的情况。因此，企业内部才能形成互相理解、互相学习、整体互动思考、协调合作的群体，才能产生巨大的、持久的创造力。

5. 自主管理

自主管理是使组织成员能边工作边学习，并使工作和学习紧密结合的方法。通过自主管理，组织成员可以自己发现工作中的问题，自己选择伙伴组成团队，自己选定改革、进取的目标，自己进行现状调查，自己分析原因，自己制定对策，自己组织实施，自己检查效果，自己评估总结。团队成员在自主管理的过程中，能形成共同愿景，能以开放求实的心态互相切磋，不断学习新知识，不断创新，从而增加组织快速应变、创造未来的能力。

6. 组织的边界将被重新界定

学习型组织的边界界定，建立在组织要素与外部环境要素互动关系的基础上，超越了传统的依据职能或部门划分的“法定”边界。例如，把销售商的反馈信息作为市场营销决策的固定组成部分，而不是像以前那样只是作为参照。

7. 员工家庭与事业的平衡

学习型组织努力使员工丰富的家庭生活与充实的工作生活相得益彰。学习型组织对员工承诺支持每位员工充分的自我发展，而员工也以承诺对组织的发展尽心尽力作为回报。这样个人与组织的界限将变得模糊，工作与家庭之间的界限也将逐渐消失，两者之间的冲突也必将大为减少，从而提高员工家庭生活的质量，达到家庭与事业之间的平衡。

8. 领导者的新角色

在学习型组织中，领导者是设计师、仆人和教师。领导者的设计工作是对组织要素进行整合的过程，他不只是设计组织的结构和组织政策、策略，更重要的是设计组织发展的基本理念；领导者的仆人角色表现在他对实现愿景的使命感，他自觉地接受愿景的召唤；领导者作为教师的首要任务是界定真实的情况，协助人们对真实情况进行正确、深刻地把握，提高他们对组织系统的了解能力，促进每个人的学习。

三、学习型组织对组织行为的影响

学习型组织对组织行为的影响主要表现为以下七个方面。

1. 适应于团队工作而不是个人工作

传统的直线型结构以由上至下的指挥取代了人们寻求合作的自然能力，这是不能够适应时代挑战的。在学习型组织中，是以团队工作为基础的。目前国内外可行的管理创新几乎都在一定程度上依赖于团队的力量。

2. 适应于项目工作而不是职能性工作

在学习型组织中，当员工从静态工作转向解决一系列问题时，他们将工作组织成项目，每个项目通常需要一个跨部门的小组，这些小组随着项目的进展而一起学习。

3. 适应于创新工作而不是重复性任务

在电子技术日益发展的今天，重复性工作将越来越多地由计算机处理。在学习型组织中，人的工作是创新和关心他人，这是计算机所不能做到的。

4. 有利于员工的相互影响、沟通和知识共享

学习型组织着力于形成一个宽松的、适于员工学习和交流的气氛，有利于员工之间的沟通和知识共享。

5. 有利于组织的知识更新和深化

学习型组织一般都建立一定的学习制度，定期组织教育和培训，鼓励员工学习，不断更新和深化自己的知识。

6. 有利于组织集中资源完成知识的商品化

学习型组织有利于将一些在知识和经验上互补的员工集中起来，共同进行研究开发，加快知识的商品化过程。

7. 有利于组织增强对环境的适应能力

由于不断地吸收新信息和新知识，学习型组织能够站在时代的前端，把握住组织所处的大环境，随时调整自己的发展方向和市场适应能力。

第三节　学习型组织的建设

学习型组织在中国发展较为迅猛。学习型组织理论于20世纪90年代中期前后传入中国；2001年5月18日，江泽民主席在亚太经合组织人力资源高峰会议上提出了“构筑终身教育体系，创建学习型社会”的号召；其后，全国各地掀起了一股创建学习型组织的热潮，涌现出了一批有特色、有影响力的典型实践，如莱钢、江淮汽车等；同时，学习型组织在中国受到了来自政府、企业、研究机构和行业协会组织等的广泛关注，相关精神也被写入党的“十六大”报告、中央人才工作会议决议等文件；2003年年底由全国总工会、中央文明办等九部委联合发起的“创建学习型组织，争做知识型职工” 活动，使学习型组织的建设在中国面临一次大发展的契机。

一、建设学习型组织的主要内容

建设学习型组织涉及组织行为学、领导学、心理学、信息科学等在内的多学科的交叉融合。主要内容有：团队建设、愿景构建、知识网络建设、以地方为主的组织架构。

1. 团队建设

学习型组织的基础是团队建设。团队是从工作群体发展而来的，团队是学习型组织的基本工作单位和学习单位，是学习型组织达成组织目标的实体，在学习型组织的团队运作模式中，团队是学习型组织架构中的关键，因为传统的不同职能部门的职责被转移到学习型组织中的团队当中去了，并在学习型组织中发挥团队的效能，从而达到组织的目标。

1)　什么是团队

工作团队是目前国际流行的生产、作业形式。工作团队是由数名知识与技能互补、彼此承诺协作完成某一共同目标的员工组成的特殊群体。工作团队和普通工作群体的区别是：①普通群体的绩效仅仅依赖于每一个体成员的贡献；工作团队的绩效既依赖于个体的贡献，也依赖于集体的协作成果。②对于普通工作群体来说，工作成果由个体自己负责；对于工作团队来说，工作成果既要个体负责，又要共同负责。③工作团队不仅要像普通工作群体那样具有共同的兴趣目标，而且还要有共同的承诺。④普通工作群体一般由管理者严密监控，工作团队常常具有自主权。

(1) 常见的团队类型主要包括：

① 问题解决团队。问题解决团队致力于解决责任范围内的某一特殊问题，成员的任务是提出解决方案，但采取行动的权力有限。

② 跨职能团队。跨职能团队把各种工作领域具有不同知识、技能的员工组合起来识别和解决共同的问题。跨职能团队的成员通常来自几个部门，任务是解决需要各个部门共同协作才能解决的问题。跨职能团队可能会设计与实施质量改进方案、开发新产品和技术、提高作业效率或把各个职能联系起来以增加产品创新、服务创新。

③ 自我管理团队。自我管理团队一般由日常在一起工作、生产一种完整产品或提供一项完整服务的员工组成，特点是承担一系列管理任务：第一，制订工作计划日程；第二，实行工作轮换；第三，采购原材料；第四，决定团队领导者；第五，设置主要团队目标；第六，编制预算；第七，雇用新成员；第八，评估成员工作绩效。自我管理团队的导入既能提高30%的生产率，也可削减管理层次。

(2) 团队创建的阶段。工作团队的创建包括以下四个阶段：

① 准备工作。本阶段首要的任务是决定团队是否为完成任务所必需，这要看任务的性质。

② 创造条件。本阶段组织管理者应保证为团队提供完成任务所需要的各种资源，如物质资源、人力资源、财务资源等。

③ 形成团队。本阶段的任务是让团队开始运作。此时，须做三件事情：第一、管理者确立谁是团队成员、谁不是团队成员；第二、让成员接受团队的使命与目标；第三、管理者公开宣布团队的职责与权力。

④ 提供持续支持。团队开始运作后，尽管可以自我管理、自我指导，但也离不开上级领导者的大力支持，以帮助团队克服困难、战胜危机、消除障碍。

2) 团队建设的构成要素

团队建设的构成要素包括：理解平台、共同的愿景、团队的氛围、独有的见解、面对挫折的复原力、网络激活剂、有效率的学习、领导者的新角色等。

(1) 理解平台。组织由多个创造性个体组成。在学习型组织中，团体是最基本的学习单位。团体本身应理解为彼此需要他人配合。组织的所有目标都是直接或间接地通过团体的努力来达到的。是否有良好的理解平台对一个团队的形成有重要作用，当团队的每一个成员都彼此理解和尊重他人的观点时，会产生强大的凝聚力。良好的理解平台，包括共同的价值观、理想和目标等。

(2) 共同的愿景。共同的愿景就是共同的理想或梦想。就是为了成就某件事情，完成某些目标，所有团队都要共同承担的责任。团队的使命就是把目标和责任转化为共同的理想或梦想，激励和支持团队的进步。

(3) 团队的氛围。团队的氛围是在团队内部联系中表现出来的，这个要素一向是作为成功和革新变化的标志。形成良好积极的团队氛围是团队建设的重要内容。只有形成良好积极的团队氛围，才可能建立起良好的团队理解平台，建造和实现团队的共同的愿景。

(4) 独有的见解。在团队建设中，引起极大关注的往往是那些独特的建设和见解。在团队建设中提倡创造性思考，提出独有的见解，可以调动团队成员的工作主动性、自觉性和积极性，减少人们思想和行动之间的差距。

(5) 面对挫折的复原力。面对挫折的复原力是指团队遭遇到未曾预料的失败和难以解决的困难时，反应灵活并能及时应对和解决困难的能力。如果一个团队拥有积极的氛围和强有力的理解平台，那么面对挫折的复原力就越有可能创造出成功。

(6) 网络激活剂。所谓网络激活剂是团队中一些特别善于同团队内外的重要人物进行合作的成员。当网络被更好地理解时，网络激活剂就更能够在正式的团队之外拥有广泛的联系，交换思想，提供彼此之间的支持。

(7) 有效率的学习。有效率的学习是团队建设的基础。团队的成员可以从他们的经验中养成有效率学习的习惯。不能从经验中学习，就无法改善和发展以上其他的六个要素。

(8) 领导者的新角色。团队还需要一种特殊的领导方式，它影响着上面全部七个要素。对于学习型组织来说，这种领导方式就是领导者的新角色。

3) 团队学习

团队建设的主要内容是团队学习。

(1) 团队学习的作用。在学习型组织中，团队作为基本的工作单位，最重要的因素是学习，学习对个体、团队、组织有着重要的作用。

① 通过组织学习，使组织成员乐于将自己所知道的事情进行分享，让组织可以汲取最大的智能，从而快速成长。

② 通过组织学习，使组织成员不怕出错，即使发生过一次错误，由于集体智慧的分享使得错误绝对不会再次发生。

③ 通过组织学习，使组织成员的价值观逐渐一致，知道自己该做什么、不该做什么，给组织进步带来巨大的改善。

④ 通过组织学习，便于组织成员发挥团队的力量，随时组成任务团队完成任务，有益于绩效达成。

⑤ 通过组织学习，使得组织成员掌握如何共同学习的能力，努力成为有专长又多能的人，以适应变化的挑战。

⑥ 通过组织学习，使得组织成员了解每一个人的努力，珍惜彼此间的工作默契，大

大加强企业的凝聚力与自豪感。

所以，想要迈向成功的组织必须塑造一个终身学习的环境，通过组织学习来建立起学习型组织，因为只有不断地学习才是组织永续经营的关键。

(2) 团队学习的过程。团队学习的过程是一个深度会谈与讨论的过程，这个过程分为四个阶段：

① 歧见带来混乱阶段。当团队各个成员带着各种不同的意见，而且是潜藏的不同的意见时，面临着两种可能性：一种可能性是团体中的成员能够将自己的意见说出来，并耐心探究其他人的意见。但也有另外一种可能性，即组织中的成员心存“习惯性防卫”，不愿说出心中的意见。这样，团体学习虽然在表面上依照程序能够进行下去，但缺乏深度会谈和建设性讨论，不同意见带来的混乱是不可能消除的。

而深度会谈的前提条件是让团体聚在一起，即集会。这一集会包括下列基本条件：第一，把团队所有的成员集合起来。第二，说明深度会谈的基本规则。第三，鼓励团队成员提出最为困难、敏感，而对团体工作非常重要的话题。

② 面对冲突根源阶段。当每个成员过去深藏不露的意见曝光之后，他们面对的是一系列的冲突与混乱。每个人都可能受到冲击，因为他们突然了解了许多原先并不了解的东西，或是是他人的意见，或者是他人的价值观，甚至包括他们自己的心智模式都可能是他们原先不曾完全清楚的。他们不知整个团队往哪里走，他们觉得迷惘。

在这一阶段：第一，各个成员必须清醒地意识到目前正处在面对冲突根源阶段，没有必要恐慌，而应该耐心听取别人的意见。第二，辅导者的作用非常重要，辅导者应指出不同意见及其所代表的意义。第三，成员相互之间应保持基本信任。如果基本的信任感被冲垮，则有可能对团队得以构成的基础形成冲击。

③ 集体探询阶段。如果有较多的成员进入这个阶段，他们就开始进行集体的探询。通过集体的探询以及相互之间对意见的置疑，他们可以渐渐地获得真知灼见。在这个阶段中，当人们开始认识到自己过去想法的错误，意识到自己心智模式的错误时，就会因此感到不安，产生危机感。要冲破这种不安和危机，必须在集体探询阶段，依靠集体的力量，相互学习、相互探讨、总结经验、提高认识。而冲破这个危机也还不能说深度会谈已经成功，还要花费较长的时间进行探询，才能进入下一个阶段。

④ 激发共同创造力阶段。当深度会谈进入第四阶段时，团队成员之间将产生一种心灵的交流与融合。在这样的交流中，所有的参与者都被激发出突破性的智慧和创造力，并且领悟到共同目的、意见、看法的一致，使每个团队成员之间感到能融洽相处。

团队的建设对学习型组织架构的重要性毋庸置疑，问题的关键是如何切实应用团队的概念帮助解决组织中存在的问题，包括缺乏效率、生产力低、流程不清、成本高昂、人浮于事、士气低落、投资回报低等。团队能够神奇地超越传统的等级体系，使每个人融洽相处。但不能忘记的是，如同许多组织变革一样，团队建设并非一帆风顺。

2. 愿景构建

学习型组织构架的核心是愿景构建。愿景概括了组织的未来目标、使命及核心价值，是组织哲学中最核心的内容，是组织最终希望实现的图景。它就像灯塔一样，始终为组织指明前进的方向，指导着组织的经营策略、产品技术、薪酬体系甚至商品的摆放等所有细节，是组织的灵魂。

社会组织的愿景总会随着时代的变化而有所变化，真正优秀的组织知道哪些东西永远不应该改变，哪些东西应该自由地改变；知道哪些东西可以放弃，哪些东西需要永远珍爱。通过组织愿景构建可以使组织成员共享组织愿景，最终能提高组织效能，具体表现在以下几个方面。

1) 共享愿景可扩展组织绩效评估的范围

从微观层次分析，共享愿景是对员工个体进行绩效评估的新思路，组织可以从共享愿景是否与员工工作行为、工作决策的整合水平入手，拓展评估范围，这种整合是实现共享愿景的必由之路。

2) 共享愿景能促进组织变革

共享愿景可以作为公司前进的路线图。缺乏愿景正是很多组织转型失败的原因，使用共享愿景作为管理工具是使传统集权式组织转换为柔性组织的关键。没有愿景的帮助，组织想进行快速变革是很难的。而组织愿景出现危机，正是其组织变革迟缓或变革失败的根本原因。

3) 共享愿景提供战略计划的基础

组织早期愿景对于战略计划来说很重要，没有一个关于未来的理想图景，组织是不可能制定合适战略的。当然，愿景离开匹配的战略计划就成了无法实施的梦想。可见，基于共享愿景的组织战略是防范危机的关键因素。

4) 共享愿景是组织激励管理的深刻动因

共享愿景能够激励员工，并促进优秀人才的吸引与保留。组织就是通过共享愿景将全体人员集结到一起，向组织的集体目标共同努力。愿景使每个员工能感觉到他们对组织理想图景所作的贡献，提高克服困难的信心。

5) 共享愿景可以促进决策

愿景为组织提供工作目的和努力方向。共享愿景还有利于营造有效决策的环境，特别是在组织扁平化、决策权下放的时期，一个清晰、共享的愿景能成为决策的指南针，而不是控制的原则。

3. 知识网络建设

学习型组织构架的条件是知识网络建设。学习型组织建立在现代信息技术的基础上，知识流是学习型组织的血脉。要实现知识的共享，就需要在学习型组织的构架中运用现代信息技术来实现知识的无缝整合、系统存取，通过知识网络建设将人与资讯进行充分结合，

创造知识共享的文化，从而加速人员学习、创造和运用知识。知识网络的建设主要应注意两个方面：营造知识共享氛围与导入知识管理系统。

1)　营造知识共享氛围

在学习型组织中推行知识网络建设可以构建企业知识资讯网，通过组织内知识社群的运作，强化知识共享的文化与行为规范，促使员工归集、存取、分享与应用知识。营造知识共享氛围要注意以下几个方面：

(1)　构建组织知识网。组织知识网中的相关内容包括：知识资源(包括业务内容、积累的经验、内部电子化培训资料、人员资料以及业务管理电子文档样式等)；新闻公告；社群联系以及讨论专栏等。

(2)　设立知识社群。知识社群是由一群专业工作者所组成的正式或非正式的团体，社群因为共同的兴趣或目标而结合在一起。组织设立知识社群，知识社群中的员工不断创造及分享，集成彼此共同的知识，从而大大激发员工的参与感。

(3)　建立知识分享文化和规范。知识分享文化和规范的建立也非常重要，只有形成知识分享文化的观念、思想，建立起知识分享规范，才能营造出良好的组织内知识分享氛围。

学习型组织通常应具备以下的文化特征：尊重个人；鼓励创新；鼓励团队精神；相互信任；员工乐于分享新知；持续学习与发展。正因为如此，知识分享文化的建立不可能一蹴而就，必须通过日常的转变促成来逐步建立。

2)　导入知识管理系统

在学习型组织中，知识流贯穿学习型组织的各个团队、领导层等，这就要求组织内部进行有效地知识管理，知识管理的导入、推行需要经过六个阶段：①认知阶段。需要搞清楚组织内部为何要导入知识管理，在如何导入知识管理问题上达成一致共识。②策略阶段。需要确定知识管理系统建置的发展蓝图，确定组织内适合的知识社群、确定对知识社群具有价值的知识。③设计阶段。需要分析知识蓝图规划、知识分类及属性，设计知识管理运作流程，规划系统开发软、硬件需求，规划知识社群运作机制并确定资讯系统运作所需的能力与功能。④开发测试阶段。需要开发知识管理系统，进行知识导入界面的开发并进行系统测试。⑤全面导入阶段。需要进行相应的使用者培训并进行已有知识的导入。⑥评估维护阶段。强化知识各社群的运作，在系统中持续进行知识上传管理、资料库品质管理、文件内容归类管理、使用者登入管理以及知识分享的宣传等。

4. 以地方为主的组织架构

“地方为主”是学习型组织架构的主要特点。所谓“地方为主”，就是决策权往往在组织的下层移动，尽最大可能让当地角色者面对所有的管理问题。

学习型组织采取地方为主的组织架构的理由是：第一，只有当组织成员对自己的行动有真正的责任感时，学习的速度也最快。第二，地方为主的组织架构是知识经济时代对组织结构的本质要求。工业经济时代，社会的生产基本是如何配置“给定”资源的问题；但在知识经济时代，知识就是一种主要的资源。知识的分布对组织构架有重要影响。第三，学习型组织中充满着自我实现的高素质的团队，这些团队的素质经由改进心智模式，树立共同愿景，加强团队学习等方式得以形成。这种高素质的团队为学习型组织“地方为主”的架构创造了基础。第四，更重要的还在于，团队修炼的种种方法，可以帮助以地方为主的团队的领导者和领导层之间形成协调与平衡的机制。第五，以地方为主的组织架构中，工作主要由一些跨职能的工作团队完成，具有不同专业知识的员工形成不同组合的团队，几乎不用什么正式的上级监督。

1) 学习型组织架构原则

(1) 以学习型组织愿景为中心原则。一个企业要在激烈的竞争环境中生存，就必须有自己独特的、无法替代的愿景。鉴于组织的愿景所具有的这种关键地位，组织的设计也就应该以组织愿景为中心。也就是说，组织的架构要有利于愿景的实现。

(2) 组织灵活性原则。竞争就是优胜劣汰，当环境发生变化时，任何组织如果不能及时地作出反应，最终的结果只能是被无情地淘汰。因此，学习型组织必须具有的一个特性就是应对变化的灵活反应能力。

(3) 知识价值最大化原则。在知识成为学习型组织运作的最关键资源的情况下，组织的架构就必须考虑知识的价值能否有效的实现，能否将知识的潜能最大地发挥出来。因此，知识价值最大化应该是学习型组织架构设计的一个重要原则。

(4) 最小层级原则。相对于传统等级结构的弊端而言，学习型组织的架构尽可能减少了层级，以实现组织的高效运作，并有利于推动组织内的各种创新活动。

2) 学习型组织架构特征

(1) 组织柔性化。“柔性”指适应变化的能力和特性。组织的“柔性化”是指组织具有参与竞争，对变化不断反应，以及适时根据可预期变化的意外结果迅速进行调整的能力。学习型组织的柔性化架构则在控制与自主式两种管理风格之间找到了均衡点。因此，学习型组织的柔性化架构是建立在两种能力的灵活运用之上的。这两种能力是：①组织内部的跨业务单位的网络。这种能力需要以统一的人力资源政策加以支撑，使得组织能对其拥有的人力资源进行灵活的调配。这当然也涉及学习到型组织中领导的新角色。②用市场机制来协调大量的团队，进行团队建设。这就要求学习型组织内部拥有一套有效的激励机制和相应的财务核算系统，以及有效的信息系统。

(2) 组织的扁平化。组织架构的扁平化，是指管理层次的减少和管理幅度的扩大。学习型组织的扁平化架构需具备两个重要条件：

① 学习型组织的扁平化架构必须以现代信息技术的全面应用为前提。而知识的管理、收集、共享、索取等都需要现代信息技术的支持，只有在组织内部真正建立起以现代信息技术为基础的信息基础设施，并建立起相应的信息系统，才能说组织的扁平化具备了必要的基础条件。

② 组织成员的独立工作能力的提高。学习型组织的扁平化架构意味着管理者要向员

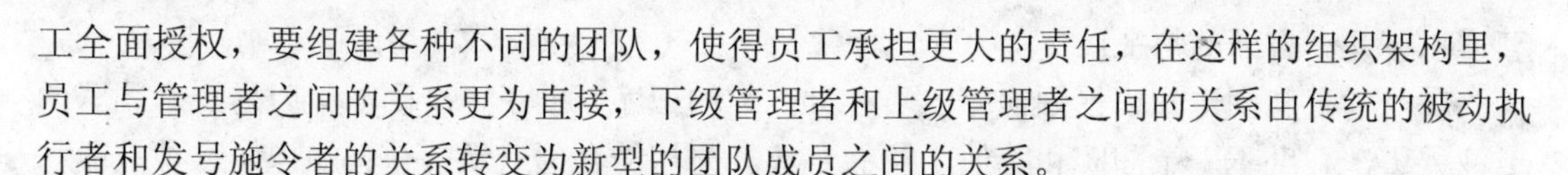

工全面授权，要组建各种不同的团队，使得员工承担更大的责任，在这样的组织架构里，员工与管理者之间的关系更为直接，下级管理者和上级管理者之间的关系由传统的被动执行者和发号施令者的关系转变为新型的团队成员之间的关系。

(3) 组织中间层弱化。组织中间层弱化是指学习型组织架构把决策权分散到团队层次上，从而形成一个中间层弱化的组织架构。这就需要组织成员既是专家又是通才。在学习型组织的架构下，由于中层管理人员队伍的缩小，一线员工纵向提升机会减少了，而横向流动却变得更加频繁。通过横向流动，可以使一线员工从事更高报酬的工作，减少长期从事一项工作的单调感。频繁的横向流动，使一线员工技能多样化，变专才为通才。

(4) 边界虚拟化架构。主要由以下方面决定：

① 学习型组织架构的边界是互相渗透的。大多数传统组织之所以存在僵硬的界限，就是为了保证组织的稳定与秩序，为了加强这种稳定性，就造出了许多工具与框架，最后形成了现在的组织行为本质，包括任务计划、工作定性、岗位定级制度、劳资协商程序、批准权限、职业阶梯等，归根结底，组织通过一系列复杂的互相关联的控制手段加强组织的稳定性。一旦发现其行为表现超出正常形态，就利用这些控制手段使组织回到平衡状态中，在一个相对稳定的架构中，这一组织体制会很有效。然而在当今世界，组织需要放松控制以便灵活驾驭变革引起的各种冲突，并驶向新的方向，需要它保持一定的速度和灵活性，使之迅速灵活地改变方向以不断创新，当组织内部上下级界限，团队之间的水平界限，与外部的界限能互通时，组织能更好地驾驭快速的变革，并能不断使其员工与合作伙伴进行自我重塑。

② 学习型组织不存在单一形态。现代环境的激烈变化和现代产业的迅速发展，都使绝对的分权和绝对的集权失去了存在的可能。一般来说，组织面临着外部强有力的竞争时，要求在较短的时间内作出决策，决策所要求的知识性专门化程度增强，这时，组织会趋于领导层集权。而分权则有助于组织内各个团队对其产品细节，消费者和市场均有较深入的研究时可以自决行事，从而使组织更富有效率，更切合实际。

3) 学习型组织架构的运作

学习型组织架构的运作涉及知识库的建设、运用并行工程和推行对员工的激励等方面。具体表述为：

(1) 知识库的建设。学习型组织架构的核心在于创建知识库，就是使组织中不同团队能够获得不同的技能和能力，拥有不同的核心技能，即在各自领域中，甚至某个单项技术上有专长，并且不同团队在合作中能创造新的能力。这正是学习型组织竞争力的来源，关键是怎样把他们整合成企业的核心竞争力。

知识库建设必须上升到战略的高度。一个简单的知识库可以帮助组织在有限的业务领域内建立新的技能，这表现出来的是一种战术方法。而当一个组织同外部顾客、供应商、劳动力组织、大学和其他组织之间建立大批的知识库，并且彼此加强、互相促进，支持组织的长远目标，这时的知识库才是组织的竞争优势。作为学习型组织核心支柱的知识库主要有以下几个方面的特征：

① 学习和创造知识是知识库的中心目标。知识库有助于一个团队学习另一个团队的专业能力，有助于一个团队和其他团队的专业能力相结合创造新的交叉知识，这种技能和能力使组织受益无穷。

② 知识库与团队的联系紧密。不同的团队要学习、创造和加强组织的竞争优势，组织中的每位员工作为团队的一员必须紧密联系，如果团队间只是简单的传递知识，那么根本谈不上知识库的作用，组织所寻求的是团队的知识能力的整合。

③ 知识库的建设参与者的范围可能是极其广泛的。无论是组织内部的团队之间，还是外部的顾客、供应商、政府部门、学术机构等，只要这个组织有利于知识库内容的丰富，通过知识库，买家和卖家可以共享制造过程中的经验，共同提高买家的产品质量和卖家的商品份额。通过知识库，大学实验室也可以与公司共享和共同创造知识。知识库也包括企业、员工和工会之间的合作关系，通过知识库，领导层可以从员工那里学习到如何生产高质量的产品，如何降低成本，提高效率等。

④ 知识库具有更大的战略潜能。知识库可以帮助一个组织扩展和改善它的基本能力，知识库的构成有助于从战略上更新核心能力或创建新的核心能力。

(2) 运用并行工程。学习型组织架构以团队为运作模式。在现代信息技术基础上，学习型组织的运作应采用并行工程的方式，即一个项目的分解不是按照时间顺序以串行工程为基础建立开放式的子系统，而是分解为工作模块，让拥有不同技能的团队来完成。各个模块之间的合作是平等的，各个团队对所承担的工作模块有充分的自主权。这样的合作方式对于调动每个成员的积极性十分有效，有利于资源的最佳利用。

此外，采用并行工程的运作模式有利于节约项目开发时间。在并行模式下，各个工作模块能够并行作业，领导层从项目一开始就用一体化设计的系统思想来划分工作模块，并在项目进行中不断沟通、协调，从而可以保证各个工作模块之间相互衔接。这不仅能够节约项目完成的时间，而且还能够降低运作的成本。

(3) 推行对员工的激励。学习型组织构架的优势除了来自内部不同团队的互补性核心能力以外，还来自于有效的激励机制。

在学习型组织架构的运作中，首先应将个人、团队、组织的需要同步，从而使他们发挥出最大的效率，同时也要推行对员工的激励。学习型组织架构确实提高了员工个人的机会、职业力量和组织的内在价值。比如：改变了员工的职业道路，在传统的组织架构中，员工的工作穿梭于职能部门之间；而在学习型架构中，团队是组织运作的基本模式，每个员工是团队的一份子，对员工的激励方式可以把一个员工持续不断地分配到交叉职能团队，丰富其工作内容。

总之，学习型组织的建设是一个动态的过程。同时，学习型组织的架构也不是一成不变的，建立学习型组织的不同阶段会有差异很大的表现，面对复杂多变的环境，组织只有不断地创新，才能突破自身成长的上限，获得可持续发展。

二、学习型组织理论的应用

在工业化时代，传统的等级权利型组织架构适应了社会化大生产的要求，在不同国家、不同行业、不同领域取得了巨大的成就，而在新的竞争环境下，随着信息的大众化、组织的网络化，传统的组织架构日益不适应我们的时代，越来越多的企业正寻求变革或正处在变革的潮头，从ERP(企业资源计划)到SCM(供应链管理)，从BPR(企业流程再造)到建立学习型组织，各个组织都在尽力适应社会快速变革所产生的方方面面的影响。

学习型组织的建立，是企业一种核心能力的形成。反过来，核心能力积累的关键也就在于创建学习型组织，在不断修炼中增加企业的专用性资产、不可模仿的隐性知识等。在美国排名前25位的企业中，80%已经按照学习型组织管理理论进行了企业再造；在世界排名前100位的企业中，已有40家(包括福特、微软等)公司进入了建立学习型企业的轨道；我国的宝钢集团、海尔集团等部分大型企业集团，也开始注重学习型企业管理模式，不断地培养和积累企业的核心能力。因此，建立学习型组织已成为企业发展的主旋律。

1. 学习型组织研究与实践的辩证关系

在学习型组织的研究与实践中，要正确认识并处理如下五个方面的辩证关系：

(1) 既充分认识学习型组织的价值和功效，及其所具有的一定理想化色彩，又要看到学习是组织的一项基本职能，它就在我们身边，不能将其神秘化、神圣化。学习型组织不是对其他组织管理理论和功能的替代，而是相互补充和增强。

(2) 既要将学习型组织的创建融入企业的运营与管理实践之中，又不能将其庸俗化、泛化和虚化。学习型组织不应该是孤立的“另外一项工作”，而是应该融入组织的日常实践，要防止学习型组织“泛虚”以及模式化、方案化等几种不良倾向。

(3) 既要认识到创建学习型组织是一项复杂的系统工程，又不能陷入不可知论，无所作为。在实践中，需要整体规划、分步实施；可以从组织面临的最大问题入手，争取落到实处，有重点地突破；同时，要看到创建学习型组织是一个生态化的生成与演进过程，需要周密组织、持续推进。

(4) 既要认识到创建学习型组织需要付出长期艰巨的努力，又不能忽略阶段性成果。长期的创新与应变能力是学习型组织的根本特征，但短期的利润率、生产率等指标也需兼顾。

(5) 既不能盲目崇洋、照搬照抄，又不能闭门造车、低层次创造。

2. 建立学习型组织的基本工作

学习型企业的创建工作是一项长期的系统工程，需要扎实持久地深入开展，不可能一蹴而就。那么，一个以建立学习型组织为目标的企业应该做些什么呢？具体表述如下：

(1) 强化企业文化建设，形成全体认同的企业文化，引导学习。创建学习型企业本身就是一个企业文化建设的过程，而企业文化又会促进创建工作的深入开展。事实上，企业文化发展的方向，就是学习型企业。实践表明，企业文化的认同对于维护整体团结、保持企业核心竞争力具有重要作用。

(2) 构建适合于学习的组织结构。学习型企业是以信息和知识为基础的组织，强调组织结构要精简、高效，便于组织内外沟通。要尽量减少企业内部管理层次，将过去僵硬的“金字塔”式的组织结构简化为“扁平化”的柔性组织结构，创造出最短、最快的信息流，以适应迅速变化的竞争时代。目前发达国家的一些大企业，随着内部网络的建立，已经将中间层次取消，建立了决策层、管理层、操作层在同一平台上工作的“扁平化”管理模式。

(3) 塑造员工正确的工作观，把学习与工作有机地结合。学习与工作越来越密不可分，持续不断的学习不仅是得到工作的先决条件，而且是一种主要的工作方式。甚至可以说，学习是工作的新形式，学习与效率是同义词。企业要通过确立终身学习、全员学习的理念，建立完善的学习教育体系，努力营造共同学习、共同进步，在学习中工作、在工作中学习的良好氛围。

(4) 正确处理团队学习与个人学习的关系。学习型企业不仅强调个人的学习和个人智商的开发，更重视全体成员的学习和群体智力的开发，即更强调团队学习(组织学习)。团队学习是学习型企业的基本学习方式。团队学习把学习成果相互传授，把传授的结果付诸行动，由此使团队智商大于个人智商，使个人成长速度更快，使企业建立长远的竞争优势。只有搞好团队学习，才能提高企业学习力，达到创建学习型企业的目的。

(5) 建立共同愿望，落实创建措施。学习型企业以共同愿望为基础，只有当员工致力于实现共同的理想、愿望时，才会自觉地进行创造性地学习和工作。要使员工真正把建立的愿望作为值得长期献身的目标以及不断学习与创造的动力，产生强烈的实现愿望的责任感，要求企业在建立愿望的活动中，必须把握愿望的时空定位，充分体现以人为本。在实际工作中，一般采用上下互动、相互沟通的方式，并充分考虑对组织目标、价值观和使命感三个共同愿望构成要素的兼容与整合，才能最终确定企业的共同愿望。企业要拿出切实可行的创建方案，包括科学的长远规划和近期目标，创建活动的经费投入，激励机制的建立等。

3. 创建学习型组织的基本步骤和要求

1) 基本步骤

(1) 评估组织的学习情况。①有没有做到鼓舞员工彼此分享学习成果？②有没有解决实际问题的计划？③是要我学习？还是我要学习？④员工头脑中有无组织愿景？能否主动适应愿景需要。⑤有没有组织鼓励员工，并为员工提供资源和条件促使员工实现自我导向的学习。⑥了解自己也了解大家的学习状况，在进行沟通的同时组织大家学习。

(2) 增进组织学习积极性。不能用高压与逼迫的方式组织学习，而应该以关心、和谐

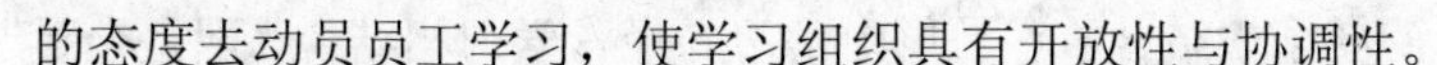

的态度去动员员工学习，使学习组织具有开放性与协调性。

(3) 使学习能持续发展。①建立完善的学习体制，使员工都能有影响力的行动。②通过教育使员工获得成功，而非帮助他们做事。③提高员工解决问题的能力，把解决问题纳入生活方式。

(4) 奖励冒险。每次危机都是学习的机会，它可以使组织获得更多的成功。平时的危机是进步与成功的原料。在学习组织中建立冒险的文化，是组织继续生存与发展的一大要素。

(5) 使员工成为学习资源。员工彼此之间就是相互学习的最大资源，倘若能善加运用，往往可以大大提升组织效能。为此，可先由员工进行自我评价使之深入反思他本人的各项能力与专长，再通过学习小组的资源目录帮助员工了解彼此的才能，并据此达到相互学习、共同成长的目的。

(6) 把学习引入工作。成功的学习有三大特点：①学习与工作相结合；②学习过程为启发过程；③学习亦即发现。

(7) 描绘出组织发展愿景。而组织的愿景是由员工群策群力铸成。

(8) 将组织愿景融入生活。学习型组织必须强调其愿景转化为行动的原则，这就需要使之融入整个生活。

(9) 系统思考。学习组织要通过回顾、目标、规则、继续进步、反馈、落实到行动这六个方面的系统努力来实现。

(10) 明示未来努力的方向。要使上述所有的步骤得以彻底实行，就必须面对一切挑战带来的机会，不断确定未来的发展方向。

2) 基本要求

(1) 在全体职工中普及终身学习的理念，使团队学习、全员学习、全过程学习形成一定的制度和氛围。

(2) 企业建有开放式的学习系统，并在读书活动、职业培训和企业文化建设等方面取得一定成绩。

(3) 工作学习化、学习工作化，形成学习共享与互动的组织氛围，领导干部要成为学习的带头人，开始形成促进终身学习和学以致用的激励机制。

(4) 注重提高职工队伍的综合素质，使职工的思想道德素养、文明程度和科技文化知识得到同步提高。

(5) 学习成为一种工作方式和生活方式，引导职工努力创建与时俱进的学习能力和创新能力，使学习力成为企业持续发展的生命力。

3) 创建学习型组织应关注的几个问题

(1) 领导重视，长期坚持。创建学习型组织的领导者要做创建学习型组织的带头人、决策者、宣传者和实践者。创建学习型组织还具有长期性。

(2) 制定措施，保证实施。创建学习型组织要做到五个结合：一是思想发动与组织推动相结合， 二是长期规划与短期安排相结合，三是集中学习与经常学习相结合，四是全员学习与重点学习相结合，特别是重点学习要突出，比如领导要多学一点，各种专业干部对与其专业相关的要多学习一点，五是检查评估与总结提高相结合。

(3) 组织学习，培养人才。组织学习应注意：一是面向前沿，即学习先进理念、最新信息、科学知识。二是面向实际，要善于分析，抓住企业的主要实际，深入持久地学习。三是面向人才，学习和培养人才相结合进行。要培养三种人才：一种是通用型人才，或称通才：第二种是各种专业型人才，即各种专业技术人才：第三种是管理人才，即懂管理、善指挥、有魄力、能决策的各级管理者。

(4) 动态进行，激励支持。提倡动态学习，就是要改变这种状态，根据形势、环境情况的不断变化，不断地持续地准备，不断地计划，在推行中也可根据情况的变化把自己的聪明才智用进去，创造性地即兴推进。同时，只有有效地奖励才能使学习型组织健康持续地发展。

本章小结

组织文化是指组织在长期的实践活动中所形成的并且为组织成员普遍认可和遵循的具有本组织特色的价值观念、团体意识、行为规范和思维模式的总和。

组织文化的基本特点是：独特性、相对稳定性、融合继承性、发展性。

组织文化有三个层次结构，即表层文化、中介文化、深层文化。

组织文化的表现形态有：物化文化、制度文化、管理文化、生活文化、观念文化等。

组织文化的构成要素有：组织精神、组织理念、组织价值观、组织道德、组织素质、组织行为、组织制度、组织形象等。

学习型组织是一个层次扁平化、组织咨询化、系统开放化的新型组织。

建设学习型组织的主要内容有：团队建设、愿景构建、知识网络建设、建立以地方为主的组织架构。

学习型组织架构特征有：组织柔性化、扁平化、中间层弱化、边界虚拟化。

思考题

1. 简答组织文化及其特点。
2. 组织文化的内容和结构是怎样的?
3. 组织文化有哪些构成要素?
4. 组织文化对组织行为有何影响？
5. 联系实际谈谈塑造组织文化的途径。

6. 什么是学习型组织？它与传统组织有何不同？
7. 学习型组织的核心和特点有哪些？
8. 简答学习型组织的架构原则和特征。
9. 简答团队学习的作用。
10. 联系实际谈谈如何创建学习型组织。

本章案例

创建学习型企业　打造世界最具创新力的煤矿

兖矿集团兴隆庄煤矿，坐落在儒家文化发祥地——孔孟之乡，是我国自行设计建造的第一座年产300万吨的大型现代化煤矿，2010年煤炭产量将突破750万吨，经济效益连续8年在全行业夺得第一名，连续8年实现安全生产无死亡事故，创出国际井工开采最高水平。先后获得山东省“学习型组织创建示范企业”、“山东省先进基层党组织”、“全国模范职工之家”、“全国煤炭工业科技进步十佳矿井”、“中国矿井排头兵”、“全国精神文明建设先进单位”等130多项省部级、国家级荣誉称号。其主要做法是:

一、应对三大挑战，架构兴隆模式

知识经济和科学技术的迅猛发展，煤炭市场的激烈竞争，给国有企业的发展带来前所未有的挑战。兖矿集团兴隆庄煤矿创建学习型企业之初，面临着复杂多变的形势：受亚洲金融风暴冲击，全国煤炭市场疲软、竞争激烈、效益滑坡，这突如其来的市场压力，给兴隆人提出了第一个挑战。兖矿集团建设的战略构想，需要走出国门，实现跨国经营，能否肩负起这一历史重任，给兴隆人提出了第二个挑战。组织实施综采自动化放顶煤“十五”科技攻关项目，发展完善“综采放顶煤核心技术”，把企业做强做大，职工队伍的素质明显不适应，驾驭国内外先进采煤设备的能力需要提高，给兴隆人提出了第三个挑战。面对压力与挑战，兴隆人清醒地认识到，一个企业如果没有持续创新的能力，就难以生存和发展。兴隆庄煤矿要继续走科技创新之路，保持煤炭科技创新的领先地位，仅靠传统的管理方式是不能实现的，必须寻求管理上的突破和创新。因此，兴隆人经过系统思考、反复论证，主动选取了学习型组织理论，于1999年在全行业和山东省率先迈出创建学习型企业第一步。积极引导职工系统思考，跳出煤矿看自身，经过理念导入、宣传发动、选点示范、全面推进四个阶段，逐步形成了兴隆庄煤矿“1123创建模式”。即：弘扬一种“追求卓越、勇攀高峰、面向世界、争创一流”的企业精神；确立一个“建成世界最具创新力的煤矿”的共同愿景；注重“管理人员继续教育”和“职工业务技术培训”两个培训层面；发挥“指导推进、灵活运作、有效激励”三个机制作用。

二、完善三种机制，提升学习力

创建学习型企业是一项长期的系统工程，必须建立一套适应企业发展的长效机制作保障。

一是指导推进机制。兴隆庄煤矿成立了以党政一把手为会长、党政副职为副会长、各有关单位主要负责人为理事的“学习型企业促进会”，并设立了秘书长、副秘书长。在促进会的宏观指导下，定期召开会议，研究创建工作中遇到的各种问题、发展趋势和具体的创建方案，形成了指导全局、引导发展、促进升华的创建决策层。成立了学习型企业推进办公室，负责创建理论研讨、信息交流、综合协调等工作。各基层单位也相应成立了创建领导小组，并设有专人抓好日常工作。制定了《创建学习型企业实施方案》、《全面推进学习型企业，争做知识型职工的实施意见》等20多个创建文件，形成了以团队为主体，以班组为支撑，以职工自主学习为基础的点线面结合的创建推进层。

二是灵活运作机制。创建学习型企业必须立足自身特点，找准创建的切入点和着力点，做到一体化思路、有形化落实、多样化运作、标准化考核。他们从强化宣传、营造氛围入手，运用各种宣传媒体开辟专题节目，利用演讲会、知识竞赛、理论考试等形式深化创建理念。编辑出版了《理论篇》、《实践篇》、《经验篇》、《感悟篇》、《共享篇》，撰写了22万字的再现创建历程的《激活生命细胞》一书。制作了500多块大型宣传牌板、宣传灯箱，建起了宣传一条街。创建中没有一哄而上，而是按照以点带面，逐步扩展，深入推进的工作思路，从全矿60多个单位中选取了基础工作好、整体实力强的8个基层单位作为示范点，继而把示范点又扩展到21个。为检验创建效果，密切把握各示范点的创建动态，组成评估小组定期对基层的创建工作进行阶段性评估，及时召开创建深化推进会，对评出的创建先进单位进行挂牌表彰，形成了以点带面、全员参与、整体辐射、高层推进的创建局面。注重创建实效，丰富运作载体，先后开展了“争做安全质量放心人”活动，“安全幸福 365”活动，职业技能培训考核鉴定活动，职工文明星级竞赛、爱岗敬业人、学习创新人等“十佳”先模评优活动。坚持数年如一日，在全矿开展“每周一课”活动，把安全技术培训，业务技能培训作为学习内容，由工程技术人员上课，做到时间、地点、人员和内容四落实，收到了明显效果。

三是有效激励机制。职工在满足需要的同时发展了自身，创造了价值，推动了企业的发展。了解职工的需要，确立激励因素，可以激发职工朝着激励目标努力。为使创建工作不断向纵深发展，激发职工的创建热情，增强职工的创建后劲，兴隆庄煤矿重点采取了目标激励、政策激励、物质激励和精神激励。结合企业实际，鼓励职工“自主学习”、“岗位成才”，在专业技术岗位上“精一门、会两门、懂三门”，使职工“想干事有机会、能干事有平台、干成事有地位”。对岗位成才的优秀职工，不仅大张旗鼓的表彰奖励，给家庭送喜报、发贺信，而且组织其全家到国内外旅游观光，使他们感受到一人成才全家光荣的喜悦。兴隆庄煤矿综采一队实施的“有证上岗、无证待岗、多证加薪”激励措施，采取理论考试与现场实践考试相结合的方式进行综合考核，对取得岗位资格证书的职工，每证每月奖励50元，对未取得岗位资格证书的职工实行待岗培训，全队取得两个以上岗位资格证书的职工达到98%，部分职工已取得6个岗位资格证书，每月奖励金额达300元。这一

激励机制在全矿推广运用后，极大地调动了职工学技术、练本领的热情，目前全矿2861人获得两个以上岗位资格证书。综采二队为鼓励职工掌握现代信息技术，提升驾驭先进设备的能力，在全队职工中实施了购买电脑奖励1000元的激励措施。

机制的有效运作，激活了家庭、班组、个人三个“细胞”。“读书兴矿”活动深入人心，“工作学习化、学习工作化”成为职工的自觉行动。目前，全矿获得中级工、高级工、技师资格的职工由创建前的32人提高到1006人；取得大专以上学历的职工由916人提高到3416人。涌现出全国“十佳”矿长、山东省技术拔尖人才来存良；十六大代表、全国五一劳动奖章获得者张传武；全国“十佳”采煤队长孙健全；全国“十佳”采煤班组长马加力等一大批学习型、知识型、创新型职工。

三、建设三个基地，提升创新力

出色的企业将是让全体职工真诚投入，并有能力不断学习创新的组织。为锻造一支适应企业发展的高素质职工队伍，兴隆庄煤矿重点加强了三个基地的建设。

一是建立教育培训基地。人才是企业的根本，培训是人才开发的重要环节，是企业人力资源可持续发展的重要保证。兴隆庄煤矿投资3000多万元建成了具有现代教育设施的培训基地，拥有一支由186名中高级职称组成的专兼职教师队伍，被国家安全监察局批准为“国家三级安全培训基地”，被山东省批准为“企业基层管理培训基地”。从维护职工的学习权利，促进企业发展的实际出发，重点对职工进行了思想政治理论培训、安全技术培训、职业再生能力培训和企业管理培训。为提升企业管理水平，对具有创新能力的中层以上管理人员，采取出国考察、高等学府深造等方式进行重点培养。根据综采放顶煤核心技术发展需求，先后选派37名高层管理人员赴美国、澳大利亚等先进采煤国家学习培训。对新入矿的职工进行两个月的岗前脱产培训，对在岗职工每年进行八周的岗位轮训，对复合型人才每年进行四个月的重点培训，对外部开发人才每年进行六个月的特殊培训。常年坚持与中国矿大、东北工业大学、山东科技大学等十几所高校联合办学，自主培养了51名工程硕士。先后完成83项国家级科研项目，群众性技术发明、小改小革5000余项；在煤炭行业率先通过了质量、环境、职业安全健康和计量四大体系认证，实现了与国际标准的接轨；完成了煤流、提升等系统的重大技术改造，突破了瓶颈制约，使矿井产量大幅度提高。

二是建立成才实践基地。企业的发展和壮大离不开人才，人才的成长离不开实践。为加快适应企业发展战略要求的人才成长步伐，兴隆庄煤矿投资兴建了具有国内外先进技术实验设施装备成的人才实践基地。拥有采煤、掘进、机电、运输、洗选等15个系列、40多个技术工种的实践平台。利用这个平台在全矿定期开展岗位练兵、技术比武活动，形成了学技术练绝活，学业务强技能，学标杆比贡献的练兵热潮。在全国各类技术比武中涌现出了维修电工第一名的刘建法，兖矿集团第一个享受政府津贴的“煤机大师”高兴亮等一大批技术拔尖人才和岗位能手。对全矿专业技术人员采取技术交流、岗位轮换、成果共享等方式进行专业技术培训，形成了一专多能的专业技术人才队伍。为提高管理人员的计算机操作技能，对全矿所有管理人员进行了强化培训和统一考试，考试不合格者按自动下岗处理。现有98%以上的管理人员取得了计算机操作资格证书。按照“储备、培养、使用”的思路，对青年后备人才进行重点培养。兴隆库煤矿对大中专生采取到生产一线锻炼、进管理岗位挂职、上领导岗位任职“三步走”的措施。针对大中专生处理现实问题缺乏经验的实际，选派他们到生产一线主要管理岗位锻炼，做到书本理论和现场实践的有机结合，提高工作应变能力和安全管理本领。针对大中专生管理经验不足的情况，委派他们到生产一线中层管理岗位挂职锻炼，注重培养他们的管理技能和领导才能。通过现场岗位的培训和严格的考核，对条件成熟的大中专生大胆使用，选拔到中层领导岗位任职。几年来先后有265名大中专生和生产骨干成长为专业技术人才和中层以上管理干部。先后向贵州、陕西、内蒙等能源开发基地输送复合型技术人才901人。32名专家型人才赴澳大利亚进行煤炭开发，形成了适应矿井发展的、结构合理的人才梯队，为兖矿集团建设和矿井的可持续发展提供了人才保证。

三是建立拓展训练基地。兴隆庄煤矿以把企业建成锻造人才的军营、培养人才的学校、成就人才的乐园为着眼点，着重培养职工的团队精神，改善职工的心智模式，增强企业的凝聚力。在全国企业中第一个建起了拥有“攀岩”、“空中断桥”、“天梯”等36个训练项目、100多台套训练器械的高标准、高规格的“拓展培训基地”。自主选拔了28名学习型组织理论中高级培训师和22名拓展培训师，对全矿职工分期分批进行准军事化和学习型组织拓展训练。现已培训18期3000人，有效地规范了职工行为，提升了创新力、执行力和战斗力。

兴隆庄煤矿二十多年的艰苦创业历程，特别是通过五年多学习型企业的创建，职工精神面貌发生了根本性变化，综合素质全面提高，企业的核心竞争力明显增强，综合形象全面提升。由原来的一个“普采+综采”的煤矿，发展成为拥有世界先进采矿技术的高效洁净示范煤矿；由原来的八个采煤队生产300万吨，发展到两个采煤队生产750万吨；煤炭产品由单一品种，发展到十几个品种，精煤产品获得国家质量最高奖“银质奖”；打造出一支年产600万吨的综采队，跨入了世界10个先进综采队行列，曾受到江泽民同志的高度赞扬。培育和发展了领先世界煤炭三至五年的“综采放顶煤核心技术”，代表中国煤炭工业第一家走出国门，开始了对澳大利亚的煤炭开发，实现了跨国经营，圆了中国煤炭工人半个世纪的梦。

兴隆庄煤矿下一步的“创争”总体设想是：“13314飞行模式”，即围绕一个目标——建成世界最具创新力的煤矿；培养三支队伍——“理论研究队伍”、“双师型培训师队伍”、“高素质职工队伍”；提升三个能力——职工职业再生能力、矿井技术再创能力、核心竞争能力；成立一个研究会——儒家文化与学习型企业创建研究会；强化四大体系——人才开发、教育培训、绩效考核、报酬认可。

（资料来源：作者根据相关材料整理而成）

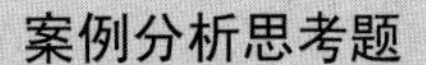

1. 兴隆庄煤矿是如何提升学习力的？
2. 兴隆庄煤矿是如何提升创新力的？
3. 对照兴隆庄煤矿创建学习型企业的经验，讨论学习型组织对我国企业管理的影响。

第九章

领 导 行 为

学习目标

通过本章的学习，理解领导、领导者、奖赏权力、惩罚权力、法理权力、专家力量、领袖魅力等基本概念；把握领导行为的作用、分类、领导行为理论、领导权变理论的主要内容；掌握领导者的品质、领导方法、用人艺术、用权艺术、处事艺术等。

关键概念

领导者(Leader)　领导(Leadership)　强制性权力(Coercive Power)　奖赏权力(Reward Power)　专家力量(Expert Power)　菲德勒权变模型(Fiedler Contingency MODEL)　路径-目标理论(Path-goal Theory)　领导参与模型(Leader-participation Model)

领导行为是领导者在特定环境下，对组织成员的行为进行引导和施加影响，对组织成员的个体目标和组织目标进行有效匹配，以实现组织目标的过程。领导行为实质上是引导组织成员发挥他们的才能和潜力，为组织目标作出贡献。领导行为在组织管理占有中心地位，研究领导行为是组织行为学研究中的主要内容。

第一节　领导行为概述

一、领导行为及作用

1. 领导与领导行为

关于领导的定义有很多，而当前比较流行的说法有：①领导是指影响人们为组织和集体目标作出贡献的过程。②领导是指挥部下的过程。③领导是在机械地服从组织的常规指令以外所增加的影响力。④领导就是影响员工，使之努力工作，以完成组织目标的过程。⑤领导是一个动态过程，该过程是领导者个人品质、追随者个人品质和某种特定环境的函数。

综上所述，理解领导的含义，其中应该包括以下三个重要的因素：第一，具有领袖地位(身份、职务、任务)的领袖人物(指挥者、先导者)。第二，具有领导者素质(领导能力、统帅能力)的领袖人物(指挥者)。第三，进行领导(统帅、指挥)行为过程。但是前两者具体指的是领导者，与领导行为有不可分割的关系，却不能准确地反映领导的内涵和外延。

为此，我们将领导定义为，领导是指引导和影响个人或组织，在一定条件下实现目标的行动过程。

2. 领导者

领导者是一个被委派到某一职位上，具有职权、责任和义务来完成组织目标与目的的人。

领导者是能把别人吸引到自己周围的人。领导者就是别人想要跟随的人，是能够得到别人的信任和忠诚的人。一个组织的领导者就是以计划、组织、监督、控制、沟通信息、委派任务和承担责任来实现组织目标的人。领导者是任何一个社会组织最基本而又最难得的资源。

领导者的责任主要有两点：引导，指出组织或群体的方向，提出目标，推动变革；通过各种方式影响、激励下属为实现组织目标而努力工作。

成功的领导必须使用一定的技能，表现出恰当的行为。领导者的主要技能有技术技能、人际技能和概念技能。

1) 技术技能

技术技能是一个人对某种类型的过程或技术所掌握的知识和能力。例如，会计人员、工程师、文字处理人员和工具制造者所学习到的技能。在操作人员和专业人员层次上，技术技能是影响工作绩效的主要因素。但是当员工升职并担负领导责任后，他们的技术技能就会显得相对不重要了，作为领导者，他们更加依靠下属的技术技能。

2) 人际技能

人际技能是有效地与他人共事和建立团队合作的能力。组织中任何层次的领导者都必须掌握人际技能，这是领导行为的重要组成部分之一。

3) 概念技能

概念技能是按照模型、框架和广泛关系进行思考的能力，如长期计划。在越高的管理职位上，它的作用也就越重要。概念技能处理的是观点、思想，而人际技能关心的是人，技术技能涉及的则是事。

领导技能分析表明不同层次的管理者需要的三种技能的相对比例是不同的。管理层级越高，工作中技术技能所占的比例越小，而概念技能所占的比例越大。

3. 领导行为的作用

领导者在组织内是举足轻重的人物，起着关键的作用。因此，领导行为在组织中起着协调个人的需求和组织的要求的作用。在组织中，一方面有着周详合理的计划、精心设计的组织结构和有效的控制系统；另一方面，组织的成员有被人了解和激励的需求，有为实现组织的目标尽其所能作出贡献的需要。领导行为的作用就是将这两个方面结合起来、协调起来。

组织目标与下属的个人目标不可能完全相同。在组织中，往往只有很少一部分人真正把他们的个人目标和组织目标统一起来。对大多数人来说，必须通过领导的诱发才能为组织目标作出必要的贡献。下属人员的工作往往是为了满足个人的需求，虽然这些需求并不一定和组织的目标完全一致，但它是能够和组织的利益、目标协调一致的。有效的领导行为应能鼓励下属人员去实现他们想要满足的个人需求，同时又有助于实现组织的目标，即能够利用个人所追求的目标实现组织的目标。领导行为不但要使组织成员获得物质需求上的适度满足，更需要使他们获得精神需求上的满足。

领导行为的作用具体表现为以下几个方面。

1) 指挥作用

在人们的组织活动中，需要有头脑清晰、胸怀全局，能高瞻远瞩、运筹帷幄的领导行为帮助人们认清所处的环境和形势，指明活动的目标和达到目标的途径。这样，就要求领导者既具有广博的知识、深邃的思维、敏捷的反应、良好的判断力，有能力指明组织的战略方向和需达到的目标；又必须是个有影响力的行动者，能率领员工为实现组织的目标而努力。

2) 激励作用

在组织中，劳动者积极工作的愿望能否变成现实的行动，取决于劳动者的经历、学识、兴趣及需要的满足程度等。当劳动者的利益在组织的各项制度中得到切实的保障，并与其自身的物质利益紧密联系时，劳动者的积极性、智慧和创造力就会充分发挥出来。因此，需要领导行为创立满足劳动者需要的各种条件，通过激励劳动者的动机来调动劳动者的积极性，激发他们的创造力，鼓舞士气，使组织中的每个人都自觉地融入到组织的目标中去，为实现共同的目标而努力工作。引导员工向共同的目标努力，激发员工的工作热情，使其在组织活动中保持高昂的积极性，这便是领导行为在组织和率领员工为实现组织目标而努力工作中所必须发挥的具体作用。

3) 协调作用

在由许多劳动者协同工作的组织集体活动中，即使有了明确的目标，也会因各人的理解能力、工作态度、进取精神、性格的不同而产生不协调的状况。再加上各种外部因素的干扰，人们之间在思想上还会发生各种分歧、行动上出现偏离组织目标的情况。因此，就需要领导行为来协调人们之间的关系和活动，引领大家朝着共同的目标前进。

二、领导行为的分类

从不同的角度，可以对领导行为作不同的分类。

1. 任务取向和人员取向的领导行为

以领导活动的侧重点为标准，可将领导行为分为任务取向和人员取向的领导行为。

任何领导行为都是在两个维度上展开的：一是结构维度，反映了领导者的工作行为或任务取向；二是关系维度，反映了领导者的关系行为或人员取向。

1)　任务取向的领导行为

任务取向的领导方式，主要关心组织效率，重视组织设计，明确职责关系，确定工作目标和任务。它注重任务的完成，而不注重人的因素，忽视人的情绪和需要，下属变成了机器。任务取向的领导行为是以领导者的工作行为为中心的。工作行为包括：建立组织，明确职责，规定信息交流渠道，完成任务的时间、地点及方法等。

2)　人员取向的领导行为

人员取向的领导行为表现为尊重下属的意见，重视下属的感情和需要，强调相互信任的气氛，这也是领导的关系行为。领导的关系行为包括：建立友谊，互相信赖，意见交流，授权，让下属发挥智慧和潜力并给予感情上的支持等。

在现实生活中，领导者只有将任务取向的领导行为和人员取向的领导行为有机地结合起来，才能保证领导目标的达成。任何偏重于一方的领导行为都只能导致领导的失败。每一位领导者在行使其领导职能时，都会产生自己的领导行为和领导风格。这一行为和风格的形成，有赖于组织结构、人员素质、组织目标和环境等客观因素，也有赖于领导者个人气质、经历、学识、价值偏好等主观因素。

2. 命令式、说服式和示范式的领导行为

领导行为的一种重要职能是指挥，而展示指挥功能的途径包括命令、说服、示范三种途径。以领导指挥行为的方式为标准，可将领导行为划分为命令式、说服式和示范式的领导行为。

1)　命令式领导行为

命令式领导行为具有强制性的特征，它是建立在下属对领导者职位权力之畏惧或恐惧的基础之上的。命令的强制性在不同领域中的效应是不同的。

命令式领导行为的特征是：领导者采取单向沟通方式，以命令的形式向下属布置工作任务和完成任务的程序和方法，下属不了解或无法了解组织的整体目标和最终目的。领导者和被领导者相分离，领导者一般不参加集体活动。领导者凭个人的经验和了解，对下属的工作表现作出评价。这种领导行为，在领导者与被领导者之间，纯粹是一种命令与服从、指挥与执行的关系。

2)　说服式领导行为

说服式的领导行为是一种建立在领导者的影响力之上的领导行为，其中领导者的威信、人格、能力是说服式领导行为能够取得成功的关键。

说服式领导行为与命令式领导行为的不同之处在于，领导者作出决策后，不仅向下属人员发出指令，而且还要做说明工作，即所谓“推销其决策”。也就是说，通过双向沟通

方式进行宣传和教育，使下属了解工作任务要求，了解组织的整体目标。这样有利于提高他们的积极性。

3) 示范式领导行为

示范式领导行为是建立在下属对领导者的主动归依和主动模仿这一基础之上的。示范式的领导行为在特殊情况下会取得意想不到的积极效果。

3. 集权型、参与型和宽容型领导行为

以领导者运用权力的范围和被领导者自由活动程度为标准，可将领导行为划分为集权型、参与型和宽容型的领导行为。

1) 集权型领导行为

集权型领导行为又被称为独裁或专制的领导行为，是领导者单独作决策，然后发布指示和命令，明确规定和要求下属或部门做什么和怎么做。对于决策，下属没有参与权和发言权。在整个组织内部，资源的流动及其效率主要取决于集权领导者对管理制度的理解和运用，同时，个人专长权和影响力是其行使上述制度权力成功与否的重要基础。

2) 参与型领导行为

参与型领导行为是指在决策工作中，领导者让下属人员以各种形式参与决策。这种领导行为的特点表现在：在领导者与被领导者之间进行双向沟通；职工的民主权利得到尊重，他们的意见能够影响决策；能提高决策的科学水平，减少决策工作的失误；有利于决策的实施和执行。

3) 宽容型领导行为

宽容型领导行为又叫分权型领导行为，是领导者向下属人员或部门进行高度授权，让下属相对独立地去完成任务和处理问题。这种领导行为还可具体分为放手型和放任型两种领导行为。具体表述为：

(1) 放手型领导行为是上级为下级给定工作目标和方向，提出完成任务的大致要求和期限，同时授予下属完成任务所必需的权力，在工作进行过程中只实行宽松的监督和控制。

(2) 放任型领导行为是领导者对下属实行高度的授权，下属可以完全独立地去开展工作。具体地说，就是领导者不为下属安排和规定具体的工作任务和目标，下属做什么，如何做，要达到什么目标，完全由自己决定。在工作过程中，领导也不进行经常性的监督。

总之，领导者的行为方式多种多样，它们没有绝对的优劣之分。只有与被领导者和工作环境的特点相适应，才能取得预期的领导效果。

三、影响领导行为效果的因素

领导行为的效果是由三个相互作用的因素即领导者、被领导者和领导环境决定的。

1. 领导者

领导者是领导行为的主体。领导者本身的背景、知识、经验、能力、个性、价值观念以及对下属的看法等，都会影响到组织目标的确定、领导行为方式的选择以及领导行为的效率。因此，领导者是决定领导行为有效性的重要因素。

2. 被领导者

被领导者接受领导者的领导。被领导者的背景、专业知识、经验和技能，他们的要求、责任心和个性等，都会对领导行为产生重大影响。被领导者的状况，既影响领导行为方式和方法的选择，也影响领导行为的效率。

3. 领导环境

领导行为是在一定的内在环境和外在环境中进行的，与环境相适应的领导行为才可能是有效的；而与环境不相适应的领导行为，则往往是无效的。

四、领导行为的影响力

领导行为的影响力一般表现为管理活动中的权力，主要有五个方面：奖赏权力、惩罚权力、法理权力、专家力量和领袖魅力。

1. 奖赏权力

人们服从于一个人的愿望或指令，是因为这种服从能给他们带来益处。因此，那些能给人们带来他们所期望的报酬的人就拥有了权力。这种报偿可以是加薪、晋升、表彰、有趣的工作或良好的工作环境等来自组织的正式的奖赏，也可以是出自领导者个人的友好表示、亲切的赞扬以及欣赏等。

2. 惩罚权力

惩罚权力又称为强制性权力，它是建立在惧怕的基础之上的，一个人如果不服从的话就可能产生消极的后果，出于对这种后果的惧怕，这个人就对强制性权力作出了反应。这种惩罚可以是降职、减薪、处分直至解雇等来自组织的正式的处罚手段，也可以是出自领导者个人的威胁、精神上的打击以及对基本生理和安全的控制等。

奖赏权力和惩罚权力是领导者最常使用和最有效的权力，是人们日常生活中对领导行为最直接和表面化的感受，也是领导影响力的重要来源。如果我们把奖惩也视为一种资源的话，那么在组织中，谁拥有这种资源，谁就拥有了权力。

3. 法理权力

法理权力又称为法定权力，它是一个组织或群体通过某种方式赋予一个人的正式权力，以个体在组织中正式层级结构中所获得的职位为基本特征，如董事会任命的总经理、世袭获得的王位、群体成员通过选举产生的领导人等。在每个组织中，领导者对下属人员的某种指令和要求被认为是合法的、有效的，下属人员认可这种权力，并有义务遵从这些要求，是因为在组织中存在着公认合法的规章制度、方针和工作程序。法定权力是所有权力中最重要的，涵盖面也更为宽泛。

4. 专家力量

所谓专家力量是指领导行为的影响力(权力)的来源，即领导者拥有的专长、知识和技能。

由于世界的发展日益取决于技术的发展，专门的知识技能也由此成为领导行为的影响力(权力)的主要来源之一。一般情况下，如果下属人员认为他们的领导有能力，掌握他们所缺乏的知识、技能或信息，那么他们就会对领导的影响作出积极响应；如果他们认为他们的领导缺乏这种能力，那么领导的影响力将大打折扣。领导者的专家力量取决于他个人的素质和能力，而不完全是他在组织中的地位。

5. 领袖魅力

所谓领袖魅力也称为“榜样力量”或“参照性权力”，是指领导行为的影响力(权力)来源于人们对领导者行为的认同、仰视和愿意模仿的程度。人们越尊敬、认同领导者，这个领导者的榜样力量就越大，影响力也就越大。领袖魅力的大小取决于领导者个人的素质、人格魅力等，而与他们在组织中的地位并没有直接关系。

在以上五种领导行为的影响力(权力)中，还可以分成两大类：第一，奖赏权、惩罚权、法理权是由个人在组织中的职位决定的，都来源于行政力量，表明了领导者在行使权力时的合法性以及在职权范围内的支配地位，是一种纯粹的权力。权力是政治上的强制力量，职权范围内的支配力量。权力是一种法定的指挥他人的权力，以其正式的职务和对事物的控制为基础。权力一个鲜明的特点，就是在执行的过程中不考虑接受者愿意不愿意。权力要求服从，命令必须执行。权力的另一个特点是，它只在一定组织或群体范围内有效，超出职权范围后，命令或要求就失去了强制性。第二，专家力量和领袖魅力则取决于领导者个人的知识和人格因素，与职位无关，是一种权威关系，是领导者与被领导者之间相互认可的关系。权威是使人信从的力量和威望。它也要求服从，但这种服从与权力所具有的强制性不同。

领导行为活动对组织绩效具有决定性的影响。领导没有权力不行，但只有权力还不够，还必须拥有权威。

第二节 领导行为理论

迄今为止，人们对领导行为的研究主要是从三个方面进行的，即从领导特质的角度去

分析领导行为，从人际关系、感情因素的角度去分析领导行为，从组织所处的环境和领导行为关系角度去分析领导行为。相应的，领导行为理论也大致分为三大部分：领导品质理论、领导行为理论和领导权变理论。

一、领导品质理论

在 20 世纪 50 年代之前，对领导行为进行的大多数研究主要是探讨领导人的品质。领导品质理论着重研究与领导行为相关的品行、素质、修养，目的是要说明好的领导者应具备怎样的品质和特性。这种理论最初是由心理学家运用归纳分析法进行研究的。研究者先根据领导效果的好坏，挑选出好的领导者和差的领导者。然后分析这两类领导者的行为在个人品质和特性方面的差异，并由此确定优秀的领导者应具备的特点。

研究者认为，只要能找出优秀领导者应具备的特点，那么根据考察，如果某个组织中的领导者具备这些特点，就能断定他是一个优秀的领导者，会有有效的领导行为出现。反之，如果他不具备这些特点，就不可能出现有效的领导行为，也就可能不是一个优秀的领导者。

研究领导行为品质的学者将成功的领导者的品质做了一些归纳。如表 9-1 所示。

表 9-1　影响领导行为的六项特质

1. 进取心	领导者表现出高努力水平，拥有较高的成就渴望。他们进取心强，精力充沛，对自己所从事的活动坚持不懈，并有高度的主动精神
2. 领导愿望	领导者有强烈的愿望去影响和领导别人，他们表现为乐于承担责任
3. 诚实与正直	领导者通过真诚与无欺以及言行高度一致而在他们与下属之间建立相互信赖的关系
4. 自信	下属觉得领导者从没缺乏过自信。领导者为了使下属相信他的目标和决策的正确性，必须表现出高度的自信
5. 智慧	领导者需要具备足够的智慧来收集、整理解释大量信息；并能够确立目标、解决
6. 相关工作知识	有效的领导者对于公司、行业和技术事项拥有较高的知识水平。广博的知识能够使他们作出富有远见的决策，并能理解这种决策的意义。

领导品质理论按其对领导品质和特性来源所作的不同解释，可分为传统领导品质理论和现代领导品质理论。传统领导品质理论认为，领导者所具有的品质和特性是天生的，是由遗传因素决定的；20 世纪 50 年代之后，随着行为学派影响的不断扩大，领导行为个人品质论已经不大被人所接受。行为学派强调，人除了来自遗传的体质特征之外，并没有什么天生的品质，只是或许有些人天生比别人健康些。因此，现代领导品质理论则认为领导者的品质和特性是在领导实践中形成的，是可以通过教育、训练等方式在社会实践中培养的。

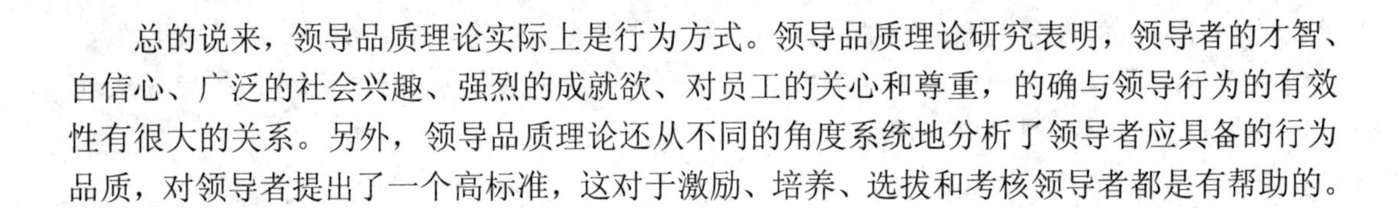

总的说来，领导品质理论实际上是行为方式。领导品质理论研究表明，领导者的才智、自信心、广泛的社会兴趣、强烈的成就欲、对员工的关心和尊重，的确与领导行为的有效性有很大的关系。另外，领导品质理论还从不同的角度系统地分析了领导者应具备的行为品质，对领导者提出了一个高标准，这对于激励、培养、选拔和考核领导者都是有帮助的。

二、领导行为理论

领导行为理论是关于领导行为及其结构，组成要素和实际效果的理论。其中有代表性的理论主要有以下几个。

1. 两种导向的领导行为

从 20 世纪 40 年代开始，密执根大学研究者伦西斯、利克特等人对领导行为问题作了深入的研究。通过对许多领导者及其下属人员的访问调查，他们发现领导者的行为方式基本上有两种：

(1) 以工作为导向的领导行为。这类领导者利用自己合法的决定报酬的强制职权，密切地注视和掌握着职工工作的进度，以及他们在工作中的表现。他们随时都可以指令职工去干某一工作，并指挥他们如何干好工作，并把职工视为达到目标的工具。

(2) 以职工为导向的领导行为。这类领导对职工的生活、福利等极为关心。具体地说就是，他们对工作小组的建立与发展，对职工的生活福利，对职工个人的成长与发展及其工作的满意程度都很关心。

密执安大学的研究人员发现，在领导行为职工导向型的组织中，生产的数量要高于领导行为工作导向型组织的生产数量。另外，这两种群体的态度和行为也根本不同。在职工导向型的生产单位中，员工的满意度高，离职率和缺勤率都较低；在工作导向型的生产单位中，产量虽然不低，但员工的满意度低，离职率和缺勤率都较高。

在这种经验观察的基础上，密执安大学领导行为方式研究的结论是，职工导向的领导行为与高的群体生产率和高满意度成正相关，而工作导向的领导则与低的群体生产率和低满意度相关。研究表明：以职工为导向的领导行为要比以工作为导向的领导行为的效果更好。

2. 领导行为四分图

大约在密执安大学对领导方式展开研究的同一时期，美国俄亥俄州立大学人事研究委员会以亨普希尔为首的一批学者，从 1945 年也开始研究领导行为，并提出了领导行为四分图，他们经过调查列出了 1790 种刻画领导行为的因素，通过逐步概括，最后归纳为“抓组织”和“关心人”两大类：

(1) “关心人”的领导行为：注重与下属之间的友谊，相互信任，尊重下级的意见，

关心他们的需求，分担他们的忧愁，鼓励部下与自己交谈，对待所有下属一视同仁，帮助下属解决私事等。这是重视人际关系的领导行为。

(2) “抓组织”的领导行为：注重工作的组织、计划和目标，规定成员的工作职责和关系，建立明确的组织形态、信息沟通渠道及工作程序方法，要求群体成员遵守标准的规章制度。

按照“抓组织”和“关心人”的不同内容，他们设计了“领导行为描述答卷”，每次列举 15 个问题，发给有关领导者进行调查。结果发现两种领导行为在一个领导者身上有时一致，有时不一致，因此，他们认为领导是两种行为的具体组合。他们用“四分图”(图 9-1) 的形式将这一概念加以表示。

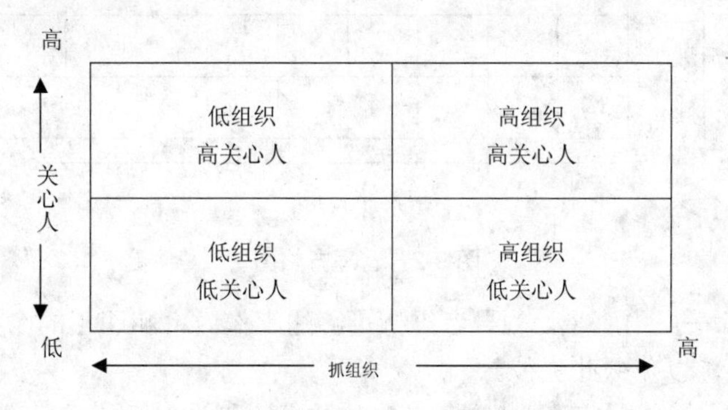

图 9-1 领导行为四分图

俄亥俄州立大学人事研究委员会的学者根据调查结果在图上评定领导行为的类型，是以二维空间表示领导行为的首次尝试，为以后领导行为的研究开辟了一条新的途径。

3. 管理方格理论

在领导行为四分图的基础上，美国得克萨斯州立大学布莱克和莫顿克服了以往各种领导行为理论中的非此即彼的绝对化观点，认为在对工作关心的领导行为和对职工关心的领导行为之间，可以有使二者在不同程度上互相结合的多种领导行为。他们于 1964 年提出了“管理方格理论”(图 9-2)。

这是一张对等分的方格图，横坐标表示管理者对工作的关心，纵坐标表示管理者对职工的关心。在评价管理人员的工作时，就按其两方面的行为，在图上找出交叉点。这个交叉点便是其类型。

布莱克和莫顿在提出管理方格图时，还列举了五种典型的管理行为：

“1.1 型管理”——贫乏型。这种管理对工作和对职工的关心都做得最差，领导者付出的努力最小。

“9.1 型管理”——任务型。领导者只注意工作的完成，而不重视职工的因素，职工变成了机器。

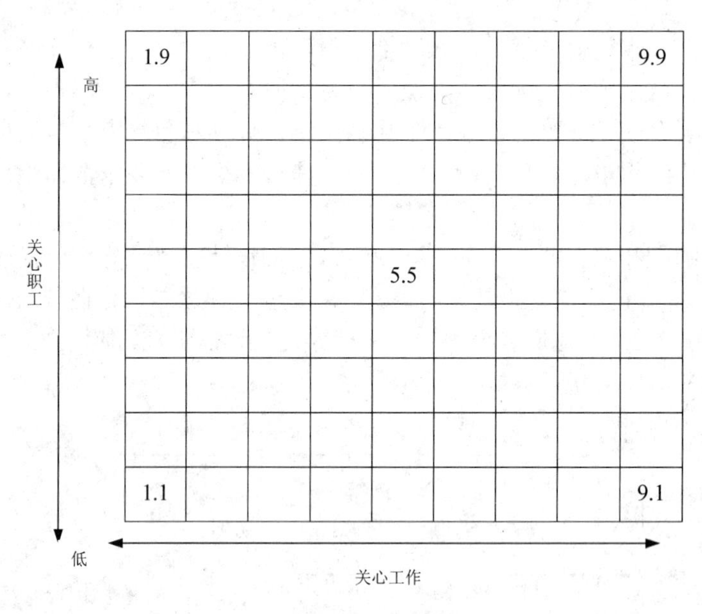

图 9-2　管理方格图

“5.5 型管理”——中庸型。领导者维持足够的工作效率和职工的令人满意的士气，努力保持和谐的妥协，以免顾此失彼。

“1.9 型管理”——一团和气型。领导者只注重支持和关心下属职工，而不关心工作效率。

“9.9 型管理”——团队型。领导者通过协调和综合相关活动而提高工作效率与职工士气。

布莱克和莫顿认为，9.9 型是最理想、最有效的领导行为。应当是领导者努力的方向。但是，这种领导行为一般是很难做到的。为此布莱克和莫顿提出要对领导者进行培训，并提出了相应的培训计划，以推动他们向 9.9 型发展。

这个培训计划的特点是：①由主管这一工作的领导，而不是学者或顾问来主持这一训练计划；②应用上述管理方格理论作为训练的理论基础；③实行全员培训，使各个管理层的领导者都得到培训，而不只是培训某个层次的领导。

培训计划的内容和步骤大致是：①介绍管理方格理论；②应用上述理论对自己的领导行为作出分析和评价；③各个管理部门针对本身的特点，确定本部门 9.9 型领导行为的要求和特点；④重视人的因素方面的培训，例如，分析研究如何解决各部门间存在的人际关系紧张的状况和冲突问题等；⑤关心生产方面的训练，例如，讨论和分析领导者应怎样确定计划目标，并研究如何实现这一目标；⑥回到实际工作中去巩固训练中所得到的进步，并对整个训练计划作出评价和总结。

实际上，不同层次的领导，应具有不同风格的行为。①高层领导，从行为上应该摆脱日常事务的纠缠，离开办公室，用大量的时间和精力与外部交往，这样可以及时了解和把握政策动向，捕捉发展信息；从能力上，他们应该有胆量、有气魄、有思想，善于综合各种信息、发现机会、提出观点，设置远大的目标，并能把自己的想法传达给下属职工，鼓

舞士气、激发斗志和干劲。②中层领导，应该善于领导、理解和沟通，及时、准确地把握高层领导的意图，既具备扎实的理论功底，又具有实际操作的执行能力，能够把高层领导的思路和想法变成切实可行的方案，并能赢得上司的信任和下属的支持。③基层领导，主要是脚踏实地、以身作则，能够带动下属把中层领导提出的方案变成实际行动，产生实际效果。

三、领导权变理论

在组织管理中，管理者越来越清楚地认识到，要找到一种适合于任何组织、任何性质的工作和任务、任何对象固定的领导特质和领导行为的方式，都是不现实的。没有什么是一成不变的、普遍适用的“最好的”领导理论和方法。由此，20 世纪 60 年代，研究人员提出了“权变理论”。

所谓权变的含义就是指行为主体根据情境因素的变化而作出适当的调整。领导权变理论着重研究影响领导行为和领导有效性的环境因素，即领导者、被领导者和领导环境三者之间的相互影响，目的是要说明在什么情况下，哪一种领导行为方式才是最好的。

领导权变理论认为，领导行为效果的好坏，不仅取决于领导者本人的素质和能力，而且还取决于诸多客观因素，如被领导者的特点、领导的环境等，它们是诸多因素相互作用、相互影响的过程。这个观点可用公式表示如下：

$$领导=f(领导者\times被领导者\times环境)$$

因此，没有一种“最好”的领导行为。一切要以时间、地点、条件为转移，这便是领导权变理论的实质。

研究领导权变理论最具代表性的理论主要有以下四个。

1. 菲德勒模型

菲德勒模型是由弗雷德·菲德勒提出的。弗雷德·菲德勒也是第一个把人格测量与情境分类联系起来研究领导行为的学者。从 1951 年起，经过十五年的大量调查研究，他认为，任何领导行为都可能是有效的，也可能是无效的。关键要看它是否与环境相互适应，领导者必须是一位具有适应能力的人。由此菲德勒提出了“有效领导的权变模式”。他认为影响领导成功的关键因素在于领导者的基本领导行为和组织环境。

菲德勒设计了“最不愿与之共事者”(Least Prefered Co-worker)问卷，简称 LPC 问卷。问卷由 16 组双极性问题组成，让做答者想出一个与自己最难共事者，然后对他进行评价。问卷以 1～8 等级计分，最后累加得分高者，说明即使对最不喜欢共事者，他也给了好的评价，那么，他一定是关心人而宽容的领导，属关系取向型。LPC 得分低者则说明，他对人苛刻，是以工作为中心的，属于任务取向型。

菲德勒运用 LPC 工具可以将绝大多数作答者划分为这两种领导行为。他对 1200 个群体进行了广泛调查，主要用于测量领导者的基本领导行为属于哪种领导方式类型，即是任务导向型还是关系导向型。任务导向型是指领导者倾向于追求工作任务的完成，并从工作成就中获得满足；而关系导向型则是指领导者倾向于追求良好的人际关系，并从中获得地位和被尊重的满足。当然，也发现有一小部分人处于两者之间，菲德勒承认很难勾勒出这些人的个性特点。

在评估领导者的基本领导风格之后，弗雷德·菲德勒又对组织环境进行评估，并将领导者与环境进行匹配。他认为，组织的环境情况主要包括三项权变因素：①领导者与下属之间的关系，即组织成员对其领导者信任、喜爱或愿意追随的程度。②工作结构，即对工作明确规定的程度。③职位权力，即领导者正式职位的权力强弱程度，如对下属人员是否具有奖惩及其他权力等。这三种权变因素的不同组合决定了领导者应相应地采取不同的领导行为，如表 9-2 所示。

表 9-2　领导权变行为方式

组织环境类型	非常有利			中间状态			非常不利	
上下级之间关系	好	好	好	好	差	差	差	差
工作结构	高	高	低	低	高	高	低	低
职位权力	强	弱	强	弱	强	弱	强	弱
有效领导方式	任务导向型			关系导向型			任务导向型	

菲德勒认为，任务导向型的领导者在非常有利的组织环境或非常不利的组织环境中效率较高，而关系导向型的领导方式在对领导者有利情况为中间状态的环境中效率较高。所以，不能说哪种领导行为方式最好或不好，而必须把环境、领导者和下属的情况、工作类型等方面的因素综合起来考虑，不同的情况适合采用不同的领导行为方式。

2. 领导生命周期理论

科曼于 1966 年首先提出了领导生命周期理论，之后赫西和布兰查德对其给予了进一步的发展。

领导生命周期理论认为，有效的领导行为要把工作行为、关系行为和被领导者的成熟程度结合起来考虑，当被领导者渐趋成熟时，领导行为要作相应的调整，才能取得有效的领导效果。

赫西和布兰查德将成熟度定义为：个体完成某一具体任务的能力和意愿的程度。

现实中，每个人都要经历从不成熟到逐渐成熟的发展过程。而工作群体中工作人员的平均成熟度也有一个发展过程，即不成熟——初步成熟——比较成熟——成熟。

生命周期理论认为，当被领导者从不成熟趋于成熟时，领导行为也会发生改变(图 9-3)，即 1(低关系高工作) ——2(高关系高工作) ——3(高关系低工作) ——4(低关系低工作)。

图 9-3 概括了领导生命周期理论的各项要素。领导生命周期理论认为，当下属的成熟度水平不断提高时，领导者不但可以减少对活动的控制，而且还可以减少关系行为。即领

导行为方式应当由低关系高工作向高关系高工作、高关系低工作、低关系低工作等逐步转变。

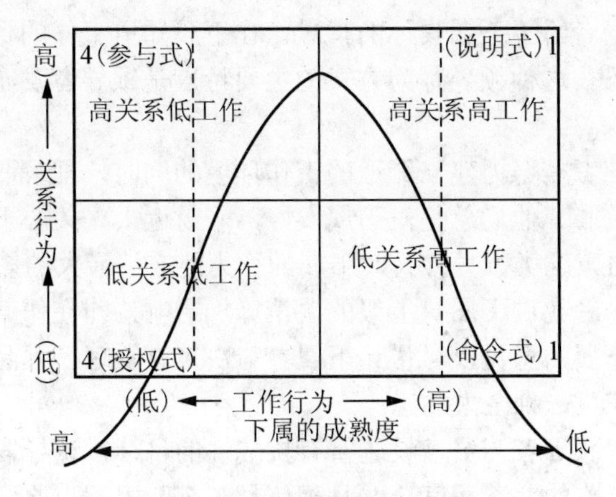

图 9-3 领导生命周期理论模型

(1) 命令式(低关系高工作)。适用于下属不成熟的情况。下属既不愿意也不能够负担工作责任，需要得到明确而具体的指示。因此领导者可以采取单向沟通形式，明确地告诉下属应该干什么、怎么干以及何时何地去干。

(2) 推销式(高关系高工作)。适用于下属比较不成熟的情况。下属愿意担负起工作责任，但他们因工作能力缺乏而不能胜任。这时领导者应同时提供指导性的行为和支持性的行为，从心理上增加下属工作的意愿和热情。

(3) 参与式(高关系低工作)。适用于下属比较成熟的情况。下属能够胜任工作，不希望领导者有过多的指示和约束。这时，领导者应该通过双向沟通和悉心倾听的方式与下属进行信息交流，为下属发挥潜能提供便利条件。

(4) 授权式(低关系低工作)。适用于下属高度成熟的情况。下属具有较高的自信心、能力和愿望来承担工作责任。这时，领导者不需要做太多事情，只需提供极少的指导或支持，主要是赋予下属权力，让下属自己决定工作的内容及方法。

赫西和布兰查德认为领导者的行为应当随着下属的“成熟”程度作相应的调整，这样才能进行有效的领导。“高关系高工作”类型领导行为并不是经常有效的，“低关系低工作” 类型领导行为也并不一定经常无效，关键是看下属的成熟程度。因此，工作行为、关系行为与下属成熟程度并非是一种直线关系，而是一种曲线关系。

3. 路径—目标理论

路径—目标理论是罗伯特·豪斯提出的一种领导行为权变模型。

路径—目标理论是以期望水平模式以及对工作和对人关心的程度模式为依据的。该理论认为，领导者的效率是以他能激励下属达到组织目标，并在其工作中得到满足的能力来

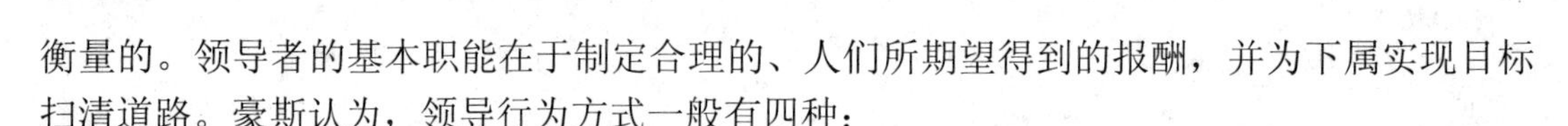

衡量的。领导者的基本职能在于制定合理的、人们所期望得到的报酬，并为下属实现目标扫清道路。豪斯认为，领导行为方式一般有四种：

(1) 指导型。领导者给予下属具体的指导，让下属知道工作的目标、完成工作的时间安排以及如何完成任务。这种领导行为方式的主要特点是领导者发布指令，下属不参加决策，只接受命令。

(2) 支持型。领导者在努力建立舒适的工作环境的同时，理解职工的需要，表现出对员工的健康和需要的关心。他们总是对下属友好，平易近人，关心下属的生活福利。当下属处于挫折或不满意时，这类领导行为对下属的行为能产生最大的影响。

(3) 参与型。领导者允许下属对上级的决策施加影响，即在作某些决策时，领导者与下属共同磋商，听取下属的意见，尽量让下属参与决策和管理。并且在实施之前充分考虑下属的建议，使职工产生一种主人翁感。

(4) 成就指向型。领导者为员工设置富有挑战性的目标，诱导职工最大限度地发挥自己的才能，不断提高工作的完善程度，并且相信员工有能力、也愿意实现这些挑战性的目标。这一类领导人始终强调不断探索工作的高标准，善于激发职工的自豪感和责任心。

路径—目标理论认为，对于一个领导者而言，没有什么固定不变的领导行为方式，要根据环境的权变因素和下属权变因素，选用不同的领导行为方式。如图 9-4 所示。

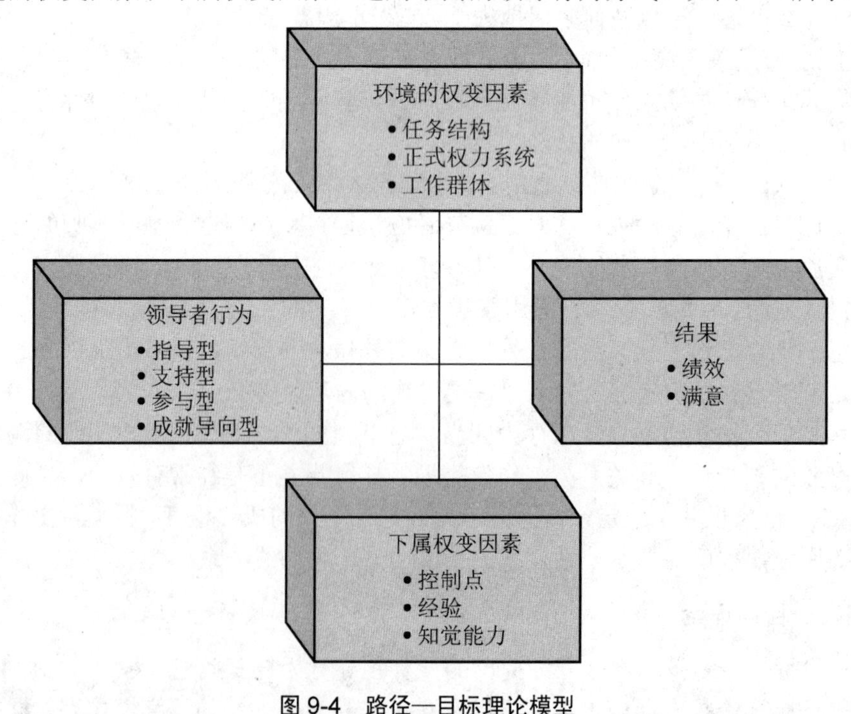

图 9-4　路径—目标理论模型

环境的权变因素包括任务结构、正式的权力系统以及与工作群体等方面。环境因素影

响下属对领导行为的偏好。例如，对结构非常明确的工作，过分干预的领导行为不仅多余，甚至让人反感。但是，如果工作不那么使人愉快，上级的关心和体贴可能会增加下属的满意感和积极性。正式权力系统清楚地规定了哪些活动能得到批准，哪些活动不能得到批准。对于凝聚力不强的群体，支持性、理解性的领导行为会对改进绩效有利。

而下属权变因素包括：对下属的特点(需要、自信心和能力等)的控制、下属的经验和知觉能力等。例如，那些相信自己的行为能够影响环境的人，更喜欢参与式的领导行为；那些认为事情的发生是因为运气的人，则更倾向于接受集权式的领导行为。下属对自身能力的知觉也会影响他们对领导行为的选择。认为自己工作能力强、能胜任工作的人厌恶过度监督的管理者，来自上级的命令不但不能促进生产效率，反而起相反的作用；认为自己技能较差的人，偏好命令型的管理者，认为这样的上级对他们完成任务、获得奖励有帮助。

4. 领导参与模型

领导参与模型是美国管理学家维克多·弗罗姆和菲利普·耶顿于 1973 年提出的。

领导参与模型将领导行为与下属参与决策联系在一起，认为有效的领导者应根据不同的情况让员工不同程度地参与决策，领导行为方式主要取决于下属参与决策的程度。由于认识任务结构的要求随常规活动和非常规活动而变化，研究者认为领导者的行为必须加以调整，以适应这些任务结构。弗罗姆和耶顿的模型是规范化的，它提供了不同的情境类型应遵循的一系列原则，以确定参与决策的类型和程度。这一复杂的决策模型包含五种可供选择的领导行为风格和 12 项权变因素(可通过“是”或“否”选项进行判定)。

领导参与模型认为，可以根据下属参与决策的程度不同，把领导行为方式分为三类五种，即独裁专制型两种，协商型两种，群体决策型一种(表 9-3)。

表 9-3　领导行为方式

类　型	领导行为风格(决策方式)	参与程度	代　码
独裁专制型(A)	1．领导者运用手头现有的资料，自行解决问题，作出决策。	最低	AI
	2．领导者向下级取得必要资料，然后自行决定解决问题的方法。向下级索要资料时，可以说明情况，也可以不说明。在决策过程中，下级只向上级提供资料，不提供解决问题的方案。	较低	AII
协商型(C)	3．以个别接触的方式，让下级了解问题，听取他们的意见和建议，然后由领导作出决策。决定可以反映下级的意见，也可以不反映。	较高	CI
	4．让下级集体了解问题，并听取集体的意见和建议，然后由领导作决定。决策可以反映下属的意见，也可以不反映。	较高	CII

续表

类　型	领导行为风格(决策方式)	参与程度	代　码
群体决策型(G)	5. 让下级集体了解问题，并且与领导共同提出和评价可供选择的决策方案，努力就决策方案的选择达成一致。讨论过程中领导仅作为组织者而不用自己的思想去影响群体，并愿意接受和落实任何一个集体支持的方案。	最高	GⅡ

领导参与模型还认为在选择领导行为风格时应考虑 12 项权变因素：①决策的重要性；②获得下属对决策承诺的重要性；③领导者是否有足够的信息作出高质量的决策；④问题结构是否清楚；⑤如果是你自己作决策，下属是否会对该决策作出承诺；⑥下属是否认同组织目际；⑦下属之间对于优选的决策是否会发生冲突；⑧下属是否对有必要的信息作高质量的决策；⑨是否因为时间限制而限制了下属参与；⑩把地域上分散的下属召集到一起付出的代价是否合理；⑪在最短的时间内作出决策对领导者的重要性；⑫适用上级参与开发下属决策技能的重要性。

第三节　领导行为艺术

领导者的工作效率和效果在很大程度上取决于他们的领导行为艺术。领导行为艺术的内涵极为丰富，包括领导者的品质与领导方法和领导艺术。

一、领导品质与领导方法

1. 领导品质

优秀的领导行为是以领导者优秀的品质为基础的，优秀的领导者必须具有如下的品质特征：

(1) 拥有使命感。领导者的核心任务是看清楚组织存在的意义以及未来，以这种使命感来激发自身以及员工的潜力。领导使命不应空洞，而应具有实际的意义。如杰克·韦尔奇说：“在今后的十年内，我们想使 GE 公司成为一个员工拥有创造自由、每个人都能尽其所能的场所，一个开放、公正的场所，在此场所内，员工相信自己能决定具体的工作，而当自己完成这些工作时，自己的钱袋和灵魂都能得到奖励。”

(2) 充当组织的思想者与改革者。领导者应该具有一种透过事物的表面看到其本质的能力，富有创造力和想象力。他们并不安分守己，不因循守旧，不拘泥于已有的成就，敢于向任何阻碍公司前进的陈旧观念、习惯挑战。领导者具有发动改革与推动改革的能力，能使组织始终保持强大的环境适应能力。

(3) 关心员工利益。领导者对员工利益的关心能使员工形成一种重要的品质——忠诚。员工的利益不仅仅在于物质与金钱方面，领导者必须清楚地认识到每个员工都希望改善自己，渴望改进自己的缺陷与弱点，期望提高自己的生活质量与自己在家庭和社会中的地位。组织可以为员工提供这样的机会，实际上工作是一种很好的方式。组织应该创造各种条件使员工在工作中真正感受到自己能力与信心的提高。

(4) 敢于承担风险。领导者不仅自己敢于承担因变革导致的风险，而且鼓励下属追求发展与创新，允许下属的失误。他们知道如果因为惧怕失败的风险而不去行动，组织的必然结局是被市场所淘汰。但领导者并不是冒失者，他们还必须采取一切可能的手段降低行动的风险。他们善于考虑各种革新的方法，善于处理各种复杂的关系。

(5) 善于沟通。所有历史上伟大的领导者都是善于将自己的理想阐明并使他人接受的人。沟通的形式是双向的：包括准确表达自己的观点和聆听他人的观点。沟通的作用包括：激励和鼓舞员工；与员工建立相互合作与相互信任的关系；妥善解决冲突；消除员工在不稳定环境中的恐惧感与无力感；提供准确的信息使员工做出正确的行为；提供反馈信息使员工认识到如何更好地改进自己。全美 100 家管理最好的公司之一——SRC 公司的 CEO 斯塔克说："人们对公司的了解越多，公司运转就越好，这是一条颠扑不破的真理。"

(6) 敢于超越自己。实际上个人的束缚很大程度上不是来自于外界环境，而是来自于我们的内心。当我们告诉自己说"我缺乏这样的能力"时，这个理性的自我就限制了我们做进一步尝试的努力，而且使我们能够轻易地原谅自己。领导者应该敢于向自我挑战，他们知道生命的意义在于不断地完善自己，在不断的尝试与努力的过程中发现自己的新价值，重新认识自己。他们也善于将自己的这种信念运用到领导员工的过程中，使员工同样具有这种可贵的品质。

(7) 具有奉献精神。"公仆型领导"概念的倡导者罗伯特·格林利夫提出，领导者应该经常问这样四个问题：在你的领导下，你所服务的人是否真正在成长？在这个过程中，他们是否变得更健康？他们是否变得更自主、自由、聪明和能干？他们自己是否越来越像公仆型领导者？领导者明白为员工服务的目的不是从员工那里索取，而是激发员工的自我价值与尊严。当员工得到成长，组织自然也会得到相应的成长。

(8) 充分相信员工。领导者相信大多数员工通过实践是可以提高自己的能力的。如果有员工拒绝接受领导的授权，那么原因多半是他们缺乏相应的能力。领导者通过给予员工支持和帮助，完全可以提高他们的这种能力，并使他们获得极大的成就感。

(9) 具有协调能力。当组织中存在大量独立的具有创造性的个体时，协调工作就非常重要。领导者的主要责任是解决个体间的冲突与消除相互合作的障碍。领导者必须通过共同愿景和系统论的观点在组织中创造出团结一致的氛围。

(10) 具有旺盛的精力。领导行为非常繁杂，领导者是否具有旺盛的精力事实上非常重要。当领导者以旺盛的精力投入工作时，很难想象下属会不会努力工作。领导者必须身体力行，为下属做出榜样。

2. 领导方法

领导方法在领导行为的发挥中具有重要的意义。传统的管理者强调控制方法；而现代的领导者则侧重于激发员工的潜力的方法。现代领导方法主要是通过帮助员工的成长、展示组织振奋人心的共同愿景，来激发员工的创造性和积极性。

根据员工表现出的自信心与能力的差异，领导者可以灵活地采取不同的方法。除了在以上篇幅中论证的许多领导行为方法外，还有以下领导方法：

(1) 控制型方法。当下属的工作技能和信心都不足的时候(这时候下属往往是个新手或在执行新任务)，领导者宜采取高度命令和低度支持的控制型方法。领导者告诉下属自己对他们工作的期望，并告诉他们如何执行这项任务。

(2) 辅导型方法。当下属具有工作的信心但工作技能不足的时候，领导者采取这种高度命令和高度支持的辅导型方法。领导者继续通过比较命令的手段使员工得到技能的提高。但是如果员工的能力此时不能增加，后果是员工的信心与积极性很可能在困难面前受到挫伤。

(3) 推动型方法。当下属的能力已经达到一定的水平，但他们的信心仍因有时的失败而不足的时候，领导者采取低度命令和高度支持的推动型方法。领导者利用推动，鼓励员工，培养他们的自信心。

(4) 授权型方法。当员工在技能与信心方面都表现出突出的水平时，领导者就可以放手地授权了，充分地发挥员工的热情与潜能。

二、领导艺术

从某种意义上讲，组织的整个领导行为本身就是领导艺术的体现。领导艺术可分广义和狭义两种：广义的领导艺术包括整个领导行为，所有领导行为既是科学又是艺术；狭义的领导艺术则指领导者在领导行为中，善于熟练而有效地行使领导职能，完成领导任务的技巧。

领导艺术是一个十分广阔的领域，具有丰富的内容和多样的形式，包括用人艺术、用权艺术、处事艺术。这些不同方面的领导艺术相互作用，彼此渗透，从而构成了一定的领导艺术体系。

1. 用人艺术

毛泽东曾说过，领导者的责任归结起来是两件事：“出主意”和“用干部”，前者就是领导者提出和作出决策，后者就是如何用人的问题。

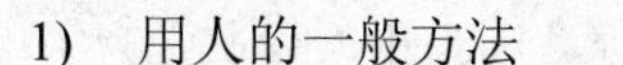

1)　用人的一般方法

(1)　任人唯贤，德才兼备者。领导者必须坚持任人唯贤，反对任人唯亲。这里所讲的“贤”者，是指有全心全意为人民服务的强烈愿望，为人正派，不搞歪门邪道；工作勤勤恳恳，并能不断开创新局面的有真才实学的人。

用人唯贤实际上是一个选才问题，德才兼备是选人的核心。所谓德，是指思想道德品质，主要是就政治素质而言；所谓才，是指才能和智慧，主要是就业务素质而言。德才兼备，就是说作为一个合格的人才，既要具备一定的政治素质，即有较好的道德品质的修养；又要具备一定的业务素质，即具有较强的才干和专业知识的修养。

全面理解和执行德才兼备的标准，必须反对“重德轻才”和“重才轻德”两种错误倾向。重德轻才，就会把一些品德虽好，才华平庸的人提拔到领导岗位上来，不利于事业的发展；重才轻德，可能使某些心术不正颇有“歪才”的人得到重用，给组织的利益带来损害。因此，必须强调德才并重。但在实际工作中，人的德与才可能不平衡。有的人德比较好，才能差一些，有的人才能较强，但德却略逊一筹。这时领导该如何抉择呢？我们认为，德与才相比更要注重德。因为绩优才弱，可以努力提高才，从而达到德才统一。还因为坏人有了才，将会干出更大的坏事。

(2)　不拘一格，知人善任。领导者用人应该不拘一格，知人善任。知人就是要了解人、熟悉人，指的是对人的考察、识别、选择；善任就是要用好人，指的是对人要使用得当，有利于发挥人才的作用。知人和善任是相辅相成的两个方面，知人是为了善任，善任必须知人。要搞好知人善任，必须注意以下几方面：

第一，观行察言，践行为主。知人意在知心，即认识人的思想。要了解人的思想，必须通过其言语和行动。言语和行动二者在传达思想的可靠性程度上是不同的。一般来说，由言语表达的思想的可靠性程度较低，由行动所体现的恩怨的可靠性程度较高。因此，在判断一个人时，应注重于观察其实践行为。

践行为主，并不是对人的行为不加辨析地完全相信。人们有些行为是出于自觉自愿，有些行为是为了适应环境的需要，还有些行为是迫不得已。领导者必须探求下属人员行为的真实的思想动机，这种判断应当以他的其他行为作为依据，并把所有行为联系起来加以分析。同时，观察人的言行，不仅限于被动地观察，还可以主动地设计一些环境，使其思想得以明显地表露出来。

第二，正确、全面地识别人才。在考察人才时，有必要对考察对象的全部工作情况和表现，包括过去的和现在的工作情况和表现做一个全面而又深入的考察。我们不仅仅要考察人才的过去，而且要特别注意考察他目前的工作情况和现实表现。在考察人才时，对历史的考察主要是起参照作用，而决定一个人是否为人才的关键因素是他的现实表现。因此，考察工作的重点要放在现实上，以现实表现为主。总之，这一原则就是要求用全面的、发展的眼光去考察识别人才。

第三，正确看待人才的长处和短处，以长处为主。金无足赤，人无完人。每个人都有长处和优点，也有短处和缺点。领导者看人时应着重看其长处，因为用人无非是为了用其所长，而非其短。领导者在考察识别人才时，对其优点要认识够，对其缺点要认识透。只有这样才能全面、公正地认识人。

在发掘人的长处时，人们经常会有两种误区：一种是对人的机械分类，如把人分成"好人"和"坏人"，进而把所能想到的优点统统加到某个"好人"身上，把所有恶劣品质统统加到某个"坏人"身上。另一种是主观片面地夸大一个人的缺点，无限上纲，把本来不过是鸡毛蒜皮的小事硬说成是原则问题。只有克服上述误区，领导者才能客观准确地看到人才的长处和短处。

第四，对人才的考察要走个别考察与群众评议相结合、以群众评议为主的路子。对人才的考察，主要有如下两个途径：一是个别考察，即由组织和人事部门对人才进行一一的考察；二是通过群众对人才进行评议。在对人才的具体考察中，必须把组织的个别考察与群众评议结合起来，并以群众评议为主。为此，一方面要打破只对人才进行个别考察的"封闭式"的做法，要对人才作出客观的公正评价；另一方面，也要反对脱离组织随意对人才乱说一气的无政府主义。对于群众评议应有组织地进行。领导者应十分注意尊重群众的意见，把群众对人才的评议作为选才用人的一个重要依据。

同时，为了更好地做到知人善任，在考察识别人才时，要注意以下两个问题：一要打破论资排辈的观念；二要特别注意在青年人中发现人才。

(3) 用人不疑，扬长避短。在使用人才的过程当中，领导者特别要注意信用一致的问题。疑人不用，用人不疑。这是用人艺术的高度体现。信是信任和相信，只有信任才有力量。上级对下级有多少信任，下级就有多少主观能动性的效能反馈予上级。用人是为了使他发挥作用，充分地做出成绩。所以信任下级，放手让下级去干，才有可能充分发挥下级的聪明才智。用人不信任人，将会导致积极性的挫伤、工作效能的降低。在这种气氛下，下级不是缩手缩脚，顾虑重重，就是远离领导，甚至远走高飞。信任下级，也是领导者自信的一种表现。

就目前的社会情况看，在领导对下级信任的问题上有三种情况值得注意：①不信任下级而包办代替下属工作；②不了解下属而干预下属工作；③不懂某方面的知识、权谋，却去干预下属指挥。这三种情况均是出自对下属缺乏必要的信任，违背了用人不疑的原则。

领导者在使用人才时，要扬长避短，应该把他们安排在最适合于发挥他们长处的位置上，以便充分发挥其作用。例如，善于出谋献策的人，适合做领导的参谋；社交能力强的人，则适合于搞公共关系。对于这两种类型的人才必须分别安排在与其自身素质相一致的位置上，才有可能充分发挥作用。对人才的使用，只有用其所长，避其所短，才能使人才尽其所能，发挥其应有的作用。

(4) 关爱人才，培养教育。要在工作上、生活上对下属给予关心照顾，为他们排忧解难。遇到疾病、生活、家庭等各种困难时，领导者必须在可能的条件下认真给予解决。

与此同时，领导者必须对那些打击、压制人才的人和事要旗帜鲜明地给予处理，这也

是对人才的爱护关心的表现。

除了关爱人才外，还要加强对人才的教育培养，没有对人才的培养，就谈不上对人才的合理使用。“养兵千日，用兵一时”。凡是领导艺术高超的领导者，都十分重视人才的培养，也都十分爱护关怀人才。重使用、轻教育，或者只使用、不教育，都是领导者缺乏战略眼光的表现，也是领导者的失职。

2)　激励和影响下属的方法

领导者在企业活动中属于主导、率领的地位，负责制定整个企业的大政方针以及经营战略与管理决策。要使决策付诸实践，领导者必须团结下属，借助他们的智慧和力量去完成任务。因此，领导者不仅要知人善任，将下属安排到适当的位置上、用其所长；还要善于激励和影响下属。

(1)　激励下属。领导者的大部分任务是由下属完成的，如果不知道或不懂得激励下属，那么领导者所能取得的成功是有限的。激励是实现组织目标的重要驱动力。领导者应善于运用各种刺激手段，唤起人的需要，激发人的动机，调动员工的积极性。这要求领导者懂得基本的激励理论和方法，了解下属的需要的性质和强度，设计一个通过满足需要引导其行为的激励方案。

不同的人所需要的激励方式是不相同的，领导者激励下属的方式既可以是物质激励，也可以是精神激励。同一个人在不同的阶段所需要的激励方式也是不相同的。因此，领导者在对下属进行激励的时候，既要考虑到环境的特点，也要考虑到下属的需要。激励就是要让下属保持持续的工作热情，并变成现实的行动。

激励下属应掌握以下要点：

①　掌握和运用激励理论。理论可以帮助我们了解复杂的、抽象的问题。熟悉激励的基本理论，可以使领导者对如何带领员工们努力工作有一个深入的认识。

②　了解下属的需要。要做好激励工作，必须了解激励对象的各种需要，以及每种需要的强烈和重要性程度，这样才能“对症下药”。人们低层次的需求可通过工资和工作保障等得以满足；高层次的需求则可以使员工通过工作本身如工作所具有的荣誉感和挑战性等得以满足。因此，可以通过不同的奖励方法去满足下属不同层次的需求。

③　正确激励下属。正确的激励方法才能有效地调动下属的积极性，否则，效果可能适得其反。首先，有针对性激励。不同层次的人有着不同的需求，领导者应善于掌握下属不同的优势需要，把物质激励和精神激励有机地结合起来，有针对性地加以激励。其次，满足下属的尊重需要。由于下属一般较关注自己在组织中的重要性及责任，领导者要通过各种形式多听取下属的意见，并说明下属的工作对组织的重要性，从而满足下属的尊重需要。再次，多鼓励少惩罚。下属不可能没有失误，重要的是如何使他们在失误之后吸取教训并有所提高。领导者可以通过奖赏或惩罚等手段对下属的行为结果加以控制，从而修正其行为。最后，目标激励，领导者要向下属详细说明企业目标何在，正在做什么，给下属以希望。

(2) 影响下属。领导者要实现有效的领导，关键在于其影响力的大小。领导者的影响力在人际交往中表现得尤为重要。但是影响不是把自己的意志强加给下属，而是在价值观念方面培养共识，达到认同。影响下属应注意以下几点：

① 鼓励下属参与管理，共同决策。领导者的决策制定应多听取下属的意见，可能的话，让下属参与决策。这样，决策方案出来后，会增加下属对决策方案的认同，下属才会竭尽全力去实施。

② 加强上下级沟通。领导者无法对组织上上下下的复杂问题都进行考虑，作出决策。要想使每个下属都发挥个人的积极性，就必须加强与下级沟通，通过价值观的教育、启迪，使大家对组织目标达到基本一致的认识。

2. 用权艺术

权力是领导的象征。也是领导者行使领导各种职能的基础。如何掌好权、用好权是衡量领导艺术水平高低的重要标志。

(1) 用权的一般方法。主要有依法用权和慎重用权。

① 依法用权。每一位领导者手中都握有一定的权力，但它是有严格的权限的。领导者的一切领导行为都只能是在法定的权限范围内活动，否则就会导致对上级越权和对下级侵权的行为，违反了权力规则。

权力规则的基本要求是：在领导行为中不可也不能骄傲自大、飞扬跋扈。既不能目无上级，也不能无视下级。

越权是任何上级都忌讳和反感的。侵权是对下级权力的侵犯，领导者也不能随意侵犯下级的权力，因为领导者对下级侵权，既是对下级人格的不尊重，会挫伤下级工作的积极性，又会使下级感到无所适从。越权和侵权打乱权力运行的正常秩序，可能会引起管理中的各种混乱状况和不正的社会风气。

在领导集体里，要相互尊重对方的权力，不应对不属于自己职权范围的事随意表态做主，那样会引起领导者之间相互猜疑，关系紧张，也会给思想意识不好的下级人员提供某些“钻空子”的机会，既不利于领导班子的团结，也会给工作造成不必要的损失。

② 慎重用权。慎重用权指的是领导者在行使权力时要谨慎、果断。领导者行使权力一要谨慎，二要果断，这两方面并不矛盾。在一些关键时刻，领导者用权果断，往往是导致某项活动成败的关键，如在应对某些突发事件时，领导者果断使用强制权是绝对必要的；同时，用权果断，也是维护领导威信的一种手段，那些在重大事件面前犹豫不决、拖泥带水的领导者，很难得到被领导者的信任。

同时，慎重用权也要求处于权力中心的领导者不能炫耀权力和滥用权力。炫耀权力和滥用权力这是掌权者十分忌讳的事。所谓炫耀权力，就是用口头或行为显示自己的权力不可一世，给别人造成一种威吓心理。这种威吓可能有效，然而是有限的，最终将失去领导权威。那些把权力挂在嘴上，动辄滥用权力的人，是一种浅薄的表现。滥用权力，也是炫

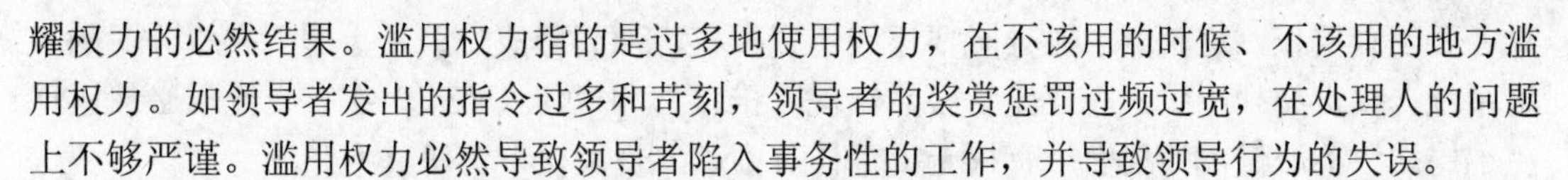

耀权力的必然结果。滥用权力指的是过多地使用权力，在不该用的时候、不该用的地方滥用权力。如领导者发出的指令过多和苛刻，领导者的奖赏惩罚过频过宽，在处理人的问题上不够严谨。滥用权力必然导致领导者陷入事务性的工作，并导致领导行为的失误。

(2) 授权的方法。所谓授权，就是领导者授予直接被领导者一定的权力，使其能在领导的监督下，自主地对本职范围内的工作进行决断和处理。

领导工作包括决策、用人、指挥、协调和激励。这些都是大事，是领导者应该做的，但绝对不是说都应由组织的最高领导人来做，而应该分清轻重缓急、主次先后，分别授权让每一级去管本级应管的事。组织最高领导者应该只抓重中之重、急中之急，并且严格按照“例外原则”办事。也就是说，凡是已经授权给下属去做的事，领导者就要克制自己，不要再去插手；领导者只需管那些没有对下属授权的例外的事情。领导者必须明白，凡是下属可以做的事情，都应授权让他们去做，领导者只应做领导应干的事情。

通过合理授权，领导者能获得很多益处：第一，节约时间。通过授权，领导者可以有较多时间去考虑和处理关系组织全局的重大问题，发挥领导者应有的作用。同时可以集中时间和精力抓好决定企业生死存亡的大事，科学合理地安排好日常工作，不忽视关键性日常的作业活动。第二，提高决策质量。授权使下级和上级之间的沟通加深，从而可以提高决策速度和质量水平。第三，提高下属积极性。授权显示了对下属的信任，既激发下级的工作热情及创造性，增强其工作的责任心，同时也更充分发挥了下属的专长。同时可以使下属在工作中不断得到锻炼和发展，有利于干部的培养。

授权的内容包括：①分派任务。即向被授权人交代所要委派的任务。②授予权力或职权。授予被授权人相应的权力或职权，使之能有权履行原本无权处理的事务。③明确责任。要求被授权人对授权的工作负责。所负责任不仅包括需要完成的指定任务，也包括向上级汇报任务的具体情况和成果。

要想使授权具有充分而理想的效果，必须给授权对象提供一定的条件：①共享的信息。组织中的信息作为一种资源具有共享性，组织如果能够使员工充分地获取必要的信息资料，就会大大提高员工的积极性和工作的主动性。②知识与技能。必须对员工进行及时、有效地培训，以帮助他们获取必需的知识和技能。这种培训能够有效地帮助员工进行自主的决策，提高他们参与组织活动的能力，并为组织的团队合作和组织目标的实现打下扎实的基础。③权力。领导要充分发挥下属的作用，就必须真正地放权给下属人员，使每个成员都能根据工作过程实际进行适当的安排，这样，各种类型的权力才能够得到充分的发挥。④对绩效的奖励。领导应该制定合理的绩效评估和奖励系统，对组织成员的绩效贡献给予奖励。

授权后，授权者对被授权者保持指挥与监督检察权，被授权者负有完成任务与报告的责任。授权是现代管理原理在领导工作中的体现，增大了领导权力作用范围。

在授权中应注意如下原则：

①　权责统一。权责统一不仅是现代管理的基本原理，也是授权的一个重要原则。领

导者要明责授权，这就要求领导者要逐级明责授权，从而形成一个从上到下权责分明的权责系统。权责必须一致，有权无责必然出现"推诿"和"任人唯亲"；有责无权必然出现"小媳妇"不敢做主的局面。有权无责责任负不了，责大权小责任负不好。

② 视能授权。这一原则要求权力、能力相适应，能力强，权力就应该大，能力弱，权力就应该小。要根据所授权事项的性质、特点和难易程度来选择能力适合的人。力求所选的人与拟授之权和专长对口、能力相当、兴趣相投、职能相近。同时授权应是一个动态变化过程，情况在发展变化，人的才能也不是静止的，所授之权应不断调整。

③ 相互信任。相互信任应包含两层意思：一是用人不疑，相信下属；二是要使自己成为下属可信赖的上级。一个领导者如果不相信下属，那就不敢授权于下属。领导者要充分发挥下属工作的积极性和创造性，一方面要授权，使下级在一定范围内有一定的自主权；另一方面，要和下属建立起充分信任的关系，尊重下属，以诚相待，使自己成为下属可以信赖的上级。

④ 单一隶属。单一隶属原则要求一个人只能对一个上级负责，一个上级所授予这个下级的权力是确定的。如果是多头领导或隶属关系不清，则必然无法明确授权。一级授权一级，授权只能是直接上级授予其直接下级，不能越级授权。例如，厂长直接授权车间主任，就不能直接授权给车间的班组长。否则，就会造成矛盾，产生摩擦，影响整个工作。

⑤ 适度监控。领导授权还有一个重要的原则：授权留责，适度监控。授权没有卸责的意思，授权以后基本职责还在领导者肩上，出了问题，领导者应勇于承担责任，这样下属以后就乐意接受领导的授权，接受授权后干工作也会放心大胆。领导者还要支持被授权人的工作，不要授权以后又乱加干涉。但是授权又不等于放任不管，对被授权人的工作，领导者仍需监督控制，以免偏离目标方向，或出现滥用权力的现象。

3. 处事艺术

在现实生活中，不同的领导者有不同的处事方法，当然，其结果自然是不相同的。所谓处事艺术，主要是指领导者掌握处事分寸的各种技巧。领导者要很好地处理各种事情，就要讲究方法和艺术。

(1) 处事的一般方法。处事的一般方法主要包括以下几个方面：

① 执行政策与灵活掌握相结合。领导者要执行政策，要讲原则，这是对领导者的基本要求。在执行政策过程中必须有相当的灵活性，也要具体情况具体分析。灵活不是妄动，不是无原则的乱来，而是基于客观情况，"审时度势"而采取及时恰当的处置方法的一种才能。

②统揽全局与主次矛盾相结合。领导工作方方面面，要管的事情很多，但要把主要精力集中在统揽全局和主要矛盾方面，要抓中心环节。列宁曾说过：管理和政策的全部艺术在于，适时地估计并了解应该把主要力量集中在什么地方。但在抓主要矛盾时，领导者切不可忽视全局性的工作，因为你要对职权范围内的全局负责；也不可忽视次要矛盾，有时

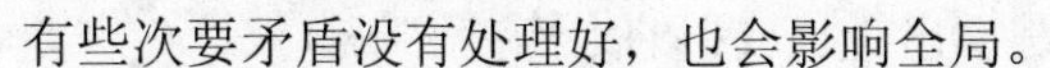

有些次要矛盾没有处理好，也会影响全局。

③　明晰性与含糊性相结合。明晰性与含糊性相结合，指的是在领导过程中，领导者对有些事情可以进行定量分析，决不含糊，而对有些事情则可以不一定要了解得那么清楚，可以授权给其他人管。领导者办事应力求清晰、明确，对与之有关的事情要有清晰的了解，以便正确决策、判断。但有些事情由于事物本身的特点，不可能弄清晰，或者不可能一下子弄清晰，甚至弄清后对工作并没有好处，领导者对这些问题可以暂时搁置一下，这可能对处理某些事情是有好处的。

④　松紧适度宽严相结合。紧张与松弛相结合，指的是领导工作中如何把握好“宽”与“严”的度的问题。在日常生活中，集中、纪律、统一意志是严，民主、自由、个人心情舒畅就是宽；批评、惩罚是严，表扬、奖励是宽。一般来说，任何组织任何时候，这两个方面都是缺一不可。领导不能整天板着脸孔训人，把单位搞得死气沉沉，大家处于极度紧张之中，但领导者也不能一天到晚嘻嘻哈哈，对员工放松要求，甚至大家无所事事。领导艺术高超的领导者，必须善于针对具体情况，掌握好宽严分寸，该紧张时紧张，该松弛时松弛，宜宽则宽，宜严则严，不能绝对化。

(2)　交谈和倾听的艺术。领导者在处理各种事情时，应该善于同下属交谈，善于倾听下属的意见。没有人与人之间的信息交流，就不可能有领导。领导人在行使指挥和协调的职能时，必须把自己的想法、感受和决策等信息传递给被领导者，才能影响被领导者的行为。同时，为了进行有效的领导，领导者也需了解被领导者的反应、感受和困难。

领导者和被领导者的双向的信息传递在管理中十分重要。交流信息可以通过正式的文件、报告、书信、会议、电话和非正式的面对面会谈等方式进行。其中，面对面的个别交谈是领导者深入了解下属的较好方式，因为通过交谈不仅可以了解到更多、更详细的情况，并且可以通过察言观色来了解对方心灵深处的想法。

善于同下级交谈是一种领导艺术。有些领导者在同下属谈话时，往往左顾右盼，精力不集中，不耐烦或者批阅文件，其结果不仅不能了解对方的思想，反而会伤害对方的自尊心，失去下属对自己的尊重和信任，甚至还会造成冲突和隔阂。因此，领导者必须掌握善于同下属交谈，倾听下属意见的艺术。

领导者在与下属交谈时，应注意：

①　悉心倾听。在对方说话时，必须悉心倾听，善加分析。即使你不相信对方的话，或者对所谈的问题毫无兴趣，也要注意倾听。

同时，要仔细观察对方说话时的神态，捉摸对方没有说出的意思。

如果你希望对某一点多了解一些，可以将对方的意见改成疑问句简单重复一遍，这将鼓励对方作进一步的解释和说明。

②　不随意插话。谈话一经开始，就要让对方把话说完，不要随意插话，打断对方的思路，岔开对方的话题。

也不要迫不及待地解释、质问和申辩。因为对方找你谈话是要谈他的感受，领导者倾

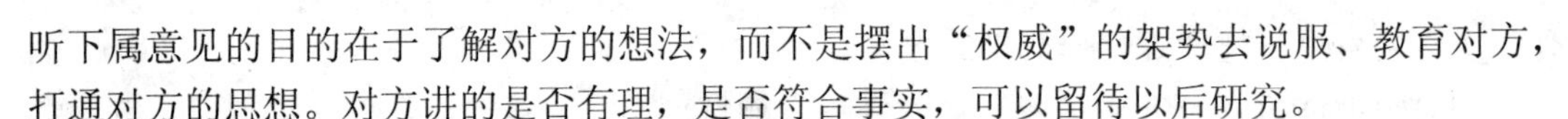

听下属意见的目的在于了解对方的想法，而不是摆出“权威”的架势去说服、教育对方，打通对方的思想。对方讲的是否有理，是否符合事实，可以留待以后研究。

③ 诚恳地回答。在与下属交谈时，领导者应态度诚恳地回答下属的问题。首先，如果下属诚恳地希望听到你的意见，你必须抓住要领，态度诚恳地就实质性问题作出简明扼要的回答，帮助对方拨开心灵上的云雾，解开思想上的疙瘩。

其次，也要注意，对方说的许多情况你可能并不清楚，在未加调查之前，不应表态和许愿，以免造成被动，引起更大的不快。对于谈话涉及的重大原则问题或应由上级主管部门处理的问题，领导者应实事求是地告诉对方这些问题是自己不能单独处理的，需待研究以后才能答复。

④ 控制自己的情绪，不能感情用事。在与下属交谈时，下属说话的内容，领导者可能同意，也可能不同意，有怀疑，甚至反感和不满。但是，不管领导者自己的观点和情绪如何，都必须加以控制，始终保持冷静的态度，让对方畅所欲言。这样，就会使对方感到领导在注意他的意见，在彼此沟通思想感情。至于是非曲直，可留待以后再谈，或留待对方冷静后自己去判断。

(3) 争取信任和合作的艺术。领导者在处理各种事情时，应善于争取各方面的信任和合作。有些新踏上领导岗位的人，往往只会自己埋头苦干，不善于争取别人的信任和合作；也有个别人只想利用手中的权力来使副手和下属慑服，而较少考虑如何取得他们的支持和友谊。其实，领导者和被领导者之间的关系不应当只是一种刻板的和冷漠的上下级关系，而应当建立起真诚合作的同志关系。

领导者在取得同事和下属的信任和合作时，应注意：

① 平易近人。领导者由于其在组织中处于领导职位，很容易让下属产生居高临下的感觉，造成与下属的距离。所以，领导者在与同事和下属相处中，要注意礼貌，主动向对方表示尊重和友好；在办事时要多用商量的口吻，多听取和采纳对方意见中合理的部分；要勇于承认和改正自己的缺点、错误。既不要轻易发脾气、耍态度、训斥人，也不要讲无原则的话，更不能随便表态、许诺。要谦虚待人，以诚待人。

② 信任对方。在分工授权后，领导者对下属不要再三关照叮嘱，更不要随便插手干预，使对方感到你怀疑他的能力。相反，领导者要用实际行动使下属感到你的信任，感到自己对组织的重要性。这样，下属就会主动加强同领导者的合作。如果领导者能在授权的同时，主动征求并采纳下属对工作的意见，使下属感到领导对他的器重，这将有利于增进相互之间的友谊和合作。如果领导者让自己的副手或下属长期感到被忽视，不能发挥作用，则必将招致他们的不满和怨恨。

③ 一视同仁。人们之间的关系有亲有疏，这是正常的社会现象，领导者也不例外。为了加强企业的凝聚力，领导者既要团结与自己亲密无间、命运与共的骨干；同时，又要注意团结所有的职工。同自己意见不一致甚至疏远或反对自己的人，领导者不应将其视为异己加以排斥，而应关心和尊重他们，努力争取他们的合作。特别是在处理诸如提级、调

资、奖励等有关经济利益和荣誉的问题时，必须一视同仁、秉公办事。当下属犯了错误的时候，都要严格对待，真诚地帮助他们认识、改正错误。

领导者必须懂得，许多人工作上犯错误，都是想多做工作、做好工作而无意造成的，所以领导者对下属工作上的错误要勇于承担责任，即使自己并不沾边，也应主动承担领导或者指导责任。当下属受到外界侵犯或蒙受冤屈时，领导者应挺身而出，保护下属。这样组织的全体人员就会感到，在你的领导下，没有亲疏，只要好好干，谁都可以得到应有的尊重和信任，就会产生一种安全感、归属感，组织内部常有的“宗派”自然也就失去存在的基础。

(4) 利用时间的艺术。创造财富都要耗用时间，做任何事情都需要占用时间。时间似乎是一种用之不竭的资源，但就个人来讲，时间又是有限的。因此，领导的用时艺术，是领导艺术的重要组成部分。领导者要明确认识到时间对于完成工作的重要性，重视科学地管理时间，充分地利用在职在位的每一秒时间，多作贡献。

一般来说，惜时如金是与等待时机相结合的。领导者要有紧迫感，就要惜时如金。美国麻省理工学院曾对 3000 名经理作了调查研究，发现凡是优秀的经理都很会精于安排时间，使时间的浪费减少到最低程度。在工作时，领导又要等候时机，找准最佳机会。有些问题，看起来时间很紧迫，必须马上处理，但那并不是最好的时机。领导者应忍一忍，等一等，不能仓促作出决定。这样做看起来是“浪费”了时间，但是实际上为企业的发展赢得了时间，高明的领导者都懂得“何时出击”。

领导者要做时间的主人，除了如前所述，要科学地组织管理工作，合理地分层授权，摆脱烦琐事务的纠缠之外，还要掌握合理地利用时间的艺术。

① 合理地使用时间。有许多领导者忙了一天、一周或者是一个月，往往说不出究竟做了什么事，哪些是自己应该做的，哪些是自己不该做的。年复一年地如此下去，浪费了许多宝贵的时间。为了珍惜自己的时间，把有限的时间用在自己应该做的领导工作上，应当养成记录自己时间消耗情况的习惯。每做一件事就记一笔账，写明几点到几点办什么事。每隔一两周，对自己的时间消耗情况进行一次分析。这时，就会发现自己在时间利用上的不合理之处，从而就找到合理利用时间的措施，提高时间利用效率。

② 提高开会的效率。开会是交流信息的一种有效方式，但开会也要讲究艺术。有些领导者整天沉沦于文山会海中，似乎领导的职能就是开会、批文件。而开会是否解决了问题、效率如何，却全然不顾。其实不解决问题的会议有百害而无一利，开会也要讲究经济效益。会议占用的时间也是劳动耗费的一种，会议的成本应纳入企业经济核算体系之内进行考核，借以提高开会的效率，节约领导者和与会者的宝贵时间

本 章 小 结

领导是指引导和影响个人或组织，在一定条件下实现目标的行动过程。

领导者是一个被委派到某一职位上，具有职权、责任和义务来完成组织目标与目的的人。

领导行为的效率由领导者、被领导者和领导环境三个相互作用的因素决定。

领导行为的影响力表现为：奖赏权力、惩罚权力、法理权力、专家力量、领袖魅力。

领导行为理论主要有：两种导向的领导行为、领导行为四分图、管理方格理论，

领导权变理论主要有：菲德勒模型 、领导生命周期理论、路径—目标理论、领导参与模型。

领导行为艺术的内涵极为丰富，包括领导者的品质、领导方法和领导艺术。

领导艺术是领导者在领导行为中，善于熟练而有效地行使领导职能，完成领导任务的技巧。包括用人艺术、用权艺术、处事艺术。

思 考 题

1. 领导行为的作用有哪些？
2. 领导行为的分类有哪些？
3. 如何理解领导行为的影响力？
4. 领导行为理论有哪些？
5. 领导权变理论有哪些？
6. 按照管理方格理论，最有效的领导方式是哪种？如何实现？
7. 领导者应如何根据下属的成熟度来改变自己的领导方式？
8. 领导者应具有哪些品质？
9. 领导艺术包括哪些内容？

本 章 案 例

福特汽车公司用人教训

美国福特汽车公司世人皆知，是国际汽车工业的大家族，但其发展却是几经沉浮，它的兴衰与否和起用有能之才直接相关。

老亨利·福特从 1899 年起两次创办汽车公司，都因缺乏专业知识而失败。1903 年他选用能人，再次创业，请来汽车工业专家库兹恩斯担任总经理。

库兹恩斯上任之后，运用科学的管理手段，调查市场，建立销售网，苦心经营，又建成了世界第一条汽车装配流水线，使生产率提高了十几倍，每辆“T”形车的售价从 780 美元降到 290 美元，开始了福特公司繁荣发展的阶段。一跃成为世界上最大的汽车制造企业，福特也由此获得汽车大王的称号。但是后来老亨利·福特被一时的成功冲昏了头脑，不再保持任人唯贤的作风，而是主观武断，实行家长式的管理。

老福特在1915年辞退了曾为公司的创业和发展立下汗马功劳的库兹恩斯，接着又辞去了一大批有才能的人，甚至在1921年一天之内赶走了30名经理。

老福特的独断专行和相对落后的经营管理方法，使福特公司经营状况很快陷入困境。世界第一的位置很快被广招人才、管理先进的通用汽车公司所取代。到了1945年竟到了每月亏损900万美元的地步，濒临破产。同年9月，老福特下台，让位于他的孙子小亨利·福特。

小福特接管公司后，吸取了老福特失败的教训，招贤纳士，重整旗鼓，聘用了通用汽车公司的副总裁布里奇全面主持公司业务，布里奇又带来了通用公司的克鲁索，并破格聘用了包括后来曾任美国国防部长的麦克纳马拉在内的十几位有才能的年轻人。新的领导群体果然经营有术，管理有方，当年就扭亏为盈，又经过几年的努力奋斗，终于使福特公司重现往日的繁荣，坐上了美国汽车制造业的第二把交椅。

富于戏剧性的是小福特后来也重蹈祖父的覆辙，独断专行，以主人自居，容不得外族能人来动摇自己的统治地位，先后辞去了布里奇、艾柯卡等人。结果使历尽艰辛换来的福特公司的振兴没有保持多久，公司地位一跌再跌，业务经营每况愈下，最终小福特不得不辞去董事长的职务。

(资料来源：作者根据相关材料整理而成)

案例分析思考题

1. 面对这种情况，你认为应如何解决？为什么？
2. 你认为从外部请专家是否是解决这个问题的最后方法？为什么？

第十章

决 策 行 为

学习目标

通过本章的学习，理解决策行为及特征、决策行为分类、决策过程、影响决策行为因素的主要内容；把握会议讨论法、头脑风暴法、名义小组法、德尔斐法和目标管理方法等；掌握理性决策、满意决策、隐含偏好决策、直觉决策等决策方法，决策实施与目标管理。

关键概念

决策(Decision-Making)　个体决策(Individual Decision-making)　群体决策(Group Decision-making)　备选方案(Alternative Solutions)　头脑风暴法(Brainstorming Technique)　名义小组织法(Nominal-grouping Technique)　德尔斐法(Delphi Technique)　群体思维(Groupthink)　目标管理(Management by Objectives)

在现代社会中决策越来越重要，它是管理者的基本职能和主要的管理内容，大至国家，小至一个组织，都要作出各种决策行为。管理者必须审时度势，善于从组织内外多种关系的联系及其综合作用中，发现有利的契机，作出正确的决策。

第一节　决策行为概述

一、决策行为及特征

决策是指决策者在拥有大量信息和丰富经验的基础上，对未来行为确定目标，并借助一定的手段、方法和技巧，对影响决策的因素进行分析研究后，从两个以上备选方案中选择一个合理方案的分析判断过程。

1978 年获得诺贝尔经济学奖的赫伯特·西蒙提出了管理就是决策的观点。他认为组织管理活动的全部过程都是决策的过程。确定目标，制订计划，选择方案，是对组织经营目标及其计划的决策；机构设计，生产单位组织，权限分配，是组织方面的决策；计划执行情况检查，在制品控制及控制手段的选择，是控制决策。因此，可以说决策行为贯穿于整个管理过程。

在组织管理中，决策行为是为实现一定目标提出问题，分析问题，制定行动方案，并准备实施活动的全过程。

无论哪一种决策行为，都由以下几项要素组成：决策者、决策目标、不以决策者主观意志为转移的自然状态、决策备选状态及方案、决策后果、备选方案的评价和选择。但是由于决策问题的内容不同，会显示出不同的重要程度。

决策行为的重要性并不取决于决策者职位的高低，而主要取决于以下因素：资源的投入量；决策的结果影响面以及影响时间长度；变量变化的无规则程度；决策调整的灵活性等。一般来说，在管理中对重要的决策行为应该给予更多的关注和物质保证。

决策行为有以下几方面特征：

1. 目标性

决策目标是决策行为的中心。任何决策行为都必须首先确定目标，并围绕着该目标进行。目标是组织在未来特定时间内完成任务程度的标志。没有目标，人们就难以拟订决策的活动方案，评价和比较这些方案就没有了标准，对决策实施活动效果的检查也就失去了依据。

2. 可行性

决策的目的是为了指导组织未来的活动。组织的任何决策行为都需要利用一定资源，如果缺乏必要的人力、物力和技术条件，理论上非常完善的决策方案也只能是空中楼阁。因此，决策方案的拟订和选择，不仅要考察采取某种行动的必要性而且要注意实施条件的限制。

3. 选择性

没有选择就没有决策。决策行为实质上是一种选择行为，而要能有所选择，就必须提供可以相互替代的多种决策方案。事实上，为了实现相同的决策目标，组织管理者总是会从事多种不同的活动，而这些活动在资源要求以及风险程度等方面是有所不同的。因此，组织的决策行为不仅有选择的可能，而且有选择的必要。

4. 动态性

决策行为是建立在大量的组织内外信息的基础上的，但外部环境和组织自身条件都是变化的。为了使组织和外部环境、自身条件的变化保持平衡，管理中的决策行为应与时俱进，不断掌握新情况，不断解决新问题。

二、决策行为的分类

决策有多种类型，从不同角度区分有不同类型的决策。因此决策行为所涉及的范围相当广泛，而且各有特点。以下介绍几种较为普遍的决策行为分类：

1. 战略决策、管理决策和业务决策

从决策的层次、面对的问题形式、涉及的时限不同来看，决策行为可分为战略决策行为、管理决策行为和业务决策行为。

(1) 战略决策行为是针对确定组织的活动方向和主要内容、事关组织未来发展而言的。通常包括组织目标及方针的确定、组织机构调整、技术改造、新产品开发、投资决策、市场开发等方面。

战略决策行为牵涉组织的方方面面，具有全局性、长期性和方向性，是根本性决策，一般以组织的高层管理者为主体，也叫高层决策。

战略决策行为是相对于战术决策行为而言的。战术决策行为是在既定方向和内容确定后，实施具体的行为。战术决策属于战略决策执行过程中的具体决策行为，旨在实现组织中各环节的高度协调和资源的合理使用。战术决策行为的主体多为中层和基层管理者，相应的也就是管理决策和业务决策。

(2) 管理决策行为是组织为实施战略决策，在人、财、物等方面作出的战术性决策行为。管理决策的目的在于提高组织的管理效能，以实现组织内部各环节的高度协调和资源的充分利用。

管理决策行为具有指令性和定量化的特点，其正确与否，关系到战略决策的顺利实施。组织的管理决策行为主要包括生产计划决策、设备更新改造决策等。

管理决策行为一般由组织的中间管理层作出，又称为中层决策。

(3) 业务决策行为是在组织的日常工作和活动当中，为提高工作效率和合理开展活动而进行的决策行为。例如生产和销售计划的制订、设备的更新、新产品的定价、库存物资发放方式、生产作业方法以及资金的筹措等。

业务决策行为一般由组织的基层管理层作出，又称为基层决策。

战略决策、管理决策和业务决策三种行为之间没有绝对的界限之分，尤其管理决策行为和业务决策行为在具体活动中往往很难截然分开。制定决策的各级管理层次也并非是一一对应的。一般来说，各层次管理者会以本职决策行为为主，并渗透到其他决策行为中去，如图 10-1 所示。

管理层次	决策行为内容
最高管理层	战略决策行为
中间管理层	管理决策行为
基层管理层	业务决策行为

图 10-1　各管理层决策示意图

同时，为了调动各级管理人员的积极性，提高决策的质量，各管理层在重点抓好本层次决策的同时，三个层次的决策者都可能和应该或多或少地有参与相邻管理层决策中去的行为。

2. 程序化决策和非程序化决策

根据决策问题的性质、复杂程度、有无既定程序可循方面看，决策行为可以分为程序性决策行为和非程序性决策行为。

(1) 程序化决策行为涉及的是组织管理中的例行问题，是按预先规定的程序、处理方法和标准对组织活动中经常重复出现的问题进行决策。也就是说，程序化决策行为是在日常管理工作中以相同或基本相同的形式重复多次出现的决策。

由于这类决策问题产生的背景、特点及其规律较为相似，且易被决策者所掌握，所以，决策者可根据以往的经验或惯例来作出决策。

程序化决策行为具有常规性、例行性的特点。这种决策表现出一种重复合理性的状态，针对例行问题可以制定出一套处理的固定行为程序，以至于每当这类例行问题再出现时，只需要按固定程序、原则、方法处理它们。

程序化决策行为要解决的问题包括：清楚地解决问题的方式、方法、手段和途径。例如，管理者日常遇到的产品质量、设备故障、供货单位未按时履行合同等问题，在解决这些问题时的决策就属于程序化决策行为。

(2) 非程序化决策行为涉及的是组织管理中的例外问题，是为解决不重复出现的独一无二的新问题所进行的决策。

组织管理中例外问题是由于大量随机因素的影响而出现的，很少有重复，对于例外问题的决策常常无先例可循。

在非程序化决策行为中，由于缺乏可借鉴的资料和较准确的统计数据，决策者大多对处理此类决策问题感到经验不足。所以，非程序化决策行为没有固定的模式和现成的规律可循，需要充分发挥决策者及其智囊机构的主观能动性，通过他们敏锐的洞察力、创造性和想象力、科学的思维方式、丰富的知识积累和处理此类问题的经验，来解决好这类决策问题。

非程序化决策行为要解决的问题包括：经营方向及经营目标决策、新产品开发决策、新市场的开拓决策、组织结构变化、重大投资、长期存在的产品质量隐患、重要的人事任免以及重大政策的制定等。一些偶然发生的、新颖的、性质和结构不明的、具有重大影响的问题也属于此类决策。

3. 长期决策、中期决策和短期决策

按决策的时间跨度的长短划分，决策可分为长期决策行为、中期决策行为与短期决策行为。

(1) 长期决策行为是指5年以上，一般是5～10年的决策行为，属于战略决策行为，关系到企业发展的前途和方向，属于长期性的、带有全局性的战略决策行为。如企业的长期投资决定、市场开拓、技术改造、产品开发、人力资源开发、组织革新等方面的决策均属于此类决策。

(2) 中期决策行为是指1～5年的决策行为。从决策的时间跨度来讲，中期决策界于长期决策和短期决策之间。从决策行为的连续性来讲，中期决策是长期决策和短期决策的中间环节和通道。

(3) 短期决策行为是指1年和1年以内的战术性决策行为，又称当期决策行为。如日常的营销策略、广告策略等。短期决策行为在长期决策和中期决策的引导下进行，应该服从和服务于长期决策和中期决策行为。

4. 确定型决策、风险型决策和不确定型决策

从环境因素的可控程度和决策的确定性程度划分，决策可分为确定型决策行为、风险型决策行为和不确定型决策行为。

(1) 确定型决策行为是在稳定、可控制条件下进行的决策行为。

在确定型决策条件下，决策者掌握有关决策的确切信息，确切了解有多少选择方案，对每个备选方案未来可能发生的各种情况(自然状态)及其后果十分清楚，特别是对哪种自然状态将会发生，已有确定的把握，此时只需要对各备选方案的结果进行比较，从中选择一个最佳方案。

确定型决策行为在管理中较为普遍。一般来说，越是组织基层的管理决策行为，其确定性程度越高；越是高层的管理决策行为，其确定性程度越低。

(2) 风险性决策行为是在决策环境条件不稳定但大概知道一个概率的基础上进行的决策行为。

在风险性决策条件下，决策事件未来多种自然状态的发生是随机的，决策者不能确保选择一个既定方案的结果一定出现，但是可根据类似事件的历史统计资料或实验测试等估计出各种自然状态所发生的概率，列出各选择方案，并计算各备选方案的期望损益值，然后根据计算的结果制定评价方法并作出决策。

组织管理中的大多数决策行为都是在有风险的情形下作出的，不管是根据客观概率还是主观概率，都需要进行数据搜集和分析，并运用专门的方法进行决策。

(3) 不确定型决策行为是指在决策环境条件不稳定情况下进行的决策。

在不确定型决策条件下，决策者无法确定事件未来多种自然状态的概率，甚至不清楚有多少种可能的解决方案，也不了解选择方案结果发生的可能性。

这种决策或没有掌握决策的信息，或决策问题从未遇到过。只有凭借决策者的经验、感觉和估计所作出的决策。

不确定性决策行为往往发生在高层管理层的决策中，特别是那些在实践中从未遇过的

决策中。此类决策在企业外部环境变化较大时，也是经常发生的。

5. 个人决策和群体决策

按决策主体的不同划分，决策可分为个人决策行为和群体决策行为。

(1) 个人决策行为是指由单个人作出的决策。在组织管理中，如果在个人分工明确的职责范围内或在某些特殊情况下，个人决策行为是非常必要和普遍的，特别在某些随机性很强的突发事件面前，要求当机立断时，更应当承认个人决策的重要性。

但是个人决策行为易受个人因素的影响，主要有两个方面，一是个人的价值系统，二是个人对问题的感知方式。个人决策行为还可能出现一言堂、独断专行的现象。

(2) 群体决策行为是多个人甚至是整个组织的所有成员共同参与、一起作出的决策。也叫集体决策行为。在组织管理中，群体决策既能够充分发扬民主，调动职工参与管理的积极性，提高决策的质量；同时又能够进一步加深职工对组织的认同感，增强组织的凝聚力及向心力。

但是群体决策行为容易受到群体因素的影响。特别易受到群体心理现象的影响，群体心理现象是普遍存在于群体成员头脑中反映群体关系的共同心理状态与心理倾向，如出现“从众现象”。 集体决策行为存在的缺点还有：花费时间长、屈服群体压力、受少数人左右、责任不明等。

一般而言，群体能比个人作出更好的决策，群体决策优于个人所作的决策。

但从速度、合法性、创造性和冒险性等不同角度看，个人决策行为和群体决策行为还是有区别的。群体决策行为与个体决策行为的比较如表 10-1 所示。

表 10-1　群体决策行为与个体决策行为的比较

衡量指标	个人决策行为	群体决策行为
速度	快	慢
合法性	较差	较好
创造性	较小	较大
冒险性	因个人差异而不同	核心成员富有冒险性，则整体趋于冒险性；反之则相反。

6. 初始决策与追踪决策

从决策的起点看，可把决策分为初始决策与追踪决策。

(1) 初始决策是零起点决策，它是在有关活动尚未进行、组织环境和条件未受到影响的情况下进行的。

(2) 追踪决策是非零起点决策。随着初始决策的实施，组织环境和条件发生变化，这种情况下所进行的决策就是追踪决策。

追踪决策有一些不同于一般决策的特点：①回溯分析。从原来决策的起点开始，对当时决策的环境、程序逐步复查，寻找决策可能失误的原因，以便针对原因纠正决策。②非零起点。在实施过程中作出的再决策已离开原来的起点，环境和条件一般有很大变化，必须重新审慎处理，原来那个决策已实施的部分会改变问题的起点，特别要注意可能的心理状态，落井下石、文过饰非、以偏赅全等都会使再次决策失去公正客观的尺度，而且利害关系的不同也会干扰科学的分析。③双重优化。追踪决策既要比原先的完善，又要在新的各种方案中是较好的，否则不应当作出再决策。

7. 静态决策和动态决策

按决策的时态划分，决策可分为静态决策和动态决策

(1) 静态决策又称单项决策，是仅根据某一时间点的状态所作出的一次性决策，其内容比较单一。

(2) 动态决策又称序贯决策，它注意到时间的推移，针对在执行过程中可能会顺次发生的不同情况，而采取相应对策的一系列相互联系的多个决策。比如，在作出某一产品的销售决策时，要同时考虑到以下一些因素：假如市场需求量变大怎么办，市场萎缩又该怎么办，在销售过程中如果遇到强硬竞争对手该采取哪些对策，当某种对策失效后又应该采取什么样的补救策略等。动态决策就是需要制定一系列的决策。可以一次把一系列决策制定出来，也可以分阶段作出决策。

三、影响决策行为的因素

影响决策行为的主要因素有组织内部和外部环境、决策者价值系统、决策者的风险态度、决策的时间紧迫性等。

1. 组织所处的环境

任何组织的管理都处在一定的环境中，内、外部环境的各种因素对组织的决策活动有广泛的影响，它左右决策目标的提出，限制探索的范围，约束决策方案的选择，并且作用于决策的执行。

1) 外部环境对决策行为的影响

组织的外部环境包括：社会环境、经济环境、技术环境、自然环境、人口环境等。

社会环境是由生活在一定社会关系中的人们的态度、要求、期望、聪明才智和受教育程度、信念和习惯等构成。社会环境在不同程度上影响各类组织活动的制度、机构和措施，成为人们的行为准则，从而影响着决策行为。

经济环境既提供决策活动的条件，同时又约束决策活动的展开。

新技术带来新产品、新机器、新工具、新材料和新服务，它带来了更高的生产率、较高的生活水平、更多的产品种类。它影响了管理和组织本身，也影响决策行为。

自然环境、人口环境对人们的心理、道德、伦理、习俗、精神面貌、社会结构、生活方式、社会关系、分配方式和流通方式产生间接的影响，一定时期和范围内影响着决策行为的质量。

总之，外部环境对管理决策的影响表现在：环境的特点影响着组织决策的频率、内容和组织的活动选择；环境中的其他行动者及其决策也会对组织决策产生影响；对环境的习惯反应模式影响着组织的活动选择。

2)　内部环境对决策行为的影响

组织的内部环境中对组织决策行为的影响较大的因素有：组织文化和以往的决策。

组织内部环境构成的主要因素是组织文化。组织文化对组织决策行为有着直接的影响。组织文化通过影响人们态度的改变，而对决策起影响和限制作用；组织文化制约着包括决策者在内的所有组织成员的思想和行为。

以往的决策不仅对当前决策的内部环境产生很大的影响，而且对目前的决策产生制约影响，而这种制约主要受现任决策者与以往决策者的关系影响。

2. 决策者的价值系统

由于在社会中人对价值关系的体验和认识纷繁复杂，价值观念包含了极其丰富的内容，其中既有理性的因素，也有非理性的因素，包括世界观、情感、信念、态度、意志和个性等因素，正是这样构成了价值观念的整体——价值系统。

决策者的价值系统对决策行为的影响是非常直接的。人往往有一定的价值偏好，这些价值偏好是在一定价值观驱使下的选择表现。正是这些价值偏好直接影响着人的决策行为。

决策者对各种可选方案或各种结果的偏好倾向，制约决策目标和决策方案的选定。决策者的价值观联系着他的直觉，影响着他的信念和选择，因而制约着、影响着决策过程和决策方式。

3. 决策者的风险态度

决策者的风险态度以个人的人格、心理为基础。决策者的风险态度对决策行为有重要的影响。

具体表现是：①不愿意承担风险的决策者，通常只会对环境做出被动的反应，事后应变，他们对变革、变动表现出谨小慎微的态度。②愿意承担风险的决策者，通常会未雨绸缪，在被迫对环境做出反应以前就采取进攻性的行动，并会经常进行新的探索。

4. 决策时间的限定性

在决策过程中决策时间限定性对决策的质量有很大的影响。

具体表现为：如果时间紧迫，必须迅速作出决策，在一定程度上影响信息的搜集和深入的讨论；如果时间比较充裕，可搜集更多信息，进行深入的讨论。

决策时间的限定性对决策的方法选择、决策的质量、决策的有效性都会有直接的影响。

四、决策的原则

为了使决策行为科学、合理、有效，在进行决策时应遵循以下几条原则。

1. 满意原则

决策行为遵循的是满意原则，而不是最优原则。

最优原则要求决策者在决策时必须满足以下三个条件：①获得与决策有关的全部信息。②了解全部信息的价值，并制订出所有可能的方案。③决策者有理性而稳定的决策选择标准，准确预测到每个方案在未来的执行结果。

但在现实中，上述这些条件往往得不到满足。因为决策者存在以下局限：

(1) 信息的局限。决策者受组织内外客观存在和事物发展复杂性的影响，而这些影响存在着许多的不确定性，决策者很难收集到反映这一切情况的信息，只能收集到有限信息。

(2) 思维的局限。人们对未来的认识是不全面的，决策时所预测的未来状况可能与实际的未来状况有出入；决策者利用信息的能力也是有限的，只能制订有限的可行方案，不可能制订出与决策相关的所有方案；人的想象力和设计能力有限，人不可能把全部备选方案一一列出并从中择优。

(3) 知识的局限。人不可能对复杂多变的现实情况和未来发展有完全了解，决策者既不可能掌握全部信息，也无法认识决策的详尽规律。不能对瞬息万变的事物进行最优预测和跟踪。

(4) 价值体系的局限。决策受决策者价值体系的影响。人的价值取向并非始终如一，多元目标往往互相抵触，没有统一的度量标准。如果决策者的决策选择标准并非稳定而理性，或者决策者受其态度、情感、喜好、经验和动机的影响，都可能造成决策者价值体系的局限性。

另外，还有时间和注意力等方面的局限，因此，决策行为必须遵循满意原则。

2. 信息原则

信息是决策的物质基础，信息质量越高，决策的基础就越坚实。因此，决策者需要的是对决策有意义的信息，要将决策的注意力集中到对决策有益的信息上，而不能将注意力无谓地消耗在大量无关的信息上。

要想有高质量的信息工作，就必须加强对信息源、信息通道、信息加工处理等方面的管理。应当保证广泛的信息来源；防止信息通道的迂回、阻塞；信息的加工要正确、完整、及时。

3. 系统原则

应用系统理论进行决策，是现代科学决策必须遵循的首要原则。

决策过程是一个有明确目标，由许多相互制约、相互联系的要素所构成的有机整体。各要素和单个项目的发展要以整体目标的满意为标准。同时，各要素和项目之间又要互相协调、平衡、配套。

4. 可行原则

一个成功的决策行为不仅要考虑到各种需要，还要考虑到各种可能；不仅要估计到有利因素和成功的机会，还要预测出不利条件和失败的风险；不仅要静态地计算需要与可能之间的差距，而且要对各种影响因素的发展变化进行定量的动态分析。因此，有魄力的决策都应敢于承担责任和风险，又不盲目冒险，只有在确认方案具有可行性时，才最后拍板定夺。

5. 弹性原则

决策行为是一个不断认识并做出判断的过程，因此，决策应当是有弹性的。决策行为的弹性具体表现为：首先，决策应该是多方案的选择，达到同一目标的方案不是唯一的。其次，决策所选取的方案要留有适当的回旋余地，有一定的应变能力。

6. 民主原则

正确的决策固然需要决策者的智慧和决断，但决断并不等于武断。现代决策都很重视智囊的作用，智囊由那些具有专长、知识渊博、才思敏捷、具有客观地分析问题的能力和直言不讳品质的人所组成。

第二节　决策的过程与方法

一、决策的过程

赫伯特·西蒙认为管理决策由四种活动构成，即情报活动、设计活动、抉择活动、审查和评价活动。情报活动是找出制定决策的理由，即探寻环境，寻求需要决策的条件；设计活动是找到可能的行动方案，即创造、制定和分析可能采取的行动方案；抉择活动是在各种行动方案中进行比较、抉择；审查活动是对已进行的抉择进行评价。

由此可见，决策的过程应划分为四个具体环节或阶段：确定决策目标、拟订可行方案、评价和选择方案、实施方案。

1. 确定决策目标

决策目标明确才能指导决策者选择合适的决策行为路线。

确定决策目标的步骤是：环境分析、识别机会、确定主要问题、初步目标的可行性分析、确定决策目标。如图 10-2 所示。

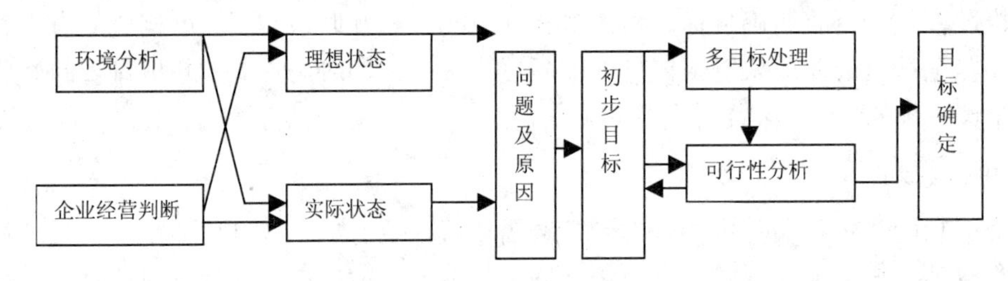

图 10-2　确定决策目标的步骤

1)　环境分析

环境分析从收集信息开始。管理者通常密切关注与其责任范围有关的信息数据，这些数据包括组织外部信息以及组织内部的信息。

2)　识别机会

识别机会或诊断问题是从实际状况和所要达到的理想状况之间的偏差中找出潜在机会或问题及原因。识别机会要考虑组织中人的行为。问题可能植根于个人的过去经验、组织的复杂结构或个人和组织因素的某种混合。因此，决策者应特别注意精确地评估问题和机会。

3)　确定主要问题

在识别问题的基础上，要确立决策的主要问题及产生的原因。

4)　初步目标的可行性分析

根据决策主要问题确立初步目标，并对初步目标进行可行性分析，遇到多目标时要对多目标进行比较选择。

5)　确定决策目标

在可行性分析的基础上确定决策目标。

2. 拟订可行方案

设计制定可行方案的具体步骤有：方案设想、方案设计、可行性分析和确定可行方案。如图 10-3 所示。

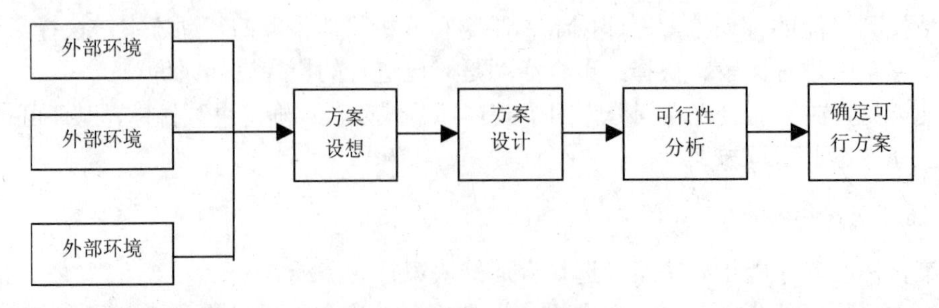

图 10-3　拟订可行方案的步骤

1)　方案设想

一旦决策目标确定，决策者就要提出达到目标和解决问题的各种方案。这一步骤需要创造力和想象力，在提出备选方案时，决策者必须把其试图达到的目标牢记在心，而且要提出尽可能多的方案设想。

决策者常常以其个人经验、经历和对有关情况的把握来提出方案设想。但是为了提出更多、更好的方案设想，需要从多种角度审视问题，这意味着决策者要善于征询他人的意见。

2)　方案设计

方案设计是将方案设想具体化。方案设计的要求是：结构明确、目标一致和结果可测，不能含糊其辞、自相矛盾或泛泛而谈，而且要尽可能使用简洁的方式表述。方案设计应注意：

(1)　方案应考虑将来的有关环境、自身效果的上下限、成功的概率同科学的预测相联系。

(2)　方案设计要有科学的认识，要分别制定出不同情况下的相应对策。具体有：①临时性的对策，是原因不明之前的一种权宜之计。②预防性的对策，是在问题形成以前，设法消除其产生的原因对策。③适应性的对策，原因大体清楚而又无法消除时的一种调整处理对策。④紧急性的对策，出现意外时，缩小其不良影响的应急措施。⑤纠正性的对策，针对问题的原因进行消除的对策。

3)　方案可行性分析

设计完成后的方案必须具有可行性、排他性和适应性。①方案可行性是指方案必须在合法、资源和能力所能达到的范围内执行，包括人力、物力、财力、时间、信息以及其他自然资源和基础条件，特别要适合可用的资源条件和技术经济条件。②方案排他性是指各方案要有各自的特点，互相不是重复的。③方案适应性是指方案要与组织内、外部环境相适应。

4)　确定可行方案

方案可行性分析完成后，可以确定两个以上备选方案。

3. 评价和选择方案

评价和选择方案的具体步骤有：评估比较、预选方案、优选复核。如图 10-4 所示

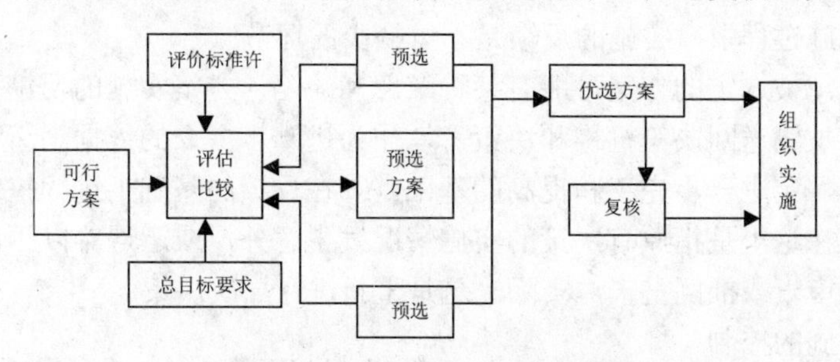

图 10-4　评价和选择方案的步骤

1) 评估比较

在评价和选择方案时，要用预先确定的决策评价标准对各可行方案的预期成本、收益、不确定性和风险进行评估比较。

要评估比较方案是否符合决策总目标，这是决策活动的根本目的。还要在总目标要求下仔细判断，考察全部事实、评估比较方案是否以获取足够的信息为基础。

2) 预选方案

一般来说，各种备选方案都是在价值准则判断下权衡利弊反复酝酿后选出的，应该是各有特色。

预选方案就是对各种方案进行排序。这就要求决策者应具备对每种方案的价值或相对优势、劣势进行排序的能力和方法。

3) 优选复核

在预选方案的基础上，进一步优选方案，并进行重复核查。

4. 实施决策方案

实施方案是决策过程中的重要一环，否则决策活动就不完整。决策实施阶段包括制订行动计划、方案的实施、实施的反馈和实施的控制等活动。

1) 制订行动计划

制订方案实施的行动计划是将决策方案进一步具体化、可操作化的过程。

同时，行动计划在全面实施之前，应先在局部试行，以便验证在典型条件下是否真正可行，而且观察其效果表现和发展的具体阶段性。

2) 方案的实施

方案实施过程中通常要注意做好以下工作：

(1) 制定相应的具体措施，保证方案的正确实施。

(2) 确保与方案有关的各种指令能被所有有关人员充分接受和彻底了解。

(3) 应用目标管理方法把决策目标层层分解，落实到每一个执行单位和个人。

(4) 建立工作报告制度，以便及时了解方案进展情况，及时进行调整。

3) 实施的反馈

决策方案实施过程中，实施的反馈是不可缺少的环节。

这是因为：①被选定的方案可能有某种疏忽和缺陷，方案实施的反馈可以作为执行原指令的后验信息被输送回决策机构和决策者，作为进一步指令的依据。②它是对原方案的再审查和再改进，定进一步完善和提高的基础。③在反馈的基础上进行控制，应作好追踪决策。追踪决策在这里是指原有决策的实施情况发生意外，或遭遇难以预测的重大变化，需要对方案重新审查或推倒重来，实际上这是重新进行一次决策。

4) 方案实施的控制

方案实施的控制的理由有：①一个方案可能涉及较长的时间，在这段时间内形势可能

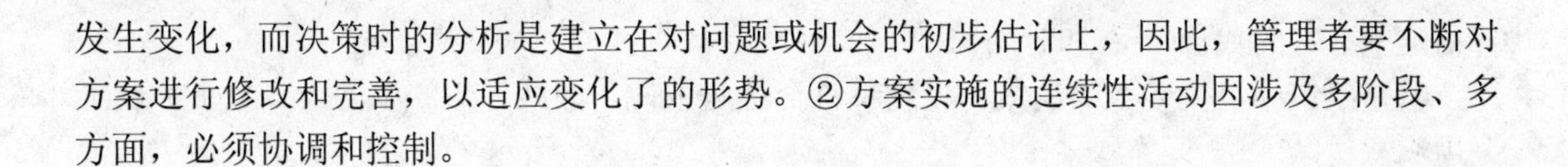

发生变化，而决策时的分析是建立在对问题或机会的初步估计上，因此，管理者要不断对方案进行修改和完善，以适应变化了的形势。②方案实施的连续性活动因涉及多阶段、多方面，必须协调和控制。

二、决策的方法

1. 决策方法分类

决策行为的开展离不开具体的方法。具体决策方法有很多，而对决策方法的分类有两种：

(1) 从决策方法的特性角度，可以把决策方法分为定量决策方法与定性决策方法两大类。

定量决策法即数学模型决策法，它对决策过程中各变量之间、变量和目标之间的关系用数学模型表示出来，然后通过具体的分析计算，进行方案的比较，最终求得理想方案的决策方法。如：量本利分析法、线性规划、决策树等等。

定性决策法是直接利用决策者的知识、智慧和经验，根据已掌握的信息对需要决策的问题进行决策。如：头脑风暴法、德尔斐法等，这种方法简便、迅速，但容易受主观因素的影响。

(2) 从决策主体的角度，还可以把决策方法分为个体决策方法和群体决策方法两大类。

从组织行为研究的层面上看，这种决策方法分类更有特色。以下将从个体和群体两个层面介绍决策方法。

2. 个体决策方法

1) 个体决策方法类型

个体决策是决策者直接利用自己的知识、智慧和经验，根据已掌握的信息对需要决策的问题进行决策。

个体决策具有极强的普遍性。但对不同层次的决策者来说，决策的内容、范围以及影响面不同：高层领导的决策涉及组织的目标、产品结构、资源配置和管理摸式等；而一般人员的决策更多涉及日常事物。

个体决策方法包括：理性决策、满意决策、隐含偏好决策、直觉决策。具体表述如下：

(1) 理性决策。理性决策是决策者在完全客观和符合逻辑的条件下，作出最佳选择，也称最佳决策。

理性决策的前提是：①决策者有单一而明确的目标，不存在目标间的冲突。②决策标准或偏好可量化且始终稳定。③穷尽所有的可行方案且明确知道各方案的结果。④决策者进行客观和符合逻辑的选择。理性决策适合决策的问题非常简单，备用方案不多且搜寻和评估这些方案的代价(经济和时间)不高。

但是组织中绝大多数的决策问题均不符合这些条件，因此，组织中的大多数个体决策采用满意决策。

(2) 满意决策。满意决策是指个体在有限理性的前提下作出的决策。

有限理性是指人们在以下受限的情况下作出“理性” 判断。受限的情况有：①人们只能获得与决策有关的部分信息；只能了解部分信息的价值，并在此基础上制订出可能的方案。②决策者不可能完全理性且稳定地选择决策标准，不可能将所有的可行方案的所有未来结果都认识清楚。

满意决策的基本步骤为：①个体决策者在面对决策问题，先按自己已有的经验将一些熟悉的或已被验证过的标准作为决策标准。②开始搜寻有限的备选方案。③对方案的当前有效性进行比较和考察，作出较满意的决策。

(3) 隐含偏好决策。隐含偏好决策是一种非常规决策。其特点是：①决策主体是单个人。这种决策与满意决策相似，都是个体通过简化过程来解决复杂问题。②决策主体有隐含偏好。决策个体在决策前就已确定一个隐含偏好的方案，在整个决策过程中，只是决策者在现实中检验或证明自己偏好方案的过程。

(4) 直觉决策。直觉决策是个体决策者在自己成功经验中提取精华，面对复杂决策问题在不同的情景下凭个人的直觉无意识地选择决策方案的过程。

以下情况适合直觉决策：①不确定性水平很高。②几乎没有先例存在。③难以科学预测变量。④事实不足以明确指明前进的道路。⑤信息有限。⑥分析性资料用途不大。⑦当需要从几个差别不大的可行方案中选择一个。⑧时间紧迫而且压力大的状况。

2) 影响个体决策的因素

个体决策质量受各种因素的影响。影响个体决策的因素比较多，主要有：思维形式、心理定式、功能固着、原型启发等方面。具体表述如下：

(1) 思维形式。思维形式有发散思维和辐合思维两种，它们对于决策中创造性解决问题都是必不可少的。

发散思维又称求异思维，是指从一个目标出发，沿着各种不同的途径去思考，探求多种答案的思维。这种思维的主要特点是求异和创新。为发现解决问题的新途径提供了可能，思维的变通性、流畅性和独特性是发散思维的主要特点。

辐合思维又称求同思维或者集中思维，是指把问题所提供的各种信息聚合起来，朝着同一个方向得出一个正确答案的思维。其主要特点是求同，保证从可能的方案中找出最佳的解决途径。

(2) 心理定式。心理定式是人们在解决了一系列问题之后获得了经验，形成的习惯化解决问题的模式。而当问题发生变化时，习惯化解决问题的模式会被再次使用，结果可能无效，甚至导致失败。这也是决策者用老经验解决新问题经常遇到的困境。

(3) 功能固着。人们把某种功能固定地赋予到某种物体的倾向称为功能固着。功能固着和人们的习惯性、经验性认识联系较紧，例如水往下流、杯子是盛水的等等。

功能固着容易使人的思维陷入一个固定的模式，看不到物体的其他功能。打破功能固着，发现某种物体的其他用途，往往是解决问题的突破口。

(4) 原型启发。人们受到一个物体或者事件的启发，将其中的规律应用到其他方面，从而解决了问题，被称为原型启发。如雷达是根据蝙蝠超声波感应而发明的，飞机是受到飞鸟的启发而发明的。

3. 群体决策方法

1) 群体决策方法类型

具有代表性的群体决策方法有会议讨论法、头脑风暴法、名义小组法和德尔斐法。具体表述如下：

(1) 会议讨论法。会议讨论法是目前各级组织最常用的群体决策方法。它是以决策者集体开会的形式，与会代表在了解会议主要议题基础上，针对议题运用自己的知识、经验提出个人观点，大家共同讨论。在讨论过程中，沟通信息，统一认识，最后形成决定。

会议讨论法包括提喻法、方案前提分析法等形式。

会议讨论法容易受群体思维的影响。所谓群体思维也被称为小群体意识，是指在群体过程中，成员片面地、过分地追求一致性的现象或倾向。具有这种倾向的群体，由于其对维持一致性的关注程度高于作出最佳决策的关注程度，因此，就可能阻碍群体对解决办法和行动方案作出准确评价，进而导致错误的决策，它是群体决策中常见的一个现象。

群体思维有多种表现，主要有：①忽视或不考虑与当前群体的观点不一致的意见。②大部分群体成员会产生盲目乐观的错觉，把自己的群体看成是不可战胜的，是不会犯错误的，因而敢于冒大的风险。③试图掩饰群体决策中的失误，造成表面上“一致通过”的错觉，对于不发言者视为默认，将弃权作为赞成。④对待怀疑态度的人施加压力。⑤盲目坚持群体自定的道德标准，认为自己的群体不仅是正确的，而且在道义上也是优越于其他群体或个人，把不赞成群体观点的人看成是不辨是非的，邪恶的，或低人一等的。

提高会议讨论法决策质量应克服群体思维。通常可以尝试以下几种方法：①可把群体分成小组，让小组先对问题进行独立的讨论，这样每个小组容易考虑到问题的各个方面，而最后的决定是在讨论小组建议的基础上形成。②群体应鼓励成员公开质询和提出怀疑，要求参与者尽可能清晰和合乎逻辑地提出自己的看法。群体领导者应对不同的意见表示赞赏，必要时还应扮演鼓、吹反对观点的角色，促使成员对所有可供选择的候选方案进行详细讨论。③最后，一旦达成了某种决策，应当有第二次讨论的机会。在第二次讨论时，成员可以表达对决策的任何意见，由此可能产生新的想法和批评意见。有助于减轻群体成员对于遵从和一致性的压力，因而抵制群体思维的产生。

目前，随着高科技的发展，人们将尖端信息技术与传统会议相结合创建了一种新的群体决策方法——电子会议法。它是利用软件环境和互联网，基于开放 PC 平台的多媒体视频，使身处世界各地的会议参加者得以在虚拟的空间中共享信息，预览会议文件，讨论议题。电子会议的优点主要有：成员参与方便，不受空间阻碍，可同时支持多项任务。缺点主要在于：在实现复杂而丰富的互动上始终存在缺陷；电子会议的成本也较高。但随着软硬设施的进一步完善，电子会议将日趋便利、高效，被人们广泛采用。

(2) 头脑风暴法。在群体决策中，由于群体成员心理的相互作用与影响，易屈从于权威或大多数人的意见。为了保证群体决策的创造性，提高决策质量，可以采用头脑风暴法。

头脑风暴法的创始人是英国心理学家奥斯本。头脑风暴法是比较常用的集体决策方法，便于发表创造性意见，因此主要用于收集新设想。

头脑风暴法通常是将对解决某一问题有兴趣的人集合在一起，在完全不受约束的条件下，敞开思路，畅所欲言。

头脑风暴法的实施有四项原则：①鼓励每个人独立思考，拓宽思路，想法越新颖、奇异越好。②追求数量，意见越多，产生好意见的可能性越大。③对别人的建议不作任何评价，将相互讨论限制在最低限度内。④探索取长补短和改进方法。除了鼓励成员提出自己的意见外，还鼓励成员对他人已经提出的设想进行补充、改进和综合。

头脑风暴法的目的在于创造一种畅所欲言、自由思考的氛围，诱发创造性思维的共振和连锁反应，产生更多的创造性思维。这种方法的时间安排应在1～2小时，参加者以5～6人为宜。选择和组织合适的参加者也是关键，头脑风暴小组的成员选取应考虑以下几点：①所有参加者都应具备较高的联想思维能力。②参加者之间不论职称或级别的高低，都应同等对待。③参加者的专业力求与所论及决策问题相一致，并要包括一些学识渊博、对所论及问题有较深理解的其他领域的专家。

头脑风暴法产生的观点或设想是参加成员集体创造的成果，也是每个成员的智慧相互作用的总体效应。头脑风暴法作为方案或意见产生的过程，发言量越大，意见越多样化，所论问题越广越深，产生有价值设想的概率就越大。头脑风暴小组提出的设想都要由专人简要记载或记录在磁带上，便于下一阶段的讨论与分析。

同时，对头脑风暴法产生的设想需要进行系统化处理。系统化处理程序主要包括：对所有提出的设想编制名称一览表；有常用术语说明和设想的要点；找出重复的和互为补充的设想，并在此基础上形成综合设想。

(3) 名义小组法。在群体决策中，如对问题的性质不完全了解而且意见分歧严重时，则可采用名义小组法。

名义小组法是在决策制定过程中限制群体成员的讨论，故称为“名义群体”。 名义小组法具体使用是：①管理者先召集一些有知识的人，把要解决的问题的关键内容告诉他们。②小组的成员互不通气，也不在一起讨论、协商，小组的成员独立思考，每个人尽可能将备选方案和意见写下来。③待所有的意见记录下来以后，对每一条意见进行讨论，并作出评价。④每个成员再独立地对各种想法或意见排出次序。⑤根据成员对意见的排列次序的投票情况，予以集中统计排列。一般第一位的意见被定为决策意见，当然，管理者最后仍有权决定是否接受或拒绝此方案。

(4)　德尔斐法。德尔斐法又称专家意见法，是一种定性的、背对背的群体决策咨询方法。德尔斐法最早由美国兰德公司于20世纪40年代末研究提出。在1950—1963年之间，兰德公司进行了一系列的德尔斐研究实验。德尔斐法的基本思想是：①群体的整合力量大于各部分力量的总和，因而鼓励团队合作和群体决策。②使个人更倾向于为项目的最终成功而努力。③它不需成员正式出席会议，一般通过匿名的通讯联系，群体成员各自充分发表自己的观点，然后以系统的、独立的方式综合他们的判断。④这种方法主要依赖于专家的知识、经验和分析判断能力，来有效地做出群体决策。

德尔斐法的操作程序为：①邀请20～50位相关领域的专家就某一决策主题进行决策，组织为每一位专家提供充分的信息和背景资料，采用不记名投寄的方式征询意见。参与决策的专家互不通气，消除心理因素的影响。②收集各位专家的意见，对该主题进行定量统计归纳，通常用回答的中位数反映专家的集体意见。③将统计归纳后的结果再反馈给专家，每个专家根据这个统计归纳的结果，慎重地考虑其他专家的意见，然后重新提出自己的观点和看法。如此多次反复，一般经过3～4轮，就可以取得比较一致的意见，持不同意见的一般仅占20%左右。德尔斐法的特点是：匿名、反复的咨询、去除差异、提倡群体反馈。

德尔斐法的优点有：①鼓励通过独立思考，逐渐形成群体的解决方案，是处理开放性、创造性问题的有效工具。②能够快速有效地获得与群体学习相关的知识，能很好地把握复杂问题的多维性和互相影响的变量之间的关系，避免了群体冲突和个人主导等产生的干扰。③保证决策在各个时间跨度内都拥有比较稳定的正确率。④组织和管理成本较低。它避免了召集人的费用，又获得了来自各方面的主要信息。

德尔斐法的缺点有：在实际操作中容易出现概念及方法的不完善、执行不正确、问卷设计不合理、专家挑选不当、不可靠的结果分析、低价值或大相径庭的反馈信息和对多轮问卷回答缺乏一致性等的不足。

2)　群体决策方法的效果评价

比较以上群体决策方法的使用效果，它们在观点的数量、观点的质量、社会压力、财务成本、决策速度、任务导向、潜在的人际冲突、成就感、对决策结果的承诺、群体凝聚力等方面，存在着一些区别。对以上四种群体决策方法的总体比较评价，如表10-2所示。

表10-2　群体决策方法的效果评价

	会议讨论法	头脑风暴法	名义小组法	德尔斐法
观点的数量	低	中等	高	高
观点的质量	低	中等	高	高
社会压力	高	低	中等	低
财务成本	低	低	低	低
决策速度	低	中等	中等	低

续表

	会议讨论法	头脑风暴法	名义小组法	德尔斐法
任务导向	低	高	高	高
潜在的人际冲突	高	低	中等	低
成就感	低	高	高	中等
对决策结果的承诺	中等	不适用	中等	低
群体凝聚力	低	高	中等	低

第三节　决策实施行为

决策行为是为实现一定目标提出问题、分析问题、制定行动方案，并准备实施活动的全过程。在管理中，决策行为与目标行为是相互影响、相互包含、相互渗透、相互支持的。决策行为是以目标行为为前提，而目标确定本身又是一个决策问题，同时目标的实现也就是决策行为的实施。因此，我们在讨论决策的实施时，必然要涉及目标及目标管理行为。

一、决策实施与目标管理

决策需要确定目标，决策的实施过程都贯穿着目标的引导。

1. 什么是目标

目标是在一定时期内组织活动的期望成果，是衡量组织活动有效性的标准。由于组织活动是个体活动的有机叠加，因此，只有各个员工、各个部门协同努力，作出贡献，组织目标才可能实现。所以，如何使全体员工、各个部门积极主动、想方设法为组织的总目标努力工作是组织活动有效性的关键。

目标具有以下几个方面的特征。

1)　层次性

组织按其纵向分工来看，可分高层、中层和基层等几个层次，目标也是一样，可以分为战略目标和具体目标。

(1)　战略目标是整个组织的总体目标。它是由组织高层决策者根据组织的战略决策，估计客观环境带来的机会和挑战，制定组织的总体目标。

(2)　具体目标。总体目标必须分解为层次(部门)的目标，部门的目标要分解为每个人的具体目标，形成一个目标体系，如图 10-5 所示。

其中高层次目标是低层次目标的指针，低层次目标则是高层次目标的具体展开。只有每个人的目标实现了，才能实现部门的目标，只有各部门的目标实现了，组织的总体目标才能落实和实现。

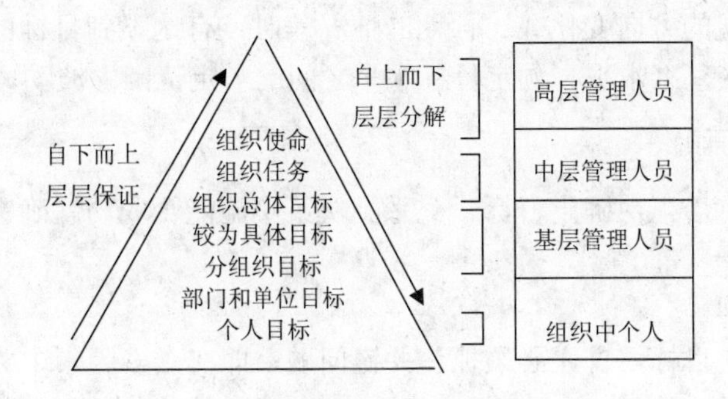

图 10-5 目标层次与组织层次的关系

2) 多样性

西蒙提出了“管理人”的概念，把价值判断引入管理活动中，使企业建立起自身经济利益和社会责任双目标体系，改变过去企业目标是“利润最大化”的单一目标论。

德鲁克则认为，一个成功的企业应在八个方面建立自己的目标体系：①市场方面。②技术进步和发展方面。③提高生产力方面。④物质和金融资源方面。⑤利润方面。⑥人力资源方面。⑦职工积极性方面。⑧社会责任方面。

3) 可考核性

为使目标具有可操作性、指导性，便于目标实施过程中的考核、检查、协调，组织目标特别是近期目标、基层目标必须定量化，否则目标将成为一句空洞的口号，失去意义。

目标的可考核性，实际上就是定量性的要求，即目标要求明确可衡量，并清楚表述目标要达到的具体结果，以及时限上的要求。

4) 可接受性

从组织内部来讲，目标的制定涉及一系列纵向和横向的关系，需要各方面经过磋商和综合平衡，经过目标的层层分解明确各方面所要承担的工作和职责后，认为可以接受后才能顺利实现。

组织的目标不仅要为内部接受，而且也要考虑外部接受性。组织的目标符合外界对组织的要求，外界的环境就会为组织目标的实现创造良好的条件，否则就会遇到许多难以逾越的障碍。因此，组织在确定目标时要认识到自己对服务对象及社会的责任。

5) 相对稳定性

目标要想有效实现，必须经过深思熟虑和周密的计划，确保目标的明确性和稳定性。但是，目标稳定性是相对的。因为组织常会在一个动态环境中求得生存和发展。在组织外部环境发生变化时，组织的目标应随外部客观条件变化具有可塑性和适应能力，即目标要有一定的弹性。

具有弹性的目标一般应具有三个方面的特征：①客观条件向有利于目标实现的方向变化或比预期的情况好时，预定的组织目标可以超额完成。②客观条件向有利于目标实现的

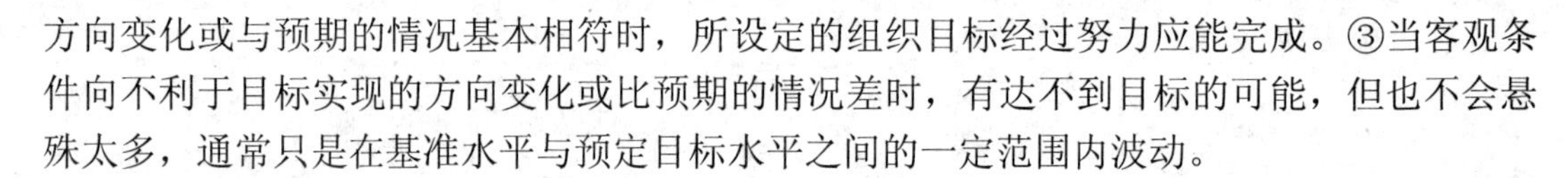

方向变化或与预期的情况基本相符时，所设定的组织目标经过努力应能完成。③当客观条件向不利于目标实现的方向变化或比预期的情况差时，有达不到目标的可能，但也不会悬殊太多，通常只是在基准水平与预定目标水平之间的一定范围内波动。

2. 确定目标的原则

在决策实施中，恰当地确定目标，关系到决策实施能否成功。确定目标的原则主要有以下几项。

1) 关键性原则

决策实施中确定目标，首先必须抓住关键问题，即在众多因素中关系到全局、影响面较大的问题。

2) 平衡性原则

决策实施中确定目标，力求考虑到不同利益之间的平衡、近期需要与远期需要之间的平衡、总体战略目标和职能目标与个人目标之间的平衡等。

3) 权变原则

决策的实施会根据内外环境变化的情况，及时调整目标。确定目标的权变原则就是要求，管理者应善于识别环境变化的关键变量，并对它作出灵敏性分析，当这些关键的变量超过一定的范围时，原定的目标就应当调整，并准备相应的方案。

4) 可行性原则

决策实施中确定目标必须全面分析组织的各种资源条件和主观努力所能达到的程度。既不要脱离实际，凭主观愿望把目标定得太高；也不能不求上进将目标定得太低。

5) 定量化原则

决策实施确定的目标必须用数量或质量指标来表示，尽可能采用量化指标，使指标具有可比性，便于检查和评价目标的实现程度。

3. 目标管理

目标管理是实现决策的一种有效的管理手段。

1) 目标管理的产生

传统的设定目标的方法是由组织中最高管理者设定，然后再层层分解下达落实到每个人。这是一种单向沟通的管理方式，这种方式认为只有组织的最高管理者才能统揽全局，把握组织的发展方向，并熟知组织总目标对各部门的要求。同时这种方法设定的目标通常是非操作性的、模糊的，使各部门对分解后的目标理解和执行各有不同，容易造成混乱。

1954年德鲁克在《管理实践》一书中首先提出了“目标管理和自我控制”的主张。他认为“企业的目的和任务必须转化为目标，一个领域没有特定的目标，则这个领域必然会被忽视”。之后，他不断完善和发展目标管理。他认为，组织的目的和使命必须转化为目标，组织的各级主管必须通过这些目标对下级进行领导，以此来达到组织的总目标。

目标管理提出时正是在第二次世界大战后，西方经济由恢复转向迅速发展的时期，当时企业急需采用新的方法调动员工的积极性，提高竞争能力，目标管理符合当时企业发展的要求，产生了很好的效果，在美国迅速流传，逐步被广泛应用。我国在20世纪80年代初开始引进目标管理法，也取得了较好的成效。

2) 目标管理的含义

目标管理作为一种管理制度，是指由组织中的上下级共同商定组织的总目标，将总目标层层分解，确定各部门及每个人的分目标及职责，并把这些目标作为考评和奖励每个部门或每个人的标准，然后，通过各部门每个人的目标实现来层层保证组织总目标的实现。

因此，目标管理是一种民主的、自我控制的、参与式的管理制度，也是一种将组织目标与个人需求结合在一起的管理制度。

目标管理与传统目标管理的不同：①目标制定过程不同。目标管理强调职工参与目标的制定、分解、实施、反馈等全过程。②组织分权程度不同。目标管理强调组织内各级执行者具有完成目标的相应权力，在目标实现过程中实行自我控制机制，而不强调严格按制度或程序，刻板地照章办事。③绩效考评标准不同。在传统的管理方法中，评价员工时往往采用对员工的工作印象、员工的思想和对某些问题的态度等定性因素作为考评标准。目标管理考评标准强调将已达到的目标作为任何一级工作绩效的考评标准，而不是强调在实现目标过程中所做的工作量，也就是说，目标管理重结果不重过程。由于这种管理制度特别适用于对管理人员的管理，所以被称为“管理中的管理”。

3) 目标管理的特点

(1) 参与管理。目标的实现者同时也是目标的制定者，即由上级与下级在一起共同确定目标。首先确定出总目标，然后对总目标进行分解，逐级展开，通过上下级协商，制定出企业各部门、各车间直至每个员工的目标；用总目标指导分目标，用分目标保证总目标，形成一个“目标——手段”链。

(2) 自我控制。目标管理的主旨在于，用“自我控制的管理”代替“压制性的管理”。德鲁克认为，员工是愿意负责的，是愿意在工作中发挥自己聪明才智和创造性的。我们控制的对象是社会组织中的“人”，应“控制”人的行为动机，而不应当“控制”行为本身。这种自我控制可以成为更强烈的动力，推动他们尽自己最大的力量把工作做好，而不仅仅是“过得去”就行了。

(3) 权力下放。集权和分权的矛盾是组织的基本矛盾之一，唯恐失去控制是阻碍大胆授权的主要原因之一。推行目标管理有助于协调这一对矛盾，促使权力下放，有助于在保持有效控制的前提下，使局面更有生气。

(4) 绩效反馈。目标管理有一套完善的目标考核体系，能够按员工的实际贡献大小如实地评价一个人。目标管理还力求组织目标与个人目标更密切地结合在一起，以增强员工在工作中的满足感。这对于调动员工的积极性，增强组织的凝聚力起到了很好的作用。

4) 目标管理的类型

目标管理因对象、职能、管理阶层、作业类别不同，有不同的类型。主要有以下几个类型。

(1) “主管中心”型与“全体员工”型。根据推行目标管理的对象范围分为“主管中心”型与“全体员工”型。调查发现，由主管实施目标管理的比重较大，以管理阶层为中心的做法，大多是模仿美国的。事实上，在美国，目标管理只是主管的一种管理工具。在日本，目标管理则已成为全体员工所利用的一种有效手段。

(2) “个人中心”型和“小组中心”型。目标一向被认为应以个人为主设定，这与目标管理的发源地——美国密切相关，美国一切组织都以个人为中心。但目标管理移植到日本后，日本企业是以集体主义文化为背景。日本的目标管理不只是以个人为中心，也有以小团体为中心设定目标，而且一般认为小组方式的效果更好。一般来说，采取哪种方式以分配工作的性质而定，分配给每一个人的工作，因人而异的话，就应该采取“个人中心”的方式；分配给小组的工作，是相同性质的话，就应该采取“小组中心”型。

(3) “业绩导向”型和“过程主导”型。目标管理的最终目的在于业绩。所以，目标管理也称为业绩管理。但是我们认为目标管理应该不仅仅追求业绩，同时也应重视“过程”的管理。业绩必须作为一种结果列出来，但业绩的实现在业绩未显现前，要重视并关注过程。

一般来说，对管理层采用业绩主导型，对一般阶层采用过程主导型。因为管理阶层本来就应该按其业绩接受严格的评价，而对一般阶层而言，在要求业绩之前，应致力于培养他们的能力。

(4) “绩效导向”型与“能力开发”型。“绩效导向”型是以组织为主的方法，“能力开发”型则以人性为主。一般来说，现场工作中 “绩效导向”型所占的比重较高，分析工作则应偏重“能力开发”型。至于管理者方面，越是上级，越需要提高绩效导向的分量；越是下级，越需要提高能力开发的分量。

5) 目标管理的程序

(1) 制定目标。制定目标即制定组织的整个目标体系，它包括组织的总体目标与部门的分目标。组织总体目标是组织有赖于全体成员的共同努力在未来从事活动要达到的状况和水平。部门的分目标是为了协调不同部门成员在各自岗位、职责下的工作，各个部门成员根据上级的方针和目标并在协商的基础上，制定自己的目标方案，建立与组织目标相结合的分目标。这样就形成了一个以组织总体目标为中心的一贯到底的目标体系。

制定目标应注意四点：①上级要向下级提出明确的方针和目标，以保证整个目标体系协调统一。②目标设置期限，在大多数情况下，目标设置可与年度预算或主要项目的完成期限相一致。③应建立衡量目标完成的标准，在制定目标时，主管人员应将时间、成本、数量、质量等这些衡量标准写到目标里去，制定出定量的、可考核的目标。④在制定目标体系时应上下级协商制定，而不应该强制下级制定各种目标。

(2)　明确组织的作用。在目标体系确定后，每个目标和子目标都应有明确的责任，但任何一个完美的组织结构也不可能将每一个特定的目标都形成每个人的责任。组织必须确立一定的主管人员仔细地协调各部门的工作，组织常采用由任务核心部门的主管人员来统一协调各种职能。

(3)　执行目标。执行目标是组织中各层次、各部门的成员利用一定的资源，从事特定的活动完成分目标，从而实现总目标的过程。为了保证组织目标活动的开展，必须注意授予相应的权力，使之有能力调动和利用必要的资源。有了目标，组织成员有明确努力的方向；有了权力，组织成员会产生强烈的与权力使用相应的责任心，从而能充分发挥他们的判断能力和创造能力，使目标执行活动有效地进行。

(4)　绩效评价及奖惩。绩效评价既是实行奖惩的依据，也是上下级、同级之间沟通的机会，同时还是自我控制和自我激励的手段。绩效评价包括：上下级之间、同级之间以及部门相互之间的评价和各层次组织成员的自我评价。上下级之间的相互评价，有利于信息、意见的沟通，从而有利于组织活动的控制；横向的关系部门相互之间的评价，有利于保证不同环节的活动协调进行；而各层次组织成员的自我评价，则有利于促进他们的自我激励、自我控制以及自我完善。

组织综合评价成员的结果作为奖惩的依据，奖惩包括物质和精神两方面。公平合理的奖惩有利于维持和调动组织成员的工作热情和积极性，奖惩有失公正，则会影响成员行为的改善。

绩效评价及奖惩总结了前一阶段组织成员的贡献以及组织活动效果，为下一阶段的工作提供参考和借鉴。

二、实施管理

在决策的实施和目标管理过程中，主要突出三个层面的问题，一是目标的制定，二是决策权力的分配，三是目标的执行。

1. 实施目标的制定

(1) 建立信息网。责任描述了管理人员总的工作，确定责任的主要目的是为了清楚地说明组织中每一个管理人员的管理范围，以尽量减少混乱，或出现真空地带。目标的制定明确了每一个管理人员实现上级目标时应承担的责任。目标确立时要求管理人员与上级坐在一起，把目标所要求他做的事，尽可能清楚地确定下来。为了实现上一级的目标，必须知道关于这些目标的信息。为此，每一个上一级管理人员，在他的下级管理人员开始考虑他们目标之前，最低限度应向他们提供：①提供上一级目标。一般来说，要将组织的最高目标沿着组织结构层层下达，同时提供给下级管理人员的还有上级已经建立起来的目标。②提供重点目标。在逐级确立目标过程中，下级对上一级重点目标的范围和重要性，从目标本身常常不能一眼就看出来。上级最好随目标附一份阶段内重点目标的清单。③提供环境因素和假设。最简单的环境分析是在通过研究可能影响组织活动的外部因素和环境后得出的。而假设则是对当前某些外部因素的估计。对于这些因素，组织通常很少有左右的能力，相反，它们对组织的活动可能有较大的影响。一般来说，环境分析以及重要假设应集中准备，由经济学家或主管领导承担此项工作，并向下级管理人员下达，供他们使用。④提供基本规则。给管理人员提供设定目标的基本规则包括：提供符合项目资金要求的条件；目标涉及的人员要求；目标包括的意外事故因素。

(2) 建立协作网并明确责任。建立信息网的目的是使管理人员得到在纵向基础上编制目标所需的信息；在横向基础上制定和分解目标。所有的目标必须在纵向和横向的基础上与所有其他目标和谐一致，才能保证整体目标是可行的和有效的。

每一个管理人员都是与上级和其他职能部门共同协作实现决策目标的，因此，了解其他部门的目标涉及的内容以及这些内容对自己的要求，为编写阶段目标提供必要的依据，也为实现总体目标打下了基础。某个管理人员建立在组织结构基础上的各部门上下级之间以及各部门之间的协作关系即为组织协作网。如图 10-6 所示。

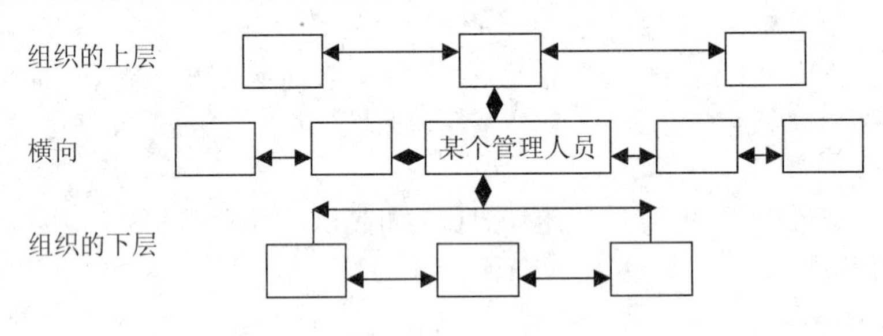

图 10-6 组织协作网

通常情况下，组织协作网中的信息可以通过目标草案的副本获取，或与其他管理人员一起召开会议，或通过个人接触或咨询来获得所需要的信息。总之，建立协作网有助于使管理人员本身的目标与组织中其他有关人员的目标在横向上协调一致。

(3) 确定关键目标领域。确定关键目标领域是设立和分解目标过程最重要的步骤之一。所谓关键目标领域是管理人员工作中经过严格选择的那些领域，包括：①工作的主要领域，即为了取得尽可能好的结果要在这些领域做出好的成绩。②工作成功的关键。③目标管理的主要课题。④管理人员必须取得成功的那些领域。⑤在工作中不是完全成功就是彻底失败的领域。⑥要取得目标阶段成功，最应优先考虑的课题所在的领域。

关键目标领域最有价值的用途是促使管理人员把有限的资源，用于最重要的步骤中，通过自己的努力，获取最高的效率。并且有了关键目标领域，管理者可以避免陷入日常事务中。下面列举企业管理工作中典型的关键目标领域，如表 10-3 所示。

表 10-3 企业管理工作中典型的关键目标领域

	生产经理	采购经理	财务经理	人事经理
关键目标领域	生产量 生产成本 生产进度 生产质量 生产能力 生产效率	最有利的价格 最有利的库存 材料质量 卖主的服务水平和质量价值分析的效果	资本的可用性 费用成本 投资的资金利润率 应收账款的变化 坏账率	工资公平合理 员工行为变化 可以利用的人力 应解决的劳工问题

2. 决策权力的分配

在确定目标的过程中，不管前几个部分处理得如何完善和彻底，如果没有给管理人员委派相应的决策权力，就无法实现目标。有效地委派决策权力，是顺利实现目标的根本保证。科学的权力分配具有以下特征：

(1) 必须由上级到下级的权力转移。

(2) 授予的权限应向所有可能涉及的人员公开。

(3) 权力范围必须与上级人员职责的广度和深度相一致，必须与管理人员的目标和达到目标的计划相一致。

(4) 下级的权限必须十分具体，使其不用担心因权限过低而不敢大胆采取行动。

(5) 权限应以书面的形式加以规定，以利于上下级在实施目标过程中对自身的有关权限有切实的了解。

3. 目标的执行

制订目标的执行计划是把书面文字转变成实际工作，是实施决策目标的重要手段。目标的设立和分解中已将各人活动的方向与进度作了明确规定，通过上级赋予下属充分的职权，目标执行过程中实行自我控制，使员工在为完成目标过程中自觉不懈地努力工作。

1) 在实施目标时，组织内的所有人员应注意

(1) 每人要记住组织的总目标，以及自己的分目标与工作进度表。这是有效运用自己的权限、自我控制、努力实现目标的基础。

(2) 除非下属要求上级人员给予指导或协助，否则，工作上的细节应由下属亲自处理，上级应避免不必要的干预。

(3) 除日常管理工作之外，各上级主管还须定期与下属、员工接触，综合调整目标的达成情况，使整个组织的业务能平衡发展。

(4) 对于未列入目标的工作，也应用心去做，而不应只限于自己的目标工作，这样才能有效地完成自己所管辖的全部工作。

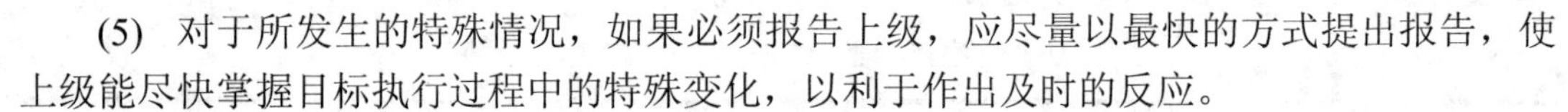

(5) 对于所发生的特殊情况，如果必须报告上级，应尽量以最快的方式提出报告，使上级能尽快掌握目标执行过程中的特殊变化，以利于作出及时的反应。

2) 调整目标

在实施目标过程中，原则上应避免更改目标，但环境发生巨大变化时，为了适应环境变化，应适当调整目标。目标的调整原因有：

(1) 组织外部条件发生了较大的变动。就企业而言，主要包括：政府的财政和税收政策、经济危机、汇率波动或银行利率的变化，政治安定性、法律变动，以及组织价值链实现过程中生产资料的来源和价格发生突变(如物资储存及价格的变化、供应商的变化、顾客的需求和爱好等)、组织的供应者、协作者、竞争者、需求者发生的突变等。

(2) 组织内部条件发生了较大的变动。如组织中主要管理者发生人事变动；劳动力的数量、质量发生巨大的变化，机器设备或工艺的变化等使得原定目标无法实现。

总之，目标可以变更，因为假若目标已不切合实际，即使不予变更，本身也毫无意义。但也不能轻易变更，在设立和实施目标时应考虑到未来环境的变化，使目标能够具有弹性，在变更目标时则应考虑到这种变更对整个目标网的影响。

三、评价管理

1. 目标实施过程的评价

评价管理就是管理人员在决策目标实施过程结束后，将所取得的工作成果与原先确定的工作目标进行比较，从而对目标的实现情况和组织成员的工作情况进行衡量，并总结目标执行过程中的经验教训，然后以此为依据对组织成员进行奖励和惩罚，以便在更高的起点上，开始新的决策与目标行为。评价管理主要包括：目标的实现程度、进展程度、实现手段、难易程度等的评价。

1) 评价目标的实现程度

目标实现程度以目标值作为考评尺度。首先对目标值进行定量测算与定性评价。目标设立时要尽可能地定量化。定量化的指标更有利于确保成果考评的准确度和精确性。定量化的指标通过绝对和相对两种数量指标体现，这两种指标各有特点和不足，但其相关的特点与不足又呈现一种互补状态。因此，在日常的成果考评中，人们要综合运用绝对数指标和相对数指标，使之相得益彰，构成一个完整的成果考评指标体系。

2) 评价目标的进展程度

目标是一个向量，它不仅有质与量的要求，也有时间的要求。对目标进展程度的评价采用的是均衡性指标。均衡性指标包括三项内容：一是目标完成率，即在某时期内实际完成的目标值同计划目标值进行比较的比率；二是目标进度的偏离程度，用目标实际完成率同理想完成率之间的差额来表示；三是目标进度均衡率，即理想均衡率与目标进度偏离程度之差。

3)　评价实现目标的手段

实施手段是实现目标的工具和方法，也是实现目标的基本保证。对实施手段的评价主要涉及三个方面：一是内容是否创新；二是经济是否合理；三是技术是否先进。

4)　对工作态度的考评

工作态度是在目标实施过程中，目标执行人的积极努力、发挥主观能动性的情况。它反映了人的精神风貌。

5)　评价实现目标的难易程度

不同的工作部门，由于其目标任务的性质不同，目标的难度也各不相同。同时，目标对象的客观条件、外部环境因素也会影响实现目标的难度。如：企业新产品开发目标对于基础好、技术力量强的工厂来说，可以轻而易举地完成；而对于基础差、技术力量薄弱的工厂来说，必须花费更大的努力才有可能实现目标。由于目标的难度不同，目标实施者付出的代价和努力也会不同，因此，在成果考评时，不仅要注重目标的实现程度，而且要考虑目标的难度，才能全面衡量目标执行者的业绩和能力。

2. 目标管理方法的评价

目标管理方法是实现决策的一种有效的方法。目标管理在全世界产生了很大影响，但在执行中也出现了许多问题。因此对目标管理方法进行客观的评价，有利于在实践中扬长避短，发挥实效。

1)　目标管理的优点

(1)　有效提高业绩。目标管理理念更注重实质性的组织业绩，它不同于以往的那种重视按照规范的工作范围和工作程序和方法进行工作的做法，而是在各自明晰与组织目标直接关联的具体化目标的基础上，鼓励员工完成目标。目标体系依照组织总体目标分级确立，组织总体目标是组织有赖于全体成员的共同努力在未来要达到的业绩状况。目标管理不仅建立明确的业绩执行目标，而且将员工的业绩目标作为评价依据，改变传统管理以人的特性和工作态度等无法直接衡量的因素作为评价依据，组织自然会形成一种重视业绩的风气。

(2)　改变工作态度。目标管理是基于组织目标(业绩)的实现来激发员工的工作积极性的一种有效方法。目标管理中的目标是经过重点筛选的，因此，目标管理是一种能够实行重点指向的管理方法，使员工在组织目标的基础上积极树立个人目标，并在达成的过程中实行自我管理，养成员工自觉而积极的工作态度，在组织目标实现中获得满足。

(3)　使思考与行动更统一。在工作中目标意识不清楚时，许多思考方法或行动方法不吻合，使许多的想法难以实现。目标管理在确定目标过程中努力寻找合理可行的工作方法，使组织的思考方法、行动模式合理地统一起来。

(4)　便于沟通，改善人际关系。组织在实施目标管理过程中使上下级之间、同事之间相互沟通的机会增多。比如，制定目标时，上司为了让员工真正理解组织希望达到的目标及方针，就要和员工沟通；同样员工为了调整已经制定的目标，也得主动和上司进行沟通。而且有关目标达成的结果，不仅仅是由自己作出的判断，而是通过上下级一起商讨后作出的结论。同时这种商讨不是单纯相互沟通的意见，而是在相互之间充分理解、彼此接受的基础上进行的，不仅增多了相互交换意见的机会，而且相互间沟通的密度也有了很大的提高。

2) 目标管理的缺点

目标管理方法有很多优点，但它也有若干缺点。有的缺点是方法本身存在的，另外一些则是在运用中引起的。主要有以下几个方面：

(1) 方法本身存在的缺点。①目标管理的哲学假设不一定存在。目标管理是建立在 Y 理论的假设基础上，而 Y 理论对于人类的动机作了过分乐观的假设，实际中的人是有“机会主义本性”的，尤其在监督不力的情况下。因此，许多情况下，目标管理所要求的承诺、自觉、自制气氛难以形成。②目标难以制定。组织内的许多目标难以定量化、具体化；许多团队工作在技术上不可解决；组织环境的可变因素越来越多，变化越来越快，组织的内部活动日益复杂，使组织活动的不确定性越来越大。这些都使得组织在许多活动中很难制定出数量化的具体目标。

(2) 方法在运用中产生的缺点。①对目标管理的原理和方法宣讲不够。目标管理看起来简单，但要把它有效地付诸实践，则尚需各级主管人员对它有详尽的了解和认识，对目标管理的整个体系做耐心的解释工作。说明目标管理是什么；它怎样发挥作用；为什么要这样做；它在评价管理工作成效时起些什么作用；以及参与目标管理的人能得到什么好处等。②目标商定可能增加管理成本。目标商定要上下沟通、统一思想是很费时间的；每个单位、个人都关注自身目标的完成，很可能忽略了相互协作和组织目标的实现，滋长本位主义、临时观点和急功近利倾向。③没有把指导方针向拟订目标的各级主管人员讲清。目标管理和其他执行工作一样，如果那些拟订目标的各级主管人员得不到必要的指导，不了解执行工作的前提条件、组织的基本战略和政策，那么他们就无法制定出正确的目标，也就无法发挥目标管理的作用。④奖惩不一定都能和目标成果相吻合，也很难保证公正性，从而削弱了目标管理的效果。

鉴于上述分析，在实际中推行目标管理时，除了掌握具体的方法以外，还要特别注意把握工作的性质，分析其分解和量化的可能；提高员工的职业道德水平，培养合作精神，建立健全各项规章制度，注意改进领导作风和工作方法。

本章小结

决策行为具有目标性、可行性、选择性、动态性的特征。

决策行为可以分为：战略决策、管理决策和业务决策；程序化决策和非程序化决策；

长期决策、中期决策和短期决策；确定型决策、风险型决策和不确定型决策；个人决策和群体决策；初始决策与追踪决策；静态决策和动态决策。

决策的过程分为四个具体环节或阶段：确定决策目标、拟订可行方案、评价和选择方案、实施方案。

个体决策方法包括：理性决策、满意决策、隐含偏好决策、直觉决策。

群体决策方法有会议讨论法、头脑风暴法、名义小组法和德尔斐法。

决策的实施过程都贯穿着目标的引导和管理。在决策实施中，恰当地确定目标要坚持关键性原则、平衡性原则、权变原则、可行性原则、定量化原则。

在决策的实施和目标管理过程中，主要突出三个层面的问题：一是目标的制定，二是决策权力的分配，三是目标的执行。

思　考　题

1. 决策行为有哪些主要类型？
2. 影响决策的因素有哪些？
3. 如何理解决策过程？
4. 个体决策、群体决策分别有哪些主要方法？
5. 简答目标管理的特点和类型。
6. 科学的决策权力分配具有哪些特征？
7. 在实施目标时，组织内的人员应注意什么？
8. 如何评价目标管理方法？

本章案例(一)

宏远公司老板顾军该如何决策

进入12月份以后，宏远集团的总经理顾军一直在想着两件事：一是年终已到，应抽个时间开个会议，好好总结一下一年来的工作。二是该好好谋划一下明年怎么办?更远的该想想以后5年怎么干，乃至于以后10年怎么干?

集团从15年前800元人民币起家，发展到现在的几千万资产；从顾氏三兄弟发展到现有一家贸易分公司、一家建筑装饰公司和一家房地产公司，员工近300人。集团这几年日子也不太好过，特别是今年，建筑公司任务完成的还可以，但由于成本上升创利已不能与前几年同日而语了，只能是维持，略有盈余。况且建筑市场竞争日益加剧，公司的前景难以预料。贸易公司能勉强维持已是大吉了，今年做了两笔大生意，挣了点钱，其余的生意均没成功，况且仓库里还积压了不少货无法出手，贸易公司日子不好过。房地产公司更是一年不如一年，当初刚开办房地产公司时，由于时机抓得准，两个楼盘，着实赚了一大笔，这为集团的发展立了大功。可是好景不长，房地产市场疲软、生意越来越难做。

顾军认识了A市的一家国有大公司的老总，交谈中顾军得知，这家公司正在寻找在非洲销售他们公司当家产品——小型柴油机的代理商，据说这种产品在非洲很有市场。这家公司的老总很想与宏远公司合作，利用民营企业的优势，去抢占非洲市场。顾军深感这是个机会，但该如何把握呢？10月1日顾军与市建委的一位处长在一起吃饭，这位处长告诉他，市里规划从明年开始江海路拓宽工程，江海路在A市就像上海的南京路，两边均是商店。借着这一机会，好多大商店都想扩建商厦，但苦于资金不够。这位处长问顾军，有没有兴趣进军江海路。如想的话，他可牵线搭桥。宏远集团的贸易公司早想进驻江海路了，但苦于没机会，现在机会来了，而很诱人，但投入也不会少，该怎么办?随着改革开放的深入，住房分配制度将有一个根本的变化，随着福利分房的结束，顾军想到房地产市场一定会逐步转暖。宏远集团的房地产公司已有一段时间没正常运作了，现在是不是该动了？

总之，摆在宏远公司老板顾军面前的困难很多，但机会也不少，新的一年到底该干些什么?怎么干?以后的5年、10年又该如何干?这些问题一直盘旋在顾军的脑海中。

(资料来源：张金成. 管理学基础. 案例汇总)

案例分析思考题

你认为宏远公司老板顾军该如何决策？

本章案例(二)

沈阳“飞龙集团”总裁的二十大失误

沈阳“飞龙集团”的创始人姜伟20世纪80年代初毕业于辽宁省中医学院，当过辽宁省中药研究所药物研究室主任，他以生产“飞燕减肥茶”起家，后来开发出“延生护宝液”走红全国。1990年10月26日，“飞龙”还是一个注册资金75万元的小企业，到1991年实现利润仅400万元，1992年实现利润高达6000万元，1993年和1994年公司利润都超过2亿元，公司迅速扩张，发展成以医药、保健品、美容品为主的高新技术企业集团，发展速度居全国医药行业之首。姜伟也因此备受瞩目，当选“全国杰出青年企业家”、“中国十佳青年”和“中国改革风云人物”。

1994年下半年开始，利润空间很大的保健品行业吸引许多企业蜂拥而至，但是“飞龙”还能守住阵营，最终利润为2亿元，仍不减往年。然而“飞龙”最大的问题并非出在外部市场环境，而是出在企业内部机制，这是姜伟在1995年4月和6月巡视市场时猛然惊觉的。

1996年6月，姜伟看到飞龙公司存在巨大的危机，决定进入休整。当时谁都不会想到，看起来依然如日中天的飞龙集团已是一条陷入四面楚歌的“困龙”，甚至连飞龙集团的员

工也被歌舞升平的景象所迷惑。只有姜伟心知肚明，他感到“飞龙”已经到了一个阶段的顶峰，再往前走就要面临下坡路了。这一年，姜伟对自己几年来风风火火的日子进行了追根究底的反思，于 1996 年 7 月 6 日写出了一篇名为《我的错误》的万言书，历数了自己的 20 条大错误：

1. 决策的浪漫化。在一个知识分子较多的企业当中，有一点知识分子固有的浪漫的企业界文工团化是无可非议的。但是，企业这个团体又是一个经济组织，处于一个你死我活的经济竞争环境之中。企业的根本目的是获得利润，企业的每一个行为都有必要进行利润数字的计算。总裁在 6 年经营实践当中，淡化了企业利润目的，决策过于理想化、浪漫化，导致飞龙集团大部分干部在企业运行过程当中，也出现了严重的理想化和浪漫主义的行为，不计成本，不预算利润。商人是以挣钱为目的的，商人不是哲学家、艺术家、空想家。

2. 决策的模糊化。不熟不做是商业法则之一，但是一段时期，总裁过于强调产业多元化，涉足了许多不熟悉的领域，有许多事情总裁既不熟悉，又没有熟悉这方面的人才来实施，所以盲目决策和模糊决策时有发生。凭着“大概”、“估计”、“大致”、“好像”等非理性判断，进行决策。

3. 决策的急躁化。市场经济只有开始没有终止，凡是商人必须以平静的心态参与无休止的市场信息竞争。在近 6 年的企业发展中，尤其在企业发展的关键时期，总裁经常处于一种急躁、恐慌和不平衡的心态之中，导致全体干部也有一种惊弓之鸟般的心态，片面决策有之，错误决策有之，危险决策有之。究其根源，如果对全局发展经常思考和准备，特别是对即将出现的情况有一个成熟的准备，那么决策时就会临危不乱，所谓有备则平静，有预测则不紧张。

4. 没有一个长远的人才战略。市场经济的本质是人才的竞争，这是老生常谈的问题。回顾飞龙集团的发展，除 1992 年向社会严格招聘营销人才以外，从来没有对人才结构认真地进行战略设计。随机招收人员，凭人情招收人员，甚至出现亲情、家庭、联姻等不正常的招收入员的现象，而且持续 3 年之久。作为已经发展成为国内医药保健品前几名的公司，外人难以想象，公司竟没有一个完整的人才结构，竟没有一个完整的选择和培养人才的规章；一个市场竞争前沿的企业，竟没有实现人才管理、人才竟聘、人才使用的市场化。人员素质偏低，造成企业处在一种低水平、低质量的运行状态。企业人才素质单一，知识互补能力很弱，不能成为一个有机的快速发展的整体。人才结构的不合理又造成企业各部门发展的不均衡，出现弱企划、大市场，弱质检、大生产，弱财务、大营销等发展不均衡或无法协调发展的局面。经常出现由于人才结构不合理，造成弱人才部门阻碍、破坏强人才部门快速发展的局面，最后造成整个公司缓慢或停止发展。由于没有长远的人才战略，也就没有人才储备构想。当企业发展到涉足新行业或跨入新阶段时，才猛然发现没有人才准备，所以在企业发展中经常处于人才短缺的状况，“赶着鸭子上架”，又往往付出惨重的代价。总之，人才战略的失误是集团成立 6 年来最严重的一个错误。

5. 人才机制没有市场化。飞龙集团在人才观上有两个错误：一是人才轻易不流动，二是自己培养人才。形成这两种人才观有其客观原因，为了保持企业凝聚力，需要一个人才稳定的环境，所以飞龙人的流动性很低；同时，由于飞龙是民营企业，缺乏法律保障，所以人才的可靠性是第一位的，久而久之便形成自己培养人才的惯例。但是长时间忽视了重要部门、关键部门、紧需部门对成熟人才的招聘和使用，导致目前人员素质偏低的局面。

6. 单一的人才结构。由于专业的特性，飞龙集团从 1995 年开始，在无人才结构设计的前提下，盲目地大量招收医药方面的专业人才，并且安插在企业所有部门和机构中，造成企业高层、中层知识结构单一，导致企业人才结构不合理，严重阻碍了一个大型企业的发展。

7. 人才选拔渠道不畅。1993 年 3 月，一位高层领导的失误造成营销中心主任离开公司，营销中心一度陷入混乱。这件事反映出飞龙集团的一个普遍现象——弱帅强将。弱帅根本管理不了强将，强将根本不接受弱帅的管理，实际上造成了无法管理和不管理，军阀割据，占山为王。分公司实际上处于各自为政、各自做主的营销状态，无法进行统一的大营销管理。造成这一现象的根本问题在于内部竞聘的机制没有完善，强将成不了强帅、弱帅占着位置不下来，“铁交椅”本是国企病，却在“飞龙”这个民营企业蔓延。

8. 企业发展缺乏远见。在企业经营过程中，飞龙集团犯了没有长远规划、没有及时改善企业运行机制的错误。企业没有发展规划是很危险的。随着企业的不断发展，要经常完善企业领导的管理运行架构，使企业永远成为一个有机运行的机体，这个问题至今没有解决好。

9. 企业创新不力。创新是企业发展的根本，一个发展了 5 年的企业没有创新必然走向衰落，一个销售了 3 年的产品没有创新必然走向死亡，这是无情的规律。但是近 6 年来，总裁过分强调了过去的辉煌，没有认真思考创新，造成企业管理和市场开拓无新意。今后要通过更换新生力量，完成企业创新。

10. 企业理念无连贯性。翻开飞龙集团近 3 年来的文件，最大的特征是总裁说得多，但具体怎么做却没有指导。只有理论而没有具体的实施方法，造成了理论看不懂，具体方法又没有，讲一次浪费一次，经常出现新的理论，而且无连贯性。总裁自己也没有找到一个连贯的理念，导致企业长时间内没有一个连贯的发展思想。

11. 管理规章不实不细。飞龙集团发展 6 年中制定了无数条规章和纪律，规章制度已经比较完整。但这些规章大部分没有严密的具体细则，没有落实到具体责任人，导致有规难依的局面。纠正这一错误要从现在开始，总部各部门、市场各公司在重新把现有法规完善后，要增加两方面内容：法规实施细则和实施检查细则。

12. 对国家经济政策反应迟缓。1993 年以前，由于受使用普通发票和法律的限制，企业产品实行出厂价销售，以调动中间批发商的积极性。1993 年实行新税制后，国家实行增值税抵扣发票，市场信息具备企业加价销售条件。此时，总裁不但没有做出加价销售、增加企业对零售商的直接攻击，反而用勉强的方法来适应这场税制改革。如果实行加价销售，企业在产品零售价不涨的情况下，在市场上可获得 16%的纯利，市场上的运作资金也将获

得巨额的增长。如果1993年加价，将获得2000万元的加价资金。1994年加价，将获得3000万元的加价资金。在这个问题上，总裁受了保守思想的限制，结果在1995年出现中间商拖欠货款巨大、零售环节不力、资金严重短缺等问题，险些被淘汰出局。

13. 忽视现代化管理。1993年，国家某部门两次登门推广自动化管理程序，1994年，又有一个部门上门推广现代化办公管理程序，但这三次都被总裁拒之门外。三株公司就在此时完成了现代化管理，在保健品市场下滑时，他们因此大受益处，没有出现飞龙集团这样的资金混乱，这个教训告诉我们，企业必须不断采用现代科技完成企业周密的管理。科学管理不仅建筑于科学的思维上，还要建筑于科学的方法上，基础之基础是科技。

14. 利益分配机制不均衡。由于总裁长时间受到社会主义“大锅饭”的教育，过分强调“飞龙”“共创发展”，长时间不打破分配体制上的平均主义。实际上，企业干部在用灰色收入弥补自身收入的不足。这样一来，使企业花费6年时间所建造的企业理念被彻底摧毁。一切激动人心的东西，都被灰色收入的传说击垮。1996年，企业开始打破利益平均，但又忽视对员工树立正确的金钱观的教育，使一部分职员从一个极端走向另一个极端，产生一切为金钱的可怕现象。飞龙集团原本是由有志青年聚集起来的公司，前5年，集团在较低的分配体制下运行，依靠企业信念顺利完成初期的发展，在新时期的发展中，应该明确一个观念：我们需要钱，但我们更需要事业。

15. 资金“撒胡椒面”。飞龙集团长时间处于资金分散使用状态，不能够有计划、有规模地集中使用资金。资金分散使用，造成资金严重浪费，导致资金严重短缺。管住、管好资金，是企业发展至关重要的原则。

16. 市场开拓的同一模式。“延生护保液”进入市场成功以后，其模式被总裁作为一个万能的标准模式，错误地将后期研制的新产品用同一模式在全国大面积推广。产品不同，性能不同，消费人群不同，却没有各具特色的推广战术，这是一大失误。在这个问题上，总裁犯了严重的经验主义错误，过分地自信总裁个人的智慧，没有及时启用全国各大广告公司，利用集体的智慧互补，造成所有的新产品推出无新策划、新方法。

17. 虚订的市场份额。在近6年的决策上，过分强调市场份额和市场销量，导致了市场应收款剧增、货物混乱、货物贬值的严重局面。特别是在处理资金短缺与流通货物总量之间的矛盾时，轻视了流通货物总量对市场的灾难性冲击，导致应收款增加，回款不畅的恶性循环。因此必须要长时间稳定供求关系，宁可减少产销规模，也要增加企业运行的内在质量。

18. 没有全面的广告战略。任何一个产品，在市场上永恒的生命在于整体的广告策划，它赋予产品不同时期不同的生命力。没有全面的广告策划，就等于宣布该产品在这一时期死亡。

19. 地毯式轰炸的无效广告。营销的零售终端是市场攻击的最基本点，由于集团的快速发展，总裁在近3年中忽视了对零售商、医院、药房作重点的攻击，片面强调在全国、在大城市立体广告攻击的作用。由于这一错误的长期存在，导致大量无效广告，广告效果不明显，广告资金流失，出现了广告应付款剧增，投入和产出不成比例。

20. 国际贸易的理想化。我们对国际贸易的法律不熟悉，用国内成功的经验在国际市场上重复运用，犯了严重的经验主义错误；对国际市场的销量和价格估计过高，对进入国际市场的阻力估计过低。

市场经济成功的根本在于正确决策的实施。所有企业都要研究什么是正确的决策？怎样去完成正确决策的实施？企业在新的发展阶段需要创新，思维方法和工作方法都要不断创新。我们要树立这样一种观念：飞龙集团过去的错误是企业宝贵的财富，是未来发展的宝贵财富。社会上各大企业的错误也是我们值得借鉴的财富，信息中心和情报中心要经常收集企业自身及其他企业的错误。要在全集团养成这样一种风气：敢于承认错误，敢于分析错误，任何化解和隐瞒错误的行为都是愚蠢的行为，是导致企业失败的行为。我们确立了一个目标，当这个目标没有达成而失败时，我们就应该认清这是一个错误，避免再犯同样的错误。人们绝对不能从已经失败的事情中，千方百计地去寻找几个小小的成功和几个小小的闪光点，以此为理由来解释我们的失败，寻求心理上的自我平衡。最后用毛主席的一句话来结束我的检查：错误和挫折教训了我们，使我们比较地聪明起来，我们的事情就办得好一些。

以上就是在全国引起巨大反响的《总裁的二十大失误》。姜伟原本用来在飞龙集团内部抛砖引玉引起全体干部和员工反思的自我检讨书，却引发了全国民营企业界的大反思。

(资料来源：www.baidu.com/Luobingzy.blog. 经过整理)

案例分析思考题

请运用决策行为理论分析姜伟的二十大失误。

第十一章

激励行为

学习目标

通过本章的学习，理解激励行为的含义及过程、激励行为的影响因素、组织激励行为的必要性；把握马斯洛的需要层次理论、奥尔德费的ERG理论、麦克利兰的后天需要理论、赫兹伯格的双因素理论、弗鲁姆的期望理论、亚当斯的公平理论、洛克的目标设置理论、斯金纳的强化理论；掌握波特—洛勒综合型激励模型、当代综合型激励模型、激励行为艺术。

关键概念

激励(Motivation) 绩效(Performance) 能力(Ability) 需要(Need) 动机(Motive) 内容型激励理论(Content Motivation Theory) 过程型激励理论(Process Motivation Theory) 综合型激励理论(Comprehensive Motivation Theory) 效价(Valence) 期望值(Expectancy)

激励是组织中人的行为动力，直接影响着员工的工作积极性，也影响着组织的整体效益。因此，使每位员工始终处于良好的激励环境中，是管理者所追求的理想状态。

第一节 激励行为概述

人的行为是由一系列的活动构成的，对激励的研究是为了了解人类行为的原因。一个人在某一个时刻会产生哪些活动，以及为什么会产生这些活动是有其理由的。如果能够了解到人类行为的原因，就有可能把人们的活动引向所希望的方向。

一、激励行为及过程

激励行为就是持续地激发人的行为动机，使其心理过程始终保持在激奋状态之中，维持一种高昂的热情。因此，在管理中，激励通常指调动人的积极性。

激励行为的产生过程和人的行为产生过程是一致的，是由需要诱发动机，再由行为到达到目标的循环过程。如图11-1所示。

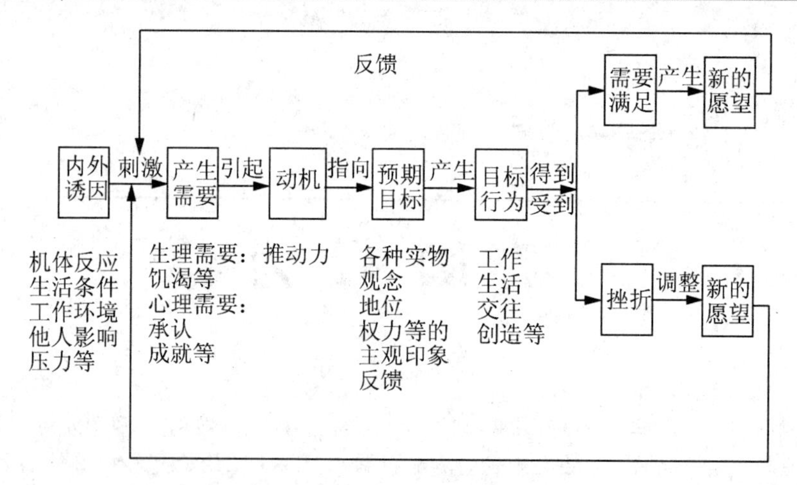

图 11-1 激励行为产生过程的基本模式

在激励行为产生过程中，其基本组成部分是需要—动机—行为—目标。这个目标又有得到满足和受到挫折两种结果。得到满足的个体会产生新的需要和愿望，从而引起另一个行为过程。受到挫折后的个体既可能产生新的动机，采取另一积极行为向目标前进，也可能暂时放弃该需要，寻求另一个目标。

在激励行为产生过程中，需要、动机、行为、目标之间是相互联系的。需要决定动机，动机引起行为，行为指向目标。

1. 需要决定动机

需要是行为的原动力。在激励行为的过程，需要决定动机是第一环节。需要是动机的来源、基础和初始点。

人们的需要多种多样。需要来自个人生活或心理上的某种缺乏。人的需要少数是属于先天的本能性，大多数是后天的，需要总是对客观要求的反映，有其物质性和生理性的基础。

人的需要是可以诱发和引导的。特别是工作背景下的需要一般都是受外界环境的影响而产生的。

组织目标的有效实现，不仅是领导者运用权力影响下属的过程，而且是领导者和下属在组织创造发展空间内整合个人目标的过程。下属员工的行为，是一种通过行动来满足其未实现的需要的过程。如某基层领导者的需要，既可以是缘于对权力的渴望，也可能源于实现自我价值的意愿；而一般员工未满足的需要更是多种多样，包括生理和心理、物质和精神、低级和高级等需要。因此，需要是影响组织成员完成组织目标的前提，是领导指挥下属和鼓励下属的行为基础。

2. 动机引起行为

动机是诱发、活跃、推动和指导行为指向一定目标的心理过程，是激励行为的直接原

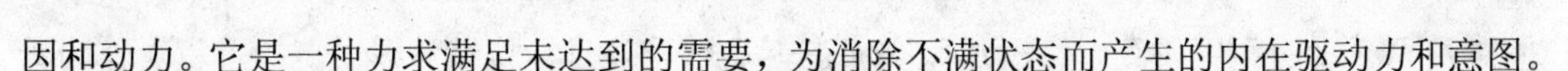

因和动力。它是一种力求满足未达到的需要，为消除不满状态而产生的内在驱动力和意图。

在激励行为的过程中，动机引起行为是关键环节。虽然需要是行为的原动力，但是动机则是行为的直接原因。有需要并不一定都能产生行为，只有在外界环境中遇到能够满足需要的目标时，需要才转化成动机，促使人们采取行动。

动机和行为之间也具有复杂性。动机是一种心理过程，具有复杂性和隐蔽性，它的外显形式是行为，但同一行为也可以是由各个不同的动机所引起的，而同一动机又可引起不同的行为。

需要、动机和行为之间的关系，一般可以描述为，以动机心理过程作为桥梁连接着需要状态和行为状态，即在外界环境的诱导和刺激下，人们产生一种不安和紧张的心理状态，即需要状态，人们通常处在多种潜在需要状态下，而当所处的外界环境中出现能够满足某种需要的目标时，人们的内心产生一种期望获取并愿意为此付出行动的意愿，这种心理过程就是动机；随之人们会实践满足需要的行为，而这种行为存在两种结果，一种是行为能满足需要，之后又会受外界影响产生出新的需要，形成新的一轮动机、行为过程；另一种是行为不能满足需要，同样也会产生新的一轮转移性动机、行为过程。

3. 行为指向目标

在激励行为的过程中，行为指向目标是中心环节。

激励行为的根本内涵是个体为了满足某种需要或愿望而努力实现某个目标(管理者往往将需要和目标结合在一起)的驱动过程，即是从引导需要，产生动机，到付诸行动的整个过程。因此需要、动机与行为的关系是激励行为的基本依据。激励行为的起点是通过具体的手段改变外界状态，激发人未满足的需要，让未满足需要变成为可以实现的愿望目标。人在这种愿望的引导下维持着某种行为，最终去实现需要的目标。因此，目标激励的基本模式可表达为如图 11-2 所示。

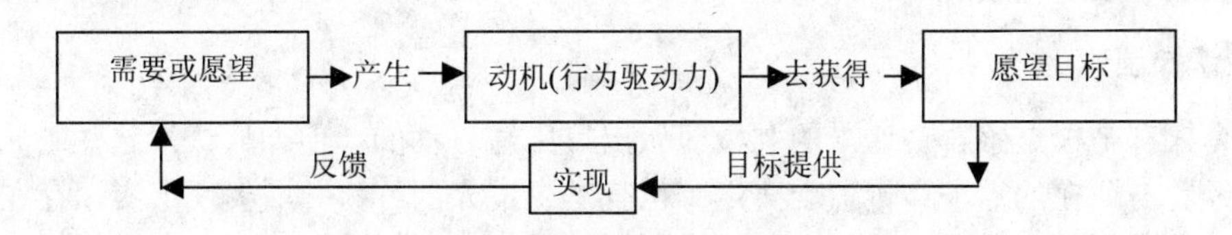

图 11-2　目标激励的基本模式

我们在工作中经常可以看到这种情况：甲乙两人的工作能力差不多，但是工作成绩却相差很大；甚至甲的能力比乙的差，但工作却比乙干得好。这可能由于工作的激励强度不同造成的。

行为学家认为，人有很大的潜力，而激励是发掘人的潜力的重要途径。哈佛大学教授威廉・詹姆斯发现，按时计酬的职工一般仅发挥 20%～30%的能力，即可保持住职业而不被解雇。如果受到充分的激励，则职工的能力可发挥到 80%～90%。这其中 50%～60%的差距，因激励的作用所致。激励过程实质上就是用管理目标持续激发动机的过程。作为管理者要提高职工的工作效率，必须善于结合职工的各种需要，设计和制定管理目标来激发职工的工作动机。

总之，激励是在个人需要和组织目标整合的基础上，形成强烈实现目标的意愿，并促使其付出努力行为的整个过程。激励的前提是能引导和满足个体需要，激励的目的是使员工产生高水平的努力行为，从而实现组织目标的意愿，激励的效果表现在是否按预期加强、引导和维持某种行为，激励包括三个关键的要素：需要、组织目标和努力。

二、激励行为的影响因素

激励行为的基本模式告诉我们，管理者应该在工作中激励员工的行为，影响组织绩效。而要实现有效的激励，取决于两方面：①取决于组织中对员工未满足需要的识别，在激励行为中要明白什么是人们的需要和期望。②取决于是否能实现员工需要的目标，也就是要找到适当的目标形成员工行动的驱动力。激励是组织中人的行为动力，而有效激励行为是实现员工个体目标与组织目标相一致的过程。

激励行为的实现又是非常个性化和情境性的。因为：①个体的需要或期望不断变化，满足其需要或期望的激励行动方法也不断变化。②一般用激励力来表示对个人的激励程度。而对激励力的感受，取决于人们对自己能够顺利完成某项工作可能性的估计和个人对这项工作及其结果能够给予自己带来满足程度的评价。③激励的机制和激励效果能否一致的问题。有激励而效果不佳，说明激励的机理出了问题。而要达到有效的激励，就要注意激励产生效果的影响因素。

这些都说明激励行为是一个复杂的问题。它受到许多变量因素的影响。影响激励行为的因素主要有以下几项：

1. 认知因素

每个人都是根据感官传送来的刺激而做出反应与行动的。但如何认知这些刺激，要视过去的经验与现在的需求和价值观而定。也就是说，人的行为并非仅仅由实际存在的外界刺激所激发，也是由人对这些刺激的认知所激发，而人的认知又常常被过去的经验、价值观、环境和需求所曲解。也就是说，一个人所认知到的未必就是事物的本来面目，人的认知会因许多不同因素的影响而失真。

可能影响到激励行为的人的认知因素包括：

(1) 人们认知的事或物本身的影响。如特性鲜明的事物比一般平凡的事物更容易受到注意。

(2) 认知者个性的影响。如一个人有了某种倾向后，可能受到某个事物给自己初次印象的影响，也可能把自己的失误投射给别人，从而影响激励行为。

(3)　物质环境和社会环境的影响。例如，当众批评与私下批评，被批评者会有不同的认知。

常见的认知曲解有选择性认知、定型化、光环效应和投射等。了解人们在认知方面的常见错误，可以促进我们对影响激励行为认知因素的认识，进而有助于我们把激励管理工作做得更好。

管理者认识到认知曲解上的错误，可以在履行激励管理职责时加以注意。如管理人员应当注意，在提拔下属时，他推荐提拔的某一个人是否仅仅是因为那个人和他有共同的背景；在把金钱看做是调动下属积极性的唯一方法时，是否认为下属会和他一样把金钱看得很重要等。

2. 个性因素

在影响激励行为的个人因素中，最重要的一个差异是每个人的个性差异。显然，在许多方面存在着显著差异的个人，对激励的反应也是不同的。人的个性差异有许多方面。

1)　需要差异

激励行为的强度取决于每个人的需要，而需要的强度又由于每个人的个性不同而不同。例如，有些人有强烈的尊重需要，而有些人则对安全需要特别强烈。

每个人的不同需要强度又会影响其抱负的大小。例如，某个人在组织中达不到一定的权力地位可能就不满足，而另一个人可能只要达到中层管理地位就很满足了。即使每个人都有相同的需要，但每个人为了达到需要的满足而采取的行为也会因个性差异而不同。例如，某个人可能通过在工作上得到上级的表扬来满足尊重的需要，而另一个人可能通过成为受人尊敬的某个团体的成员来满足相同的需要。

2)　自我观念差异

自我观念是一个人对自身的基本评价，是一个人对自己是个什么样的人以及自己能做什么样的事情的自我看法。例如，有些人自认为很能干，有些人自认为很有本事。一个人的自我观念未必一定正确或符合事实。

个人的自我观念对他的激励行为表现有着比较大的影响。当一个人认定“我是个什么样的人”或“我能做什么样的事”之后，会不断修正自己的行为，以符合他所认定的那种人的行为。所以，管理者应了解，每个人都是一个独一无二的个体，每个人都希望别人用一种符合于他的自我观念的方式看待他，每个人都希望自己对其他人很重要。

3)　能力差异

行为科学认为，个人的绩效是他的能力和激励的函数。工作绩效与能力和激励之间的关系通常以下列函数式表示：

$$P=f(A \cdot M)$$

式中：P(Performance)代表工作绩效，A(Ability)代表个人能力，M(Motivation)代表激励。即：绩效=能力×激励。

显然，人的能力是影响一个人激励行为的一个重要的个性因素。能力和激励在激励行为中，缺少其中任何一项都不能取得成功。换言之，如果一个人没有做事的本领，即使具有最好的激励也无法胜任工作。相反，如果没有受到激励，即使是最能干的人也不会有令人满意的绩效。

此外，每个人在价值观、信仰、态度和兴趣等方面的差异也同样会影响到激励作用的发挥。例如，一个人在衡量自己能否实现某个目标的信心时，过去成功或失败的经验会使他对于自己实现目标的能力产生乐观或悲观的看法。这种差异自然会使许多激励措施产生不同的反应。

3. 群体因素

组织中的成员并不是以独立的个体发挥作用，而是以集体一员的身份来工作。群体的许多因素会影响群体成员的激励行为，主要有以下几个方面。

1) 群体结构

有些群体是正式的，是由组织正式建立的；有些群体是非正式的，是由一些相互之间友好的成员组成的。群体的结构、正式程度都会影响群体成员的激励行为。

但不论是正式的或非正式的，群体必然会发展出共同的情趣、态度和规范。这些情趣、态度和规范，也会影响群体成员的激励行为。

2) 群体规范

群体规范也会影响群体成员的激励行为。设立群体规范是一个群体影响其成员行为的主要方法。每个群体各自会形成一些“规范”，要求其成员的行为符合这些规范的规定。如果某个成员的行为偏离规范的要求，群体就会施加压力使之遵守。群体规范好比一把双刃利剑，在有些情况下起积极作用，如某个人上班经常迟到，他就会受到群体其他成员的告诫。但在另一些情况下可能会起相反的作用，如群体的压力可能会限制受到高度激励的成员提高产量，使这些成员不能发挥自己的水平。

另外，群体处事态度、价值观等方面都会影响群体成员的激励行为。如对不遵守规范的成员，群体可以施加压力迫使其遵守。在进行群体决策、协商和谈判时都可以利用群体压力激励群体成员。

三、组织激励行为的必要性

组织激励行为对员工的工作行为直接产生作用，也就是对员工的工作绩效有影响作用，其作用主要表现在三方面：受过激励的员工总是主动寻找将工作做得更好的方法；受过激励的员工一般重视工作质量；受过激励的员工其生产率一般要比缺乏工作热情的员工高。因此，在管理中运用组织激励是非常必要的。

一般来说，运用组织激励行为的必要性主要表现为以下几方面。

1. 能激发员工的创新能力

组织激励行为的直接目的就是最大限度地激发员工的创新能力。创新性劳动是当代员工价值的最大体现。通过将员工头脑里的个人技术、经验和判断等知识在组织团队里进行充分的沟通、交流、共享和扩散，最终形成富有创新的团队。当代员工的这种创新能力是组织管理的无价之宝，企业利润增长的源泉，也是企业的核心竞争力。

2. 能防止员工的负面行为

面向员工的组织激励行为能够提高员工的工作努力程度，防止负面行为的产生。员工的工作努力程度关系到企业的生存与发展。员工的负面行为主要有两种情况：一种是员工的怠工、不思进取等消极行为；另一种是员工有意损害公司利益的行为。在设计激励制度的时候，应采取各种有效措施，以积极的态度引导和激励员工采取正面行为，为组织努力工作，提高组织效率。

3. 能降低监控员工行为成本

有效的激励应该做到尽可能降低监控成本，保证员工的工作努力及相应的组织绩效。因为有些工作是不可测的，比如：一个软件程序设计员工作的时候，谁也无法排除他会在系统程序里埋下今后导致系统程序瘫痪的逻辑炸弹；企业高层管理者得知竞争对手最新上市的产品与自己公司处于试制期的产品非常相似时，他根本不能确知这项产品中是否有他们公司外泄的关键技术。要解决这些问题，不能靠对员工进行严密监控以保证他们不偷懒、不泄密，因为这样需要相当高的监控成本。只能靠有效组织激励行为，才能真正激发员工内在的工作热情和自觉性，唤起他们主动工作的使命和责任感。

4. 能确保新进员工的高素质

有效组织激励行为能确保引进高素质员工。低素质员工一旦进入组织，很可能发生所谓的劣币驱逐良币的行为，导致企业整体工作人员素质低下，工作效率下滑，严重的可能威胁到组织的生存。只有建立合理的激励制度才能够对组织成员起到筛选作用，能将低劣者拒之门外。

5. 能降低优秀员工的流失率

组织激励行为能降低优秀员工的流失率。在关键人才日益短缺、培训成本不断上涨、人才对组织的影响力不断加深的情况下，优秀员工的流失对组织来说可能是致命的损失。因此，组织为了保证组织绩效，需要运用各种激励手段吸引和留住人才，才能降低他们的流动意愿和实际流失率。

总之，充分激励员工，调动其工作积极性，并做到吸引和保留组织关键人才，已成为组织行为管理的一项非常必要和迫切的任务。

第二节　激励行为理论

从 20 世纪 30 年代以来，行为科学提出了许多有意义的激励理论。这些激励理论都在不同程度和侧面研究了激励的实质和规律，对于组织激励行为有效地进行提供了理论和方法的指导。

激励理论主要划分为三类：内容型激励理论、过程型激励理论和综合型激励理论。

一、内容型激励理论

内容型激励理论研究的重点是何种需要会激励人们努力工作，试图解释激励员工努力工作的具体内容。概括起来有两类：一类是从社会文化的系统出发，对人的需要进行研究并归类，提出人们具有普遍性的未满足需要的框架，寻求激励规律，以实现对管理对象的激励效率。这一类激励理论具有代表性的有：马斯洛的需要层次理论、奥尔德费的 ERG 理论、麦克利兰的后天需要理论。另一类是从组织范围角度出发，把人们的需要具体化为员工在组织中切实关心的问题，为达到有效管理组织行为，提供一种具有操作性的理论。这一类激励理论具有代表性的有：赫兹伯格的双因素理论。

1. 马斯洛的需要层次理论

马斯洛于 1943 年，发表了《人的激励理论》一文，文中指出激励可以看成是对具体的社会系统中未满足的需要进行刺激的行为过程。在 1954 年出版的《动机与个性》中马斯洛首次提出了关于人需要的层次归类及次序的学说。马斯洛的需要层次理论主要有以下内容：

1)　两个基本论点

一是人是有需要的动物，其需要取决于它已经得到什么，还缺少什么，只有尚未满足的需要能够影响行为，已满足的需要不再起激励作用。

二是人的需要都有层次，某一需要得到满足后，另一层需要才会出现。在特定的时刻，人的一切需要如果都未能得到满足，那么满足最主要的需要更迫切，只有前面的需要得到满足后，后面的需要才显示出其激励作用。因此马斯洛将个体需要分成五个层次。

2)　需要的五种层次

马斯洛将人类的多种需要归为五种。这五种需要是一个系列等级性的结构，具体内容包括：

生理需要：是任何动物都有的需要，但人的这种需要与动物表现的形式不同。包括饥饿、干渴、栖身、性和其他身体的需要。

安全需要：是保证自己免受身体和情感伤害的需要。包括：现在生理、心理安全的需要，未来生活有保障的心理安全的需要。

社交需要：人是社会动物，人们期望在社会生活中受到别人的关心、接纳、同情、友爱，并在感情上有所归属。包括爱、归属、接纳和友谊等情感需要。

尊重需要：包括外部尊重因素，如地位、认可和关注；内部尊重因素，如自尊、自主和成就。

自我实现需要：一种追求个人能力极限的内驱力，包括成长与发展、发挥自身潜能和自我实现的需要。

马斯洛把五种需要分为高层次和低层次，低层次的需要侧重于从外部使人得到满足，如：生理需要和安全需要是较低层次的需要。高层次的需要侧重于从内部使人得到满足，如：社交需要、尊重需要和自我实现需要。而个体需要满足的次序是顺着需要层次的阶梯前进，当任何一种需要基本上得到满足后，下一个需要就成为主导需要。如图 11-3 所示。

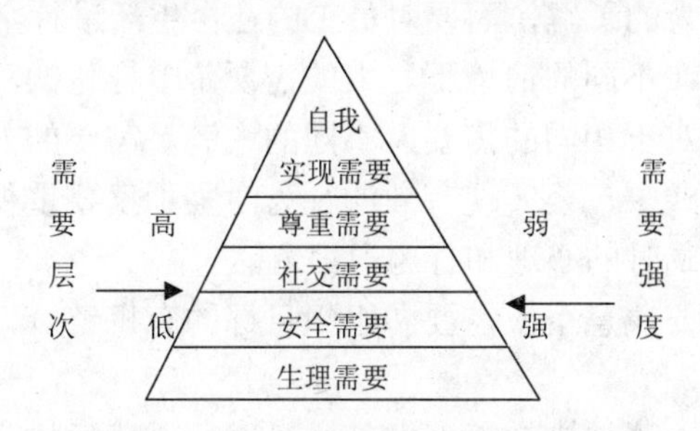

图 11-3　马斯洛的需要层次理论

马斯洛还指出这五种需要除有高低之分，还有强弱之分。人们对低层次的需要感受较强，对较高层次的需要感受却较弱。马斯洛还认为，人类寻求各种需要满足的顺序有时也会有所改变。为了追求高层次的需要，一个人可能会放弃最基本的生理需要的满足。例如，科学家往往会废寝忘食地从事一项科学实验。

3)　马斯洛需要层次理论的发展和应用

后来的学者对马斯洛的需要层次理论进一步研究，丰富和发展了马斯洛的需要层次理论。在深入探讨和研究的基础上，总结出未满足需要具有多样性、层次性、潜在性和可变性的特征。

也有许多人对马斯洛的需要层次理论进行了应用研究。管理者可以通过提供下属未能满足的需要，达到激发下属工作意愿的目的。表 11-1 列举出在企业中可用来满足各层次需要的方法。

表 11-1　马斯洛需要层次理论在企业中的应用

需要层次	应　用
自我实现的需要	富有挑战性的工作，工作的自主权、决策权
尊重的需要	职衔、优越的办公条件、当众受到称赞

续表

需要层次	应　用
社交的需要	上司的关怀、友善的同事、联谊小组
安全的需要	工作保障、退休保障、福利保障
生理的需要	足够的薪金、舒适的工作环境、适度的工作时间

马斯洛需要层次理论具有积极的一面，为组织激励提供许多可操作的方案。但在应用时应注意以下几方面：

(1) 在现实中人们满足需要的途径是多方面的，既可通过工作也可以通过生活的其他领域来满足这些需要，包括较高层次的需要。因此，管理者要想对员工实施有效激励不能只局限于对员工的工作行为的了解，而要对员工的社会生活进行全面了解。

(2) 不同的价值观或在不同的情境下，人的需要是多样化的，并且人们寻求满足需要的方式也是多样的。即使对于相同的需要，不同的人满足需要的方式也不同，因而形成个体行为的差异。在管理实践中，要实现有效的行为激励不仅要重视分析员工的需要，而且要重视员工在选择实现方式时的心理和行为习惯。

(3) 在管理实践中，要注意个人需要和组织目标的有机整合，以追求个人满意和组织绩效提高的双赢结局。

(4) 马斯洛需要层次理论将满意看做是行为激励的主要结果，但是满意并不一定会提高工作绩效。

(5) 需要可能产生跳跃式发展。马斯洛在后来的理论中认为高层次需要也可能在低层次需要被长期剥夺或压抑后出现，即产生跳跃式的需要；而个人自我实现的需要得到一定满足后，会增加而不是削减了这种需要。需要的这种变化性和跳跃性在管理中应用时，应注重对员工的高层次的引导和教育，激发员工的自我实现需要。

总的来说，马斯洛的需要层次理论在激励实践中得到了普遍的认可，将需要层次理论作为一种分析问题的工具应用到组织行为实践中，组织在认真了解员工的种种需要的基础上，把员工的合理需要与组织的目标结合起来，唤起、引导和维持员工的工作热情，提高组织的整体效率，有效实现组织目标。需要层次理论简捷明了，易于理解，有内在的逻辑性，对组织激励措施和组织设计产生了积极影响。同时还为认识人们的不同需要和不同层次的需要提供了一个理论框架。

2. 奥尔德费的 ERG 理论

1969 年克莱顿·奥尔德弗在马斯洛需要层次理论的基础上提出了一种新的需要层次理论，他将五个需要层次压缩成三个需要层次，即生存需要、关系需要和成长需要，简称“ERG”理论。

1)　ERG理论的基本内容

生存需要与我们基本的物质生存需要有关，指一切生理需要和物质需要，包括马斯洛需要层次理论中的生理需要和安全需要。

关系需要即维持人们之间的人际关系的需要，包括马斯洛需要层次理论中的安全需要、社交需要和尊重需要中的外在部分。

成长需要指提高和发展人自身的需要，包括开发自我潜力、自我尊重和自我实现的需要，包含马斯洛需要层次理论中尊重需要中的内在部分和自我实现需要。

ERG理论指出：①多种需要可以同时存在；②如果高层次需要不能满足，那么低层次的需要会更加强烈。

2)　ERG理论与马斯洛理论的比较

(1)　需求的划分。由三种需要代替五种需要，不是简单加总，将尊重需要划分内外两部分，并将其内在部分归入成长需要，外在部分归为关系需要。

(2)　需要的层次结构。马斯洛需要层次理论强调，高层次需要必须在低层次需要得到充分满足后才会产生或出现。而ERG理论不强调需要的刚性台阶式结构，他证实在较高需要产生之前，并不一定要在较低需要满足的基础上。但与马斯洛理论相似的是，较低需要满足后，其强度会减弱。

(3)　需要存在的形式。马斯洛需要层次理论认为：一个时期只存在着一种需要，当基本满足后就不再发生激励作用。ERG理论证明：多种需要同时并存，程度各有不同，共同交织对人的行为产生作用，并且人们的教育、家庭背景和文化环境等的不同，某类需要对某个特定的人的重要程度或产生的驱动力也不相同。

(4)　需要的变化规律。马斯洛认为需要变化是遵循“上升—停滞”的规律，低一层次的需要满足后上升到高一个层次的需要，某一层次需要努力受挫时人的需要会滞留在这个层次需要上，直到满足为止。ERG理论认为需要变化是遵循“上升—受挫—回归”的规律，低一层次的需要满足后上升高一个层次的需要，较高层次的需要受到挫折后，会产生倒退现象，更加看重较低层次的需要。奥尔德弗曾指出，如果一个人的关系需要受到挫折，那他会更关心自己的工资、工作条件和福利待遇等。

奥尔德弗的ERG理论与马斯洛需要层次理论在需要的划分、需要的层次结构、需要存在的形式、需要的变化规律等方面都存在差异，如表11-2所示。

表11-2　奥尔德弗的ERG理论与马斯洛需要层次理论的差异

区　别	奥尔德费的ERG理论	马斯洛需要层次理论
需要分类	生存需要、关系需要、成长需要	生理需要、安全需要、社会需要、尊重需要、自我实现需要
需要层次	连续体，有高低层次之分，非刚性台阶式结构	显刚性台阶式上升结构。

续表

区　别	奥尔德费的ERG理论	马斯洛需要层次理论
存在的形式	多种需要并存	一个时期只存在着一种需要
变化规律	“上升—受挫—回归”	“上升—停滞”

在组织行为管理中，ERG理论给组织提供了一种更可行的激励途径。现实生活中，要使每个员工都能发挥出最大的能力，管理人员必须了解、确定本单位每个人当前的主导需要，提出有针对性的激励措施。另外， ERG 理论明确“上升—受挫—回归”这种倒退现象对研究工作行为很有意义，因为不可能每一个人的需要都能得到满足，员工们高层次的需要有时难免受挫，这时就要以积极的方式引导员工的行为，调动他们的积极性。同时，如果下属因为工作性质没有足够的个人发展机会，下属的成长需要受到挫折，那么，管理者就应该更多地为下属提供满足其生存和关系需要的机会，以激发其积极性。

3. 麦克利兰的后天需要理论

20世纪40—50年代，大卫•麦克利兰教授对人的需要进行了研究。麦克利兰提出在人的一生中，有一些需要是后天生活经验获得的，他认为个体在工作情境中有三种重要的需要：权力、归属和成就，因此他对这三种需要进行了大量的研究。由于这些需要具有非先天性的特点，因此麦克利兰提出的需要理论被称为后天需要理论。

1)　后天需要理论的基本内容

(1)　权力需要。权力需要是渴望影响或控制他人、为他人负责以及不受他人控制的需要。权力需要指影响和控制别人的一种愿望或驱动力。不同的人对权力的渴望程度也不同。较高权力需要的人喜欢支配、影响他人，喜欢对别人“发号施令”，并愿意替他人负责，注重争取地位和影响力。他们喜欢具有竞争性和领导地位的场合或情境，他们往往反映出的个性特征是：外向、直率、爱争辩、表现自我、头脑冷静、爱向他人提要求、爱训斥别人等，他们也会追求出色的成绩，但那也是为提高自我影响力的一种手段或使之与自己已有的权力和地位相称，并不是为了个人的成就感，他们内心充满对地位和权力的渴望。权力需要是管理者成功的基本要素之一。

(2)　归属需要。归属需要是建立友好亲密的人际关系需要。归属需要就是寻求被他人接纳和喜爱的一种愿望。高归属需要者渴望友谊，喜欢合作而不是竞争的工作环境，倾向于与他人进行交往，原意为他人着想，希望彼此之间的沟通与理解，和谐的环境会给他们带来内心的愉快和满足，通常他们对环境中的人际关系更为敏感。归属需要也表现为对失去某些亲密关系的恐惧和痛苦，以及对人际冲突的回避和迁就。归属需要是保持社会交往和人际关系和谐的重要条件。

(3)　成就需要。成就需要是希望超越以往把事情做得更好，争取成功的需要。成就需要是人们执行任务时追求成功的动机。具有强烈成就需要的人渴望将事情做得更为完美，提高工作效率，获得更大的成功，并在争取成功的过程中体会付出艰苦努力并取得成功的快感，他们并不看重成功所带来的物质奖励。高成就需要者对于自己感到成败机会各半的工作，表现得最为出色。他们不喜欢成功可能性非常低的工作，这种工作碰运气的成分非常大，那种带有偶然性的成功机会无法满足他们的成就需要；同样，他们也不喜欢成功可能性很高的工作，因为这种轻而易举就取得的成功对于他们的自身能力不具有挑战性。他们喜欢设定通过自身的努力才能达到的奋斗目标。对他们而言，当成败可能性均等时，才是一种能从自身的奋斗中体验成功的喜悦与满足的最佳机会。

麦克利兰对成就需要与工作绩效的关系进行了大量研究，提出以下观点：①高成就需要者具备三种特性：第一，喜欢独立负责、自己找出解决问题的办法；第二，喜欢适度的冒险，树立适当的目标。第三，喜欢对他们的工作表现有具体好的反馈。高成就需要者受到的激励程度最高。②高成就需要者并不一定就是一个优秀的管理者，一个优秀的管理者也未必就是成就需要很高的人，尤其是对大型组织而言。最优秀的管理者是权力需要很高而归属需要很低的人。③可以通过培训激发员工的成就需要。如果某项工作要求高成就需要者，可以直接选拔高成就需要者，或者通过培训的方式进行培养。

麦克利兰的研究表明，企业家表现出很高的成就需要和相当大的权力需要的动力，但归属需要则十分低。经理人员一般表现出高度的成就需要和权力需要，而归属需要低，但高或低的程度没有企业家那样显著。麦克利兰发现，小公司的总裁普遍具有非常高的成就需要，而大公司的总裁只有一般的成就需要，但对权力和归属需要的追求往往较为强烈。大公司的中上层管理人员在成就需要方面要高于他们的总裁。麦克利兰的解释是，总裁已经到达顶峰，而那些下面的人还要拼命往上爬。成就需要高的人要比那些不高的人上进得更快些。但由于管理工作除了要有成就的动力之外，还需要有其他的动力，所以每个组织应该既有相当强烈的成就需要的管理人员，也要有高度归属需要的管理人员。后一种需要对协调个人活动和与人共事方面是很重要的。

总之，成就需要的强弱对一个人的发展、一个组织的发展和一个国家的发展都起着特别重要的作用，企业中成就需要高的人越多，企业的发展和成长就越有保障，劳动生产率就越高，同样，一个国家，拥有成就需要的人越多，就越兴旺发达。为此，麦克利兰提出的需要理论也被称为成就需要理论。

2)　后天需要理论在管理中的应用

(1)　管理者自身实践中的运用。麦克利兰的需要理论认为，归属需要、权力需要和成就需要与管理者事业的成功密切相关，具体需要结构至少有两种表现：第一，最优秀的管理者往往是权力需要很高而归属需要很低的人，高成就需要者喜欢能独立负责、可以获得信息反馈和中度冒险的工作环境，他们会从这种环境中获得高度的激励。第二，作为管理者并非是成就需要越高就越能成功，小企业的经理和大型企业中独立负责一个部门的管理者，高成就需要往往会使他们取得成功；在大型企业或其他组织中，高成就需要并不一定就会使他们成为优秀的管理者，原因是高成就需要者往往只对自己的工作绩效感兴趣决不关心如何激励别人去做好工作。这些提示的意义在于，作为一个优秀的管理者应该认识到，优化自己的需要结构，把各种后天需要与责任感、工作绩效、自我控制等因素相结合，是取得事业成功的重要因素。

(2) 管理员工实践中的运用。①引导和激发员工的后天需要。员工个人的各种需要，特别是成就需要与他们所处的经济、文化、社会、政治的发展程度有关，社会风气也制约着人们的成就需要，并且个人的成就需要可以通过教育来培养、提高，因此，在管理中应对员工进行训练以激发他们的成就需要。②根据员工的不同需要安排工作。在人员的选拔、安置中可以通过对员工成就需要的测量和评价，了解员工的动机体系的特征，更好地分派工作和安排职位。如果聘用过程中某项工作需要高成就需要者，管理者应尽可能地通过培训的方式培养自己原有的下属。同时，由于人们的权力、归属、成就需要不同，用社会需要来激励员工时要采用具有针对性的方式，在了解员工的需要与动机的基础上合理建立组织的激励机制。

4. 赫兹伯格的双因素理论

1) 双因素理论的基本内容

20 世纪 50 年代后期，赫兹伯格在匹兹堡地区的不同行业，选择 203 名会计师和工程师作为研究对象，采用“关键事件法”，进行了调查访问。在此项研究中他认为个人对工作的态度很大程度上决定工作业绩的成败，并且在实践中发现各种与工作相关的因素在影响人们工作态度时引起的心理行为反应有很大差别。在此研究基础上，他提出双因素理论即激励—保健理论。

赫兹伯格调查时提出的问题是：人们想从工作中得到什么。他让人们详细描述他们感到工作异常好和异常坏时的情形，并将他们的回答分类制表。从分类的回答中，赫兹伯格认为，人们对工作满意时的回答和对工作不满意时的回答大相径庭。某些特征总是与工作满意有关，包括工作富有成就感、工作成绩得到认可、工作本身、责任大小、晋升、成长等。当被调查者对工作满意时，他们倾向于把这些特征归于自己。而其他因素与工作不满意有关，包括公司政策及行政管理、监督、与主管的关系和工作条件等。当他们不满意时，他们倾向于抱怨这些外部因素。

赫兹伯格从统计资料中总结出满意的对立面不是不满意，而消除工作中的不满意因素并不必然带来工作满意。赫兹伯格认为，“满意”的对立面是“没有满意”，“不满意”的对立面是“没有不满意”。这样，就使得赫兹伯格的“满意观”和传统“满意观”有不同的理解，如图 11-4 所示。

根据赫兹伯格的观点，带来工作满意的因素和导致工作不满意的因素是不相关的或截然不同的。①赫兹伯格把工作环境相关的因素，如监督、公司政策、与监督者的关系、工作条件、工资、同事关系、个人生活地位、保障、与下属的关系等这些外部因素称为保健因素。当具备这些因素时，员工没有不满意，但是这些因素不会给他们带来满意。②将与

工作本身联系的因素，如成就、承认、工作本身、责任、晋升、成长等，这些内部因素称为激励因素，激励因素可以给员工带来满意。

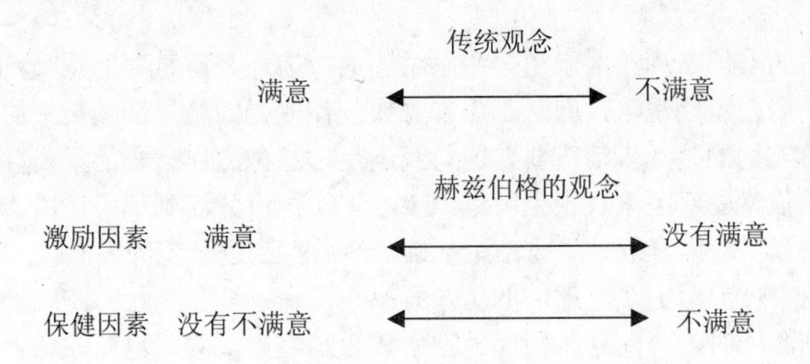

图 11-4 传统满意观与赫兹伯格满意观的对比

赫兹伯格的双因素理论告诉我们：①如果我们想在工作中激励人们，就要强调激励因素，往往能给员工以很大程度的激励，而且其激励作用是持久的。②管理者若努力消除致使工作不满意的因素，可能会带来平静，却不一定有激励作用。他们能安抚员工，却不能激励他们。

赫兹伯格的双因素理论与前面所讲述的马斯洛和奥尔德弗的需要理论有着内在关系，如表 11-3 所示。

表 11-3 双因素理论与马斯洛、奥尔德弗的需要理论比较

<table>
<tr><th>马斯洛需要层次理论</th><th colspan="2">赫兹伯的双因素理论</th><th>奥尔德弗的 ERG 理论</th></tr>
<tr><td>生理需要</td><td>个人生活(如薪水)</td><td rowspan="2">保健因素</td><td rowspan="2">生存需要</td></tr>
<tr><td>安全需要</td><td>工作环境(如上司的素质和工作安全)</td></tr>
<tr><td>社会需要</td><td>公司政策和素质(如人际关系和管理)</td><td rowspan="3">激励因素</td><td rowspan="2">关系需要</td></tr>
<tr><td>尊重需要</td><td>褒奖(如晋升和员工地位)</td></tr>
<tr><td>自我实现需要</td><td>成就责任(如工作的挑战性和成长机会)</td><td>成长需要</td></tr>
</table>

2) 双因素理论在实践中的运用

有不少的学者对赫兹伯格双因素理论提出过异议，①赫兹伯格的调查所取样本缺乏代表性：样本的数量仅 203 人，样本对象只调查了白领阶层。②将保健因素和激励因素截然分开过于绝对，如：薪水是保健因素，但它并不是没有激励作用，其激励作用是随群体的特征而变化。③在调查时仅仅以满意与否作为指标，没有进一步证实满意度与生产率的关

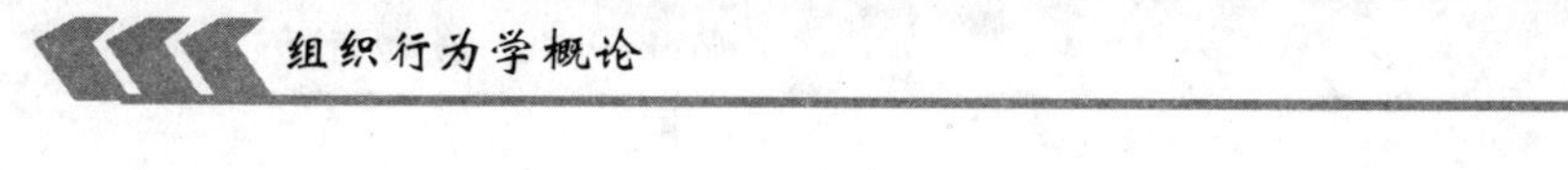

系等。由于工作满意与生产率之间没有直接的因果关系，工作满意度高并不一定生产率高，相反，工作满意度低并不一定生产率低。人因为种种原因，可以在不满意的条件下实现高生产率。

但赫兹伯格的双因素理论对于引导激励员工的行为还是有重要的意义。赫兹伯格的双因素理论提出的内在激励观点，即从工作本身或工作取得的结果激励员工的积极性，具有积极意义。随着人们的基本生活需要普遍得到满足，这种内在激励的重要性显得越来越重要。同时，赫兹伯格的双因素理论也为组织中的工作再设计起到积极作用。工作的扩大化和丰富化最初是以“双因素理论”为理论基础，而后得到进一步的发展。

双因素理论具体应用中要注意以下几方面：

(1) 在实施激励时，要注意区别保健因素和激励因素，同时也要注意各种需要因素产生的激励程度不同。①注意区别保健因素和激励因素，是因为二者产生心理满足度不同，满足保健因素可以消除不满，产生安全感形成凝聚力；满足激励因素可以产生满意，激发员工工作积极性、创造性，以及高涨的工作热情。②注意各种需要因素产生的激励程度不同。如果不满足员工工资、奖金和福利等物质因素时会使员工产生极为不满的情绪，但这些因素对员工持续激励的效果较差；如果满足员工上级赏识、荣誉感、成就感等精神因素会给员工带来深刻持久的激励。针对这些特点在制定组织激励方案时要注意合理组合，在满足物质利益和工作条件的基础上，着重注意对员工表扬和认可，并注意员工的工作安置、发展空间、晋升机会等，让各种激励措施产生最佳的激励效果。

(2) 在运用双因素理论从事激励实践时，要注意我国特殊的国情。在经济不发达地区，物质激励的作用在一定程度上具有激励效果，能使员工产生满足，并焕发出高涨的工作积极性。在经济发达地区，特别是一些高技术企业、效益较好的企业，收入水平高，员工知识水平也高，在这些企业中建立激励方案时应维持保健因素并注重激励因素，更多加入精神因素，如：参与企业决策、加强员工培训等。

二、过程型激励理论

过程型激励理论研究的重点是激励行为发生的过程，研究人们的行为如何被激发、引导和延续，试图识别激励行为发生过程中各种动态变量之间的关系。

过程型激励理论中具有代表性的理论主要有：弗鲁姆的期望理论、亚当斯的激励公平理论、洛克的目标设置理论和斯金纳的强化理论。

1. 弗鲁姆的期望理论

美国心理学家和行为科学家维克多•弗鲁姆 1964 年在《工作与激励》一书中提出了期望理论。

1)　期望理论的基本内容

期望理论的基本假设是：人之所以能够从事某项工作并达成组织目标，是因为这些工作和组织目标会帮助他们实现自己的目标，满足自己某方面的需要。

期望理论认为：当一个人确定了某一特定的目标，同时预期其行动有较大可能达到该目标的情况下，才会被充分激励起来，进而采取行为达到预期目标。也就是说，某一目标对某人的激励力量取决于他对于该目标的期望程度(即效价)以及实现该目标的可能性的大小(即期望值)。用公式可以表示为：

$$M=V\cdot E$$

其中，M 代表激励力量，V 即效价，E 即期望值。即效价与期望值结合在一起决定某一目标对个人行为的激励程度。

效价是个体对某一目标效用价值的评价和期望程度。它反应个体对目标的偏爱程度，同一种目标对不同的人，其效价是不同的。一般而言，效价越高，其激励作用也越大。效价的范围在 1 和-1 之间，有三种情况：①目标对自己重要时，效价为正值，最大效价为 1；②目标对自己无意义时，效价为 0；③目标对自己不利，效价为负值，最小交价为-1。只有效价为正值，才对个体产生激励作用。

期望值是个体对将采取的行为根据自己经验进行主观判断，预测实现目标的概率，即实现该目标的可能性的大小。它的数值在 0 和 1 之间。有两种情况：①如果个人肯定某种行为不会获得预期目标，则概率为 0；②如果个人肯定某种行为一定会获得预期目标，则概率为 1。一般来说，概率越大，其激励作用也越大。

效价和期望值的结合状况不同，产生的激励力量也是不同的。有四种情况：①效价和期望值两个要素中只要有一个为 0，其激励力量即为 0；②效价和期望值两个要素同时低时，激励力量低；③效价和期望值两个要素一低一高时，激励力量也低；④只有效价和期望值两个要素同时高时，激励力量才高。

2)　期望理论在激励中的应用

期望理论提出，要真正调动人们工作积极性，在进行激励时要处理好三方面的关系。

(1)　要处理好努力与绩效目标的关系。人们总是希望通过一定的努力达到预期的绩效目标，但是在人的努力和预期目标之间有较复杂的联系：①当个人主观认为达到目标的概率很高，就会有信心，并激发出很强的工作积极性。②反之当他认为目标太高，通过努力也不会有很好绩效时，就失去了内在的动力，导致工作消极。因此在管理激励行为时，要认真考虑个人努力与绩效目标的关系，绩效目标的制定要切合实际，以能够有效地调动员工的积极努力工作为标准。

(2)　要处理好绩效与回报的关系。人在努力工作之后，总是希望取得成绩后能够得到一定的回报，或是物质上的，或是精神上的，也或是综合的。绩效与回报的关系一般有两种状况：①当员工认为取得绩效后能得到合理的回报，就可能产生新的工作热情。②当员工认为取得绩效后没有得到合理的回报，就可能降低工作积极性。这就要求在激励时，应认真、及时地处理好员工工作绩效与奖惩回报的问题。

(3) 要处理好回报与需要的关系。人总是希望自己所获得的回报能满足自己某方面的需要。然而由于人们在年龄、性别、资历、社会地位和经济条件等方面都存在着差异，他们对各种需要要求得到满足的程度就不同。因此，实行组织激励时，要考虑对于不同的人采用同一种回报办法满足其需要的程度不同，能激发出的工作动力也不同。

总之，管理者在激励行为中，不要泛泛地采用一般的激励措施，而应当采用多数组织成员认为效价最大的激励措施，而且在设置某一激励目标时应尽可能地加大其效价的综合值。在激励过程中，还要适当控制期望概率和实际概率，加强期望心理的疏导。期望概率过大，容易产生挫折；期望概率过小，又会减少激励力量。而实际概率应使大多数人受益，最好是实际概率大于平均的个人期望概率，并与效价相适应。

2. 亚当斯的激励公平理论

1) 激励公平理论的基本内容

斯戴西·亚当斯 20 世纪 60 年代在《社会交换中的不公平》、《激励与工作行为》等著作中提出了激励公平理论。

激励公平理论基于交换原理(即人们期望所得的回报是他们的贡献或投入的交换)主要探讨了工作报酬分配的合理性、公平性对职工积极性产生的影响。

激励公平理论的基本观点是：员工的工作动机，不仅受到其所得绝对报酬的影响，而且受到相对报酬的影响。

激励公平理论指出：当一个人做出了成绩并取得了报酬以后，他不仅关心自己所得报酬的绝对量，而且关心自己所得报酬的相对量，即与他人所得报酬的比较。他要进行与他人的比较来确定自己所获报酬是否合理，比较的结果将直接影响他今后工作的积极性。

这种公平比较有两个角度：①横向比较。把自己付出的劳动和所得的报酬与他人付出的劳动和所得报酬进行社会比较。②纵向比较。对自己现在付出的劳动和所得报酬与自己过去劳动和所得报酬进行历史比较。

这种公平比较的对象一般是与自己工作性质和级别相当的人，比较对象分为四种情况：①过去的自己。②假若在其他机构工作的自己。③在同一机构工作的同事。④不在同一机构工作的朋友等。

这种公平比较有三种可能的结果：①双方的报酬与贡献的比值相当，个人感到得到公平的待遇。②自己的报酬与贡献的比值，比别人的报酬与贡献的比值高，这也是一种自己占了便宜的不公平待遇。③自己的报酬与贡献的比值，比别人的报酬与贡献的比值低，这是一种自己吃亏的不公平待遇。

一般来讲，当感到比较结果不公平的时候，特别是自己得到吃亏的不公平待遇时，个人会产生不安或不满的感觉，因此会想办法使不公平待遇变得较为公平。办法包括：①曲解自己或别人的报酬或贡献。有些人会宽慰自己，自己所付出的努力可能没有原来想象的那么大，或者自己的报酬可能更有价值。一个没有得到提升的人也许会想那份工作需承担的责任过重，并非是自己追求的目标。②采取某种行为使别人的报酬或贡献发生改变。有些人可能试图让他们的同事(比较对象)改变工作行为。例如，劝说那些不如别人努力但和别人拿一样工资的人改进工作表现。③采取行动改变自己的报酬或贡献。许多人会选择减少花在工作上的时间和精力来减少自己的贡献，以提高报酬与贡献的比值。④改变比较对象。由于不同的比较对象会造成不同的比较结果，假如自己的报酬与贡献的比值不是比所有人都低，可以在心理上减少不安或不满。⑤辞去工作。有些人会通过转换工作来消除不满的情绪。

另外，许多学者也对激励公平理论进行了研究。布罗克纳和阿蒂斯特的研究发现，当自己的报酬与贡献的比值比别人低时，不公平的感觉对男性的工作满足感所造成的负面影响比女性大；同样，当感到自己的报酬与贡献的比值比别人高时，男性的工作满足感也会比女性大。

迈尔斯、哈特非尔德和胡斯曼的研究发现，在实际生活中，有些人往往能接受一定程度的不公平待遇。他们根据可以接受的不公平程度将这些人分为三类：①厚道的人。这些人注重工作本身的性质，宁愿接受较低的回报率，以维持良好的人际关系。他们可以接受较大的不公平的回报率。②对公平敏感的人。③争取高回报率的人。这些人注重金钱回报，并不介意对别人是否公平，只会努力争取比别人高的回报率。也有人发现，无论公平比较的结果怎样，厚道的人总会比其他两种人有更高的工作满足感。

拉皮度斯和皮克顿的研究发现，不公平的现象对员工的影响会因为报酬的高低而有所不同。高报酬会使人感到较为公平，而且无论是否公平，高报酬对员工的行为都有正面的影响。当员工感到自己的报酬与贡献的比值比别人低时，只有在低报酬的情况下才会感到愤慨。同样，当自己的报酬与贡献的比值比别人高时，只有在高报酬的情况下才会感到不安。

2) 激励公平理论的应用

激励公平理论揭示了激励中公平问题的客观性和复杂性。

在激励公平的比较过程中，个人的主观判断、组织评价标准和评价方法都有重要的影响。第一，每个人的主观评价系统受其价值观、特定时期的需要、个性等多种因素的影响。第二，组织不同时期所采用的不同的评价标准、评价方法是否合理、科学。以上这些都会影响人们的公平感受，因而激励公平比较结果时常会出现复杂的情况。

一般来讲，当员工心理上感到不公平时，他会采取多种行为消除这种不公平感。如部分员工可能会用阿 Q 精神麻痹自己仍旧一如既往地工作，或改变比较对象，力求内心平衡，但这些做法虽不影响工作但长时间后会严重影响员工的士气，最终会因积怨而爆发；有些员工则会采取一些过激的行动，如找领导评理，要求提高所得；或降低自己的付出，采用磨洋工等消极行为；或想办法降低他人的所得；或调离所处的不公平环境。这些都将给组织造成不良影响或带来损失。

因此，管理者在进行激励时应考虑以下几点：

(1) 影响激励效果的不仅有报酬的绝对值，还有报酬的相对值。在实践中为了达到较好的激励效果，在报酬的绝对值方面既要注意报酬刚性增长，也要注意人们期望心理的疏导；而在报酬的相对值方面，要注意报酬在组织范围内同类岗位之间以及不同岗位之间的相对公平。

(2) 公平与人们的主观感受相关，在激励过程中应注意对激励对象的引导和沟通，使激励对象树立正确的公平观。正确的公平观包括三个内容：第一，要认识到“绝对的公平是不存在的”。第二，不要盲目地攀比。第三，不应“按酬付劳”，造成恶性循环。

(3) 激励应力求公平，力求提高和完善组织的管理水平，使比较存在客观上相等，在组织中营造一种公平合理的气氛，促使员工产生公平感。

3. 洛克的目标设置理论

行为学家爱德温·洛克于 20 世纪 60 年代后期提出了激励过程中的目标设置理论。

1) 目标设置理论的主要观点

目标设置理论认为：设置目标是激励过程行为中的重要方法。目标激励的运行机制表现为：①目标引导人们的心理反应。人努力工作达成目标是为了满足自己的情感与愿望，而对目标的感知价值会影响人的情感与愿望体验。②个体的努力程度取决于目标的可接受性和个人对目标的承诺。③目标指导工作行为和绩效，并产生结果或反馈。洛克目标设置理论可用图 11-5 来表示。

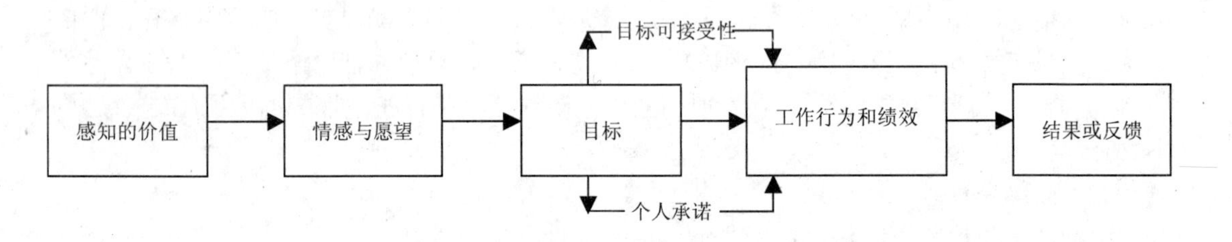

图 11-5　洛克目标设置理论的运行机制

目标设置理论的具体观点有：

(1) 具体的目标比笼统的目标效果更好，更能够影响个人对目标的感知价值、可接受性。

(2) 如果能力目标的可接受性等因素保持不变，则目标越困难，绩效水平越高。因为员工一旦接受了一项艰巨的任务，他就会投入更多的努力直到目标实现。

(3) 反馈能引导行为的改变。当人们获得了向目标努力的过程中做得如何的反馈时，人们可能会做得更好。

(4) 员工参与设置的目标往往会激发员工更努力工作，参与能提高目标本身作为努力方向的可接受性，也会增强员工在内心对目标的承诺。无论是有形的承诺还是无形的承诺，这种承诺一旦作出都将使员工面临来自内心深处及外界的压力，从而激发员工的行为。

2)　目标设置理论的应用

目标设置理论为工作激励和绩效改进提供了一种有用的方法。洛克曾指出：目标设置理论更适合看作是一种激励技巧，而不是一种正规理论。设置适当的目标，有利于激发人的动机，调动人的工作积极性。设置适当目标要考虑个体的切身利益、科学合理、切实可行、总目标与阶段性目标相结合等方面的问题。具体需要注意以下几点：

(1)　个人目标与组织目标一致。组织的目标与个人的目标可能平衡一致，也可能发生偏向。如果出现偏向，就不利于调动个人的积极性，不利于组织目标的实现。只有使这种偏向趋于平衡，才能使组织的目标向量与个人的目标向量间的夹角最小，才能使个人的行为朝向组织的目标，在个人那里产生较强的心理内聚力，为完成组织目标而共同奋斗。

(2)　目标设置既有挑战性又有现实可行性。目标的难度要适当，宜于激发进取性，就像摘树上的果子最好是“跳一跳够得着”一样，过高了力所不及，过低了不需努力，轻易得到，都不能收到良好的激励效果。

(3)　目标体系要方向明确、内容具体、时间界限清晰。目标设置时间要求，既要有近期的阶段目标，又要有远期的总目标。只有总目标或只有阶段目标，要么使人产生渺茫感，要么使人目光短浅，激励作用都不能长久。总目标可使人感到工作有方向，但使人感到遥远或渺茫，影响人的积极性。一般采取“大目标，小步子”的方法，把总目标建立成为目标体系，划分成若干个阶段性目标，通过实现几个阶段性目标来实现总目标。阶段性目标可以使人感到工作的阶段性、可行性和合理性。同时，目标的内容要具体明确，能够有定量要求的目标应当更好，切忌笼统抽象。

(4)　目标可以由管理者设置，也可以由员工自己设置，或者由管理者和员工共同设置。一般而言，由员工参与的目标更易于产生高绩效。

(5)　目标设置必须要有反馈环节。完善、准确和及时的反馈与工作的高绩效相关。反馈是检验目标的实施情况和改进目标的一个必要手段。

4. 斯金纳的强化理论

强化理论是由美国心理学家斯金纳提出来的，强化理论认为人的行为是由外部因素的刺激引起的。强化理论与期望理论都有强调行为与其后果之间的关系，期望理论较多的涉及主观判断等内部心理过程，而强化理论只讨论外部刺激与行为之间的关系。

斯金纳认为，行为是某种刺激的函数。个体对外部事件或情景刺激所采取的行为或反应，取决于特定行为的结果。当行为的结果对他有利时，这种行为会重复出现；当行为结果不利时，个体可能会改变自己的行为避免这种结果。如员工多学一门技艺，企业就给以相应的奖励，那么就会使其他员工学习的积极性提高。

用强化理论来改变人的行为的过程称为行为修正。强化理论认为，要改变人的行为，必须改变其行为的结果。这是因为，人的行为在很大程度上取决于行为所产生的结果。换句话说，那些能产生积极或令人满意结果的行为，以后会经常得到重复；相反，那些会导致消极或令人不满意结果的行为，以后再得到重复的可能性很小。例如，一个人经常迟到，如果管理者对每一个准时或提前上班的人给予公开表扬，那个爱迟到的人也可能会受到激励而能做到按时上班。

根据强化行为事件的再现或取消、对行为事件的满意或不满意这两类因素的不同组合，可以把强化分为以下四种类型：正强化、负强化、消除和惩罚(见表 11-4)。

表 11-4　强化的类型

	令人满意或期望的事件	令人不满意或不期望的事件
事件的再现	正强化(行为变得更加可能发生)	惩罚(行为变得更不可能发生)
事件的取消	消除(行为变理更不可能发生)	负强化(行为变理更加可能发生)

(1) 正强化是指用某种有吸引力的结果，如认可、赞赏、增加工资或奖金、提升等创造一种令人满意的环境，以表示对某一种行为的奖励和肯定，使这种行为更加可能重复发生。

(2) 消除是指取消正强化，对某种期望不出现行为不予理睬，以表示对该行为的轻视或否定，该行为长期得不到正强化便会逐渐消失，变得更不可能发生。

(3) 惩罚是指用某种带有强制性、威胁性的结果，如批评、降薪、降职、罚款、开除等，制造一种令人不满意、不愉快的环境，以示对某一种不符合要求的行为的否定，降低这种行为重复发生的可能性。

(4) 负强化是指预先告知某种不符合要求、不期望出现的行为会造成的令人不愉快的环境(如批评、否定或低评价等)，组织成员为了回避这种令人不愉快的处境，会避免不符合要求、不期望出现的行为，从而增加了符合要求的行为重复出现的可能性。

在上述四种强化类型中，正强化对行为的影响最有力和有效，因为它能增加组织成员有效工作行为的发生。相反，消除和惩罚只能用来减少组织成员无效工作行为的发生。因为惩罚和消除只告诉组织成员不该做什么，但没有指出应该做什么。同时，应用负强化常常很麻烦，因为它要求建立一种对组织成员来说是令人不愉快的环境，并持续到所希望的行为发生为止。此外，负强化和惩罚所用的方式令人不愉快也会产生相反的效果。

三、综合型激励理论

综合型激励理论是在内容型激励理论和过程型激励理论研究的基础上，将各种理论整合并形成一种新的激励模型理论。综合型激励理论综合说明各种理论的作用，充分体现出激励行为受多因素影响，并产生复杂行为反应的过程。

1. 波特—洛勒综合型激励模型

20 世纪 60 年代后期，提出波特—洛勒综合激励模型。

波特—洛勒综合激励模式认为，①工作绩效是一个整体，还引进回报这一干涉变量，并分为内在回报和外在回报，涉及个人对回报的感知。②认为个体付出的努力(即激励动力)、绩效和满意是三个独立的变量，它们之间是一种间接关系，其间受到多种因素的影响。③个体付出的努力(即激励动力)并不直接产生绩效，它受到个体能力和特质及个体的角色认知的影响。如图 11-6 所示。

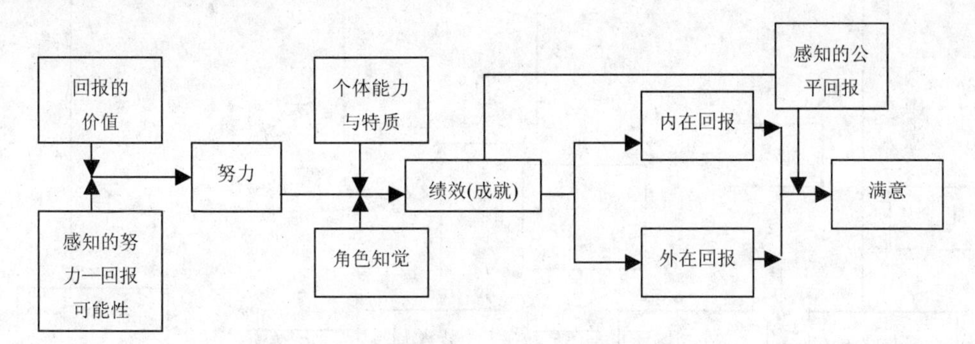

图 11-6 波特—洛勒综合型激励模型

波特—洛勒综合激励模式的主要观点包括：

(1) 个体努力与个体的工作成绩没有直接关系。努力程度取决于回报价值与回报可能性之间的互动作用。

(2) 个人实际能达到的绩效不仅仅取决于努力的程度，还受每个人能力的大小以及对任务的了解和理解程度的影响。努力并不直接产生绩效，它受到个体的能力与特质的影响。个体的智力、技能、知识、个性和培训经历等因素会影响个体的工作绩效。

(3) 回报是期望的结果。回报有内在回报和外在回报之分。内在回报来自于个体本人，包括个体对成就、责任的感受和认知。外在回报来自于组织和他人，包括薪水、工作条件和管理。相比于外在回报，内在回报更易于产生与绩效相关的工作满意感。

(4) 个人对获得的回报是否满意以及满意的程度受个人回报感知(公平感)的影响。如果实际的回报小于个人感到的应该得到的回报，个人就会觉得不满意。

(5) 个人满意与否以及满意的程度会直接影响到下一个任务的努力程度。

总之，波特—洛勒综合型激励模型探讨了激励行为的复杂性，较全面深入地阐明了激励行为的内在过程。提出的“回报的价值”、“感知”和满意等指标都具有因人、因时、因地而异的特色，比较符合现实激励行为过程情况。另外，此理论特别有助于理解管理中的目标绩效(如生产指标、工作任务)和个人回报(金钱、认可、成就)之间的关系。

2. 当代综合型激励模型

为了更好地把握组织激励措施综合的效用，美国斯蒂芬·P. 罗宾斯教授将目标设置理论、期望理论、ERG 理论、双因素理论、成就需要理论、强化理论、公平理论等整合构建为一种综合型激励模型，如图 11-7 所示。

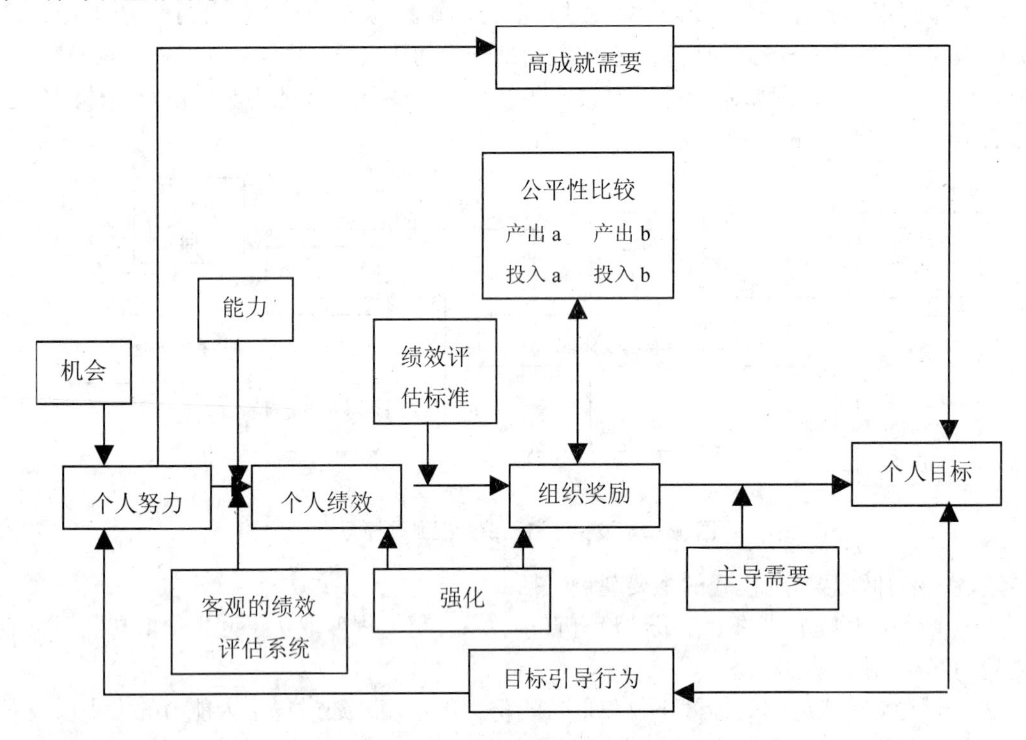

图 11-7 当代综合型激励模型

从模型中可以看到， 当代综合型激励模型的主要观点包括：

(1) 机会对个人的努力有影响。

(2) 个人努力不仅受到个人目标的影响(与目标设置理论一致)，而且通过模型中目标——努力环提醒我们：目标引导行为。

(3) “个人的努力——绩效——奖励——个人目标”之间密切(期望理论)配合下才能够提高努力程度。“个人的努力——绩效——奖励——个人目标”这三层关系又受多种因素的影响：一是取得绩效个人必须具备工作所需要的能力，二是衡量个人绩效评估系统必须被认为是公平和客观的。

(4) 奖励应由绩效决定，而不应由个性、学历、经验或其他标准决定，这会使人们的行为与工作绩效紧密联系起来。激励水平的高低取决于一个人由于高绩效所得到的奖励能够在多大程度上满足与他的个人目标相一致的主导需要。

(5)　模型中还综合了成就理论、强化理论、公平理论的成果。如由于组织的奖励会强化个人的绩效，管理层设计的奖励体系被员工视为高绩效的报酬，就会产生对员工行为的持续强化。奖励也是公平理论中的关键部分，个人将自己的报酬或投入与相关人员的报酬或投入相比较，会产生公平与否的感受，而这种感受会影响他们下一阶段的努力程度。

第三节　激励行为艺术

相对于传统组织的员工而言，由于社会的不断进步，现代组织员工的素质、知识构成，以及需要都发生了很大的变化。当代组织员工文化水平高、专业技能强、有独立思考问题和解决问题的能力；倾向拥有一个平等公正自主的工作环境，强调工作中的自我引导；更在意自身价值的实现，并强烈期望得到社会的认可。

面对现代组织员工的新特点，作为一个管理者不仅要掌握激励行为理论，还应该学会采用适当、高超的激励艺术去激励下属员工，充分发挥员工的工作积极性。

激励行为艺术包括：常用化激励术、人性化激励术和参与化激励术。

一、常用化激励术

薪酬和事业激励是日常人力资源管理中常用的激励方法，但并非任何人都可以恰当地运用它们，并获得收效的。只有管理者真正从内心意识到这些激励方法的重要，科学并灵活地运用，这些常用的激励方法才能发挥出意想不到的效应，从而达到调动员工积极性的目的。

常用化激励术包括：薪酬和事业激励。

1. 薪酬激励

在工作中，一个人可能会因谋求个人发展而牺牲收入，但不管多么高尚，他们不可能长期如此，因为他们要生存。员工还需要感受到自己的价值得到了他人的承认，不管你使用多么美妙的言辞表示感激，不管你提供多么良好的训练，他们最终期望的是得到自己应得的报酬，让自己的价值得到体现。员工们会按照市场情况和一些合适的对象进行比较，他们将以自己的收入来判断对工作的满意程度。

1)　薪酬激励的类型

薪酬激励方法属于物质激励范畴，薪酬激励的类型主要包括：

(1)　工资、奖金激励。直接体现个人劳动差别的物质方式。如：计件工资、年功工资、工资晋级、技能工资、风险工资(工资同企业经济目标的完成水平挂钩)、全勤奖、生产奖金、年终奖金、效益奖金、超额奖、发明创造奖等。

(2) 福利激励。以体现对员工生活、工作质量的关心，为员工营造归属感，激发员工凝聚力的激励方式，如：带薪休假、增加养老金数额、增发保险金、提供交通工具、按月增发特殊补助等。

(3) 利润分享激励。利润分享的方法能使员工可以按职位、考核成绩与公司分享利润。比较公正的做法是按员工与公司共同承担风险的比例来分享公司的利润。

(4) 雇员持股激励。企业把其一部分股票(或可以购买同量股票的现金)交给一个信托委员会，信托委员会把股票存入员工的个人账户，在员工退休或不再工作时再发给他们。

2) 影响薪酬激励的因素

(1) 法律的规定，各国都制定了适合本国国情的最低工资标准，这可能会影响企业整体上的工资水平。

(2) 市场价格。由人才市场、劳动力市场的供需关系决定，企业的工资水平应该大于或等于市场的平均水平。

(3) 企业效益和支付能力。工资增长速度应低于企业效益增长速度。

(4) 职位的相对价值。职位的责任大小，工作的复杂程度，任职资格要求的高低，工作环境是否危险等。可以通过工作分析和职位评价来确定每个职位的薪酬。

(5) 任职者的技术水平。职位工作的经验、知识和技能的先进性，决定薪酬的技能档次。

(6) 部门绩效。确定工资时加入部门绩效考核系数，鼓励团队精神。

3) 薪酬激励的方法

(1) 必须信守诺言，不能失信于员工。失信一次，会造成千百次重新激励的困难。

(2) 不能搞平均主义。将个人业绩与报酬挂钩，应当让员工清楚，真正努力的员工将会得到最好的报酬，但他们不会无缘无故得到每一笔报酬。薪酬激励一定要使工作表现最好的员工成为最满意的人，这样会使其他人明白薪酬的实际意义。

(3) 使薪酬的增长与企业的发展紧密相联，让员工体会到，只有企业兴旺发达，才有自己薪酬的不断提高，而员工的这种认识会收到同舟共济的效果。

(4) 报酬是对员工价值的一种认可，积极主动地支付报酬，不要等待员工提出要求。

薪酬激励也有一些缺点，就是不像奖章那样可以保存得比较久，员工拿了钱，付了账单，然后很快就把这份激励抛诸脑后了。此外，薪酬激励不能把年份刻在上面，不会因岁月而增加它的价值；没有特殊风味，大家都猜得到是什么，也没有意外的惊喜。这就需要配合其他的激励手段一起使用。

2. 事业激励

事业激励是员工所从事的工作给员工自己带来的激励，包括工作目标激励、工作过程激励和工作完成激励三个部分。事业激励的这三部分内容实际上是相辅相成的。

1)　事业激励的特点

(1)　内在性。与薪酬激励及其他某些精神激励不同，事业激励源于其工作的内在力量，因而在环境发生不利变化时，也能持续发挥作用，这就是为什么有些组织的员工尽管条件艰苦、工作劳累、待遇很差，仍干劲很大的原因所在。

(2)　独立性。事业激励不像物质奖励那样可以转移或与他人分享，一般事业激励的效果只由员工本人独享，别人是拿不去的。

(3)　低成本性。事业激励基本不需要消耗组织资源，成本极低。

(4)　主观性。事业激励主要由员工自己去主观感受和体验，激励效果受员工本人的偏好、价值观念、判断能力及其他心理因素的影响，因而不易测量。

尽管组织对员工工作的外在性奖励也会强化员工事业激励的效果，但没有外在奖励，事业激励也可发挥作用；组织对员工工作成果的肯定和表扬也会强化激励效果，但即使没有这些肯定和表扬，事业也会让员工体验到满足的激励。

2)　事业激励的具体内容

(1)　工作目标激励。工作目标激励是指由员工自己或企业有关部门提出具有一定挑战性的工作目标而具有激励作用。

目标会使人的行为具有方向性，引导人们去达到某种特定的结果而不是其他的结果。因此，正如在上一节洛克的目标设置理论所指出的那样，目标设置是管理领域中最有效的激励方法之一，绩效目标是工作行为最直接的推动力。

按目标设置理论，要使所设置的目标对员工有激励作用，他们应满足下列原则：①要把企业目标巧妙地转化为个人目标，这就使员工自觉地从关心自身利益变为关心企业的利益，从而提高影响个人激励水平的效率。②要善于把目标展现在员工眼前，管理者要时常运用自己的智慧和管理才能，增强员工实现目标的自信心，提高员工实现目标的期望值。③在制定组织目标时，既要考虑企业外部需要和利益的影响，也要考虑企业内部的环境和条件。总之，尽量使各方面关系协调、平衡。④在为员工制定目标时，还应照顾员工在目标面前的种种心态。一般来说，较好的激励目标应具有一定的挑战性。这对员工是一种鼓舞，但同时也是一种压力。他们也许会产生矛盾心理：一方面希望获得成功而受到奖励，另一方面又怕失败受到惩罚而想维持原状。人们在现状之下产生的安全感，会由于激励目标的提出而受到威胁。所以，为了使激励目标能够产生积极效果，应邀请员工参加目标的制定。⑤在设置目标体系时，既要有远期的总目标，又要有近期的阶段目标；应考虑方向明确、内容定量具体、时间界限清晰、难度适当、反馈及时等方面。

(2)　工作过程激励。工作过程激励是指员工工作本身所具有的重要性、挑战性、趣味性、培养性等，会激励员工珍惜自己的工作并努力干好工作。

工作过程激励是指工作本身给员工的激励，这主要通过工作的丰富化来达到。工作丰富化之所以能起到激励作用，是因为它可以使员工潜能得到更大的发挥。

工作丰富化的主要形式有：①在工作中扩展个人成就，增加表彰机会，增加更多必须负责任和具有挑战性的活动，提供个人晋升或成长的机会。②让员工执行更加有趣而困难的工作，这可让员工在做好日常工作的同时，学做更难做的工作。鼓励员工提高自己的技能，从而能胜任更重要的岗位。做更困难的工作给了他展示本领的机会，这会提高他的能力，使他成为一个奋发向上的员工。③给予真诚的表扬。当员工的工作完成得很出色时，要恰如其分地给予真诚的表扬，这将有助于满足员工受人尊重的需要，增强干好本职工作的自信心。④通过工作设计使工作内容丰富化。工作丰富化的基本原理是，工作越多，员工就越能意识到他们工作的重要性，因此，生产积极性也就越高。

工作内容丰富化可通过下列方法进行：第一，使员工享有更多的自主权，如弹性工作时间，让员工自己决定如何实现目标等，以增加员工的工作责任感。第二，把现有几项工作合并到一起，或将过去一项工作的几个程序并在一起，委托一个人做，使技术具有多样性、任务具有完整性。第三，成立作业团队，加强员工与同事的联系，需要时可与顾客进行沟通。第四，实现工作多样化，可从两方面着手：一是垂直工作加重，二是水平工作加重。

工作丰富化满足的是员工高层次的需要，而员工的实际需要又不仅仅是高层次的，因而这种激励有明显的局限性，它不能解决企业中的全部问题。一般来说，只有在员工普遍感到在现实的工作环境中不能发挥自己能力时，才可有效地运用这一激励措施。

(3) 工作完成激励。工作完成激励是员工完成工作任务时产生的对组织、社会和国家的贡献感，对自己的抱负和价值得到实现时的自豪感，自己的能力得到发挥的得意感，以及由此而产生的成熟感、成就感等导致员工内在性需要得到满足而产生的激励。

从组织的角度来看，主要是采取措施强化员工工作完成的激励效果。例如及时肯定员工的工作成绩，其中成绩突出者予以表扬、奖励，并通过媒体宣传其业绩等。

二、人性化激励术

越来越多的激励专家赞同“单靠金钱一项，并不足以引发工作动机”这一观点，并认为金钱倘若能和“人性”的因素结合在一起使用，必能达到最佳效果。事实上人们除了获取金钱之外，真正想得到的便是一种觉得自己很重要的感觉。因此，谁能够满足人们内心深处这种最渴望的需求，谁就是这个时代的激励大师。

人性化激励术属于精神激励的范畴，包括赞美激励、荣耀激励、休假激励。

1. 赞美激励

对于一个管理者来说，赞美是激励员工的最佳方式。每一个优秀的管理者，从不会吝惜地在各种场合给予员工恰如其分的赞美。

赞美别人不仅是一个人待人处事的诀窍，也是一个管理者用人的重要武器。

管理者希望自己的下级尽全力为自己做好工作，然而要想使某人去做某事，普天之下

只有一个方法，这就是使他愿意这样做，即使是上级对下级。当然，管理者尽可以强硬地命令下级去做，或以解雇、惩罚的威胁使部下与自己合作，但请不要忘记，这一切只能收表面之效，而背后必大打折扣，因为这些方法具有明显地令人不愉快的反作用。

林肯指出："人人都喜欢赞美的话。"詹姆斯则说："人类本性中最深刻的渴求就是受到赞赏。"这是一种令人痛苦却是持久不衰的人类饥渴。只有真正能够满足这种心理饥渴的人才能掌握住他人。

赞美之所以对人的行为能产生深刻影响，是因为它满足了人渴望得到尊重的需要，这是一种较高层次的需要。高层次的需求是不易满足的，而赞美的话语则部分地给予了满足。赞美是一种有效的内在性激励，可以激发和保持行动的主动性和积极性。

当然，作为鼓励手段，赞美应该与物质奖励结合起来。没有物质鼓励做基础，在生活水平不太高的条件下会影响精神鼓励的效果。但是行为科学的研究指出，物质鼓励的作用(如薪酬)将随着使用的时间而递减，特别是在收入水平提高的情况下更是如此。另外高收入下按薪酬比例拿奖金，开支过大，企业也难以承受。而人对精神鼓励的需求是普遍的、长期的，社会越发展越是如此。由此，我们可以得出结论，重视赞美的作用，正确地运用它，是有效的激励管理方式之一。

有人说，赞扬是一小笔投资，只要片刻的思索就能得到意想不到的回报。这话有些道理，但似乎又有太多的实用主义的味道。赞扬不应该仅仅为了回报，它应该是沟通情感、表示理解的方式，如同微笑一样，也是照在人们心灵上的阳光。马克·吐温说过：靠一句美好的赞扬我能活上两个月。

2. 荣耀激励

对于当代员工来说，他们往往有强烈的事业心和成就动机，希望能够解决问题并得到同事和上司的认可，希望在自己的专业领域有所建树。在当代员工看来，提升专业领域的成就、名声和荣誉是物质利益之外的强烈愿望。这种专业方面的成就和实现动机，是员工努力工作，致力于组织创新的持久动力。

荣耀激励可以满足人的成就感，是激励员工的重要手段。对员工的成就给予通报表扬、记功、授荣誉勋章，以此作为对他们能力的一种肯定，也是非常有效的一种方法。在产品和工艺改进、设备更新中，使用发明者或创新者的姓名以示奖励，对员工也是一种很大的激励。

员工在工作上做了长期的努力，晋升他的职位或增加他的工作责任都可以算是给他长期的奖励。根据问卷调查，绝大多数员工认为，依工作表现来升迁或增加工作责任，是一种很重要的奖励方法。

用晋升作为奖励的传统方式是在各个管理阶层内由低到高逐级地进行提升，当然，要经常用升迁的方法来奖励员工，并不是容易做到的事情，那么，可以用"增加他的工作责任"或"使他的地位更醒目"这两种比较容易办到的方法来奖励他。

人的特殊地位，本身就起着一种激励的作用。工作表现杰出的明星员工，可以送他去接受更高层的职业训练，也可以让他负责训练别人，这样他就能扮演一个较活跃的角色。对于最优秀的员工，可以让他扮演他所在部门与人力资源部门之间的联络人的角色，也可以让他担任其他部门的顾问，假如有跨部门的问题、计划，或部门之间共同关心的事情，可以让这位最优秀的员工代表主管，与其他部门的人组成一个合作的团队。

若是非管理行业的专家(例如掌管计算机的人、工程师、科学家)对于企业的兴衰关系重大，需要单独设立一种晋升制度，每一级别的职称、报酬和待遇都应该制定完备，这样，这些技术人员就可以长久地做他们最拿手的工作，不必非要成为管理者才可得到晋升。

抓住每一个机会，把杰出员工的表现尽力向同事们宣扬，如经常地与杰出员工商谈，给他特殊的责任，或者让他担任一个充满荣誉的职务，这无形中已告诉大家，组织对这个人非常器重，那么其他的员工必然会注意到这种情况，受到这种情况的启发，因而奋起直追，争取获得同样的器重。

假如组织发行内部刊物的话，可以鼓励杰出员工写些文章，抒发他对工作的观点，那么，很快地大家都知道，只要表现杰出，便会在组织里扬名，而且得到大家的尊敬。

一个杰出的员工能够得到一般人所不能享受的荣耀，例如给他单独一间工作间或更换办公设备等，这些东西有时看来也算不了什么，似乎很容易办到，但真正办起来却十分冒险，这需要勇气，不仅对主管，对主管所要夸耀的人也是如此，这些特殊的器物，哪怕是小到刻有名字的写字笔、烟灰缸到坐椅，工艺品等，都显示他们已做出了不同凡响的业绩。当他们一跨进自己的办公室，他们就会知道自己的业绩和能力已受到上司的奖赏，他觉得有了安全感，甚至每跨进一步，都增加了一倍的信心。

也许有人以为这样奖赏增加了更多的等级区分，那就错了。这种特殊身份与地位同职务无关，即使是一个普通员工，也有可能获得这份殊荣，这不过表明他作出了特殊贡献。因此，这种奖赏实际上是提供了对作出特殊贡献的员工不提升而给予更多鼓励的机会。

3. 休假激励

休假，是很多企业用来奖励员工的方法之一，只要是休假，不管是一天还是半年，几乎全世界的每个员工都热烈欢迎。

休假是一种很大的激励，特别是对那些希望有更多自由时间参加业余活动的年轻人。这种办法还足以让人们摆脱浪费时间的坏毛病。用放假作为奖励有三种基本方式：

(1) 如果工作性质许可，只要把任务、限期和预期质量要求告诉员工，一旦员工在限期之前完成任务并达到标准，那么剩下来的时间就送给他们，作为奖励。

(2) 如果因为工作性质，员工必须一直待在现场，那么，告诉他，在指定的时间之内必须完成多少工作量，如果他在指定的时间内完成规定的工作量，而且作业的品质也令人满意的话，可以视情形给他半天、一天或一个星期的休假。也可以订一个计分的制度，如果员工在指定时间内完成指定的工作量，并且持续保持这种成绩，可以给他放一小时的假，

这一小时的假可以累积，累积到四小时的时候，放他半天假，累积到八小时的时候，放他一天假。

(3) 如果员工在工作的品质、安全性、团队合作或其他被认为重要的行为上有所改进，也可以用休假来奖励他们。

在实际管理中，休假奖励是可以灵活运用的。如西格纳工程顾问集团有个休假奖励的办法，当他们完成一项重要工程的时候，在完成那天，主管会主动给参与那项工程的人放假，并且买票带他们去看球赛，请他们喝啤酒。

就费用、筹划的过程和时间的耗费来说，让员工外出旅游是一种更高层次的休假奖励，越来越多的员工认为，让得奖人带配偶或同伴去他们想去的地方旅游，是一种有意义的奖励。目前，奖励休假旅游是风靡世界的激励形式，也是新型的激励方法。

旅游休假奖励的好处很多，例如它对很多员工是极有吸引力的奖励；它提供一个独一无二的场合，助长团队的凝聚力；它也可能提供一个让团队学习的机会；它使得奖人在旅游归来之后，有许多经验可以向同仁传播；在努力要去获奖的这段期间，它使很多人对这个奖充满憧憬。不过，旅游休假奖励也有一些坏处，例如它相当昂贵；得奖人在接受这个奖励时，必须离开工作岗位好几天；它需要耗费某些人的精力，同时也需要有相当的经验，才能办好高品质的旅游；能够得到这种奖励的人数不会太多。

三、参与化激励术

最好的激励一定是最能满足员工潜在需要的。现代企业中的员工需要各种机会发挥自己的潜在价值，员工参与作为一种有效的激励过程为员工提供了这样的机会，它顺应社会发展潮流的方向，既有利于发挥员工的主动性，又能帮助企业提高效益。

参与化激励术包括：参与决策和员工持股计划激励。

1. 参与决策激励

知识经济时代，企业将员工视作战略合作伙伴，鼓励他们与企业经营者一道，共同参与决策过程。

员工参与决策这一方法，是企业兼顾满足各种需要和效率、效益要求的基本方法，日益得到人们的认同和运用。让员工适当地参与决策，既能激励员工发挥聪明才智，实现自我价值；又能为组织的成功获得有价值的意见，改进了工作，提高了效率，从而达到更高的效益目标。

员工参与决策可通过工会、顾问团体等形式进行。在实施员工参与决策管理时，要注意以下几个方面。

1) 注重对员工的引导

员工参与决策必须明确方向，即员工必须得到有关企业当前的工作重点、市场形势和努力方向等信息，这就需要管理者很好地进行引导。而有些管理者面对潮水般涌来的建议和意见不知如何处理，这主要是由于他们自己对企业的经营方向、管理目标缺乏明确认识，不知如何引导员工有计划、分阶段实施并重点突破。有计划、分阶段的引导是保护员工参与积极性、使参与决策能持续实施的重要方面。

2) 要有耐心

实施员工参与决策管理还要有耐心。在实施参与管理的开始阶段，由于管理者和员工都没有经验，参与管理会显得有些杂乱无章，企业没有得到明显的效益，甚至出现效益下降。管理者应及时总结经验，肯定主流，把实情告诉员工，获得员工的理解，尽快提高参与决策管理的效率。

3) 采取适宜的参与方式

由于员工的知识化程度和参与决策管理的经验存在着差异，所以在实施员工参与决策管理时要根据不同的情况来采取不同的方式。具体地说，可以分为以下几点：

(1) 在员工知识化程度较低和参与管理经验不足的情况下，通常采用以控制为主的参与管理。控制型参与管理的主要目标是希望员工在经验的基础上提出工作中的问题和局部建议，经过筛选后，由主管人员确定解决方案并组织实施。在提出问题阶段是由员工主导的；在解决问题的阶段，虽然员工也参与方案的制订和实施，但主导权控制在主管人员手中，改革是在他们的控制下完成的。德国企业中的参与制基本上是这种控制型参与，日本和美国的大多数企业所实施的参与制也属控制型参与。控制型参与管理的长处在于它的可控性，但由于它倾向于把参与的积极性控制在现有的标准、制度范畴之内，因而不能进一步发挥员工的聪明才智，难以通过参与管理产生重大突破。

(2) 当员工知识化程度较高且有相当丰富的参与管理经验时，要多以授权的方式让员工参与到决策管理中来。授权型参与管理的主要目标是希望员工在知识和经验的基础上不但能提出工作中的问题和建议，而且还能制订具体实施方案，在得到批准后，授予组织实施的权力，以员工为主导完成参与和改革的全过程。

(3) 员工参与决策管理的第三个层次是全方位型参与管理。这种参与不限于员工目前所从事的工作，员工可以根据自己的兴趣、爱好，对自己工作范围以外的其他工作提出建议和意见，企业则提供一定的条件，帮助员工从事自己喜爱的工作并发挥创造力。这种参与管理要求员工具有较广博的知识，要求管理部门具有相当的宽容度和企业内部择业的更大自由度。

2. 员工持股计划激励

“员工持股计划”由美国律师凯尔索等人设计，作为一种新的激励理念，起源于60年代的美国，当时美国就业率下降，劳资关系紧张，员工持股计划就是在重振美国经济，改善传统劳资对立关系的背景下产生的。

由于通过员工持股计划更有利于调动员工工作的积极性，增强员工的归属感，增强企业的凝聚力，吸引人才，降低人员流动性，从而提高企业经济效益。因此，国内许多企业也开始在实施员工持股计划。

1) 员工持股计划的基本内容

员工持股计划的基础思想是：在正常的市场经济运行的条件下，人类社会需要一种既能鼓励公平又能促进增长的制度，这种制度使任何人都可以获得两种收入，即资本收入和劳动收入，从而激发人们的创造性和责任感，否则社会将因贫富不均而崩溃。对于美国经济而言，如果扩大资本所有权，使普通劳动者广泛享有资本，会对美国经济产生积极影响。

员工持股计划的主要内容是：企业成立一个专门的员工持股信托基金会，基金会由企业全面担保，贷款认购企业的股票。企业每年按一定比例提取出工资总额的一部分，投入到员工持股信托基金会，以偿还贷款。当贷款还清后，该基金会根据员工相应的工资水平或劳动贡献的大小，把股票分配到每个员工的“员工持股计划账户”上。员工离开企业或退休，可将股票卖还给员工持股信托基金会。

这一做法实际上是把员工提供的劳动作为享有企业股权的依据。员工持股计划虽然也是众多福利计划的一种，但与一般福利计划不同的是：它不向员工保证提供某种固定收益或福利待遇，而是将员工的收益与其对企业的股权投资相联系，于是将员工个人利益同企业效益、员工自身努力同企业管理等因素结合起来，因此带有明显的激励成分。

目前以 ESOP 为代表的员工持股计划的发展已越来越趋于国际化。目前，美国已有超过一万多家员工持股的企业，遍布各行各业，日本上市企业中的绝大部分也实行了员工持股。现在，欧洲、亚洲、拉丁美洲和非洲已有 50 多个国家推行员工持股计划。美国学者对一些实施了 ESOP 的企业业绩进行了详细调查，结果表明，实施了员工持股计划的企业生产效率比未实施的企业高。而且员工参与企业经营管理的程度越高，企业的业绩提高得越快。在实践中，员工持股计划还可使企业减少被敌意收购的可能，这些原因都是员工持股计划快速发展的动力。

2) 员工持股计划的激励作用

员工持股计划的激励作用主要体现在以下几个方面：

第一，为员工提供保障

由于员工持股计划的实施，员工可以从企业得到劳动、生活的保障，在退休时可以老有所养，同时员工也会以企业为家，安心工作，充分发挥自身的积极性。

第二，有利于留住人才

在我国，劳动力的流动日益频繁，但人力资源的配置存在着很大的自发性和无序性，而且劳动力技术水平越高，人才的流动性也越大。实行员工持股计划，可以有效地解决人才流失的问题。当员工和企业以产权的关系维系在一起的时候，员工自然会主动参与企业的生产经营，这是思想政治工作达不到的效果。在员工的参与下，企业精神、企业文化才可能得到真正形成，员工才会将所从事的工作作为自己的一份事业。

第三，有助于激励企业经营者

实行员工持股计划，更为重要的是，让经理层持有较大的股份，既有利于企业实现产权多元化，又有利于充分调动企业骨干的积极性。企业还可以实行期股制度，进一步奖励经理的工作，这样也就解决了对企业经营者激励的问题。

员工持股的普遍推行，使员工与企业的利益融为一体，与企业风雨同舟，对企业前途充满信心，企业因而获得超常发展，员工也从持股中得到了巨大利益。这些在国内外的企业经营管理中都有所体现。

在美国，那些“最适宜工作”企业的一个最大特点就是，通过员工持股计划给员工提供认股权，形成对员工强大的凝聚力。微软企业就是这样一个典型例证：微软企业拥有员工 27055 名，人均创收 535354 美元，80%的员工拥有认股权。与其他一些企业不同的是，它给员工的认股权不纯粹属于福利性质，而是带有一定的竞争性。这种认股权的获得，是以员工对企业的贡献为基础的。正是由于这样，在微软工作，更富有挑战性，也更吸引人。微软也因此获得了巨大的发展。微软的巨大成功和员工认股权的普遍拥有，使许多追随盖茨的人都成了百万富翁。

3) 我国员工持股计划的实践

在我国企业改革中，尤其是国有企业的改革，一直伴随着进行员工持股的试点。在这些企业中，员工具有出资者和劳动者的双重身份，体现出较强的自主性和参与意识，推动了企业经营管理的完善。

我国国有企业员工持股计划主要是通过股票期权制的方式进行的。

股权作为一种长期激励报酬，在发挥其对组织员工的长期激励作用中非常重要。依据管理、技术等要素参与企业收益分配的现代分配理念，突破以年度性的短期激励为主的传统报酬体系，结合股权等形式的长期报酬，采用短期与长期激励相结合的复合性报酬体系，是企业吸引、保留和激励人才的有效方法。

20 世纪 80 年代以来，西方发达国家的一些大公司，如美国运通公司、波音公司、可口可乐公司为了鼓励经理层并顾全企业长期利益，往往会给予经理层以长期的激励，这种长期激励在 90 年代甚至占到经理人员报酬的 20%～35%。其最常见的手段是股权激励，即董事会或股东按事先规定的价格，在特定的期限内，赋予经理一定数量的公司股票的权力，持有者可以按事先确定的股权价(授予期权时股票的公平市值)购买公司的股票。在行权以前，股票期权持有者没有收益；在行权时，如果股票价格上升，股票期权持有者还可以变现，发挥激励作用。股权作为一种基于权益的长期报酬形式，对企业组织中的员工，特别是组织中的人才具有独特的激励作用。

我国国有企业股权激励实践的主要方式有以下几种：

(1) 年薪制中引入股票期权激励方式。原有的企业经营管理者年薪制(基本工资加年度奖金)在企业改革进程中曾起过积极作用，但随着市场经济的不断发展，注重短期激励的年薪制越来越不利于企业持续发展的需要。在年薪制中引入了股票期权的这种长期激励方式，如河南期权模式即是在原年薪制基础上改进形成的。在河南国有企业分配制度改革中，其年薪制由基薪收入、风险收入、年均收入、奖励四部分组成。其中，风险收入根据企业完成净利润情况核定，将 20%的风险收入以现金形式于当年支付，80%转化为股票期权。大大减少了企业经营管理者年薪制带来的短期行为，将个人利益与组织的长期利益结合考虑，有利于企业长期发展的行为，而最终有利于企业持续发展。

(2) 实行职位责任抵押方式。对国有企业经营管理者要本着既要加重责任，又能承受责任的原则。依据职位高低、责任大小，分为若干抵押档次。具体采用的一种形式：购买一定数量的股份抵押。董事长和总经理任职时所认购资金数额一般占公司注册总额的 0.3%～2%，个人认购额度在 20 万～30 万元之间，第一次交纳现金不得低于认购总额的 30%，其余一般采取担保贷款方式交纳。规定购买的股份在任职期间不得出卖或转让，可享有股份分红。法人治理结构中其他人员认购数额一般是董事长、总经理的 40%～60%。这种形式实际上是一种直接持股激励的方式。

(3) 股权奖励的方式。公司和经营管理者双方约定按照完成利润目标的一定比例设定股权奖励。这种股权奖励可以是实际权益的持股，也可以是虚拟股等。董事长、总经理年度股份金额一般均占税后利润的 1%～3%，如年创税后利润 100 万元时，奖励 3 万元，年创 5000 万元以上，可按出比例获得股份奖励。法人治理结构中其他人员获得奖励股份金额一般为董事长、总经理的 40%～60%，奖给董事长、总经理及法人治理结构中其他人员的所有股份总额最高不超过公司税后利润的 10%。如果董事长和总经理新就任时公司是亏损的，可按年度减亏数额奖励一定比例的公司股份，其比例标准一般少于以上盈利所奖股份的比例标准。经营管理者所获奖励的股份不发现金，而是作为股份积累享有，任职期间享有所得积累股份的分红权，但不得转让或出售。经营管理者离任时进行离任审计，审计结果与股权奖励相联系。如没有应抵扣的问题，则所得的积累股份，根据当初公司的规定具体实施。

实行股权制需要有一个清晰的产权结构，需要一个成熟的、与之配套的法律和会计制度以及有效的股票市场，才能发挥股权激励效应。

本章小结

激励行为就是持续地激发人的行为动机，使其心理过程始终保持在激奋状态之中，维持一种高昂的热情。激励通常指调动人的积极性。

激励行为的影响因素有：认知因素、个性因素、群体因素。

激励理论主要划分为三类：内容型激励理论、过程型激励理论和综合型激励理论。

内容型激励理论主要有：马斯洛的需要层次理论、奥尔德费的 ERG 理论、麦克利兰的后天需要理论、赫兹伯格的双因素理论。

过程型激励理论主要有：弗鲁姆的期望理论、亚当斯的激励公平理论、洛克的目标设置理论、斯金纳的强化理论。

综合型激励理论主要有：波特—洛勒综合型激励模型、当代综合型激励模型。

激励行为艺术包括：常用化激励术(薪酬和事业激励)、人性化激励术(赞美、休假、荣耀激励)和参与化激励术(参与决策和员工持股计划激励)。

思 考 题

1. 简答激励、需要、动机与行为之间的关系。
2. 激励行为的影响因素有哪些?
3. 内容型激励理论主要有哪些?
4. 过程型激励理论主要有哪些?
5. 综合型激励理论主要有哪些?
6. 常用化激励术有哪些?
7. 人性化激励术有哪些?
8. 股权激励主要有哪些类型?

本 章 案 例

达力软件有限公司的激励行为

四川达力软件开发有限公司成立于1994年,以研究和开发基于windows平台的行业应用软件为主业。一直以来，达力软件坚持“以客户为中心、以管理为手段、以创新为动力”的企业宗旨，不断开拓。

经过近十年的发展，目前公司现有正式员工近200人，是一个年轻、有朝气、富创新、具实干的团队，本科以上学历人员占公司总人数的70%。公司成立了六大部门机构：总经理办公室、人力资源部、财务部、技术开发部、质量管理部、市场营销部。其中，技术开发部是企业的核心，技术人员占公司员工总数的50%。

公司很注重人才队伍的建设和培养。公司认为：卓越人才的运用和储备是企业服务于用户的坚强后盾，是达力具有卓越技术创新能力的保障，也是公司最宝贵的财富。达力软件在公司内部开展“构建学习型组织”的活动，还推行员工职业生涯设计与企业战略规划的互动、双赢的平台，把企业用人与育人有机地结合在一起。力争建立一个团结、进取、高效的团队，以推动企业正常、平稳而又高速的发展。在选用人才方面，公司奉行“论能力不论资历、论称职不论职称”，讲求“赛马而不相马”，将大批有才能的技术人才提拔到领导岗位。为了保证各部门的工作顺利进行，能激发部门及其员工的工作积极性，公司制定了灵活的工资、奖金和福利多位一体的薪酬体系，还为各部门设计了因不定时工作方式、因接待等非正常情况的部门基金。

技术开发部汪经理毕业于某著名学府的软件开发专业，虽说他是理工科出身。但五年三家企业的工作经验给了他很多管理上的体会，这些体会给他在工作中带来了很大的帮助。他的前任领导就对他做出了这样的评价：思维灵活、工作认真、有开拓能力、亲和力强。因此，小汪来这家公司不到两年，就很快从程序开发工程师提拔到项目经理，继而又升任技术部经理。汪经理的职业生涯可谓坦途一片。因为在以研发为命脉的四川达力软件开发公司中，技术部无疑是最有分量的。但是，汪经理并未因此沾沾自喜，他也常常在思考，怎样提升自己的业绩，获得领导的赏识，下属的支持和信任。业余时间，汪经理除了钻研技术，也找了些管理类书籍学习，看了些书后，汪经理渐渐明白了该怎样做个称职的领导，并在如何建立起良好的工作氛围，激发工作的积极性方面琢磨了一些方法。

汪经理知道，技术部的工作分量重，技术人员很辛苦，经常加班到深夜。没办法，项目追得紧。他想，在这种情况下，多关心员工，利用手中现有的一点权力进行“小恩小惠”，肯定能博得下属的好感，融洽人际关系，为工作增添“润滑剂”。但是，作为中层经理，他手中掌握的资源有限，不可能经常给员工加薪和升职。不过，汪经理也有办法，每个部门不都有提留的部门基金吗，他就常常用这笔钱请手下员工下班后吃饭，犒劳大家。技术部是个以项目团队为管理单位的部门，下班后的饭局也成了团队成员交流感情、性格磨合的机会，从这个方面说，汪经理的办法真是一石二鸟，既为自己树立了威信，也创建了良好的工作氛围。

又到月底了，汪经理结算了一下上个月部门基金，发现有 1000 多元没有用完。按照惯例他会用这笔钱请手下员工吃一顿，于是他走到休息室叫员工小马，通知其他人晚上吃饭。快到休息室时，汪经理听到休息室里有人在交谈，他从门缝看过去，原来是小马和销售部员工小李两人在里面。

“呃”，小李对小马说，“你们部汪经理对你们很关心嘛，我看见他经常用招待费请你们吃饭。”

“得了吧”，小马不屑地说道，“他就这么点本事来笼络人心，遇到我们真正需要关心、帮助的事情，他没一件办成的。你拿上次公司办培训班的事来说吧，谁都知道如果能上这个培训班，工作能力会得到很大提高，升职的机会也会大大增加。我们部门几个人都很想去，但汪经理却一点都没察觉到，也没积极为我们争取，结果让别的部门抢了先。我真的怀疑他有没有真正关心过我们。”

“别不高兴了，”小李说，“我先出去了。”

汪经理愣了，情急中只好躲进了自己的办公室。在宽大的部门经理办公室。汪经理窝在沙发椅里，满腹委屈。他真的没有想到，自己苦心营造的其乐融融的人际关系竟然是这样的。他不禁反思起小马的话来，是有这么回事。月初。公司组织了管理技能培训，当时，技术部的几个项目都在关键时刻，这个培训又不是最急需的技术培训，汪经理没把这个培训当回事，也就没在部门内部提起过。但是，很明显。这个原因带来的不满意超过了他请客吃饭带来的满意。

汪经理真的很头痛，请客吃饭这个办法行不通了吗?部门基金的数目也不是很大，我没有装到自己的口袋中，没用发票来冲账，也没有和自己的朋友吃饭，而是用来招待同事，难道不是关心他们吗？还有这事怎么传到其他部门去了。如果让别的部门抓住小辫子，对我的提升肯定会产生影响。汪经理想来想去。要不然干脆取消这类似的活动，真是吃力不讨好。

还有，那个小马作为基层员工也太不给自己上司面子了，怎么可以当着“外人”随便议论自己领导的不是呢?尤其是“死对头”销售部的人，是不是该收拾一下小马?

经理桌上的烟灰缸里已经静静地躺了三个烟蒂，汪经理陷入迷茫了，他不知道错在什么地方。快到下班时间了，汪经理必须得想出个解决办法来，否则这个问题就永远存在了。

想到这里汪经理摁灭了最后一颗烟蒂，大步地走出了办公室，直接走进了部门工作区。一进门。里面的议论声就停了，汪经理没有理会，边说边招手：“小马，现在有空吗?我有事情找你。”汪经理和小马回到他的办公室。小马在汪经理面前坐下，显得有些紧张。

汪经理说：“最近工作怎么样?有没有什么事需要我帮忙?”

小马感到很突然，不知道经理找他的真实目的是什么，说的很圆滑：“没有什么特别的，一切正常。”

“哦。过几个月公司有个管理培训，不知道你有没有兴趣。”(其实汪经理也不确定，但三个月之内都没有培训也太说不过去了，汪经理也可以单独申请培训机会。)

小马脸上顿时发出光来，抬头注视着汪经理的眼睛，急切地说：“培训是好事情呀。上次的培训，我们部门没人参加，我们还后悔呢，没有抓住一次学习的机会。这次有机会您一定要帮我们争取呀。”

汪经理点点头，关注地看着小马说：“上次的培训我还以为你们不喜欢呢，也没有人催我，你也不提醒一下。既然喜欢就要努力争取嘛。不争取就得不到，我们公司就是这样的。再说我每天的事情很多，可能照顾不了那么多，你们也多原谅。下次培训我一定帮你争取。”

小马感激地看着经理说：“那就多谢您了，我明白了，多谢照顾。”

汪经理身体向后一靠，放松地说：“培训回来可要给我们上课的，不能光你学了就算了，要教我们的，哈哈。怎么样，你通知一下其他的同事，今天晚上我请客，就当是我赔罪。”

小马感激地说：“多谢经理了，您又要破费了，我这就去通知。”等到小马，快要出门了，汪经理说：“小马，等一下。”小马回头说：“还有什么事，经理。”这时汪经理严肃地说：“以后注意点，别让其他部门的人知道我们经常有活动，否则影响不好。”

(资料来源：作者根据相关材料整理而成)

案例分析思考题

1. 请描述本案例中所涉及的激励理论思想。结合本案例，你认为汪经理将来的工作中应该注意什么问题?

2. 你认为本案例中的部门员工在哪些方面有需求?

第十二章

沟 通 行 为

学习目标

通过本章的学习，理解沟通行为及作用、沟通行为的各种类型和过程、沟通行为的基本要素、沟通行为的类型；把握有效沟通行为的障碍，改善沟通的障碍、实现有效沟通的方法和艺术。掌握沟通行为的阶段、正式沟通网络和非正式沟通网络。

关键概念

沟通(Communication)　沟通过程(Communication Process)　信息(Message)　沟通的障碍(Communication Barriers)　垂直沟通(Vertical Communication)　平行沟通(Horizontal Communication)　斜向沟通(Slope Communication)　体态语言(Body Language)

对于组织管理者来说，沟通是一个十分重要的问题。沟通把许多独立的个人、群体联系起来，成为一个整体。组织中的相互了解、获得反馈、衡量成果、进行决策以及部门之间的协调等，无不依赖于信息沟通。沟通贯穿管理的全过程之中，计划、组织、领导、决策、监督、协调、考核的成功完成，都必须以有效的沟通为前提。

第一节　沟通行为概述

沟通行为是人们社会行为的基本内容之一。人是以社会人的角色存在于这个世界的。既然作为社会人，就必须与社会发生这样或那样的联系。而人要认识社会和为社会所认识，就要与社会发生沟通行为，否则，人就无法生活，社会也无法维持。

一、什么是沟通行为

沟通行为是人们相互之间进行信息传递和交流的行为。沟通行为最基本的作用或功能就是让接受者理解发送者所要传递的信息。

对于一个组织来说，成员之间如果没有沟通行为，这个组织就无法正常运转。因为此时上级的决策无法传递给下级，更谈不上去执行。如果组织内部缺乏良好的信息沟通，上

级得不到下级执行决策的信息反馈，就无法改进决策，优化决策；部门之间缺乏沟通，其行动也就难以协调；组织成员间沟通不良，组织内部就难以建立起良好的人际关系，组织必然缺乏凝聚力。可见，沟通行为是组织得以生存、运行和发展的基础。

一个完整的沟通行为过程必须包括信息的传递(从信息源发出信息到接收者)和信息的反馈(接收者感受到信息的传递，经译码赋予信息以意义，并受其影响而做出反应)。前者是发生沟通行为的必要条件，没有信息源的信息发送，就谈不上沟通。后者则是实现有效沟通行为的充分条件。

沟通行为不仅是为了传递信息，而且在于期望唤起或影响接收者特定的反应或行为。只有通过接收者的反应或反馈，才能准确、真实地评价和测量沟通是否达到了预期效果。如果信息或想法没有被传送到，则意味着沟通没有发生。也就是说，说话者没有听众或写作者没有读者都不能构成沟通。

二、组织沟通行为的意义和作用

组织沟通行为是指组织成员之间进行的信息交流和传递行为。

一般来说，组织沟通行为的作用在于使组织内每个成员都能够做到在适当的时候，将适当的信息，用适当的方法，传递给适当的人，从而在组织内形成一个健全、迅速、有效的信息传递系统，以利于组织目标的达成。

1. 组织沟通的意义

组织沟通的重要意义有以下几点。

1) 组织沟通是正确决策的前提和基础

当今决定一个企业成败的，往往不在于一般日常生产管理，而在于重大经营方针的决策。在决策过程中无论是问题的提出，问题的认定，还是各种可供选择方案的比较，都需要组织内外、国内外市场、技术、价格、资源、人力和士气等有关方面的情报。事实证明，许多决策的失误，都是由于资料不全、沟通不畅造成的。因此，没有沟通就不可能有正确的决策。

2) 组织沟通是统一思想和行动的工具

组织沟通是整合组织力量的有效手段。当组织上做出某一项决策或制定某一项新的政策时，由于所处的位置不同、利益不同、掌握信息的多少不同、知识经验不同，因而组织成员对决策和政策的态度是不一样的。为了使人们能够理解并愿意执行这些决策，就必须实行充分而有效的组织沟通——交换意见、统一思想、明确任务并统一行动，控制工作进程，以达到组织目标。所以没有沟通就不可能有协调一致的行动，也就不可能达到组织目标。

3) 组织沟通是建立良好的人际关系的关键

组织沟通能够使组织成员之间、特别是领导者和被领导者之间建立起良好的人际关系。

2. 组织沟通的作用

良好的组织沟通，尤其是畅通无阻的上下沟通可以起到的具体作用有以下几个方面。

1) 激励作用

组织的有效沟通能激励和振奋员工士气，促使他们积极参与企业的创造性实践，满足自我价值实现的需要，从而大大提高工作效率。

2) 创新作用

在有效的人际沟通中，沟通者互相讨论、启发、思考、探索，往往会发出创意的火花，推动组织的革新进程。

3) 感情表达作用

对许多组织成员来说，个体通过群体间的沟通来表达自己的满足感或挫折感。因此，组织沟通提供了一种宣泄情感的机制，并满足了成员的社交需要。

随着管理学的发展，沟通的重要性越来越得到公认，有人甚至认为，国家、社会、种族发生冲突的主要原因是沟通问题。国外的研究表明，一个管理人员除睡眠外，每天 80% 的时间都用在了沟通上。可见，沟通行为是管理者或领导者的重要任务。

三、沟通行为要素及过程

如图 12-1 所示，沟通行为是一个复杂的信息传递过程。从这一过程中，可以了解沟通行为有哪些基本要素和阶段。

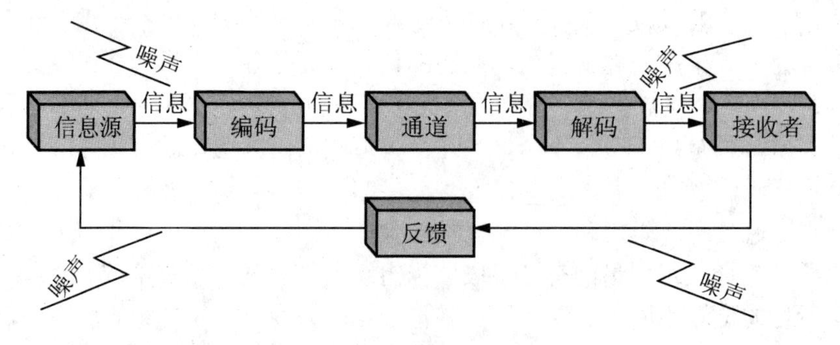

图 12-1 沟通行为的过程

1. 沟通行为的基本要素

无论是何种沟通行为，在一个完整的沟通过程中，都必须包括以下七个最基本的要素。

1)　信息源

信息源又称信息发出者，是信息沟通的主体，是有目的的传播信息者，可能是个人，也可能是组织。

2)　信息

信息也就是信息内容，是表达沟通主体的观念、消息、需要、意愿等。沟通的信息内容是多种多样的，它既可以是客观事实，也可以是个人的主观感受和情感反映。它既包括正式组织中上级下达的命令、指令、计划以及决策；下级按规定上报的报告、反映的情况，也包括在非正式场合中员工之间的感情交流、谈心等。沟通的信息内容，既可以用书面形式表达，也可以用口头表达。

3)　编码

编码是信息发出者将需要传递的信息内容用不同的语言形式描述或体现出来，让信息接收者能够接受和理解的过程。

4)　通道

通道也叫渠道，即信息传递的路途。信息必须载于通道才能交流，同时，通道也是信息发出者与接收者的连接体。不同的沟通渠道的沟通效率是不一样的。对于一个组织来说，不仅要建立完整的沟通渠道，而且还要使沟通渠道保持畅通无阻的良好状态。

5)　解码

解码也叫译码，是信息接收者将信道中信息源加载的编码信息翻译为自己能够知觉并能理解的过程。

6)　接收者

接收者是信息沟通的对象，沟通过程中处于被动地接受信息的一方。接收者可能是个体，也可能是群体。在沟通的不断循环过程中，信息的发送者与信息接收者的身份会不断改变。特别是在双向沟通中，无论哪一方都要充当信息发送者，又要充当信息的接收者。

7)　反馈

反馈是信息接收人对传递信息的反应。反馈反应作为反馈信息返还给信息源，使信息发出者了解信息的传递情况和接收人的理解情况，以便及时调整沟通内容。

另外，信息沟通存在着许多环节，因外界环境的作用，每一个环节都有可能出现噪音或干扰。噪音使得我们无法实现有效的信息交流。对这种噪音，如果不采取防范措施，就会对信息沟通造成严重影响。

2. 沟通行为的阶段

沟通行为的阶段可以从两个方面理解：

(1)　从信息发出者看，在沟通过程中，沟通行为可以分为三个阶段：①信息的发送者将要发送的信息转化为不同形式的语言。②随后经一定的沟通渠道传送信息。③信息的接收者在接到信息之后对信息进行理解，按接收到的信息采取行动。

(2) 从信息接收者看，在沟通过程中，沟通行为可以分为四个阶段：①关注与否，指信息接收者对沟通内容是否关心。②理解与否，信息接收者对接收到的信息是否理解。③接受与否，信息接收者对接收到的信息是否接受。④行动和反馈，信息接收者针对接收到的信息，采取何种行动，有什么样的反馈。

从沟通行为的阶段发展中可见，沟通行为的最终目的是对信息接收者产生影响，促使其产生对信息发送者有利的行动。但是要达到这一结果，组织管理者在沟通行为的每一阶段都要做大量的工作：①在沟通过程中，信息发送者必须注意信息接收者是否关注自己所发送的信息，如果不关注的话，就应采取措施。②如果信息接收者不能理解信息的含义，甚至出现相反的理解，也应采取措施。③人们在理解了信息发送者所发送的信息之后，要么接受，要么拒绝。在沟通过程中，信息发送者应预先估计信息可能被接收者拒绝的情况，并采取一切措施，加以预防，以使发送的信息能够被接受并出现对信息发出者有利的行为。

第二节　沟通行为类型与网络

一、沟通行为的类型

沟通行为形式多种多样，可以从不同的角度进行分类，常见的分类方法有以下几种。

1. 按沟通的组织系统分类

按沟通行为的组织系统，可以把沟通行为分成正式沟通行为与非正式沟通行为。

1) 正式沟通

所谓正式沟通是指按照正式的组织系统与层次来进行信息的传递和交流。这类沟通行为代表组织，比较慎重。如组织规定的汇报制度、会议制度、组织发布的指令等，正式沟通渠道的建立是以正式组织结构为依据的。具有组织强制性、程序性、严肃性、可靠性、稳定性、速度较慢和非媒介载体信息传递不易失真等特点。它是组织内沟通的主要方式，其行为的路径如图 12-2 所示。

正式沟通强调组织成员是作为一定的角色来进行沟通，其内容是与组织活动直接相关的，如决策、生产经营计划、定期的生产、经营情况汇报等。组织系统是正式沟通的主要渠道。

2) 非正式沟通

非正式沟通行为是指正式沟通渠道以外，自由进行的信息传递和交流。

非正式沟通行为以私人的接触来进行沟通，如群体成员间私下交换意见及情感。其特点是自发性、灵活性、速度快、效率较高。

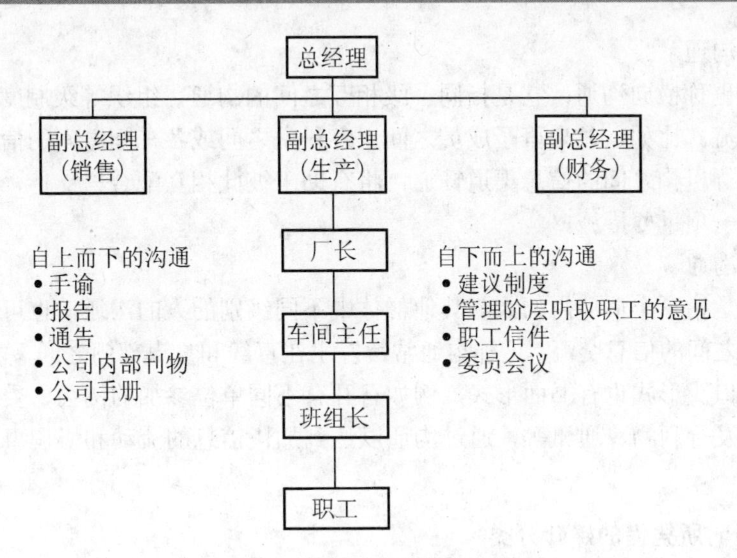

图 12-2　正式沟通行为路径

在组织管理中，非正式沟通作为正式沟通的补充，有积极的作用，它可以掌握成员的心理状况，增加信息量，密切人际关系，减少群体内的人际关系摩擦，促进良好人际关系的形成和工作效率的提高等。但是非正式沟通也有一定的片面性，非正式沟通中的信息常常被夸大、曲解，因而需要慎重对待。

正式沟通行为与非正式沟通行为两者的界限不是绝对的，有时是很难区分的。

2. 按沟通的流动方向分类

按沟通的流向，可以把沟通行为分为上行沟通行为、下行沟通行为、平行沟通行为和斜向沟通行为。

1)　上行沟通

上行沟通是指自下而上的沟通，即向上级反映情况、提供信息、提出要求和建议。如果上行沟通渠道畅通，将有利于企业的领导者及时、准确地掌握全面的情况，做出符合实际情况的决策。比如：定期召开职工座谈会，设立意见箱，建立定期的汇报制度以及组织决策者的接待会访制度等，都是保持上行沟通渠道畅通的有效方法。

2)　下行沟通

下行沟通是指自上而下的沟通，如上级将政策、目标、制度、方法等告诉下级，企业的上层领导向下级传达企业的目标、规章制度及工作程序等。下行沟通的主要作用是使下级明确工作任务和目标，引导个体目标与组织目标保持一致，协调各层次间的活动，增强各级间的有效协作。

此外，这种自上而下的沟通能够协调组织内各层级之间的关系，增强各层之间的联系。

3)　平行沟通

平行沟通也称横向沟通，它是指同一级相互之间的沟通，组织等级制度中各平行机构之间的信息交流。比如，领导班子成员之间、各科室之间或各车间之间的信息沟通等。如果能保证各平行机构之间的信息渠道畅通，将有助于彼此相互配合与支持，这也是减少各部门间冲突的一项重要措施。

4)　斜向沟通

斜向沟通是指一个群体内的人与其他群体中不同级别的人的沟通，也可以说是不同层次部门或个人之间的信息交流。这种沟通常常发生在直线和参谋部门之间，直线部门之间。斜向沟通既有口头形式也有书面形式，例如召开有不同单位参加的例会、委员会、非正式的碰头会以及发行刊物、通讯等，通过沟通以达到加快信息的流动和协调事务、解决问题的目的。

3. 按沟通时所凭借的媒介分类

按沟通时所凭借的媒介，可以将沟通分为书面沟通行为、口头沟通行为、非语言沟通行为、混合沟通行为。

1)　书面沟通

书面沟通是指以文字为媒介的信息沟通。

书面沟通的特点是正式、准确、具有权威性、可以备查。

书面沟通常常适用于传递篇幅较长、内容详细的信息，它具有下列几个优点：①为读者提供以适合自己的速度、用自己的方式阅读材料的机会。②易于远距离传递。③易于储存，并在做决策时提取信息。④比较规范、准确。

缺点是缺少必要的感情色彩，传递和反馈时间慢，以及加大传递信息的理解难度等。比如通知、合同、协议、规定、布告、书信、函件、刊物、备忘录以及利用计算机网络和移动电话短消息服务传递信息等。

2)　口头沟通

口头沟通是指以口头语言为媒介的信息沟通。例如交谈、报告、讨论、讲课、打电话等。

口头沟通的特点是亲切、反馈快、弹性大、双向口头沟通。

口头沟通有下列几个优点：①信息发送和反馈快捷。②双方情感交流心理距离更近。③传递敏感的或秘密的信息。④适用于那些不能用书面媒介的信息。⑤适合于传递感情和非语言暗示的信息。

口头沟通的缺点是信息再次传递的人越多，被曲解的可能性就越大。并在事后难以准确查证。

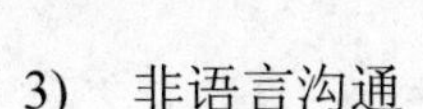

3)　非语言沟通

非语言沟通是指以体态语言为媒介的信息沟通。例如手势、面部表情、声调和其他身体动作。随着行为学研究的深入，人们已认识到非语言沟通是人际沟通中十分重要的内容。一瞥、一笑、一个手势、一种色彩、一段距离，都传递着一种信息。没有非语言沟通，沟通显然是不全面的。

非语言沟通主要表现为六个方面。这六个方面，已成为行为学中的分支学科，见表12-1。

表12-1　研究非语言沟通行为的分支学科

动作学	研究通过身体移动进行沟通，包括面部表情、姿态、手势
眼神学	研究通过眼神接触和凝视进行沟通
触觉学	研究通过使用身体接触进行沟通
空间关系学	研究通过使用空间进行沟通
时间学	研究通过文化对时间的利用进行沟通
色彩学	研究通过使用颜色进行沟通

(1)　动作学也称运动行为，是研究通过身体移动进行沟通的学科。如沟通中，面部表情中的微笑表示亲切、幸福，而皱眉通常表示不满和烦恼。手势在不同国家和地区有不同的含义。

(2)　触觉学是研究通过身体进行沟通的学科。例如握手、拍肩膀表示友好，相同性别的中东人相见，互相吻对方的脸颊。

(3)　眼神学是研究通过眼神接触和凝视进行沟通的学科。如在美国，保持眼神接触是一个良好的沟通标志；在中东，它是成功沟通的一部分。但是对于日本人，它可能暗示着不信任。

(4)　空间关系学是研究通过使用空间进行沟通的学科。例如，在美国，人们通常使用四种距离区域：即①亲密区(Intimate Zone)不超过46 cm的距离，通常适用于亲密的朋友间。②距离在46～122 cm之间的是个人区域(Personal Zone)，它适用于亲密的工作环境或是发布命令时。③在大多数商务环境中，美国人使用的是社交区域(Social Zone)，距离在1.22 m～3 m之间。④公众区域(Public Zone)的距离超过3 m以上，一般不经常使用，适用于某些正式场合，如演讲。

(5)　时间学是研究通过文化对时间的利用进行沟通的学科。不同的文化背景，人们对时间的安排具有不同的特征。如在奉行单维时间安排的文化中，人们以线性的方式做事，即一次只做一件事，时间安排总是很重要的，约会应该认真对待。而奉行多维时间安排的人，趋向于在同一时间内做几件事。

(6)　色彩学是研究通过使用颜色进行沟通的学科。在进行跨文化沟通时，衣物、产品及包装、礼物上的颜色能够传递预期的和非预期的信息。例如，在香港，红色代表着幸福和好运；在智利，一份黄玫瑰的礼物所传达的信息是“我不喜欢你”；而在捷克共和国，红玫瑰意味着浪漫的情调。

4) 混合沟通

在现实沟通行为中，往往是口头沟通、书面沟通和非语言沟通结合在一起使用的。在沟通效果的调查中，通过对口头沟通、书面沟通或两者混合使用的信息效果程度进行打分，结果表明，混合沟通方式得分最高，效果最好，而书面沟通方式的效果最差。各种沟通方式的平均测验分数见表 12-2。

表 12-2 各种沟通方式的平均测验分数

沟通方式	员工人数	平均测验分数
混合	102	7.7
口头	94	6.17
书面	109	4.91

虽然这只是一个方面的实验结果，难说是规律，但它还是反映出了一定的问题。

4. 按沟通是否进行反馈分类

按沟通是否进行反馈，可将沟通分为单向沟通行为和双向沟通行为。

1) 单向沟通

所谓单向沟通是指朝着一个方向的沟通。它的优点是速度快、秩序好、严肃。缺点是缺少信息反馈，沟通的信息准确性差、无逆向沟通。在沟通过程中，一方始终处于发信者的地位，另一方始终处于接收者的地位，双方没有语言和情感的交流与反馈。实收率低，接收者容易产生挫折、埋怨和抗拒。

2) 双向沟通

双向沟通是指双方位置不断变化、双向信息流动的沟通形式。在沟通过程中，双方始终变换信息发送者和信息接收者的位置，并伴随双方语言和情感的交流与反馈。其优点是能及时获得反馈信息，沟通信息准确性较高，可使沟通双方感情融洽。其缺点是信息完整传递速度较慢。

一般说来，例行公事、有章可循、无甚争论的情况下，可采用单向沟通；事情复杂、把握不大、难以决断的，可采用双向沟通。重视速度、维护表面威信，可采用单向沟通；重视人际关系，可采用双向沟通。

5. 按信息沟通的过程是否需要第三者的加入分类

按信息沟通的过程是否需要第三者的加入，可将沟通分为直接沟通行为和间接沟通

行为。

1)　直接沟通

直接沟通是指信息发送者与接收者直接进行的信息交流，无需第三者的传递的沟通方式。如相互交谈、协商、讨论、讲课、演说等。

直接沟通具有信息发送和反馈快捷的优点，缺点是信息的有效传递需要时间和空间的一致性等。

2)　间接沟通

间接沟通是指信息发送者通过第三者的中转才能把信息传递给接收者的沟通方式。如请人带话、带口信等。

间接沟通的优点在于不受时间和空间的限制，容易避免某些双方产生心理压力和冲突等敏感问题，但也有传递过程和反馈过程不及时，中间传递失真等缺点。

6. 按信息沟通时发送人与接收人对信息的需求程度分类

按信息沟通时发送人与接收人对信息的需求程度，可将沟通分为主动沟通行为和被动沟通行为。

1)　主动沟通

主动沟通是指沟通过程中信息发送人或接收人有意识的、有针对性的、符合个人对发出或获取信息心理需求的沟通方式。具有可以满足某些心理需求、目的性强、沟通信息质量较高以及对信息传递过程能更好地控制的优点，但在主观意识的作用下，对信息的编码和译码、传递方式、沟通个体等具有较明显的选择性，过分强调信息的某些方面而忽略或隐瞒其他方面，可能产生信息失真、曲解等缺点。如汇报工作夸大成绩，隐瞒缺点；申请投资则高估效益，加大预算等。

2)　被动沟通

被动沟通主要是指沟通过程中信息发送人或接收人无意识的、无针对性的、个人对发出或获取信息心理需求并不强烈的沟通方式。具有无目的性、偶然性、非控制性等特点，在接收人毫无接收需求时，表现出对信息的较突出的排斥性。比如，贪玩学生的学习过程、胆汁质型气质个体对刺激的表情暴露、重要秘密的泄漏过程等。

7. 按照沟通功能划分

按照沟通功能，沟通可以分为工具式沟通行为和感情式沟通行为。

1)　工具式沟通

工具式沟通指发送者将信息、知识、想法、要求传达给接收者，其目的是影响和改变接收者的行为，最终达到企业目标的沟通。工具式沟通通常发生在正式组织中由组织规定确立的组织成员的关系中。

2) 感情式沟通

感情式沟通，又称为满足需要的沟通，指沟通双方表达情感，获得对方精神上的同情和谅解，最终改善相互间的人际关系的沟通。这种沟通能使组织成员产生感情共鸣，满足作为社会成员的个人交往的精神需要。如在节假日举办的联谊会、竞赛、郊游等活动都是旨在缓解日常工作的紧张单调，营造宽松的人际交往氛围。

8. 按沟通的组织层次不同划分

按沟通的组织层次不同，沟通可分为个人与个人的沟通行为、个人与群体的沟通行为、群体与群体的沟通行为。

1) 个人与个人的沟通

个人与个人的沟通，即个人之间的信息交流，既有因工作原因固定的与某个人的交流，也有随自己的意愿、喜好的私人交流。

2) 个人与群体的沟通

个人与群体的沟通，指的是个人代表本组织与其他部门、群体的沟通联系。

3) 群体与群体的沟通

群体与群体的沟通，通常是组织内各群体间由于分工与协作而发生的必要的工作沟通，如各科室之间的沟通。

二、沟通网络

在沟通行为发生过程中，无论是哪种类型的沟通，都必须经过一定的沟通通道或渠道。这种由不同的沟通渠道所组成的结构形态，被称之为沟通网络。沟通网络不仅影响群体工作效率，而且还影响群体成员的心理效应和群体的心理气氛。

沟通网络分为正式沟通网络和非正式沟通网络。

1. 正式沟通网络

1) 正式沟通网络的特征

(1) 正规性。在正式的组织沟通中，沟通网络必须明确地予以规定，每一组织成员都要有明确的沟通路线。就是说，按照组织设计中的制度规定，各个组织角色之间信息传递都有一定的规则，不可随意打乱。

(2) 直接性。根据制度建立起来的沟通路线，必须是直接的，而沟通的信息也必须是可靠的和准确的。两个组织角色之间进行沟通，必须方便地直接联系，如果联系曲折或经第三者的转达，则说明该沟通路线存在问题。正式沟通所传达的信息是组织活动直接的、现实的依据，因而必须是准确可靠的。只有这样，组织才能实现其正常运转。

(3) 连贯性。正式的沟通路线要经常、连贯地使用，以保证其畅通和传达信息的可靠性。任何组织一旦进入运转过程，其正式的沟通路线就必须保证畅通而不能间断。一旦间断，就有可能造成沟通的故障，还有失去控制和指导的危险。

2)　正式沟通网络类型

正式沟通的网络主要有链式、轮式、圈式、全渠道式和“Y”式五种类型。如图 12-3 所示。

(1)　链式沟通网络。链式沟通网络是在分层领导体制下，最高领导者与最低执行者之间进行信息沟通的一种概括模式。

链式沟通网络就其本身的效率而言，信息传递的速度较慢，信息在中间被过滤的可能性较大，信息接收者的信息载荷量较小。

链式沟通网络对组织结构的作用表现为：解决问题的速度很慢，因为从下到上经过的沟通线路太长。容易形成领袖人物，组织化过程较慢。一经产生就比较稳定，但又不利于鼓舞士气。

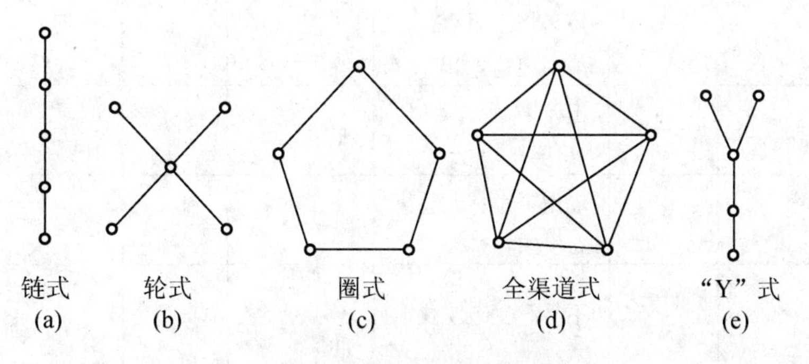

图 12-3　正式沟通网络类型

(2)　轮式沟通网络。轮式沟通网络是组织结构中领导与参谋机构、职能机构之间进行信息沟通的模式概括。轮式沟通中信息传递的速度较快，信息不容易被过滤，处于轮式网络中的领导者要接收较大的信息载荷量。

轮式沟通中的组织效率表现为：解决问题的速度快，容易产生组织核心，并使这种组织化过程维持高度的稳定，但不利于鼓舞士气，工作缺乏弹性等。

(3)　圈式沟通网络。圈式沟通网络表示着一个由五个人构成的沟通网络。在这个沟通网络中，组织分为三个层次，第一级主管与两个二级主管联系，第二级主管则与第三级联系，第三级之间存在着横向联系。

圈式沟通就其本身的效率而言，传递信息的速度快，中间也可能发生信息过渡，但比链式沟通中发生的概率要小。第二级领导人的信息载荷量由分权的程度决定。

圈式沟通的组织效率表现为：解决问题速度较慢，不易产生组织化过程，也难以产生组织领导权威，但有利于鼓舞士气，在组织的执行层中，应鼓励这种沟通。

(4)　全渠道式沟通网络。全渠道式沟通网络是环型沟通网络的进一步发展。在这个网

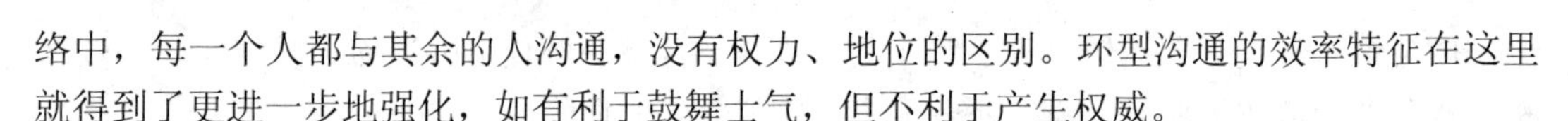

络中，每一个人都与其余的人沟通，没有权力、地位的区别。环型沟通的效率特征在这里就得到了更进一步地强化，如有利于鼓舞士气，但不利于产生权威。

(5) Y 式沟通网络。Y 式沟通网络是在链式沟通网络的基础上发展起来的，其效率特征与链式沟通网络基本相同。当然，如果上下级的沟通呈“正 Y 型”，一般来说，容易产生多头领导的局面，使同时需对两个上级的下级在行动中常陷于左右为难的困境。所以，正式组织的正式沟通，在传递命令、决策时，不能利用正 Y 型沟通网络，而倒 Y 型沟通网络就是十分正常的了。

以上各种沟通网络对组织沟通行为的影响效果状况是不同的，见表 12-3。

表 12-3　各种沟通网络对组织活动的影响

沟通网络类型	沟通的效率	精确度	组织化的效果	领导者的作用	士气	其他影响
链式	高	低	较易产生组织化，组织很稳定	显著	低	任何环节都不能有误或打折扣
轮式	高	低	迅速产生组织化并稳定下来	非常显著	很低	成员之间缺乏了解，工作难以配合、支持
Y 式	高	低	较易产生组织化和组织稳定	显著	低	
圈式	低	高	不易产生组织化，不稳定	不存在领导作用	高	邻近的成员之间联系，远一点则无法沟通；临时性的
全渠道式	低	较高	不易产生组织化	不存在领导作用	高	成员之间真正相互了解，适合解决复杂问题

在现实的组织活动中，很少存在单一的沟通模式。在许多情况下，组织沟通自觉或不自觉地是多种沟通网络同时并存或交替进行的。在实践中，这种复杂性和可变性要求组织的设计者和管理者以及一般的组织成员，灵活掌握、综合运用各种沟通网络，以提高组织沟通的效率，取得良好的效果。

从以上对几种沟通网络的分析可知，没有一种绝对完美无缺的沟通网络。在不同的组织中，要根据组织的性质、成员特征、任务目标、时间限制等多种因素建立正式的沟通网络。并且要根据条件的变化及时变更信息的沟通网络形式。

2. 非正式沟通网络

非正式沟通网络一般有四种形式。见图 12-4。

(1) 单线式，指的是通过一长串人际沟通的信息传递来传播信息。当然，这一长串人之间并不一定存在正规的组织关系。

(2) 辐射式。指以一个人为中心对其他人传播信息的方式。如主动寻找机会，通过闲聊的方式来散布信息。

(3) 随机式。指的是不规则的随机沟通的方式。例如道听途说。

(4) 集束式。指的是有选择地寻找对象传播信息，每一次传递都可能选择一些与自己亲近者，而这些亲近者又传递给自己的亲近者。

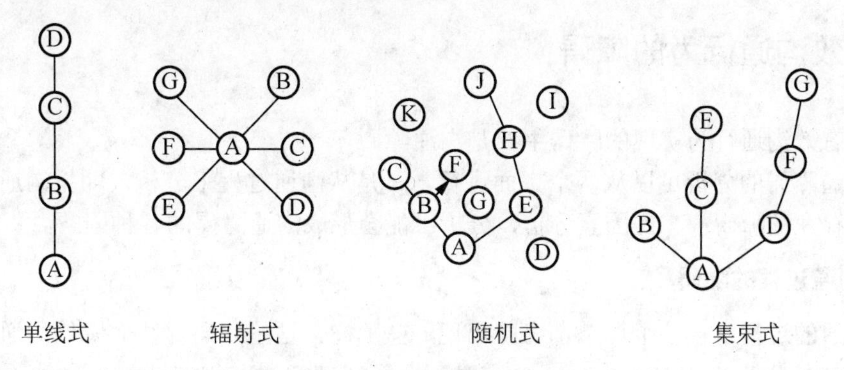

图 12-4　非正式沟通网络类型

第三节　有效沟通行为的实现

沟通行为在整个组织活动中都起着非常重要的作用。在管理中，只有进行有效的沟通行为，才能提高人际间的相互理解，提高组织的效率和竞争力。

一、什么是有效沟通行为

有效沟通行为是信息发出者将完整、准确、及时的信息传递给信息接收者，并且信息接收者完整、准确、及时的理解信息。因此，有效沟通行为有以下特征。

1. 及时性

及时沟通，是指沟通双方在尽可能短的时间进行沟通，并使信息发生效应，为此要做到：

(1) 传送及时。在信息传递过程中，尽量减少中间环节，避免信息的过滤，使信息最快到达接收者。

(2) 反馈及时。接收者尽快反馈，以利于发送者修正信息。

(3) 利用及时。信息具有较强的时效性，要求双方实时利用，避免过期失效。

2. 完整性

要使接收者所掌握的信息是全面和完整的信息，而不是残缺、不全面的。

3. 准确性

传递的信息要被接收者正确理解，这个沟通才具有价值，才能充分反映信息发出者的意愿。接收者按照不失真的信息采取行动，则能取得预期效果。失真的信息，往往会对接收者产生误导。

二、有效沟通行为的障碍

影响有效沟通行为实现的障碍主要是沟通障碍。

对沟通障碍的分析可以从两个方面进行，一是从沟通过程来分析，即按沟通发生的阶段来分析存在的障碍；二是因素分析，分析可能会形成沟通障碍的各种因素。

1. 沟通过程的障碍

在沟通的过程中，各个环节都可能出现一些障碍，这些障碍往往会降低沟通效率，给所有交流的信息带来歪曲和失真，严重时甚至可能使沟通过程中断，使之达不到预期的目的。

1) 编码阶段

在编码阶段，影响有效沟通的因素主要有语言和非语言性沟通手段的选择、发讯者的准备状况、发讯者的表达能力、双方知识经验的局限以及双方知觉、价值观和信仰的程度差异等。

(1) 语言的选择。选择语言恰当与否会影响沟通的质量。语言是一种符号，是对客观事物的抽象，它只是信息的载体。因为抽象，就容易被歪曲和误解；越一般化且不涉及具体细节，便越易误解；使用方言、俚语、专业性行话也易被曲解；多义双关词同样也会造成语义上的问题；上下级之间最容易因语言使用不当而沟通不畅。

(2) 非语言性的沟通手段。手势、体态、面部表情乃至时间、空间都能用来对语言性沟通中传递的意思予以澄清或使之更含混。非语言性沟通常具有重复、否定、替代、补充及强调五种功能。如果运用恰当，可比语言性沟通更有力而准确。但如果运用不当，如非语言性讯号所传递的信息与本想传递的信息不同，或与语言性信息不同，将会引起信息接收者的误解。而且非语言性沟通还受文化传统的影响，不了解这点，也会阻碍有效沟通的进行。

(3) 发讯者的准备状况。良好的信息沟通并不是碰巧得来的。许多管理人员习惯于不做充分准备就开口作报告，未经认真思考就动手写文件。如果能在沟通之前做足准备工夫，认真想一想为什么要下达命令和指示？用什么样的方式下达命令更容易被下属接受？在什么时间、什么地点发布命令更适宜解决好这些问题，就能增进下属对信息的理解，减少下属的抵触情绪。

(4) 发讯者的表达能力。表达能力是发讯者通过语言表范围自己的思想、情感和消息的能力。在沟通中，接收人是首要的沟通者，因此，发讯者表达能力的强弱是能否实现有效沟通的关键。

(5) 双方知识经验的局限。当发讯者把信息翻译成信号时，他只是在自己的知识经验范围内进行编译；同样，受讯者也只能在他们自己的知识经验内进行译解，理解对方传送来的信息的含义。如图 12-5(a)显示，甲乙双方的知识经验范围有交叉区，这个交叉区就是双方的共同经验区(共通区)。这时，信息就可以容易地被传送和接受。双方彼此很熟悉时，往往有这样的情况，一方只需稍微说一点，另一方很快就能理解对方的意思，因为他们之间有很大的共通区。相反，如果双方没有共同的经验区，如图 12-5(b)所示，就无法沟通信息，接收者不能译解发送过来的信息的含义。如小孩子听不懂成年人的话，因为他没有足够的知识和经验。因此，信息沟通往往受到知识和经验的局限，只有存在共通区才能进行有效的信息沟通。

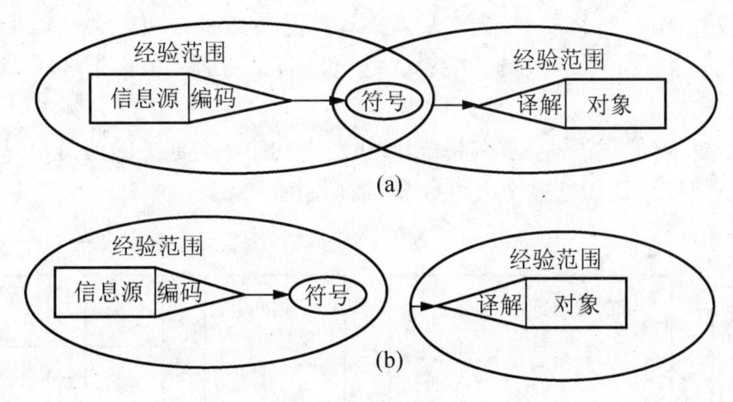

图 12-5　信息沟通所必需的经验共通区

(6) 双方知觉、价值观和信仰的程度差异。各人不同的背景、经历形成了人们各不相同的标准、世界观和个人价值取向。对于来自外界的刺激，每个人均会运用与自己的标准和观念一致的方式来对其进行选择、组织和翻译。所以当我们了解、认识到对方的标准和观念，并且传送的信息与其观念标准相一致时，沟通就较为容易。相反，若不了解对方的知觉、价值观、信仰，就不可能实现有效的沟通。

2) 传递阶段

在传递阶段，影响有效沟通的因素主要有媒介(渠道)的选择、信息量及沟通负载、时机不适、干扰等问题。具体表述如下。

(1) 媒介(渠道)的选择。组织中可供选择的媒介很多，口头性的除面谈、会见、演讲外，还可以采用电话、闭路电视等电子信息工具进行沟通；书面性的包括：信函、备忘录、报告、海报、手册、传真、互联网络等。

沟通媒介的选择，要依据具体条件下的有效性，灵活应用，否则就会造成沟通的困难，或影响组织工作的绩效。一般而言，沟通内容越特殊，越难表述清楚，任务越紧迫，越需选用较丰富的媒介，如面谈、会见等。反之，如果内容常见、简单、不迫切、不重要，可选择沟通能力较贫乏的媒介，如备忘录等。

(2) 信息量及沟通负载。这将影响沟通的质量与效果。由于现代沟通技术的发展，特别是电子计算机的广泛应用，在一个组织内部可能会出现信息超负荷的现象。从社会系统理论的观点来看，每个组织系统都是信息沟通网络，随着组织的发展，信息沟通网络也会趋于复杂。但是，毫无节制的信息流并不会导致更好的信息沟通，而只会带来混乱。管理人员需要的并不是更多的信息，而是更准确、适用的信息。

信息超负荷会影响管理人员的沟通行为。第一，管理人员可能根本就不看某些信息。例如，在需要处理大量信件的压力下，人们对来信很可能干脆不作回答。第二，管理人员可能因为信息超负荷而无意中做出错误的反应。例如，他们可能在传递信息时遗漏了一个“不”字而使意思相反。第三，管理人员可能拖延对信息的处理，以致误事。第四，管理人员可能会对收到的信息过滤，按先易后难的顺序进行处理，可能会把较难处理但非常重要的信息忽略掉。第五，管理人员可能会“逃避”信息沟通，根本不理睬收到的信息，也不把信息传送出去。

无论信息量过少(欠载)还是过多(超载)，都是不利的。沟通中的信息量以适度为宜，这取决于一系列负载性、组织性及个人性因素，详见图 12-6。

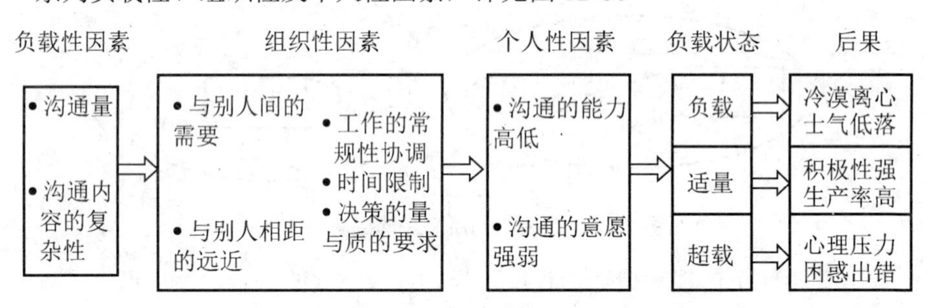

图 12-6 组织沟通中的负载

(3) 时机不适。信息传播的时机会增加或降低信息沟通的价值，不合时机地发出信息，将成为接受者理解信息的一个难以克服的障碍。而时间上的耽搁和拖延也会使信息过时而无用。如沟通时应考虑工作地点、上班时间、工作岗位、班组成员的构成、使用的设备等。

(4) 干扰。信息传递过程中若受到干扰，如漏失和错传，也会影响信息的准确传递，都会造成沟通障碍。

3) 译码阶段

在译码阶段，影响有效沟通的因素主要有倾听的有效性、知觉的选择性、接收者的理解差异和曲解等方面。具体表述如下：

(1) 倾听的有效性。译码的质量主要取决于倾听的有效性，这意味着不仅要在倾听中

理解对方语言中介绍的事实，更要设法判明对方传达过来的感情、观念和观点，这才能全面而准确地掌握到信息，并做出正确反应。因此，善于聆听是良好沟通的必要条件。聆听别人讲话不仅需要集中注意力，也需要自我约束，即要避免过早对别人的话做出判断。人们在谈话时的普遍倾向是急于对别人的讲话做出判断，表示赞同或反对，而不去理解讲话人的基本观点。不加评判的聆听别人讲话可以提高沟通的有效性。

倾听者还要注意对方的非语言沟通，看是否支持他所作的语言沟通。否则，只注意语言性信息，而忽视了非语言性信息往往会降低沟通的效果。

(2) 知觉的选择性。在信息化的世界里，人无时无刻不在接受信息刺激，但人不可能也不会对所有的信息刺激做出反应，人对于信息具有选择性的特点。由于这种知觉选择性，人们往往习惯于接收某一部分信息，而忽略其他信息，影响人的这种选择性的因素包括：

① 信息刺激的因素。包括信息的强度、对比度、新鲜度等。如事物越新鲜，越容易引起人们的注意。

② 人的信念、价值观、需求等内在因素。当发讯者发出的信息与接收者的信念、需求、价值观一致时，较容易被接受，相反则容易被排斥。

③ 受讯者对信息的“过滤”。受讯者在接收信息时，有时会按照自己的需要对信息进行“过滤”。

(3) 受讯者的理解差异和曲解。受讯者往往会根据个人的立场和认识来解释其所获得的信息。基于个人的社会环境、生活背景和思想愿望的不同，人们对同一信息的理解将有所差异。即使是同一个人，由于其接受信息时的情绪状态不同，或者场合不同，也可能对同一信息有不同的解释。因此，所采取的反应行动也各不相同，如接收者可以出于个人的愿望、个人的目的而有意强调某一方面，忽略另一方面，或者曲解信息的本义。

4) 反馈阶段

在反馈阶段，影响有效沟通的因素主要是上级对待下级的态度以及下级对待上级的态度。

(1) 上级对待下级的态度。如果上级不给下级机会来表明他们对所接收信息的理解，这就排除了反馈的机会，降低了沟通的有效性。相反，若上级能给予下级充分参与、双向沟通，沟通的有效性就可能实现。

(2) 下级对待上级的态度。若下级为了不在上级心中形成不良印象，隐瞒对自己不利的信息，或不能向上级提出自己的需要，都会造成上、下级之间沟通的困难。相反，若下级对上级充分信任，积极利用反馈机会，向上级说明自己的情况和工作的情况，则能大大提高沟通的有效性。

2. 沟通过程中因素的障碍

把在沟通过程中可能出现的障碍按不同的因素种类来分，可归纳为以下四种：语言因素、心理因素、组织因素、文化因素。

1) 语言因素

语言是人类思维和表达思想的手段，也是人类社会最基本的信息载体。所以，语言是沟通过程中最重要的沟通工具。但语言又是极为复杂的，由于语言方面的原因所引起的沟通障碍到处可见。语言障碍有：语系、语义、语境等问题，具体表述如下：

(1) 语系。由于不同的历史渊源、地域分布、种族传统等复杂因素，地球上的语言首先划分为语系。如印欧语系、汉藏语系等。同一语系内部按各语言之间的亲属关系的远近，又可分为若干语族，如印欧语系又分为印度语和日耳曼语等不同语族。由于不同语系、语族的语言存在不同程度的差异，因而不同国度、不同民族之间的交流就往往因语系或语族的不同而存在沟通困难，这时往往需要通过翻译才能顺利地进行沟通。而即使是同一语族也会由于地域的不同而演变成不同的地方语言变体，即方言，如我国汉语又分为北方话、闽南话、粤语等几大方言区。属于不同方言地区的人们由于语言的差异，常常造成沟通困难。

(2) 语义。语义即词语的意义，词语是最小的语言单位，是句子的细胞，语义不明。就不能正确表达思想，不能有效地进行沟通。同样的文字或语言对于不同的人常常代表不同的意义。当两个人使用同一个词或字，但却各自给予不同的意义时会产生沟通障碍。例如，一位主管告诉一位工人“尽快”把地面上的油渍清扫干净。当几分钟后又有人滑倒时，主管才发现油渍并没有被清扫。原来主管说的“尽快”的意思是要“马上”、“立刻”，而接受命令的人则理解为“等有空闲的时候再去做”。这种语意曲解可能是故意的，也可能是无意的。

语义表达不清是沟通行为的一个障碍，包括缺乏条理、用词不当、滥用术语、语序紊乱、意思不全、说话颠三倒四等。这类毛病可能造成很严重的后果，在表达时多加小心一般可以避免。首先，要求发讯者沟通时应当尽量使用明白易懂的语言，避免使用含混不清的词语、双关语、他人难以听懂的行话和专门术语、方言或俚语。否则往往让信息接收者感到迷惑不解，不知应该理解为哪种含义。其次，当一个信息不能在第一次就让人完全理解，发讯者可以重述或者扼要重复一遍使信息接收者了解。在传递技术性或者复杂的信息时，可以渐进式地传递，一步一步地阐明信息的精髓。最后，信息接收者必须正确理解信息中的语义，避免从自己的主观臆断来理解别人的话。

(3) 语境。语境即语言环境，是指说话的现实情况，即运用语言进行交际的具体场合，一般包括社会环境、自然环境、时间、地点、作者心理、文章的上下文等各项因素，是人们进行修辞活动的依据。

语境支持沟通的信息时，可以提高沟通的质量，相反，则会使沟通双方对所交流和传递的信息表示怀疑，从而降低了沟通的有效性。比如，北美人与拉丁美洲人在交谈时有不同的空间要求。在北美洲，如果谈话对象是成年男子，谈话内容又是业务联系，那么双方之间的合适距离为 0.6 米，如近到 0.2～0.3 米，就会使北美人感到不舒服。而对拉丁美洲人来说，0.6 米的距离好像显得太冷淡，太不友好了，于是他会主动接近对方，甚至无视北

美人设置的“禁区”，这样，将会引起双方的紧张而阻碍了沟通的有效进行。解决的办法就是要广泛了解各民族不同的传统习俗。

2)　心理因素

人的行为是受其动机、心理状态影响的，现实的沟通活动常被人的态度、个性、情绪等心理因素所影响，有时这些心理因素会成为沟通中的障碍。具体表述如下：

(1)　态度。态度是人们对某一事情的看法和相对稳定的心理倾向，是人们行为的指向。以恰当的认知、健康的情感支配行为的心理倾向，就是科学的态度，反之则是非科学的、不端正的态度。态度不正确，就不能正确地指导人的行为，也不能达到理想的沟通效果。如个人对待合作与竞争的态度，持竞争性态度的人，往往把人际或群际关系看成是一方胜而另一方必败的矛盾，只追求己方的目标，过分强调己方的需要和利益，把己方与对方的界线划得过分清楚，使双方成为对立的两极，这必然会给双方间的沟通造成障碍。

(2)　个性。个性由个性倾向性和个性心理特征组成。个性倾向性包括人的需要动机、兴趣和信念，它决定人对现实的态度、趋向和选择。个性心理特征包括人的能力、气质和性格，决定人的行为方式和个性特征。因而个性不同，个人的基本观念、信仰也就不同，对待同一事物的知觉、看法也就不同。所以当进行沟通的双方的个性差异较大，同时又不了解对方的知觉和看法时，就难以进行有效的沟通。正如一个健谈的人与一个内向的人是难以有效地进行沟通的。

(3)　情绪。人总是带着某种情绪状态参加沟通活动的。在某些情绪状态下，人们容易吸收外界信息，而在另一些情绪状态下，对外界信息就难以接收。所以如果进行沟通的主体不能有效地驾驭情绪，就会阻碍正常的沟通。

沟通行为较容易出现自卫性过滤障碍猜忌、威胁和恐惧氛围障碍。

自卫性过滤障碍常存在于上级与下级之间。下级向上级的报告常常只强调上级爱听的信息，对上级不喜欢听的信息会一语带过，甚至略去不提，对自己的过失更是文过饰非，加以掩盖。同样，上级在传达信息给下级时也常掺入自己主观的解释，或将部分信息截留下来。一项信息经过这样三番五次的过滤，难免会与真实情况大有出入。

猜忌、威胁和恐惧氛围障碍使人们对任何信息都会表示怀疑。这可能是上级前后行为矛盾的结果，也可能是由于下属过去曾因诚实地向上级反映了问题但后来却受到惩罚的结果。在威胁面前，人们会表现得神情紧张，处处防卫，谎报情况。因此，良好的信息沟通，需要一种相互信任的氛围，只有这样的氛围才有助于真实信息的顺畅流动。

3)　组织因素

组织自身内的一些因素也会束缚组织内成员之间的有效沟通，这主要有地位的障碍和结构的障碍。具体表述如下：

(1)　地位。在等级制的组织中，每一个人在组织中有不同的地位。例如，总经理的地位高于副总经理，后者的地位又高于部门经理。这种地位上的差异也会造成有效沟通的障碍。如当某人在管理层中的地位大大高于另一个人时，就会产生沟通过程中的地位障碍。

他可能避开一些他不想听的信息，这会限制下属上传的信息数量及种类。

地位障碍是上下级之间进行有效沟通的最大障碍。它来源于对组织中地位差别的过分强调。例如上级爱摆架子、发号施令或者用办公室的高级设备来有意识地显示上级的权威等，这些都会使下级明显感到地位的差别，从而加深了沟通中的鸿沟。

(2) 结构。组织内的结构设置不当，也会阻碍组织的有效沟通。例如：传递层次过多，失真的可能性就越大。有效沟通的主要特征之一就是不失真，信息失真，无论对上级或下级的工作都会起到误导作用。另外，机构重叠而造成沟通缓慢、各职能部门之间缺乏沟通以及沟通渠道单一而造成信息交流不充分等，都影响了组织内部的有效沟通。

(3) 层次。当信息必须逐人转达或传递时最容易受到歪曲，并且经过的中间人越多，被歪曲的机会越大，失真的程度也越大。假如组织的层次过多，信息的接收者与发送者之间的组织距离太远，则接收者最后收到的信息与原始的信息可能大有出入。

一项研究表明，通常每经过一个中间环节，信息就将丢失30%左右。企业董事会的决定经过五个等级后，信息损失率可达80%。其中，副总裁这一级的保真率为63%，部门主管一级的保真率为56%，工厂经理一级的保真率为40%，第一线工长的保真率为30%，待传达到一线职工，就仅剩下20%的信息了。如图12-7所示：

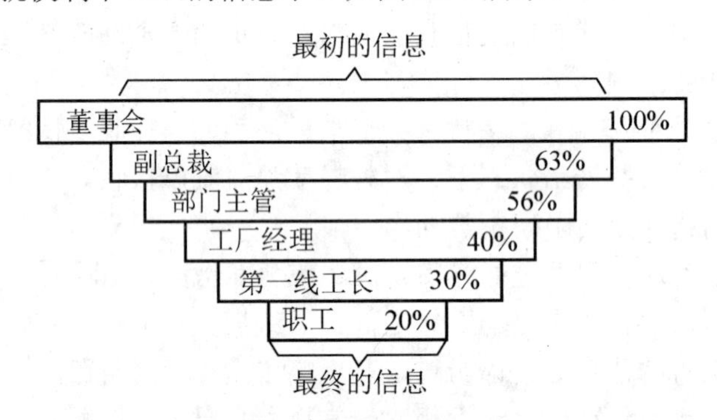

图12-7 信息失真情况

(4) 工作。当工作和知识越来越专业化时，人们往往会用他们的专业领域中的专门用语或简称，简化他们彼此之间的沟通，这就使他们和其他群体的人之间的沟通发生困难。当一些人使用专业术语显示他们的重要性时，情况更是如此。一个人如果长期从事相当专门化的工作，他在观察问题时容易产生狭隘或偏执的观点。这些狭隘的观点会阻碍组织沟通，因为它使一个人更难看到或了解到他人的观点。

4) 文化因素

文化因素深刻地影响着人们的沟通行为。其中阻碍人们进行有效沟通的文化因素主要体现在以下几个方面：

(1) 跨文化。很多跨文化因素显然增加了沟通困难的潜在可能性，这些因素包括：

① 语义。不同的人所理解的语义往往会有所不同，尤其对于来自不同民族文化的人

来说，这种差异就显得更大，势必阻碍沟通的有效进行。例如，俄罗斯的新兴资本家很难与英国、加拿大国家的客户进行交流，因为他们难以准确把握英语中的效率、自由市场等词汇的准确语义。

② 词汇的内在含义。在不同的语言中，词汇的内在含义也有所不同，如美国人认为“Hai”是“我同意”的意思，而在日语中“Hai”表示“我正在认真听”，因而造成了两国人在沟通中的困难。

③ 非语言性沟通手段的不同。由于受不同文化的影响，非语言性沟通手段如表情、姿态与时间的控制等方面也存在着微妙的不同。不了解这点，也会阻碍沟通的有效进行。

④ 认知差异。不同文化程度的人看待世界的方式是不同的，这包括基本价值观、信仰、传统、习俗等。这些认知差异都会造成沟通中的困难。

(2) 代沟。代沟是指年龄差距悬殊的人们之间的沟通困难。在现实生活中，“代沟”是不容否认的，不同年龄段的人生活在不同的社会背景之下，有不同的社会经历，因而对同一事物会有不同的认识。如老一代认为“新三年、旧三年、缝缝补补又三年”，而新一代则认为“旧的不去，新的不来”。因而若不能正确处理代与代之间的差异，就会造成沟通困难。

(3) 性别。男女沟通风格的差异往往造成两性之间出现沟通障碍。一般来说，男性是通过交谈来强调地位的，因而谈话的主要内容是如何在一个有等级的社会中生存，并努力去争取或保持其所期望的社会地位。他们往往通过提供解决办法来维持自己的控制力。女性则往往通过交谈来发生联系，所以谈话内容重在建立联系和加强亲密感。因而她们提出问题是为了获得支持和联系，而不是为了获得男性的建议，这导致男性与女性在沟通中存在很大的差异，从而造成他们之间的沟通困难。

三、改善沟通的障碍，实现有效沟通

组织中的沟通行为普遍而重要，又存在着如此多的障碍。因此实现有效沟通，必须改善沟通的障碍。

对此，管理学家和从事实际管理的工作者都从不同侧面提出了自己的见解和看法。其中影响较大的是美国管理学会提出的管理者“良好沟通的十戒”：①沟通前要做好准备，理顺思路。②认真考虑沟通的真正目的。③考虑沟通时的环境，包括自然的、社会的。④计划沟通内容时，尽可能地多听取别人的意见。⑤沟通时，既要注意沟通的内容，也要注意沟通的技巧。⑥要善于利用机会，传递对听者有益的信息。⑦应有必要的跟踪反馈。⑧沟通时不仅着眼于现在，也应着眼于未来。⑨要注意言行一致。⑩做一个善于倾听的人。

而对于组织沟通行为来言，要改善沟通的障碍，实现有效沟通，应注意以下几点。

1. 培养员工的信任度、创造支持性的沟通氛围

管理者要想改善沟通的障碍，使沟通获得预期的效果，首要的任务就是要培养管理者与员工之间的信任以及员工与员工之间的信任。只有提升沟通双方信任度，沟通的内容才可能被全盘地托出和接受，才不会因为需要自我保护而保持沉默。但是，信任不是天上掉下来的，而是诚心诚意争取来的。

管理者要想改善沟通的障碍，还应善于创造支持性氛围。这就需要：①管理者应认识到：沟通是问题导向性行为，就是沟通者表示愿意合作，与对方共同找出问题，一起寻找解决方案，决不是企图控制和改造对方。②诚信待人，坦诚相处，设身处地为对方着想；认同对方的立场和态度。③平等待人，平易近人，谦虚谨慎；不急于表态和下结论，保持灵活和实事求是的态度，鼓励对方反馈，耐心听取对方的说明和解释。④在沟通中少用评价性、判断性语言，多用描述性语言，即既介绍情况，又探询沟通情况。⑤言行一致，不要“朝令夕改”。

2. 改善组织结构、优化信息沟通途径

组织结构与组织信息沟通状况联系非常紧密。因此，为了改善组织沟通效果，应尽量减少组织的结构层次，消除不必要的管理层，同时还应避免机构的重叠，增加沟通渠道，加强部门之间的联系，以加快信息的沟通速度，保证信息传递的准确、全面、及时。

改善组织结构是为了优化信息沟通途径。一个组织中的信息沟通网络往往与许多关键性的管理活动是联系在一起的，具体可以为以下四部分：

(1) 属于政策、程序、规章和上下级关系的管理网络或与工作任务有关的网络。

(2) 与解决问题、会议和提出改革建议等方面有关的创新活动网络。

(3) 与表扬、奖励、晋升以及其他使组织目标和个人目标联系起来的各种工作有关的人才管理的网络。

(4) 与公司的出版物、布告栏以及小道传闻等有关的信息构成的网络。

优化信息沟通首先要检查沟通政策、沟通网络以及沟通活动，找出其中的问题并作原因分析，然后提出改善优化的方法和具体对策，进行实际操作。

对信息沟通系统的优化并非只做一次就万事大吉。而应该结合组织结构、管理活动的变化不断地优化发展。这样，才能保证沟通行为障碍的改善，实现有效沟通。

3. 掌握和提高管理者的沟通艺术水平

管理的整个过程中，自始至终都伴随着相互沟通的活动，因此掌握沟通的方法和艺术对于改善沟通的障碍，实现有效沟通是十分重要的。

1) 正确选择沟通的方法

管理人员应关心和懂得各种沟通方法的效率和运用。沟通方法有许多种，如面对面的沟通、书面沟通、发布命令等。这些沟通方法各有特点和适用范围。但是就达到某种目标

而言，有些方法可能优于另一些方法。

因此，在不同的环境中，针对不同的沟通对象和沟通目的，应该选择不同的适用的沟通方法。例如，管理人员下达命令可以用口头沟通，也可以用书面形式。但是，如果遇到下列情况时应考虑采用书面形式：①当人员流动率很高，上下级关系经常变动，而工作又需要很长时间实施时；②当下级对上级缺乏信任，或下级不愿意接受任务而强加于他时；③当需要防止命令的重复和司法上的争执时；④当命令适用于全体或大部分成员时；⑤当命令必须由中间人传递时；⑥当命令含有具体数字或很多细节时；⑦当需要下级承担不执行命令所导致的后果时。

选择沟通方法时应注意以下事项：

(1) 沟通重要信息时，最好同时利用口头和书面两种方式。

(2) 一般来讲，面对面沟通的效果最好。过分依赖书面沟通可能使文件泛滥成灾。

(3) 无论采用何种沟通方法，最重要的是提供反馈信息。

(4) 良好沟通的目标应是能够理解和遵循所传信息。

(5) 根据具体情况选择沟通方法。需要迅速取得认识上的一致，并采取统一行动的可采用委员会或职代会形式沟通。同时，要注意发挥非语言性沟通手段的作用，以补充和加强语言性沟通在传递信息功能上的不足等。

2) 掌握沟通的艺术

沟通是人与人之间的信息交流，由于世上没有两个完全相同的人，因此，某种情况下的有效沟通并不一定适用于另一情况下的沟通。所以说，掌握沟通的艺术是非常重要的，这有利于管理者与被管理者相互理解，取得下级的支持，做到上下一致，共同努力去完成组织任务。

对于从大量的沟通实践中总结出来的一般规律和方法，应通过学习，掌握和应用它。在此基础上，沟通的艺术主要还是靠管理者自己去探索总结。管理者尽快形成自己的沟通艺术，这对于改善沟通的障碍，实现有效沟通是十分有效的。

(1) 面对面沟通的艺术。组织心理学家埃德加·施恩推荐了改善面对面沟通关系的九种方法：①培养自知能力；②通过认识和评价他人的价值，培养不同文化敏感性；③培养文明的谦虚精神；④采取主动积极解决问题的方针；⑤处事机动灵活；⑥提高谈判技巧；⑦发展良好的人际关系；⑧学会改进策略及技巧；⑨要有耐心。

(2) 书面沟通的艺术。书面沟通的有效性与发送者的写作水平和写作技巧有很大关系。以下是戴维斯提出的改善书面沟通的几条准则：①用字遣词力求简单；②多用短词和常用词；③只要合适，多用人称代词；④多加说明，多举例，多用图表；⑤句子和段落要短；⑥尽量用主动语态；⑦少用形容词；⑧表达思想力求逻辑清楚，开门见山；⑨避免废话和赘字。

3) 发布命令的艺术

一般来说，选择命令的发布方式与命令的正式程度有关。国外一家公司为了帮助各级经理掌握根据具体情况发布命令的方法，制定了以下准则：①对反应敏感的工人用请求的口吻下命令不会使其反感，而直截了当地下命令常常会引起对立情绪。②直截了当的命令如果不是太经常使用的话，会显得有力，常常能触动工人克服懒散。③请求的态度可以部分地软化死硬的人，在直接下命令之前值得一试。④对可靠的工人通常婉转地下达命令效果最好，但是对缺乏经验或不可靠的工人则不是这样。⑤对初次犯错误的人，用请求的态度要求他纠正错误，这会增进友谊，使他站在你这一边，但是对累犯错误的人，直截了当地下命令也许是可取的。⑥对于经常性的违章者，如果你过去下达的命令大多数都是用请求的态度，那么改用直截了当的命令就有强调的意义了。⑦在工人对工作不称心或者需要做特别努力乃至需要实行不得人心的加班加点时，采取志愿参加的办法常常是一种挑战并能产生良好的效果，但不要以此来逃避分派任务的职责。⑧为了培养有前途的下属的工作能力和判断力，婉转的或建议式的命令是考验和培养其独立工作能力的好方式，当然，还需要进行严格的督促检查。⑨紧急情况通常需要直截了当地下命令。

4) 聆听的艺术

聆听是理解信息的先决条件。管理者必须是一个好的聆听者。聆听往往比说话者更需要精神高度集中。

不良的聆听习惯既会影响信息接收者对重要信息的注意，有的还会影响信息发送者发送信息，在沟通中是要加以防止和克服的。不良聆听习惯主要有如下几种表现：①对谈话的主题无趣，不能静下心来听对方讲话，表现出漠不关心的态度。②被对方说话的姿势所吸引，忽略了说话的内容。③听不到合意的内容便激动，影响了对其余信息的接受和理解。④只重视事实而忽视原则或推论。⑤过分重视条理，对于条理较差的谈话内容不愿多加思考。⑥假装注意，实际上心不在焉。⑦注意力不集中，分心干他事。⑧对较难懂的内容不提问，不反馈，不求甚解。⑨被对方的感情语言所分心，抓不住实质性的内容。⑩不爱动笔，内容太多时，听了后面，忘了前面。

克服不良聆听习惯，有助于提高沟通效果，这需要管理者时时处处注意改进聆听习惯。美国心理学家戴维斯提出了有效聆听的十项因素：①少讲多听，多保持沉默，不要打断对方讲话。②设法使交谈轻松，使讲话人感到舒适，消除拘谨不良情绪。③表示对谈话有兴趣，不要漫不经心、冷漠。④尽可能排除干扰。⑤站在对方立场上考虑问题，表现出对对方的同情心。⑥要有绝对耐心，不要随便插话。⑦控制情绪，保持冷静。⑧不要与对方争论或妄加批评。⑨提出问题以显示您在充分注意和求得了解。⑩注意非语言暗示。

另一位学者罗特利斯伯格提出了五条聆听准则：①要听人家的话；②不要事先出评价；③要听出说话人的感情和情绪；④重新陈述一次对方的看法；⑤细心询问。

戴维斯和罗特利斯伯格所说的有效聆听的几个要点，对于管理者在沟通过程中有效地聆听下级意见，提高沟通效果，都是很有价值的。

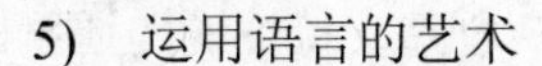

5)　运用语言的艺术

沟通行为是以语言作为载体的。准确地使用语言是保证沟通效率的前提。掌握语言表达艺术的前提是要通过学习和训练，提高自己运用文字和语言表达能力，使自己运用语言的水平达到一个较高的水准。这样，使用起来，才能熟练自如，得心应手。一般规律是，沟通中还要与沟通对象、沟通环境、沟通内容结合起来考虑怎样使用语言。

(1)　沟通中语言的运用首先要与沟通的内容相一致，如科学性强、严肃性强的沟通内容，应少用形容词，少用比喻、夸张等修辞手法；而鼓动性的宣传、演讲、倡议、大会报告要选择带感染力的语句；在同志之间交流谈心时要注意语言的真挚动人，以表达诚恳真诚的心愿。

(2)　沟通中语言的运用要与对象相一致，不同的沟通对象，其理解能力不同，要求也就不同。对于做实际工作的人来说，由于普通工人、农民不爱听深奥的大道理和纯理论的东西，要是以他们作为沟通对象，语言文字必须朴实生动，有理有据，简明扼要，通俗易懂。

(3)　要注意语言文字净化，不用不规范、不正确的文字。在沟通中为了使人容易记住，应尽量使用短句，在口头沟通中尤其要注意这一点。

(4)　要学会用体态语言表达。如在交谈中，两个人坐得很近，表明之间没有距离感，容易推心置腹地沟通；又如在表扬下级时，拍拍下级的肩膀，就会加强赞扬的口气；沟通中如果一方皱起眉头，自然是不高兴的表现；而耸耸肩膀，则表示是无可奉告的意思。在什么样的场合使用什么样的体态语言，既受沟通内容、沟通对象的约束，同时也受风俗文化的约束。如果体态语言使用得当，有强化沟通行为效果的作用。

本章小结

沟通行为是人们相互之间信息的传递和交流行为。

组织沟通具有激励、创新、感情表达的作用。

沟通行为包括信息源、信息、编码、通道、解码、接收者、反馈等基本要素。

沟通行为的类型有：正式沟通与非正式沟通、上行沟通行为与下行沟通行为、平行沟通行为和斜向沟通行为、书面沟通行为、口头沟通行为、非语言沟通行为、混合沟通行为、单向沟通行为和双向沟通行为、直接沟通行为和间接沟通行为、主动沟通行为和被动沟通行为、工具式沟通行为和感情式沟通行为、个人与个人的沟通行为、个人与群体的沟通行为、群体与群体的沟通行为。

有效沟通行为是信息发出者将完整、准确、及时的信息传递给信息接收者，并且信息接收者完整、准确、及时的理解信息。

有效沟通行为的障碍有：沟通过程的障碍、沟通过程中因素的障碍。

改善沟通的障碍，实现有效沟通要注意：培养员工的信任度、创造支持性的沟通氛围；改善组织结构、优化信息沟通途径；改善组织结构、优化信息沟通途径。

思　考　题

1. 简答组织沟通行为的意义和作用。
2. 组织沟通的作用有哪些？
3. 沟通行为的基本要素有哪些？
4. 如何理解沟通行为的阶段？
5. 沟通行为的类型有哪些？
6. 简答正式沟通网络的特征和类型。
7. 有效沟通行为的障碍有哪些？
8. 如何理解改善沟通的障碍，实现有效沟通？

本章案例(一)

摩托罗拉的日常沟通

摩托罗拉是一个国际性的大企业，它的业务遍及世界很多国家和地区，在各地摩托罗拉都能非常好地进行本土化适应，使企业的发展充满活力。众多的员工，各异的文化，摩托罗拉成功的重要原因之一就是有效及时地进行沟通与反馈。

摩托罗拉公司精于计划和预先安排，各种会议的信息都提前三天或一周通过公司局域网进行传递。这种及时的沟通使各部门之间能够充分地交流信息，使大家对每天的安排甚至每个小时的安排都能做出反应，防止了信息的迟滞，而且在一定程度上还减少了信息的过滤。

公司非常注重与上级主管、员工的沟通，并且研究不同文化背景采取不同的方式。譬如在中国，公司提倡东方文化中的“诚、诺、信”来营造坦诚、信用和信任的气氛，推行IDE(肯定个人尊严)测试问卷，其中包括六个固定问题，让员工(包括管理人员)真实的表达他们对具体岗位的意义、胜任程度、培训、职业前途的认识。对工作绩效的反馈以及对工作环境的看法。调查结果按具体职能部门层层反馈，再按不同的管理层面，管理者和员工逐一交谈，公司注意考虑员工的个人特长、兴趣和个人的特殊需要，尽量使两者达成一致。另外公司还设立“意见箱”和“畅所欲言箱”作为重要的信息沟通渠道，它可以使每个员工把自己工作范围内所发现的问题、建议快速的反映上来，使员工参与企业的管理。箱子摆放在员工经常出入的地方，所写意见必须署名，以防虚假问题的出现。减少无中生有，以维护正常信息的传递。而箱中的意见也会及时送到相关部门，各部门主管也必须把意见

或改进措施反馈回来，办不到的要说明原因，这些反馈通常在公司刊物上公开。这样做首先使公司工作得到改进，其次使工作得到有效的监督。值得一提的是，公司不仅注意这些工作中的正式沟通，还精心设计了一些非正式的沟通渠道，如由公司员工家属组成的“家庭日”，借以向支持员工工作的家属们致以真诚的问候和感谢。参观世界先进的公司格局和管理，参加别开生面的游益活动，这一天成为公司这个大家庭的盛会。

这些沟通渠道的设置在摩托罗拉公司营造了一种开放、明朗、积极的气氛。让各种意见和信息能够在部门与部门之间、上级与下级甚至员工之间进行充分沟通，既有效率又充满人情味的方式让人很难感受到沟通的障碍，摩托罗拉的企业文化也就这样被所有的员工所认同。

(资料来源：作者根据相关材料整理而成)

案例分析思考题

用摩托罗拉日常沟通的例子，分析其沟通要素和过程。

本章案例(二)

多渠道的有效沟通

绵阳三力股份有限公司是四川省绵阳市乡镇企业系统的重点骨干企业。该企业由当年亏损20余万元的以生产农机配件为主要产品的小企业，通过“厂所联姻”形式的股份制改造发展而成。该企业的成功，除了紧取市场、正确选择目标市场、大力进行产品创新、全面进行设备更新、狠抓管理以外，在沟通方面，也有一套做法。

当企业规模较小时，尤其对乡镇企业，员工彼此相互认识、人员少，甚至有些还存在血缘关系，管理者很容易与员工进行面对面的沟通，也容易直接传达和贯彻管理者的意图。当企业规模扩大时，企业的经营管理活动变得越来越复杂，人员增加，沟通的难度增加，复杂性增加。而沟通又是了解员工的一个非常重要的手段，该企业管理者充分认识到了这一重要性，认为：企业规模扩大后。比创业早期更应该勤于沟通、善于沟通，更应该有高明的沟通技巧和更全面的沟通手段；花费大量时间接见来自第一线的员工，与他们谈话，走访他们的家庭，做一切应该做的事情来了解企业各方面的信息，永远是领导者重要的日常功课，沟通永远都不能轻视，永远都不能停止改进。

为了更好地进行有效沟通，该企业领导者设立了多种渠道，并形成制度和体系。

(1) 每周两次早会制度。由总经理向全员当面总结本周生产经营状况、通报企业各方面信息，阐述经营管理意图。

(2) 每周一次的接见制度。员工有何建议和想法，都可以直接找所属上属或总经理面谈。

(3) 访问制度。要求管理者要定期或不定期地对职工家属进行访问，以解决职工的后顾之忧，还要对客户进行定期访问，保持与客户的紧密联系，及时跟踪客户需求和建议，以彻底了解企业内、外部环境状况和竞争对手的状况。

(4) 建议信箱活动。鼓励员工通过建议信箱，以书面形式提出对公司各方面的建议，被采纳者根据产生效益情况，给予奖励。

(5) 决策时的沟通技巧。思维是进行沟通的基础，只有科学的思维方式，才能产生有效的沟通。该企业领导者对下属提出的方案。不是寻找有利的条件去分析，而是提出有碍实现的问题，从各方面进行否定的置疑，说："若我提出的问题否定不了你的方案，那你的方案便有可行性。"通过这种沟通方式，使各部门在设计方案时就进行可行性论证，确保方案的质量。

通过有效的沟通，使该企业员工具有较强的向心力，对领导者也具有相当的忠诚度。

(资料来源：作者根据相关材料整理而成)

案例分析思考题

1. 试分析该企业是怎样实现有效沟通的？
2. 随着企业规模的扩大和企业经营活动的增加，沟通如何才能得到及时可靠的信息？
3. 你认为有效的沟通主要有哪些渠道和技巧？

第十三章

控 制 行 为

学习目标

通过本章的学习，理解控制及控制行为的含义、控制行为的目的、控制行为的类型；把握控制行为的过程、影响控制行为有效性的因素、有效控制的原则；掌握控制的基本方法、控制的艺术。

关键概念

控制行为(Control Behavior) 控制系统(Control System) 事前控制(Feed-forward Control) 事中控制(Concurrent Control) 事后控制(Feedback Control) 过度控制(Overcontrol) 控制不足(Undercontrol) 控制过程(Control Process)

组织实施控制行为是普遍的现象，是保持组织持续健康发展的基本活动的重要组成部分，也是在多变环境下求得组织生存和发展的基本手段之一。

第一节 控制行为的目的与类型

控制是使活动达到预期目标的保证，也是日常生活中常见的现象。如何预防偏差、及时发现并纠正偏差，保持组织各项活动的持续、健康、有效性，从而确保企业计划目标的实现，是摆在管理者面前的重要课题。

一、控制与控制行为

控制是通过采取特定的方法、措施和手段，不断地接受和交换组织内外的信息，按照既定的标准，监督和检查工作的执行情况，发现偏差，找出原因，采取措施，并根据外部环境和内部条件的变化，自觉地调整组织的活动，有效地运用组织的人力、物力、财力和信息等资源，使组织的活动能按照预定的计划执行，以达到预期目标的行为。

控制行为是人们在组织中实施各项控制活动时所表现出现的行为。控制行为是组织活动中不可或缺的。对于组织的控制行为可以作以下理解。

1. 控制与目标

控制行为的实质是使工作能按目标、计划进行。如果背离计划，无法达到原定的目标，就算作“失控”。

控制行为是自觉地进行一种有意识的能动活动，要求控制者能根据环境的变化，有效地运用组织的资源来达到预定的目标。因此，控制行为要不断接受来自各方面的信息，而且要在适应外部环境和内部条件变化的前提下进行。

控制行为是一种有目的、有标准作依据的管理行为。鲜明的目的性，或者说维持达成目标的正确行动路线，是控制行为的核心。

2. 控制与监督

控制与监督的区别在于：监督是控制的手段和方式，控制是监督的目的和归宿。监督的形式可以是多种多样，但都是为实现有效地控制这个目的服务。通过监督，获取有价值的控制信息，采取相应的控制措施，可以即时防止偏差的发生以及偏差放大，从而有助于控制目标的实现。例如，在企业中，售后服务质量的控制就是包括对任务的执行情况进行监督，并根据事前确定的控制标准来衡量偏差并采取相应的纠正与预防措施。

3. 控制与计划

一般来说，计划是控制行为的标杆，如果没有计划，控制就会无的放矢不知所向；控制是计划实现的有效手段和根本保障。如果只编制计划，不对计划的执行实施控制，计划目标则很难达到。即使偶然的一时成功，也不能保障组织的长远持续发展目标的实现。

在组织管理中，制定的计划越是科学、明确和全面，控制的效果往往也越好；控制的行为越系统、准确和有效，计划与目标的实现也就越能有保障。

计划与控制间的关系是互相依赖、互为条件的，是组织都不可偏废的两个方面的基础活动。

4. 控制的性质

从控制的性质来看，有积极与消极两种。在管理过程中，所需要的是积极、有效的控制行为。

积极有效的控制行为，不能仅限于针对计划执行中的问题采取“纠偏”措施，它还应该能促使管理者将控制行为用在“防偏”方面，即根据环境和条件的变化情况即时修订控制目标与控制标准，采取措施事先防止不符合客观控制标准的活动发生。这种引导控制标准和目标发生调整的行动，被称之为“调适”。

5. 控制的主体

在组织中，从管理者到普通员工都应当参与到控制活动当中。许多组织成员并没有充

分理解控制的真正内涵，他们认为控制仅仅是组织中高层管理人员的责任，他们则是被“控制”的对象。产生这种看法的原因，一方面是组织的领导风格与组织文化等方面的影响，另一方面主要是源于他们以被动、消极、片面的态度看待控制、监督和组织规范。在这种理解方式下，对于某些人来说，控制就意味着刚性的制度、密切的监督、严格的约束、机械的行动。实际上，这是一种误解，这种误解会影响到组织控制行为的有效性。现代管理常常在控制活动中采用参与式控制、协商式控制、自主性控制等灵活控制方式。

总之，组织控制行为是组织的基本行为之一。其实质是由管理人员对组织实际运行是否符合预定的目标进行测定、评价并采取措施确保组织目标实现的过程。

二、控制行为的目的

控制行为对组织来说具有必要性，其目的主要表现为以下几个方面。

1. 适应环境变化的需要

计划是对未来行动的安排。任何计划都是在特定的时间和特定的环境下制订的。未来计划期内环境是否与当初制订计划时所预料的一样，直接影响到计划的合理性、可行性。

当外部环境发生较大变化时，组织就应该适时地调整组织目标和计划，甚至调整组织结构，调整组织行为，以适应环境的变化。例如，当市场需求发生变化，或者新技术、新材料、新产品出现时，企业就要及时调整自己的产品结构和经营策略。

2. 解决管理权力分散的需要

当一个组织发展到一定规模时，主管人员由于时间和精力及专业知识的限制，不可能全面、直接地指挥下属，必然要将手中部分管理业务委托给他人，并赋予一定的权力。任何组织的管理权都制度化或非制度化地分散在各个管理部门和管理层次上。

为保证所授权力得到充分、正确的使用，每个层次的主管都必须定期或不定期地检查和考核直接下属的工作。组织的分权程度越高，控制就越有必要。如果没有这种检查、考核等控制措施，主管人员就无法知道下放的权力是否被滥用，无法知道下属的权力活动是否符合计划，符合组织目标。

3. 适合工作能力差异的需要

即使组织的计划很完善，组织环境在计划期内也相对稳定，组织活动仍须要进行必要的控制。这是因为不同的组织成员，其对计划的认识、理解能力和工作能力不同所造成的。

组织目标和计划的实现要求每个成员、每个部门严格按计划协调的工作。然而组织成员是在不同时空上进行工作的，他们对组织计划(或任务)的认识和理解的程度可能不一致，工作的能力存在很大差异，他们工作的实际结果在数量和质量方面都有可能与组织计划不符。这种局部的或某一方面的误差，如果不进行及时地检查、纠正，势必会导致整个计划不能完整实现。因此，对组织成员的工作进行相应的控制是非常必要的。

控制行为贯穿于管理的各个方面和各个过程。控制与其他管理行为之间存在着密切的关系。组织、领导、决策等行为是控制行为的基础，控制是在组织各种行为的基础上对具体活动的实施进行检查和调整，离开一定的决策、组织、领导行为，控制行为就无法正常进行。反之，控制行为是决策、组织、领导行为有效进行的必要保证，离开了适当的控制行为，组织、领导、决策等管理行为都可能流于形式。

管理是通过他人完成任务的艺术。由于管理者要负最终责任，所以要通过他人完成组织任务时，就必须建立控制系统，以便使自己可以自始至终地掌握他人完成任务的进度和其他情况。否则，就会失控。

三、控制行为的类型

为了有效地进行控制，就要研究控制行为类型。从不同的角度，按照不同的方法，可以对组织的控制行为进行不同的分类。

1. 全局控制和局部控制

按控制行为的实施范围，分为局部控制和全局控制。

1) 局部控制

局部控制是对某项工作进行的控制行为，是为保证某项工作的具体任务或具体目标的实现，它的控制对象是单项工作，是局部性的。如生产控制、质量控制、某项工程项目进度的控制等。

局部控制多是带有程序性的，可按一定的程序按部就班地进行。

2) 全局控制

全局控制是把组织的全部活动作为一个总体控制对象进行的控制行为，是指管理人员为了达到整个组织的良好效益，按照总体计划综合地来调节各个环节、各个部分活动的控制工作。它一般着重于财务方面，能综合反映整个组织的工作状况。例如，财务收支分析、盈亏分析、投资回收率分析以及企业的自我诊断等，都属于综合性的控制。

全局控制多是非程序化的，是按照内外条件的变化而进行的调节。

各个局部控制的具体目标之间可能会出现脱节或矛盾的情况，全局控制则对此进行协调，使整体达到较优效果。全局控制为各个局部控制提出总目标和总要求，指导和协调各个局部控制的活动；局部控制则按照总体要求进行工作。全局控制通过各个局部控制的有效的、协调的工作来完成自己的任务。

2. 预防性控制和纠正性控制

根据偏差和控制行为出现的先后状况，分为预防性控制和纠正性控制。

1)　预防性控制

预防性控制是带预见性、防范性的，以尽量避免产生偏差和减少事后纠偏活动为目标的控制行为。

预防性控制行为的特点在于能有效地减少时间、资金及其他资源的消耗。采用这种控制行为，要求组织管理者具有敏锐的洞察力，较强的分析与判断问题的能力，能够深切地了解、认识组织运行中的关键控制点，科学地预见可能出现的控制问题，并能提出有针对性的、切实可行的预防性控制措施。

常见的预防性控制措施有组织的规章制度、工作流程与程序、员工约束与激励机制、员工培训与开发计划等。

2)　纠正性控制

纠正性控制是指当偏差已经发生时，为使行为进程或活动结果达到组织预先确定或所期望的水平或标准而采取的控制行为。从实质上而言，是一种“亡羊补牢”式的控制行为。当然采取纠正性行为后，发生了的偏差未必一定会造成损害性的结果。

采用纠正性控制行为的原因是：①由于各种原因组织管理者没有预见到会出现偏差；②管理者认为出现偏差后的纠正性控制比提前进行控制更容易一些；③预防性控制代价大于纠正性控制或纠正性偏差造成的不良影响在容许的范围之内。

3. 事前控制、事中控制和事后控制

按照控制活动开展的位置，可以将其分为事前、事中和事后控制三种。

1)　事前控制

事前控制也称为预先控制，它位于受控活动的开始点，是在开展某特定活动之前就施行控制的行为。

事前控制是许多组织常见的一种控制行为，其目的就是“防患于未然”。企业对采购的原材料、设备的检查、验收；学校开展的招生入学考试；人才录用前的考核与选拔等，都是属于典型的事前控制行为。

事前控制也是社会上常见的一种控制行为。在我们日常生活中，饭前要洗手，其目的就在于防止“病从口入”、“治病不如防病” 的事前控制行为。

2)　事中控制

事中控制也称为过程控制、即时控制，就是在某项行为或活动进行过程中实施的即时控制。

事中控制的特点在于能够及时掌握控制对象的运行状态，了解所需的控制信息，有利于尽早发现和纠正偏差。

事中控制一般都是在现场进行的。管理者亲临现场进行指导和监督，就是一种最常见的、在现场的事中控制活动。如钢铁企业实施的生产进度控制、学校对课堂纪律与教学秩序的检查、医院对危重病人实施的临床观察等。

3) 事后控制

事后控制是某项活动结束后而施行的控制行为。这也是一种历史非常悠久的控制类型，大多数传统的控制方法均属于此种类型。其最大的特点是“亡羊补牢”；但是对已经“亡羊”而造成的损失无法弥补。例如，企业针对成品进行的质量检查就是一种典型的事后控制，属于一种质量把关性质的行为，使错误的势态不至于扩大，可以防止不合格品流入下一工序甚至销售给顾客，有助于保证本活动以外的其他组织运行部分处于正常运行状态。

事后控制虽然能防止偏差的传递和进一步扩大，但最大不足在于：由于整个活动已结束，活动中出现的偏差已在系统内造成了不可逆转的损害。

4. 前馈控制、现场控制和反馈控制

按照控制信息获取的时间点、纠正措施的重点来划分，可以分为前馈控制、现场控制和反馈控制。

1) 前馈控制

前馈控制又称预先控制，是指在组织某项活动开始之前所进行的控制行为。控制措施的重点是组织所使用的资源，即在未进行工作之前，通过预先合理调配资源，使输入资源达到标准状态，从而保证既定目标的实现，如工作材料经检验合格后才投产就属于预先控制。实质上它的信息反馈回路是在进入系统之前，一般是指控制输入的状态。这种类型的控制能起到很好的预防作用，将可能发生的问题排除在产生之前。

前馈控制又被称为指导将来的控制。与反馈控制相比，由于具有先导与前瞻意识，未雨绸缪地采取了行动措施，故能克服反馈控制中的时滞问题，而且其采用的措施往往是预防性。与反馈控制以过去的信息为导向不同，前馈控制旨在获取有关未来的信息，其实质是不断利用最新的信息进行分析和预测，并将分析预测的结果与所期望的结果或所要求的标准相比较，再根据比较的结果采取相应的措施，预防偏差的出现和问题的发生，以确保预期目标的实现。如在企业经营中，如果预测表明由于产品销售淡季的到来，销售量将有大幅下降，这时，企业就可以采取各种措施以确保实现销售目标，如加大公关与广告宣传力度、采用多种促销手段、改进产品性能等。

2) 现场控制

现场控制是指在系统运行过程中进行的控制行为，纠正措施的重点是正在进行的工作。主要方法是管理人员深入现场，监督检查作业人员的工作，发现偏差，提供恰当的工作方法和纠正措施，以确保既定任务的完成。如经常检查存货情况，观察是否到达订货点，届时发出订货就属于现场控制。

现场控制也具有较强的预防性，经常检查工作过程是否处于被控制状态，可以及时消除隐患。

3)　反馈控制

反馈控制是指用工作系统过去的情况来指导现在和将来活动的控制行为。它是在工作系统运行产生结果并有了信息反馈之后，采取措施以控制下一个工作过程的行为。也是在某项活动完成之后，通过对已发生的工作结果的测定、分析与评价来发现和纠正偏差的行为。反馈控制的目的就在于防止已经发生或即将出现的偏差继续发展或今后再度发生。反馈控制实际上是属于一种事后控制。

应当明确，事后控制不是单纯指出了问题后采取补救措施，主要是指根据实际运用结果与标准的偏离的情况，运用科学的方法和手段进行分析，及时发现可能发生的问题进行有效的控制。如对产品质量进行检验，尽管全部合格，但它的平均值可能会偏高或偏低，这反映生产过程可能存在失控状态，就应采取措施，做好预防工作。因此，事后控制同样也具有很好的预防性。

反馈控制常常存在"时滞"现象，所谓时滞，就是从发现偏差到纠正偏差这期间可能存在着时间延迟滞后现象。

企业中使用最多的反馈控制包括设备运行状况记录、财务报表分析、质量检验报告、员工绩效考核测评结果等。反馈控制对于已完成的活动已不再具有纠偏的作用，但它可以防止将来的行为再出现类似的偏差。

5. 外来控制与自我控制

按照控制的主体即控制力量的来源分类，可以分为外来控制和自我控制。

1)　外来控制

外来控制亦称外在控制，是由外部单位或外来个体负责控制对象(单位或个体)的工作目标和标准的制定，并为了保证控制目标和标准的顺利实现，有权在制度和规范许可的范围内实施开展具体的控制行为。例如，对于处在某单位的成本会计职位的员工而言，其直接执行会计主管的命令、监督以及财务部门制定的组织程序、办事规则等，都是一种外来强加的控制。

2)　自我控制

自我控制是一种自主性或本体性控制行为。而不是由其他单位或个体实施的控制行为。

在自我控制这种方式下，控制主体不仅能自己检测、发现问题，还可以自行制定标准并采取行动纠正偏差。企业计划管理中常采用的一种目标管理方式就是一种自我控制。其实质是组织内部各部门乃至每个人为实现组织目标，自上而下地制定各自的目标并自主地确定行动方针、安排工作进度、有效地组织实现和对成果严格考核的一种系统管理控制方法。目标管理是一种强调参与、民主和自我控制的管理，也是一种把个人目标与组织目标相结合的管理方法。

但是，只有在个人目标与组织目标差异较小、员工素质普遍较高时，采用目标管理这种自我控制方法才容易奏效；而如果目标差异较大、员工素质较低时，较多的外来强加控制则是非常有必要的。

6. 程序控制、跟踪控制、自适应控制和最佳控制

通过控制所要达到的目标叫控制标准(Z)，控制标准可以是一个常数 Z = C。如质量标准的特性值就是一个常数，如含硫量不超过 0.04%；也可能是随时间而变化的变数 Z = f(t)，如年工业增加值每年递增 6%；也可能是随另一个自变量而变化的因变数 Z= f(x)，如销售量随价格的变化而改变；还可能是一个最佳的函数值，Z= maxf(x)，或 Z= minf(x)，如盈利的最高点或成本的最低点。控制目标函数不同，控制标准也会不同，这也会产生不同的控制类型。

按照控制标准的不同可分为程序控制、跟踪控制、自适应控制和最佳控制四种。

1) 程序控制

程序控制是指控制标准是一个常数 Z = C 或控制标准是随时间而变化的函数 Z = f(t)时所进行的控制。如为达到产品质量标准而进行的质量控制属于前者，按生产进度表进行的生产控制就属于后者，企业中的作业控制大多数属于这种类型。

2) 跟踪控制

跟踪控制是指控制标准是随另一个系统的自变量 X 而变化的函数 Z=f(X)时所进行的控制。X 称为先行量，它本身也是一个变量。例如，按需定产，则计划产量这个生产控制的标准是随合同订货量而变化的函数，订货量就是先行量。此时应预测市场需求变化而引起的订货量有何改变，进而才能确定各时期的计划产量，从而进行控制。这种控制在企业的营销活动中具有很重要的作用。

3) 自适应控制

自适应控制是指控制标准函数的自变量 X 是系统前期的输出 Y，X=f(Y)的控制。例如，根据前期工作的实际结果来确定或修正本期计划或标准所进行的控制，这实际上是按照系统本身的运行结果制定控制标准。这种控制在日常的生产调度中是经常发生的。

4) 最佳控制

最佳控制是指控制标准是自变量 X 函数的极值(最大值或最小值)，即 Z =maxf(x)或 Z = minf(x)。例如，把库存量控制在库存成本最低水平(经济订货量)，或把产品组合的产量控制在利润的最高水平。

7. 闭环控制和开环控制

按照控制系统的信息反馈有无回路分为闭环控制和开环控制

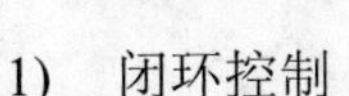

1) 闭环控制

闭环控制是指控制系统中具有信息反馈回路的控制行为。闭环控制行为的控制系统偶合链是封闭的。如企业在研究市场的基础上，将市场需求信息反馈至经营决策部门，然后作出符合市场需求的产品决策，生产出物美价廉、适销对路的产品，这种控制就是闭环控制。它具有灵敏、快捷的信息反馈回路，把输出(产品)同外界交换信息(市场是否需要)，反馈至系统中来，调节输入(改变产品决策)，来控制自身的活动。

2) 开环控制

开环控制是指控制系统中没有信息反馈回路的控制行为。开环控制行为不必同外界交换信息，它的输入是固定的，与输出值有无偏差无关。自动交通讯号交换装置就是一个典型例证，它无论有无车辆通过，定时交换讯号。流水线的强制节拍的自动传递控制装置也属于这一类，它没有信息反馈回路，把输出状态发生的偏差化作信息来影响输入。

一个管理良好的组织控制系统应该是闭环控制，这是组织开放系统性质的要求。但在组织内部、各个部门、各种层次的控制，则应根据其控制内容、要求和条件的不同，分别采用闭环控制和开环控制。

8. 静态控制和动态控制

按控制行为的时态状况可分为静态控制和动态控制。

1) 静态控制

静态控制是指被控制的活动经过一段时间后，集中提供这一段时期的信息，然后反馈到输入部分所进行的控制行为。例如，根据产量月报表，集中提供上个月有关产量的信息，对下个月的生产进行控制，就属于这种类型。

2) 动态控制

动态控制是为了揭示受控制系统内部连续变化的过程行为。动态控制是随着时间推移，不断提供信息，实施控制的行为。例如，滚动计划法就属于这种类型。

上述各种控制行为类型，在组织的控制系统内可能会同时存在，也可能部分或单独存在。管理者在实际工作中，应根据各项工作控制和各环节的管理控制的内容、目标、要求和条件等，来选择控制行为的类型，拟定具体的控制程序和方法，最终实现管理中的有效控制。

第二节 控制行为的过程与原则

一、控制行为的过程

控制行为的过程总的来说可以划分为四个基本阶段：确立标准、检查工作、分析偏差、纠正偏差，见图 13-1。

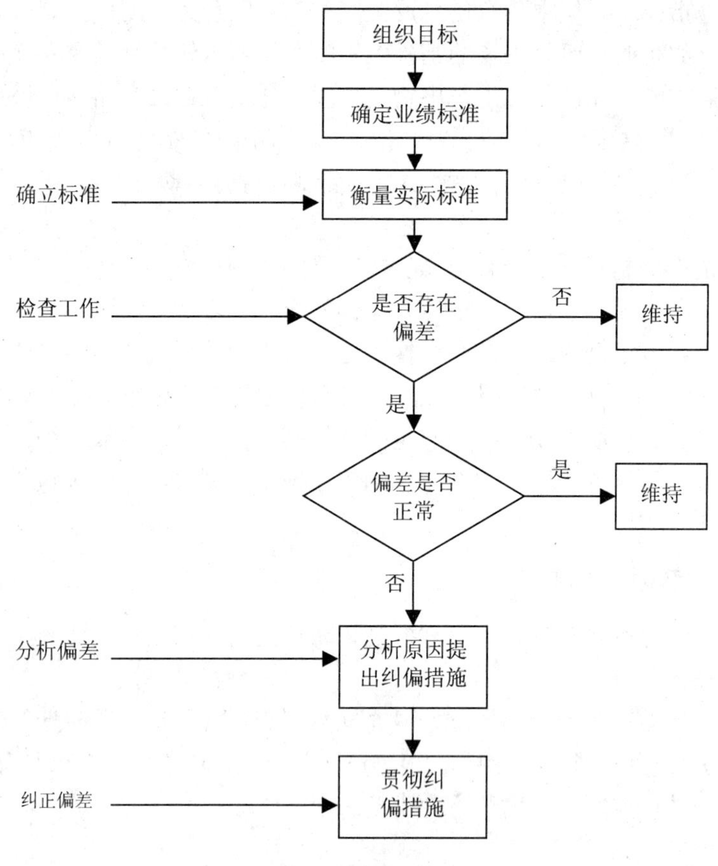

图 13-1　控制的过程

1. 建立标准

控制行为过程第一个阶段是确立标准，确立标准就是建立控制标准。

控制标准是所期望达到的绩效水准，是控制目标的具体表现形式。它通常是针对组织运营过程中，在各种活动的方式或内容等方面所规定的量值变化范围、界限，是开展控制工作的依据和基础。如果没有建立标准，那么任何一项活动的绩效与成果就不可能进行科学、有效地度量和监测。控制标准的订立对计划工作和控制、检查工作起着承上启下或连接的作用。例如，公交公司会对某一线路公共汽车的行驶制定出时间方面的控制标准：①班车始发与收车时间；②每个站的停车时间；③每一班次的交接时间；④车辆的清洁、检修、保养时间；⑤司机及售票员的工作与轮休时间等。这些规定都是为了保障正常的运营计划与目标实现的必要条件。

确立标准包括建立组织目标、确定业绩标准和衡量实际标准等环节。

任何一个组织的各种控制标准都应该有利于组织整体目标的实现，控制标准的确定必须以计划和目标为依据。因此控制行为是随着标准与目标的不同而变化的。同时，控制标准还应当具有合理、简明、实用、稳定、可行、可操作等特点。

常用的控制标准主要有四类：①时间标准，如工时定额、施工进度、交货期限等。②数量标准，如产品产销量、原料消耗量、岗位定员等。③质量标准，如产品等级、合格率、优等品率等。④价值标准，如反映组织经营状况的成本标准、费用标准、收益标准、资金标准等。

常用的制定控制标准的方法有分解法、预算法、定限额法、标准化法等。

2. 检查工作

控制行为过程的检查工作阶段就是根据控制标准衡量、检查实际工作。

衡量、检查实际工作是整个控制过程中工作量比较大的阶段。如果控制标准清晰，控制人员比较了解标准，衡量技术完善又易于操作，那么对于实际工作的衡量也就变得容易了。相反，如果控制标准不易明确，衡量的手段与方式又受到条件限制，那么衡量就会变得相对困难。

对于许多生产方面的工作和其他类似活动来说，技术和时间研究的方法已被用于标准的建立，因此对于实际业绩的衡量也较为简单。近年来，在业绩衡量方面已经发展了许多新的方法和技术。这些方法和技术有助于实现客观性和准确性。虽然组织衡量工作采用的方法和技术有所不同，但最基本的步骤都是着眼于检查产出的实际水平和质量。

在控制活动中，如果等工作做完以后，才进行活动效果的衡量，显然不符合现代控制思想，这样即使存在偏差或过失也难以得到及时补救。所以衡量、检查工作应贯穿于工作的整个过程，组织应当注重于工作过程的跟踪控制，及时预测或发现脱离正常运行范围、可能造成偏差的活动信息，以便于纠正和预防措施的实施。

衡量实际工作包括：①测定或预测实际工作成绩；②实绩与标准的比较。

测定或预测实际工作成绩可以通过两种方式：①测定已产生的工作结果；②预测即将产生的工作结果。无论哪种方式，都需要控制者搜集到有效的控制信息。搜集到有效的控制信息要注意以下几个要素。

1)　衡量重点

管理者应该针对决定实际成效好坏的重要特征进行衡量。但实际中容易出现一种趋向，即侧重衡量那些易于衡量的项目，而忽视那些不易衡量、不明显但相当重要的项目，同时各个项目之间也须进行平衡与协调。

2)　衡量方法

控制者可以通过如下几种方法来获得实际工作绩效方面的资料和信息。

(1)　亲自观察。它是由控制者亲临工作现场，通过实地观察并与现场人员交流，了解工作进展，掌握实际工作情况，发现存在的问题，从而获取真实而全面的控制信息。这种方法的最大优势就是可以得到真实的信息。当然，由于时间和精力的限制，管理者不可能对所有工作活动都进行亲自观察。

(2) 资料分析。利用报表和报告等书面资料来了解工作情况的是组织中常用的方法。这种方法可节省管理者的时间，效率比较高，但在信息的真实性、全面性、准确性方面对这些报表和报告资料的质量依赖性非常大。

(3) 抽样调查。抽样调查是从整批调查对象中按照一定规则随机抽取部分样本进行调查，并把结果看成是整批调查对象的近似情况代表。它可以节省调查的时间及成本，但问题在于很多信息不能靠调查方法来获得，故而其有不定期的应用范围限制。

(4) 召开会议。通过会议的形式，让各部门汇报各自的工作进展及工作中存在的问题，这既有利于管理者了解各部门工作的情况，又有利于加强部门间的沟通和协作。但通常应该注意会议的效率与效益问题。

3) 衡量频度

管理者要确定衡量一次工作绩效的间隔期，并可以划分为定期的、有规律的衡量和不定期的、随机式的衡量两个方式。当然，对不同的衡量项目来说，可相应决定采取定期与否的衡量频度，同时定期衡量的间隔时间也可能不一样。一般而言，衡量工作应当定期进行，并使之成为经常性的工作。

4) 衡量主体

衡量实际工作绩效的人可以是工作者本人，也可以是同一层级的其他人员，还可以是上级主管人员或职能部门的人。主体的不同往往决定了控制工作的类型的不同。

一般而言，集权式的企业领导方式下由主管或职能部门人员实施的衡量和控制，这对于工作人员而言，就是一种外部或外在的控制。相比之下，目标管理之所以被认为是一种“自我管理、自我控制”的方法，就是因为工作执行者就是工作成果的衡量者与控制者。

3. 分析偏差

控制行为过程的分析偏差阶段包括：发现、鉴定并分析偏差。

鉴定偏差是控制过程的核心部分。通过对实际工作业绩的衡量，获得了管理者所需要的信息，就应将其与控制标准进行比较分析，从而确定是否发生了偏差以及偏差的程度，这样就比较容易发现实际工作中的问题和不足。

分析偏差阶段的实质是通过检查对比来确定实际业绩是否满足了预定目标或计划的标准。

偏差可能有以下两种情况：

(1) 正偏差，即顺差，表现为实际执行结果优于控制标准。顺差通常被认为是控制对象取得了比预期更好的成绩，应当得到褒扬，并总结经验、保持成绩。但过大的顺差应当引起管理者的重视，因为这有可能是两方面的原因所致：一是环境或条件发生了较大变化；二是原定的控制目标或标准不合理，不具有挑战性。管理应当根据具体情形予以检查分析

后采取修正措施。

(2) 负偏差，即逆差，表现为实际执行结果低于控制标准。逆差通常被认为是控制对象实际业绩差，因而管理者应当检查分析实际情况，迅速、准确地找出真正原因，为采取相应的纠正与预防措施提供依据。

当然，并非所有偏差情况均要作为“问题”来处理。一般而言，当偏差不大，在准许偏差存在的上限与下限范围界限内时，也被认为是正常的，这时不必采取措施。

4. 纠正偏差

控制行为过程的纠正偏差阶段主要是提出和贯彻纠偏措施。

当偏差较大时，组织必须针对造成偏差的原因，尽快采取措施去纠正这种情况。产生偏差的原因可能来自组织内部，也可能来自组织外部；偏差可能是可控的，也可能是不可控的。对于由可控因素导致的偏差，往往要求组织注重在控制过程中设立纠偏措施。如果偏差是不可控因素所致，则要求组织对控制标准进行修订，甚至有时还有可能需要改变组织目标与计划，但最基本的原则应是对症下药。

具体的纠偏措施可分为两种：①临时性、战术性的应急措施；②永久性、系统性的根治措施。

组织管理者不仅需要制定出准确的纠偏措施，还需要监督贯彻执行，否则也易导致控制过程的无效或失败。通过建立具体的规则与程序，清晰明确地落实部门、人员、责任、方法、步骤等，以保证纠偏措施得以贯彻执行。

二、影响控制行为有效性的因素

从控制行为的过程可以看出，有效地开展控制行为要受到多方面因素的影响，最主要的有以下四种因素。

1. 控制目的

控制目的是否明确、清晰，是影响控制行为有效性的首要因素。它对于确定控制的对象、内容、方式、措施等具有重要的导向意义。控制工作的目的，最终具体体现在实际成绩与控制标准、组织目标间的吻合程度的最大化方面。控制目的越明确，越易于控制标准的制定，控制的效果也就越好。

2. 控制标准

标准是对重复性发生事物的行为及活动的规律描述和总结。控制标准是开展控制工作的基本依据和控制活动有效性的衡量尺度。制定控制标准的依据是组织目标、计划以及具体工作的专业行为规范等，这些规范包括环境保护标准、产品质量标准、能源消耗标准、销售利润标准、投入产出标准等。

3. 偏差信息

信息是控制的基础。是否掌握全面、可靠、有用的信息，对于控制的全过程都至关重要。掌握了偏差信息，才能了解实际工作情况或结果与控制标准之间的偏离情况，而只有掌握了有关执行偏差或环境变化的足够信息，管理者才有可能决定是否应该采取纠正与预防措施以及采取什么样的纠正与预防措施，从而做出有针对性地控制决策。

4. 纠正措施

纠正措施是指根据偏差信息以偏差产生的原因而采取的相应对策与方案。纠正措施可行性、可操作性是实现消除偏差、保证计划顺利进行的前提。控制行为的有效性不仅体现在偏差得到及时纠正，还体现在促使管理者在组织内部条件、外部环境发生较大变化时，能够对原定的控制标准或目标做出及时准确的修正。纠正措施应当建立对偏差原因进行正确分析的基础上，通过落实所拟定的措施方案，使执行中的偏差得到尽快矫正，或者形成新的控制标准和目标。另外，并不是一发生偏差或每一类偏差都需要采取纠正措施，纠正措施通常是在偏差达到一定的界限，并且只有当采用该措施的投入产出效果有价值时，才是必要的。

综上所述，影响控制行为的因素主要是控制的目的、标准、偏差信息、纠正和预防措施，这四个因素共同决定了组织控制系统运行的效率和效果，因此换句话说，它们是实现有效控制的基本条件。

三、有效控制的原则

在组织管理中，为了更有效地开展控制行为，必须坚持以下原则。

1. 实事求是原则

控制是对工作进行监督、检查和衡量，控制行为必须是客观的，实事求是的。

控制行为的客观性要求在于，管理者不能凭自己的主观、经验或直觉去判断，而应采用科学的方法，去观察、分析和判断。由于控制工作具有对下级监督的作用，并且和考核、评比、奖励、晋级有密切关系，容易出现弄虚作假、报喜不报忧等现象，因此，组织控制行为就应当实事求是，面对现实，而不能滋长那些错误心理和行为。

所以，在管理控制中，检查或衡量工作都应当客观、公正、真实，只有这样才能发现真正的偏差，才能获得可靠的信息，要尽可能采用计量方法，用数据来衡量工作成果。

2. 预见原则

预见原则要求在控制行为的实施中，不仅要在偏差出现以后及时采取控制措施加以纠

正，而且应尽量在问题出现之前，能预知事情的苗头，分析可能会发生的问题，采取有效的控制行为，把问题排除在未发生之前和消灭在萌芽状态。

这就要求管理者能及时发现偏差，不失时机地迅速处理；才能避免时间拖延、问题由小变大、积重难返，系统处于失控的状态。

为了使组织控制行为更有效，要把工作情况和结果及时、迅速地进行反馈，及时对大量的信息进行整理加工。而且，随着社会环境的变化和科学技术的发展，企业同外部以及内部之间需要相互交换大量的信息。

因此，建立健全管理信息系统和利用电子计算机进行信息处理和传输，已成为现代化控制的客观要求和发展趋势，也是提高控制工作预见性的重要手段。

3. 效率原则

在整个组织的活动中，生产、技术、人事、供应、销售、财务等工作效率原则各有不同。要有效地开展控制行为，必须按照不同的工作性质、内容、范围、要求和现实的条件进行控制，建立不同的控制标准，采用不同的方式，选择不同的控制类型，拟定具体的控制方案。这样的控制行为才能符合实际，才可能取得实效。

同时要根据具体情况，建立和健全相应的组织机构，要能在机构中将信息实行畅通无阻的传递，要做到权责分明，并且不同的工作要有各自不同的具体目标，切忌“一刀切”原则。

4. 例外原则

例外原则就是当发生了预料之外的重大偏差时，才应该提请组织最高层管理者处理。也就是说，如果组织中没有发生重大偏差时，原则上由相应的职能部门或人员去处理，这样以便高层管理者在有限的时间内集中精力去处理一些关键性和全局问题。只有坚持例外原则，才能有效地进行控制。

这就要求组织控制行为应按照管理层次，分别进行。控制工作是通过发现和纠正偏差进行的，但发生的偏差可能有许多，不能事无巨细，不分主次同等对待。上级不应也不能对下级一切工作都加以控制。因此，要按管理层次、各级的职责分工，抓住重大事项进行重点控制。有很多问题，可由下级人员进行自觉的调节。

5. 弹性原则

组织控制行为往往会面对难于预料的变化，接受各种不同控制因素变化带来的信息。为了适应环境变化，控制行为必须具有一定弹性，而不是“机械”地控制。

弹性控制是针对控制的应变能力而言的，即允许控制行为在适度的范围内进行，而不是不顾客观条件改变而僵化的控制，这样控制工作才能是有效的。例如，实行弹性预算、跟踪控制、滚动式的作业计划和利用网络计划法等。

6. 战略原则

控制行为的战略原则是指管理者实施控制行为应当具有全局观念。即控制行为绝不是仅仅忙于处理当前所面临的问题，而应当高仰远瞻，具有战略眼光。

所谓控制行为的全局观念，就是要从全局利益出发进行控制，要将各个局部的控制目标协调一致。在实际工作中，应当引导全体职工的眼光不能只停留在本部门、本作业的控制目标上，而忽视了控制的总目标，要引导人们照顾全面，使各方面的目标协调一致。

7. 组织性原则

控制行为组织性原则是要求控制行为应与组织形式、各级组织机构的设置、人员的分工及权责相适应。

管理组织中的高层、中层、基层等层次各有权责，各级、各部门的控制工作、控制目标、方法都要与这些组织状况相适应，不同的权责分工和组织形式就应当运用不同的控制方法。在实施控制时，不能混乱或削弱各组织和人员的权责范围，要遵守“统一命令”的原则，不要越级发布控制的指令，也不能超越规定的权限而要求下属去做他们权限以外的事情。

8. 经济原则

讲求经济效益既是实施控制的基本要求，也是进行控制活动的最终目的，通过控制必须能获得一定的经济效益。因此，要把实施控制所获得的成果同实施的费用进行经济比较，选择出投入少、效果好的经济合理的控制方案。

就一项控制行为而言，在实施的初期，短期内控制效果可能不太明显。这是因为：①费用上升得快，如购买设备、培训人员等；②因为控制是一种管理技术，必须要有一个熟悉和运作的过程；③推行控制行为时还会遇到一些阻力；④其他工作也可能还没有配合好等。但是，当控制行为推行一段时间后，纠正或缩小了偏差，效果就会显露出来。

因此，组织控制行为的开展，既不能只看近期效益，也不能不讲经济原则。在控制行为实施中为了追求尽善尽美而追加太多的费用，往往是得不偿失的。

第三节　控制方法与艺术

控制行为作为实现组织目标的基本保障手段，渗透到了组织各种行为中，图 13-2 表明了控制行为与其他组织行为的关系。

由于控制的目标、层次、重点、对象、类型等是不同的，就使得控制行为复杂多样。在这种状况下，要达到控制行为的有效性，必须选择恰当的控制方法，运用灵活的控制艺术。

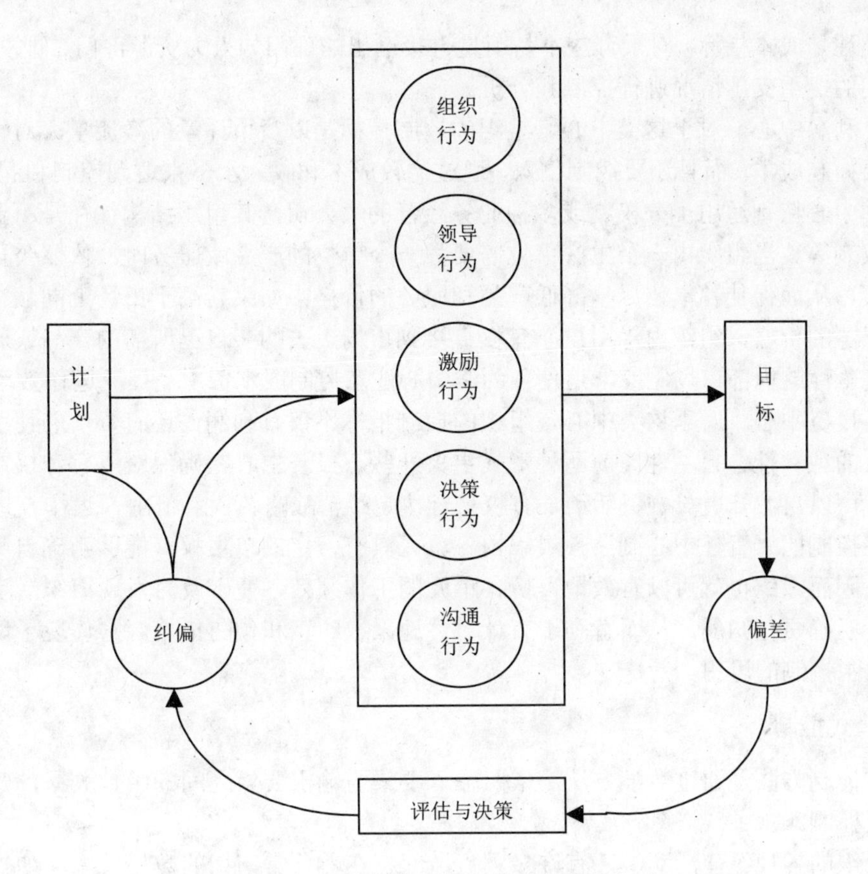

图 13-2　控制行为与其他组织行为的关系

一、控制的方法

实施控制的方法随着所控制的对象、内容、条件以及环境的不同而有不同选择，控制的基本方法大体上可分为财务控制、模式控制、统计控制、会计控制、进度控制、审计控制、预算控制、质量控制、人员控制和生产物质控制等。

1. 财务控制

财务控制方法一般通过“责任中心制”的形式表现出来。具体做法是：通过建立若干责任中心，向每一个责任中心委派负责人，负责中心控制目标与任务统筹完成。负责人有权获得、使用和处置中心资源，同时对中心的费用支出和收益进行管理，并就中心的工作绩效向组织全权负责。责任中心的建立一般与组织内部部门的划分基本一致。

组织一般可建立三种形式的责任中心：

(1) 成本费用中心。对于这类中心，组织的控制指标是以货币计量的投入量。对于生产部门往往是成本指标；对于有些不易衡量直接产出的部门如人力资源部门、研发部门等，则对他们的费用支出情况进行控制和分析。

(2) 利润中心。对于这类中心，组织的控制指标是以货币计量的净流量。对于利润中心不仅要控制成本，而且还要控制收入，通过比较成本和收入水平来达到控制利润的目的。

利润中心特别适用于分权制或多种业务经营的大公司，其组织结构往往是事业部制或模拟分权制等。当组织内一个生产单位需要另一个单位的产品或服务时，依照公司内部价格来购买，从而促使各单位尽量降低产品和服务的价格；如果它高于市场上同品种同质量产品或服务的价格，组织内“用户”有权直接到市场上去购买自己所需的产品或服务。这种具有竞争性的内部市场制度，迫使各利润中心注意控制成本费用，提高运作效率。

(3) 投资中心。对于这类中心，组织的控制指标不仅有利润，还有资产的使用效益。投资中心的独立性、自主性比前两种形式更大一些。投资中心在确保对所有者权益负责的条件下，可以自主开展投融资活动，有权自行决定经营战略、业务范围、运作方式等。

财务控制的“责任中心制”使组织内各单元具有一定的自主权，能够明确自身的责、权、利，因而组织也就可以有效地评价各单元的工作绩效，便于及时发现组织活动中存在的问题，明确责任归属，从而有利于有针对性地采取纠正和预防措施。它体现了现代分权管理和自主控制的思想。

2. 模式控制

模式控制方法是通过数学方法，依照输入要素与输出要素之间的函数关系，建立数学模型进行控制。

在组织的各种经营活动中，有许多因素之间存在着非常密切的数量关系，如材料的价值与成品的价格之间的关系，工时与产量之间的关系，产量、成本与盈利之间的关系等。控制就是利用这些模型来进行的，控制标准的输入实现标准的输出，或者通过改变输入来控制输出。如通过确定经济批量来实现最佳库存的控制，利用订货点来调节库存；建立价格与需求关系的模式，求得销售收入和盈利最大的价格；利用线性规划确立投入产出模型等。

随着运筹学、经济数学、计量经济学等学科的建立和完善，数学方法在管理上的应用越来越广泛，特别是在电子计算机出现并大量应用于实践后，使得许多较复杂的计算和分析工作变得更为快捷和准确。利用数学模型方法进行控制，使控制行为更加定量化，摆脱了过去只靠个人的经验进行控制的束缚，提高了控制的效率，这是控制行为随着科学技术的发展而不断进步的必然趋势。

3. 统计控制

统计控制就是利用统计理论和方法对生产经营活动实施控制。它可分为概率控制和利用统计报表两类方法。

(1) 概率控制。概率控制是利用数理统计和概率论的原理与方法对事物进行分析研究的一种控制方法。控制行为接受的信息很多，但是有许多信息具有随机性质，且呈一定的统计分布规律。如产品质量的许多特性，在正常情况下其概率分布呈正态分布规律，不合格品率的出现带有二项分布的规律，因而可以利用概率分布的原理，对系统的活动进行研究并加以控制。根据数理统计中概率分布的规律，在正态分布的情况下，在平均数上下各3个标准差的范围内，它的概率达到99.73%。因此，常把3个标准差作为控制的界限进行控制。休哈特发明的控制图法就是利用控制图，定期抽检生产过程中的一批制品，将检测的结果用点子在图上表示出来，然后根据点子的分布作出判断。除此之外，还可利用相关分析的方法，建立回归方程进行控制，它是先进行相关分析，研究变量间的分布状况，是属于线性相关，还是非线性相关，是属于指数分布曲线，还是S分布曲线等，然后再根据其概率分布类型，利用回归分析方法建立回归方程，进行观察和控制。

(2) 利用统计资料进行控制。它是利用统计报表进行监督和控制的一种方法，它根据各种统计资料(如各种台账、各种统计指标等)来衡量工作进展和计划的完成情况，经过对照，发现偏差，找出原因，加以改进，如分层法、指数法、动态分析法等。

4. 会计控制

会计控制是通过遵循会计准则、原理和方法，利用会计资料，如会计凭证、会计账簿、会计报表所反映的数据和相关信息进行的控制方法。会计控制的实质就是根据一定的控制标准，通过会计核算与分析工作，同组织内部各级经济核算制度相结合，对产品成本形成的整个过程进行经常性的监督和控制，从而使各种费用支出和劳动消耗在控制范围内，实现预期控制目标。

会计控制是一种传统的控制方法，在一些历史悠久的组织，往往把会计作为一种极其主要的控制工具，把主管会计称为控制者，利用货币的收支来控制企业的生产经营活动。会计控制是通过会计核算和分析来进行的，要及时、检查有关的会计资料，如控制材料库存，就是要检查材料账，分析会计记录的变动情况和报表上的数据，从而发现偏差和原因，进行有效控制。

常见的为管理部门提供控制信息的会计方法是标准成本法。标准成本是通过精确的调查、分析与技术测算而制定的，用来评价实际成本，衡量工作效率的一种预计成本。一般可制定四种标准成本：①基准成本。通过选择某一时段已经发生的实际成本作为基准，以此作为测定各期成本与之比所变动的幅度与范围，从而分析成本升降的趋势；②理想成本。根据最大产能、生产要素的最低投入量、最高价格和可能实现的最好经营绩效，可以确定出相应的最低理想成本标准，即是说这是一种理论上的最高成本目标；③正常成本。它是一种在企业正常运营条件下所制定的一种标准成本。通过采用企业过去较长时期内实际数据的加权平均或移动平均值，并估计未来的变动趋势加以计算，在根据标准成本进行控制时，一般都是以正常标准成本为依据的；④现实成本。这是一种经过努力可以实现的成本标准。与正常成本相比，它更具有挑战性，完成难度更大。与理想成本相比，又更具有可行性和激励性。因此是一种“跳起来摘果子”就可以达到的成本。通过比较当期实际成本与下期实现成本，可以发现目前与下期成本目标的距离。

会计分析利用的指标很多，如资金利用率、流动资金周转率、固定资金利用率、销售收入增长率等。具体实施控制时，又可分为事前成本控制和计划执行过程中的成本控制，这需要通过成本预测、成本计划、成本差异分析等工作，查明不利差异的原因，采取相应的预防与纠正措施，从而达到有效控制成本的目的。

5. 进度控制

进度控制是指对生产活动和经营管理工作的进度实施的控制方法。它同时间的进程和期限的要求结合在一起，主要是控制生产或工时、工程进度能否如期完成；各项工作在时间上能否相互衔接。

进度控制可采用甘特图或网络图进行，它们也都是计划行为和控制行为的结合点。

甘特图在生产管理中应用相当广，它是将一段时间内的计划工作与工作进度用一图表表示出来，用一条线表示计划，用另一条线表示实际，从而反映出计划与实际的偏差，表示超前滞后的时间，并把相关作业在时间上的衔接关系表示出来。

网络图在编制网络计划时属于发挥计划职能的工具，同时也用它进行控制。通过对网络图的分析，找出关键线路并对其进行控制，最终用最少的时间和最少的资源消耗去完成既定的工作。网络图除了与甘特图一样能表示作业进度和时间衔接的先后关系外，还可以确定出关键线路和非关键线路中的时差，这样人们可以利用非关键线路上的时差，去支援关键线路上的作业，按期或提前完成任务。

6. 审计控制

根据审计原则，通过价值形式对组织运营活动中的财务运行状况等进行独立的审查和评价，提供审计信息，实现控制功能，是审计控制方法的基本内涵。

通常说的审计主要是指对组织财务会计工作的审核。广义上的审计还包括管理工作审计、人事工作审计等。①财务审计的功能是保证经济组织所提供的财务报告能真实反映组织系统的财务状况，同时对经济活动的合法性、合规性进行监督控制。②管理工作审计是对组织管理进行全面的审核和评价，包括目标战略、组织结构、纪律规范、运作效率、组织文化、竞争能力、研发水平等。③人事工作审计主要是对组织人才战略、规章制度、人才管理、人力资源选择、配置、开发、利用等情况进行的分析和评价，以及特定职位的组织成员个人工作的审核。

按照从事审计的主体不同，可以将审计分为外部审计和内部审计。①外部审计是由非组织内部的、独立的专门审计机构如注册会计师事务所来进行，一般不包括非财务项目的审计。②内部审计则是由本组织系统内部的审计人员所进行的审计工作。在规模较大的多

种业务组织，由于有很多生产经营单位及分、子公司，内部审计工作就显得十分重要。内部审计的内容不局限于财务审计，它还可以考核和评价一些定性指标，如对有关计划、政策及程序等方面的审核和评估等。由此可见，审计可以为组织实施控制提供重要的信息。

7. 预算控制

预算控制是利用财务预算对组织经营活动进行的控制方法，也是一种应用很广泛的传统的控制方法。它是将计划规定的活动以计量单位的形式，数字化地表现出来。通过预算，可以使计划目标具体化，从而更易于实施控制行为。

预算控制方法是计划与控制的综合，预算也是一种计划，预算编制属于计划方法；而根据事先的预算，进行收支的控制，属于控制方法。实施预算控制的工作包括以下几方面：①编制预算。在编制预算时，应集中精力编制好几项主要收入和支出项目，不要主次不分，过多地考虑或细分次要项目，要提倡零基预算，即从头开始，不要随便按上期实际情况为始点来变动预算开支，而应当重新对整个预算进行计算，重新确定每一项目的收支；②利用预算来检查监督各项收入和支出的进度和完成情况，坚持按预算进行费用开支，及时查找偏离预算的原因；③根据预算执行情况的分析总结偏差原因，调整预算，在可能条件下采用弹性预算，以适应客观环境和条件的变化。

预算控制不是一种消极、被动的控制，而是积极、主动的控制。在运用预算方法进行控制时，应注意：①制定的预算不能过于僵化，要有一定的弹性即前瞻性、灵活性和应变性；②预算不应过细，应当主次分明、重点突出，对于主要的活动及其费用的支出应严格控制，但对于一些琐碎的活动则没有必要花费太多精力，否则容易得不偿失；③预算不能代替目标，因为预算始终是为组织目标服务的，管理者不能囿于预算指标而忽略了实现组织目标的根本任务。

8. 质量控制

质量控制是组织控制行为的重要内容之一。迄今为止，质量控制已经经历了三个阶段，即质量检验阶段、统计质量管理阶段和全面质量管理阶段。质量检验阶段大约发生在20世纪20—40年代，工作重点在产品生产出来之后的质量检查。统计质量管理阶段发生在20世纪40—50年代，管理人员主要采用统计方法作为工具，对生产过程加强控制，提高产品的质量。从20世纪50年代开始的全面质量管理是以保证产品质量和工作质量为中心，企业全体员工参与的质量管理体系。它具有多指标、全过程、多环节和综合性的特征。如今，全面质量管理已经形成了一整套管理理念，风靡全球。

质量控制的方法很多，其中最重要的现代质量控制方法就是全面质量管理(TQM)。它是组织以质量为中心，以全员参与为基本手段，目的在于通过让顾客满意和本组织所有成员及社会受益而达到长期成功的控制方法。日本的经济振兴就是从抓质量控制开始的。日本社会已形成重视质量，为生产世界上第一流的产品而努力的风尚。同时，也引起日本整个社会服务质量和社会风气的变化。质量使日本的产品在国际市场上有很强的竞争能力，给日本的国民经济带来极大的利益，也是工业高速发展的重要因素。

全面质量管理(TQM)的四个基本要素是产品质量(适用性)、交货质量(日期、数量)、成本质量(价格)、售后服务质量。TQM 是管理控制理论及实“质”的飞跃，是一套管理思想、理论观念、手段、方法的综合体系，具有如下几方面的特点：①强调一个组织要以质量为中心。管理范围由单纯产品质量扩展为工作质量，强调企业的一切经营工作都要以质量为中心；②强调全员参与。是一种全员参与的质量管理，因为质量控制决不仅是质量部门的事，只有每一位员工都树立了强烈的质量意识，主动积极地参与到质量控制当中，才能真正起到事半功倍的成效；③强调全员的教育与培训。重在工作质量，因为提高工作质量的关键在于提高人的质量，通过全员培训和教育提高素质；④科学的质量管理。全面质量管理强调专业技术，组织管理和统计方法的结合。数理统计方法的运用是现代质量管理是区别于传统质量管理的最明显标志之一，运用统计等数学方法揭示质量形成和运动的客观规律，进行定性和定量的描述，同时，以现代科学技术和现代管理技术的最新成果来解决质量问题；⑤强调最高管理者强有力和持续的领导；⑥强调谋求长期的经济效益和社会效益。

9. 人员控制

前述的几种控制方式都必须通过人的工作来实现，所以是间接控制。而对控制系统内每个人的控制实才最根本的控制。企业的一切生产经营活动都是由人来进行的，因此，对人的控制是最直接的控制。人员控制也就是直接控制，是组织控制行为中最为重要的内容。

人是控制系统的主体，如果离开了人的有效工作，控制系统的存在是毫无意义的，如果没有充分发挥人的主观能动性，控制职能也很难发挥它应有的作用。因此，做好人的工作，是实施控制职能的关键。对人的控制不是单纯采用强制与监督，主要是提高他们的思想政治觉悟，提高职工的责任心和敬业精神，充分发挥他们的积极性，并培养提高他们的工作能力，这样他们就会自觉地并且是有能力地去完成各自的工作，这样的控制就会达到事半功倍的效果。直接控制往往同组织职能以及对职工的激励结合在一起进行，要关心职工和了解他们的思想、工作、生活情况，帮助和指导他们工作，检查他们的工作及进度，并对工作结果进行严格的考核和评比。

人员控制的主要内容包括：人员的选择与配置；工作与职位分析；人员个人目标与标准的设定；个人绩效的衡量与评价；人员培训与开发；人员的流动等。总之，人员控制的根本目的是使人力资源的配置符合组织运作要求，并使其活动指向组织目标的实现。

10. 生产和物资控制

生产控制是在企业的生产运作的各环节中，为保证生产计划的执行而对基本的生产作业活动和产品生产的数量、速度、节奏等进行的控制方法。其主要的控制内容有生产进度控制、在制品占用控制和生产调度等。常用的生产控制方法有平衡线法、甘特图、网络评审技术、线性规划等。

物资控制主要是指库存控制方法，即通过物资库存量的掌握和调整，在保证组织的物资需求同时，确定合理的库存物资和资金占用量，有效控制物资采购、贮存成本费用，从而实现最佳的总体效益。具体方法有 ABC 管理法、定期库存控制法、定量库存控制法、定期定量混合法等。

如上所述，在管理实践中是通过运用多种控制方法来实现有效控制的。管理人员除了利用以上方法进行控制外，还可以借助比率分析、盈亏控制以及网络控制等方法。

二、控制的艺术

控制行为作为组织的基本活动之一，它与组织目标的实现密切相关。有效的控制行为不仅要应用科学性、实用性很强的理论和方法，而且需要具有因地制宜、因势利导特点的操作技巧和控制艺术。

1. 目标多样化

组织控制行为无论是着眼于纠正已经发生的偏差还是为了防范偏差，都是为了适应组织内外条件和环境的动态变化，保障组织运作活动的有效性，最终实现组织的目标。

围绕组织的根本目标，在制定具体的控制目标时，应当充分考虑到组织活动的复杂性、多样性特点。即需要针对不同环节、层次、属性、特点和资源条件的工作活动，制定不同的控制目标。

控制行为的意义就体现在，不同的、多样化的控制目标都是围绕着促使组织更有效地实现其根本的使命目标而分解展开的。

2. 自主参入化

从控制行为对象所处范围的角度来看，组织活动的各个方面，人、财、物、时间、信息等资源，各层次、各部门、各单位、各个人的工作，以及组织活动中的各个不同层次、阶段等，都是控制的范围。不仅如此，组织控制还需要把整个组织的活动作为一个整体来看待，从而使各方面的控制能协调一致，达到整体的优化。

因而，控制难度是比较大的。如何发挥被控制对象的主动性、积极性和创造性，最大限度地实现有效控制，是摆在管理者面前的战略课题。

自我参入控制最利于组织目标的实现。首先从控制的主体来看，完成计划和实现目标是组织全体成员共同的责任，控制应该成为组织全体成员的职责，而不单单是管理者的职责。让全体成员参与到控制行为中来，变被动、消极式控制为主动、积极式控制，这是现代组织中推行民主化管理思想的重要方面。

3. 标准动态化

“兵无常势，水无常形”，在控制活动的实施过程中，应当注意控制标准与环境条件变化的“调适”关系，即在一般情况下要保持控制标准的刚性，但同时也要保持适度的柔性。控制应允许意外的变化或情况发生。过于死板反而会破坏控制的有效性。组织的控制行为不同于空调的温度自动调控，后者是一种高度程序化、智能化的控制，具有稳定性的特征；而组织则不是静态的，其外部环境和内部条件随时都在发生着变化，从而决定了控制标准和方法不可能也不应当一成不变。保持控制标准动态化的特征，就可以保证和提高控制工作的有效性、灵活性与应变性。

4. 机制人性化

从控制行为的主体来看，组织控制行为归根到底需要人来施行，同时又主要是针对人的行为的控制。因此，组织控制行为应当要坚持以人为本的现代组织管理思想，重视人性方面的因素。

控制不仅仅是对组织成员的监督、约束，更应当成为提高组织成员综合能力的工具和途径。应该通过控制行为过程中的指导和帮助，有效提高员工发现和纠正偏差能力，提高员工自我控制的观念和能力。只有这样，管理制定的各项偏差纠正和预防措施才能真正地得到贯彻和实施。

实施控制机制人性化，既能达到控制的目的，又能提高员工的工作和自我控制能力，还能取得较好的控制效果。

本 章 小 结

控制行为是人们在组织中实施各项控制活动时所表现出的行为。

控制行为的目的主要表现为：适应环境变化的需要、解决管理权力分散的需要、适合工作能力差异的需要。

控制行为的类型有：全局控制和局部控制、预防性控制和纠正性控制、事前控制、事中控制和事后控制、前馈控制、现场控制和反馈控制、外来控制与自我控制、程序控制、跟踪控制、自适应控制和最佳控制、闭环控制和开环控制、静态控制和动态控制。

控制行为的过程分为四个基本阶段：确立标准、检查工作、分析偏差、纠正偏差。

影响控制行为有效性的因素是：控制目的、控制标准、偏差信息、纠正措施。

有效控制的原则有：实事求是原则、预见原则、效率原则、例外原则、弹性原则、战略原则、组织性原则、经济原则。

控制的基本方法有：财务控制、模式控制、统计控制、会计控制、进度控制、审计控制、预算控制、质量控制、人员控制和生产物质控制等。

1. 如何理解控制行为的目的？
2. 控制行为的类型有哪些？
3. 如何理解控制行为的过程？
4. 影响控制行为有效性的因素有哪些？
5. 简答有效控制的原则。
6. 控制的基本方法有哪些？
7. 如何理解控制的艺术？

本章案例

邯钢的经营机制改革与成本控制

20世纪80年代末，由于国家宏观经济的影响，国民经济进行治理整顿，压缩基本建设，钢材市场疲软，售价一跌再跌，加上原料、能源、运费等大幅度涨价，造成钢材成本猛升，一涨一降两面夹击，使邯钢这个全省知名的利税大户，1990年竟连续5个月出现亏损。在严峻的形势面前，邯钢没有退缩，没有“等、靠、要”，而是大胆冲破传统计划经济体制的束缚，按照客观经济规律，主动走向市场，在企业内部建立起“模拟市场核算，实行成本否决”经营机制。即用模拟的办法，把市场机制引入企业内部管理，在保持现代工业企业专业化、科学分工协作、高度集中统一管理(即企业内部统一计划、统一采购，统一销售，银行只设一个账号，二级厂不独立对外、不具备法人资格)优势的前提下，抓住成本这个关键，依据价值规律，用“倒推”的办法，即从产品在市场上被消费者接受的价格开始，从后向前，通过和先进对比挖掘潜力，测算出逐道工序的目标成本，然后层层分解落实，直到每一个职工。

这个机制的核心是企业真正把提高经济效益放在第一位，通过成本指标的层层分解，将国有资产的管理、使用落实到每一个职工身上，让广大职工人人有家可当，有财可理，有责可负，有利可得，贡献大的可以先富起来。这一机制可概括为八个字：市场、倒推、否决、全员。市场，即企业主动走向市场，将内部成本核算的原料、能源、备品备件、半成品等的价格一律改为市场价，生产出的产品也以当时市场能接受的价格为依据，以产品成本降低多少作为衡量各生产单位生产经营成果的标准。倒推，即将长期计划经济体制下从前到后逐道工序核定成本的顺序结转法改为倒推法，按照“亏损产品不亏损，盈利产品多盈利”的原则，从产品在市场上能被接受的价格开始，逐个工序，从后往前，直到原材料采购，通过与先进单位对比，找出差距，挖掘潜力，重新核定其目标成本。否决，即将目标成本指标列入二级厂承包，按月考核，完不成成本指标，百分之百否决全部奖金。全员，即上至厂长下至每一位职工都要承担成本或费用指标，形成全员全过程的成本管理。公司将1000多个综合指标分解到二级厂和处室，然后他们再细化成10万个小指标，层层分解落实到每一个职工。让职工参与市场竞争，不是让每个人都去做买卖，而是以完成分解给自己市场机制下的目标成本为依据。

之后，邯钢不断深化和完善这一机制。一是将模拟市场核算机制由主要生产厂拓宽到辅助厂、生活、后勤等所有单位。只要认真加强管理，大大小小、方方面面都有潜力可挖。如：公司办公室有22辆小轿车，过去每年费用消耗50多万元，通过加强管理，1994年节约22万元，1995年节约23万元，1996年节约24.8万元，1997年节约37.5万元，1998年节约40.8万元。二是将模拟市场核算机制由生产经营领域引入到基建技改工程管理。降成本必须从源头抓起，投入抓好了就为降低成本打下了好的基础，投入抓不好，即使新装备建成了，也可能成为新的包袱，走入“不改造等死，搞改造找死”的误区。为此，精确计算投入产出，使投入的资源、资金得到充分利用。如将两个工艺落后的轧钢车间改造为年产60万吨的棒材车间，总投资不足2亿元，比国内新建同样生产规模的工程节省投资3～4亿元。

通过推行和不断深化完善上述制度，邯钢取得了显著的经济效益和社会效益。从1990—1998年，邯钢钢产量由110万吨增加到344万吨。实现销售收入由10.2亿元提高到80.1亿元(含税)，实现利税由2.1亿元增加到10亿元，其中利润由100万元增加到7亿元。

(资料来源：作者根据相关材料整理而成)

案例分析思考题

用控制行为的理论分析邯钢推行的“模拟市场核算，实行成本否决制”的经营机制。

参 考 文 献

1. [美]丹尼尔·戈尔曼. 卓有成效的领导艺术. 哈佛商业评论(中文版)，2002. 9
2. [美]赫伯特·西蒙. 管理行为. 北京：北京经济学院出版社，1998
3. [美]梅尔文·索尔切等. 这样挑选企业领导人. 哈佛商业评论(中文版)，2002. 9
4. [美]哈罗德·孔茨等. 管理学(第九版). 贵阳：贵州人民出版社，2002
5. [美]杜布林. 组织行为基础——应用的前景. 北京：机械工业出版社，1985
6. 程正方. 当代管理心理学. 北京：北京师范大学出版社，1996
7. [加]唐纳德·沃斯特. 管理科学实务教程. 北京：华夏出版社，2000
8. Ron Ludlow＆Fergus Panton. 有效地沟通(影印版). 北京：中国人民大学出版社，2001
9. 邹宜民. 组织行为学. 南京：南京大学出版社，2004. 1
10. 严文华. 20世纪80年代以来国外组织沟通研究评价. 外国经济与管理，2001. 2
11. 杨学涵等. 促进有效沟通，改善组织管理. 人类工效学，1998. 8
12. 赵应文等. 组织行为学. 武汉：武汉理工大学出版社，2005. 12
13. 徐为列. 有效沟通的障碍因素分析. 商业研究. 2000. 10
14. 李东. 管理学. 南京：南京师范大学出版社，1995
15. [美]斯蒂芬·P. 罗宾斯. 组织行为学. 北京：中国人民大学出版社，1997
16. [美]詹姆斯·L. 吉布森等. 组织学. 北京：电子工业出版社，2002
17. 余凯成. 组织行为学. 大连：大连理工大学出版社，2001
18. [美]黑尔里格尔等. 组织行为学. 北京：中国社会科学出版社，2001
19. [美]韦伯等. 组织理论与设计精要. 北京：机械工业出版社，1997
20. 李剑锋. 组织行为管理. 北京：中国人民大学出版社，2004. 1
21. 吴照云. 组织行为学. 北京：经济管理出版社，2002. 7
22. 杨孝伟，赵应文. 管理学. 武汉：武汉大学出版社，2004. 12
23. 刘志远，林云，冯登永. 组织行为学. 上海：上海财经大学出版社，2001. 10
24. 王重鸣. 管理心理学. 北京：人民教育出版社，2000
25. 胡继春，万幼清，赵应文. 管理心理学. 武汉：武汉测绘科技大学出版社，1997
26. [美]托马斯·S. 贝特曼等. 管理学. 北京：北京大学出版社，2001
27. Saundra Hybels. 李业昆译. 有效沟通(第五版). 北京：华夏出版社，2001
28. [美]肯尼迪等. 西方企业文化. 北京：中国对外翻译出版社，1989
29. 罗长海. 企业文化学. 北京：中国人民大学出版社，1999
30. [美]斯蒂芬·P. 罗宾斯. 管理学. 北京：中国人民大学出版社，1996

31. [美]弗里蒙，L. 卡斯特等. 组织与管理. 北京：中国社会科学出版社，1985
32. 胡爱本等. 新编组织行为学. 上海：复旦大学出版社，1996
33. 赵应文等. 人力资源管理概论. 北京：清华大学出版社，2010
34. [美]彼得·圣吉. 第五项修炼——学习型组织的艺术和实务. 上海：上海三联书店，1994
35. [美]德博拉夫·安克拉等. 组织行为与过程. 大连：东北财经大学出版社，2000

读者回执卡

欢迎您立即填妥回函

您好！感谢您购买本书，请您抽出宝贵的时间填写这份回执卡，并将此页剪下寄回我公司读者服务部。我们会在以后的工作中充分考虑您的意见和建议，并将您的信息加入公司的客户档案中，以便向您提供全程的一体化服务。您享有的权益：

★ 免费获得我公司的新书资料；
★ 免费参加我公司组织的技术交流会及讲座；
★ 寻求解答阅读中遇到的问题；
★ 可参加不定期的促销活动，免费获取赠品；

读者基本资料

姓　名＿＿＿＿＿＿ 性　别 □男　□女 年　龄＿＿＿＿＿＿
电　话＿＿＿＿＿＿ 职　业＿＿＿＿＿＿ 文化程度＿＿＿＿＿＿
E-mail＿＿＿＿＿＿ 邮　编＿＿＿＿＿＿
通讯地址＿＿＿＿＿＿＿＿＿＿＿＿

请在您认可处打✓（6至10题可多选）

1、您购买的图书名称是什么：＿＿＿＿＿＿＿＿＿＿＿＿
2、您在何处购买的此书：＿＿＿＿＿＿＿＿＿＿＿＿

3、您对电脑的掌握程度：	□不懂	□基本掌握	□熟练应用	□精通某一领域
4、您学习此书的主要目的是：	□工作需要	□个人爱好	□获得证书	
5、您希望通过学习达到何种程度：	□基本掌握	□熟练应用	□专业水平	
6、您想学习的其他电脑知识有：	□电脑入门	□操作系统	□办公软件	□多媒体设计
	□编程知识	□图像设计	□网页设计	□互联网知识
7、影响您购买图书的因素：	□书名	□作者	□出版机构	□印刷、装帧质量
	□内容简介	□网络宣传	□图书定价	□书店宣传
	□封面，插图及版式	□知名作家（学者）的推荐或书评		□其他
8、您比较喜欢哪些形式的学习方式：	□看图书	□上网学习	□用教学光盘	□参加培训班
9、您可以接受的图书的价格是：	□ 20 元以内	□ 30 元以内	□ 50 元以内	□ 100 元以内
10、您从何处获知本公司产品信息：	□报纸、杂志	□广播、电视	□同事或朋友推荐	□网站
11、您对本书的满意度：	□很满意	□较满意	□一般	□不满意

12、您对我们的建议：＿＿＿＿＿＿＿＿＿＿＿＿

←请剪下本页填写清楚，放入信封寄回，谢谢！

1 0 0 0 8 4

贴邮票处

北京100084—157信箱

读者服务部　　收

邮政编码：□□□□□□

技术支持与资源下载：http://www.tup.com.cn

读 者 服 务 邮 箱：service@wenyuan.com.cn

邮　　购　　电　　话：(010)62791865　(010)62791863　(010)62792097-220

组　　稿　　编　　辑：温　洁

投　　稿　　电　　话：(010)62788562-330

投　　稿　　邮　　箱：wenjien_tup@163.com

wenjie@tup.tsinghua.edu.cn